KB126779

Myths of Greece and Rome

그리스 로마 신화

Myths of Greece
& Rome

그리스
로마
신화

토머스 불핀치 지음
박경미 옮김

惠園出版社

Contents

$\mathscr{P}$rologue

만약 우리가 재산을 늘리거나 사회적 지위를 높여 주는 지식만을 유익하고 가치가 있는 것이라고 생각한다면 신화(神話)는 거기에 아무런 도움도 되지 않을 것이다. 그러나 우리의 삶을 보다 행복하게, 보다 윤택하게 해 주는 것을 유익하다고 생각한다면 신화는 매우 유익한 것에 속한다고 하겠다. 왜냐하면 신화는 문학의 시녀로서, 그 주인격인 문학의 가장 가까운 동맹자로서 덕(德)을 겸비하고 있으며, 또한 행복의 추구자이기 때문이다.

신화에 대한 기본적인 지식 없이는 서구의 깊이 있는 문학을 이해하거나 감상하기가 어렵다. 바이런(Byron)[1]이 로마를 '모든 나라의 어머니인 니오베' 라고 칭하거나 혹은 베니스를 '대양에서 금방 떠오른 키벨레와 같이' 등으로 표현할 때, 신화를 완전히 이해한 독자의 머릿속에는 그 어떤 표현보다 생생한 모습이 인상적으로 떠오를 것이다. 그러나 신화를 전혀 모르는 독자는 그것이 무슨 뜻인지 전혀 알 수 없을 것이다. 밀턴의 시에도 이러한 표현이 많다. 그의 〈코머스〉라는 가면극은 짤막한 시이지만 그 내용 중에는 서른 군데 이상이나 이와 같은 비유가 있으며 〈그리스도의 탄생에 부치는 찬가〉라는 송시 속에도 이 같은 비유가 절반 이상을 차지하고 있다. 또한 《실락원》속에도 곳곳에 나타나 있다. 그러한 이유 때문인지 '밀턴의 작품은 도무지 재미가 없다.' 는 말을 하는 지식인들을 종종 발견하곤 한다. 그러나 그런 사람들은 일반인들보다도 뛰어난 지식을 갖춘 사람들이므로 조금만 신화의 지식을 습득한다면 '난해하여 접근하기 어려운' 것으로 여겨졌던 밀턴의 많은 작품들이 '아폴론의 하프처럼 감미롭고 음악적' 인 작품이라는 것을 곧 알게

---

1) 1788~1824. 영국의 시인

될 것이다.

뿐만 아니라 유명한 산문 작가들도 신화를 인용하여 함축성이 뛰어난 문체를 구사하고 있다. 예를 들면 '에딘버러 리뷰'나 '쿼털리 리뷰' 등을 펼치면 그러한 예를 흔히 볼 수 있다. 매콜리의 〈밀턴론〉에서도 그러한 예를 스무 군데 이상 발견할 수 있다.

그렇다면 그리스어나 라틴어의 도움 없이 신화를 공부하려면 어떻게 해야 될까? 도무지 믿을 수 없는 기상천외한 사건, 이미 오래 전에 사라져 버린 신앙, 그런 것들과 연관된 이 방면의 학문에 대해서 공부한다는 것은 현대처럼 빠른 속도로 변화하는 세상을 살아가는 일반 독자들에게는 받아들이기 힘든 일일 것이다. 특히 젊은 독자 여러분은 어려서부터 사물에 대한 과학적인 지식과 이해를 갖추어 왔기 때문에 단순한 공상에 불과한 신화를 공부하기 위해 옛날 사람들이 쓴 책을 차분하게 읽는다는 것은 여러 가지로 어려운 일일 것이다. 그렇다면 우리들이 주제를 이해하는 데 필요한 지식을 고대의 시인들이 쓴 작품과 번역판을 읽어서 얻어낼 수는 없을까?

대답은 이렇다. 그 분야는 너무 방대하여 초보자가 본다는 건 무리이다. 그 책의 번역판 또한 신화에 대한 어느 정도의 예비지식 없이는 이해하기 힘들다. 거짓말이라고 생각되는 사람은 《아이네이스》[2]의 첫 장을 읽어보라. 신화에 대한 기본적인 지식 없이 〈유노의 원한〉, 〈파르카의 섭리〉, 〈파리스의 심판이 가진 의미를 어떻게 이해하겠는가.

"그러한 것들은 주석을 보면 알 수 있다." 또는 "고전문학 사전을 찾아보면 알 수 있다."고 말할 사람이 있을지도 모른다. 그렇다면 이렇게 대답할 것이다. "주석을 보거나 사전을 찾는 일은 꽤나 번거로운 일이며, 또한 그것을 찾

---

2) 신화에 나오는 트로이 전쟁의 영웅. 베르길리우스가 쓴 라틴 문학 최대의 서사시

는 일은 독서를 중단하게 하므로 대개의 독자들은 그러한 번거로움을 겪기보다는 내용의 이해가 쉽게 되지 않는다고 하더라도 모르는 채 그냥 지나칠 것이다. 또한 주석이나 사전은 무미건조한 사실만을 전달하기 때문에 이야기 원래의 재미를 맛볼 수 없다. 그리고 시적인 신화에서 시를 제거해 버리면 도대체 무엇이 남을 것인가."

이 책은 이런 문제점들을 해결하기 위한 시도로써 신화 속의 이야기들을 쉽고 재미있게 서술하고자 한다. 독자 여러분이 다른 책에서 신화를 인용한 이야기를 보게 되면 곧 그것이 이것이구나 하고 금방 알 수 있도록 가장 믿을 만한 고대의 책들에 의거해서 이야기를 정확하게 전달하려고 노력했다. 그리고 신화를 딱딱한 학문으로서가 아니라 재미있는 이야기처럼 들려주려고 애썼다. 즉 어렸을 때 듣거나 읽은 옛날이야기 같은 재미를 곁들여 교육의 중요한 부분인 지식을 전달하려고 하였다.

이 책 속의 그리스 로마 신화의 대부분은 오비디우스(Ovidius)[3]와 베르길리우스(Vergilius)[4]의 작품에서 얻은 것이다. 그렇다고 그것을 문자 그대로 번역한 것은 아니다. 시를 그대로 산문으로 번역하면 재미없는 읽을거리가 될 것이 뻔하기 때문이다. 그것을 운문으로 번역한다 해도 마찬가지이다. 우선 압운이나 운율이라는 여러 가지 어려운 제약 때문에 원문에 충실하게 번역하기 어렵다는 생각이 들었고, 그 밖에도 여러 가지 어려운 이유가 있었기 때문이다. 그래서 이야기는 일단 산문으로 하고, 그 표현을 바꾸었어도 원문 속에 담긴 시적인 분위기 자체는 가능한 한 살리려고 노력하였다. 그리고 형태를 바꾼 이야기에 있어 적당하지 않다고 생각되는 부분은 과감히 삭제하였음을

---

3) B.C. 43~17년. 로마의 시인. 사랑의 즐거움을 노래한 연애시로 유명하다.
4) B.C. 70~19년. 로마의 시인. 〈아이네이스〉의 작가.

덧붙여 밝힌다.

북유럽의 신화는 마레[5]의 《북유럽 문명의 유적》에서 발췌하여 실었으며, 이 장은 동양이나 이집트 신화의 내용과 함께 우리들의 주제를 완전하게 하는 데 필요하다고 생각되었다. 이 같은 내용이 그리스 로마 신화와 함께한 책 속에 소개되기는 이번이 처음이 아닌가 한다.

이 책의 취지는 '문학과 관계 깊은 신화'를 싣는 것이지만 작품성이 뛰어난 문학 작품을 읽는 독자들에게 필요할 것 같은 내용은 될 수 있는 한 모두 수록하려고 하였다. 미풍양속을 해칠 만한 이야기나 문구는 전혀 수록하지 않았다. 그런 이야기는 화제에 오르지 않을뿐더러 또 설령 가끔 화제에 오른다고 하여도 그런 이야기는 잘 모르겠다고 대답하면 될 것이다. 그로 인하여 독자 여러분이 불이익을 당하는 일은 결코 없을 것이다.

이 책은 학자를 위해 쓴 것이 아니다. 또 신학자나 철학자를 위해서 쓴 것도 아니다. 오로지 영국 문학에 관심 있는 독자들을 위해서 쓰였다. 남녀의 구별도 거의 없으며, 가두연설가나 강연자, 비평가, 시인들이 자주 인용하고 또 일상의 품위 있고 고상한 대화 속에 흔히 등장하는 그런 이야기를 진정 이해하고 싶어하는 분들을 위해 쓰였다.

젊은 독자들은 틀림없이 이 책의 출간을 기뻐할 거라 확신한다. 또 장년층의 독자들은 이 책을 독서의 유익한 반려로, 또 낯선 여행지에서 박물관이나 미술관을 방문하는 사람이라면 이 책을 회화나 조각의 해설로, 또 교양 있는 사회에 살고 있는 사람은 이것을 이따금 듣게 되는 비유의 안내서로 생각하게 될 것이다. 그리고 인생의 뒤안길에 선 노인들은 이 책을 문학의 여로를 돌이켜보는 기쁨으로 받아들일 것이다. 이 책은 이들을 어린 시절로 되돌아

---

5) 1730~1807년. 스위스 역사가

가게 하여 인생의 여명과 만났을 때의 느낌을 되살려 줄 것이다. 이러한 만남이 영원히 계속되리라는 점에서 콜리지(Coleridge)[6]는 그의 유명한 시 속에서 다음과 같이 노래하였다. 이 시는 《피콜로미니 부자(父子)》[7] 제2막 4장에 수록되어 있다.

> 옛 시인들이 그린 단아한 모습,
> 고대 종교가 낳은 그 아름다운 인간의 속성,
> 힘의 신, 미의 신, 주권의 신.
> 어떤 것은 깊은 골짜기에, 어떤 것은 소나무 울창한 산에, 또 어떤 것은 숲속에, 또 흐르는 강가에, 조약돌 많은 샘가에,
> 혹은 대지의 틈 사이에, 그리고 깊은 바닷속으로 신들은 모두 사라져 갔다.
> 그들은 더 이상 이성적인 믿음 안에 살지 않는다.
> 그러나 사람의 마음은 말을 필요로 하며,
> 지금도 역시 오래된 본능이 옛일을 찾아낸다.
> 인간과 친구처럼 다정히 대지에 살던 요정이나 신들을.
> 그리고 오늘도 진실로 위대한 것은 하늘의 목성(제우스)이며,
> 아름다운 것은 하늘의 금성(아프로디테)이다.

토머스 불핀치

---

6) 1772~1834년. 영국의 시인
7) 독일 작가 실러의 희곡

그리스 로마 신화

Myths of Greece and Rome

01

들어가면서

고대 그리스와 로마의 모든 종교는 이미 소멸한지 오래이다. 현대를 살아가는 사람들 중에서 올림포스의 신들을 믿는 사람은 더 이상 존재하지 않을 것이다. 이 신들은 더 이상 신학 부문에 속하지 않으며 그보다는 문학이나 취미 부문에 속한다. 적어도 이 부문에 있어서는 그들은 아직 그 지위를 확보하고 있고 또 앞으로도 계속 유지해 갈 것이다. 왜냐하면 그들은 고금의 시와 회화 속에서도 최고의 걸작으로 손꼽히는 작품들과 밀접한 관계가 있어 잊으려 해도 잊을 수 없기 때문이다.

나는 이제 이러한 신들에 관한 이야기를 하려 한다. 이 이야기는 고대인으로부터 우리에게 구전되어 현대의 시인, 비평가, 강연가들에 의해 널리 인용되고 있다. 그러므로 독자 여러분은 이 이야기를 읽음으로써 동시에 이제까지의 공상 중에서 가장 흥미로운 즐거움을 맛볼 수 있으며, 또 현 시대의 기품 있는 문학 작품을 이해하기 위한 불가결한 지식을 얻을 것이다.

이런 이야기를 잘 이해하려면 우선 고대 그리스인들의 세계관을 이해해야 한다. 왜냐하면 로마인은 그리스인으로부터, 그 밖의 국민은 로마인으로부터 그들의 과학과 종교를 계승했기 때문이다.

그리스인들은 지구는 둥글고 평평하며 그리스는 그 중앙에 있고 그 중심점

■ 로마인의 광장

을 이루는 것이 신들의 주거지인 올림포스 산 혹은 신탁으로 유명한 델포이 성지라고 믿었다. 그리고 둥근 세계는 바다에 의해 동서 두 개로 나누어졌고 한쪽 바다는 지중해, 다른 한쪽은 흑해라 불렸는데 그리스인들이 알고 있는 바다는 이 두 개뿐이었다. 세계의 주위에는 오케아노스(Oceanos)라는 대양이 흐르고 있는데 지구의 서편에서는 남쪽에서 북쪽으로, 동편에서는 그 반대로 흘렀다. 그 바다는 어떠한 폭풍우가 몰아쳐도 범람하지 않았다. 그곳은 바다와 지구상의 모든 강과 샘의 원천이었다.

지구의 북쪽에는 히페르보레이오라는 행복한 종족이 살고 있다고 생각하였다. 그들은 높은 산 너머에서 기쁨과 봄을 누리고 살고 있으며, 이 산의 거대한 동굴에서 사나운 북풍이 몰아쳐 헬라스(그리스) 사람들을 추위에 떨게 만든다고 믿고 있었다. 또 그들의 나라는 육로나 해로로도 접근할 수 없으며, 질병이나 노화·전쟁도 모르고 평화롭게 산다고 생각하였다.

지구의 남쪽에는 오케아노스 대양 가까이 히페르보레이오이와 같은 행복하고 유덕한 사람들이 살고 있었다. 아이티오프스라 불리는 이들을 매우 사랑한 신들은 올림포스 궁전을 떠나 그들과 같이 향연을 베풀기도 하였다.

지구 서쪽에는 오케아노스 대양 가까이 엘리시온(Elysion)이라 불리는 축복받은 대지가 있었다. 이곳은 신들로부터 총애를 받은 인간이 이 낙원으로 옮겨와 죽음이 없는 영원한 행복을 누릴 수 있는 곳이었다. 이 축복받은 토지는 '행운의 들' 또는 '축복된 인간들의 섬' 이라고도 불렸다.

이처럼 고대 그리스인들은 자기 나라의 동방과 남방의 민족 혹은 지중해 연안 근처에 있는 다른 민족이 존재한다는 사실을 거의 몰랐다는 것을 알 수 있다. 그래서 그리스인들의 상상력은 지중해의 서쪽에는 거인이나 괴물 또는 마녀들을 살게 했으며, 그리 넓은 것 같지도 않은 둥근 세계의 주위에는 앞에서 언급했듯이 신들의 총애를 받은 종족이 행복과 장수를 누리며 살게 하였다.

'새벽'과 '해'와 '달'은 오케아노스의 동쪽에서 떠올라 신과 인간들에게 빛을 주면서 공중을 달리는 것으로 여겨졌다. 북두칠성이나 큰곰자리 또는 그 주변의 별들을 제외한 모든 별들도 오케아노스에서 떠오르고, 또 그 속으로 진다고 생각하였다. 그곳에서 태양신은 날개가 달린 배를 타고 지구의 북쪽을 돌아 다시 또 동쪽, 즉 해가 떠오르는 곳으로 돌아간다.

신들의 거처는 테살리아에 있는 올림포스 산의 꼭대기이다. 그곳에는 '계절'이라고 부르는 구름으로 된 문이 하나 있는데 계절의 여신 호라이들이 그 문을 지키고 있다. 이 문은 천상의 신들이 지상으로 내려올 때나 다시 천상으로 돌아갈 때 사용되었다. 신들은 모두 자기 거처를 가지고 있었는데, 모임이 있는 날이면 모두 제우스(Zeus, 유피테르)의 델피 신전으로 모였다. 지상이나 물속, 지하에 살고 있는 신들까지도 모여들었다. 신들은 매일 죽지 않고 늙지 않는 음식인 암브로시아(ambrosia)와 넥타르로 향연을 즐겼는데, 이 향연은 올림포스 주신의 궁전 큰 홀에서 개최되었고, 아름다운 여신 헤베(Hebe)가 술잔을 돌렸다. 신들은 이 자리에서 하늘과 땅의 여러 가지 사건들에 관해서 이야기했으며, 신들이 넥타르를 마실 때면 음악의 신 아폴론(Apollon)이 리라[8]를 탔고 뮤즈의 여신들은 그 곡조에 맞추어 노래를 불러 흥을 돋우었다. 해가 지면 신들은 각자 자기 집으로 돌아가서 잠을 잤다.

여신들이 입는 옷은 아테나(Athena, 미네르바) 여신과 두 미의 여신이

■ 그리스의 신(페테르 루벤스)

■ 헤파이스토스에게 무기를 요구하는 아프로디테(부세)

짠 천으로 만들었다. 조금 단단한 옷은 여러 가지 금속으로 만들어졌다. 이 옷을 만든 헤파이스토스(Hephaestos, 불카누스)는 건축기사, 대장장이, 갑옷 제조자, 이륜전차 제조자이며 그 외에도 올림포스에서는 무엇이든지 만들 수 있는 뛰어난 장인이었다. 그는 놋쇠로 신들의 집을 지었으며, 황금으로 신들의 신발을 만들었다. 신들은 그 신발을 신고 공중이나 물 위를 걷고 바람처럼 이곳저곳을 이동하였다. 헤파이스토스가 천마(天馬)의 다리에 편자를 박자 그 말은 신들의 이륜차를 끌고 공중과 물 위를 질주했다. 그는 자기가 만든 물건에 스스로 움직일 수 있는 힘을 부여할 수 있었다. 그래서 그가 만든 삼각대[9]는 궁전의 홀을 자유자재로 출입하였다. 또 그는 자기가 황금으로 만든 시녀들에게 정신까지도 넣어 주었다.

제우스는 신들과 인간의 아버지라고 불리지만 제우스에게도 부모는 있었다. 크로노스(Cronos, 사투르누스)가 제우스의 아버지이며, 레아(Rhea, 옵스)가 그의 어머니였다. 크로노스와 레아는 티탄 종족에 속하는데, 이 종족은 카오스[혼돈]로부터 생겨난 하늘과 땅의 자손이다. 이것에 관해서는 다음 장에서 자세히 설명하겠다.

또 다른 세계 창조설이 있는데 이 설에 따르면 태초에 가이아(Gaea, 대지)와 에레보스(Erebus, 암흑)와 에로스(Eros, 사랑)가 있었다. 에로스는 카오스 위에 떠 있던 닉스(Nyx, 밤)의 알에서 태어났다. 그리고 에로스가 가지고 있던 화살과 횃불로 모든 사물을 찔러 생기를 주어 생명과 환희를 산출하였다.

티탄족에는 크로노스와 레아만 있었던 것은 아니다. 그 외에도 오케아노스, 히페리온(Hyperion), 이아페토스(Iapetos), 오피온(Ophion) 등의 남신들과

---

8) 고대 그리스의 악기. 일곱 줄로 되어 있다.
9) 의자와 테이블을 겸한 물건

테미스(Themis), 므네모시네(Mnemosyne), 에우리노메(Eurynome)와 같은 여신들도 있었다. 이 신들은 연로한 신으로 일컬어져서 그들의 영토는 후에 다른 신들에게로 넘어갔다. 크로노스는 제우스에게, 오케아노스는 포세이돈(Poseidon, 넵투누스)에게, 히페리온의 영토는 아폴론에게 양도되었다. 히페리온은 '새벽'과 '해'와 '달'의 아버지이다. 그러므로 그는 최초의 태양신인 셈이다. 후에 아폴론에게 부여된 것과 같이 그도 광휘와 미의 상징으로 그려졌다.

오피온과 에우리노메는 크로노스와 레아가 즉위할 때까지 올림포스를 지배하고 있었다.

크로노스에 관한 전설은 책에 따라 묘사가 천차만별이다. 어떤 책에서는 그의 치세는 정직과 순결의 황금시대였다고 묘사되어 있는가 하면, 어떤 책에서는 아들을 잡아먹는 포악한 괴물이라고도 전해진다. — 이 같은 전설의 불일치는 로마의 신 사투르누스(Saturnus)를 그리스의 신 크로노스[시간의 뜻]와 동일시하였기 때문에 일어난 것이다. 시간은 시초를 가지고 있는 모든 것에 종말을 가지고 오므로 자기의 아들을 먹는다는 말이 나오게 되었을 것이다. — 그러나 제우스는 이 운명을 모면하고 성장하여 여신 메티스(Metis)와 결혼하였다. 메티스는 제우스의 아버지인 크로노스에게 약을 마시게 하여 그동안 그가 먹은 아이들을 모두 토하게 했다. 제우스는 되살아난 형제자매들과 힘을 합하여 자신의 아버지인 크로노스와 그의 형제인 티탄족들에게 반항하고 그들을 정복하였다. 제우스는 그들을 지옥에 가두고 또 형벌을 가했다. 그때 아틀라스(Atlas)는 하늘을 어깨로 받치고 있으라는 벌을 받게 되었다.

크로노스가 폐위되자 제우스는 동생들인 포세이돈, 하데스(Hades, 디스, 플루톤)와 영토를 나누게 되었다. 제우스는 하늘을, 포세이돈은 바다

■ 신들의 왕 제우스와 테티스(앵그르)

■ 자기 자식들을 잡아먹는 샤투르누스(프란시스코 고야)

를, 하데스는 죽은 자들의 나라를 각각 차지하게 되었다. 그리고 지구와 올림포스는 공동의 재산으로 삼았다. 이리하여 제우스는 마침내 신과 인간들의 왕이 되었다. 천둥과 번개는 제우스의 강력한 무기였으며 헤파이스토스가 그를 위하여 특별히 만든 아이기스라는 방패가 있었다. 제우스는 늘 독수리를 데리고 다녔는데 이 새는 번개를 일으키는 신통력을 가지고 있었다.

헤라(Hera, 유노)는 제우스의 아내로 신들의 여왕이었다. 무지개의 여신인 이리스(Iris)는 헤라의 시녀이며 사자(使者)였고, 헤라가 총애한 새는 우아한 공작이었다.

천상의 명공인 헤파이스토스는 제우스와 헤라의 아들이었다. 그는 태어나면서부터 절름발이였다. 헤라는 그런 모습의 헤파이스토스를 천상에서 내쫓았다. 일설에 의하면, 제우스와 헤라가 부부싸움을 했을 때 헤파이스토스가 어머니인 헤라 편을 들어 제우스가 그를 천상 밖으로 던져 버렸다는 전설도 전한다. 헤파이스토스는 그때 떨어져서 절름발이가 되었다고 한다. 그는 하루 종일 추락하다가 마침내 렘노스 섬에 떨어졌고, 그 후 이 섬은 헤파이스토스의 성지가 되었다.

전쟁의 신인 아레스(Ares, 마르스)도 제우스와 헤라의 아들이었다. 궁술과 예언과 음악의 신 아폴론(포이보스)은 제우스와 레토(Leto, 라토나) 사이에서 태어난 아들이며, 아르테미스(Artemis, 디아나)의 오빠였다. 아폴론은 태양의 신이고 여동생 아르테미스는 달의 여신이다.

사랑과 미의 여신인 아프로디테(Aphrodite, 비너스)는 제우스와 디오네 사이에서 태어난 딸이다. 일설에 의하면 이 여신은 바다의 하얀 파도 거품 속에서 태어났다고 한다. 그녀가 서풍의 물결에 이끌려 키프로스 섬에 도착하자 계절의 여신들은 그녀를 정중히 영접하고 고운 옷을 입혀 신들이 모인 자리로 안내하였다. 신들은 아프로디테의 아름다움에 매혹되어 앞다투어 서로 자

■ 비너스의 화장(부세)

신의 아내로 삼으려고 했다. 제우스는 번개를 잘 만들어준 상으로 헤파이스토스에게 아프로디테를 주었다. 그리하여 가장 아름다운 여신이 절름발이며 가장 못생긴 남신의 아내가 된 것이다. 아프로디테는 케스토스라고 하는 자수를 놓은 띠를 가지고 있었는데, 이 띠는 사랑을 일으키는 신통력을 지니고 있었다. 아프로디테는 백조와 비둘기를 사랑했고, 장미와 천인화(天人化)가 그녀에게 봉헌되었다.

사랑의 신인 에로스(큐피드)는 아프로디테의 아들로 늘 어머니를 따라 다녔다. 그는 사랑의 힘을 지닌 화살과 활을 지니고 있었는데 신이나 인간의 가슴을 향해 활을 쏘았다. 때로는 이루어지지 않는 사랑의 복수자로 표현되고 때로는 사랑의 상징으로도 표현되었다. 그에 대해서는 다음과 같은 전설이 전해지고 있다. 에로스가 늘 어린아이의 상태에 머물러 더 이상 자라지 않자 아프로디테가 테미스를 붙잡고 이를 걱정했다. 테미스는 그것은 에로스가 외동아들이기 때문이므로 동생이 생기면 곧 자라게 될 거라고 대답했다. 그 후 얼마 안 되어 안테로스(Anteros)가 태어나자 에로스는 나날이 키도 크고 힘도 세어지는 것처럼 보였다.

지혜의 여신 아테나(미네르바)는 팔라스라고도 불리며 어머니가 없이 태어난 제우스의 딸이다. 왜냐하면 아테나는 제우스의 머리에서 완전히 무장한 모습으로 태어났기 때문이다. 아테나가 사랑한 새는 올빼미였고, 아테나에게 바쳐진 식물은 올리브였다.

헤르메스(Hermes, 메르쿠리우스)는 제우스와 마이아(Maia)의 아들이다. 그는 상업과 씨름, 그 외의 경기와 도둑질까지도 지배했으며, 기술과 숙련을 요구하는 모든 일에 영향을 미쳤다. 또 그는 제우스의 사자로서 날개 달린 모자를 쓰고 날개 달린 구두를 신고 있었다. 손에는 두 마리의 뱀이 몸을 감고 있는 지팡이 케리케이온을 들고 있었다. 또 헤르메스는 리라라는 악기도 발명했다고 전해진다. 어느 날 거북 한 마리를 발견한 헤르메스는 그 갑골을 쥐고 양끝에 구멍을 뚫은 후 삼실을 그 구멍에 꿰어 리라를 만들었다. 아홉 명의 뮤즈 여신을 기념하는 의미로 아홉 개의 현을 걸었다. 헤르메스는 이 리라를 아폴론에게 바치고 그 답례로 케리케이온을 받았다.

케레스(Ceres, 데메테르)는 크로노스와 레아의 딸이었다. 케레스에게는 페르세포네라는 딸이 있었는데, 페르세포네는 하데스의 아내가 되어 죽은 자들의 나라의 여왕이 되었다. 케레스는 농업을 지배하였다.

술의 신 디오니소스(Dionysos, 바커스)는 제우스와 세멜레의 아들이다. 그는 술에 취하게 하는 힘을 상징함과 동시에 술의 사회적인 좋은 영향력도 상징하므로 문명의 촉진자, 입법자, 평화의 애호자로도 간주된다.

뮤즈(Muse)의 여신들은 제우스와 므네모시네(Mnemosyne)의 딸로서 주로 노래를 주재하고 기억을 촉진시켰다. 뮤즈들은 모두 아홉 명이었는데 각기 문학, 미술, 과학 등의 부문을 분담하고 있었다. 칼리오페(Calliope)는 서사시를 지배했고, 클리오(Clio)는 역사를, 에우테르페(Euterpe)는 서정시를, 멜포메네(Melpomene)는 비극을, 테르프시코레(Terpsichore)는 합창단의 춤과 노래를, 에라토(Erato)는 사랑시를, 폴림니아(Polymnia)는 성가를, 우라니아(Urania)는 천문학을, 탈리아(Thalia)는 희극을 주재했다.

미의 여신들은 향연과 무용, 기타 모든 사회적인 놀이와 기품 있는 예술을 주재하였는데, 에우프로시네(Euphrosyne), 아글라이아(Aglaia), 탈레이아(Thaleia)가 그들이었다.

운명의 세 여신은 클로토(Klotho), 라케시스(Lachesis), 아트로포스(Atropos)였다. 이들의 임무는 인간의 운명을 실로 짜는 것이었는데, 심술이 나면 큰 가위로 실을 싹둑 자르곤 했다. 이들은 테미스의 딸들로 제우스의 고문으로서 그의 옥좌 옆에 앉는 것이 허락되었다.

■아폴론과 뮤즈(구스타브 모로)

복수의 여신들(에리니에스 혹은 푸리아이)은 정의의 재판을 피하거나 경멸하는 자들의 범죄를 눈에 보이지 않는 바늘로 벌하였다. 에리니에스(Erinyes)는 머리엔 뱀으로 된 관을 썼고 소름끼치는 형상을 하고 있었다. 알렉토(Alecto), 티시포네(Tisiphone), 메가이라(Megaera)가 바로 그들이었는데 복수의 여신들을 두려워한 아테나 사람들은 에리니에스를 착한 마음의 여신이라는 뜻의 에우메니데스라고도 불렀다.

네메시스(Nemesis) 또한 복수의 여신이었다. 그녀는 신들이 불의에 대하여 일으키는 분노, 특히 거만한 자와 불손한 자들에 대한 분노를 상징하고 있다.

판(Pan)은 가축과 목자의 신으로서 그가 즐겨 사는 곳은 아르카디아 들판이었다.

사티로스(Saturos)는 숲과 들의 신이었다. 그들은 온몸에 거친 털이 돋아 있었고, 머리에는 짧은 뿔이 나고 산양과 같은 다리를 가지고 있다고 생각되었다. 모모스(Momus)는 비웃음의 신이었고, 플루토스(Plutus)는 부(富)의 신이었다.

로마의 신들

지금까지 이야기한 신들은 로마인들도 인정하고 있듯이 원래 그리스의 신들이다. 로마 신화에서 특이한 신들은 다음과 같다.

사투르누스는 고대 이탈리아의 신이었다. 그리스의 신 크로노스와 동일시된 이 신은 아들 제우스에게 쫓겨나자 이탈리아로 도망쳐 황금시대 동안 그곳에서 재위하였다고 한다. 그의 선정(善政)을 기념하기 위하여 매년 겨울 사투르날리아(Saturnalia)라는 축제가 거행되는데, 그때에는 모든 공무가 정지

되고 선전포고나 형벌의 집행도 연기되며 친구들은 서로 선물을 주고받았으며 노예들에게도 최대한으로 자유가 허용되었다. 뿐만 아니라 그들을 위한 잔치가 열렸으며 그 날은 주인이 노예들의 시중을 들었다. 그러한 것은 사투르누스의 치세에서는 만인이 본래 평등하다는 것과 만물이 만인에게 평등하게 속한다는 것을 보이기 위해서였다.

사투르누스의 손자인 파우누스(Faunus)는 들과 목자의 신으로 숭배되었고, 또한 예언의 신으로서도 숭배를 받았다. 그의 이름의 복수형인 파우니는 그리스의 사티로스와 같이 익살스런 신들을 가리킨다.

키리누스는 전쟁의 신이었는데 이 신은 로마의 건설자이고 사후에 신위에 오르게 된 로물루스 자신이다.

벨로나(Bellona)는 전쟁의 여신이다.

테르미누스(Terminus)는 토지 경계의 신이다. 그의 형상은 거친 돌이나 기둥으로 상징되어 전답의 경계를 표시하기 위해 지상에 세워졌다.

팔레스(Pales)는 가축과 목장을 지배하는 여신이다.

포모나(Pomona)는 과수나무를 지배하는 여신이다.

플로라(Flora)는 꽃의 여신이다.

베스타(Vesta, 그리스의 헤스티아)는 국가의 솥과 가정의 솥을 주재하는 여신이다. 베스타의 신전에서는 베스탈이라 불리는 여섯 명의 처녀 제사(祭司)가 수호하는 성화가 타고 있었다. 로마인의 신앙에 의하면 그들 나라의 안녕은 이 성화의 보존과 관계있으므로 처녀 제사의 태만으로 불이 꺼지면 그녀들은 엄벌을 받았고 꺼진 불은 태양 광선으로 다시 점화되었다.

리베르(Liber)는 바쿠스의 라틴 이름이며 물키베르는 불카누스의 라틴 이름이다.

야누스(Janus)는 하늘의 문지기로서 새해를 열기 때문에 일 년의 첫째 달은 그의 이름에서 따온 것이다. 그는 문호의 수호신이며 모든 문은 두 개의 길에 면하고 있으므로 그는 보통 두 개의 머리를 가지고 있다고 표현되었다. 로마에는 여러 곳에 야누스의 신전이 있었다. 전쟁 때는 주요한 신전의 문은 언제나 열렸고 평화로울 때는 닫혀 있었다. 그러나 누마와 아우구스투스가 다스리는 동안에는 단 한 번 문이 닫혔을 뿐이었다.

페나테스(Penates) 신들은 가족의 안녕과 번영을 수호하는 신이라고 생각되었다. 그들의 이름은 페누스, 즉 식료품과 식기를 넣어두는 찬장이라는 뜻에서 유래한 것인데 그것은 찬장이 그들에게 하사되었기 때문이다. 각 가정의 가장은 모두 자기 집 페나테스 신들의 사제였다.

라레스(Lares), 즉 라르스들도 가정을 지키는 신들이었다. 그러나 페나테스와 다른 점은 페나테스는 사자의 영혼이 신격화된 것이라는 점이다. 가정의 라레스는 자손들을 감독하고 보호하는 영혼이라고 생각되었다. 레무레스(Lemures)와 라르바에(Larvae)라는 말은 영어의 고스트(ghost, 유령)와 거의 비슷한 말이라 생각해도 된다.

로마인들은 모두 남자는 자기의 게니우스(Genius), 모든 여자는 자기의 유노(Juno)를 가지고 있다고 믿었다. 이 게니우스나 유노라는 것은 자신을 태어나게 하고 한평생 자신을 수호해 주는 수호자로 여겨진 영적 존재이다. 따라서 자신의 생일날이 되면 남자들은 모두 자기의 게니우스에게, 여자들은 자기의 유노에게 선물을 바쳤다.

■ 유노와 아르고스(루벤스)

02

프로메테우스와 판도라

세계 창조는 인간의 관심을 끄는 흥미로운 문제이다. 고대의 이교도들은 그 문제에 관해서 우리가 성서에서 얻은 지식을 가지고 있지 않았으므로, 그들은 그들 나름대로 세계 창조에 대한 이야기를 전해왔다. 그것은 다음과 같은 것이다.

땅과 바다와 하늘이 창조되기 전에는 만물이 모두 같은 모양이었는데, 이것을 카오스[혼돈]라고 부른다. 이 카오스는 형태가 없는 하나의 혼란 덩어리요, 한 사물[死物]에 불과했으나 그 속에 여러 기운들이 싹트고 있었다. 땅과 바다와 공기가 혼합되어 있었던 것이다. 땅은 미처 딱딱하게 굳지 못했고 바다는 액체가 아니었으며 공기는 신선하지 않았다. 마침내 신과 자연이 개입하여 땅을 바다와 분리하고 하늘을 양자와 분리하여 이 혼돈은 끝나게 되었다. 불은 가장 가벼웠으므로 타올라 공중이 되었다. 공기는 무게와 위치에 있어 그 다음이 되었으며, 땅은 이들보다 무거웠기 때문에 밑으로 가라앉았다. 그리고 물이 제일 낮은 곳으로 흘러 모여 육지를 뜨게 했다.

이때 이름을 알 수 없는 어떤 신이 자진하여 육지를 정리하고 질서를 잡아 배열하는 일을 맡았다. 그는 강을 파고, 산을 만들고, 숲과 비옥한 들판을 배치하고, 돌이 있는 들판도 여기저기에 배열했다. 공기가 청명해지자 별들이 나타나기 시작하고 바다에는 고기가, 공중에는 새가, 육지에는 네 발을 가진 동물들이 등장하였다.

　그 후 고등동물이 필요하여 인간이 만들어졌다. 창조의 신은 신적인 재료로 인간을 만들었는지, 아니면 하늘로부터 분리된 흙 속의 어떤 종자가 잠재하고 있었을 때 그 흙을 사용하였는지 분명치 않으나 프로메테우스는 흙을 반죽하여 신의 형상처럼 인간을 만들었다. 프로메테우스는 인간에게 직립 자세를 취하게 해 주어 다른 동민들은 머리를 땅으로 향한 반면 인간은 하늘을 향해 얼굴을 들고 별을 바라보게 했다.

　프로메테우스(Prometheus)는 인간이 창조되기 전에 지상에 거주하였던 거인족인 티탄족의 한 신이었다. 프로메테우스와 그의 동생 에피메테우스(Epimetheus)는 인간을 만들거나 인간과 그 외의 다른 동물들이 살아가는 데 필요한 능력을 주는 일을 위임받고 있었다. 에피메테우스는 동물들에게 용기, 힘, 속도, 지혜 등의 선물을 주기 시작했다. 어떤 동물에게는 날개를, 어떤 동물에게는 날카로운 손톱이나 발톱을, 또 다른 동물에게는 몸을 보호할 수 있도록 딱딱한 조가비 등을 주었다. 그러나 만물의 영장이 되어야 할 인간의 차례가 되자 에피메테우스는 어째야 할지 난감하게 되었다. 신이 나서 동물들에게 선물을 주는 바람에 가지고 있던 모든 것을 이미 다 주어 버렸던 것이다. 당황한 그는 형인 프로메테우스에게 달려가 도움을 청했다. 프로메테우스는 여신 아테나의 도움으로 하늘로 올라가 태양의 이륜차에서 불을 얻어 인간에게 가져다주었다. 이 선물 때문에 인간은 다른 동물보다 우월한 위치를 차지하게 되었다. 이 불로 인간은 다른 동물을 정복할 무기와 토지를 경작할 도구를 만들었으며, 또한 거처를 따뜻하게 하여 기후가 추운 곳에서도 살 수 있게 되었다. 나아가서는 여러 가지 기술을 터득하고 상업의 수단인 화폐를 만들 수 있게 되었다.

■ 프로메테우스(얀 코시에르스)

여자는 아직 만들어지지 않았다. 이상한 이야기이지만, 여자는 제우스가 만들어서 프로메테우스와 그의 아우 에피메테우스에 보냈다고 한다. 그것은 선물이 아니라 두 형제에 대해서는 천상의 불을 훔친 죄의 대가이며 인간에 대해서는 그 선물을 받았다는 것을 벌하기 위함이었다.

그 최초의 여자는 판도라(Pandora)였다. 판도라는 하늘에서 만들어졌으며, 그녀를 완성할 때 모든 신들이 하나씩 선물을 주었다. 아프로디테는 미를 주었고 헤르메스는 설득력을, 그리고 아폴론은 음악 등을 주었다. 이처럼 많은 신들의 도움을 받고 탄생한 판도라가 지상으로 내려와 에피메테우스에게 주어진 것이다. 그는 형 프로메테우스로부터 제우스와 그가 주는 선물에 주의하라는 충고를 들었으면서도 그녀를 기꺼이 아내로 맞이하였다.

에피메테우스의 집에는 상자가 하나 있었다. 그 속에는 갖가지 해로운 기운이 들어 있었는데, 그것은 인간에게 새로운 주거를 만들어 줄 때 쓸모없는 것들을 모아 상자 속에 넣어둔 것이었다. 판도라는 상자 속에 무엇이 들어 있는지 알고 싶었다. 어느 날 그녀는 뚜껑을 열고 안을 들여다보았다. 그러자 곧 인간을 괴롭히는 무수한 재액이 그 속에서 튀어나왔다. 육체를 괴롭히는 통풍(通風), 류머티즘, 복통 등과 정신을 괴롭히는 질투, 원한, 복수 등이 튀어나와 세상에 퍼졌다. 판도라는 겁이 나서 얼른 상자 뚜껑을 닫으려고 했으나 이미 상자 속에 들어 있던 재앙은 다 달아나고 남은 것은 유일하게 희망뿐이었다. 오늘날까지 우리가 어떤 재앙에 처해도 희망을 잃지 않는 것은 이 때문이다. 그리고 희망이 있는 한 어떠한 재난이 닥쳐온다 하더라도 절망에 빠져 불행하게 되지는 않을 것이다.

또 다른 설에 의하면 판도라는 제우스의 호의로 인간을 축복하기 위하여 보내졌다고 한다. 판도라는 그녀의 결혼을 축복해 주기 위하여 여러 신이 선사한 물건이 들어 있는 상자를 받았다. 그녀가 무심코 상자를 열었더니 모든

■ 판도라(줄 요셉 르페브르), 판도라의 상자(워터하우스), 상자를 여는 판도라(워터하우스)

선물이 다 달아나고 오직 희망만이 남았다. 이 이야기가 앞의 이야기보다 더 진실성이 있는 듯하다. 왜냐하면 희망이란 매우 값비싼 보석과 같은 것이므로 그것이 앞의 이야기처럼 모든 재난으로 가득 찬 상자 속에 들어 있었다는 것은 있을 수 없는 일이기 때문이다.

이리하여 세상에는 사람이 살게 되었는데, 그 최초의 시대는 죄악이 없는 행복한 시대로써 '황금시대'라고 불렀다. 법률의 강제성이 없어도 진리와 정의가 행해졌고 위협하거나 벌을 주는 관리도 없었다. 그때에는 배를 만들기 위한 목재를 얻기 위해 산림을 벌채하는 사람도 없었고, 마을 주변에 성곽을 쌓는 일도 없었다. 칼, 창, 투구와 같은 것도 없었다. 대지는 인간이 밭을 갈고 씨를 뿌리는 노동을 하지 않더라도 인간에게 필요한 모든 것을 공급해 주었다. 따뜻한 봄날이 계속되었고, 씨를 뿌리지 않아도 꽃은 계속 피어났다. 강은 우유와 술이 흐르고, 오크 나무에서는 황금빛 꿀이 흘러나왔다.

그 다음엔 은(銀)의 시대가 왔다. 이 시대는 황금시대보다는 못했지만 동(銅)의 시대보다는 나았다.

제우스는 봄을 줄이고 일 년을 네 계절로 나누었다. 그때부터 인간은 추위와 더위를 견뎌내야만 했고 비로소 가옥이 필요하게 되었다. 동굴이나 잎이 우거진 숲 덤불, 나뭇가지로 엮은 오막살이가 최초의 집이었다. 농작물도 가꾸지 않으면 더 이상 자라지 않았다. 농부는 씨를 뿌려야만 했으며 소는 쟁기를 끌지 않으면 안 되었다.

다음에는 '청동시대'가 왔다. 이때에는 사람의 기질이 그 전보다 훨씬 더 거칠어졌으며 걸핏하면 무기를 들고 싸우려 하였다. 그래도 그토록 사악하지는 않았다.

가장 폭력적이고 타락한 시대는 철의 시대였다. 죄악은 홍수처럼 범람하고 겸양과 진실과 명예는 사라졌다. 그 대신 사기와 거짓말, 폭행과 사악한 이욕(利慾)이 나타났다. 나무는 배의 용골로 쓰이기 위해 베어졌으며, 배를 띄울 때는 돛이 바람을 맞아야 했고, 대양의 물결을 헤쳐야 항해할 수 있게 되었다. 지금껏 공동으로 경작되던 땅은 분할되어 사유물이 되기 시작했다. 사람들은 땅 위에서 수확되는 것에 만족하지 못하고 땅 속 깊이에 있는 광물을 파헤쳤다. 땅속에서는 철과 금이 산출되었는데 둘 다 재난의 근원이었으며 그중 금이 가장 귀하게 여겨졌다. 철과 금을 무기로 하여 전쟁이 일어났다. 친구의 집에 있어도 마음을 놓을 수 없게 되었으며, 사위와 장인, 형제·자매, 남편과 아내 사이에도 불신이 점점 자라기 시작했다. 아들은 재산을 상속 받기 위해 아버지가 죽기를 바랐다. 가족애는 사라지고 말았다. 대지는 살육의 피로 물들었고 신들은 하나하나 대지를 포기했다. 정의의 여신 아스트라이아(Astraea)만이 끝까지 남아 있다가 마침내 그녀마저 대지를 떠났다.

제우스는 이 지경이 된 세상을 보고 진노하여 회의를 열고자 신들에게 소집 명령을 내렸다. 신들은 회의에 참석하기 위해 궁전을 향하여 길을 떠났다. 맑은 날 밤이면 누구나 볼 수 있는 하늘을 횡단하고 있는 이 별무리는 '은하'라고 불린다. 이 길가에 유명한 신들의 궁전이 즐비하게 늘어서 있다. 하늘의 일반 서민들은 그 좌우에 떨어져서 살고 있다. 제우스는 신들이 모이자 이야기를 시작하였다. 그는 혼란스러운 지상의 상태를 설명하고, 자기는 그 주민들을 모두 멸망케 하고 그들과는 다른, 그리고 그들보다 더 선량하며 신을 더 숭배하는 새로운 종족을 만들 작정이라는 말로 끝을 맺었다.

제우스는 처음에는 손에 번개를 들고 세상을 향해 던지려고 하였지만 자칫 불이 일어나면 하늘도 화재를 면치 못하리라 생각하고 계획을 변경하여 세상을 물바다로 만들기로 하였다. 그는 비구름이 만들어질 수 있게 남풍은 날려 보내고 북풍을 모았다. 순식간에 온 하늘은 암흑으로 뒤덮였다. 구름이란 구름은 모두 모여 소리를 내고, 폭우가 쏟아지기 시작했다. 곡식은 쓰러지고 한 해 동안 기울인 농부의 노동은 순식간에 물거품이 되어 버렸다.

제우스는 그 정도의 물로는 부족하다고 여겨 동생 포세이돈을 불렀다. 포세이돈은 강물을 터뜨려 육지로 보냈다. 또한 지진을 일으켜 대지를 뒤흔들고 대양이 역류해 해안을 휩쓸게 했다. 사람과 가축, 가옥이 유실되고 신성한 담으로 둘러싸였던 지상의 신전까지도 더럽혀졌다. 유실되지 않은 큰 건물들은 모조리 물속에 잠겼고 높은 탑도 침수되었다. 세상은 물바다가 된 것이다. 여기저기 돌출된 산꼭대기에는 간혹 사람이 남아 있고, 조금 전까지 쟁기질을 하던 소수의 사람들이 보트를 타고 노를 저었다. 물고기들은 나뭇가지 사이에서 헤엄을 치고, 닻은 정원 안에 던져졌다. 온순한 양(羊)이 뛰놀던 곳에는 사나운 물개가 뛰놀았다. 늑대는 양 사이에서 헤엄치고 누런 사자와 범은 물속에서 몸부림쳤다. 물속에서는 멧돼지의 힘도, 사슴의 민첩함도 소용이 없었다. 새들은 날다가 지쳤지만 앉아 쉴 곳을 찾지 못해 물속으로 떨어졌다. 물난리를 피한 생물들도 곧 굶어 죽고 말았다.

모든 산 중에서 오직 파르나소스 산만이 물 위에 솟아 있었다. 그곳으로 프로메테우스의 동족인 데우칼리온(Deucalion)과 그의 아내 피라(Pyrrha)가 피난하였다. 남편은 성실한 사람이었고, 아내 역시 충실하게 신을 모실 줄 아는 숭배자였다. 제우스는 유일하게 살아 있는 이들 부부를 보았다. 그리고 그들의 흠잡을 데 없는 생애와 경건한 태도를 기억해내고는 북풍에 명령하여 구름을 쫓고 공중을 지상에, 지상을 공중에 나타나게 하였다. 포세이돈도 아들 트리톤(Triton)에게 소라고둥을 불게 하여 물을 퇴각시켰다. 물은 줄어들기 시작했다. 바다는 해안으로 돌아가고 강물도 있던 곳으로 돌아갔다. 그때 데우칼리온은 피라에게 말하였다.

"오, 아내여! 살아남은 유일한 여인이여! 우리는 처음에는 혈연과 결혼의 인연으로 맺어졌고, 지금은 공동의 재난으로 맺어졌소. 우리가 조상 프로메테우스와 같은 능력을 가지고 그가 최초로 새로운 종족을 만든 것같이 그것을 갱생시킬 수 있다면 얼마나 좋을까. 그러나 이 일은 우리의 능력으로는 도저히 불가능한 일이므로 저기 있는 신전에 가서 신들에게 우리가 앞으로 해야 할 일이 무엇인지 물어봅시다."

이들 부부는 신전으로 들어갔다. 신전은 진흙과 이끼로 더럽혀져 있었다. 두 사람이 제단에 가까이 다가가 보니 이미 성화도 꺼져 있었다. 그들은 땅에 엎드린 채 어떻게 하면 이 재난을 극복할 수 있는지 가르쳐 달라고 여신에게 기도를 올렸다. 그러자 신탁(神託)이 이렇게 대답했다.

"머리에 베일을 쓰고, 옷을 벗고, 이곳을 떠나라. 그리고 너희 어머니의 뼈를 너희 뒤에 던져라."

그들은 이 말을 듣고 무척이나 놀랐다. 피라가 먼저 침묵을 깨고 말했다.

"저희들은 그 명령에는 도저히 복종할 수가 없습니다. 저희가 어떻게 감히 부모의 유골을 더럽힐 수가 있겠습니까?"

그들은 숲이 우거진 그늘 속으로 가서 신탁에 관해 곰곰이 생각해 보았다. 생각을 정리한 데우칼리온이 말했다.

"내 생각이 틀리지 않는다면 신탁의 명령에 복종하여도 불효는 아닐 것 같소. 대지는 위대한 만물의 어머니이고, 돌은 그 뼈야. 그러므로 우린 이것을 뒤로 던지기만 하면 돼. 내 생각으로는 이것이 신탁의 의도인 것 같소. 어쨌든 그렇게 해 보아도 나쁠 것은 없을 거요."

그들은 얼굴을 베일로 가리고 돌을 주워 뒤로 던졌다. 그러자 이상하게도 돌이 말랑말랑해지더니 어떤 형태가 생기기 시작했다. 돌들은 마치 조각가의 손에서 반쯤 조각된 석고와 같이 점점 인간의 형태에 가까운 모양을 갖추게 되었다. 돌에 묻어 있던 습기와 진흙은 살이 되었고, 돌 자체는 뼈가 되었다.

■프로메테우스(구스타브 모로)

남자가 던진 돌은 남자가 되고, 여자가 던진 돌은 여자가 되었다. 이렇게 하여 생겨난 새 종족은 튼튼했으며 노동에도 적합하였다. 오늘날의 인류는 그 종족에서 유래하였다.

프로메테우스는 예부터 시인들의 소재로 많이 인용되었다. 그는 인류의 벗으로서, 제우스가 인류에게 노하였을 때 인류를 위하여 중재하고 그들에게 문명과 여러 기술을 가르친 것으로 표현되었다. 그러나 그것은 제우스의 의지에 반대되는 행동이었으므로 신들의 분노, 특히 제우스의 노여움을 사게 되었다. 그래서 제우스는 그를 코카서스 산의 바위에 쇠사슬로 묶어 놓는 벌을 내렸다. 그곳에서 프로메테우스는 독수리에게 간을 쪼아 먹혔는데, 쪼아 먹고 나면 바로 새 살이 생겨 영원히 고통에서 벗어날 수 없었다.

프로메테우스는 제우스의 뜻을 따르겠다는 의사만 표시하면 금방 이 같은 고통에서 벗어날 수 있었을 것이다. 왜냐하면 그는 제우스의 왕위 보전에 대한 비밀을 알고 있었고, 그것을 제우스에게 알려 주면 그의 총애를 받을 게 틀림없었기 때문이다. 그러나 프로메테우스는 이와 같은 행위를 경멸하였다. 그리하여 그는 오늘날까지도 부당한 수난에 대한 영웅적인 인내와 압제에 대항하는 의지력의 상징이 되었다.

아폴론과 다프네

홍수 때문에 지상은 진흙투성이가 되었으나 그로 인해 대지는 아주 비옥해졌다. 흙 속에서 수많은 것들이 태어났다. 특히 피톤(Python)이라고 부르는 큰 뱀은 인류의 공포의 대상이 되었고, 파르나소스 산의 동굴 속에 숨어들었다. 아폴론은 자기의 화살로 이 큰 뱀을 쏘아 죽였는데 이 화살은 전에는 그가 토끼나 산양과 같은 약한 동물을 수렵하는 데에만 사용하던 무기였다. 이 공로를 기념하기 위하여 아폴론은 피톤 경기를 창설하였다. 이 경기 중 역기나 걷기 또는 이륜차 경주에서 우승한 자에게는 너도밤나무 잎으로 만든 관을 씌워 주었다. 왜냐하면 그때에는 아직 월계수가 아폴론의 나무로 봉헌되지 않았기 때문이었다.

벨베데레라고 불리는 유명한 아폴론의 상은 피톤을 퇴치한 후의 그의 모습을 표현한 것이다.

다프네(Daphne)는 아폴론의 최초의 연인이었다. 그것은 우연한 만남에서 이루어진 것이 아니라 큐피드(Cupid)의 장난으로 인한 것이었다. 어느 날 아폴론은 큐피드가 활과 화살을 가지고 놀고 있는 것을 보았다. 아폴론이 피톤을 정복하고 득의양양해 있던 때였다.

"얘야, 전쟁 때나 쓰는 그런 무기를 가지고 무엇을 하려고 그러는 거지? 그

■아폴론과 다프네(조반니 티에폴로)

것은 그것이 어울리는 사람에게 전해주려무나. 자, 보아라. 내가 그 무기로 괴물 같은 뱀을 죽였단다. 저 넓은 들에 몸뚱어리를 누이고 있던 그 거대한 뱀을 말이다. 너 같은 어린아이는 횃불로 불장난이나 하는 게 어떠냐. 내 무기를 가지고 장난을 해서는 안 된다. 알겠니?"

이 말을 듣고 아프로디테의 아들 큐피드는 말했다.

"아폴론님, 당신의 화살은 다른 모든 것을 맞힐 수 있겠지만 제 화살은 당신을 맞힐 수 있습니다."

이렇게 말하며 큐피드는 파르나소스 산의 바위 위로 올라가 서로 다른 화살 두 개를 꺼냈다. 하나는 사랑에 빠지게 하는 화살이었고 다른 하나는 그것을 거부하게 하는 화살이었다. 사랑의 화살은 금으로 만든 끝이 뾰족한 모양이었으며, 거부의 화살은 끝이 무디고 납으로 만들어져 있었다.

큐피드는 납화살을 물의 신 페네이오스(Peneios)의 딸인 요정 다프네의 가슴을 향해 쏘고, 금화살은 아폴론의 가슴에 쏘았다. 그러자 곧바로 아폴론은 이 요정을 사랑하게 되었다. 하지만 다프네는 사랑이라는 것을 생각조차 하기 싫어졌다. 그녀의 유일한 낙은 숲속을 다니며 사냥을 즐기는 것이었다. 그녀에게 사랑을 고백하는 남자는 많았지만 다프네는 아예 생각조차도 하지 않았다. 그녀의 아버지는 걱정이 되어 종종 그녀에게 말했다.

"얘야, 이젠 사위도 보고 손자도 보게 해 줘야지."

다프네는 결혼이 마치 죄악처럼 생각되었으므로 그녀는 아름다운 얼굴을 붉히며 아버지의 목에 두 팔을 감고 말했다.

"아버지, 저도 아르테미스와 같이 결혼하지 않고 언제나 처녀로 있도록 허락해 주세요. 네?"

그녀의 아버지는 하는 수 없이 허락했다. 그러나 동시에 이렇게 푸념했다.

"하지만 너의 아름다운 얼굴이 그렇게 되도록 두지는 않을 것 같구나."

하지만 아폴론은 그녀를 사랑했고, 무슨 수를 쓰더라도 그녀와 결혼하고 싶었다. 지상에 신탁을 내리는 그도 자신의 운명 앞에선 속수무책이었다. 그는 다프네의 어깨 위로 헝클어져 늘어진 머리칼을 보며 중얼거렸다.

"빗질을 하지 않아도 저토록 아름다운데, 곱게 빗으면 얼마나 눈부실까?"

그는 별처럼 반짝이는 그녀의 눈동자와 얇은 입술을 보았다. 그러나 보는 것만으로는 만족할 수 없었다. 그는 그녀의 손과 어깨까지 노출된 팔을 보고 감탄하였다. 그리고 보이지 않는 부분은 얼마나 더 아름다울까 하고 상상하였다. 그는 다프네의 뒤를 쫓아다녔다. 그러나 다프네는 바람보다도 빨리 달아났고, 아무리 그가 간청해도 잠시도 멈추지 않았다. 그는 말했다.

"잠깐만 기다려요. 나는 적이 아니오. 당신은 마치 양이 늑대를 피하고, 비둘기가 매를 피하듯이 나를 피하고 있으나 제발 그러지 마시오. 내가 당신을 쫓아다니는 것은 당신을 해치려고 하는 게 아니라 당신을 사랑하기 때문이오. 나 때문에 그렇게 달아나다가 돌에 걸려 넘어져 혹시 다치지나 않을까 걱정이오. 제발 좀 천천히 가요. 나도 천천히 따르겠소. 나는 시골뜨기도 아니고 농사꾼도 아니오. 나는 델포이와 테네도스의 왕이며 나의 아버지는 위대한 신 제우스라오. 그리고 현재나 미래의 모든 일을 예측할 수 있는 능력도 있고, 노래와 리라의 신이라오. 또 나의 화살은 표적을 정확히 맞힌다오. 그러나 아, 나의 화살보다도 더 치명적인 화살이 나의 가슴을 뚫었소. 나는 약의 신이고, 모든 약초의 효능을 알고 있지만 지금 내가 앓고 있는 이 병은 어떠한 약으로도 고칠 수가 없다오."

다프네는 계속 달아났다. 그래서 아폴론은 할 말을 다 할 수도 없었다. 그러나 달아나는 그녀의 모습은 더욱 아름다워 보였다. 돛이 바람에 나부끼듯 뒤로 늘어진 그녀의 머리카락은 흐르는 물과 같았다. 아폴론은 자기의 구애가 거절되자 불타는 가슴에 더욱 걸음을 빨리하여 다프네를 뒤쫓았다. 그것

■아폴론과 다프네

은 마치 사냥개가 토끼를 추격하며 입을 벌리고 당장이라도 덥석 물려고 하면 토끼는 잽싸게 몸을 돌려 달아나는 것과도 같았다. 아폴론과 다프네는 계속해서 달렸다. 아폴론은 사랑의 힘으로, 다프네는 거부의 힘으로! 그러나 추격하는 아폴론이 더 빨라 그녀를 붙잡을 수 있게 되었고, 마침내 헐떡이는 숨결이 그녀의 머리카락 가까이까지 닿았다. 힘이 약해진 다프네는 쓰러지면서 자신의 아버지에게 호소했다.

"아버지, 살려 주세요. 땅을 열어 저를 숨겨 주시든지, 아니면 저의 모습을 변하게 해 주세요. 저의 모습 때문에 이 같은 일을 당하고 있습니다……."

다프네가 말을 마치자마자 그녀의 사지는 굳어지기 시작했다. 가슴은 딱딱한 나무껍질로 싸이고, 아름답던 머리카락은 나뭇잎이, 팔은 가지가, 다리는 뿌리가 되어 땅속으로 파고들었다. 얼굴은 나무줄기로 변했다. 변하지 않은 것은 아름다움뿐이었다.

아폴론은 너무 놀라 얼어붙듯 그 자리에 멈춰 섰다. 줄기를 만져 보니 나무껍질 속에서 그녀의 몸이 떨고 있었다. 그는 나무를 끌어안고 키스를 하려고 했지만 나뭇가지들은 싫은 듯 몸을 움츠렸다. 아폴론은 말했다.

"그대는 이제 나의 아내는 될 수 없지만 나의 성수(聖樹)로 삼겠소. 나는 왕관 대신 그대를 나의 왕관으로 쓸 것이오. 나는 그대로 나의 리라와 화살통을 장식하겠소. 그리고 로마의 장군들이 카피톨리움 언덕으로 개선 행진을 할 때, 나는 그들의 이마에 그대의 잎으로 엮은 화관을 씌워 주겠소. 그리고 나는 영원의 청년이므로 그대도 또한 상록수일 것이며 그 잎은 시들지 않도록 할 것이오."

이미 월계수로 변한 다프네는 가지 끝을 숙여 감사의 뜻을 나타냈다.

피라모스와 티스베

세미라미스(Semiramis)의 치세 동안 바빌로니아 제일의 미남은 피라모스 (Pyramus)였고, 미녀는 티스베(Thisbe)였다. 이웃으로 지내며 자주 왕래하던 그들은 마침내 사랑하는 사이가 되었다. 두 사람은 결혼하고 싶어 했으나 양 가 부모들이 반대했다. 그러나 부모들이 반대해도 소용없었다. 이미 두 남녀 의 마음속에 서로 불꽃같은 사랑이 타올랐기 때문이었다. 두 사람은 몸짓이 나 눈짓으로 사랑을 속삭였고, 남몰래 속삭이는 사랑인 만큼 그 불꽃은 더욱 강렬하게 타올랐다. 두 집 사이의 벽에는 구조가 잘못되어 틈이 난 곳이 있었 는데 아무도 그것을 발견하지 못하였다. 그러나 사랑하는 두 남녀는 그것을 발견하여 이 틈으로 두 사람의 밀어가 담긴 편지가 넘나들었다. 사랑의 힘으 로 무엇을 찾아내지 못하겠는가?

피라모스와 티스베가 벽을 사이에 두고 마주섰을 때 두 사람의 입김은 하 나가 되었다. 두 사람은 한탄하였다.

"무정한 벽이여, 왜 그대는 우리 두 사람을 떼어 놓는가. 그러나 우리는 결 코 그대를 미워하지 않는다. 우리가 이렇게 사랑의 속삭임을 주고받을 수 있 는 것도 다 그대의 덕분이니까."

그들은 벽 양쪽에서 이 같은 말을 속삭였다. 그리고 밤이 되어 이별하지 않 으면 안 될 때에는 더 가까이 갈 수가 없었으므로 서로 벽에 입을 대고 키스 를 하였다.

다음 날 아침, 새벽의 여신 에오스(Eos)가 밤하늘의 별을 추방하고 태양이 풀 위에 내린 이슬을 거두어 갈 때면 두 사람은 다시 같은 장소에서 만났다. 두 사람은 자신들의 운명을 한탄한 끝에 마침내 한 가지 묘안을 생각해냈다. 다음 날 밤 모든 가족들이 잠들었을 때 감시의 눈을 피해 집을 나와서 들판으로 가기로 하였다. 그리고 마을의 경계선 너머에 있는 니노스(Ninus)의 무덤이라고 부르는 유명한 영묘가 있는 곳에서 만나기로 하고 먼저 간 사람이 나무 밑에서 뒤에 오는 사람을 기다리기로 했다. 그 나무는 흰 뽕나무였고 시원한 샘가에 있었다. 모든 것이 합의된 후 그들은 태양이 물 밑으로 내려가고 어서 달이 떠오르기를 고대하였다. 마침내 티스베는 베일로 얼굴을 가리고 가족들 눈을 피해 집을 나와 약속한 장소로 가서 나무 밑에 앉았다.

어둠 속에 외로이 앉아 있는데 갑자기 사자가 한 마리 나타났다. 방금 무엇을 잡아먹었는지 입에서 지독한 냄새를 풍기며 물을 마시려고 우물가로 어슬렁거리며 다가오고 있었다. 티스베는 이 광경을 보고 재빨리 바위틈으로 숨었다. 그러나 숨느라고 정신이 없어 베일을 떨어뜨리고 말았다. 사자는 우물에서 물을 마신 뒤 숲으로 돌아가려고 몸을 돌리다 땅 위에 떨어진 베일을 발견하고 피 묻은 입으로 찢어 버렸다.

피라모스는 늦게야 집에서 빠져나올 수 있었다. 약속장소에 도착한 그는 모래 위에 찍힌 사자의 발자국을 발견하고는 안색이 창백하게 질렸다. 그는 곧 갈가리 찢긴 피 묻은 베일을 발견했다. 그는 울부짖었다.

"오, 나의 가엾은 티스베! 그대가 죽은 것은 나 때문이오. 나보다도 더 오래 살아야 할 그대가 먼저 죽다니, 나도 그대를 따르리라. 그대를 이런 무서운 장소에 오도록 해놓고 홀로 둔 내가 죄인이오. 오라, 사자들아. 어서 와서 나도 물어뜯어라. 어서, 이 못된 사자들아!"

그는 베일을 손에 들고 약속한 곳으로 가서 키스와 눈물로 나무를 적셨다.

"나의 피로 너의 몸을 물들이리라."

피라모스는 칼을 빼어 자기의 가슴을 찔렀다. 상처에서는 피가 샘솟듯 흘러내려 뽕나무의 하얀 열매를 붉게 물들였다. 땅 위로 흐른 피는 뿌리로 스며들고 그 붉은 빛깔은 줄기를 타고 열매에까지 올라갔다.

그때까지 티스베는 공포에 떨고 있었다. 그러나 사랑하는 사람을 실망시켜서는 안 되겠다고 생각하고 조심조심 걸어나왔다. 그리고 불안한 마음으로 피라모스를 찾았다. 위험을 겪은 이야기를 어서 들려주고 싶었다. 그러나 약속 장소로 와서 뽕나무의 빛깔이 다른 것을 보고는 이곳이 약속 장소일까 하는 의심이 생겼다. 그녀는 잠시 머뭇거리는 동안 쓰러져 신음하는 한 사람을 발견했다. 티스베는 깜짝 놀라 뒤로 한 걸음 물러났다. 불길한 예감이 그녀의 온몸을 감쌌다. 그러나 곧 사랑하는 사람임을 안 그녀는 비명을 지르며 그를 끌어안았다. 그의 싸늘한 입술에 키스를 하며 그녀는 부르짖었다.

"오, 피라모스! 이게 무슨 날벼락이에요? 말 좀 하세요. 피라모스, 당신의 사랑하는 티스베예요. 제발 고개를 들어봐요, 네?"

티스베라는 말을 듣자 피라모스는 눈을 떴다. 그러나 그것은 아주 짧은 순간이었다. 티스베는 피 묻은 자기 베일과 칼이 없는 칼집을 발견했다.

"피라모스, 당신은 자결을 택하신 거군요. 그것도 나 때문에……."

티스베는 울부짖었다.

"그래요. 이번만은 나도 용기를 내겠어요. 나의 사랑도 당신의 사랑에 결코 뒤지지 않는답니다. 당신의 뒤를 따르겠어요. 모두 나 때문이니까요. 죽음이 당신과 나를 갈라놓았지만 내가 당신 곁으로 가는 것은 막지 못할 거예요. 그리고 우리의 불행한 부모님, 더 이상 우리 두 사람의 청을 물리치지 마세요! 사랑과 죽음이 저희들을 결합시켰으니 한 무덤에 묻어 주세요. 그리고 나무야, 너는 우리들 죽음의 증인이 되어다오. 너의 열매가 우리들 피의 기념이 되도록 하여다오."

이렇게 유언하고 티스베는 피라모스의 상처에서 칼을 뽑아 자신의 가슴에 내리꽂았다.

티스베의 부모는 그제야 후회의 눈물을 흘렸고, 신들도 이를 슬퍼했다. 두

■피라모스와 티스베(한스 발둥 그리엔)

사람은 소원대로 한 무덤에 묻혔다. 그 후 뽕나무는 오늘에 이르기까지 검붉은 열매를 맺게 되었다.

케팔로스와 프로크리스

미남인 케팔로스(Kephalos)는 과격한 운동을 좋아하였다. 해뜨기 전에 일어나서 짐승을 추격하기 일쑤였다. 어느 날 새벽에 여신 에오스가 그를 발견하고 사랑에 빠져 그를 납치하였다. 그러나 케팔로스는 최근에 결혼한 아름다운 아내가 있었다. 아내의 이름은 프로크리스(Procris)였다. 그녀는 수렵의 여신 아르테미스의 총애를 받았고, 여신에게서 가장 빨리 달릴 수 있는 개 한 마리와 표적을 정확히 맞히는 투창을 받았다. 그리고 프로크리스는 이 두 선물을 남편에게 주었다.

케팔로스는 아내를 사랑하였으므로 에오스의 사랑을 받아들이지 않았다. 에오스는 마침내 노하였다.

"가거라, 이 배은망덕한 녀석. 네 아내나 소중히 해라. 반드시 아내에게 돌아간 것을 후회할 때가 올 것이다."

에오스는 악담을 하며 케팔로스를 보내주었다.

케팔로스는 집으로 돌아왔다. 그리고 전과 같이 그의 아내와 더불어 행복한 생활을 하며 사냥도 즐겼다. 그때 마침 어떤 신이 노하여서 그 나라를 괴롭히려고 사나운 여우 한 마리를 내려 보냈다. 수많은 사냥꾼이 출동하여 그 여우를 잡으려고 전력을 다했지만 모두 허사였다. 그 여우를 추격하여 잡을 수 있는 개가 없었기 때문이다. 그러자 사냥꾼들은 케팔로스에게 쏜살같은 개 레라프스를 빌려달라고 하였다. 레라프스는 풀어 놓자 눈에 보이지도 않을 속도로 달려갔다. 모래 위에 발자국을 남기지 않았더라면 날아간 것이 아닐까 생각될 정도였다.

케팔로스를 포함하여 많은 사람들이 언덕 위에 서서 그 광경을 지켜보고 있었다. 여우는 갖은 재주를 부렸다. 빙빙 돌기도 하고 방향을 바꾸기도 하였다. 개는 여우에게 달려들어 그 뒷발을 문 듯했지만 물린 것은 여우가 아니라 허공이었다. 그 모습을 지켜보던 케팔로스가 표적을 절대 놓치지 않는 그의 창을 던지려고 한 순간 여우와 개는 순식간에 움직임을 멈추었다. 개와 여우를 지상에 내려 보낸 신들은 그 어느 쪽도 이기기를 원치 않았던 것이다. 살아서 움직이는 모습 그대로 이 두 짐승은 돌로 변하였다. 개는 물려고 하고 여우는 앞으로 달아나려고 하는, 살아 있는 그대로의 자연스러운 모습이었다. 그 돌을 본 사람은 누구나 그렇게 생각하였을 것이다.

케팔로스는 개를 잃었으나 곧 평정을 찾고 사냥을 즐기게 되었다. 그는 아침 일찍 집을 나와 혼자서 숲과 언덕을 돌아다녔다. 그에겐 어떤 경우에도 빗나가지 않는 확실한 무기가 있었기 때문이었다. 사냥에 지치면 시냇물이 흐르는 그늘진 숲에 누워 옷을 벗고 서늘한 바람을 즐겼다. 때로는 소리 높여 외치기도 하였다.

"어서 오라, 감미로운 바람아! 어서 와서 내 가슴에 부채질을 해 다오. 오라, 와서 나를 불태우는 열을 식혀다오."

어느 날 그곳을 지나가던 한 사람이 케팔로스의 이 같은 소리를 듣고 어떤 처녀와 나누는 이야기로 오해를 하였다. 그는 곧 이 비밀을 케팔로스의 아내 프로크리스에게 전하였다. 사랑은 늘 질투를 동반하는 것이다. 프로크리스는 충격으로 기절하였다. 한참 만에 깨어난 그녀는 이렇게 말했다.

"그럴 리가 없어. 내 이 두 눈으로 확인하기 전에는 믿을 수 없어."

프로크리스는 가슴을 죄면서 다음 날을 기다렸다. 케팔로스는 다음 날 아

■ 케팔로스와 프로크리스(요한 미하엘 로트마이어)

침에도 변함없이 사냥을 나갔고, 프로크리스는 그 뒤를 따랐다. 그리고 밀고
자가 알려 준 장소에 가서 숨었다. 케팔로스는 사냥을 즐기다가 피로하여 늘
가던 숲으로 가서 누웠다.

"오라, 감미로운 미풍아! 어서 와서 내게 부채질을 해다오. 내가 얼마나 너
를 사랑하는지 너도 잘 알지? 네가 있어서 이 넓은 숲도, 외로운 나의 산책도
언제나 즐겁단다."

이렇게 중얼거리고 있는데 숲속에서 흐느끼는 소리가 들려왔다. 케팔로스
는 야수가 아닐까 하여 소리 나는 곳을 향하여 힘껏 창을 던졌다. 사랑하는
프로크리스의 외마디 소리가 들려오자 던진 창이 표적을 정확히 맞혔음을 알
수 있었다. 케팔로스가 달려갔을 때는 프로크리스가 피를 흘리며 남편에게
선물로 주었던 창을 빼내려고 온갖 애를 쓰고 있었다. 케팔로스는 그녀를 일
으키고 출혈을 막으려고 애썼다.

"정신 차려요, 나를 두고 어디로 간단 말이오? 당신이 없는 나는 가엾은 신
세가 되지 않겠소? 죽음으로써 나를 책망하지 말아요."

케팔로스가 외쳤다.

그녀는 힘없이 눈을 떴다. 그리고 있는 힘을 다해 입을 열었다.

"당신이 나를 사랑한 적이 있었다면, 그리고 내가 당신의 사랑을 받을만한
가치가 있었다면 제발 이 마지막 소원을 들어주세요. 그 얄미운 미풍하고는
결혼하지 말아 주세요."

이 말이 모든 비밀을 밝힌 셈이다. 그러나 이제 와서 비밀이 밝혀진들 무슨
소용이 있으랴. 그녀는 이미 죽어가고 있었다. 그러나 그녀의 얼굴은 평온해
보였다. 그가 사건의 진상을 설명하였을 때 그녀는 그를 용서한다는 듯 애처
롭게 남편을 쳐다보았다.

헤라와 이오

하늘의 여왕 헤라(유노)는 어느 날 갑자기 날이 어두워지는 것을 보고 이것은 필시 남편인 제우스가 세상에 알려지기를 원치 않는 행동을 하고 그것을 감추려고 구름을 일으킨 것이라고 생각하였다. 헤라가 구름을 헤치고 보니 제우스는 풀이 무성한 냇가에서 아름다운 암송아지와 함께 있었다. 헤라는 그 암송아지는 분명 인간의 모습을 한 요정이 모습을 바꾼 것이 틀림없다고 여겼다. 헤라의 짐작은 틀림이 없었다. 제우스는 물의 신 이나코스(Inachos)의 딸인 이오(Io)와 함께 노닐다가 헤라가 가까이 오는 것을 보고 황급히 이오를 암송아지로 변신시킨 것이다.

헤라는 남편 곁으로 와서 암송아지를 보고 그 아름다움을 찬양하였다. 그리고 누구의 것이며 무슨 짐승이냐고 물었다. 제우스는 꼬치꼬치 캐물을 것이 분명하다고 여기고 지상에서 태어난 새로운 품종일 뿐이라고 대답했다. 헤라는 그것을 자신에게 선물로 달라고 간청하였다. 제우스는 어떻게 하면 좋을지 망설였다. 자신의 애인을 아내에게 주고 싶지 않았지만 송아지 한 마리를 못 주겠다고 거절하면 의심을 받을 테니까 어쩔 수 없이 승낙하고야 말았다. 그러나 헤라는 의심이 싹 가시지 않았으므로 송아지를 아르고스에게 맡기고 엄중한 감시를 하도록 명령했다.

■ 제우스와 이오를 발견한 헤라(피터 라스트만)

아르고스(Argos)는 머리에 백 개의 눈을 가지고 있었다. 그리고 잘 때에는 언제나 동시에 두 개 이상의 눈을 감지 않았으므로 잠시도 쉬지 않고 이오를 감시할 수 있었다. 낮에는 마음대로 풀을 먹을 수 있도록 풀어 놓고 밤이 되면 목덜미를 보기 흉한 끈으로 결박하였다.

이오는 팔을 내밀고 아르고스에게 결박을 풀어 달라고 애원하려고 했으나 내밀 팔이 없었고, 말을 하려 해도 목소리는 자신도 깜짝 놀랄 정도로 소의 울음소리와 닮아 있었다. 어느 날 아버지와 자매들을 발견하고 달려갔지만 가족들은 아름다운 소라고 등을 토닥거려줄 뿐이었다. 아버지가 손을 내밀며 풀을 한 줌 주었다. 이오는 아버지의 손을 핥았다. 자기가 누구인가를 아버지에게 알리고 싶었다. 자기의 소원을 말하고 싶었다. 그러나 말을 할 수가 없어 안타깝기만 했다.

마침내 이오는 한 가지 방법을 생각해냈는데 그것은 글씨를 쓰는 것이었다. 이오는 발굽으로 모래 위에 자기의 이름을 썼다. 아버지 이나코스는 그것을 알아보았다. 그렇지 않아도 오랫동안 딸의 행방을 수소문하여 찾던 중이었다. 이나코스는 애통한 마음을 금할 수 없어 딸의 목을 끌어안으며 외쳤다.

"오, 나의 딸아! 차라리 너를 아주 잃는 편이 이보다는 덜 애통했을 거다."

이나코스가 이같이 탄식하고 있는 것을 보고 아르고스가 가까이 다가와 이오를 쫓고 들판이 잘 내려다보이는 높은 둑 위에 자리를 잡고 앉아 이오를 감시했다.

제우스는 자기의 연인이 그렇게 고생을 한다는 사실이 몹시 안쓰러웠다. 제우스는 헤르메스를 불러 아르고스를 죽이라고 명령하였다. 헤르메스는 서둘러 발에는 날개 돋친 신을 신고, 머리에는 모자를 쓰고, 잠이 오게 하는 지팡이를 짚고 천상의 탑에서 지상으로 뛰어내렸다. 지상에 도착하자 날개를 떼어 버리고 지팡이만 손에 들고 양 떼를 몰고 있는 목동의 차림으로 이리저리 거닐면서 파리를 불었다. 시링크스(Syrinx)라고 불리는 피리였다. 한편 아르고스는 지금까지 그런 악기를 본 일이 없으므로 호기심이 생겼다.

"이보게 젊은이, 내 곁에 있는 이 바위 위에 앉게나. 이곳이 양이 풀을 뜯기에는 그만이라네. 그리고 이곳에는 목동이 쉴 수 있는 시원한 그늘도 있다네."

헤르메스는 아르고스의 곁에 앉아 이런저런 이야기를 나누었다. 그리고 감시의 눈을 잠들게 하기 위해서 마음을 진정시키는 곡조로 피리를 불었다. 그러나 그것도 허사였다. 아르고스의 눈은 일시에 잠들지 않기 때문이었다. 이런저런 이야기 끝에 헤르메스는 자기의 피리가 어떻게 만들어진 것인가를 설명하기 시작했다.

"시링크스라는 이름을 가진 요정이 있었지요. 그 요정은 사티로스와 숲의 요정들로부터 한 몸에 사랑을 받고 있었어요. 그러나 시링크스는 누구도 좋아하지 않고 여신 아르테미스의 충실한 숭배자로서 사냥하는 데에만 따라다녔답니다. 시링크스가 사냥복을 입었을 때에는 여신 자신과 혼동될 만큼 비슷해 보였답니다. 오직 다른 점이 있다면 아르테미스의 활은 은으로 만든 것이었는데 시링크스의 활은 뿔로 만든 것이라는 점뿐이었습니다.

어느 날 시링크스는 사냥에서 돌아오던 길에 판을 만나게 되었는데 판도 그와 같은 말을 하지 않겠어요? 시링크스는 그의 찬사에도 귀 기울이지 않고 달아나고 말았지요. 그는 시냇가의 둑까지 시링크스의 뒤를 쫓아 그곳에서 그녀를 붙잡았지요. 시링크스는 다급하여 친구인 물의 요정들에게 구원 요청을 했고, 물의 요정들은 시링크스를 돕기로 했어요. 판은 시링크스의 몸이라 생각하고 힘껏 껴안았는데 알고 보니 그가 껴안은 것은 한 움큼의 갈대였어요. 그가 탄식을 하자 공기가 갈대 속을 지나 애소하는 듯한 멜로디를 냈지요. 판은 신기하고 감미로운 멜로디에 취하여 말하였습니다.

'이렇게 해서라도 너를 나의 것으로 만들어 보겠다.'

그래서 판은 몇 개의 갈대를 쥐고 길이가 다른 갈대를 나란히 한데 합쳐 피리를 만들었답니다. 그 악기는 물론 사랑하는 요정의 이름을 붙여 시링크스라고 불렀답니다."

헤르메스가 이 이야기를 다 끝마치기 전에 아르고스의 여러 눈은 스르르 감겼다. 그의 머리가 가슴으로 늘어져 흔들리는 것을 본 헤르메스는 단칼에 그의 목을 베었다. 백 개의 눈을 가진 아르고스의 머리도 바위 아래로 굴러 떨어지고 말았다. 백 개의 눈이 일시에 그 빛을 잃고 만 것이다. 헤라는 이 눈들을 빼어 자기의 공작 꼬리에 장식으로 매달았다. 그래서 오늘날까지 아르고스의 많은 눈들이 공작의 꼬리에 남아 있다.

헤라의 복수심은 더욱 타올랐다. 그녀는 이오를 괴롭히기 위하여 동물의 피를 빨아먹는 등에 한 마리를 보냈다. 이오는 이 등에의 추적을 피하여 온 세상을 떠돌아다녔다. 이오는 오늘날의 이오니아 해를 헤엄쳐서 건넜으므로 그 바다는 이오의 이름을 남기고 있다. 그리고 일리리아의 들을 방황하고, 하이모스 산에 오르고, 트라키아 해협을 횡단하고 — 이 해협의 이름인 보스포로스[소가 건넜다]는 여기에서 유래한다. — 스키티아 지방과 킴메르인의 나라를 방황한 후에 나일 강가에 도착했다. 더 이상의 불행을 지켜볼 수 없었던 제우스는 헤라에게 이오를 다시는 만나지 않겠다고 약속했다. 헤라는 이오를 원래의 모습으로 돌아오게 하는 데 동의했다.

이오가 조금씩 인간의 모습으로 돌아오는 과정은 참으로 기묘했다. 몸에서 거친 털이 빠지고, 뿔이 사라지고, 눈이 점점 작아지고, 입이 짧아졌다. 앞발의 발굽 대신에 손과 손가락이 나타났다. 마침내 암소의 모습은 완전히 사라지고 본래의 아름다운 모습이 되었다. 이오는 처음에 소의 울음소리가 나지 않을까 염려하여 말을 하지 않았으나 시간이 흐르자 자신감을 가지게 되었고, 곧 아버지와 자매들의 품으로 돌아갔다.

헤라와 칼리스토

칼리스토(Callisto)도 헤라의 질투심을 자극한 미녀 중의 하나이다.
"나의 남편을 홀린 너의 미모를 빼앗겠다."
이렇게 말하고 헤라는 그녀를 곰으로 변하게 했다.

칼리스토는 손과 무릎을 땅에 대고 애원하기 위해 팔을 펴려고 하였다. 그러나 팔에는 벌써 검은 털이 나기 시작했다. 손은 둥글고 아래로 오목하게 휘어진 손톱이 생겨났다. 제우스가 아름답다고 늘 칭찬하던 입은 무서운 곰의 입으로 변해 버렸다. 듣는 이의 마음을 자극하여 애련한 정을 불러일으키던 목소리는 으르렁대는 울음소리로 변하여 사람들에게 공포심을 불러일으킬 뿐이었다. 그러나 마음만은 전과 다름이 없었다. 그녀는 신음 소리를 그치지 않으며 자기의 운명을 탄식하였다. 그리고 용서를 빌기 위해 앞다리를 올리면서 될 수 있는 한 꼿꼿이 섰다. 말을 할 수 없었지만 속으로는 제우스를 원망하였다. 칼리스토는 밤이 되면 홀로 숲속에 있는 것이 무서워 전에 다니던 곳을 방황한 일도 한두 번이 아니었다. 얼마 전까지만 해도 여자 사냥꾼이었던 그녀가 사냥개에 놀라고 사냥꾼이 두려워 도망을 쳐야만 했기 때문이다. 때로는 자기가 짐승이라는 것을 잊고 다른 짐승을 피하여 숨기도 했으며, 자기 자

■ 제우스와 칼리스토(루벤스)

신이 곰이면서도 다른 곰을 두려워하였다.

어느 날 한 청년이 사냥을 나왔다가 칼리스토와 만났다. 칼리스토는 그 청년이 장성한 자기 아들임을 알아보고 그에게 다가가 포옹하려고 하였다. 깜짝 놀란 청년은 칼로 칼리스토를 찌르려고 하였다. 그때 이 광경을 본 제우스는 그들의 행동을 멈추게 하여 하늘의 별들 사이에 데려다 놓았다. 이 별자리가 바로 큰곰자리와 작은곰자리이다.

헤라는 자기의 적이 이처럼 명예로운 자리에 오르자 분해서 견딜 수가 없었다. 그녀는 급히 연로한 바다의 신인 테티스(Tethys)와 오케아노스에게 갔다. 그리고 그들이 무슨 일로 왔느냐고 묻자 이렇게 대답했다.

"당신들은 신들의 여왕인 내가 왜 넓은 하늘을 떠나 이 깊은 바다까지 왔느냐고 물으셨죠? 나를 하늘에서 밀쳐내고 대신 내 자리를 차지한 자가 있어요. 내 말이 믿어지지 않는다면 밤하늘을 보세요. 그러면 북극 하늘, 제일 작은 별자리가 있는 곳이 보일 거예요. 나를 노하게 한 자가 이런 명예를 얻게 된다면 이 다음에도 누가 나의 노여움을 두려워하겠어요. 그렇지 않은가요? 내가 한 일의 결과가 어떻게 되었는지 보세요. 나의 권능이 이 정도밖에 안 된단 말이에요. 내가 전에 이오에게 본래의 모습을 찾게 해 주었듯이, 그것에게도 차라리 그렇게 했더라면 이렇게 속이 상하진 않았을 텐데……. 분명 제우스는 그녀와 결혼하고 나를 쫓아낼 거예요. 그러나 나의 부모인 당신들이 나를 동정하신다면, 그리고 내가 이런 냉대를 받는 것이 억울하시다면 그것들이 바다로 들어오는 것을 막아 주세요, 부탁이에요."

헤라의 얘기를 듣고 대양의 신들은 동의하였다. 그 결과 큰곰과 작은곰의 별자리는 하늘에서 맴돌 뿐 다른 별들처럼 대양 밑으로 가라앉을 수 없게 되었다.

아르테미스와 악타이온

앞의 두 예를 보더라도 헤라의 질투심이 얼마나 무서운 것인지 알 수 있다. 다음은 처녀 신 아르테미스(디아나)가 자신의 자존심을 상하게 한 자를 어떻게 벌하였는지를 살펴보자.

해가 하늘의 한가운데에 떠 있던 한낮이었다. 카드모스(Kadmos) 왕의 아들인 젊은 악타이온(Aktaeon)이 함께 산에서 사슴 사냥을 하고 있던 친구들에게 이렇게 말했다.

"이보게, 친구들. 우리의 그물과 무기는 짐승의 피로 물들었네. 이만하면 오늘의 사냥거리로 충분할 것이니 내일 또 하세나. 해가 있는 동안 무기를 놓고 푹 쉬도록 하세."

이 산은 삼나무와 소나무가 우거져 있었고, 그 골짜기는 수렵의 여신 아르테미스에게 바쳐진 곳이었다. 골짜기 가장 안쪽에는 동굴이 하나 있었다. 사람들이 일부러 꾸민 것은 아니었지만 자연이 그 구조에 기교를 부린 것처럼 보였다. 특히 천장의 아치형 바위는 더욱 그러하였다. 굴 한구석에는 샘물이 솟아나오고 넓은 웅덩이 둘레에는 풀이 무성하게 자라 있었다. 숲의 여신 아르테미스는 사냥에 지치면 이곳에 와서 맑은 물로 지친 몸을 씻곤 하였다.

어느 날 아르테미스는 요정들과 함께 그 샘가로 갔다. 한 요정에게는 창과 전통과 활을 맡기고, 다른 요정에게는 옷을, 다른 요정에게는 여신이 신고 있던 구두를 벗기게 했다. 그들 가운데에서도 가장 꼼꼼한 성격의 크로칼레는 여신의 머리를 빗겨 주었다. 네펠레와 히알레, 그리고 다른 요정들은 큰 항아리에 물을 긷고 있었다.

이렇게 여신이 몸치장을 하고 있을 때 악타이온은 친구들 곁을 떠나 별 생각 없이 거닐다가 우연히 동굴 앞을 지나게 되었다. 그가 동굴 입구에 다가가

자 요정들은 비명을 지르며 자기들의 몸으로 여신의 나체를 가렸다. 그러나 여신은 요정들보다 키가 컸으므로 머리가 밖으로 나왔다. 해가 뜰 때나 질 때 찾아오는 그 붉은 빛깔이 놀란 아르테미스의 얼굴을 물들였다. 요정들에게 둘러싸인 아르테미스는 반사적으로 활을 찾았다. 그러나 활이 가까이 없음을 알자 이 침입자에게 물을 끼얹으며 말하였다.

"가서 아르테미스의 나체를 보았다고 말할 수 있으면 말해 보아라."

이 말이 끝나자마자 악타이온의 머리에는 사슴의 뿔이 돋고, 목은 길어지고, 귀는 뾰족하게 되고, 손은 앞발이 되고, 팔은 긴 다리가 되고, 몸에는 털이 나고 반점이 있는 짐승의 가죽이 덮이게 되었다. 전에는 대담했던 그의 마음도 나약해져 버렸다. 그는 공포에 떨며 달아났다.

악타이온은 도망치는 자기의 걸음이 몹시 빠르다는 것을 느끼며 스스로 놀랐다. 그러나 물속에 비친 자기의 뿔을 보고는 너무 기가 막혀 숨이 멎는듯했다.

"아, 이 처참한 내 신세여."

악타이온이 슬프게 외쳤으나 말이 되어 밖으로 나오지 않았다. 그는 신음하였다. 눈물이 사슴으로 변한 그의 얼굴에 흘러내렸다. 그러나 의식만은 남아 있었다. 어떻게 하면 좋을까? 숲속에 남아 있자니 무섭고 집으로 돌아가자니 부끄러웠다. 그가 주저하고 있는 동안에 개의 무리와 마주쳤다. 제일 먼저 스파르타의 개인 멜람푸스가 짖어 신호를 하자 개의 무리들이 바람보다도 빨리 그에게로 돌진하였다. 그가 바위와 절벽을 넘고 길이 없는 골짜기로 달아나도 개들은 계속 추격하였다. 그가 전에 종종 사슴을 추격하고 그의 사냥개들을 격려하던 곳에서 지금은 그의 사냥 친구들의 격려를 받으면서 자기의 사냥개들이 자신을 추격하고 있었다.

■ 디아나와 악타이온(지우제페 세자리)

■ 목욕을 하고 나오는 디아나(부세)

'나는 악타이온이다. 너희는 주인도 못 알아보느냐?' 고 외쳤지만 말이 나오지를 않았다. 개 짖는 소리에 사방이 요란하였다. 곧 한 마리가 그의 뒤에서 달려들고 다른 한 마리는 그의 어깨를 물었다. 두 마리의 개가 그들의 주인을 물고 있는 동안에 다른 개들도 달려와서 이빨로 그를 물어뜯었다. 그는 신음하였다. ― 그것은 인간의 소리는 아니었지만 그렇다고 사슴의 소리도 아니었다. ― 그는 무릎을 꿇고 얼굴을 들었다. 만약 그가 팔을 가졌다면 애원하기 위하여 팔을 들었을 것이다. 그의 친구들과 동료 사냥꾼들은 개들을 응원하였다. 그리고 어서 와서 구경하라며 악타이온를 불렀다. 악타이온은 자신을 부르는 소리를 듣자 더 이상 견딜 수 없어 얼굴을 돌렸다. 나도 이 현장에 서 있을 수 있다면 ― 그렇다면 얼마나 신날까? ― 개들을 칭찬하며 유쾌하게 웃었을 것이다. 그러나 자신이 공격의 대상이 되다니, 그것은 너무 참혹한 일이었다. 개들은 그를 둘러싸고 찢고 뜯었다. 그가 갈기갈기 찢겨 목숨이 끊어질 때까지 아르테미스의 분노는 가라앉지 않았다.

레토와 농부들

어떤 사람들은 악타이온에 대한 아르테미스의 행동이 너무 가혹했다고 말하는가 하면, 또 어떤 사람들은 처녀의 존엄성에 합당한 정당한 행위라고 말한다. 새로운 사건은 늘 비슷한 옛 사건을 연상시키기 마련인데, 이 이야기를 듣고 있던 어떤 사람이 다음과 같은 이야기를 시작하였다.

"리키아 지방에 살던 몇몇 시골 사람들이 여신 레토(라토나)를 모욕한 일이 있었는데, 물론 무사할 수가 없었지. 내가 젊었을 때, 나의 아버지는 힘든 일을 하기에는 너무 연로하셔서 나에게 리키아로 가서 좋은 소를 몇 마리 몰고 오라고 명하셨다네. 그곳에서 나는 지금 이야기하려고 하는 이상한 사건이 일어난 샘과 늪을 보았다네. 그 근처에는 오래된 제단이 있었는데, 희생물을 태운 연기로 새까매진 채 갈대 속에 묻혀 있었네. 나는 이 제단이 어떤 신 — 숲의 신인지 샘의 신인지 또는 이 근처에 있는 산의 신인지 — 의 제단인가를 물어보았다네. 그 지방 사람이 대답했지.

'이 제단은 산의 신이나 물의 신 것이 아니랍니다. 이것은 한 여인의 것입니다. 그 여인이란 다름 아니라 헤라 여신의 질투에 쫓겨 두 쌍둥이를 양육할 한 치의 거처도 마련 못한 레토 여신입니다. 레토 여신은 두 쌍둥이를 안고 이곳저곳을 떠돌다가 이 고장에 이르렀는데 몸은 지칠 대로 지쳐 있었고, 목은 갈증이 나서 탈 것 같았습니다. 레토 여신은 우연히 골짜기의 밑바닥에서 맑은 물이 솟아나는 이 샘을 발견했답니다.

그 고장 사람들은 샘가에서 버들가지를 모으고 있었는데 레토 여신이 가까이 가서 샘가에 무릎을 꿇고 목을 축이려고 하였습니다. 그러나 농부들이 물을 먹지 못하게 하였습니다. 여신은 말하였습니다. 왜 물을 못 먹게 하지요? 물은 누구나 마음대로 먹을 수 있는 것이오. 자연은 아무에게도 햇빛과 공기, 물을 자기의 사유물이라고 주장하는 것을 허용하지 않았어요. 누구나 누릴 수 있는 자연의 혜택을 나도 누리려고 하는 것뿐이에요. 그럼에도 불구하고 나는 당신들에게 간청하고 있잖아요? 나는 피로한 팔 다리를 씻으려는 것도 아니고 그저 목을 축이고자 할 따름이에요. 나의 입은 말을 못할 정도로 타고 있어요. 물 한 모금이 나에게는 넥타르와 같은 것이에요. 그것은 나에게 큰 힘이 될 거예요. 그리고 당신들을 생명의 은인으로 알겠어요. 이 어린것들을 봐서라도 동정해 주세요. 이 아이들이 나를 변호하려는 듯 작은 팔을 내밀고 있잖아요. 그러니 제발…….

　사실 어린아이들이 팔을 내밀고 있었답니다. 레토 여신의 이 같은 말에 누가 감동하지 않겠습니까? 그러나 이 농부들은 단호히 거절하고 말았답니다. 그들은 레토 여신을 조롱하고 이곳에서 물러가지 않으면 그냥 두지 않겠다고 위협을 했습니다. 그 뿐만이 아니었습니다. 샘 속으로 들어가서 발로 휘저어 흙탕물을 일으켜 물을 먹지 못하게 하였답니다. 레토 여신은 너무 화가 나서 목이 마른 것도 까맣게 잊었답니다. 더 이상 농부들에게 애원하지 않고 하늘을 향해 손을 들고 외쳤답니다.

　'이들이 평생 이 샘을 떠나지 못하고 이곳에서 살게 해 주십시오.'

　그러자 소원이 바로 현실이 되었습니다. 그들은 지금도 물속에서 살고 있습니다. 때로는 한꺼번에 물속으로 들어가기도 하고, 때로는 수면에 손을 내밀기도 하고 헤엄치기도 합니다. 가끔 물 밖으로 나오나 곧 다시 들어갑니다. 그들은 지금도 입에 담지 못할 상스런 욕지기를 하고 있습니다. 물속에 있으면서도 물이 부족한지 계속 꺼이꺼이 울고 있습니다. 그들의 목소리는 거칠고, 목구멍은 부풀고, 입은 항상 욕지거리를 하기 때문에 넓게 째지고, 목은 오그라들어 없어지고, 머리와 몸뚱이가 한데 붙어 버렸습니다. 등은 녹색이고 어울리지 않게 큰 배는 백색입니다. 한 마디로 말하면 그들은 개구리가 되어 진흙 연못에 살게 된 것입니다.'

　어떤가? 이 얼마나 끔찍한 이야기인가?'

　이 이야기에 나오는 레토가 헤라로부터 받은 박해는 전설에 의하면 다음과 같다. 장차 아폴론과 아르테미스의 어머니가 될 레토는 헤라의 분노를 피하여 아이가이온(에게) 해에 있는 섬을 두루 돌아다니며 은신처를 제공해 달라고 탄원하였다. 그러나 모두들 하늘의 여왕 헤라의 미움을 산 레토에게 도움의 손길을 내밀려 하지 않았다. 화를 입을 것이 너무나 분명했기 때문이었

다. 그러던 중 유일하게 델로스 섬만이 장차 탄생할 신들의 탄생지가 되어주
겠다고 허락하였다. 그 당시 이 섬은 고정되지 않고 바다에 떠 있는 섬이었으
나 레토가 그곳에 도착하자 제우스가 아주 견고한 쇠사슬로 섬을 해저에 붙
들어 매어 사랑하는 사람의 안전한 휴식처가 되게 하였다고 한다.

파에톤

파에톤(Phaethon)은 아폴론과 요정 클리메네(Clymene) 사이에서 태어난 아들이다. 어느 날 한 친구가 네가 무슨 신의 아들이냐고 비웃었다. 파에톤은 화도 나고 또 부끄럽기도 하여 집으로 돌아와 어머니에게 그 이야기를 하였다. 그리고 말하였다.

"어머니, 제가 진짜 신의 아들이라면 그 증거를 보여 주십시오. 그리고 저의 이 명예로운 신분을 보증해 주십시오."

클리메네는 하늘을 향해 손을 들고 말했다.

"네게 한 내 말이 참말이라는 것에 대한 증인으로서 우리들을 내려다보고 있는 태양신인 아폴론을 내세우겠다. 만약 내 말이 거짓이라면 당장 죽어도 한이 없을 것이다. 네가 직접 찾아가서 물어보는 데도 별로 큰 힘이 들지 않을 것이다. 태양이 떠오르는 나라는 우리나라와 접경하고 있다. 태양신에게 가서 너를 자신의 아들로 인정하느냐고 직접 물어보아라."

이 말을 듣고 뛸듯이 기뻐진 파에톤은 바로 해 뜨는 지방에 해당하는 인도를 향해 길을 떠났다. 그리고 희망과 자신에 넘쳐서 그의 아버지의 여행 출발점인 목적지에 다다랐다.

태양신의 궁전은 원주 위에 높이 솟아 금과 같은 보석으로 반짝이고 잘 닦인 천장은 윤이 나는 상아로 이루어져 있었다. 은으로 만든 출입문은 바라보기만 해도 눈이 부셨다. 재료도 재료지만 그것을 가공한 솜씨도 대단히 훌륭했다. 헤파이스토스가 그 벽에 지구와 바다와 공중과 그 주민들을 그렸기 때문이었다. 바다에는 요정들이 파도를 타거나 물고기의 등에 타고 장난을 하기도 하고, 혹은 바위 위에 앉아 바닷물 같은 푸른 머리를 말리고 있었다.

요정들의 얼굴은 똑같지는 않았지만 형제나 자매처럼 비슷한 모습이었다. 대지에는 마을과 숲, 강과 전원의 신들이 있었다. 이 모든 것 위에는 영광스러운 하늘의 모습이 조각되어 있었고, 은으로 된 문 위에는 양쪽에 여섯 개씩 열두 개의 궁전이 정교하게 조각되어 있었다.

클리메네의 아들은 험한 오르막길을 올라서는 논쟁거리가 된 그의 아버지의 집으로 들어갔다. 그리고 아버지가 있는 곳으로 갔는데 광선이 너무 강했기 때문에 더 이상 가까이 다가가지 못하고 멈추었다. 아폴론은 자줏빛 옷을 입고 금강석을 박은 듯이 반짝이는 왕좌에 앉아 있었다. 그의 좌우에는 날[日]의 신과 달[月]의 신, 그리고 해[年]의 신이 서 있었고, 또 정확한 간격을 두고 시간[時]의 신이 서 있었다. 봄의 신은 화사한 화관을 쓰고 있었고, 여름의 신은 옷을 벗은 채 익은 곡식 줄기로 엮은 관을 쓰고 있었으며, 가을의 신은 포도즙으로 발이 젖어 있었고, 겨울의 신은 흰 서리로 머리털이 굳어져 있었다. 이러한 시종들에게 둘러싸인 태양신은 삼라만상을 굽어보는 눈으로 얼이 빠진 청년을 바라보며 무슨 일로 왔느냐고 물었다. 청년은 대답하였다.

"영원한 이 세상의 빛인 아버지 — 이렇게 부르는 걸 허락하신다면 — 아폴론이시여, 제발 제가 당신의 아들이라는 것을 알 수 있는 증거를 보여 주십시오."

파에톤은 조마조마한 마음으로 대답을 기다렸다. 그러자 아폴론은 머리에 쓰고 있던 눈부신 화관을 벗어 놓고 청년에게 좀 더 가까이 오라고 명령했다.

그리고 그를 끌어안으면서 말했다.

"너는 틀림없는 내 아들이다. 너의 어머니가 너에게 말한 것은 틀림없는 사실이다. 너의 의심을 풀기 위하여 무엇이든 네가 원하는 선물을 줄 테니 내게 말해 보아라. 나는 아직 한 번도 보지는 못했지만 우리 신들이 약속할 때 내세우는 저 무서운 호수[10]를 증인으로 세울 수도 있다."

파에톤은 그 자리에서 하루만 태양의 이륜차를 몰게 해 달라고 간청했다. 아폴론은 무엇이든 들어주겠다고 한 약속을 몹시 후회했다. 몇 번이나 고개를 가로저으며 거절의 뜻을 표시했다.

"내가 너무 생각 없이 말했구나. 그 부탁만은 들어줄 수가 없단다. 그러니 너도 다른 부탁을 해 주면 고맙겠구나. 그 부탁을 들어준다는 것은 오히려 너에게 해가 될지도 모른다. 네 나이에 태양의 이륜차를 몬다는 건 너무 벅찬 일이다. 너는 인간인데도 인간의 힘에 겨운 일을 원하고 있구나. 너는 무지하기 때문에 신들도 감히 생각 못하는 일을 해 보려고 하는 거란다. 나 이외에는 누구도 저 이륜차를 몰 수 없다. 오른팔로 번개를 일으키는 무서운 힘을 가진 제우스조차도 말이다.

그 마차가 가는 길의 처음은 너무 험해서 아침에도 말들이 오르기 어렵고, 중간 부분은 높은 하늘에 있기 때문에 나도 정신이 아찔해서 내 밑에 가로놓여 있는 지구와 바다를 내려다보기가 곤란할 정도다. 길의 마지막 부분은 경사가 심해서 마차를 부리는 데 몹시 주의해야 한다. 나를 접대하려고 기다리는 바다의 여신 테티스는 내가 거꾸로 떨어지지나 않을까 근심하는 일이 많지. 뿐만 아니라 하늘은 늘 회전을 하면서 여러 별들을 몰고 오므로 나도 휩쓸리지 않으려면 정신을 바짝 차리고 단단히 경계를 해야 한단다.

---

10) 저승을 흐르는 스틱스 강을 말함

만약 내가 너에게 그 이륜차를 빌려 준다면 너는 어떻게 할 작정이냐? 천구(天球)가 밑에서 회전하고 있는데 똑바로 진로를 유지할 수 있을 것 같으냐? 아마도 너는 도중에 마을이나 숲, 강이 있으리라고 생각하겠지만 그건 굉장한 오산이란다. 길은 무서운 괴물들 사이를 통과한단다. 사수궁(射手宮) 앞에 있는 황소[金牛宮]의 뿔 곁을 지나고, 사자[獅子宮]의 턱 가까이 가기도 하고, 전갈[天蠍宮]이 한쪽에서 팔을 뻗치고, 다른 쪽에서는 게[天蟹宮]가 팔을 뻗치는 곳도 통과해야 한다. 또 이륜차를 끌고 가는 말을 다루는 것도 쉬운 일이 아니란다. 왜냐하면 말들은 입과 콧구멍으로 불을 내뿜기 때문이지. 주인인 나도 말들이 말을 듣지 않거나 고삐를 움직이는 대로 움직여 주지 않으면 난감해진단다.

잘 생각해 보렴. 만약 너에게 이륜차를 빌려 준다면 너의 생명이 위태로워질지도 모른다. 아직 늦지 않았으니 그 부탁을 취소하렴. 네가 나의 혈육이라는 증거는 내가 너를 걱정하는 이 마음이 그 증거가 아니겠니. 나를 자세히 보아라. 네가 나의 가슴 속을 들여다볼 수만 있다면 너는 한 아비의 얼굴에 나타나는 사랑을 엿볼 수 있을 것이다."

그는 계속해서 말했다.

"자, 세계를 돌아보고, 바다의 것이든 지상의 것이든 네가 갖고 싶은 것이 있으면 말하렴. 태양의 이륜차를 제외하고는 무엇이든지 네 소원을 들어주마. 그것은 명예가 아니고 네 파멸을 초래할 뿐이란다. 그런데 너는 여전히 내 목을 껴안고 조르는구나. 네가 그렇게 고집을 부린다면 이륜차를 몰게 해주마. 서약을 한 이상 지켜야 하니까. 그러나 애야, 좀 더 현명한 선택을 하기를 바란단다."

아폴론은 걱정스런 표정으로 말을 맺었다. 그러나 파에톤은 아무리 알아듣게 설명하여도 듣지 않고 이륜차를 고집하였다. 그래서 아폴론은 하는 수 없이 이륜차가 서 있는 곳으로 파에톤을 안내하였다.

그 이륜차는 헤파이스토스가 선물한 것으로 금과 은으로 만들어져 있었다. 차축과 채와 바퀴는 금으로 되어 있었고, 바퀴의 살은 은으로 장식되어 있었다. 좌석의 측면에는 감람석과 금강석이 박힌 여러 줄이 있었는데, 그것이 태양의 광선을 사방에 반사하였다. 대담한 청년 파에톤이 감탄하여 이를 들여다보고 있을 때, 새벽의 여신은 동쪽의 자줏빛 문을 열어젖히고 장미꽃을 여기저기 뿌린 길을 밝혔다. 별들은 금성의 지휘로 물러가고 나중에는 금성도 퇴각하였다.

아폴론은 지구가 붉게 빛나기 시작하고 달의 여신도 퇴각하려고 하는 것을 보고 시간의 신들에게 명령하여 말들에게 마구를 지게 하였다. 그들은 명령에 따라 높은 마구간에서 암브로시아로 배가 부른 말 몇 필을 끌어내어 고삐를 매었다. 아버지는 아들의 얼굴에다 화염에도 견딜 수 있는 영약을 꼼꼼하게 발라 주었다. 아버지는 머리에 벗어 놓았던 광선관을 다시 쓰고 불길한 일을 예감하는 듯이 탄식을 하면서 이렇게 말하였다.

"애야, 잘 들어두렴. 적어도 이것 한 가지만은 아비의 말을 명심하여야 한다. 될 수 있는 한 채찍질은 삼가고 대신 고삐는 꼭 쥐고 있어야 한다. 말들이 제멋대로 달리니까 제어하기가 무척 힘들단다. 다섯 개의 궤도 사이를 곧장 나아가서는 안 되고, 왼편으로는 비껴가야 한다. 또한 중간 지대로 가야 하며, 북극 지대나 남극 지대는 피해야 한다. 수레바퀴의 자국이 있을 테니 그것만 따라가면 될 것이다. 공중과 지구가 다 적당한 열을 받게 하기 위해 진로를 너무 높이 잡으면 안 된다. 너무 높이 날면 천상의 궁전을 모두 태워 버리게 될 것이다. 그렇다고 너무 낮게 날면 지구에 불이 붙을 것이다. 중간 진로가 제일 안전하고 좋다. 이만하면 내 당부는 끝이다. 나는 너를 운명에 맡긴다. 행운을 바라는 마음이 간절하구나. 인력보다도 운명에 달린 것이니까.

밤이 서쪽 문밖으로 나가고 있으니 더 이상 지체할 수 없다. 어서 고삐를 잡아라. 그러나 만일 자신이 없어지면 어디든지 안전한 곳에서 발을 멈추어라. 그리고 지구를 비추고 따뜻하게 하는 일은 나에게 맡겨라."

아버지의 말이 끝나자 성급한 이 청년은 이륜차 속으로 뛰어 들어가 똑바로 서서 기쁜 마음으로 고삐를 잡았다. 수심에 가득 찬 아버지에게 감사하다는 말을 하면서.

그동안 말들은 콧바람을 불고 불을 뿜고, 숨을 내쉬며 성급하게 발을 구르고 있었다. 고삐를 푸니 우주의 무한한 평야가 그들 앞에 펼쳐졌다. 그들은 앞으로 돌진하고 시야를 가로막고 있는 구름을 헤치고, 같은 동쪽 지점에서 함께 출발한 미풍보다도 앞서 나아갔다. 말들은 마차가 전보다 가볍다는 걸 눈치챘다. 짐 없는 배가 해상에서 이리저리 흔들리는 것처럼 전보다 짐이 가벼워진 이륜차도 빈 차처럼 덜컹거렸다. 말들은 제멋대로 달렸고 당연히 평소의 궤도를 벗어나게 되었다. 파에톤은 당황했다. 어떻게 말을 몰아야 할지 막막했다. 설령 알았다 하더라도 힘이 부족하였다.

맨 처음에 큰곰자리와 작은곰자리가 불에 그슬렸다. 그들은 가능하다면 바닷속으로 뛰어들고 싶었을 것이다. 그리고 북극에서 몸을 사리고 움직이지도 않고, 아무런 해도 끼치지 않고 누워 있던 뱀[蛇星座]은 뜨거운 기운이 몸에 닿자 광포한 기질이 되살아났다. 전하는 바에 의하면 견우성은 쟁기를 끄는 도중 이 이륜마차와 마주쳤는데 날쌔게 움직이는 데 익숙하지는 않았으나 그래도 달아날 수는 있었다고 한다.

불행한 파에톤은 그의 발밑에 펼쳐진 지상을 내려다보고는 안색이 창백해지고 두 무릎은 공포로 후들거렸다. 사방이 휘황찬란한데도 불구하고 눈앞이 캄캄하였다. 왜 아버지의 말을 탐냈던가. 아버지인 줄도 모르고 소원도 거절당하는 편이 낫지 않았을까 하는 후회로 가득했다. 그는 폭풍우에 흔들리는

■ 제우스의 벼락을 맞고 떨어지는 파에톤

배처럼 그대로 떠내려갈 따름이었다. 아무리 유능한 뱃사공이라 할지라도 이와 같은 상황에 처하면 어찌할 바를 모르고 기도만 올릴 것이다. 어떻게 하면 좋을까? 먼 길을 달려왔지만 앞으로 남은 길은 더 멀다. 그는 두리번거리며 출발지를 돌아보기도 하고, 도착할 것 같지도 않은 해 지는 나라를 쳐다보기도 하였다.

그는 자제력을 잃고 무기력해졌다. 고삐를 죄야 할 것인지 늦추어야 할 것인지, 더군다나 말들의 이름도 생각나지 않았다. 그는 천상의 곳곳에 흩어져 있는 여러 괴물들의 모습을 보고 공포로 몸을 떨었다. 특히 전갈은 큰 두 팔을 벌리고 꼬리와 굽은 발톱은 12궁 중 두 궁에 뻗쳐 있었다. 파에톤은 독기를 풍기고 송곳니로 위협을 하는 이 전갈을 보는 순간 정신을 잃고 고삐를 놓치고 말았다. 고삐를 놓친 것을 안 말들은 줄달음질을 치고 공중의 별들 사이를 멋대로 돌진하였다. 이륜차는 길도 없는 곳에 내던져지고 때로는 높은 하늘 위로 오르고 때로는 거의 지구 가까이까지 내려갔다.

달의 여신은 오빠의 이륜차가 자기의 마차 밑을 달리는 것을 보고 깜짝 놀랐다. 구름은 연기를 내기 시작하고, 산꼭대기에는 불이 붙었다. 들은 열 때문에 바싹 마르고 식물은 시들고 잎이 무성한 수목은 타고 추수한 곡식은 화염 속으로 사라졌다. 그러나 이것은 아무것도 아니었다. 큰 도시의 성곽과 탑들은 순식간에 잿더미로 변하였고, 모든 국민들도 아주 짧은 순간에 재로 화했다. 아토스, 타우로스, 트몰로스, 오이테 등 무성한 삼림을 자랑하던 산들이 모두 불타 버렸다. 전에는 우물로 유명했던 이다 산의 우물도 다 말라 버렸다. 뮤즈 여신들의 산인 헬리콘도 하이모스도 타 버렸다. 에트나 산은 안팎으로 불이 붙고, 파르나소스 산의 두 봉우리도 마찬가지였고, 로도페 산은 눈으로 된 관을 벗지 않으면 안 되었다. 차디찬 기온이 외적의 침입을 막는 방어물이 되었던 스키타이도 이제는 방어물을 잃게 되었으며, 코카서스, 오사,

핀도스, 올림포스 등의 산들이 탔다. 또 공중에 높이 솟은 알프스 산이나 구름의 관을 쓴 아페닌 산도 타 버렸다.

파에톤은 온 세상이 불바다가 된 것을 보았고, 또 자신도 그 연기 때문에 견딜 수 없는 상태가 되었다. 들이마시는 공기는 용광로에서 뿜어내는 것같이 뜨거웠고, 재도 잔뜩 섞여 있었다. 그는 기겁하여 도망쳤다. 에티오피아인들은 그때 체내의 검은 피가 표면에 몰려 피부색이 검게 되었으며, 리비아 사막도 그때 지금처럼 건조해진 것이다. 우물의 요정들은 머리를 풀고 말라가는 물을 슬퍼하였다. 둑 아래를 흐르는 강도 이 재앙을 피해갈 수 없었다. 타나이스, 카이코스, 크산토스, 마이안드로스 등의 강들과 금모래로 반짝이는 타고스 강과 백조가 노닐던 카이스트로스 강도 모두 말라 버렸다.

나일 강은 도망쳐 사막 속에 머리를 숨겼는데 그래서 지금도 사막을 흐르고 있다. 전에는 나일 강이 일곱 개의 입에서 물을 바다로 흘려보냈는데 물이 마른 일곱 개의 하상(河床)만이 남게 되었다. 대지는 갈라지고 그 틈으로 광선이 명부(冥府)에까지 내리쪼여 명부의 왕과 여왕을 놀라게 했다.

바다는 오그라들었다. 바닷물이 넘실대던 곳은 건조한 평지가 되었고, 물결 밑에 파묻혔던 산은 머리를 들고 섬이 되었다. 물고기들은 가장 깊은 곳을 찾아가고, 돌고래는 전과 같이 수면에서 놀 용기를 내지 못하였다. 바다의 신 네레우스와 그의 아내 도리스까지도 딸들인 물의 요정 네레이스들과 더불어 제일 깊은 해저의 동굴에 피난처를 구하였다. 포세이돈은 세 번이나 수면에 머리를 내밀었다가 뜨거워서 세 번 다 물속으로 들어갔다. 대지의 여신은 물속에 있었으나 머리와 어깨가 물 밖으로 나와 있었기 때문에 뜨거워 견딜 수가 없었다. 대지의 여신은 참다못해 얼굴을 손으로 가리고 하늘을 우러러보며 쉰 목소리로 제우스에게 간청하였다.

"오, 신들의 지배자여! 내가 이러한 대우를 받아 마땅하고 불에 타 죽는 것이 당신의 뜻이라면 왜 당신은 번개를 내리지 않으십니까? 기왕 나를 죽이시려거든 직접 당신의 손으로 죽여 주십시오. 이것이 나의 다산(多産)과 충실한 봉사에 대한 대가입니까? 나는 가축에게는 풀을, 인간에게는 양식을, 당신의 제단에는 유향을 바쳤는데 이것이 그 보상이란 말입니까? 설령 나를 미워한다고 하더라도 대양의 신인 내 동생 오케아노스는 무슨 짓을 하였기에 이런 엄청난 일을 당해야만 합니까? 또 우리 둘 다 당신의 동정을 받을 수 없다면, 원컨대 당신의 하늘을 한 번 보십시오. 그리고 당신 궁전의 기둥이 내뿜는 연기를 보십시오. 지구가 파괴되면 궁전도 허물어질 것입니다. 아틀라스[11] 신은 쇠약해져서 그의 짐을 감당 못할 정도입니다. 바다와 지구의 하늘이 사멸한다면 우리는 옛날과 같은 혼돈의 시대로 떨어질 것입니다. 아직 남아 있는 것만이라도 화염으로부터 구출하여 주십시오. 이 무서운 순간에 제발 구제책을 강구해 주십시오."

대지의 여신은 뜨겁고 목이 말라 더 이상은 말할 수가 없었다.

제우스는 이 광경을 보고 신들을 소집하였다. 물론 파에톤에게 이륜차를 빌려 준 아폴론도 있었다. 제우스는 신들에게 긴급 구제책이 강구되지 않으면 모든 것이 멸망할 것이라고 설명하고 높은 탑 위로 올라갔다. 이 탑은 항상 제우스가 그 위에서 구름을 지상에 퍼뜨리고 번개를 던지는 곳이었다. 그러나 그때에는 이미 지상을 가릴 구름 한 점 없었고, 빗물 한 방울 남아 있지 않았다. 제우스는 우레 소리를 내며 번쩍이는 번개를 오른손에 들고서 이륜차를 몰던 파에톤을 향해 던졌다. 제우스의 번개에 맞은 파에톤은 마차에서 떨어지면서 그대로 목숨을 잃게

11) 지구를 어깨에 짊어지고 있는 신

■파에톤(존 리스)

되었다. 파에톤의 머리에 불이 붙어서 떨어지는 그 모습은 마치 유성처럼 보였다. 떨어지는 파에톤을 강의 신인 에리다노스가 받아들여 불붙은 시체를 식혀 주었다. 이탈리아의 물의 요정들인 나이아데스는 그의 분묘를 세우고, 다음과 같은 비문도 새겨 주었다.

아폴론의 이륜차를 몰던 파에톤
제우스의 번갯불에 맞아 여기 잠들다.
그는 아버지의 불의 마차를 뜻대로 부리지는 못했지만
그의 기강은 장대하였노라.

파에톤의 누이들은 오빠의 운명을 탄식하는 동안 포플러 나무로 변하여 에라다노스 강가에 남게 되었고, 그녀들의 끊임없는 눈물은 강에 떨어져 호박(琥珀)이 되었다.

미다스

어느 날 디오니소스는 어릴 때 스승이며 양부(養父)인 연로한 실레노스 (Silenos)가 행방불명이 되었다는 사실을 알았다. 실레노스는 술에 취해 방황하고 있었는데 농부들이 이 노인을 발견하고 그들의 왕인 미다스(Midas)에게 데리고 갔다. 미다스는 그를 알아보고 정중히 맞아들여 열흘 밤낮 잔치를 베풀어 노인을 대접하였다. 열하루 만에 왕은 실레노스를 무사히 디오니소스에게 돌려보냈다. 디오니소스는 그에 대한 답례로 소원이 있으면 무엇이든지 들어주겠다고 약속했다. 미다스는 무엇이든 자기의 손이 닿는 것은 금으로 변하게 해 달라고 청했다. 디오니소스는 미다스가 좀 더 현명한 선택을 하지 않은 것을 유감스럽게 여기면서도 그의 청을 들어주었다.

미다스는 꿈만 같았다. 그와 같은 능력을 얻은 것이 기뻐서 어서 시험을 해보려고 집으로 들어갔다. 참나무 가지를 하나 꺾자, 그것이 손 안에서 번쩍이는 금으로 변했다. 미다스는 자신의 눈을 의심할 정도였다. 다음에는 사과나무에서 사과를 하나 따 보았더니 역시 금으로 변했다. 마치 헤스페리데스 (Hesperides) 화원[12]에서 훔친 사과가 아닌가 생각이 들 정도였다.

미다스는 뛸 듯이 기뻤다. 그는 집에 들어오자마자 맛있는 음식을 장만하라고 분부했다. 그러나 그러한 기쁨도 잠깐뿐이었다. 그가 빵에 손을 대면 손

안에서 단단해지고, 입으로 가져가면 이가 들어가지 않았다. 포도주를 한 모금 마셔도 녹은 금물이 목구멍을 내려가는 것이었다.

상상도 못한 고통에 놀란 미다스는 손만 닿으면 모든 것이 금으로 변하는 자신의 능력을 떨쳐내려고 노력하였다. 어렵게 얻은 선물이 저주스러웠다. 그러나 어떻게 하여도 그 능력을 떨쳐낼 수가 없었으며, 나중에는 결국 굶어 죽고 말 거라는 생각이 들었다. 미다스는 금으로 번쩍이는 양팔을 들고 이 황금의 멸망에서 구해달라고 디오니소스에게 애원했다. 디오니소스는 원래 자비심이 많았으므로 그의 청을 들어주기로 하고 이렇게 말하였다.

"네가 진정 원한다면 이 길로 파톨로스 강으로 가라. 그 강이 처음 시작되는 곳까지 거슬러 올라가 그곳에 머리와 몸을 담그라. 그리고 너의 경솔함과 그에 대한 죄를 씻도록 하라."

미다스는 디오니소스가 일러준 대로 하였다. 그리고 강물에 손을 뻗치자 금을 창조하는 힘이 강물로 옮아가서 모래가 금으로 변하였다. 지금까지도 그 금모래가 남아 있다고 한다.

그 후 미다스는 부귀와 영화의 생활을 청산하고 소박한 생활을 하였다. 들의 신인 판의 숭배자가 된 것도 큰 변화였다.

어느 날 판은 무모하게도 리라의 신인 아폴론에게 음악으로 누가 더 뛰어난지 겨뤄보자고 하였다. 아폴론은 이 도전을 흔쾌히 승낙했으며, 심판으로는 산의 신인 트몰로스(Tmolos)가 선정되었다. 연장자인 트몰로스는 착석한 후 음악을 더 잘 듣기 위하여 귀에서 자란 나뭇가지를 잘라냈다. 신호가 울리자 판은 피리를 불었다. 그 꾸밈없는 곡조는 판 자신과 마침 그곳에 참석하였

---

12) 제우스와 헤라가 결혼했을 때 대지의 여신이 기념으로 황금 사과나무를 선사했다. 헤스페리데스들이 이를 지키고 있다.

던 미다스에게 큰 감명을 주었다. 그런 다음 트몰로스가 머리를 태양신 아폴론에게 돌리니 모든 나무들도 그를 따랐다. 아폴론은 일어섰다. 파르나소스 산의 월계수로 만든 관을 머리에 썼고, 티로스 지방에서 나는 자줏빛 염료로 물들인 예복을 땅에 끌리도록 늘어뜨리고, 왼손에는 리라를 들고서 오른손으로 그 현을 탔다. 리라 음률에 황홀해진 트몰로스는 그 자리에서 아폴론의 승리를 선언하였다. 미다스를 제외한 모두가 판정에 만족하였다. 미다스는 이의를 말하고 심판의 판정에 불만을 표시했다. 아폴론은 이처럼 무식한 귀는 인간의 귀가 아니라고 화를 냈다. 화가 난 아폴론은 미다스의 귀를 길게 늘이고, 안팎으로 털이 나게 하고, 귀의 아래쪽을 움직일 수 있게 하였다. 쉽게 말하면 당나귀의 귀처럼 만든 것이다.

미다스는 이 같은 처벌이 기분을 상하게 했으나 귀는 숨길 수 있다고 스스로를 달랬다. 즉 머리에 넓은 수건을 써서 귀를 감추었던 것이다. 그러나 단한 사람, 이발사만은 이 비밀을 알고 있었다. 그는 그런 말을 입 밖에 내서는 안 된다는 엄명과 만약 이 비밀이 누설되면 엄벌에 처한다는 협박을 받았다. 그러나 이발사는 이 비밀을 누구에겐가 말하고 싶어 죽을 지경이었다. 그래서 그는 초원으로 나가 땅에 구덩이를 파고, 그 구덩이에 엎드려 비밀을 속삭인 후 다시 흙으로 덮었다. 그 후 얼마 안 되어 초원은 갈대로 뒤덮였다. 바람이 갈대들을 스칠 때마다 갈대들은 서로 속삭이고 있다.

'미다스 왕의 귀는 당나귀 귀'라고.

이 미다스 왕의 이야기는 여러 가지 형태로 전해져 오는데 드라이든(John Dryden)[13]에 의하면 그의 작품 《바드의 여인 이야기》 속에서 미다스 왕의 비

---

13) 1631~1700. 영국의 시인이며 극작가

■ 미다스(니콜라 푸생)

밀을 누설한 것은 이발사가 아닌 왕의 아내라고 되어 있다.

이 밖에도 미다스의 아버지 고르디아스(Gordias)에 관한 다음과 같은 전설이 있다. 미다스는 프리기아의 왕이었다. 그의 아버지는 가난한 농부였는데 사람들의 추대로 왕이 되었다. 그 나라의 신탁에는 미래의 왕이 짐마차를 타고 올 것이라고 했는데, 고르디아스가 아내와 아이들을 데리고 광장으로 짐마차를 타고 오는 것을 보고 사람들이 추대한 것이었다.

고르디아스는 왕이 된 후 그 같은 신탁을 내린 신에게 헌납한다는 뜻으로 마차를 튼튼하게 매듭을 지어 묶은 뒤 보관하고 있었다. 이것이 그 유명한 '고르디아스의 매듭'인데, 이에 관하여 후세에 그것을 푸는 자는 아시아의 왕이 되리라는 말이 전해졌다. 그것을 풀어 보려고 한 사람은 많았지만 아무도 성공을 하지 못했다. 그러던 중 알렉산드로스 대왕이 동방 원정 도중에 프리기아에 왔다. 대왕도 그 매듭을 풀어 보려고 시도했지만 결국 풀지를 못했다. 참다못한 대왕은 칼을 뽑아 그 매듭을 베어 버렸다. 그가 훗날 전 아시아를 지배하게 되었을 때 사람들은 대왕이야말로 진정한 의미의 신탁에 부응한 사람이라고 믿게 되었다.

바우키스와 필레몬

프리기아의 한 언덕 위에 보리수와 참나무가 한 그루씩 서 있었다. 그 주변은 얕은 성곽이 병풍처럼 둘러쳐져 있었고 가까운 곳에 또 늪이 하나 있었다. 이곳은 전에는 훌륭한 주택지였으나 지금은 곳곳에 웅덩이가 파이고 가마우지들이 모여들었다.

어느 날 제우스는 인간의 모습으로 아들 헤르메스와 함께 이곳을 지나게 되었다. 헤르메스는 지팡이만 짚고 날개는 떼어놓고 따라나선 길이었다. 그들은 피로한 나그네들처럼 이곳저곳을 기웃거리며 하룻밤 재워줄 곳을 찾았다. 그러나 집집마다 대문은 굳게 닫혀 있었고, 누구 한 사람 그들을 받아들이려 하지 않았다. 마침내 한 오막살이에서 그들을 선뜻 받아들였는데, 그 집에는 노파 바우키스(Baucis)와 남편 필레몬(Philemon)이 다정하게 살고 있었다. 그들은 가난을 부끄럽게 여기지 않고, 욕심 없는 마음으로 소박하고 평화롭게 살고 있었다. 그 집에서는 주인과 하인을 구별할 필요가 없었는데, 그 두 노인이 가족의 전부였고, 동시에 주인이며 또한 하인이었다.

두 나그네가 초라한 집으로 머리를 숙이고 얕은 대문을 들어섰을 때, 노인은 자리를 만들었고 노파는 무엇을 찾는 듯 서성거리더니 천을 가져다 펴고 두 사람에게 앉기를 권했다. 그리고 잿더미 속에서 불씨를 찾아 잎과 나무껍질을 모아놓고 입으로 불어 불을 피웠다. 노파는 방 한구석에서 장작과 마른 나뭇가지를 가져와 잘게 쪼갠 후 가마 밑으로 넣고 불을 지폈다. 노인이 정원에서 채소를 뜯어 오자 노파는 그것을 다듬어서 냄비에 넣었다. 또 노인은 굴뚝에 걸어 놓은 베이컨을 갈라진 막대기로 끌어내렸다. 그리고 그것을 한 조각 베어 채소와 같이 냄비에 넣고 나머지는 다음에 쓰려고 남겨두었다. 너도밤나무로 만든 그릇에는 손님들을 위해 더운 세숫물을 떠놓았다. 노인 내외는 이렇게 분주하게 움직이면서도 손님들이 지루하지 않도록 이야기를 건네주었다.

손님들이 앉은 의자에는 해초를 안에 넣어서 만든 방석이 얹어져 있고, 그 위에 천이 덮여 있었다. 이 천은 낡고 초라한 것이지만 큰일을 치를 때나 내놓는 것이었다. 노파는 앞치마를 두르고 떨리는 손으로 정성스럽게 음식을 준비하였다. 식탁의 한쪽 다리는 약간 짧아 기우뚱거릴 것 같았지만 석판으로 단단히 밑을 괴어 놓았다. 노파는 향기 나는 풀로 식탁을 훔쳤다. 그리고 그 위에 올리브 나무의 열매와 식초에 절인 산딸기를 놓았다. 그리고 무와 치즈, 잿속에 넣어 반숙한 달걀을 곁들였다. 접시는 모두 토기였으며, 토기로 만든 주전자와 목기 컵이 가지런히 놓여졌다. 식탁에 모든 것이 놓이자 김이 무럭무럭 나는 스튜가 마지막으로 식탁에 올랐다. 그리 오래 묵은 것은 아니었지만 포도주도 있었다. 후식으로는 사과와 야생 꿀이 나왔다. 이러한 음식보다도 더 좋은 것은 두 노인의 환한 얼굴과 소박하고 정성스러운 환대였다.

식사를 하는 동안 노인들이 놀란 것은 술을 따르자마자 저절로 새 술이 주전자 속에 가득 차오르는 사실이었다. 두 노인은 이들이 천상에서 내려온 신임을 알고, 무릎을 꿇고 대접에 소홀했음을 사죄했다. 노인들은 두려움에 떨고 있었다. 이 집에는 문지기 노릇을 하는 거위 한 마리가 있었는데, 노인들은 이것을 잡아서 손님 대접을 하려고 하였다. 그러나 거위가 재빨리 달아났기 때문에 노인들은 거위를 잡지 못했다. 거위는 손님들 사이에서 몸을 숨기고 있었다. 손님들은 거위를 죽이지 말라고 하면서 이렇게 말했다.

"우리들은 천상의 신이오. 여기 이 마을은 불친절하고 경건하지 못해 벌을 받게 되겠지만 당신들은 벌을 받지 않을 것이오. 어서 우리와 함께 저 산으로 갑시다."

노인들은 신들을 따라 지팡이를 짚고 험한 오르막길을 올랐다. 산꼭대기 가까이에 다다랐을 때, 눈을 돌려 밑을 내려다보니 자신들의 집을 제외하고 온 마을이 물에 잠겨 있었다. 노인들이 이 광경을 보며 슬픔에 잠겨 있을 때 그들의 초라했던 집이 신전으로 변했다. 네 모퉁이의 기둥 대신에 원주가 서 있고, 지붕을 이은 짚 대신 금 지붕, 나무 마루 대신 대리석이, 문은 황금 조각과 장식으로 번쩍거렸다.

제우스는 다정한 목소리로 말했다.

■ 바우키스와 필레몬(아담 엘스하이머)

"당신들은 훌륭한 아내이고 남편이오. 당신들의 소원을 말하시오. 내가 당신들에게 은총을 내리겠소."

팔레몬과 바우키스는 잠시 동안 의논을 한 뒤 소원을 말하였다.

"우리들은 당신 신전의 사제가 되고 싶습니다. 그리고 우리는 사랑과 화목 속에서 생애를 보냈으므로 이 세상을 떠날 때에도 함께 떠났으면 합니다. 내가 혼자 남아서 아내의 무덤을 돌보거나, 아내가 혼자 남아 내 무덤의 흙을 파는 일이 없도록 해 주십시오."

제우스는 그들의 소원을 들어주기로 하였고, 이후 두 사람은 제우스의 신전을 지켰다. 시간이 흐른 후 그들이 너무 늙어 거동이 어렵게 되었다. 두 노인은 어느 날 신전 계단에 서서 지난 일들을 이야기하고 있었다. 그때 갑자기 바우키스는 남편의 몸에서 잎이 나오는 것을 보았고 필레몬도 아내의 몸에서 똑같은 변화가 일어나는 것을 보았다. 서로 작별 인사를 나누는 동안 나뭇잎으로 된 관이 그들의 머리를 덮었다.

"사랑하는 사람이여, 안녕히!"

두 사람이 동시에 그 말을 하자마자 나무껍질이 그들의 입을 덮었다.

티니아 지방에 가면 지금도 목동이 선량한 두 노인이 변신한 두 그루의 나무가 있는 곳으로 안내해 준다.

07

페르세포네

제우스와 그의 형제들이 티탄족을 명부로 추방해 버리자 새로운 적이 신들에 반항하여 궐기하였다. 그들은 다름 아닌 티폰(Typhon), 브리아레오스(Briareus), 엔켈라도스(Encelados) 등이었다. 그들 중 어떤 자는 백여 개의 팔이 달려 있었고, 어떤 자는 불을 내뿜을 수 있는 신통력을 가지고 있었다. 그러나 그들도 정복되어 에트나 산 밑에 생매장되었는데 그들은 아직도 때때로 그곳에서 도망치려고 몸부림을 쳐 섬(시칠리아) 전체에 지진을 일으키곤 하였다. 그들은 산을 뚫고 튀어 오르는 일도 있는데, 이것이 흔히 말하는 화산의 분화이다.

이 괴물들이 추락할 때 지구를 흔들어 명부의 왕 하데스(플루톤)를 놀라게 했다. 그는 자기의 왕국이 백일하에 폭로되지나 않을까 하고 근심하였다. 이런 근심을 하면서 그는 검은 말이 끄는 이륜차를 타고 피해의 정도를 살펴보기 위하여 길을 떠났다. 하데스가 순시를 하고 있을 때, 여신 아프로디테는 에릭스 산 위에서 아들 에로스와 놀고 있다가 하데스(Hades)를 발견하고는 이렇게 말했다.

"나의 아들 에로스야, 모든 이들을, 제우스까지도 정복할 수 있는 너의 화살을 저기 저 명부의 왕 가슴을 향해서 던지렴. 왜 저자만 놓아 줄 필요가 있

■ 하데스에게 납치당하는 페르세포네(시몬 피그노니)

느냐? 너와 나의 영토를 넓힐 기회를 놓치지 말아라. 천상에서도 우리의 세력을 멸시하는 자가 있다는 걸 아느냐? 지혜의 여신 아테나와 사냥의 여신 아르테미스가 우리를 멸시하고 있다. 그리고 케레스(데메테르)의 딸 페르세포네도 그들을 본받으려 하고 있단다. 만약 네가 너 자신의 이해(利害)나 혹은 나의 이해에 대하여 관심이 있다면, 이 둘을 똑같이 생각하여라. 너의 이해가 나의 이해요, 나의 이해가 곧 너의 이해가 아니더냐?"

에로스는 화살통을 풀어 가장 예리한 화살을 골랐다. 그리고 무릎에 몸을 의지하여 활을 구부려 시위를 걸었다. 그리고 잘 겨눈 화살을 하데스의 가슴을 향해 쏘았다.

엔나의 골짜기에는 숲속에 나뭇잎으로 가려진 호수가 하나 있었다. 숲은 강렬한 햇빛을 막아 주고 습기 찬 땅은 꽃무리로 덮여 있어서 이곳은 언제나 봄이었다. 이곳에서 페르세포네(Persephone)는 백합과 오랑캐꽃을 바구니와 앞치마에 하나 가득 따 놓고 친구들과 놀고 있었다. 이때 하데스가 이 근처를 지나다가 그녀를 보고 한눈에 반해 납치하였다. 그녀는 살려달라고 어머니와 친구들에게 외쳤다. 너무 놀란 나머지 앞치마 자락을 놓쳐 꽃이 땅에 떨어졌다. 이 꽃을 잃는 것이 그녀의 애통한 마음을 더욱 아프게 했다. 그녀를 납치한 하데스는 마차를 끄는 말들의 이름을 일일이 부르며 채찍을 가했다. 이윽고 키아네 강에 도착한 하데스는 강기슭에 서서 삼지창으로 앞길을 막는 강을 쳤다. 그러자 땅이 갈라지고 명부로 통하는 길이 열렸다.

케레스는 딸을 찾아 온 세상을 헤매고 다녔다. 새벽의 여신 에오스가 금발을 반짝이고 인사를 건네올 때도, 헤스페로스(Hesperus, 금성)가 저녁에 별무리를 이끌고 나타났을 때도 케레스는 쉬지 않고 딸을 찾아 길을 나섰다. 그러나 별 소득이 없었다. 마침내 몸은 지치고 마음은 애통하여 돌 위에 주저앉았다. 햇빛이나 달빛 아래서 혹은 비를 맞으면서 노천에서 9일 낮과 밤을 그렇게 앉아 있었던 것이다. 그곳에는 지금 엘레우시스(Eleusis)라는 도시가 세워져 있는데, 그 당시에는 켈레오스(Celeos)라는 노인의 집이 있던 곳이었다. 노인은 마침 들판에서 도토리를 줍고, 딸기를 따고, 땔나무를 모으고 있었다. 노인의 어린 딸은 염소 두 마리를 몰고 집으로 돌아오는 길이었다. 소녀가 늙은 부인으로 변신한 케레스 곁으로 다가왔다.

"엄마, 왜 바위 위에 이렇게 앉아 계세요?"

케레스는 정신이 번쩍 들었다. 엄마라니. 얼마나 듣고 싶었던 말인가?

무거운 짐을 지고 있었음에도 불구하고 노인이 다가왔다. 노인은 누추한 오막살이지만 하룻밤 쉬어 가라고 정중히 청했다. 케레스는 응하지 않았다. 그래도 노인이 여러 번 권했다.

"저를 그냥 내버려 두세요. 그리고 따님과 행복하게 사세요. 저는 딸을 잃었답니다."

이렇게 말한 케레스의 두 눈에 눈물이, 아니 신들은 우는 일이 없으므로 눈물과 비슷한 액이 흘러내렸다. 인정 많은 노인과 딸은 함께 슬퍼해 주었다.

"우리와 함께 가시지요. 누추한 집이라고 욕하진 마십시오. 따님은 반드시 돌아올 것입니다. 자, 힘을 내세요."

노인이 다시 말했다.

"정 그러시다면 안내해 주세요. 그처럼 청하시니 거절할 수도 없군요."

하고 대답하며 케레스는 돌에서 일어섰다. 노인은 앞장서서 걸으며 지금 집에는 어린 아들이 중병으로 누워 있다고 했다. 케레스는 그 이야기를 듣고 허리를 굽혀 길가에 피어 있는 양귀비를 땄다. 집으로 들어가니 어린아이는 회복될 가망이 없는 것처럼 보였다. 어머니 메타네이라(Metaneira)는 수심에 가득 찬 얼굴로 케레스를 맞았다. 케레스는 허리를 숙여 누워 있는 아이에게 키스하였다. 그러자 환자의 얼굴에는 곧 화색이 돌았다. 온 가족은 뛸 듯이 기뻐했다. 온 가족이라고 해야 늙은 부모와 남매뿐이었다. 이 집에는 하인이 한 사람도 없었다. 늙은 부부는 식사 준비를 했다. 식탁 위에는 요구르트와 크림, 사과와 벌집에 든 꿀이 놓여 있었다. 식사를 하면서 케레스는 소년이 마실 우유에 양귀비의 즙을 섞었다.

밤이 되어 온 가족이 잠들었다. 케레스는 몰래 일어나 잠자는 소년을 안고 전신을 주물렀다. 그런 후 소년을 내려다보며 세 번 엄숙히 주문을 외고 소년을 부엌 아궁이의 재 속에 넣었다. 소년의 어머니는 손님의 이 같은 행동을 지켜보다가 소리를 지르며 달려 나왔다. 소년을 불 속에서 끌어내며 손님을 원망하였다. 그러자 케레스는 자신의 본 모습을 드러냈다. 천상의 빛이 아름다운 케레스를 둘러쌌다. 소년의 가족들이 놀라서 허둥거릴 때 여신이 말했다.

"아들에 대한 어머니의 애정이 너무 성급했구나. 나는 그대의 아들을 영생불사하게 해 주려고 하였는데 당신이 일을 그르쳤다. 그러나 이 소년은 세상 사람들에게 도움을 주는 훌륭한 인물이 될 것이다. 사람들에게 농기구의 사용법과 농사짓는 방법을 전파하게 되리라."

이렇게 말하고 케레스는 이륜차를 탄 뒤 구름에 둘러싸여 몸을 감추고 떠나갔다.

케레스는 딸을 찾아 다시 이곳저곳을 헤매다가 이윽고 출발지인 시칠리아 섬으로 돌아와 키아네 강가에 서게 되었다. 이곳은 하데스가 납치한 페르세포네를 데리고 자기의 영토로 가는 길을 만든 곳이었다. 그 강에 있는 요정은 케레스가 너무 가여워 자신이 목격한 것을 모두 얘기하고 싶었지만 하데스의 보복이 두려워 말하지 못하였다. 그래서 페르세포네가 납치될 때 떨어뜨린 앞치마의 끈을 바람에 날리게 해 케레스의 발 앞으로 떨어뜨려 주었다. 말로 못하는 안타까움을 그렇게 표시한 것이다. 케레스는 바람에 날아온 딸의 앞치마 끈을 보고는 절망에 빠졌다. 딸이 죽었다고 단정하고는 자세한 내막을 모르는 채 죄 없는 땅을 원망하였다.

"이 배은망덕한 땅아, 나는 너를 비옥하게 하고 풀과 자양분이 많은 곡식과 화초로 덮어 주었거늘, 다시는 그러한 은총을 내리지 않을 것이다!"

케레스의 말이 끝나자 가축은 죽고, 쟁기는 밭고랑에서 망가졌으며 곡식의 종자는 싹이 트지 않았다. 가뭄이 들지 않으면 장마가 졌다. 새들은 씨앗을 파먹고, 밭에는 엉겅퀴와 잡초가 무성하게 자라났다. 이를 참다못한 우물의 요정 아레투사(Arethusa)가 땅을 위하여 중재자로 나섰다.

"땅을 원망하진 마세요. 땅은 어쩔 수 없이 통로를 열어 준 거예요. 나는 따님을 본 적이 있기 때문에 그녀의 운명에 대해 말할 수 있어요. 이곳은 나의 고향이 아니에요. 나는 엘리스 지방에서 왔지요. 나는 원래 숲의 요정이며, 사냥을 즐겼지요. 모두들 나의 아름다움을 칭찬했지만 나는 그런 것은 염두에도 두지 않고 사냥에 능한 것만 자랑스러워했어요. 어느 날 나는 숲에서 돌아오는 길이었지요. 사냥을 하느라 뛰어다녔기 때문에 몹시 더웠어요. 그때 한 강가에 이르렀는데, 고요히 흐르는 강물은 강바닥의 자갈을 셀 수 있을 만큼 맑았지요. 버들가지가 늘어져 그늘을 만들고 풀이 무성한 강 언덕은 완만하게 경사를 이루고 있었지요.

나는 얼른 강에 발을 담갔지요. 처음엔 무릎이 잠기는 곳까지 들어갔지만 시원함에 유혹되어 아예 옷을 벗고 들어갔지요. 물속에서 신나게 놀고 있는데 강바닥에서 가냘픈 소리가 들려 왔어요. 나는 놀라서 가까운 강 언덕으로 도망쳤어요. 목소리가 언덕까지 따라와서 속삭였지요. '아레투사, 왜 내게서 도망치지? 나는 이 강의 신 알페이오스(Alpheius)다.' 나는 달아나고 목소리는 계속 나를 쫓아왔어요. 목소리는 나보다 빠르지 않았지만 힘은 더 셌나 봐요. 내가 지쳐서 헉헉거릴 때 그가 나를 따라잡았으니까요. 나는 아르테미스에게 구원을 청했지요.

'여신님, 저를 도와주세요. 당신의 열렬한 숭배자인 나를 살려 주세요.' 여신이 이 소리를 듣고 검은 구름으로 나를 감싸 주었지요. 강의 신은 두리번거리며 나를 찾더군요. 그리고 두 번이나 내 곁을 스치면서도 나를 발견하지 못했어요. 그는 '아레투사, 아레투사!' 하고 애타게 부르기만 하더군요. 오, 나는 얼마나 공포에 떨었는지 몰라요. 우리 밖에서 으르렁거리는 늑대의 소리를 듣는 어린 양과도 같았어요. 식은땀이 나서 머리카락은 땀에 흠뻑 젖었지요. 내가 서 있는 곳에 물이 괴었어요. 나는 순식간에 우물이 된 것이에요.

이렇게 우물로 변하였는데도 알페이오스는 나를 알아보고서 자기의 물과 나의 물을 합치려 하는 거예요. 아르테미스는 땅을 갈랐고, 나는 알페이오스를 피해 그 갈라진 틈으로 스며들었지요. 그리고 지구의 속을 돌아서 이 시칠리아 섬까지 오게 되었어요. 지구의 밑바닥을 통과할 때 나는 따님인 페르세포네를 보았답니다. 슬픈 표정이었으나 그리 놀라는 기색은 아니었어요. 따님은 명부의 여왕이 된 것 같더군요. 죽은 자들의 나라의 왕비 말이에요."

이 말을 듣고 케레스는 한동안 얼이 빠진 사람처럼 멍하니 서 있었다. 이윽고 케레스는 이륜차를 하늘로 돌리고 제우스의 신전으로 가는 길을 재촉했다. 케레스는 제우스에게 자신의 불행에 대한 자초지종을 설명하고 딸을 되찾아올 수 있게 도와달라고 했다. 제우스는 페르세포네가 하계에 머무는 동안 아무것도 먹지 않았다면 가능한 일이라고 했다. 그러나 무엇이든 하계의 음식을 먹었다면 운명의 여신들이 그녀를 놓아주지 않을 것이라고 했다.

헤르메스가 사자(使者)로 선발되어 봄의 여신을 대동하고 하계로 파견되었다. 하데스에게 페르세포네를 돌려 달라고 요구하자 명석한 하데스는 이를 승낙하였다. 그러나 애석하게도 페르세포네는 이미 하데스가 준 석류를 먹은 뒤였다. 이 석류를 먹은 사람은 누구나 하계를 잊지 못하고 그리워하게 되었다. 이렇게 되어 완전한 구출은 불가능해져 버렸고, 헤르메스는 그 중재안으

■페르세포네(단테이 G. 로세티)

로 반년은 어머니와 지내고 나머지 반년은 남편과 지내는 게 어떻겠냐고 하였다.

케레스는 이 타협에 응하고, 예전과 같이 땅에 풍요로운 은총을 내렸다. 이때 케레스는 켈레오스와 그의 어린 아들에게 했던 약속을 기억해냈다.

소년이 청년이 되자 케레스는 농기구의 사용법과 씨 뿌리는 법을 가르쳐 주었다. 케레스는 날개 돋친 용이 끄는 이륜차를 타고서 그를 데리고 지구의 모든 나라를 돌아다니며 인류에게 유용한 곡식과 농업의 지식을 전수하였다. 이 여행이 끝나고 돌아온 청년 트립톨레모스(Triptolemos)는 케레스를 위하여 엘레우시스 지방에 커다란 신전을 세우고 '엘레우시스의 신비 의식'이라는 이름의 케레스 여신을 숭배하는 의식을 창시하였다. 이 의식은 그 식전의 훌륭함과 장엄함이 그리스인들의 다른 모든 종교적 의식을 능가하였다.

케레스와 페르세포네의 이야기가 우화인 것은 의심할 여지가 없다. 페르세포네는 땅속에 묻으면 그곳에서 모습을 감춘다. 지하의 신에게 납치되는 것이다. 그 후 페르세포네가 어머니에게 반환되는 것이므로 페르세포네는 씨앗을 의미한다. 씨앗은 봄이 되면 봄의 여신이 햇빛이 반짝이는 지상으로 인도한다.

알페이오스 강이 흐르는 도중에 지하로 들어가 보이지 않게 되는 것 또한 사실이다. 왜냐하면 지하의 수로를 통과하기 때문인데, 이를 통과하면 다시 또 지상으로 나타난다. 시칠리아 섬에 있는 아레투사라는 우물은 바다 밑을 지난 뒤에 다시 시칠리아에 나타난 알페이오스 강이라는 말이 전해진다.

알페이오스 강에 컵이나 가벼운 물건을 던지면 아레투사 우물에 다시 나타난다는 이야기는 여기서 유래한 것이다.

글라우코스와 스킬라

글라우코스(Glaucos)는 어부였다. 어느 날, 쳐놓았던 그물을 끌어올렸더니 많은 고기들이 걸려 있었다. 그는 그물을 털고 고기를 골라내기 시작하였다. 그가 서 있던 곳은 강 가운데 있는 아름다운 섬이었는데 그곳은 외딴 곳으로서 인가도 없고 목장도 없었으며, 글라우코스 외에는 오는 사람도 없었다. 그런데 느닷없이 풀 위에 골라 내놓은 고기들이 물속에 있는 것처럼 지느러미와 꼬리를 움직이기 시작했다. 그가 깜짝 놀라서 멍하니 서 있는 동안 고기들은 물속으로 들어가 달아나 버렸다. 그는 이것이 어떤 신의 장난인지 아니면 풀 속에 있는 어떤 신비로운 힘의 작용인지 분간할 수 없었다.

"풀에 어떻게 이런 힘이 있을까?"

그는 이렇게 중얼거리며 풀을 조금 뜯어 씹어 보았다. 그 풀 즙이 입에 닿자마자 그는 물이 몹시 그리워지는 느낌을 받았다. 자신을 억제할 틈도 없이 땅에 이별을 고하고 물속으로 뛰어들었다.

물의 신들은 그를 따뜻이 맞아 주었고 오랜 친구처럼 대해 주었다. 그들은 바다의 지배자인 오케아노스와 그의 아내인 테티스의 동의를 얻어 그가 가지고 있는 인간적인 요소를 다 씻어 버렸다. 수백 개의 강이 그의 머리에 자신의 물을 쏟아 주었다. 그러자 그는 지금까지 지니고 있던 감각이나 의식이 모두 사라져 버린 것을 느꼈다. 잠시 후 정신이 들자 그는 자신의 겉모습과 마음이 전혀 다른 형태로 변한 것을 알게 되었다. 머리칼은 바다 빛으로 물 위에 길게 드리워졌으며, 어깨는 단단하고 넓어졌다. 가랑이와 다리는 물고기의 꼬리 모양이 되어 있었다. 물의 신들은 그의 외모를 칭찬하였고, 그 자신도 자기가 미남이나 된 듯 기뻤다.

어느 날 글라우코스는 스킬라(Skylla)라는 아름다운 처녀를 발견하였다. 그녀는 물의 요정들이 좋아하는 해안을 거닐다가 한적한 곳에서 손발을 씻고 있었다. 글라우코스는 그런 그녀를 보고 한눈에 반해 버렸다. 그는 물위로 모습을 드러내고 그녀에게 말을 걸었다. 그렇지만 그녀는 그를 보자마자 기겁을 하고 달아나기 시작했다. 바다가 내려다보이는 절벽에 이르자 그녀는 하는 수 없이 발을 멈추고 자기에게 말을 건 자가 신인지 바다의 괴물인지를 확인하려고 몸을 돌렸다. 그녀는 글라우코스의 모습을 보자 깜짝 놀랐다.

"아가씨, 나는 괴물도 아니고, 바다의 동물도 아니오. 나는 신이오. 프로테우스(Proteus)나 트리톤 같은 바다의 신도 나보다 지위가 높지 않소. 이전에는 나는 인간이었소. 그리고 생계를 위하여 바다에 나가 고기를 잡았다오. 그러나 지금은 신이 되어 이렇게 바다에 속하게 된 거라오."

글라우코스는 신체의 일부를 물 위에 드러내고 바닷물에 몸을 의지하면서 이렇게 말하였다. 덧붙여서 그는 자기가 변신하게 된 일과 어떻게 하여 현재의 높은 지위에 오르게 되었는지를 이야기하였다.

"하지만 이런 이야기를 하여도 그대의 마음을 움직일 수 없다면 무슨 소용이 있겠소?"

그는 이렇게 애원하였지만 스킬라는 돌아서서 달아나 버렸다.

글라우코스는 절망하였다. 그러다 문득 여신이자 마녀인 키르케(Kirke)에게 부탁해야겠다는 생각이 들었다. 그래서 그는 키르케가 거주하는 섬 — 이섬은 오디세우스가 상륙한 섬으로 뒤에 얘기할 것이다. — 으로 갔다. 서로 인사를 나누고 글라우코스가 말했다.

"여신이여, 제발 나를 불쌍히 여기소서. 당신만이 내 고통을 덜어 줄 수 있습니다. 내 모습이 변한 것도 그 풀 때문이며, 나는 누구보다도 그 효력을 잘 알고 있습니다. 저는 스킬라를 사랑합니다. 말씀드리기 부끄럽습니다만, 나는 그녀에게 모든 방법을 동원하여 구애하였지만 그녀는 나를 비웃고만 있습니다. 제발 요술을 쓰든지 혹은 그보다 더 효력이 있는 풀이 있거든 그것을 쓰든지 하여 그녀에 대한 나의 사랑을 없애달라는 것이 아니라 — 왜냐하면 나는 그것을 원치 않으므로 — 그녀도 나에게 애정을 느끼고 나와 같은 사랑으로 나를 대하게 해 주십시오."

그러자 키르케가 대답했다. 키르케는 이 바다 빛 신의 매력에 반해 있었다.

"당신은 당신을 멀리하는 애인보다는 당신을 따르는 애인을 구하는 것이 좋을 것이오. 당신의 매력은 구애를 받을 만한 가치가 있어요. 당신 스스로 헛된 구애를 할 필요는 없지 않습니까? 자신을 가지십시오. 당신 자신의 가치를 깨달으세요. 나는 여신이고 또 식물과 주문의 효력을 이용할 수 있지만 그런 나까지도 당신으로부터 구애를 받으면 거절하지 못할 것 같습니다. 그녀가 당신을 조소하면 당신도 그녀를 조소하십시오. 그리고 당신의 사랑을 기쁘게 받아들이는 사람을 사랑하십시오. 그렇게 하면 스킬라에 대해서나 그 사람에 대해서나 온당한 보답이 될 것입니다."

이 말을 듣고 글라우코스는 대답하였다.

"바다 밑바닥에 나무가 자라고 산꼭대기에 해초가 자란다 해도 스킬라를 향한 내 사랑은 변함이 없을 것이오."

여신 키르케는 자존심이 상했다. 그러나 글라우코스를 벌할 수도 없었고, 또 벌하기를 원하지도 않았다. 왜냐하면 키르케는 그를 너무나 좋아하였기 때문이다. 그래서 여신은 자기의 자존심을 무참히 짓밟은 스킬라에게 보복을 하여 자신의 상처를 위로받으려 하였다. 여신은 우선 독이 있는 여러 식물들을 뜯어 주문을 외면서 혼합하였다. 그리고 여신의 요술에 의하여 짐승으로 변한 짐승들이 뛰노는 사이를 지나서 스킬라가 살고 있는 시칠리아 해안으로 갔다. 그곳에는 스킬라가 날이 더울 때면 바람을 쐬거나 목욕을 하러 가는 조그만 만(灣)이 있었다. 이 바닷물에다 여신은 독이 있는 풀들을 풀고 주문을

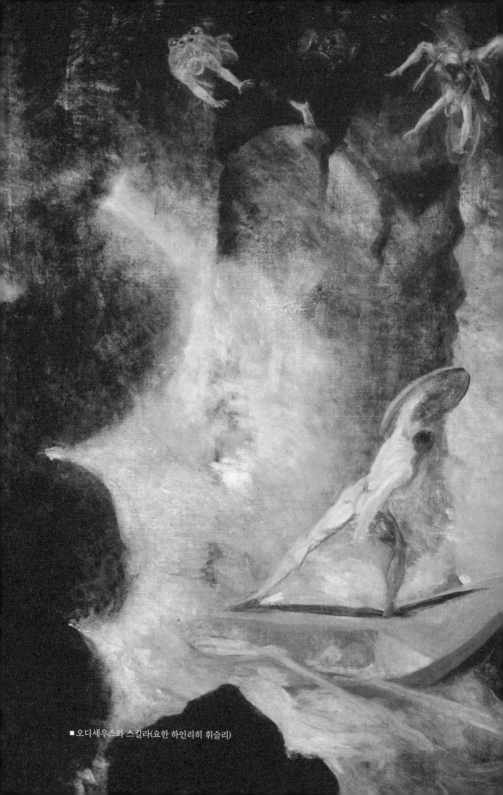

■ 오디세우스와 스킬라(요한 하인리히 휘슬리)

외웠다.

아무것도 모르는 스킬라는 이곳으로 와서 전과 같이 몸을 허리까지 담갔다. 그러자마자 그녀는 한 떼의 뱀들과 소리를 질러대는 괴물을 마주하게 되었다. 순간 스킬라는 얼마나 공포에 질렸겠는가! 처음에 스킬라는 그 괴물들이 자신의 일부일 거라고는 꿈에도 생각지 못했다. 괴물들로부터 벗어나려고 몸을 움직이자 그들도 함께 움직였다. 이상하게 여긴 스킬라는 자신의 몸에 손을 대어 보았다. 손끝에 만져지는 것은 자신의 몸이 아니라 입을 쩍 벌린 괴물들이었다. 스킬라는 뿌리가 내린 듯 그곳에서 꼼짝도 하지 못하게 되었다. 성질도 외모와 다름없이 변해버렸다. 이렇게 되어 스킬라는 여섯 명의 오디세우스 동료들의 목숨을 앗아갔고 아이네이아스의 배를 난파시키려고 하였다. 결국 스킬라는 바위로 변하였는데 지금도 배를 난파시키는 암초로써 선원들의 공포의 대상이 되고 있다.

피그말리온

피그말리온(Pygmalion)은 여자의 결점을 너무도 많이 보아 왔기 때문에 결국 여성을 혐오하게 되었다. 그래서 그는 한평생 독신으로 지내기로 결심하였다. 조각가였던 피그말리온은 어느 날 상아로 입상을 조각하게 되었는데 작품의 정교함과 아름다움은 그 누구도 따를 수 없을 정도였다. 마치 살아 있는 처녀가 수줍어하는 모습 그대로였다. 그의 완벽한 조각 솜씨는 그가 만든 작품이 사람의 손으로 만들어진 것이 아니라 자연이 만든 것처럼 보이게 만들었다. 피그말리온은 자신의 작품에 감탄한 나머지 자연의 창조물같이 보이는 자신의 작품과 사랑에 빠져 버렸다.

그는 그것이 살아 있는지 아닌지를 확인이라도 하려는 듯이 종종 조각 위에 손을 대보기도 했다. 손을 대보아 차가움이 느껴져도 그는 그것이 상아라고 믿어지지 않았다. 그는 상아를 포옹하였다. 그리고 소녀가 좋아할 만한 것들, 반짝이는 조개껍데기나 반들반들한 돌, 귀여운 새, 갖가지의 꽃과 구슬, 호박 등을 선물로 주었다. 그리고 조각에 옷을 입히고 손가락에 보석 반지를 끼워주고 목걸이와 귀고리까지 걸어 주었다. 그리고 마지막으로 가슴에는 진주를 꿴 끈을 달아 주었다. 옷도 잘 어울렸고 옷맵시 또한 옷을 입지 않았을 때나 다름없이 매력이 있었다. 피그말리온은 그녀를 티로스 지방에서 나는 염료로 물들인 천을 깐 소파 위에 눕히고 그녀를 아내라고 불렀다. 그리고는 그녀의 머리를 가장 보드라운 새털을 넣어 만든 베개 위에 뉘였다. 새털의 보드러움을 그녀가 마음껏 즐길 수 있기라도 한 듯이.

아프로디테의 제전이 다가왔다. 이 제전은 키프로스 섬에서 굉장히 호화롭게 거행되었다. 희생물이 바쳐지고 제단에는 연기가 올랐으며 향내가 창공을 가득 메웠다. 피그말리온은 이 제전에서 자기의 임무를 다하고 난 뒤 제단 앞에 서서 머뭇거리며 말하였다.

"오, 신이시여! 원컨대 나에게 나의 상아 처녀와 같은 여인을 아내로 점지하여 주십시오." 그는 신들 앞에서 감히 '나의 상아 처녀'를 이라는 말을 꺼내진 못하였다.

제전에 참가하였던 아프로디테는 그의 말을 듣고 그가 말하려고 한 참뜻을 눈치챘다. 그리고 그의 소원을 들어주겠다는 표시로 제단에 있는 불꽃이 공중으로 세 번 튀어 오르게 하였다.

집으로 돌아온 피그말리온은 조각을 보러 갔다. 그는 소파에 기대어 조각의 입술에 입을 맞추었다. 조각의 입술에서 온기가 느껴졌다. 깜짝 놀란 그는 다시 조각의 입술에 키스하고 조각의 팔 다리에 자신의 손을 대보았다. 손에서는 부드러움이 느껴졌고, 손가락으로 누르자 히메토스 산 밀랍처럼 말랑말랑하게 들어갔다. 피그말리온은 믿기 어려웠지만 한편 놀랍고 기뻤다. 무언가 잘못된 것이 아닐까 근심하면서 서 있을 동안 사랑하는 사람의 열정으로 여러 번 그의 희망의 대상을 어루만졌다. 확실히 조각은 살아 있었다. 혈관은 손가락으로 누르면 들어가고 손을 떼면 다시 원상태로 되돌아왔다.

피그말리온은 그제야 숭배자인 여신 아프로디테에게 감사를 드렸다. 그리고 자신의 입술처럼 온기를 머금은 처녀의 입술에 키스했다. 처녀는 얼굴을 붉혔다. 그리고 수줍은 듯 눈을 뜨고 연인을 바라보았다. 아프로디테는 자기

■피그말리온과 갈라테이아(장 레옹 제롬)

가 맺어준 두 사람의 결혼을 축복하였다. 두 사람 사이에서 파포스(Paphos)가 태어났다. 파포스의 아들(또는 남편이라고도 함) 키니라스는 키프로스 서쪽 해안에 새로운 도시를 세우고 파포스라고 이름 붙였다. 이 도시 부근의 바다에서 아프로디테가 태어났다고 전하며, 이곳 사람들은 아프로디테를 위한 신전을 세워 숭배하였다고 한다.

드리오페

드리오페(Dryope)와 이올레(Iole)는 자매였다. 드리오페는 안드라이몬(Andraemon)과 결혼하여 첫 아이를 낳고 행복하게 지내고 있었다. 어느 날 자매는 시냇가 방둑을 거닐고 있었다. 이 둑은 물가까지 완만한 경사를 이루고 있는데 도금양나무가 우거져 있었다. 그들은 요정들의 제단에 바칠 화관을 만들기 위하여 꽃을 따러 나온 것이다. 드리오페는 귀중한 짐, 즉 아들을 가슴에 안고 걸어가며 젖을 먹이고 있었다. 물가에는 자줏빛 연꽃이 활짝 피어 있었다. 드리오페는 몇 개를 따서 아기에게 주었고, 이올레도 조카에게 주려고 몸을 굽혀 꽃을 따려는데 언니가 딴 꽃에서 피가 흐르는 것을 발견했다. 이 연꽃나무는 추적자를 피하여 달아나다가 연꽃나무로 변신한 요정 로티스였다. 자매는 이 사실을 나중에 마을 사람들에게 들어서 알게 되었으나 이미 때는 늦은 뒤였다.

드리오페는 자기가 무슨 짓을 하였는지를 깨닫고 그 장소에서 달아나려고 하였지만 이미 발이 땅에 뿌리를 내린 듯 움직이지 않았다. 드리오페는 발을 빼려고 안간힘을 썼지만 소용이 없었다. 드리오페의 몸은 점점 나무가 되었다. 괴로워서 머리를 잡아 뜯으려고 하였으나 손은 잎으로 가득 차 있었다.

아기는 엄마의 가슴이 딱딱하게 굳으며 젖이 나오지 않게 된 것을 느꼈다. 이올레는 언니의 슬픈 운명을 바라보면서도 속수무책이었다. 이올레는 점점 언니의 몸이 변해가는 것을 막으려는 듯 줄기를 껴안았다. 이를 막지 못한다면 자기도 나무가 되는 편이 낫겠다고 생각했다. 이때 드리오페의 남편인 안드라이몬이 장인과 함께 달려왔다. 드리오페는 어디에 있느냐고 다급하게 물었다. 이올레는 대답 대신 새로 생긴 연꽃나무를 가리켰다. 그들은 아직 온기가 남아 있는 나무의 줄기를 껴안고 그 잎에 키스를 퍼부었다.

드리오페의 몸은 이미 나무로 변했고 얼굴만이 남아 있었다. 눈물이 흘러 잎 위에 떨어졌다. 드리오페는 안간힘을 쓰며 다음과 같이 말하였다.

"저는 아무 죄가 없어요. 왜 제가 이런 벌을 받아야만 하지요? 전 누구에게도 해를 끼친 일이 없어요. 저의 말이 거짓이라면 저의 잎이 말라죽고 줄기는 베어져 불 속으로 들어가도 좋아요. 이 아기를 데리고 가서 유모에게 맡겨 주세요. 그리고 가끔 이곳으로 데리고 와서 제 가지 밑에서 젖을 먹이고 제 그늘 밑에서 놀게 해 주세요. 부탁이에요. 그리고 아기가 자라서 말을 하게 되면 저를 어머니라고 부르게 해 주세요. 그리고 '어머니가 이 나무껍질 속에 계시다' 고 슬픈 목소리로 말하게 해 주세요. 방둑을 조심해서 다니고, 꽃 덤불을 보거든 여신이 변신한 것이 아닌가 경계하여 절대 꽃을 꺾지 말라고 일러 주세요.

사랑하는 당신, 아버지, 동생, 모두 안녕히! 아직도 저를 사랑하신다면 도끼가 제 몸을 상하게 하거나 짐승이 제 가지를 물어뜯는 일이 없도록 보살펴 주세요. 저는 몸을 구부릴 수 없으니 당신들이 제게로 다가와서 키스해 주세요. 그리고 제 입술의 감각이 있을 동안에 키스할 수 있도록 아기를 제 얼굴까지 쳐들어 주세요. 아아, 이제는 더 말할 수가 없군요. 이미 껍질이 제 목을 감싸고 있어요. 저의 눈을 감겨 주실 필요는 없어요. 그냥 내버려 두어도 껍질이 눈을 감겨 줄 테니까요. 아, 사랑하는 이들이여, 안녕!"

이 말을 마치자 입술은 더 이상 움직이지 않았고 생명이 끊어지고 말았다. 그러나 가지에는 잠시 동안 체온이 남아 있었다.

아프로디테와 아도니스

어느 날 아프로디테(베누스)는 아들 에로스와 놀다가 아들이 가지고 있던 화살에 가슴의 상처를 입었다. 그녀는 재빨리 아들을 떠밀었지만 상처는 생각보다 깊었다. 상처를 입은 아프로디테는 아도니스(Adonis)를 보고 첫눈에 반해 버렸다. 그래서 그동안 잘 다니던 파포스나 크니도스, 아마투스 등 자신의 신전이 있으며 금속도 많이 산출되는 도시에 흥미를 잃어버렸다. 더군다나 천상에도 잘 오르지 않게 되었다. 왜냐하면 아프로디테에게는 하늘보다도 아도니스가 더 귀중하였기 때문이다.

아프로디테는 아도니스를 따라다녔다. 원래 아프로디테는 자기의 용모를 치장하는 데만 신경을 쓰고 늘 그늘 밑에서 쉬기만 하였는데, 이제는 수렵의 신 아르테미스와 같은 복장을 하고 숲을 지나거나 산을 넘으며 돌아다녔다. 그리고 자기의 개를 불러 토끼나 사슴처럼 포악하지 않는 동물들만 사냥하고, 가축을 잡아먹는 늑대나 곰을 피하였다. 아프로디테는 아도니스에게도 그와 같은 위험한 동물을 경계하라고 일러주었다.

"겁 많은 동물에 대해서는 용감하여라. 그러나 용감한 동물에게는 용감하게 행동하여도 위험을 면치 못한다. 위험한 짓을 하여 나의 행복까지 위태롭게 하지 않도록 주의하라. 자연이 무기를 주어 무장시킨 짐승은 공격하지 말라. 네가 그런 위험한 짓을 하여 용사라는 평판을 듣게 되더라도 나는 그것을

■ 비너스와 아도니스(페테르 루벤스)

원치 않는다. 나를 매혹시킨 너의 청춘과 아름다움은 사자나 털이 뻣뻣한 산돼지의 마음을 감동시키지는 못할 것이다. 그런 짐승들의 무서운 발톱과 굉장한 힘을 생각해 보아라. 나는 그런 모든 짐승들을 증오한다. 그 이유를 알고 싶으냐?"

이렇게 타이른 후 아프로디테는 배은망덕한 죄로 사자로 변신하게 한 아탈란테(Atalante)와 멜라니온(Melanion, 히포메네스)의 이야기를 들려준 뒤 백조가 끄는 이륜마차를 타고 천상으로 달려갔다.

이와 같은 충고는 아도니스에게는 너무나 고귀한 것이었다. 하지만 그의 개들은 굴에서 잠자고 있던 산돼지를 깨우고 말았다. 아도니스가 창을 던져 산돼지의 옆구리를 찌르자 산돼지는 입으로 창을 빼고 아도니스에게 달려들었다. 아도니스는 도망을 쳤지만 산돼지는 그를 추격하여 옆구리를 받았다. 아도니스는 치명적인 상처를 입고 들판에 쓰러졌다.

아프로디테는 백조가 이끄는 이륜마차를 타고 키프로스 섬을 향하여 가던 도중 공중에서 사랑하는 사람의 신음 소리를 들었다. 그녀는 재빨리 마차를 지상으로 돌렸다. 지상이 가까워지면서 아프로디테의 눈에 피에 물든 아도니스의 시체가 보였다. 아프로디테는 놀란 나머지 공중에서 뛰어 내려 시체 위에 자신의 몸을 구부리고 자기의 가슴을 두드리고 머리를 쥐어뜯으며 괴로워했다. 아프로디테는 운명의 여신들을 비난하면서 말하였다.

"이제 당신들의 승리는 한 번으로 끝났다. 나의 이 슬픔은 사라지지 않을 것이다. 나의 사랑, 나의 아도니스여! 너의 죽음과 나의 애통의 광경은 매년 되살아날 것이다. 너는 피는 꽃으로 피어날 것이다. 누구도 이를 시기하지 못하며 누구도 이를 빼앗을 수 없을 것이다."

■아도니스의 죽음

이렇게 말하면서 아프로디테는 아도니스가 흘린 피 위에 넥타르를 뿌렸다. 피와 넥타르가 섞이자 연못 위에 빗방울이 떨어졌을 때처럼 거품이 일더니 한 시간쯤 지나자 석류꽃과 같은 핏빛 꽃이 한 송이 피었다. 그러나 꽃의 수명은 짧았다. 전하는 바에 의하면 그 꽃의 이름을 아네모네, 즉 바람꽃이라 부르는데 그것은 그 꽃이 피고 지는 원인이 모두 바람에 의해서이기 때문이다.

아폴론과 히아킨토스

아폴론은 히아킨토스(Hyakintos)라는 소년을 몹시 귀여워했다. 그래서 여러 경기에 그를 데리고 다녔으며, 고기를 잡으러 갈 때도 그를 위해 그물을 들어 주었다. 사냥을 갈 때도 개를 끌어 주었으며, 소풍을 갈 때에도 시중을 들어 주었다. 이처럼 소년에게 열중한 나머지 아폴론은 자신의 소중한 리라와 활을 소홀히 하게 되었다.

어느 날 두 사람은 원반던지기를 하며 놀고 있었다. 기술과 힘을 겸비한 아폴론은 원반을 들어 하늘 높이 던졌다. 히아킨토스는 그것이 날아가는 것을 쳐다보다가 자기도 어서 던져 보고 싶다는 욕심에 원반을 잡으려고 달려갔다. 그때 원반이 땅에서 튀어 히아킨토스의 이마에 맞았다. 히아킨토스는 그대로 정신을 잃었다. 창백해진 아폴론은 그를 안아 일으켜서 상처의 출혈을 막고, 달아나는 생명을 붙잡으려고 전력을 다하였다. 그러나 모두 허사였다. 상처는 약으로는 치유될 수 없었다. 뜰 안에 있는 백합꽃의 줄기를 꺾으면 머리가 수그러지고 꽃이 땅을 향하는 것과 같이 죽어 가는 히아킨토스의 머리는 목에 붙어 있기가 무거운 듯이 어깨 위로 늘어졌다. 아폴론은 말하였다.

"히아킨토스, 나 때문에 네가 청춘을 빼앗기고 죽는구나. 네가 이런 재난을 당하다니, 이것은 모두 내 죄다. 할 수만 있다면 네 대신 내가 죽었으면 좋겠다. 그러나 그럴 수는 없는 일. 너는 추억과 노래 속에서 나와 더불어 살게 될 것이다. 나의 리라는 너를 찬양할 것이며, 나의 노래는 너의 운명을 노래 부를 것이다. 그리고 너는 나의 애통한 마음을 아로새긴 꽃으로 피어날 것이다."

아폴론이 이렇게 말하는 동안 땅에 흘러내려 풀을 물들이고 있던 히아킨토스의 피는 티로스 산 염료보다도 더 아름다운 빛깔의 꽃으로 변해갔다. 그 꽃은 백합꽃과 비슷하였는데 백합은 은백색인데 그 꽃은 아름다운 자줏빛이었다. 이것으로는 부족하여 더 큰 명예를 부여하기 위하여 아폴론은 그 꽃잎 위에 히아킨토스의 첫 글자 Y 모양을 아로새겨 그의 슬픔을 표시하였다. 지금도 우리는 꽃 속에서 그 모양을 확인할 수 있다. 이 꽃은 히아킨토스[14]라고 불리게 되었고, 매년 봄이 오면 피어나 히아킨토스의 기억을 새롭게 하게 한다.

전설에 의하면 역시 히아킨토스를 사랑한 서풍의 신 제피로스가 아폴론을 질투하여 원반의 진로를 어긋나게 하여 상처를 입힌 것이라고 한다.

---

14) 오늘날의 히아신스는 아니다. 참붓꽃이나 참제비고깔, 꼬까제비꽃의 일종일 것이다.

케익스와 알키오네

케익스(Ceyx)는 테살리아의 왕이었다. 케익스 왕은 폭력이나 부정 없이 평화롭게 나라를 다스렸다. 케익스는 금성 헤스페로스의 아들이었는데 그의 빛나는 아름다움은 그의 아버지가 누구인가를 가히 짐작하게 하였다. 그의 아내는 바람의 신 아이올로스(Aeolos)의 딸로 그를 몹시 사랑하였다. 그런데 케익스는 그의 형을 잃은 슬픔으로 침울해 있었다. 그리고 형의 죽음에 잇따라 일어난 여러 가지 무섭고 괴상한 일들은 신들이 자기에게 적의를 품고 있는 건 아닌지 의심하게 하였다. 생각다 못한 케익스는 이오니아 지방에 있는 클라로스로 건너가서 아폴론의 신탁을 받는 것이 좋겠다고 생각하였다. 그러나 그 생각을 아내 알키오네(Alcyone)에게 전하자 알키오네는 놀라 안색이 창백하게 변했다.

"여보, 제가 무슨 잘못을 저질렀기에 당신의 애정이 저를 떠나게 된 건가요. 그렇게도 열렬했던 나에 대한 당신의 사랑은 모두 어디로 갔나요? 저와 떨어져 있어도 태연할 자신이 있으세요? 저와 이별하기를 원하시는 거예요?"

그녀는 어떻게 해서든지 남편의 여행을 막기 위하여 자기가 아버지의 집에 있을 때 직접 체험한 바람의 위력들을 이야기했다. 바람의 신인 그녀의 아버지도 바람을 제지하기 위해서는 전력을 다해야 했다.

"바람의 위력은 어마어마하며 서로 몸을 부딪치면 불꽃이 일어날 정도랍니다. 꼭 가셔야만 하나요? 당신이 꼭 가야만 한다면 제발 저도 데리고 가세요. 그렇지 않으면 저는 당신이 실제로 당하실 재난뿐만 아니라 당신이 재난을 당하는 모습을 상상하는 고통까지도 모두 겪어야 할 거예요."

아내의 이 같은 염려는 케익스 왕을 불안하게 했다. 그도 아내와 동행하고 싶은 마음이 간절했다. 하지만 아내를 위험한 바다 여행에 데리고 갈 수는 없었다. 그는 아내를 달래기 시작했다.

"나의 아버지인 금성을 두고 맹세하겠소. 운명이 허용한다면 달이 그 궤도를 두 번 돌기 전에 반드시 돌아오겠소."

이렇게 말한 뒤 케익스 왕은 창고에서 배를 꺼내 와 노와 돛을 달라고 명령했다. 알키오네는 이 같은 준비 과정을 지켜보면서 불행을 예감이나 한 듯 몸을 떨고 있었다. 케익스가 눈물을 흘리며 인사를 하자 알키오네는 땅 위로 쓰러져 엎드려 울기 시작했다.

케익스가 배에서 머뭇거리자 선원들이 노를 젓기 시작했다. 배는 서서히 물결을 헤치고 나아갔다. 알키오네는 머리를 들었다. 배의 갑판 위에서 남편이 손을 흔들고 있는 것이 보였다. 그녀도 배가 보이지 않을 때까지 손을 흔들었다. 배가 보이지 않게 되자 알키오네는 돛의 끝이라도 한 번 더 보려고 눈을 크게 떴으나 마침내 그것마저 보이지 않게 되었다. 그녀는 쓸쓸히 방으로 돌아가 누웠다.

한편 배는 항구를 빠져나갔고, 미풍이 돛 줄 사이를 노닐었다. 선원들은 노를 치우고 돛을 올렸다. 목적지의 반 정도 왔을 때였다. 밤이 되자 바다에 거센 파도가 일기 시작했다. 돌풍이 세게 불어와 파도를 흰 빛으로 부서지게 했다. 선장이 돛을 내리라고 명령했으나 폭풍으로 인해 그것조차 내릴 수 없게 되었다. 또 파도 소리와 바람 소리가 요란하여 명령도 들리지 않았다. 선원들은 자진하여 노를 단단히 쥐고 배의 균형을 유지하면서 돛을 내리려고 분주히 움직였다. 선원들은 안간힘을 쓰고 있었지만 폭풍은 점점 거세어졌다. 선원들의 비명과 돛대의 밧줄이 움직이는 소리, 파도 소리와 우레 소리들이 겹쳤다. 파도는 하늘까지 치솟아 그 거품을 구름 사이에 뿌리는 것처럼 보였다. 그런 다음 다시 폭포수처럼 떨어져 바닷속으로 잠겼다. 배는 파도를 따라 흔들렸다. 사냥꾼들의 창을 향해 달려드는 맹수와 흡사했다. 빗물은 하늘이 무너진 듯 쏟아져 내렸다. 번개가 잠잠해지자 암흑이 배를 에워쌌다. 그러나 암흑도 잠시 뿐, 다시 섬광이 일기 시작했다. 노를 저을 힘도 용기도 더 이상 남아 있지 않았고, 폭풍과 함께 죽음이 점점 가까이 다가오는 것 같았다.

선원들은 저마다 집에 남겨 두고 온 가족들을 떠올렸다. 케익스는 알키오네를 생각하였다. 그녀의 이름을 부르며 함께 오지 않은 것을 천만다행으로 여겼다. 얼마 안 있어 돛대는 벼락을 맞아 부러지고 말았다. 방향을 조정하는 키도 부서졌다. 그러고도 부족하다고 여긴 파도는 소용돌이치며 높이 솟았다가 배를 향해 곤두박질을 쳤다. 배는 산산조각이 났다. 선원들은 파도에 휩쓸려 기절한 채 가라앉았고, 더러는 부서진 배의 나무판에 달라붙었다.

케익스는 홀[笏]을 쥐고 있던 손으로 배의 파편을 잡고 아버지와 장인의 이름을 부르며 구원을 요청하였다. 그리고 이어 알키오네의 이름을 더욱 간절히 불렀다. 그는 그녀만을 생각하고 있었다. 케익스는 자신의 시체가 그녀가 볼 수 있는 곳으로 떠내려가서 그녀의 손에 매장되기를 간절히 희망했다. 마침내 파도가 그를 덮쳐 그는 바닷속으로 가라앉았다. 금성도 그날따라 흐리게 보였다. 그것은 금성도 구름으로 슬픈 얼굴을 가렸기 때문이었다.

한편 알키오네는 이런 끔찍한 일이 일어난 줄도 모르고 남편이 돌아오기로 약속한 날만 기다리고 있었다. 그동안 남편이 입을 새 옷을 장만하고, 또 자신이 입을 옷도 준비해 두었다. 그녀는 모든 신들에게 자주 분향하였는데 그중에서도 특히 여신 헤라에게 정성을 다했다. 이제는 이 세상 사람이 아닌 남편의 안전을 끊임없이 기원하였다. 남편이 무사히 귀가하고, 또 객지에서 다른 여자와 사랑에 빠지는 일이 없도록 해 달라고 빌고 또 빌었다. 이를 지켜본 헤라는 알키오네가 가엾게 여겨졌다. 헤라는 죽은 사람을 위한 기도를 더 이상 듣고 있을 수가 없었다. 그래서 무지개의 여신 이리스를 불러 다음과 같이 말하였다.

"나의 충실한 사자 이리스(Iris)야, 잠의 신 히프노스(Hypnos)의 집으로 가서 그에게 알키오네의 꿈에 나타나 케익스가 당한 불행을 알려주도록 하렴."

이리스는 여러 빛깔로 물들인 예복을 입고 공중을 무지개로 물들이면서 잠의 왕인 히프노스의 궁전을 찾아갔다. 킴메르라는 종족이 사는 나라 근방에 있는 산의 동굴이 그의 거처였다. 태양의 신 아폴론은 일출 때에나 한낮이나 일몰 때에나 이곳에 오기를 꺼려하였다. 구름과 그림자가 땅에서 반사되고, 희미한 광선이 여리게 빛날 뿐이었다. 그곳에서는 머리에 볏이 달린 새벽의 새도 아침을 알리는 노래를 부르는 일이 없었고, 경계심이 많은 개나 그보다 더 영리한 거위도 정적을 깨뜨리는 일이 없었다. 주위에는 단 한 마리의 가축이나 짐승도 살지 않았고, 나무 한 그루 없었으며 사람의 말소리도 들리지 않았다. 침묵만이 흐르고 있을 뿐이었다.

그러나 바위 밑으로는 레테[忘却]의 강이 흐르고 있었고, 그 물 소리는 듣기만 하면 저절로 잠이 들었다. 동굴 입구에는 양귀비와 그 밖의 약초가 무성하게 자라고 있었는데 이 약초들의 즙에서 밤의 여신은 수면을 채취하여 어두워진 지상에 뿌리는 것이다. 잠의 왕 궁전에는 문이 없어서 열고 닫을 때에 나는 돌쩌귀의 삐걱거리는 소리도 없었으며 문지기도 없었다. 오직 집 가운데에 검은 깃털과 검은 막으로 장식된 흑단으로 만든 소파가 있을 뿐이었다. 그 위에 잠의 신은 비스듬히 누워 잠들어 있었다. 그 주위에는 형형색색의 꿈들이 맴돌고 있었다. 꿈들은 추수 때 거두어들인 곡식의 줄기만큼이나, 혹은 숲 속의 나뭇잎만큼이나, 또는 바닷가에 있는 모래알만큼이나 종류가 많았다.

무지개의 여신이 동굴로 들어와 주위를 맴돌고 있는 꿈들을 쫓아 버리자 동굴은 무지갯빛으로 가득 찼다. 잠의 신은 겨우 눈을 뜨더니 빛이 눈부신지 눈을 끔벅거렸다. 졸음이 완전히 사라져 버리지는 않았으므로 수염을 가슴 위로 쓸어내리며 정신을 차리려고 애썼다. 마침내 정신을 차린 잠의 신은 팔에 몸을 기대고 무지개의 신 이리스에게 무슨 일이냐고 물었다. 이리스는 정중히 대답하였다.

"신들 중에서도 가장 점잖고 마음을 안정시키고 고뇌에 지친 가슴에 위안을 가져다주는 히프노스여. 트라키아에 살고 있는 알키오네에게 꿈을 보내 남편의 죽음과 난파된 배에 대한 모든 것을 알리라는 헤라 여신의 분부이십니다."

이와 같이 말을 전하고 이리스는 급히 물러갔다. 왜냐하면 공기가 탁해 견딜 수 없었고 또 졸음이 몰려왔기 때문이었다. 이리스는 서둘러 무지개를 타고 귀로에 올랐다. 히프노스는 많은 자식들 중에서 아들 모르페우스(Morpheus)[15]를 불렀다. 그는 어떤 인물이든 그 사람의 걸음걸이, 용모, 말솜씨뿐만 아니라 옷맵시나 태도까지도 완벽하게 흉내 낼 수 있는 재주를 가지고 있었다. 그러나 그는 인간의 흉내만 낼 수 있었다. 새나 뱀 등 짐승의 흉내를 내는 신은 이켈로스(Icelus)였고, 바위, 강, 숲의 무생물로 변할 수 있는 신은 판타소스(Phantasus)였다. 이들은 왕이나 높은 지위에 있는 인물들이 잠을 잘 때에 시중을 들었고, 다른 형제들은 보통 인간들 사이에서 움직였다. 히프노스는 모르페우스에게 헤라의 명령을 이행하도록 지시하고 베개를 베

---

15) 꿈의 신. 조형자(造形者)를 뜻한다.

■ 케익스와 알키오네(비토레 카르파초)

고 즐거운 휴식에 잠겼다.

모르페우스는 날개 소리도 내지 않고 날아서 하이모니아인의 도시에 이르 렀다. 그곳에서 그는 날개를 떼어 놓고 케익스의 모습으로 가장하였다. 얼굴 은 죽은 사람처럼 창백하였고 나체였다. 이런 모습으로 모르페우스는 불행한 알키오네의 침대 앞에 섰다. 그의 수염과 머리털은 물에 젖었고, 물방울이 똑 똑 떨어졌다. 침대에 몸을 기대고 눈물을 흘리며 알키오네에게 말하였다.

"오, 나의 가엾은 아내여! 너는 나를 알아보겠는가? 아니면 내가 죽었기 때 문에 내 모습도 변하여 알아볼 수 없게 되었단 말인가? 나를 자세히 보라. 나 는 너의 남편이 아니라 그 영혼이다. 알키오네여, 너의 기도도 소용이 없었 다. 나는 죽었다. 내가 돌아오리라는 헛된 희망은 버려라. 에게 해에서 폭풍 이 일어나 배는 침몰되었다. 너의 이름을 애타게 부르다가 나는 물결에 휩쓸 리고 말았다. 이 말을 너에게 전하는 것은 믿을 수 없는 풍문이 아님을 알려 주기 위해서이다. 난파한 나 자신이 너에게 직접 나의 운명을 전하러 온 것이 다. 일어나라. 나를 위해 눈물을 흘려다오. 아무도 슬퍼하는 사람 없이 내가 저 세상으로 가게 하지 말아다오."

모르페우스의 목소리는 케익스와 똑같다. 그는 진짜 눈물을 흘리는 것처 럼 보였고, 그의 손짓도 케익스의 평소 때와 똑같아 보였다.

알키오네는 눈물을 흘리며 신음하였다. 그리고 남편을 포옹하려고 잠결에 팔을 내밀었으나 허공을 잡았을 뿐이었다. 그녀는 다급하게 외쳤다.

"멈추어요. 어디로 가십니까? 저도 데리고 가세요."

자신의 목소리에 놀라 알키오네는 잠이 깼다. 주위를 둘러보았으나 남편 은 보이지 않았다. 하인들의 그녀의 흐느낌에 놀라 불을 들고 달려왔다. 남편 이 보이지 않자 그녀는 가슴을 치며 옷을 갈기갈기 찢었다. 머리가 풀어져 산 발이 되도록 몸부림을 쳤다. 유모가 왜 이렇게 슬퍼하느냐고 물었다. 알키오네는 대답하였다.

"유모, 이 알키오네는 벌써 이 세상 사람이 아니에요. 그녀는 남편 케익스와 같이 죽었어요. 아무 위로의 말도 하지 마세요. 배가 침몰되어 그는 죽었답니다. 나는 그를 보았어요. 그를 알아보았어요. 그를 붙들려고 손을 내밀었지만 그의 영혼은 황급히 달아났답니다. 분명 그것은 내 남편 케익스였어요. 그전과 같이 아름다운 모습이 아닌 창백한 모습의 벌거벗은 몸으로, 그것도 머리는 바닷물에 젖은 채로 그는 불행한 나에게 나타났어요. 바로 이곳에 그의 슬픈 영혼이 서 있었어요."

이렇게 말하며 알키오네는 그의 발자국을 찾으려고 두리번거렸다. 그리고 계속 말하였다.

"오, 케익스! 내가 당신에게 뱃길을 떠나지 말라고 간청하였을 때 나는 이런 일을 예감했어요. 그래도 당신은 듣지 않고 떠나셨어요. 차라리 저도 데리고 가 주셨더라면 좋았을 텐데……. 그렇게 되었더라면 당신과 이별하고 홀로 여생을 보내는 일도 없을 것이며, 또 저 홀로 죽는 일도 없었을 텐데. 앞으로 모든 것을 체념하고 산다 하더라도 그것은 저 자신에 대해 너무 잔인한 짓일 것입니다. 저 잔인한 바다보다 더 잔인한 짓입니다.

오, 그러나 나의 사랑, 나의 케익스! 나는 이대로 체념하고 살아가진 않겠어요. 나는 당신을 따르겠어요. 두 몸이 한 몸에 들어가지는 못할지라도 묘비에는 우리 두 사람의 이름이 나란히 적힐 거예요. 저의 유골과 당신이 유골이 같은 곳에 있지는 못할지라도, 적어도 저의 이름만은 당신의 이름과 떨어지지 않을 거예요."

이렇게 말하는 동안 그녀는 눈물과 흐느낌으로 말을 간간히 중단하기도 하였다. 그러나 너무도 슬픔이 복받쳐 더 이상은 말할 수 없었다.

아침이 되자 알키오네는 바닷가로 가서 남편과 마지막으로 이별한 장소를 찾았다. '이곳에서 그이는 주저하였고 손에 든 밧줄을 던지고서 나에게 마지막으로 키스를 하였지.' 라고 회상하며 알키오네는 하염없이 먼 바다를 바라보았다. 그때 지평선 위로 형태를 알아볼 수 없는 것이 떠올랐다. 물결을 따라 점점 가까이 떠내려 오자 사람의 시체임을 알 수 있었다. 누구의 시체인지는 알 수 없었으나 난파를 당한 사람의 것임은 틀림없었다. 알키오네는 가슴을 치며 슬퍼하였다.

"아, 불행한 사람이여. 당신도 아내가 있다면 당신의 아내도 불행한 사람이오."

물결에 떠밀려 시체가 가까이 올수록 알키오네의 몸은 점점 심하게 떨렸다. 시체가 해안에 다다르자 누군지 알아볼 수 있는 특징이 나타났다. 그것은 그녀의 남편이었다. 떨리는 손을 시체를 향해 내밀고 알키오네는 부르짖었다.

"오, 나의 사랑하는 케익스, 어째서 이런 모습으로 돌아오셨나요?"

바닷물의 공격을 막기 위해 해안에는 방파제가 하나 세워져 있었다. 알키오네는 이 제방 위로 뛰어올랐는데 이를 지켜본 사람들은 모두 자신들의 눈을 의심했다. 왜냐하면 방파제는 사람이 뛰어오를 수 있는 높이가 아니었기 때문이다. 알키오네가 방파제 위에서 허공으로 몸을 날리자 순식간에 날개가 생겨 공중을 치면서 바다 위를 스쳐 날았다. 알키오네는 한 마리의 새가 되었다. 이 새는 슬픔에 찬 목소리로 노래를 했는데 그 소리는 애통해하는 사람의 목소리와 같았다.

새는 시체에 내려앉아 사랑하는 사람의 손발을 날개로 감쌌다. 그리고 뿔과 같이 딱딱한 부리로 키스를 하려고 하였다. 그때 케익스의 시체는 그것을 알았는지 혹은 물결의 작용이었는지 머리를 조금 드는 것 같아 보였다. 그러나 사실은 시체는 사랑하는 아내의 키스를 느꼈고, 그리고 그들은 가엾게 여긴 신들의 도움으로 둘 다 새로 변하였다. 그들은 새로 맺어진 뒤 새끼도 낳

앉다. 겨울철 날씨가 좋을 때 7일 동안 알키오네는 바다 위에 뜬 보금자리에서 알을 품는다. 그동안은 뱃사람들이 마음 놓고 항해할 수 있게 되었다. 바람의 신 아이올로스가 바람을 감독하여 파도를 일으키지 않았기 때문이다. 그럴 때 바다는 그의 손자들의 놀이터가 되었다.

베르툼누스와 포모나

하마드리아데스는 숲의 요정들을 총칭하는 이름이다. 포모나는 이 요정들 중의 하나로 정원을 사랑하고 과실을 가꾸는 데 탁월한 능력을 가지고 있었다. 그녀는 숲이나 강가에는 관심이 없었고 오로지 잘 다듬어진 정원과 감미로운 과일이 열리는 과수를 좋아했다. 그녀의 오른손에는 늘 창이 아닌 가지를 치는 가위가 들려 있어서 이 가위로 무성하게 자라난 잔가지를 자르거나 보기 싫게 뻗은 가지를 잘라내느라 분주했다. 또 가지를 쪼개고 그 사이에 접붙일 가지를 끼워 넣거나 애지중지하는 나무들이 가뭄을 타지 않도록 물을 끌어들여 목마른 나무의 뿌리를 적셔 주었다.

이러한 일은 포모나의 적성에도 잘 맞았고 그만큼 열성적으로 움직였다. 그리고 아프로디테가 고취하는 연애 따위는 염두에 두지 않았다. 그곳 사람들을 경계하여 자신의 과수원에는 언제나 커다란 자물쇠를 채우고 아무도 들어오지 못하게 하였다. 목축의 신인 많은 파우누스들이나 반인 반수의 숲의 신인 사티로스는 포모나의 마음을 사기 위해 자신들이 가지고 있는 모든 것을 주어도 아깝지 않았을 것이다. 나이에 비해 젊어 보이는 실바누스나 솔잎으로 된 관을 머리에 쓴 판도 마찬가지였을 것이다. 그러나 그 중에서도 포모나를 가장 사랑하는 것은 계절의 신인 베르툼누스(Vertumnus)였다. 그러나

■ 포모나(장 랑크)

그도 다른 신들과 마찬가지로 그녀의 사랑을 얻지 못했다. 그는 추수하는 농부의 모습으로 변신하여 포모나에게 바구니에 곡식을 담아 갖다 준 일도 여러 번이었다. 그럴 때 그의 모습은 농부와 조금도 다를 바 없었다. 어떤 때는 건초 띠를 두르고 나타났는데 그 모습은 방금까지 풀을 뒤적이다 온 사람으로 보였다. 때로는 소를 모는 지팡이를 손에 쥐고 있었는데, 피로한 소의 멍에를 방금 벗기고 온 사람 같아 보였다. 원예용 가위를 들고 나타나 포도원의 원예사 흉내를 냈으며, 사다리를 어깨에 메고 나타나 사과를 따러 가는 사람처럼 보이기도 했다. 또 때로는 제대한 군인처럼 터덜터덜 걸었고, 때로는 고기를 잡으러 가는 사람처럼 낚싯대를 손에 들고 있었다. 이처럼 다양한 변장술을 이용해 여러 번 포모나에게 접근할 수 있었고, 그녀를 볼 때마다 그의 정열은 더욱 뜨겁게 타올랐다.

어느 날 그는 한 노파의 모습으로 변장하고 나타났는데, 반백의 머리에는 모자를 쓰고 손에는 지팡이를 짚고 있었다. 노파는 과수원에 들어가서 잘 익은 과일들을 칭찬하였다. '참 탐스럽게 가꾸었군요. 훌륭해요.'라고 말하며 포모나에게 키스하였는데, 그 키스에는 노파의 힘이라고 할 수 없는 강렬함을 담고 있었다. 노파는 언덕 위에 앉아 머리 위로 늘어진 과일이 주렁주렁 열린 가지를 쳐다보았다. 맞은편에는 느릅나무가 한 그루 있었는데 터질 듯한 포도송이가 달린 포도 덩굴이 이리저리 엉켜 있었다. 노파는 느릅나무와 그 위에 엉킨 포도나무를 쳐다보며 칭찬했다.

"훌륭한 느릅나무와 포도나무군요. 그러나 저 느릅나무도 포도나무가 엉키어 있지 않다면 별 매력이 없을 겁니다. 쓸데없는 잎사귀밖에는 우리에게 주는 것이 없을 테니까요. 마찬가지로 포도나무도 느릅나무에 엉켜 있지 않고 땅 위로 늘어져 있다면 저처럼 많은 열매를 맺지 못했을 것입니다. 당신은 이 느릅나무와 포도나무에게서 교훈을 얻은 것이 없으십니까? 그리고 당신은 짝을 얻으실 생각이 없으십니까? 그렇게 하시는 것이 좋을 것입니다. 헬레네나 영리한 오디세우스의 아내 페넬로페에게도 당신처럼 많은 구혼자는 없었습니다. 당신이 그들을 멀리 해도 그들은 당신을 포기하지 않을 겁니다. 전원의 신들도 그렇고, 저 산에 자주 나타나는 여러 신들도 다 그렇습니다.

그러나 신중을 기하여 좋은 배필을 구하려 하신다면, 또 저와 같은 늙은이 — 저는 당신이 짐작도 못할 만큼 당신을 사모한답니다. — 의 말을 들으려 하신다면 다른 구혼자들의 청을 거절하시고 베르툼누스를 받아들이십시오. 나도 그 사람을 잘 알고 그 사람도 나를 잘 안답니다.

그는 여기저기 떠돌아다니는 신이 아니라 저 산에 살고 있는 신입니다. 또 그는 요즘 사람들처럼 쉽게 누군가를 사랑하지 않습니다. 그는 당신을, 오로지 당신만을 사랑하고 있답니다. 뿐만 아니라 그는 젊고 미남이며 어떤 모습이든지 원하는 대로 변할 수 있는 능력이 있으니 당신이 명령하는 대로 변신할 수 있습니다. 또 그는 당신이 사랑하는 것을 사랑하고, 원예를 즐기고, 당신의 과수들을 멋지게 손질할 수도 있답니다.

그러나 요즘 그는 과실도 꽃도, 그 어느 것에도 관심이 없고 오직 당신만을 생각하고 있답니다. 그를 불쌍히 여기십시오. 그리고 그가 지금 나의 입을 빌려 말하고 있다고 생각해 주십시오. 신들은 잔인을 벌하고, 아프로디테는 무정(無情)을 미워하므로 조만간에 그런 자에게는 벌을 내릴 것입니다. 그 증거로 키프로스 섬에서 실제로 일어난 유명한 이야기를 할 테니 들어 보세요. 원컨대 그 이야기를 듣고 마음을 돌리시길 바랍니다.

이피스(Iphis)는 가난한 집안에서 태어나 자란 청년이었는데 테우크로스(Teukros)라는 유서 깊은 집안의 아낙사레테(Anaxarete)라는 귀부인을 보고 반했답니다. 이 젊은이는 자신의 열정을 억제하려 하였으나 그럴수록 그의 열정은 더욱 뜨겁게 타올랐습니다. 결국 그는 구혼자의 한 사람으로서 부인

■ 베르툼누스와 포모나(루카 조르다노)

의 저택에 나타났습니다. 처음에 그는 자신의 열정을 부인의 유모에게 고백하였답니다. 부인을 사랑하신다면 자신의 탄원을 받아들여 귀엽게 여겨 주십사고 간청하였지요. 그리고 하인들에게도 자기편이 되어 달라고 간청하였습니다. 때로는 사랑의 서약을 서판(書板) 위에 적기도 하고, 또 종종 눈물에 젖은 화관을 부인의 방문 앞에 걸어 놓기도 하였답니다. 또 문 앞에 엎드려 무정한 빗장을 원망하기도 하였습니다. 그러나 부인은 11월의 강풍에 용솟음치는 파도보다도 더 차가웠고, 독일의 대장간에서 만들어진 강철이나 절벽의 바위보다도 더 단단하였습니다. 그녀는 그를 조롱하고 비웃고 무정한 말을 거침없이 내뱉으며 실낱같은 희망조차 주지 않았습니다.

이피스는 희망 없는 사랑의 괴로움을 더 이상 견딜 수 없어 그녀의 방문 앞에 서서 마지막 말을 남겼답니다.

'아낙사레테여, 당신이 이겼습니다. 이후로는 내가 당신을 귀찮게 구는 일이 없을 것입니다. 당신의 승리를 즐기십시오. 기쁨의 노래를 부르십시오. 그리고 이마에 월계수 나무를 감으십시오. 당신이 이겼으니까요. 나는 이제 죽습니다. 돌과 같이 무정한 마음이여, 기뻐하십시오. 당신을 기쁘게 하기 위하여 내가 할 수 있는 일은 오직 그것뿐입니다. 당신을 위해 내가 죽기라도 하면 나를 칭찬하지 않을 수 없겠지요. 목숨이 붙어 있는 한 당신을 사랑하였다는 것을 죽음으로 입증하렵니다. 그러나 제가 죽었다는 것을 풍문으로 듣게 하지는 않으렵니다. 제가 직접 찾아와 당신의 눈앞에서 죽으렵니다. 그리하여 그 광경을 보시는 당신의 눈을 즐겁게 하렵니다. 그러나 인간의 비애를 내려다보시는 신들이여, 저의 운명을 불쌍히 여겨 주십시오. 저의 마지막 소원을 말씀드리겠습니다. 명대로 살지 못하고 죽는 몸이오니 죽은 후 이름이라도 후세에 길

이 남도록 하여 주십시오.'

이렇게 말하고서 이피스는 창백한 얼굴과 눈물어린 눈으로 부인의 저택을 한 번 둘러본 뒤 종종 화관을 걸었던 문기둥에 줄을 매고 목을 맸답니다. '적어도 이 화관만은 당신의 마음에 꼭 들 것이오.' 라고 중얼거리며. 그는 발판에서 발을 떼자마자 목뼈가 부러지면서 죽었습니다. 그가 쓰러질 때 문이 부딪치는 소리가 났는데 그것은 마치 신음 소리와 같았습니다.

문을 연 하인들은 그의 죽음을 알게 되었습니다. 그리고 불쌍하다고 탄성을 올리며 그의 몸을 들어 홀어머니만 계신 그의 집으로 옮겼습니다. 홀어머니는 싸늘하게 굳은 아들의 시체를 가슴에 껴안고 애통해 했습니다. 슬픈 장례 행렬이 거리를 지나갔습니다. 그리고 굳어진 시체는 관 위에 실려 화장터로 운반되었습니다. 아낙사레테의 집은 장례 행렬이 지나가는 길가에 있었습니다. 문상객들의 슬픈 울음소리가 아낙사레테의 귀에 들려 왔습니다.

'우리도 장례 행렬을 구경하러 가자.' 하고 그녀는 탑 위에 올라가 창문을 열고 그 광경을 내려다보았습니다. 그녀의 시선이 관 위에 가로놓인 이피스의 시체에 멈춘 순간, 그녀의 눈은 굳어졌고 체내의 더운 피는 식기 시작하였습니다. 뒤로 물러서려고 하였지만 발을 움직일 수가 없었습니다. 얼굴을 돌리려 하였으나 그것도 되지 않았습니다. 그녀의 온몸은 굳기 시작하여 마침내 돌이 되었습니다. 이 이야기가 믿어지지 않으시거든 아직도 아낙사레테의 생전의 모습 그대로 석상이 되어 있는 살라미스의 아프로디테 신전에 가 보십시오. 이런 옛일을 생각하시어 사랑을 비웃고 주저하는 마음을 버리십시오. 그리고 사랑하는 사람을 받아들이십시오. 그렇게 하시면 봄 서리가 당신의 젊은 열매를 시들게 하는 일도 없을 것이며, 사나운 바람이 당신의 꽃을 떨어뜨리는 일도 없을 것입니다."

베르툼누스는 이렇게 말하고서 자신의 원래 모습을 드러냈다. 준수한 청년이 포모나 앞에 섰다. 그 자태는 구름을 뚫고 빛나는 햇살 같았다. 지금까지의 이야기와 그 준수한 용모는 포모나의 마음을 제압하고도 남았다. 그녀는 더 이상 그를 거부하지 않았다. 그녀의 가슴에는 사랑의 불길이 활활 타오르기 시작했다.

에로스와 프시케

어느 왕과 왕후 사이에 세 딸이 있었다. 두 언니도 빼어난 미인이었으나 막내딸 프시케(Psyche)의 아름다움은 말로 형언할 수 없을 정도였다. 그녀의 아름다움은 국외까지 명성이 자자하여 이웃나라 사람들도 그 모습을 보려고 몰려들었다. 그녀를 보고 경탄한 사람들은 이제까지 아프로디테에게 바치던 경의를 그녀에게 바쳤다. 사실 사람들의 마음이 이 젊은 처녀에게 쏠렸기 때문에 아프로디테의 제단은 돌보는 사람도 없었다. 프시케가 지나가면 사람들은 그녀를 칭송하였고 길 위에 꽃을 뿌렸다.

이처럼 신들에게만 표해야 하는 경의가 인간을 찬양하는 데 남용됨을 보고서 아프로디테는 대단히 노하였다. 화가 난 아프로디테는 향기로운 머리타래를 흔들면서 부르짖었다.

"나의 명예가 고작 인간의 딸에게도 못 미친다는 말인가? 제우스까지도 그의 판정을 시인하는 왕의 목양자(牧羊者)[16]가, 나의 유명한 경쟁자인 팔라스(아테나)와 헤라보다도 내가 더 아름답다고 말한 그 영예도 이제는 소용이 없

---

16) 스파르타의 왕자 파리스를 가리킨다. 파리스가 어느 날 아프로디테와 헤라, 아테나의 미를 판정하여 그 중에서 아프로디테가 제일 아름답다고 했는데, 이 내용은 제27장에 수록되어 있다.

어졌다. 그러나 그녀가 내 영예를 그렇게 쉽사리 박탈하지는 못할 것이다. 반드시 자신의 아름다움을 후회하며 가슴을 치게 되리라."

아프로디테는 날개 돋친 아들 에로스를 불렀다. 에로스는 원래 장난을 좋아했는데 어머니의 불평을 듣자 장난기와 호기심이 발동하였다. 여신은 아들에게 프시케를 가리키며 말했다.

"나의 사랑하는 아들아, 저 교만한 미녀를 벌하여 다오. 저 여자가 받는 벌이 심하면 심할수록 나에게는 좋은 복수가 될 것 같구나. 저 교만한 여자의 가슴 속에 어떤 미천한 자에 대한 연정을 불어 넣어라. 그렇게 되면 지금 그녀의 기쁨이 큰 만큼 장차 받게 될 굴욕 또한 클 것이다."

에로스는 어머니의 분부에 복종할 준비를 하였다. 아프로디테의 정원에는 우물이 두 개 있었는데 그 하나는 물맛이 달고 다른 하나는 무척 썼다. 에로스는 두 개의 호박색 병에다 두 우물물을 각각 담고서 그것을 화살통 끝에 매달고 급히 프시케의 방으로 달려갔다. 프시케는 잠들어 있었다. 에로스는 그녀를 보자 측은한 생각도 들었지만 어머니의 부탁을 거절할 수는 없었다. 그는 쓴 우물물을 두어 방울 그녀의 입술 위에 떨어뜨렸다. 그런 후 그녀의 옆구리에 화살 끝을 댔다. 그러자 그녀는 놀라 잠을 깨고 에로스를 바라보았다. 물론 그녀의 눈에는 에로스가 보이지 않았다. 에로스는 프시케의 아름다움에 당황하여 자신의 화살에 찔려 상처를 입었다. 그러나 그는 자신의 상처에는 신경을 쓰지 않고 자기가 프시케에게 저지른 장난을 취소하려고 애를 썼다. 그는 재빨리 그녀의 비단 같은 고수머리 위에 맛이 단 향기로운 물방울을 떨어뜨렸다.

프시케는 그 이후로 아름다움에서 아무런 이득을 얻을 수 없게 되었다. 아프로디테의 미움을 받았기 때문이었다. 그녀의 아름다움은 모든 사람들의 시선을 끌었지만 왕이나 왕자, 심지어는 평민 중 어느 누구 한 사람 청혼을 하

■ 에로스(카바라지오)

지 않았다. 프시케의 미모와는 비교도 안 되는 두 언니들은 이미 오래 전에 왕자와 결혼을 한 뒤였다. 프시케는 독수공방인 외로운 신세를 한탄하였다. 많은 사람들이 칭찬할 줄만 알았지 사랑을 고백하는 자가 없자 프시케는 자신의 아름다움에 싫증이 났다.

그녀의 부모는 자신들이 모르는 사이에 신들의 노여움을 사지나 않았는지 두려워한 나머지 아폴론의 신탁에 문의하여 다음과 같은 답변을 듣게 되었다.

"그 처녀는 인간에게 시집을 갈 팔자가 아니다. 그녀의 장래의 남편이 산에서 그녀를 기다리고 있다. 그는 괴물로서 신도 인간도 그에게는 반항할 수 없다."

신탁의 이 무서운 판결을 듣고 모든 사람들은 놀랐고 프시케의 부모는 슬픔에 잠겼다. 그러나 프시케는 담담한 마음으로 말했다.

"사랑하는 부모님, 왜 이제 와서 신세를 슬퍼하십니까? 도리어 사람들이 저에게 부당한 명예로 칭찬하고, 입을 모아 아프로디테라고 불렀을 때 슬퍼하셨어야 할 것입니다. 그런 칭호를 받은 벌이 제게 내린 것을 이제 알았습니다. 저는 운명에 순종하겠습니다. 저의 불행한 운명이 가라고 한 저 산으로 저를 데려가 주십시오."

이렇게 하여 모든 준비를 끝내고 프시케는 길을 떠나게 되었다. 프시케는 사람들이 비통해하는 소리를 들으며 부모와 함께 산에 올랐는데 그것은 혼례 행렬이라기보다 장례 행렬에 가까웠다. 산꼭대기에 이르자 사람들은 그녀를 혼자 남겨 놓고 슬픈 마음으로 집으로 돌아갔다.

프시케가 눈물을 흘리며 공포에 떨고 있을 때 서풍의 신인 제피로스(Zephyros)가 그녀를 일으켜 가벼운 걸음걸이로 꽃이 만발한 골짜기로 실어다 주었다. 그녀의 마음은 차츰 평온해졌고, 풀이 무성한 풀밭에 누워 잠이 들었다. 피로가 풀리고 가벼운 마음으로 눈을 떠보니 가까운 곳에 큰 나무들이 우뚝 솟은 아름다운 숲이 보였다. 프시케는 그 숲으로 들어갔다. 숲의 한가운데에는 수정처럼 맑은 물이 솟는 샘이 있었다. 그 옆에는 어마어마한 궁전이 있었는데 그 웅장함은 보는 이로 하여금 그 궁전이 사람의 손으로 이루어진 것이 아니라 어떤 신의 행복한 별장이라는 느낌이 들 정도였다.

감탄과 경이로움에 이끌려 프시케는 궁전으로 다가가 문을 밀고 들어섰다. 보이는 물건마다 프시케에게는 놀라움 그 자체였다. 황금 기둥이 반원형 지붕을 받치고 있었다. 벽은 수렵의 대상인 짐승이나 전원 풍경을 그린 조각과 그림으로 장식되어 있었다. 더 안으로 들어가니 연회용 홀이 있고, 또 여러 가지 보물과 아름답고 값비싼 예술품이 가득 찬 방이 여러 개 있었다. 그러나 그녀가 이러한 것들을 감상하고 있는 동안 사람의 그림자는 전혀 보이지 않았는데 이윽고 어디선가 목소리가 들려 왔다.

"여왕이시여, 지금 당신의 눈앞에 펼쳐진 것은 모두 당신의 것입니다. 당신이 듣고 계신 이 목소리는 당신 하인들의 목소리입니다. 우리들은 당신의 분부를 충실히 따를 것입니다. 이제 당신의 방으로 들어가십시오. 그리고 푹신한 털 침대 위에서 편히 쉬십시오. 그리고 목욕을 하고 싶으시다면 따뜻한 물이 준비되어 있습니다. 저녁 식사는 옆에 있는 정자에서 하시는 것이 어떨까요?"

프시케는 소리만 들리는 하인의 말을 따라 목욕을 한 후 정자에 들어가 앉았다. 하인들의 모습은 보이지 않았으나 식탁에는 맛깔스런 음식과 감미로운 술이 준비되어 있었다. 그리고 보이지 않는 연주자의 음악은 그녀를 즐겁게 했다. 한 사람은 비파를 타고 한 사람은 노래를 불렀는데 무척 감미로운 음악이었다.

밤이 되어 잠자리에 들자 매우 다정하게 속삭이는 소리와 함께 누군가

■ 거울을 보는 아프로디테(디에고 벨라스케스)

가 옆에 누웠다. 이렇게 해서 이상한 결혼 생활이 시작되었다. 그러나 프시케는 남편의 얼굴을 보지 못했다. 그는 밤이 되어야만 오고 날이 밝기 전에 떠났다. 그러나 그의 음성은 사랑으로 가득 차 있었고, 그녀 또한 남편을 사랑하였다. 그녀는 종종 남편에게 얼굴을 보여 달라고 간청하였다. 그러나 그는 얼굴을 보여줄 수 없는 이유가 있으니 자신을 볼 생각은 아예 말라고 하였다.

"왜 그토록 나를 보고 싶어하오? 나의 사랑에 대하여 조금이라도 의심을 가지고 있소? 무슨 불만이 있소? 그대가 나를 본다면 두려워할지도 모르고 숭배할지도 모르나, 중요한 것은 나를 사랑하는 것이고 내가 그대에게 바라는 것은 오직 그것뿐이오. 나는 그대가 나를 신으로서 숭배하는 것보다 같은 인간으로서 사랑하기를 바라오."

이 말을 들은 프시케는 마음이 안정되고 행복했다. 그러나 날이 갈수록 자기의 생사를 걱정하는 부모님과 자신의 지위를 보고 함께 기뻐할 두 언니들 생각이 마음을 괴롭혔고, 아무도 없는 궁전은 잘 꾸며진 감옥에 불과하다는 생각이 들었다. 어느 날 밤 프시케는 이 같은 마음을 남편에게 고백했다. 그리고 마침내는 언니들이 자기를 보러 와도 좋다는 승낙을 억지로 얻어냈다.

다음 날 프시케는 제피로스를 불러 남편의 명령을 전달하였다. 제피로스는 두 언니들을 서풍에 실어 프시케가 살고 있는 골짜기로 데려왔다. 프시케는 언니들과 재회의 기쁨을 나누었다. 프시케는 말하였다.

"어서 안으로 들어가요. 그리고 무엇을 좀 드셔야죠."

프시케는 언니들을 자신의 궁전으로 안내하였다. 그리고 목소리만 들리는 하인들이 가득한 자신의 궁전으로 안내하였다. 그리고 목소리만 들리는 수많은 하인들로 하여금 언니들의 시중을 들게 하여 목욕도 하고 음식도 먹고 여러 가지 보물을 자랑하였다. 프시케가 자신들보다 월등히 훌륭한 생활을 하고 있는 것을 보자 언니들의 가슴에는 질투심이 일어났다.

언니들은 프시케에게 궁금한 것을 물어보았는데, 특히 그녀의 남편이 어떤 사람인가를 집중적으로 물었다. 프시케는 남편이 멋진 청년이며, 낮에는 매일 산으로 사냥을 나간다고 답변하였다. 그러나 언니들은 프시케가 뭔가 감추려 한다는 것을 눈치 채고 꼬치꼬치 캐묻기 시작하여 프시케로 하여금 자기는 아직 한 번도 남편의 얼굴을 본 일이 없다는 것을 고백하게 하였다. 그러자 언니들은 그녀의 마음에 의심의 싹을 심어 주었다.

"아폴론의 신탁은 네가 무서운 괴물과 결혼할 운명이라고 했잖니. 그걸 잊지 말아라. 이 골짜기 주민들의 말로는 네 남편은 무섭고 괴상한 뱀으로, 맛있는 음식을 먹여 너를 기른 뒤에 잡아먹어 버릴 거라고 하더구나. 그러니 너는 우리가 시키는 대로 해야 해. 등잔과 날카로운 칼을 준비하여 남편 몰래 침대 밑에 숨겨 놓았다가 그가 깊이 잠들거든 침대에서 빠져 나와 등잔불을 켜고 이곳 사람들의 말이 사실인지 네 눈으로 확인하렴. 사실이라면 주저하지 말고 괴물의 머리를 베어 자유로워지거라. 알겠니?"

프시케는 언니들의 말이 너무 끔찍하여 듣지 않으려 하였으나 마음이 동요되는 것을 어찌할 수 없었다. 언니들이 떠나자 프시케는 한참 동안 갈등하였으나 호기심을 이길 수는 없었다. 그래서 프시케는 등잔과 예리한 칼을 준비하여 남편이 볼 수 없는 곳에 감추어 두었다.

그날 밤, 남편이 잠이 들었을 때 프시케는 조용히 일어나서 등잔불을 남편의 얼굴 가까이로 가져갔다. 하마터면 등잔불을 떨어뜨릴 뻔했다. 눈앞에 나타난 남편의 모습은 괴물이 아니고, 신들 중에서도 가장 아름답고 매력 있는 신이었다. 그의 금빛 고수머리는 눈보다도 흰 목과 진홍색의 볼 위에서 물결치고, 어깨에는 이슬에 젖은 두 날개가 달려 있었는데 그 부드러운 털은 봄꽃처럼 빛나고 있었다.

프시케는 남편의 얼굴을 더 자세히 보려고 등불을 기울이다 실수로 기름

■ 에로스와 프시케(프랑수와 제라르)

한 방울을 남편이 어깨에 떨어뜨렸다. 깜짝 놀란 남편은 눈을 뜨고 프시케를 바라보았다. 그런 후 한 마디의 말도 없이 흰 날개를 펴고 창밖으로 날아갔다. 프시케는 남편을 따라 가려고 하였으나 그녀는 날 수가 없었다. 남편은 프시케가 땅바닥에 엎어져 있는 것을 보고 잠깐 멈춘 뒤 이렇게 말하였다.

"어리석은 프시케, 이것이 나의 사랑에 대한 보답이란 말이냐. 나는 어머니의 명령에도 복종하지 않고 너를 아내로 맞았는데, 너는 나를 괴물로 여기고 나의 머리를 베려고 생각하였단 말이냐. 가거라, 나의 말보다 언니들의 말이 더 중요하다면 너의 언니들에게 돌아가거라. 나는 너에게 다른 벌을 가하지는 않겠다. 단지 너와 영원히 이별할 뿐이다. 사랑은 의심과 함께 살 수는 없는 것이다."

이렇게 말하고서 남편은 울부짖으며 땅에 엎드려 있는 가엾은 프시케를 남겨 두고 날아가 버렸다. 남편은 다름 아닌 에로스 신이었던 것이다.

프시케는 마음을 진정시키고 주위를 둘러보았다. 웅장한 궁전도 잘 다듬어진 정원도 없어지고 황량한 벌판 한가운데에 쓰러진 자신의 모습만이 남아 있을 뿐이었다. 프시케는 언니들이 있는 곳으로 가서 자기가 당한 재난을 다 이야기하였다. 질투심 많은 언니들은 속으로는 기뻐하면서도 겉으로는 슬픈 척했다. '이번에는 우리 둘 중에서 한 사람을 선택할 게 틀림없어.' 이렇게 생각한 두 언니들은 아침 일찍 산에 올랐다. 그리고 산꼭대기에 이르자, 제피로스를 불러 자기를 그의 주인에게 데려다 달라고 말한 뒤 절벽에서 뛰어내렸다. 그러나 서풍의 신 제피로스가 받쳐 주지 않았기 때문에 몸은 절벽에서 떨어져 산산조각으로 부서지고 말았다.

그동안 프시케는 먹지도 않고 자지도 않으면서 밤낮을 가리지 않고 남편을 찾아다녔다. 그러다 어느 높은 산에 훌륭한 궁전이 있는 것을 발견하였다. 그녀는 궁전을 바라보며 탄식하였다. '나의 사랑, 나의 주인은 아마 저곳에 살고 있을 것이다.' 이렇게 말한 뒤 산을 향해 발을 옮겼다.

궁전의 입구에는 밀 낟가리가 쌓여 있었는데 묶지 않고 아무렇게나 쌓은 이삭도 있고 보리 이삭이 섞여 있기도 하였다. 낫과 갈퀴와 그 외에 수확할 때 쓰이는 여러 가지 농기구가 무더위에 지친 농부가 함부로 내던져 버린 것처럼 여기저기 흩어져 있었다. 프시케는 그것을 한쪽에 가지런히 정돈하였다. 그것은 어떤 신에게도 소홀히 해서는 안 되고, 모든 신을 경건한 마음으로 대하여 자기편이 되게 해야 한다는 신념에서였다.

그 궁전은 여신 케레스의 거처였다. 여신은 프시케의 이 같은 갸륵한 마음을 보고 말하였다.

"오, 가엾은 프시케야, 비록 나는 너를 아프로디테의 위협으로부터 지켜줄 수는 없으나 그녀의 기분을 풀게 할 최선의 방법을 가르쳐 줄 수는 있단다. 그것은 다름 아니라 너의 여왕인 아프로디테에게 가서 겸손과 순종으로 용서를 빌도록 하여라. 네 정성을 봐서라도 아마 은총을 베풀어 너의 남편을 도로 찾도록 해 줄 것이다."

프시케는 케레스의 이 같은 말을 듣고 아프로디테의 신전으로 향하였다. 마음을 단단히 먹고 무슨 말을 해야 노한 여신의 마음을 풀 수 있을까 곰곰이 생각하였으나 아무래도 결과가 좋지 않을 것 같은 예감이 들었다.

아프로디테는 프시케를 보자 노한 감정이 되살아났다.

"이 불충실하고 신의 없는 인간아, 너는 주인을 섬기는 몸이라는 것을 이제야 깨달았느냐? 혹은 네가 이곳에 온 것은 사랑하는 아내에게 받은 상처로 아직 병석에 누워 있는 너의 남편을 보기 위해서냐? 나는 네가 밉고 비위에 거슬린다. 그러므로 네가 남편을 섬길 수 있는 유일한 길은 부지런히 일하는 것밖에 없다. 나는 네가 남편을 섬기는 하인으로서 자격이 있는지 없는지를 시험할 것이다."

이렇게 말한 뒤 아프로디테는 프시케를 자기 신전의 창고로 인도하도록 명령하였다. 그곳에는 비둘기의 모이로 밀, 보리, 기장, 완두 등이 뒤섞여 있었다.

"이 곡식들은 모두 따로따로 가려서 저녁때가 되기 전에 일을 끝마치도록 하여라."

아프로디테는 명령을 내리고 떠났다.

프시케는 어떻게 시작해야 할지 엄두가 나지 않아 말없이 멍하니 앉아 복잡한 곡식더미를 앞에 놓고 손가락 하나 움직이지 않았다. 프시케가 어찌할 바를 모르고 앉아 있는데 에로스가 들판의 주민인 개미들에게 명령하여 프시케를 도와주게 하였다. 개미들의 지휘자는 여섯 개의 다리가 달린 수많은 개미들을 이끌고 곡식더미로 달려들어 종류별로 구분하였다. 그리고 일이 끝나자 순식간에 사라져 버렸다.

황혼이 대지를 적시자 아프로디테는 향기로운 냄새를 풍기며 머리에는 장미꽃 화관을 쓰고 신들의 연회에서 돌아왔다. 프시케가 일을 다 끝낸 것을 보고 아프로디테는 다시 노하였다.

"못된 계집 같으니, 이것은 네가 한 것이 아니고 남편을 꾀어서 시킨 것이 틀림없다. 어디 두고 보아라. 너도 네 남편도 편치 못할 것이니."

이렇게 말하면서 아프로디테는 프시케에게 저녁 식사로 검은 빵 한 조각을 던져 주었다.

다음 날 아침 아프로디테는 프시케를 다시 불렀다.

"보아라, 저쪽 물가에 나무들이 늘어서 있지? 그곳에 양치기 없이 풀을 뜯고 있는, 등에 금빛 털을 가진 양 떼가 있다. 그곳에 가서 그 양의 귀중한 양털을 모아 오너라."

프시케는 이번에야말로 최선을 다하여 아프로디테의 명을 따르리라 마음먹고 냇가로 갔다. 그러나 물의 신은 갈대를 시켜 노래를 부르듯 프시케에게 속삭이게 하였다.

"프시케야, 너는 혹독한 시련을 받고 있구나. 위험한 냇물을 건너려고 하지도 말고 건너편에 있는 수양 무리들 속으로 들어가지도 말거라. 왜냐하면 해가 떠오를 무렵이면 그 양들은 날카로운 뿔과 사나운 이빨로 사람을 죽이는 잔혹함으로 불타오르기 때문이다. 그러나 대낮에 양 떼들이 그늘을 찾아가고 냇물의 청명한 정기가 그들을 잠들게 할 때는 냇물을 건너도 안전하고, 건너가면 덤불이나 나무줄기에 붙어 있는 금빛 양털을 발견할 수 있을 것이다."

이처럼 인자한 물의 신은 프시케에게 임무를 무사히 마칠 수 있는 방법을 가르쳐 주었다. 물의 신의 도움으로 프시케는 팔 하나 가득 금빛 양털을 안고 얼마 안 되어 아프로디테에게로 돌아왔다. 그러나 프시케는 원한을 품은 아프로디테의 칭찬을 받지는 못하였다. 여신은 도리어 화를 내며 이렇게 말하였다.

"나는 이번에도 네가 이 일에 성공한 것이 너 자신의 힘이 아님을 잘 알고 있다. 나는 아직 네가 일을 잘 한다고 믿지 못하겠다. 또 다른 일을 시켜보겠다. 이곳에 있는 상자를 가지고 지하 세계로 가서 페르세포네에게 전달하고 다음과 같이 말을 하여라. '나의 여주인 아프로디테가 당신의 아름다움을 조금 나누어 주시기를 원하십니다. 병석에 있는 아들을 간호하시느라고 자신의 아름다움을 약간 잃었기 때문입니다.' 그렇다고 갔다 오는 데 너무 지체해서는 안 된다. 나는 오늘 저녁에 얻어 온 아름다움을 몸에 바르고 신들과 여신들의 모임에 참석해야 하니까."

프시케는 이제야 자기의 파멸이 가까웠다고 믿었다. 제 발로 명부에 가지 않으면 안 되었으니까. 어쨌든 피할 수 없는 일을 지체하지 않으려고 채비를 하였다. 명부로 내려가는 지름길로 프시케는 높은 탑 꼭대기에서 거꾸로 떨어지려 하였다. 그때 탑에서 어떤 목소리가 들려 왔다.

"가엾은 소녀여, 왜 그렇게 무서운 방법으로 목숨을 끊으려 하느냐. 이제

■ 프시케의 유괴(윌리엄 아돌프 부게로)

■프시케(워터하우스)

까지 위험한 경우에는 여러 번 신들의 가호를 받았거늘 왜 이 마지막 위험에 처하여 겁을 내며 용기를 잃는가?"

그리고서 그 목소리는 어떤 동굴을 지나면 명부에 도착할 수 있다는 것, 어떻게 하면 도중의 위험을 모면할 수 있는지, 머리가 세 개 달린 개 케르베로스의 곁을 지날 때는 어떻게 해야 하는지, 흑하(黑河)를 건너고 또 돌아올 때는 어떻게 뱃사공을 설득해야 하는지를 가르쳐 주었다. 그리고 또 다음과 같이 덧붙였다.

"페르세포네가 그녀의 상자를 건네주면 절대로 그것을 들여다보거나 열어서는 안 된다. 또 호기심으로 여신들의 미의 보물의 비밀을 탐색하려고 하지 말아라."

프시케는 이 충고에 힘을 얻어 무사히 명부에 도착할 수 있었다. 프시케는 페르세포네의 궁전으로 들어갔다. 근사한 식탁에 맛있는 음식들이 가득 차려져 있었으나 프시케는 못 본 척하고 딱딱한 빵으로 만족하며 식사를 하였다. 식사가 끝난 뒤 프시케는 아프로디테의 전언을 전달하였다. 뚜껑이 닫힌 상자가 프시케에게 전달되었다. 그리하여 프시케는 온 길을 다시 돌아 나왔으며, 햇빛을 다시 보게 된 것을 기뻐하였다.

그러나 위험한 일을 무사히 마치게 되자 프시케는 상자 안에 무엇이 들어 있는지 궁금해서 견딜 수가 없었다. 그녀는 혼잣말로 중얼거렸다.

"신적인 아름다움을 가지고 가는 내가 사랑하는 남편의 눈에 더 아름답게 보이기 위하여 조금만 꺼내서 내 양 볼에 바른들 누가 나무랄까?"

그녀는 조심하며 상자의 뚜껑을 열었다. 그러나 상자 속에는 아름다움은 조금도 없고 명부의 수면이 들어 있었다. 수면은 상자 속에 갇혀 있다가 밖으로 나오자 곧바로 프시케를 에워쌌다. 프시케는 길 가운데 엎드려서 아무 감각도 없이 잠이 들었다.

한편 에로스는 상처가 말끔히 치유되었고, 또 사랑하는 프시케를 보고 싶은 마음이 간절하여 마침 열려 있는 창문으로 빠져 나와 프시케가 잠들어 있는 곳으로 날아갔다. 그리고 그녀의 몸을 에워싼 수면을 걷어 다시 상자 속으로 가두었다. 그리고 화살을 그녀의 몸에 대어 잠을 깨웠다. 그리고 타이르듯이 말하였다.

"너는 또 전과 같이 호기심 때문에 일을 그르칠 뻔했구나. 자, 어서 어머니가 분부하신 임무를 완수해야지. 그 나머지 일은 내가 하겠다."

에로스는 높은 하늘을 꿰뚫는 번갯불과 같이 빠르게 제우스 앞으로 나아가 탄원하였다. 제우스는 호의를 가지고 들어 주었다. 그리고 두 연인을 위하여 간곡히 설득하였기 때문에 아프로디테도 이를 승낙하였다. 그래서 제우스는 헤르메스를 보내 프시케를 천상의 연회에 데려오도록 하였다. 그녀가 천상의 궁전에 도착하자 제우스는 불로불사의 음식인 암브로시아를 한 잔 주면서 말하였다.

"프시케야, 이걸 마시고 불사의 신이 되어라. 에로스도 이 인연을 끊지 못할 것이며, 이 결혼은 영원하리라."

이렇게 하여 프시케는 마침내 에로스와 결합하여 딸 하나를 낳았는데 그 아이의 이름은 '쾌락' 이었다.

에로스와 프시케의 이야기는 보통 우화로 해석된다. 그리스어로 '프시케' 는 나비라는 의미와 영혼이라는 의미를 가지고 있다. 영혼 불멸의 예시로써 나비처럼 인상적이고 아름다운 것은 없다. 나비는 배로 느릿느릿 기어다니는 모충의 생활을 끝마친 뒤에 지금까지 누워 있던 분묘로부터 아름다운 날개를 펼치고 빠져 나와 밝은 데서 날아다니며, 봄의 가장 향기롭고 맛있는 생산물을 먹는다. 그러므로 프시케는 갖은 고난에 의하여 정화된 후 진정하고 순결한 행복을 누릴 준비가 된 인간의 영혼이다.

카드모스 왕

    제우스는 황소로 변신하여 페니키아의 왕 아게노르(Agenor)의 딸 에우로 페(Europe)를 납치하였다. 아게노르는 아들 카드모스에게 그의 누이를 찾아 오라고 명령하고, 만약 찾지 못하면 돌아오지 말라고 하였다. 카드모스는 누이를 찾아 사방을 돌아다녔으나 찾을 수가 없었다. 아버지의 명을 받들지 못한 카드모스는 집으로 돌아갈 수가 없어 막막하였다. 그는 아폴론의 신탁에 상의하여 어디로 가서 살면 좋을지를 물었다. 신탁은 그에게 들에서 암소를 한 마리 발견하거든 어디든지 그 소가 가는 곳으로 따라가고 소가 걸음을 멈 춘 곳에 도시를 세워 이름을 테바이라 하라고 일러 주었다.

    카드모스가 신탁이 전달된 카스탈리아의 동굴에서 나오자마자, 어린 암소 한 마리가 그의 앞에서 천천히 걸어가고 있었다. 카드모스는 그 뒤를 바짝 따라갔다. 그리고 태양신 포이보스에게 기도를 올렸다. 암소는 계속 진행하 여 케피소스의 얕은 수로를 지나 파노페 평야로 나왔다. 그곳에서 암소는 발 을 멈추고 공중을 향하여 넓은 이마를 들고 큰소리로 울었다. 카드모스는 암 소에게 고마움을 표시하고 몸을 굽히고서 흙에 키스하였다. 그런 후 눈을 들 고 주위의 산에 인사하였다. 그리고 제우스에게 제물을 올리려고 부하들을 시켜 제주(祭酒)로 사용할 깨끗한 물을 구해 오도록 하였다. 그 근처에는 오래된 숲이 있었는데, 그것은 아직 한 번도 도끼질로 그 신성이 더럽혀진 일이 없는 곳이었다. 그 한가운데는 무성한 관목이 두텁게 덮인 동굴이 하나 있었다. 그 동굴의 지붕은 아치형을 이루었고, 밑에서는 깨끗한 샘물이 솟아 나오고 있었다. 동굴 속에는 무서운 뱀 한 마리가 살고 있었는데, 볏이 돋친 머리와 금빛으로 빛나는 비늘을 지니고 있었다. 눈은 불처럼 빛나고, 몸은 독액으로 부풀고, 세 개의 혀를 끊임없이 날름거리며 세 줄로 된 이빨이 언뜻언뜻 보였다.

때마침 사람들이 물을 길러 왔다. 사람들이 물병을 샘에 담가 병 속으로 물이 들어가는 소리가 나자 온몸에 광채가 찬란한 뱀은 동굴 속에서 머리를 내밀고 괴성을 냈다. 놀란 사람들은 손에서 물병을 떨어뜨리고 얼굴이 창백해지며 사지를 벌벌 떨었다. 뱀은 비늘 돋친 몸뚱이를 도사리고 머리를 가장 키가 큰 나무보다도 높이 쳐들었다. 사람들은 공포에 떨며 싸우지도 못하고 그렇다고 달아나지도 못한 채 얼어붙은 듯 서 있었다. 뱀은 느닷없이 기어나와 어떤 사람은 독니로 물어 죽이고 어떤 사람은 몸으로 감아 죽이고, 어떤 사람은 독을 풍기는 숨을 내쉬어 죽였다.

카드모스는 정오가 될 때까지 부하들을 기다렸으나 돌아오지 않자 그들을 찾아 나섰다. 그는 사자 가죽으로 된 겉옷을 입고 손에는 투창과 긴 창을 가지고 있었다. 또 그 가슴 속에는 창보다도 더 힘센 무기인 대담함을 지니고 있었다. 그가 숲속으로 들어가자 부하들의 시체가 샘가에 즐비하게 늘어져 있고 뱀의 턱에는 피가 묻어 있었다. 그는 화가 치밀어 올랐다.

"충실한 나의 부하들이여! 나는 너희들의 원수를 갚든지 그러지 못하면 나 또한 너희들의 뒤를 따르겠노라."

이렇게 부르짖으며 카드모스는 거대한 돌을 들어 온 힘을 다하여 뱀을 향하여 던졌다. 이렇게 큰 돌을 던졌으면 요새의 성벽도 진동하였을 것이나 뱀은 꿈쩍도 하지 않았다. 그래서 카드모스는 다음에는 투창을 던졌다. 이번에는 돌보다는 효과가 있었다. 창은 뱀의 비늘을 뚫고 내장을 관통하였다. 뱀은 아픔에 못 견뎌 날뛰면서 상처를 보려고 머리를 뒤로 돌렸다. 그리고 입으로 창을 빼려고 하였는데 창은 부러지고 창의 촉은 살 속에 박혔다. 목은 노여움에 부풀고 피 거품은 턱을 덮고 콧구멍으로부터 내쉬는 숨은 주위에 독기를 뿜었다. 때로는 몸을 둥그렇게 꼬기도 하고, 때로는 자빠진 나무줄기같이 뻣뻣하게 몸을 펴기도 하였다. 뱀이 앞으로 몸을 움직이자 카드모스는 그 앞에서 뒷걸음질을 치며 크게 벌린 뱀의 턱을 향하여 창을 겨누었다. 뱀은 창을 향하여 달려들어 그 살촉을 물어뜯으려고 하였다.

마침내 카드모스는 기회를 보아 뱀이 머리를 뒤로 젖히고 달려드려는 순간 창을 던졌다. 뱀의 몸뚱이는 창에 찔려 나무에 매달렸다. 뱀이 단발마의 고통 속에서 날뛸 때 뱀의 무게가 나무를 휘게 하였다.

카드모스가 원수를 죽이고 그 위에 서서 그 거대한 뱀을 내려다보고 있을 때 어디선가 노래가 들려 왔다. 그 소리는 뱀의 이빨을 빼서 땅속에 묻으라고 말하고 있었다. 그 말을 들은 카드모스는 땅에 고랑을 파고 뱀의 이빨을 뽑아 뿌렸다. 이것은 사람들이 생겨날 운명이었다. 이빨을 다 뿌리자마자 흙덩이가 꿈틀거리더니 여기저기서 창끝이 솟아올랐다. 그 다음에는 깃털을 꽂은 투구가 나타났으며 그 다음에는 사람의 어깨와 가슴과 무기를 든 팔이 나타나고 마침내는 무장을 한 무사들이 튀어나왔다.

카드모스는 깜짝 놀라 새로운 적에게 대비하려고 두리번거리며 무기를 찾았다. 그러자 그중 한 명이 말하였다.

"우리들의 내란에 간섭하지 마시오."

그런 후 그는 땅 속에서 나온 형제 중 한 명을 칼로 찔러 죽였다. 그리고 이 사람은 다른 사람의 화살에 맞아 죽었다. 화살을 쏜 사람은 또 다른 사람에게

■카드모스와 하르모니아(이블린 드 모건)

죽임을 당했다. 이렇게 온 무리가 서로 싸워 부상을 입고 쓰러져 살아남은 것은 다섯 명뿐이었다. 이들 중 한 사람이 무기를 내던지며 말하였다.

"형제들이여, 이렇게 싸울 것이 아니라 의좋게 지내자."

남은 다섯 명은 카드모스와 타협하여 도시를 건설하고 그 이름을 테바이라고 명명하였다.

카드모스는 아프로디테의 딸 하르모니아(Harmonia)와 결혼하였다. 신들은 그들의 결혼식에 참석하려고 올림포스에서 날아왔고, 헤파이스토스는 손수 만든 목걸이를 신부에게 선물하며 축복해 주었다. 그러나 불행한 운명이 일가를 기다리고 있었다. 그것은 그가 죽인 뱀이 아레스(마르스)에게 봉헌된 것이었기 때문이었다. 그들의 딸 세멜레(Semele)와 이노(Ino), 손자 악타이온과 펜테우스(Pentheus)는 모두 불행한 죽음을 맞이하였다.

카드모스와 하르모니아는 테바이가 싫어져서 그곳을 떠나 엥겔리아인의 나라로 이주하였는데, 이 나라 사람들은 그들을 환영하였을 뿐만 아니라 카드모스를 왕으로 섬겼다. 그러나 자손들의 불행이 이들 부부를 늘 침울하게 만들었다. 어느 날 카드모스는 탄식하였다.

"한 마리 뱀의 생명이 그렇게 신들에게 귀중한 것이라면 나도 차라리 뱀이었으면 좋았을 것을……."

이 말이 끝나자마자 그의 몸은 조금씩 변하기 시작했다. 하르모니아는 그것을 보고 자기도 같은 운명이 되게 해 달라고 신들에게 간청하였다. 그러자 둘 다 뱀이 되었다. 그들은 숲속에서 살면서 자기들의 옛일을 생각하며 사람을 피하지도 않고 해치지도 않는다고 한다.

미르미돈인

미르미돈인들은 트로이 전쟁 때 아킬레우스(Achilleus)가 끌고 간 그의 부하병사들이었다. 오늘날까지 상관의 명령에 절대 복종하는 자를 미르미돈(Myrmidon)이라 부르는 것도 여기서 유래된 것이다. 그러나 이 종족의 기원을 보면 맹렬하고 잔인한 종족이라기보다는 근면하고 평화를 사랑하는 종족이라는 인상을 받을 것이다.

아테네의 왕 케팔로스는 크레타의 왕 미노스와 전쟁을 할 때 그의 옛 친구요 동맹자인 아이아코스 왕의 도움을 얻고자 아이기나 섬에 갔었다. 케팔로스는 환대를 받았고 원군 청탁도 쉽게 승낙되었다. 아이아코스는 말하였다.

"나는 많은 백성을 가지고 있으므로 필요로 하는 병사를 나누어 드릴 여력이 있소."

케팔로스는 이렇게 대답하였다.

"대단히 감사합니다. 그런데 거의 같은 연배의 청년들이 이렇게 많은 것이 이상하게 생각됩니다. 또한 전에 제가 본 적 있는 사람들은 거의 보이지 않으니 어찌된 일입니까?"

아이코스는 한숨을 내쉬었다. 그리고 슬픈 목소리로 다음과 같이 말하였다.

"그렇지 않아도 그 얘기를 하려던 참이었소. 얘기를 다 듣고 나면 가장 슬픈 일에서 때로는 행복한 결과가 나온다는 것을 아실 것입니다. 당신이 전에 알고 있던 사람들은 지금 티끌과 재가 되었습니다. 분노한 헤라가 내린 역병이 이 나라를 황폐시켰습니다. 헤라가 이 나라를 미워한 것은 그 이름이 자기 남편의 여러 애인 중의 한 사람의 이름과 같았기 때문이었습니다. 병이 자연적으로 발생한 것이라고 생각하는 동안에는 우리는 전력을 다하여 자연적인 약으로 병에 저항을 하였습니다.

그러나 얼마 안 되어 병이 인력으로는 어찌할 도리가 없다는 것이 명백해져 우리는 모든 노력을 포기하였습니다. 처음에는 하늘이 땅 위에 내려앉은 것 같았고, 두꺼운 구름이 뜨거운 공기를 둘러싸고 있었습니다. 4개월 동안 지독한 남풍이 그치지 않았습니다. 질병이 샘과 우물까지 번졌습니다. 수천 마리의 뱀들이 지상을 기어 다녔고, 우물 속에 독을 풀었습니다. 병은 처음에는 하등 동물, 개, 가축, 양, 새들에게 위력을 떨쳤습니다.

불행한 농부는 자신의 소가 일을 하는 도중에 쓰러지고 밭고랑을 갈다가 죽어 넘어지는 것을 보고 놀랐습니다. 매 하고 울던 양들은 털이 빠지고 몸은 날로 파리해졌습니다. 전에는 경주에서 제일가던 말도 이제는 승리 따위에는 관심도 없고 털이 빠지고 몸은 날로 야위어 가더니 마침내는 명예롭지 못한 죽음을 맞았습니다. 산돼지는 그의 사나운 성질을, 사슴은 그의 민첩함을 상실하였고, 곰은 더 이상 가축을 습격하지 않았습니다. 모든 것이 생기를 잃었습니다. 길이나 들, 숲에는 시체들이 즐비하게 늘어졌습니다. 대기는 시체가 풍기는 악취로 숨을 쉬기가 힘들 정도였습니다. 물론 믿기지 않으시겠지만 개와 새, 굶주린 이리 떼들도 시체에는 접근하지 않았답니다. 이러한 시체가 부패하니 병은 더욱 더 퍼지게 되었습니다.

또한 병은 시골 사람들을 엄습하고 점차 도시 주민들에게까지 번져왔습니다. 이 병에 걸리면 처음에는 양볼이 붉어지고 호흡이 곤란해집니다. 혀가 거칠어져 붓고, 건조한 입은 혈관이 확대되어 벌어지고 공기를 갈망하게 됩니다. 병자는 그들의 옷이나 침대의 온기를 참을 수 없어 땅바닥에 드러누우려 합니다. 그러나 땅이 그들을 식혀 주지 못하고, 도리어 그들의 몸이 그들이 누워 있는 장소를 뜨겁게 달구었습니다. 의사들도 속수무책이었습니다. 병은 의사들까지 습격하고 환자와의 접촉은 그들에게 병을 전염시켜 가장 충실한 의사가 가장 먼저 희생되었습니다. 마침내 모든 희망을 버리고 병의 유일한 구제자는 죽음밖에 없다고 생각하게 되었습니다.

그래서 될 대로 되라는 식으로 모든 것을 포기하였답니다. 무엇을 주의해야 하는지를 묻지도 않았습니다. 왜냐하면 주의해야 할 것은 아무것도 없었기 때문입니다. 절제심은 이미 멀리 달아나 버렸고, 사람들은 샘과 분수의 주위에 모여 죽을 때까지 물을 마셨습니다. 그러나 갈증을 면할 도리가 없었습니다. 대부분의 사람들은 물에서 물러날 기력도 없어 물 가운데서 죽었고, 다른 사람들은 이에 상관없이 또 그 물을 마셨습니다. 오랫동안 병석에 누워 있기도 싫증이 나서 어떤 사람은 기어나왔고 서 있을 기력조차 없으면 땅 위에서 죽었습니다. 그들은 가족도 증오하는 것 같았습니다. 많은 사람들이 가정을 떠났습니다. 그것은 마치 병의 원인을 모르기 때문에 그 책임을 그들의 집터에 전가시키려는 행동 같았습니다. 사람들은 기력이 있는 한 길가로 비틀거리며 나와 땅바닥에 쓰러져서 마지막 죽어가는 눈으로 주위를 돌아보고는 눈을 감고 죽었습니다.

이러한 일을 당했으니 나에게 무슨 기력이 남아 있었겠습니까? 생명을 증오하는 마음과 부하들을 따라 죽고 싶은 마음 외에 무엇이 더 남아 있었겠습니까? 사방에 백성들의 시체가 즐비한데, 그것은 너무 익어서 떨어진 사과나 혹은 폭풍에 흔들려 흩어진 도토리 같았답니다. 저기 저 산 위에 신전이 보이지요? 그것은 제우스를 모신 신전입니다. 수없이 많은 사람들이 그곳에서 기도를 올렸답니다. 아내는 남편을 위하여, 아들은 아버지를 위하여…… 하지만 그들은 기도를 올리는 도중에 죽어 갔습니다. 신전의 사제가 희생물을 바치기 위해 준비하다가 병으로 죽는 일이 빈번했습니다. 마침내 신성한 사물에 대한 모든 존경의 마음이 사라졌습니다. 시체는 묻지 않은 채 방치되고, 시체를 화장할 나무도 부족하여 서로 쟁탈전이 일어날 지경이었습니다. 애도

해 줄 사람도 남지 않게 되었습니다. 같이 울어 줄 가족이 없게 된 것이지요. 제단 앞에 서서 나는 하늘을 우러르며 부르짖었습니다.

'오, 제우스여, 당신이 정말 저의 아버지이시거든, 그리고 저와 같은 아들을 치욕으로 생각하시지 않으신다면 저의 백성을 돌려보내 주십시오. 그렇지 않으면 저도 데려가십시오.'

이런 말을 하자 어디선가 뇌성이 들려 왔습니다. 나는 더욱 간절하게 애원했지요.

'저것은 무슨 징조로구나. 제발 신이 나를 버리지 않으시겠다는 좋은 징조이기를.'

마침 내가 서 있던 곳 근처에 가지가 크게 벌어진 참나무가 서 있었는데, 그것은 제우스에게 봉헌된 것이었습니다. 언뜻 보니 분주히 일을 하고 있는 한 떼의 개미가 눈에 띄었습니다. 그들은 입에 조그만 낟알을 물고 서로 앞서거니 뒤서거니 하면서 일렬로 나무줄기를 올라가고 있었습니다.

나는 그 엄청난 수에 놀라 말하였지요.

'오, 아버지시여, 저에게도 이처럼 많은 시민을 주셔서 텅 빈 도시를 다시 채우도록 하여 주십시오.'

참나무는 바람도 불지 않았으나 가지를 흔들면서 살랑거렸습니다. 나는 사지가 떨렸으나 땅과 나무에 입을 맞추었습니다. 확실히 자각하지는 못하였으나 나는 무엇인가를 바라고 있었습니다. 밤이 왔습니다. 여러 가지 고민으로 힘을 많이 소모하였으므로 곧 잠이 들었답니다. 꿈속에서도 참나무는 나의 앞에 서 있었고, 그 무수한 가지는 다 살아서 움직이는 생물로 덮여 있었습니다. 나무는 가지를 흔들며 부지런히 곡식을 모으는 개미 떼들을 지상으로 떨어뜨리는 것같이 보였습니다. 개미들은 조금씩 커지기 시작하더니 곧 똑바로 서고 여분의 다리와 검은 빛깔은 사라지고 마침내 인간의 모습으로 바뀌는 것처럼 보였습니다. 그때에야 나는 잠에서 깨었습니다. 잠이 깨자 무엇보다도 감미로운 꿈을 박탈하고 그 대신 실제로 아무것도 주지 않는 신들을 원망하는 마음이 앞섰습니다. 신전 안에 조용히 앉아 있으니 밖에서 많은 음성이 들려 왔는데, 그런 음성은 최근에는 들어볼 수 없던 것이었습니다. 아직도 꿈을 꾸고 있는 것이 아닌가 하고 생각하고 있는데, 아들 텔라몬이 신전의 여러 문을 활짝 열어젖히며 외쳤습니다.

'아버지, 어서 나와서 보십시오. 아버지의 희망 이상의 일이 달성되었습니다.'

나는 밖으로 나가 보았답니다. 꿈에서 본 바와 같은 무수한 인간이 같은 모양으로 행렬을 지어 지나가고 있는 것이 보였습니다. 내가 놀람과 기쁜 마음으로 바라보고 있자니, 그들은 가까이 와서 무릎을 꿇고 나를 그들의 왕이라 부르고 맞아들였습니다. 나는 제우스에게 서약을 하고 빈 도시를 새로 탄생한 백성들에게 배당하며, 전답을 분배하는 일을 서둘렀지요.

나는 그들이 개미(Myrmex)로부터 나왔기 때문에 그들을 미르미돈(Myrmidon)이라고 불렀습니다. 당신도 미르미돈인들을 보셨지요? 그들은 전신인 개미의 성질과 같이 온순하답니다. 또 그들은 부지런한 종족으로서 모으기에 열중하고 한 번 모은 것은 놓지를 않는답니다. 그들 가운데에서 당신이 필요로 하는 병력을 보충하십시오. 그들은 당신을 따라 전쟁터로 나갈 것입니다. 미르미돈인들은 젊고 건강하며 누구 못지않게 용맹하답니다."

니소스와 스킬라

크레타의 왕 미노스(Minos)는 메가라를 공격하였다. 니소스는 메가라의 왕이었고 스킬라는 그의 딸이었다. 포위전은 6개월이나 계속되었지만 메가라는 함락되지 않았다. 왜냐하면 운명의 신이 니소스 왕의 머리털 속에서 자줏빛 털이 반짝이고 있는 한 멸망하지 않도록 정해 놓았기 때문이었다.

그 도시의 성벽에는 탑이 하나 있었는데, 거기에서는 미노스와 그의 군대가 진을 치고 있는 평야가 내려다보였다. 포위전이 오랫동안 계속 되었으므로 스킬라는 적의 지휘관급 인물을 구별할 수 있을 정도가 되었다. 특히 미노스의 용모는 그녀를 감탄케 하였다. 투구를 쓰고 방패를 든 그의 우아한 풍채에 스킬라는 마음이 끌렸다. 그가 투창을 던지는 모습은 기능과 힘을 겸비한 것처럼 보였다. 활을 쏠 때의 우아한 자태는 아폴론보다 더 멋지게 보였다. 특히 그는 투구와 갑옷을 벗고 화려한 자줏빛 옷과 화려하게 장식한 백마를 타고 있었는데 고삐를 쥐고 입에 거품을 내문 말을 부리는 모습을 볼 때면 스킬라는 정신을 잃을 정도였다. 그에게 푹 빠진 그녀는 정신을 차리기 힘들 지경이었다. 그녀는 그가 손에 쥐고 있는 무기와 고삐가 한없이 부러웠다. 스킬라는 가능하다면 적 사이를 뚫고 그에게로 달려가고 싶은 심정이었다. 탑 위에서 그의 진영 가운데로 뛰어내리거나, 그에게 문을 열어 주거나, 그 외에 그를 기쁘게 하는 일이라면 무엇이든지 하고 싶은 충동을 느꼈다. 탑 안에 앉아 있을 때 그녀는 홀로 중얼거렸다.

"나는 이 전쟁을 슬퍼해야 할지, 기뻐해야 할지 갈피를 잡지 못하겠어. 미노스가 우리의 적이라는 사실이 너무 가슴이 아파. 그렇지만 나는 원인이 어찌되었든 간에 그를 보게 된 것만으로 참을 수 없이 기뻐. 아마 그이는 우리가 평화를 청하면 들어줄 거야. 그리고 나를 볼모로 받아들이겠지. 할 수만 있다면 나는 그이의 진영으로 날아가 '당신에게 항복하오니 처분을 해 주세요'라고 말하고 싶어. 그러나 그것은 아버지를 배반하는 일일 테지? 아아, 그러니 어쩌면 좋아.

그래, 차라리 미노스를 보지 않는 편이 좋을 거야. 하지만…… 정복자가 인자하고 너그럽다면 정복당하는 것도 때로는 한 도시에 있어서 좋은 일이 될지도 몰라. 정의는 확실히 미노스의 편에 있어. 나는 결국에는 우리가 정복당할 거라고 믿고 있는걸. 전쟁의 결과가 어차피 그렇게 될 바에야 전쟁으로 성문이 열리도록 방치하는 대신 사랑하는 그이에게 성문을 열어 주면 안 되는 것일까? 가능하다면, 전쟁이 오래 가지 않게 하고 희생을 줄일 수만 있다면 그것이 더 현명한 방법이 아닐까? 만약에 우리 편에서 누군가가 미노스에게 부상을 입히거나 그를 죽인다면…… 아아, 생각만 해도 끔찍한 일이야. 누구에게도 그런 용기는 없을 거야. 그러나 그이인 줄 모르고 그럴 수도 있지 않을까?

나는 이 나라를 지참금으로 나를 그이에게 맡기고 전쟁을 끝내고 싶어. 그렇게 하려면 어떻게 해야만 하지? 성문에는 문지기들이 있고, 열쇠는 아버지가 갖고 계신걸? 나의 길을 막는 이가 나의 아버지잖아…… 오, 신들이 아버지를 처치하여 주셨으면! 그러나 신들에게 원할 필요가 없잖아? 다른 여자라면, 만약 나같이 사랑에 빠졌다면 자기 자신의 손으로 자기의 사랑을 막는 벽은 과감히 제거했을 거야. 그래, 나도 어느 누구보다도 용감히 감행할 자신이 있어. 나는 나의 목적을 이루기 위해서는 불이든 칼이든 상대할 자신이 있어. 그러나 이곳에는 불도 칼도 필요가 없어. 나는 그저 아버지의 반짝이는 자줏빛 머리털만 뽑으면 돼. 지금 나에게는 그것이 금보다도 더 귀중해. 그것만 있으면 내가 원하는 모든 것을 얻을 수 있을 거야."

스킬라가 이런 생각을 하고 있을 무렵, 어느덧 밤이 되어 성 안의 사람들은 모두 잠이 들었다. 그녀는 아버지의 침실로 들어가 운명의 머리털을 뽑았다. 그런 후 성곽을 빠져 나와 적의 진영으로 들어갔다. 그녀는 왕에게 안내해달라고 하였다. 왕에게 안내된 그녀는 다음과 같이 말하였다.

"나는 니소스 왕의 딸 스킬라입니다. 당신에게 이 나라와 아버지의 성을 내어 드립니다. 나는 당신 이외에 그 어느 것도 바라지 않습니다. 이 모든 것은 당신을 사랑하기 때문에 한 일입니다. 이 자줏빛 머리털을 보십시오. 이것을 당신에게 드립니다. 동시에 아버지와 이 나라도 말입니다."

그녀의 손에서 자줏빛 머리털이 빛났다. 미노스는 뒤로 한 걸음 물러서며 손을 대기를 거부하였다. 그는 부르짖었다.

"더러운 계집 같으니라고! 너는 천벌을 받을 것이다. 너는 이 시대의 수치이다. 원컨대 대지도 바다도 너에게 안식처를 제공하지 않기를! 적어도 제우스의 요람인 나의 크레타가 너와 같은 요물로 더럽혀져서는 안 된다."

이렇게 말한 뒤 그는 정복된 도시를 공정하게 처리하도록 부하들에게 명령하고 즉시 이 섬에서 함대가 떠나도록 명령하였다.

스킬라는 이 감당할 수 없는 현실 앞에서 미쳐 버렸다.

"이 은혜도 모르는 배은망덕한 자여! 나를 버리고 가겠다는 말인가? 너에게 승리를 안겨 주고, 너 때문에 아버지와 나라도 배반한 나를 버린다는 것인가? 내가 죽을죄를 지은 것은 사실이다. 당연히 죽어야 하지. 하지만 네 손에 죽고 싶지는 않다."

배들이 해안을 떠나자 스킬라는 물속으로 뛰어들었다. 그리고 미노스가 탄 배의 키를 잡고서 반갑지 않은 동반자가 되어 배를 따라갔다. 하늘 높이 솟은 바다수리 한 마리가 ― 그것은 스킬라의 아버지가 변신한 것이었다. ― 스킬라를 발견하고는 마구 덤벼들어 부리와 발톱으로 그녀를 공격했다. 공포로 놀란 그녀는 물에 빠져 죽을 뻔하였으나 어떤 인정 많은 신이 그녀를 새(백로)로 변하게 하였다.

바다수리는 아직도 원한을 가슴에 품고 있다. 그래서 높이 날면서도 새를 발견하면 복수를 위하여 부리와 발톱을 세우고 덤벼드는 것을 볼 수 있다.

에코와 나르키소스

에코(echo)는 아름다운 요정으로 숲과 언덕을 좋아하며 숲속에서의 놀이에 열중하였다. 그녀는 아르테미스 여신의 총애를 받으며 여신의 사냥을 따라다녔다. 그러나 그런 아름다운 에코에게도 결점이 딱 한 가지 있었다. 말하기를 너무 좋아해서 잡담을 할 때나 의논을 할 때나 끝까지 지껄여대는 것이었다.

어느 날 헤라는 남편이 혹시 요정들과 노닥거리고 있지나 않을까 하고 그를 찾고 있었다. 아니나 다를까 그녀의 의심이 적중한 것 같았다.

에코는 요정들이 모두 달아날 때까지 여신을 붙들어 놓으려고 계속해서 지껄였다. 이 계략을 알아차리고 화가 난 헤라가 다음과 같이 말하였다.

"나를 속인 그 혀를 이제 마음대로 사용하지 못하게 하겠다. 그러나 네가 그렇게 좋아하는 '말대답'만은 허락해 주마. 그 외에는 모두 금지당할 것이다. 남이 말한 뒤에는 말할 수 있으나 남보다 먼저 말할 수는 없을 것이다."

어느 날 에코는 용모가 준수한 청년 나르키소스(Narcissos)가 산에서 사냥하는 모습을 보고 그에게 반해 뒤를 따라갔다. 얼마나 그녀는 부드러운 목소리로 말을 걸어 그와 이야기하고 싶었던가! 그러나 이제는 그녀에게 그럴 능력이 없었다. 그래서 그녀는 그가 먼저 말을 걸어 주기를 초조한 마음으로 기다렸고 답변도 준비하고 있었다. 어느 날 그 청년은 사냥을 하다가 친구들과 떨어지게 되었다.

"누가 여기에 있느냐?"

나르키소스는 큰 소리로 외쳤다.

"있느냐."

하고 에코가 대답하였다. 나르키소스는 둘러보았으나 아무도 발견하지 못하였으므로 '이쪽으로 오라'고 소리를 질렀고, 에코 역시 '오라'고 대답하였다. 사방을 둘러보아도 아무도 오지 않았으므로 나르키소스는 다시 외쳤다.

"왜 너는 나를 피하느냐."

에코도 나르키소스와 똑같은 말을 하였다.

"우리 같이 가자."

나르키소스가 외치자, 에코는 애정에 찬 마음으로 같은 말을 하고 그에게로 뛰어나갔다. 에코가 그의 목에 팔을 감으려 하자 나르키소스는 깜짝 놀라 뒤로 물러섰다.

"놓아라, 네가 나를 붙잡는다면 나는 차라리 죽음을 택할 테다."

나르키소스가 단호하게 말했다.

'나를 안아 주세요.'

에코는 애원했으나 소리는 밖으로 나오지 않았다.

그는 성큼성큼 걸어서 그녀의 곁을 떠나 버렸고, 그녀는 하는 수없이 부끄러워 붉어진 얼굴을 숲속으로 감추었다.

■에코(알렉상드르 카바넬)

그때부터 그녀는 동굴 속이나 깊은 산 속 절벽 가운데서 살게 되었다. 그녀의 형체는 슬픔 때문에 여위고 마침내는 살이 모두 없어졌다. 그녀의 뼈는 바위로 변하고, 그녀의 몸에 남은 것이라고는 목소리밖에 없게 되었다. 이 목소리[메아리]는 지금도 그녀를 부르는 모든 사람에게 대답할 준비를 하고 있고 끝까지 말하는 옛 습관을 유지하고 있다.

나르키소스의 잔인성을 볼 수 있는 예는 이것만이 아니었다. 그는 에코만 싫어한 것이 아니라 다른 요정들에게도 마찬가지였다. 어느 날 한 처녀가 그의 마음을 끌려고 노력하였으나 아무 효과도 보지 못하였으므로 그도 어느 때인가 사랑이 무엇인지, 또 정의 보답을 받지 못하는 것이 어떠한 것인지를 깨닫게 해 주십사고 기도를 올렸다. 복수의 여신은 이 애절한 기도를 들어주겠다고 하였다.

어느 곳에 맑은 샘이 하나 있었는데 그 샘의 물은 은빛처럼 빛났다. 양치기들도 그곳으로는 양 떼를 몰지 않았고 산양도 다른 숲속에 사는 짐승들도 가지 않았다. 나뭇잎이나 가지가 떨어져 수면이 더럽혀지는 일도 없었고, 신선한 풀이 주위에 나고 바위는 햇볕을 가려 주었다. 어느 날 나르키소스는 사냥에 지쳐 덥고 목이 말라 이곳에 오게 되었다. 그가 몸을 구부리고 물을 마시려고 하였을 때 물속에 비친 자기의 그림자를 보게 되었다. 그는 자기의 그림자가 물속에 살고 있는 아름다운 요정인 줄 알았다. 그는 반짝이는 두 눈, 곱슬곱슬한 머리, 둥그스레한 두 볼, 상아같이 흰 목덜미, 도톰하고 붉은 입술, 그리고 이 모든 것 위에 빛나는 건강하고 단련된 그림자를 넋을 잃고 바라보며 서 있었다.

그는 자기의 모습과 열애에 빠졌다. 키스를 하려고 입술을 대보았다. 그리고 사랑하는 사람을 포용하려고 물속에 팔을 넣기도 하였다. 물속의 요정은 손을 대면 달아나지만 곧 다시 돌아와 그 매력을 더하였다. 그는 그곳을 떠날

■ 나르키소스(미켈란젤로 다 카라바조)

수가 없었다. 그는 샘가를 배회하면서 자신의 그림자를 바라보며 먹는 것도 잠자는 것도 잊었다. 그는 자칭 물의 요정에게 말을 걸었다.

"아름다운 요정이여, 왜 나를 피하는가? 나의 얼굴이 그대가 싫어할 정도로 못생기지는 않았을 텐데. 요정들은 나를 사랑하고, 그대도 나에 대하여 무관심하지는 않은 것 같은데, 내가 팔을 내밀면 그대도 팔을 내밀고, 나에 대하여 미소를 짓고, 내가 손짓을 하면 그대도 손짓을 하지 않는가?"

그의 눈물이 물 위에 떨어져 그림자가 흔들렸다. 그림자가 흐릿하게 보이자 그는 외쳤다.

"제발 그대로 멈추어 주오. 손을 대서는 안 된다면 바라볼 수 있게만 하여 주오."

그의 가슴에서 타는 사랑의 불꽃은 그의 몸을 태워 안색은 날로 초췌하고 힘은 쇠약해지고 전에 요정 에코를 사로잡은 아름다움은 모두 사라졌다. 그러나 에코는 아직도 그의 곁을 떠나지 않은 채 그가 '아, 아!' 하고 외치면 같은 말로 대답하였다.

그는 결국 애를 태우다 숨을 거두었다. 그의 망령이 지옥의 강을 건널 때 그는 배 위에서 몸을 구부리며 물속에 비친 자기 모습을 잡으려 하였다. 요정들은 그의 죽음을 슬퍼하였다. 특히 물의 요정들이 나르키소스의 죽음을 슬퍼하였다. 그들이 가슴을 두드리며 슬퍼하자 에코도 자기의 가슴을 두드렸다. 요정들은 나무 더미를 준비하고 시신을 화장하려고 하였으나 아무데서도 시신을 발견할 수가 없었다. 그러나 그 대신 속은 자줏빛이고 겉은 흰 잎으로 둘러싸인 아름다운 한 송이 꽃을 발견하였다. 그 꽃은 나르키소스[수선화]라 불리며 그에 대한 추억을 간직하게 되었다.

클리티아

 물의 요정 클리티아(Clytia)는 아폴론을 사랑하였으나 뜻을 이루지 못하였
다. 그래서 그녀는 흐트러진 머리카락을 어깨 위에 늘어뜨리고 온종일 차가
운 땅 위에 앉아서 날로 파리해져 갔다. 아흐레 동안이나 그대로 앉아서 아무
것도 먹지도 마시지도 않았다. 자신의 눈물과 차가운 이슬만이 유일한 음식
이었다. 클리티아에게는 태양의 하루 행로를 지켜보는 것만이 유일한 일과였
다. 아폴론이 태양의 신이었기 때문이다. 다른 것은 보지 않고 얼굴을 끊임없
이 그에게 향하고 있었다.
 전하는 바에 의하면, 마침내 그녀의 다리는 땅속에서 뿌리가 되고 얼굴은
꽃이 되었다고 한다. 이 꽃은 태양이 동쪽에서 서쪽으로 움직임에 따라 얼굴
을 움직여 늘 태양을 바라보고 있다. 이 꽃은 지금도 아폴론에 대한 클리티아
의 사랑을 간직하고 있다.

헤로와 레안드로스

 레안드로스(Leandros)는 아시아와 유럽 사이에 있는 해협의 아시아 쪽 해
안에 위치한 도시 아비도스의 청년이었다. 반대편 해안에 있는 세스토스라
는 도시에는 아프로디테의 여사제인 헤로라는 처녀가 살고 있었다. 레안드
로스는 그녀를 열렬히 사랑하였다. 그래서 밤마다 애인과 만나기 위하여 해
협을 헤엄쳐 갔고, 헤로는 애인이 오는 길을 밝히기 위하여 탑 위에 횃불을
올렸다.
 그러나 어느 날 저녁에는 폭풍우가 일어 파도가 거칠게 일었다. 레안드로

스는 해협을 건너다가 힘이 빠져 익사하고 말았다. 파도가 그의 시체를 유럽 쪽 해안에 운반하였다. 헤로는 그의 죽음을 알고 절망하여 탑 위에서 바다 한가운데로 몸을 던졌다.

　레안드로스가 이 헬레스폰토스 해협을 헤엄쳐 건너간 이야기는 도저히 불가능한 일이라 여겨 믿지 않으려 하지만 바이런이 한 시간 남짓 헤엄쳐 건너서 그 가능성을 증명했다고 한다.

아테나

지혜의 여신 아테나(미네르바)는 제우스의 딸이었다. 그녀는 제우스의 머리에서 성숙한 모습으로, 그것도 갑옷을 입은 모습으로 튀어나왔다고 전해진다. 아테나는 일상의 실용품이나 장식품을 만드는 기술을 지배하였다. 예컨대 남자의 기술로는 농업과 항해술 등이었고, 여자의 기술로는 제사(製絲), 방직, 제봉 등을 관장하였다.

아테나는 또한 전쟁의 신이기도 하였다. 그러나 아테나가 보호한 것은 오직 방어전에 한하였으며, 아레스(마르스)와 같이 폭력과 유혈을 애호하지는 않았으며 그와 같은 야만적인 방식에 찬성하지도 않았다.

아테나는 자신의 거처로 아테나이(아테네)라는 도시를 선정하였는데, 이 도시는 처음에 포세이돈(넵투누스)도 갖고 싶어한 도시였다. 두 신은 결국 이 도시를 얻기 위해 경쟁을 하게 되었고, 경쟁에서 승리한 아테나에게 도시가 상으로 주어진 것이다. 이 이야기를 좀 더 자세히 하면 대강 이러하다.

아테나이의 최초의 왕 케크롭스(Kekrops)가 다스릴 때 이 두 신이 그 도시의 소유를 놓고 다투었다. 신들은 인간들에게 가장 유용한 선물을 한 자에게 이 도시를 주겠다고 선언했다. 포세이돈은 인간에게 말[馬]을

■ 무지를 무찌르는 미네르바(바르톨로마이우스 스프랑게르)

■아라크네(디에고 벨라스케스)

주었고, 아테나는 올리브나무를 주었다. 신들은 올리브나무가 더 유용하다는 판결을 내리고 그 도시를 아테나에게 주었다. 그래서 그 도시는 그녀의 이름을 따서 아테나이라고 불리게 된 것이다.

아테나는 또 인간과도 경쟁한 일이 있는데 그 상대는 아라크네(Arachne)라는 처녀였다. 아라크네는 길쌈과 자수의 명수여서 요정들까지도 그녀의 솜씨를 보려고 숲속이나 샘에서 뛰어나왔다. 완성된 작품도 아름다웠지만 일을 하고 있는 그녀의 자태는 더욱 아름다웠다. 그녀가 헝클어진 털실을 손에 들고 타래를 만들거나 손가락으로 실을 가려내어 구름처럼 가볍고 부드러워 보일 때까지 손질을 하거나, 실패를 재치 있게 돌리거나 직물을 짜거나, 직접 짠 직물 위에 자수를 하는 모습을 본 사람은 아테나가 직접 그녀를 가르쳤다고 말하였을 것이다. 그러나 그녀는 자존심이 강한 여자였다. 그리고 그 기술이 설령 어떤 여신에게 배운 것이라 할지라도 그녀는 누구의 제자라는 소리를 듣는 것은 참을 수가 없었다.

"여신 아테나와 솜씨를 겨루게 해 주세요. 만약 내가 시합에서 진다면 어떤 벌이라도 달게 받을 테니까요."

그녀는 당당하게 말했다.

한편 이 이야기를 들은 아테나는 그 불쾌함을 참을 수가 없었다. 결국 아테나는 노파로 변장하고 아라크네에게로 가서 친절하게 충고를 하였다.

"나는 이 나이까지 살면서 많은 경험을 했답니다. 당신이 나의 충고를 무시하지 않기를 바랍니다. 같은 인간끼리라면 얼마든지 경쟁을 해도 괜찮아요. 그러나 여신과의 경쟁은 피하도록 하세요. 도리어 당신이 경솔하게 말한 것에 대해 여신에게 용서를 빌도록 하십시오. 여신은 인자한 분이므로 당신을 용서해 주실 것입니다."

아라크네는 베를 짜던 손을 멈추고 성난 얼굴로 노파를 바라보며 말하였다.

"그런 충고는 당신의 딸이나 식모에게 하세요. 나는 내가 한 말을 책임질 수 있고 또 취소 따위는 하지 않을 거예요. 나는 여신도 두렵지 않은걸요. 그럴 의사가 있으면 나하고 겨루어 보면 될 거 아녜요?"

아테나는 변장을 벗어 버리고 본래의 모습으로 돌아왔다. 요정들은 고개를 숙여 경의를 표시하였고, 옆에 있던 사람들도 모두 경의를 표하였다. 그러나 아라크네는 여전히 교만한 표정이었다. 차츰 양볼이 붉게 달아오르다가 마침내는 창백한 표정이 되었지만 아라크네는 거만한 마음을 꺾지 않았다. 그녀는 자신의 솜씨를 자부하면서 어리석게도 여신과의 경쟁을 고집했다.

아테나는 더 이상 충고도 하지 않았다. 마침내 경쟁이 시작되었다. 둘은 말코에다가 각각 날실을 걸었다. 가느다란 북이 실 사이를 왕래하였다. 가느다란 이를 가진 바디는 씨실을 쳐 직물의 짜임을 촘촘하게 하였다. 두 사람의 손놀림은 익숙하고 빨랐다. 티로스에서 생산되는 염료로 물들인 털실이 다른 여러 털실과 대조되었는데, 각 빛깔이 점점 변하여 다른 빛깔로 교묘하게 나타나 두 빛깔의 경계를 분간 못할 정도였다. 그것은 소나기에서 반사되는 광선으로 만들어져 활 모양으로 하늘을 물들이는 무지개와 같았다. 무지개의 일곱 빛깔은 서로 만나는 부분에서는 하나의 색으로 보이고, 조금 떨어져서 보면 전혀 다른 색으로 보였다.

아테나는 자기 직물에 포세이돈과 겨루던 때의 광경을 짜 넣었다. 열두 명의 신이 늘어선 가운데 제우스가 엄숙하게 앉아 있는 모습이 그려졌고 바다의 지배자인 포세이돈은 방금 땅을 치고 온 듯한 그의 삼지창을 손에 들고 있었다. 땅으로부터는 한 마리의 말이 튀어나왔다. 아테나 자신은 머리에 투구를 쓰고, 가슴을 방패로 가린 모양으로 그려져 있었다. 이러한 모양이 직물 한가운데에 그려졌고, 네 귀퉁이에는 신들에게 감히 경쟁하려고 대드는 교만한 인간들에 대한 신들의 노여움을 예시하는 사건들이 그려져 있었다. 이런 광경은 아라크네로 하여금 후회하기 전에 신과의 경쟁을 포기하게 하려는 마음에서 암시를 한 것이었다.

아라크네의 직물은 신들의 실패와 과오를 나타내기 위하여 고의로 선택한 소재들로 가득 차 있었다. 어떤 장면에는 제우스의 변신인 백조를 포용하고 있는 레다(Leda)가 그려져 있었고, 다른 장면에는 부친에 의하여 놋쇠로 만든 탑 속에 갇힌 다나에(Danae)가 그려져 있었는데, 제우스가 금빛 소나기로 변장하여 그 탑 속으로 들어가고 있었다. 또 다른 장면에는 황소로 변장한 제우스에게 속은 에우로페가 그려져 있었다. 그 소가 매우 순해 보여 에우로페가 그 등에 올라타자 제우스는 바다를 헤엄쳐 건너 그녀를 크레타 섬으로 데려갔다. 그 장면을 본 사람은 누구나 그것을 진짜 황소로 생각하였을 것이다. 그만큼 그것은 완벽하게 그려져 있었다. 황소가 헤엄치고 있는 바닷물 역시 그러하였다. 에우로페는 동경하는 시선으로 멀어져 가는 해안을 돌아보며 친구들에게 구원을 호소하는 것처럼 보였다. 또 그녀는 물결치는 파도를 보고 공포에 떨며 발이 물에 닿지 않도록 오므리는 것같이 보였다.

아라크네는 그 밖에도 이와 비슷한 소재로 수를 놓았는데, 놀랄 만큼 훌륭한 작품이었으나 그녀의 오만스럽고 불경한 마음이 나타나 있었다.

아테나는 감탄을 금할 수 없었지만 모욕을 느끼고 분한 마음을 참을 수 없었다. 그래서 북으로 아라크네의 직물을 쳐 찢어 버렸다. 그러고는 아라크네의 이마에 손을 대고, 그녀로 하여금 자기의 죄와 치욕을 느끼게 하였다. 참을 수 없어진 아라크네는 목을 매기로 결심하였다. 아테나는 그녀가 목을 매고 있는 것을 보고 불쌍히 여겨 다음과 같이 말하였다.

"불쌍한 것, 죽음을 멈추어라. 그리고 이 교훈을 기억하고 잊지 말아라. 앞으로 영원히 너와 너의 자손은 목을 매고 있게 될 것이다."

이렇게 말한 뒤 아테나는 아코닛의 즙을 아라크네의 몸에 뿌렸다. 그러자

■아라크네 이야기(디에고 벨라스케스)

바로 아라크네는 머리카락과 코와 귀가 사라져 버렸다. 그녀의 몸은 오
그라들고 머리는 더욱 작아졌다. 손은 옆구리에 붙어 다리가 되었다. 그
외는 다 몸통이 되었다. 아라크네는 이 몸통에서 실을 뽑아 그 실에 매
달렸다. 이것이 바로 아테나가 처음에 그녀에게 손을 대어 그녀를 거미
로 만들었을 때의 모습이다.

니오베

아라크네에 대한 이야기는 세상으로 널리 퍼졌다. 그리고 그것은 모
든 교만한 인간들에게 신들과 대결하여서는 안 된다는 교훈이 되었다.
그러나 단 한 사람만은 겸손의 교훈을 받아들이지 못하고 있었다. 그것
은 테바이의 왕비 니오베(Niobe)였다. 사실 그녀는 거만해질 만한 많은
재주를 가지고 있었다. 그러나 그러한 재주보다도 그녀를 더욱 기고만
장하게 만든 것은 다른 데 있었다. 그것은 남편의 명성도 아니었고, 그
녀 자신의 아름다움도 아니었으며, 그들의 가문이나 세력은 더욱 아니
었다. 그것은 바로 니오베의 자식들이었다. 사실 니오베는 모든 어머니
들 중에서 가장 행복한 어머니였을 것이다. 물론 그녀가 그렇게 주장만
하지 않았더라면 말이다.

매년 개최되는 레토와 그녀의 아들인 아폴론과 딸 아르테미스를 기념
하는 축제 때였다. 그 축제 때면 테바이 사람들은 머리에 월계관을 쓰고
제단에 유향을 바치며 소원을 빌었다. 그때 니오베도 군중 속에 나타났
다. 그녀의 금과 보석으로 찬란하게 꾸미고 노기를 약간 띤 얼굴은 아름
답기까지 하였다. 그녀는 걸음을 멈추고 거만한 시선으로 군중을 내려

다보며 말하였다.

"어리석은 백성들아! 눈앞에 보이는 이를 무시하고 본 일도 없는 자를 숭배하다니! 어째서 레토를 숭배하면서 나를 숭배하지 않는단 말인가? 나의 아버지 탄탈로스는 신들의 축제에 초대를 받을 정도였고 어머니는 여신이었다. 나의 남편은 이 테바이 시를 건설하였고 이 나라의 왕이 되었다. 그리고 프리기아 시는 아버지로부터 물려받은 영토이다. 사방 어디를 둘러봐도 내 영토가 보이지 않느냐? 또 나의 자태나 얼굴은 여신과 견주어 전혀 모자랄 것이 없다. 이 밖에 나에게는 아들이 일곱, 딸이 일곱 있어 우리와 혼인해도 좋을 만한 명문가에서 며느리와 사위를 찾는 중이다. 이만 하면 자랑할 만하지 않은가? 그래도 너희들은 티탄의 딸로서 자식이 둘밖에 없는 레토를 나보다 훌륭하다고 여긴단 말인가! 나에게는 그 일곱 배의 자녀가 있다. 나는 복이 많은 사람이고 앞으로도 역시 그럴 것이다. 너무 많은 복을 받았기 때문에 그중 하나 둘을 잃는다 하더라도 원망하지 않을 것이다. 운명의 여신도 나를 어찌할 수 없을 것이다. 나의 행복에서 많은 것을 빼앗는다 하더라도 아직 남아 있는 것이 많을 테니까. 아이들을 두서넛 잃는 불행을 당한다 할지라도 단지 자식이라고는 둘밖에 없는 레토처럼 초라한 처지가 되지는 않을 것이다. 더 이상 이러한 축제는 그만두어라. 이마에 쓴 월계관도 벗어 버리고, 레토에 대한 숭배도 집어치워라."

백성들은 니오베의 명령에 따라 축제를 중단하였다.

레토는 분노하였다. 여신은 자기의 거처인 킨토스의 산꼭대기에서 아들과 딸에게 말하였다.

"사랑하는 나의 아이들아, 너희 남매를 자랑으로 삼아 헤라 여신 이외에는 어느 여신한테도 뒤지지 않는다고 생각하던 내가, 지금은 여신인지 아닌지를 의심할 지경에 이르렀구나. 너희 남매가 이 어미를 보호해 주지 않는다면 나는 더 이상 사람들의 숭배도 받지 못하게 될 것이다."

레토의 이어지는 신세한탄을 아들 아폴론이 막았다.

"어머니, 더 이상 말씀하지 마십시오. 그만하면 충분히 알아들었습니다. 시간만 낭비될 뿐이에요."

딸 아르테미스도 같은 말로 어머니를 위로하였다. 그들은 구름으로 몸을 감추고 공중을 가로질러 테바이 시의 성채 위에 내렸다.

성문 앞에는 넓은 들이 펼쳐져 있고 그곳에서는 테바이 시의 젊은이들이 전쟁놀이를 하고 있었다. 그 중에는 니오베의 아들도 끼여 있었다. 어떤 자는 성장을 한 준마를 타고 있었고, 어떤 자는 화려한 이륜차를 몰고 있었다. 니오베의 장남 이스노메스는 빠르게 달리는 말을 타고 있었는데 그때 공중에서 날아오는 화살을 맞고 그대로 '아!' 하고 단말마의 비명을 지르며 땅 위에 떨어져 절명하였다. 다른 아들은 시위 소리를 듣고서 — 마치 폭풍우가 닥쳐오는 것을 본 선원이 돛을 활짝 펴고 항구를 향하여 돌진하는 것처럼 — 말의 고삐를 풀어 주고 도망치려고 하였다. 그러나 이 화살을 피할 수는 없었다.

이보다 어린 두 동생은 방금 공부를 끝낸 후 씨름을 하러 운동장으로 가는 길이었다. 가슴을 서로 맞대고 있을 때 한 개의 화살이 두 사람을 관통하였다. 두 사람은 작별을 고하는 듯 주위를 돌아보고 함께 최후의 숨을 거두었다. 그들의 형인 알페노즈는 동생들이 쓰러진 것을 보고 그곳으로 달려갔다. 그러나 동생을 구하려다 그도 화살에 맞아 쓰러졌다. 이제 아들 중 일리오네우스 하나만 남았다. 일리오네우스는 기도를 올리면 효험이 있지 않을까 하여 하늘을 향하여 팔을 들었다.

"신들이여, 살려 주십시오."

그는 신들에게 간곡히 애원하였다. 그가 가여워진 아폴론은 살려 주려고 하였으나 이미 때는 늦어 화살이 시위를 떠난 뒤였다.

■ 니오베의 슬픔(아브라함 블로이메르트)

백성들의 통곡 소리와 시종들의 보고를 듣고 니오베는 비로소 이 끔찍한 일을 알게 되었다. 그녀는 이런 일이 일어나리라고는 생각도 못했었다. 신들이 그런 일을 감행한 데 대하여 분노하였고, 그들이 그런 일을 할 능력이 있는 데 대하여 놀랐다. 그녀의 남편인 암피온(Amphion)은 그 충격으로 자살하였다. 조금 전까지만 하여도 백성을 제전에서 몰아내고 위풍당당하게 시내를 활보하며, 친구들의 선망의 대상이었던 니오베와 지금 그들의 동정의 대상이 된 니오베는 얼마나 큰 차이가 있는 것일까? 그녀는 자식들의 시체 앞에 무릎을 꿇고 죽은 아들 한 명 한 명에게 키스하였다. 그리고 창백한 두 팔을 하늘을 향하여 올리고 말하였다.

"잔인한 레토여, 당신의 노여움을 나의 고통으로 실컷 만족하십시오. 당신의 무정한 마음을 만족시키십시오. 나도 나의 일곱 아들들을 따라 묘지로 갈 것입니다. 그러나 어디에 당신의 승리가 있습니까? 이렇게 아들과 남편을 잃었으나 아직도 나는 정복자인 당신보다 부유합니다."

니오베의 이 말은 니오베를 제외한 모든 사람을 공포에 떨게 하였다. 니오베는 슬픔이 극에 달해 도리어 용감해질 수 있었다. 딸들은 상복을 입고 죽은 형제들의 관 앞에 서 있었다. 한 딸이 화살에 맞아 쓰러져 그녀가 곡하던 시체 위에서 죽었다. 다른 딸은 어머니를 위로하려고 하다가 갑자기 말을 멈추고 땅 위에 쓰러져 죽었다. 셋째 딸은 도망치려 하고, 넷째 딸은 숨으려 하고, 다른 딸들은 어찌할 바를 모르고 벌벌 떨며 서 있었다. 이제 여섯이 죽고 막내딸만이 남았다. 어머니는 두 팔로 막내딸을 끌어안고 전신으로 호위하였다.

"제발 이 아이만, 막내딸만 살려 주십시오. 단 한 아이만이라도 살려 주십시오."

니오베는 진심으로 애원하였다. 그러나 이렇게 말하는 동안 그 딸마저 쓰러져 버렸다. 니오베는 죽은 자식들과 남편 사이에 홀로 넋을 잃고 앉아 있었다. 슬픔 때문에 정신을 잃은 것이다. 미풍도 그녀의 머리카락을 움직이지 않았고, 볼에는 혈색이 모두 사라진 채 눈은 움직이지 않고 초점 없이 한 곳만을 응시하고 있었다. 살아 있다는 느낌이 전혀 들지 않는 모습이었다. 혀는 입천장에 붙어 버리고 혈관은 굳어졌다. 목은 구부러지지 않았고 팔은 미동도 없었으며 발은 한 발자국도 움직일 수 없게 되었다. 니오베는 마음도 몸도 모두 돌로 변해 버린 것이었다. 그러나 눈물만은 끊임없이 계속 흐르고 있었다. 니오베의 몸은 회오리바람에 쓸려 고향의 산으로 옮겨져 한 덩어리의 바위가 되었다. 니오베가 변한 바위는 지금도 남아 있으며, 그 바위에서 끊임없이 졸졸 흐르는 물은 니오베의 멈추지 않는 눈물이라고 한다.

그라이아이와 고르곤

그라이아이(Graiai) 자매는 태어나면서부터 백발이었다. 그라이아이라는 말은 원래 노파들을 의미하는데 이 자매의 이름은 여기에서 유래한다.

고르곤(Gorgon)은 멧돼지의 엄니 같은 큰 이빨과 놋쇠와 같이 거친 손, 뱀으로 뒤엉킨 머리털을 가진 괴물 여인들이었다. 이 괴물 중 신화에서 두각을 나타내는 것은 메두사뿐이다. 그래서 고르곤이라면 보통 메두사를 지칭하였는데 그 이야기는 다음에 하려고 한다.

현대 작가들에 의하면 내가 설명하려는 고르곤들과 그라이아이는 바다의 공포를 의인화한 데 불과하다고 한다. 즉, 고르곤은 넓은 바다의 굳센 파도를 의미하고, 그라이아이는 해안의 바위에 부딪치는 흰 물결을 의미한다. 그리스어로 고르곤은 '굳세다'는 의미이고, 그라이아이는 '빛깔이 희다'는 의미이다.

이 이야기를 다루는 것은 주로 근세 작자들의 이러한 교묘한 이론에 서론적인 해설의 역할을 하기 위해서이다.

■ 페르세우스 동상

페르세우스와 메두사

　페르세우스(Perseus)는 제우스와 다나에 사이에서 태어난 아들이었다. 그의 외조부 아크리시오스(Akrisios)는 외손자 때문에 죽게 되리라는 신탁을 받고 놀라 다나에와 그 아들을 궤짝에 넣어 바다에 띄워 버렸다. 궤짝이 세리포스 지방으로 떠내려갔을 때 한 어부가 이를 발견하고 모자를 그 나라의 왕인 폴리데크테스(Polydectes)에게 바쳤는데 왕은 그들을 친절히 대접하였다.

　페르세우스가 장성하자 폴리데크테스는 메두사(Medusa)를 정복하기 위하여 페르세우스를 파견하였다. 메두사는 그 섬을 황폐하게 만든 무서운 괴물이었다. 메두사는 원래 아름다운 머리카락을 가진 예쁜 처녀였다. 그러나 감히 아테나와 그 미를 경쟁하는 바람에 여신은 그녀의 미를 박탈하고, 아름다운 머리카락 대신 쉬익쉬익 소리를 내는 여러 마리의 뱀으로 변하게 하였다.

　메두사는 무섭고 잔인한 괴물로 변하였다. 그래서 그녀와 눈이 마주친 사람은 누구나 돌로 변하였다. 메두사가 살고 있는 동굴 주위에서는 그녀를 보자마자 돌로 변한 사람이나 동물의 모습을 많이 볼 수 있었다. 페르세우스는 아테나와 헤르메스의 총애를 받아 아테나가 빌려 준 방패와 헤르메스가 빌려 준 날개 돋친 신발을 신고 방패에 비치는 메두사의 모습을 보고 다가가 그 머리를 베었다. 자루에 넣어 가지고 온 메두사의 머리는 아테나에게 선물로 바쳤고 아테나는 그것을 자기의 방패의 한가운데에 붙였다.

■ 페가수스를 타고 고르곤의 머리를 들고 가는 페르세우스(프레더릭 레이턴)

페르세우스와 아틀라스

메두사를 죽인 후에 페르세우스는 그 머리를 들고서 멀리 육지와 바다를 건너 날아갔다. 그리고 밤이 가까워질 무렵에 해가 지는 지구의 서쪽 끝에 도달하였다. 그곳에서 그는 아침까지 휴식을 취하려고 하였다. 그곳은 유명한 거인 아틀라스 왕의 나라였다. 그 나라에는 양이나 소, 돼지 등이 많았고, 서로 영토를 다툴 인접국도 적국도 없었다. 그러나 아틀라스 왕의 가장 큰 자랑거리는 그의 정원이었다. 그 안에 있는 나무의 가지는 금으로 되어 있었고, 그 가지로부터는 역시 금으로 된 잎에 반쯤 가려진 금으로 된 과실이 매달려 있었다.

페르세우스는 아틀라스에게 말하였다.

"하루 저녁만 쉬게 하여 주십시오. 귀하의 가문도 명문이시겠지만 나도 귀하에 지지 않는 명문가의 자제입니다. 나의 아버지는 바로 제우스입니다. 귀하께서 위업을 달성하셨다면, 나도 메두사를 이긴 위업을 내세우렵니다. 지금 나에게는 휴식과 음식이 필요합니다."

그러나 아틀라스는 제우스의 아들이 어느 날 자기의 황금 사과를 탈취해 가리라고 한 옛날의 예언을 기억하였다. 그래서 그는 대답하였다.

"돌아가시오. 당신의 그 거짓 위업이나 가문에 속을 내가 아니오."

그리고 아틀라스는 페르세우스를 쫓아내려 하였다. 페르세우스는 아틀라스가 직접 상대하기에는 너무도 강한 거인임을 깨닫고 말하였다.

"귀하가 나의 우정을 너무도 과소평가하기에 내 그대를 위해 선물을 하나 드리려고 합니다."

그리고서 자기의 얼굴을 돌린 채 메두사의 머리를 내밀었다. 그렇게 큰 몸집을 가졌던 아틀라스는 돌로 변하였다. 그의 수염과 머리털은 숲이 되고 팔

■ 세상을 떠받치고 있는 아틀라스(일 구에르치노)

과 어깨는 절벽이 되고 머리는 산꼭대기가 되고 뼈는 바위가 되어 버렸다. 신체의 각 부분은 점점 커지더니 마침내 거대한 산이 되어 버렸다.

　신들은 이를 매우 기뻐하였다. 왜냐하면 모든 별과 함께 그의 어깨에 의지하고 있던 하늘이 더욱 안전해졌기 때문이다.

바다의 괴물

　페르세우스는 계속 비행하여 에티오피아인들의 나라에 도착하였다. 그 나라의 왕은 케페우스(Cepheus)였다. 황후인 카시오페이아(Cassiopeia)는 자신의 아름다움에 자만하여 바다의 요정들과 자신의 미모를 비교하였다. 이 사실은 요정들의 비위를 건드렸다. 요정들은 거대한 바다의 괴물을 파견하여 에티오피아의 바다를 황폐하게 하였다. 케페우스는 신들의 노여움을 풀기 위해서는 그의 딸 안드로메다를 그 괴물에게 희생물로 제공하여야 한다는 신탁의 지시를 받았다.

　페르세우스가 공중에서 내려다보니 안드로메다는 바위에 쇠사슬로 몸을 결박당한 채 뱀의 형상인 바다의 괴물을 기다리고 있었다. 안드로메다는 창백한 얼굴에 미동도 하지 않았다. 흐르는 눈물과 미풍에 움직이는 머리카락이 없었더라면 페르세우스는 그녀를 대리석상이라고 여겼을 것이다. 그는 이 광경을 보고 날개를 젓는 것도 잊을 정도였다. 페르세우스는 그녀의 위를 날면서 말하였다.

　"오, 처녀여, 서로 사랑하는 애인들을 결합시키는 사슬에 묶여 있어야 할 그대가 이런 쇠사슬에 묶여 있다니! 원컨대 나에게 그대의 이름과 그대의 나라, 그리고 왜 그대가 이와 같이 결박되어 있는지를 가르쳐 주시오."

■ 안드로메다(폴 구스타브 도레)

처음에 안드로메다는 수줍어서 아무 말도 못 하였다. 그리고 할 수만 있었다면 얼굴을 손으로 가렸을 것이다.

그러나 그가 질문을 되풀이하자, 잠자코 있으면 죄가 있는 것으로 의심받을까 봐 자기 이름과 자기 나라의 이름을 밝혔다. 그리고 자기의 어머니가 자신의 아름다움을 자랑한 일을 이야기하였다.

그녀가 말을 끝내기도 전에 바다 저쪽에서 소리가 나더니 바다의 괴물이 수면 위로 머리를 내놓고 넓은 가슴으로 물결을 헤치며 다가왔다. 처녀는 비명을 질렀고 방금 이곳에 도착하여 이 광경을 본 부모는 비통해하였다. 그 중에서도 어머니가 가장 가슴 아파했다. 두 사람은 곁에 있으면서도 아무런 구호 방책을 강구할 수 없었고, 탄식을 하면서 희생물로 제공된 딸을 끌어안으려 할 뿐이었다. 그때 페르세우스가 말하였다.

"눈물을 거두십시오. 눈물은 나중에라도 얼마든지 흘릴 수 있습니다. 지금은 무엇보다도 대책을 마련해야만 합니다. 제우스의 아들로서 내 지위와 고르곤의 살육자로서의 내 명성은 구혼자로서의 자격이 충분할 것입니다. 그러나 나는 신들이 허용만 한다면 다시 공을 세우고 따님을 얻고자 합니다. 만약 나의 용맹으로 따님이 구출될 경우에는 그 보답으로 따님과의 결혼을 허락해 주시겠습니까?"

양친은 쾌히 승낙하였다. 이런 상황에서 어떤 부모가 이를 허락하지 않겠는가.

이제 괴물은 돌팔매질을 잘하는 사람이 던지면 닿을만한 거리까지 접근해 있었다. 그때 청년은 갑자기 공중으로 뛰어올랐다. 높이 날다가 햇볕을 쬐고 있는 뱀을 본 독수리가 뱀에게 덤벼들어 머리를 잡아 독을 사용하지 못하게 하는 것처럼 괴물의 등으로 돌진하여 그 어깨에 칼을 찔렀다. 부상을 입은 괴물은 공중으로 몸을 뻘떡 일으켰다가 바닷속으로 들어갔다. 그리고 짖어대는 한 떼의 개에 포위된 산돼지같이 재빠르게 이리저리로 공격했다. 청년은 자신의 날개로 괴물의 공격을 피했다. 비늘 사이로 칼이 들어갈 만한 곳이 눈에 띄는 대로 이곳저곳을 찔러 상처를 냈다. 괴물의 콧구멍에서 피가 섞인 물이 뿜어져 나왔다. 페르세우스의 날개는 그 핏물에 젖었다. 그래서 더 이상 날개에 의지할 수 없게 되었다. 물결 위에 솟아 있는 바위 위로 내려와서 튀어나온 바위 조각에 몸을 의지한 페르세우스는 괴물이 더 가까이 다가왔을 때 최후의 일격을 가하였다.

해안에 운집해 있던 군중의 환성으로 산이 울리는 듯하였다. 양친은 기뻐서 어찌할 줄 모르며 장래 사위를 포옹하면서 생명의 은인이라고 불렀다. 그리고 이 싸움의 근원인 처녀는 무사히 바위 위에서 내려와 눈물을 흘리며 함께 기뻐했다.

결혼 축하 잔치

기쁨으로 가득 찬 양친은 페르세우스와 안드로메다를 데리고 궁전으로 돌아왔다. 궁전에서는 성대한 잔치가 열리고 즐거운 노랫소리와 웃음소리가 궁 안에 가득했다. 그런데 갑자기 한쪽에서 떠들썩한 소리가 나더니 안드로메다의 약혼자인 피네우스(Phineus)가 자신의 부하들과 함께 나타났다. 그는 안드로메다가 자신의 약혼자라고 주장했다. 이 주장을 들은 케페우스가 다음과 같이 항변하였으나 허사였다.

"자네는 내 딸이 괴물의 희생물로 선택되어 바위에 결박되었을 때 약혼자라고 주장했어야 하네. 신들이 내 딸에게 기구한 운명을 선언했을 때 모든 약속은 취소되었네. 죽음에 의해 모든 약속이 취소되는 것처럼

■ 괴물을 무찌르고 안드로메다를 구하는 페르세우스(파올로 베로네세)

■ 메두사의 머리를 든 페르세우스(세바스티아노 리치)

말이네."

피네우스는 아무 대답도 하지 않고 페르세우스에게 창을 던졌다. 그러나 창은 빗나가 땅에 떨어졌다. 페르세우스도 자기의 창을 던지려고 했지만 비겁한 공격자는 도망쳐서 제단 뒤로 몸을 숨겼다. 그러자 그의 행동을 신호로 그의 부하들은 케페우스의 손님들을 무차별 공격하였다. 손님들은 당황하여 서로 방어하게 되었다. 그리하여 전투가 벌어지게 되었다. 왕은 이러한 소동을 제지하였으나 싸움의 불꽃은 더욱 거세어졌다. 왕은 그 장소를 벗어나 신들에게 이 같은 소동은 자신의 책임이 아니니 굽어살펴달라고 기도를 올렸다.

페르세우스와 왕의 손님들은 불리한 전투를 하고 있었다. 적의 수가 압도적으로 많아 패배가 눈앞에 보였다. 그러나 돌연 페르세우스의 머리에 어떤 생각이 스치고 지나가면서 형세를 역전시킬 수 있다는 자신감이 생겼다. 그래서 그는 큰소리로 외쳤다.

"이중에서 나의 적이 아닌 사람들은 모두 고개를 숙여라!"

이렇게 말한 뒤 페르세우스는 고르곤의 머리를 높이 쳐들었다.

"그까짓 요술로 누구를 위협하려 하느냐?"

비웃으며 창을 던지려 하던 피네우스의 부하 테스켈로스는 그대로 돌로 변해 버렸다. 암픽스는 엎드린 적의 몸에 칼을 찌르려고 하다가 돌로 굳어 버렸다. 어떤 자는 큰 소리를 내며 돌진하다가 그대로 굳었고, 입을 벌린 채 아무런 말도 못하고 돌이 된 자도 있었다. 페르세우스의 친구인 아콘테우스는 고르곤을 바라보고 적들처럼 돌이 되었다. 피네우스의 부하 아스티아게스는 그것도 모르고 아콘테우스를 칼로 쳤으나 상처를 입히기는커녕 쨍 하는 소리와 함께 칼이 두 동강이 나고 말았다.

피네우스는 자신의 부당한 공격으로 인한 이 무서운 결과를 보고 당황하였다. 그는 친구들을 소리 높여 불렀다. 그러나 아무 대답도 없었다. 그들에게 손을 대어 보았으나 이미 모두 딱딱한 돌로 변해 있었다. 그는 무릎을 꿇고 손을 페르세우스에게 내밀면서, 그러나 머리는 뒤로 돌린 채로 용서를 빌었다.

"제게서 모든 것을 앗아가도 좋습니다. 그러나 내 생명만은 나에게 주십시오."

피네우스는 간청하였다.

"비겁한 자여, 너는 무기를 사용할 가치도 없는 몸이다. 너를 이 싸움의 기념으로 내 집에 보관할 것이다."

이렇게 말한 뒤 페르세우스는 고르곤의 머리를 피네우스가 바라보고 있는 쪽으로 돌렸다. 피네우스는 곧바로 무릎을 꿇고 손을 뻗치고, 얼굴을 돌린 형태의 석상이 되었다.

기간테스

　신화에 나오는 괴물들은 대개 몸의 한 부분이 비정상적이거나 균형을 잃은 모습으로 굉장한 힘과 잔인성을 가지고 있으며 인간들을 해치고 괴롭히는 공포의 대상으로 그려진 것이 보통이었다. 어떤 괴물은 스핑크스와 키마이라처럼 서로 다른 동물들의 몸이 부분마다 하나씩 붙어 있는 것으로 그려지기도 하였다. 이들은 야수의 무서운 성질과 더불어 인간의 영리함과 능력을 겸비한 것으로 생각되었다. 반면에 기간테스인 거인들은 몸 크기만 인간들과 다를 뿐이었다. 그러나 몸의 크기란 점에 있어서도 거인들 사이에는 큰 차이가 있었다. 인간적인 거인 — 그런 말을 쓸 수 있다면 — 예컨대 키클롭스나 안타이오스, 오리온 같은 거인들은 인간과 비슷하다고 생각할 수 있다. 왜냐하면 그들은 인간과 사랑과 투쟁의 관계를 맺고 접촉하기 때문이다. 그러나 신들과 싸운 초인간적인 거인들은 굉장한 거물이었다. 전하는 바에 의하면 티티오스가 몸을 펴면 3.6헥타르의 들판을 덮을 수 있고, 엔켈라도스를 누르기 위하여 에트나 산 전체를 그 위에 놓아야만 했다고 한다.

　우리는 앞에서 거인들이 신들에게 대적한 싸움과 그 결과에 대해서 말하였다. 이 전투에서 거인들은 만만치 않은 적이었음이 판명되었다. 그들 중 브리아레오스와 같은 거인은 팔이 100여 개나 되었다고 전해진다. 또 티폰과

■ 신과 거인(줄리아 로마노)

같은 거인은 불을 내뿜었다. 어떤 때는 거인들을 두려워하여 신들이 이집트로 도망하여 여러 가지 형태로 변신을 하여 몸을 감춘 일도 있었다. 제우스는 양의 모습으로 변신하였는데 그 후 이집트에서는 그를 구부러진 뿔을 가진 아몬(Ammon) 신으로서 숭배하였다.

아폴론은 까마귀가 되고, 디오니소스는 염소가 되고, 아르테미스는 고양이가 되고, 헤라는 암소가, 아프로디테는 물고기로, 헤르메스는 새가 되었다. 또 어떤 때는 거인들이 하늘로 올라가려고 오사 산을 들어 펠리온 산 위에 포개서 올린 일도 있었다. 그들은 나중에 번개로 정복되었는데, 이 번개는 아테나가 발명하고 헤파이스토스와 그의 부하 키클롭스에게 전수하여 제우스를 위해 만들게 한 것이다.

스핑크스

테바이의 왕 라이오스(Laios)는 신탁에 의하여 새로 탄생하는 그의 아들이 성장하여 그의 왕위와 생명에 위협을 가할 것이라는 예언을 받았다. 그래서 왕은 아들을 한 양치기에게 맡긴 후 죽이라고 명령하였다. 그러나 이 양치기는 아기가 너무 가여워서 차마 죽일 수가 없었다. 그렇다고 명령을 어길 수도 없었다. 그래서 그는 어린아이의 발을 묶어 나뭇가지에 매달아 두었다. 다행히 아이는 이런 상태로 어떤 농부에 의해 발견되었고, 농부는 그 나라의 왕에게 데리고 갔다. 아이가 없던 국왕 부부는 아이를 양자로 맞아들여 오이디푸스(Oedipus)라고 이름을 지었는데 그것은 '부은 발'이라는 뜻이었다.

그 후 오랜 세월이 지난 뒤에 라이오스는 시종 하나만을 대동하고 델포이로 가는 도중, 좁은 길에서 역시 이륜차를 몰고 있는 한 청년을 만났다. 청년에게 물러서라고 명령을 내렸으나 청년이 거부하자 왕의 시종은 건방지다며 청년의 말을 한 마리 죽였다. 청년은 몹시 화가 나서 라이오스와 그의 시종을 살해하였다. 그 청년이 바로 오이디푸스였다. 그래서 그는 자기도 모르는 사이에 아버지를 살해하게 된 것이다.

이 사건이 일어났을 때 테바이 시는 통행을 가로막는 어떤 괴물 때문에 굉장한 어려움에 처해 있었다. 스핑크스(Sphinx)라 불리는 그 괴물은 사자의 몸뚱이에 상반신은 여자인 괴물이었다. 스핑크스는 바위 위에 웅크리고 앉아 길 가는 사람을 막아 세우고 길을 통과하기 위해서는 자기가 내는 수수께끼를 풀어야만 한다고 했다. 그리고 문제를 풀지 못하는 자는 그 자리에서 잡아먹었다. 그것을 푼 사람은 아직 한 사람도 없으니 모든 통행인이 피살된 셈이었다. 오이디푸스는 이 놀랄 만한 이야기를 듣고도 조금도 겁내지 않고 대담하게 시험을 해 보겠다고 하였다.

스핑크스는 오이디푸스에게 물었다.

"아침에는 네 발로 걷고, 낮에는 두 발로 걷고, 저녁에는 세 발로 걷는 동물은 무엇인가?"

오이디푸스는 대답하였다.

"그것은 인간이다. 인간은 어릴 때는 두 손과 두 무릎을 이용해 네 발로 기어 다니고, 그 다음엔 똑바로 서서 걷고, 늙으면 지팡이를 짚고 세 발로 걸어 다닌다."

스핑크스는 자기가 낸 수수께끼가 풀린 데 대하여 충격을 받아 바위 밑으로 떨어져 죽었다.

테바이의 시민들은 오이디푸스의 도움으로 괴물에게서 벗어난 것에 감사하며 그를 그들의 왕으로 모시고 왕비 이오카스테(Iocaste)와 결혼하게 하였다. 오이디푸스는 이미 자신의 아버지인 줄도 모르고 아버지를 살해하였고,

■ 스핑크스(구스타브 모로)

■ 오이디푸스와 스핑크스

이번에는 왕비와의 결혼을 통해 자기 어머니의 남편이 된 것이다. 이런 무서운 일이 아무에게도 알려지지 않은 채 세월이 흘렀다. 그러던 중 테바이에 기근과 역병의 재난이 일어나게 되자 신탁에 문의한 결과 오이디푸스의 이중의 죄가 백일하에 드러나게 되었다. 이오카스테는 자살하고 오이디푸스는 미쳐서 자기의 눈을 뽑고 테바이를 뒤로 하고 방랑의 길을 떠났다. 그는 저주를 받아 모든 사람의 공포의 대상이 되고 버림을 받았으나 그의 딸들만은 그를 버리지 않고 끝까지 그를 따랐다. 마침내 비참한 방랑 생활을 지루하게 계속하다 그의 불행한 생애는 종말을 고하였다.

페가수스와 키마이라

페르세우스가 메두사의 목을 베었을 때, 그 피가 땅 속에 스며들어 날개 돋친 말 페가수스(Pegasus)가 탄생하였다. 아테나는 그 말을 잡아 길들인 후에 무사이의 여신들에게 선사하였다. 그 여신들이 거주하는 헬리콘 산 위의 히포크레네라는 우물은 페가수스의 발굽에 채여 생긴 것이다.

키마이라(Chimaera)는 불을 뿜는 무서운 괴물이었다. 몸의 앞쪽은 사자와 염소가 뒤섞인 모습이고 뒤쪽은 용의 모습이었다. 키마이라는 리키아에서 횡포를 부리고 있었으므로 국왕 이오바테스(Iobates)는 그것을 물리칠 영웅을 찾고 있었다. 그때 한 용감한 무사가 도착하였는데, 그의 이름은 벨레로폰(Bellerophon)이었다. 그는 이오바테스의 사위인 프로이토스(Proetos)로부터의 편지를 가지고 왔는데, 그 내용은 벨레로폰을 용감무쌍한 영웅이라고 칭찬하였으나 끝에 가서 장인에게 그를 죽여 달라는 내용을 첨부한 것이었다. 그 이유는 프로이토스가 그를 질투했기 때문이었는데, 그것은 또 그의 아내

안테이아(Anteia)가 그 젊은 무사를 도에 지나칠 정도로 칭송했기 때문이었다.

자기도 모르는 사이에 자기의 사형 영장을 가지고 온 벨레로폰의 이 고사에서 '벨레로폰의 편지'란 말이 유래하였는데, 이 문구는 일반적으로 자기에게 불리한 사건을 내포하고 있는 내용의 편지를 의미한다.

이오바테스는 편지를 읽고서 어찌할 바를 몰라 당황하였다. 손님을 환대하지 않을 수도 없고 사위의 청을 들어주지 않을 수도 없었다. 마침 좋은 생각이 떠올랐다. 벨레로폰을 보내어 키마이라를 퇴치시키는 일이었다. 벨레로폰은 이 제안을 받아들였다. 그러나 떠나기 전에 점쟁이 폴리이도스에게 상의하자 될 수만 있으면 페가수스를 얻어 가지고 가는 것이 좋으리라고 하였다. 그를 위하여 우선 아테나의 신전에서 밤을 새라고 하였다. 그는 그렇게 하였다. 그가 잠이 들었을 때 아테나가 그에게 와서 금으로 된 고삐를 주었다. 그가 잠을 깬 후에도 그의 손 안에는 고삐가 그대로 남아 있었다. 아테나는 또 그에게 피레네 우물에서 물을 먹고 있는 페가수스를 보여 주었다. 날개 돋친 페가수스는 고삐를 보자 자진해서 와서 잡히었다. 벨레로폰은 그 말을 타고 공중으로 올라가 바로 키마이라를 발견하고 쉽게 그 괴물을 퇴치하였다.

키마이라를 정복한 후에도 벨레로폰은 적의를 품은 국왕 때문에 여러 시련과 어려운 일을 하도록 강요당하였으나 페가수스 덕분에 모두 성공하였다. 이윽고 이오바테스는 벨레로폰이 신들로부터 특별한 총애를 받는 것을 깨닫고 그의 딸과 결혼시켰다. 그리고 왕위 계승자로 정하였다. 그러나 후에 벨레로폰은 자부심과 교만에 빠져 신들의 노여움을 받게 되었다. 전하는 바에 의하면, 그는 그의 날개 돋친 말을 타고서 하늘까지 올라가려고 하였다. 그러나 제우스는 등에를 한 마리 보내 페가수

■페가수스를 탄 벨레로폰(조반니 바티스타 티에폴로)

스를 찌르게 하였고, 벨레로폰은 말에서 떨어져 눈이 멀고 절름발이가 되었다. 그 후 벨레로폰은 사람들이 다니는 길을 피해 알레이아의 들을 외로이 방황하다 비참하게 죽고 말았다고 한다.

켄타우로스

머리에서 허리까지는 사람이고 나머지는 말의 형상을 하고 있는 괴물들은 켄타우로스(Kentauros)이다. 고대인들은 말을 매우 좋아하여 말과 인간의 결합체를 그리 천하게 여기지 않았다. 따라서 고대의 상상적인 괴물 중에서 이 켄타우로스에게만은 선량한 모습이 부여되고 있다. 켄타우로스는 인간과도 사귈 수 있었고 페이리토오스(Peirithous)와 히포다메이아(Hippodamia)와의 결혼식 때에는 하객으로서 초청을 받기도 했다. 그 잔치 때 켄타우로스 중의 하나인 에우리티온(Eurytion)은 술이 만취되어 신부에게 폭행을 가하려고 하였다. 다른 켄타우로스들도 합세하여 무서운 투쟁이 일어나고 몇 명이 피살되었다. 이것이 라피타이와 켄타우로스의 유명한 전투로써 고대의 조각가와 시인이 즐겨 다룬 소재이다.

그러나 모든 켄타우로스가 다 페이리토오스의 난폭한 하객 같지는 않았다. 케이론(Chiron)이라는 켄타우로스는 아폴론과 아르테미스로부터 교육을 받고, 사냥과 의술, 음악과 예언에 능하여 유명하였다. 그리스의 옛 이야기에 나오는 가장 유명한 영웅들은 모두 그의 제자였다. 특히 아스클레피오스(Asclepios)는 어릴 적에 그의 부친 아폴론에 의하여 케이론의 가르침을 받게 되었다. 케이론이 어린아이를 데리고 집으로 오자, 마중을 나왔던 딸 오키로이는 아이를 보자마자 예언을 쏟아내었다. 오키로이는 예언자였기 때문이다. 그녀는 장차 이 어린아이가 성취할 영광을 예언하였다. 아스클레피오스는 성장하여 유명한 의사가 되었고, 한 번은 죽은 사람을 살려낸 일까지도 있었다. 하계의 왕 플루톤(하데스)은 이를 못마땅하게 여겼다. 그래서 제우스는 플루톤의 청탁대로 이 위대한 의사를 번개를 내려 죽였다. 그러나 죽은 뒤에는 그를 신들 가운데에 설 수 있게 하였다.

케이론은 모든 켄타우로스 중에서 가장 현명하고 정직하였다. 그래서 그가 죽자 제우스는 그를 인마궁(人馬宮)이란 별자리로 만들어 별들 가운데에 놓았다.

피그미

피그미(pygmy)는 난쟁이 종족이다. 피그미란 그리스어로 팔의 척도 단위로 팔꿈치에서 가운데 손가락까지의 길이를 말하는 것인데 대략 33센티미터 정도의 길이를 의미한다. 이 종족의 신장이 그 정도였기 때문에 그들을 이렇게 부르게 된 것이다. 그들은 나일 강 근처, 혹은 다른 설에 의하면 인도에 살고 있었다고 한다. 호메로스에 의하면 두루미는 매년 겨울이 되면 피그미의 나라로 이주하는데, 그들의 출현은 피그미에게는 유혈 투쟁의 신호라는 것이었다. 피그미들은 자신들의 옥수수밭을 두루미라는 외부의 약탈자들로부터 보호하기 위하여 무기를 들지 않으면 안 되었다. 피그미와 그들의 적인 두루미는 여러 예술 작품의 소재가 되었다.

후대의 작가들은 피그미의 군대 이야기를 하고 있는데, 어느 날 그 군대가 헤라클레스가 잠든 것을 발견하고, 마치 한 도시를 공격하려는 것처럼 그를 공격할 준비를 하였다. 그러나 헤라클레스는 잠에서 깨어 난쟁이 무사들을

■그리핀

보고 웃으며 그중 몇 명을 그의 사자 가죽에 싸서 에우리스테우스에게 가져다주었다.

그리핀(그리폰)

그리핀(griffin)은 사자의 몸에 독수리의 머리와 날개를 가졌고, 등은 무수한 깃털로 덮여 있는 괴물이다. 그리핀은 새와 같이 보금자리를 지으며 그 속에 알 대신 마노(瑪瑙)를 낳는다. 그리핀은 또 길고 큰 발톱을 가지고 있어 그리핀이 사는 나라 사람들은 그것을 가지고 술잔을 만들 수 있을 정도였다고 한다.

이 그리핀의 고향은 인도라고 알려져 있다. 그리핀들은 산에서 캐낸 금으로 보금자리를 만들기 때문에 그것을 탐내는 사냥꾼들로 인해 밤을 새워 보금자리를 지켜야 했다. 그리핀은 본능적으로 금이 매장되어 있는 곳을 알 수 있었다. 또한 약탈자들을 따돌리기 위하여 갖은 애를 썼다. 당시 이 그리핀족과 함께 번영하였던 아리마스포이인들은 스키타이에 살던 외눈족이었다.

황금 양털

먼 옛날 테살리아 지방에 아타마스(Athamas)라는 왕과 네펠레(Nephele)라는 왕비가 있었다. 그들은 사이에 남매를 두었는데 아타마스 왕의 왕후에 대한 사랑이 식어 그들은 헤어지고 후처를 얻게 되었다. 네펠레는 자신의 아이들이 계모에게 학대받을 것이 염려되어 계모의 손이 닿지 않는 곳으로 피신시킬 방법을 생각하였다. 헤르메스는 이러한 모정을 동정하여 황금 양털을 가진 수양 한 마리를 그녀에게 선사하였다. 네펠레는 이 양이 아이들을 안전한 곳으로 데려다 줄 거라 믿고 아이들을 양의 등에 태웠다. 양은 아이들을 업고 공중으로 뛰어올라 쏜살같이 동쪽으로 향했다.

유럽과 아시아를 구분짓는 해협을 건널 때 소녀인 헬레(Helle)가 양의 등에서 떨어져 바닷속으로 빠졌다. 그래서 이 바다를 소녀의 이름을 따서 헬레스폰토스(Hellespont)라고 부르게 되었는데, 지금의 다르다넬스 해협이다.

양은 계속 날아가 흑해의 동해안에 있는 콜키스라는 왕국에 도착하였다. 그곳에서 양은 소년 프릭소스(Phrixos)를 무사히 내려놓았다. 프릭소스는 그 나라 왕인 아이에테스(Aeetes)의 친절한 영접을 받았다. 프릭소스는 양을 제우스에게 희생물로 제공하고, 금빛 양털은 아이에테스에게 주었는데 아이에테스는 그것을 신성한 숲속에 놓고 잠자지 않는 용을 시켜 돌보게 하였다.

테살리아에는 아타마스의 왕국 근처에 또 하나의 왕국이 있었는데, 그곳은 아타마스의 친척이 지배하고 있었다. 그 왕국의 왕은 아이손(Aison)이라고 하였는데, 정치에 싫증을 느껴 아들 이아손(Iason)이 미성년일 동안만이라는 조건부로 왕위를 그의 아우인 펠리아스(Pelias)에게 양도하였다. 이아손이 성장하여 그의 숙부에게 왕위의 반환을 요구하자 펠리아스는 흔쾌히 양도할 듯한 태도를 취하며, 동시에 황금 양털을 찾기 위한 영광스러운 모험을 해 보지 않겠냐고 암암리에 이아손에게 권유하였다. 잘 알려진 바와 같이 그 양털은 콜키스 왕국에 있었고, 펠리아스가 인정하듯이 그들 일족의 정당한 소유물이었다. 이아손은 이 모험에 찬성하고 바로 원정 준비를 하였다. 그 당시 그리스인들에게 알려진 선박은 조그만 보트이거나 혹은 나무줄기를 파내어 만든 카누뿐이었다. 그래서 이아손은 아르고스에게 50명이 탈 수 있는 배를 만들게 하였는데 그것은 당시로서는 굉장한 사업으로 여겨졌다.

어쨌든 배는 완성되었고 배를 만든 사람의 이름을 따서 아르고 호라고 명명되었다. 이아손은 모험을 좋아하는 그리스의 모든 청년들을 초청하였다. 얼마 후 그는 대담한 청년들의 대장이 되었고, 그들의 대부분은 후에 그리스의 영웅과 신인(神人)으로 이름을 떨치게 되었다. 그 중에는 헤라클레스(Hercules), 테세우스(Theseus), 오르페우스(Orpheus), 네스토르(Nestor) 같은 영웅들도 끼여 있었다. 그들은 그 배의 이름을 따서 '아르고의 선인들'이라고 불리어진다.

아르고 호는 영웅들을 태우고 테살리아의 해안을 떠나 렘노스 섬에 기항하고 그로부터 이시아로, 또 그로부터 트라키아까지 항해하였다. 이곳에서 그들은 현인 피네우스를 만나게 되어 차후의 항로에 대한 교시를 받았다. 에우크세이노스 해의 입구는 두 개의 암석으로 된 섬으로 막혀 있는 것 같았다. 이 섬은 물 위에 떠 있다가 서로 부딪쳤는데 그 사이에 끼면 그것이 무엇이든

■아르고호의 승선(로렌초 코스타)

부서지지 않을 수 없었다. 그래서 이 섬은 심플레가데스라고 불렸는데 충돌하는 섬이란 뜻이었다. 피네우스는 '아르고의 선인들'에게 이 위험한 해협을 무사히 통과하는 방법을 가르쳐 주었다. 그들은 그 섬에 도착해서 비둘기 한 마리를 놓아 보냈다. 비둘기는 꼬리털 몇 가닥만 빠졌을 뿐 무사히 바위 사이를 빠져나갔다. 이아손과 그 일행은 섬이 부딪쳤다 떨어지는 기회를 포착하여 힘껏 노를 저었다. 그들의 뒤에서 두 섬이 마주쳐 배의 고물을 스치기는 하였으나 그들은 무사히 바위를 통과하였다. 그 후 그들은 해안을 따라 배를 젓고, 마침내 바다의 동쪽 끝에 도착하여 콜키스의 왕국에 도착하였다.

이아손은 콜키스 왕 아이에테스에게 용건을 전하였다. 왕은 이아손에게 놋쇠발을 가지고 불을 뿜는 두 마리의 황소를 쟁기에 매어 주고, 카드모스 왕이 살해한 용의 이빨을 뿌려 준다면 황금 양털을 넘겨주겠노라고 약속했다. 이 용의 이빨을 뿌리면 땅에서 한 무리의 군사가 농작물처럼 자라나 자신들을 생겨나게 한 상대방을 공격한다는 것은 앞에서 이야기하였으므로 독자 여러분은 그 사실을 잘 알고 있을 것이다. 이아손은 이 조건을 쾌히 승낙하였다. 그리고 결행할 시기까지 결정하였다. 그러나 그 전에 이아손은 왕녀 메디아(Media)에게 용건을 말해 그에 대한 대책을 마련한 뒤였다. 그는 왕녀에게 결혼을 약속하였다. 그리고 헤카테(Hekate) 여신의 제단 앞에 서서 여신을 불러 자기들의 보증인으로 서약하였다. 메디아는 승낙했으며, 또 유능한 마술사였던 그녀의 도움으로 호신용 부적을 얻게 되었다.

약속한 날짜에 국민들은 아레스 신의 숲에 모였는데, 왕은 왕좌에 착석하고 군중들은 산허리를 덮었다. 놋쇠발을 가진 황소가 콧구멍으로 불을 뿜으며 뛰어 들어왔는데, 그 불은 황소가 지나가는 길가의 풀을 모두 태워 버렸다. 용광로의 울림 같은 소리가 나고, 생석회에 물을 끼얹을 때와 같은 연기가 피어올랐다. 이아손은 황소를 향하여 대담하게 앞으로 나아갔다. 그리스 전역에서 선발된 영웅인 그의 친구들도 그의 이 같은 용맹함에 전율을 느꼈다. 그는 콧구멍에서 불이 뿜어져 나오는 것도 개의치 않고 황소에게 말을 걸어 황소의 분노를 가라앉히고 두려움 없는 손으로 황소의 목을 어루만졌다. 그러다가 재치 있게 멍에를 씌우고 쟁기를 끌도록 유도하였다. 콜키스 사람들은 놀라고 그리스 사람들은 환호성을 올렸다.

그런 후 이아손은 용의 이빨을 뿌리고 흙을 덮었다. 그러자 바로 한 무리의 무장한 무사들이 쑥쑥 자라났다. 그리고 예상한 대로 땅위로 완전히 솟아나 무기를 휘두르며 이아손을 향하여 돌진하기 시작하였다. 그리스인들은 그들의 영웅의 신상을 걱정하며 떨었고, 그에게 안전책을 가르쳐 준 메디아조차도 공포로 안색이 창백해졌다. 이아손은 잠시 동안은 칼과 방패로 공격자들을 막았으나 그들의 수효가 압도적으로 많음을 발견하고, 메디아가 가르쳐 준 주문을 외우고 돌을 하나 손에 쥐고 적들의 한가운데에 던졌다. 그러자 그들은 이아손에게로 향했던 무기를 서로에게 돌렸다. 마침내 용의 이빨에서 탄생한 일족들은 하나도 남지 않게 되었다. 그리스인들은 그들의 영웅을 둘러쌌다. 그리고 메디아도 그럴 용기만 있으면 그를 포용하였을 것이다.

남은 것은 양털을 지키는 용을 재우는 일뿐이었다. 이아손은 메디아가 준 마약을 두서너 방울 용에게 뿌렸다. 약 냄새를 맡은 용은 흥분을 가라앉히고 잠깐 동안 꼼짝도 하지 않고 서 있더니, 전에는 한 번도 감은 일이 없는 크고 둥근 눈을 감고 가로누워 깊은 잠에 빠졌다. 이아손은 양털을 손에 넣은 후 친구들과 메디아를 대동하고 국왕 아이에테스에게 그들의 출발을 저지할 틈을 주지 않으려고 재빨리 배를 타고 테살리아로의 귀로에 올라 무사히 그곳에 도착하였다. 이아손은 양털을 펠리아스에게 전달하고 아르고 호는 포세이돈에게 헌납하였다. 그 후 양털이 어떻게 되었는지는 알 수 없다.

그러나 아마 그것도 결국 다른 금으로 만든 많은 노획물과 마찬가지로 입수하기 위해 소요된 혹독한 노고에 비하면 그다지 가치 있는 물건이 아니었다는 것이 판명되었을 것이다.

메디아와 아이손

황금 양털을 되찾은 기쁨 속에서도 이아손은 마음에 걸리는 것이 하나 있었다. 그것은 아버지 아이손이 나이가 들어 쇠약해져서 그들과 함께 기쁨을 나누지 못하는 점이었다. 이아손은 메디아에게 말하였다.

"아내여, 나는 그대의 마력이 나를 돕기 위해 발휘한 위대한 힘을 목격하였소. 그 마력으로 한 번만 더 나를 도와주시오. 내 부탁은 다름이 아니라 나의 수명에서 몇 년을 빼어 아버지의 수명을 늘여 달라는 것이오."

메디아는 대답하였다.

"그런 희생은 하지 않으셔도 돼요. 마술에 성공하면 당신의 수명을 단축시키지 않더라도 아버님의 수명을 연장시킬 수 있을 테니까요."

보름이 되자 하늘에는 둥근달이 떠올랐다. 모든 생물이 잠들었을 무렵 그녀는 홀로 밖으로 나갔다. 나뭇잎을 움직이는 바람 한 점 없고, 만물은 죽은 듯 고요하였다. 메디아는 별들과 달을 향하여 주문을 외웠다. 또 하계의 여신인 헤카테[17]와 땅의 여신인 텔루스(Tellus) — 이 여신에 의해 마법에 효과가

---

17) 달의 여신 아르테미스와 지옥의 여신 페르세포네와 동일시되는 신비스러운 신. 어둠과 공포로 표현되며 마술과 요술의 여신이기도 하였다. 밤중에 개의 눈에만 보이는데 개가 짖는 것은 헤카테 여신이 나타났다는 것이다.

■ 헤카테(윌리엄 블레이크)

있는 식물이 생산된다. ― 에 대해서도 주문을 외웠다. 메디아는 또 숲과 동굴과 산과 골짜기와 호수와 강과 바람과 안개의 신들을 불러내어 기원하였다. 그녀가 주문을 읊는 동안 별들은 더욱 빛을 발하고, 얼마 지나지 않아 공중에서 날아다니는 뱀들이 끄는 이륜차가 내려왔다. 메디아는 그 이륜차를 타고 하늘 높이 올라 먼 지방으로 향하였다. 그곳에는 약초들이 자라고 있었고 메디아는 그 중에서 자기 목적에 적합한 것을 골라내었다. 9일 밤 동안 그녀는 약초를 모았다. 그리고 그동안은 궁전으로 돌아가지도 않고, 다른 어떤 집에도 들어가지 않은 채 사람들과의 교제를 끊었다.

메디아는 두 개의 제단을 만들었다. 하나는 헤카테의 제단이고 다른 하나는 청춘의 여신인 헤베의 제단이었다. 그리고 한 마리의 검은 양을 희생물로 제공하고, 우유와 포도주를 신주(神酒)로 부었다. 그녀는 하계의 왕인 하데스와 훔쳐 온 그의 신부인 페르세포네에게 늙은 부왕의 생명을 좀 더 연장하여 달라고 부탁하였다. 그런 다음 아이손을 데리고 오게 하여 마술로 깊은 잠이 들게 한 뒤에 죽은 사람과 함께 풀로 만든 침대 위에 뉘었다. 비적이 세속의 눈에 띄지 않게 하기 위하여 이아손 및 그 외의 모든 사람들의 출입을 금지하였다. 그리고 메디아는 머리를 풀고서 제단 주위를 세 번 돌고, 불타는 작은 나뭇가지를 피에 담근 후 제단 위에 올려놓고 태웠다.

그동안에 큰 솥 속에 쓴 즙이 나오는 씨와 꽃을 가진 마초(魔草)와 먼 동방에서 가지고 온 돌과 온 세계를 둘러싸고 있는 대양의 해안에서 주워 온 모래를 넣었다. 그리고 달밤에 수집한 하얀 서리와 올빼미의 머리와 날개, 이리의 내장을 넣었다. 그리고 거북의 껍데기 조각과 수사슴의 간장 ― 이들은 모두 장수의 동물이다. ― 과 인간의 아홉 세대를 넘어

산 까마귀의 머리와 부리를 더 첨가하였다. 그 밖에 이름도 모르는 많은 물건을 넣고 같이 끓였다. 그리고 마른 올리브 나뭇가지로 잘 뒤섞었다. 그 가지를 끄집어내자 이상하게도 나뭇가지는 바로 녹색이 되고, 얼마 안 가서 많은 잎과 싱싱한 올리브로 덮이게 되었다. 그리고 용액이 부글부글 끓어올라 넘칠 때 그 방울이 떨어진 곳의 풀이 봄날의 잎사귀처럼 초록빛이 되었다.

모든 준비가 다 된 것을 보고, 메디아는 노인의 목구멍을 베어 그의 모든 피를 나오게 하였다. 그리고 그의 입과 목구멍으로 솥에서 끓인 용액을 퍼부었다. 노인이 그 용액을 다 흡수하자 그의 머리털과 수염은 흰빛이 사라지고 청년과 같이 검은색으로 변하였다. 얼굴에는 화색이 돌고 혈맥은 피로 가득차고 온몸은 힘에 넘쳤다. 아이손은 자신의 변화에 놀랐다. 이러한 몸의 상태는 40년 전의 젊은 시절로 돌아간 것처럼 느껴졌다.

이처럼 메디아는 마술을 좋은 목적을 위하여 사용하였으나 복수를 하기 위한 수단으로 사용한 때도 있었다. 독자 여러분도 기억하시겠지만 펠리아스는 이아손의 왕위를 찬탈한 그의 숙부였으며 그를 그 나라로부터 추방하였다. 그런 포악한 자에게도 복은 있었다. 그의 딸들은 그를 사랑하였다. 그리고 메디아가 아이손을 위하여 한 일을 보고, 그들은 그들의 아버지에 대해서도 같은 일을 하여 주기를 메디아에게 간청하였다. 메디아는 승낙하는 체하며 전과 같이 솥을 준비하였다. 한 마리의 어른 양을 가져오게 하여 솥 속에 넣었다. 얼마 안 가서 솥 속에서 매앰 하고 우는 소리가 나 뚜껑을 여니 한 마리의 어린 양이 뛰어나와 목장으로 달아났다.

펠리아스의 딸들은 그 실험을 보고 기뻐하며, 그들의 아버지가 같은 시술(施術)을 받을 시간을 정하였다. 그러나 메디아는 그들의 부친을 위한 솥을 지난번과는 아주 다르게 준비하였다. 물과 들풀을 조금만 넣었던 것이다. 밤이 되자 메디아는 공주들과 더불어 늙은 왕의 침실로 들어갔다. 왕과 그의

■ 이아손과 메디아(에드먼드 블레어 레이튼)

공주들은 무기를 빼들고서 침대 곁에 서 있었다. 그러나 그들이 왕을 베기를 주저하자 메디아는 그들의 결단성 없음을 꾸짖었다. 그래서 그들은 얼굴을 돌리고서 아버지에게 무기를 들이대고 마구 내리쳤다. 왕은 잠을 깨어 부르짖었다.

"사랑하는 딸들아, 도대체 이게 무슨 짓이냐? 아비를 죽이려고 하느냐?"

그들의 용기는 사라졌고 무기는 손에서 떨어졌다. 그러나 메디아는 왕에게 치명적 타격을 주어 말문을 막히게 하였다. 다음에 그들은 왕을 솥 속에 넣고, 메디아는 뱀이 끄는 이륜차를 타고 자신의 반역이 탄로나기 전에 급히 그곳을 떠났다. 그렇지 않았더라면 그들의 엄청난 복수를 당하게 되었을 것이다. 그녀는 무사히 도망쳤다.

그러나 이아손을 위하여 이와 같은 범죄까지 저지르며 많은 일을 하였으나 그 대가는 없었다. 이아손은 크레우사(Creusa)라는 코린토스의 공주와 결혼하기 위해 메디아를 헌신짝처럼 버렸다. 메디아는 그의 이 같은 배은망덕에 분노하여 신들에게 복수해 줄 것을 부탁하고 독을 넣어서 짠 옷을 크레우사 공주에게 선물로 보냈다. 그리고 자신의 아이들을 죽이고 궁전에 불을 지른 후 뱀이 끄는 이륜차로 아테나이로 도망가 그곳에서 테세우스의 아버지인 아이게우스(Aigeus) 왕과 결혼하였다.

독자 여러분은 곧 테세우스의 모험담 이야기에서 이 메디아를 다시 만나게 될 것이다.

멜레아그로스

멜레아그로스(Meleagros)는 아르고 호의 영웅 중의 한 사람이다. 그는 칼리돈의 왕인 오이네우스(Oeneus)와 왕비 알타이아(Althaea)의 아들이었다. 그가 태어났을 때 알타이아는 세 명의 운명의 여신을 보았는데, 여신들은 운명의 실을 짜면서 이 어린아이는 난로 속에서 타고 있는 장작이 다 타면 죽게 될 것이라고 예언을 하였다. 알타이아는 벌떡 일어나 난로 속에서 장작을 꺼내 불을 끄고 몇 년간 조심스럽게 보관하였다. 그동안 멜레아그로스는 소년이 되고, 청년이 되고, 마침내 장년이 되었다.

그 당시 오이네우스가 신들에게 희생물을 바친 일이 있었는데, 여신 아르테미스에게는 제물을 바치지 않았다. 여신은 무시당한 데 분노하여 굉장히 큰 산돼지 한 마리를 보내 칼리돈의 들을 황폐케 하였다. 그 짐승의 눈은 피와 불로 번뜩였고, 털은 창끝처럼 빳빳하고 날카로웠으며, 송곳니는 인도의 코끼리와 비슷하였다. 포악한 짐승은 추수를 앞둔 곡식을 마구 짓밟고 포도와 올리브나무를 쓰러뜨렸다. 또 양이나 소 같은 가축 떼를 닥치는 대로 죽여 칼리돈을 곤경에 빠뜨렸다. 그러나 보통 수단으로는 이를 막을 수가 없었다.

궁리 끝에 멜레아그로스는 그리스의 영웅들을 초청하여 이 아귀 같은 괴물을 잡을 대담한 사냥 대회를 열었다. 테세우스와 그의 친구인 페리토스, 이

■ 멜레아그로스의 동상

아손, 펠레우스(Peleus) — 후에 아킬레우스의 아버지가 됨, 아이아스의 아버지인 텔라몬(Telamon), 네스토르 — 당시에는 청년이었으나 노년에 이르러 아킬레우스와 아이아스와 더불어 트로이 전쟁에 출전한 사람 — 그 밖에 많은 영웅들이 이 사냥에 참가하였다. 그들과 더불어 아르카디아의 왕 이아소스의 딸인 아탈란테도 참가하였다. 그녀는 윤이 나게 닦은 금으로 된 조임쇠로 옷을 죄고 왼쪽 어깨에는 상아로 만든 전통을 메고 왼손에는 활을 들고 있었다. 그녀의 얼굴은 여성의 미와 무사다운 청년의 매력을 겸비하고 있었다. 멜레아그로스는 그녀를 보고 사랑에 빠져 버렸다.

그들은 괴물이 있는 동굴 가까이로 가서 나무 사이에 튼튼한 그물을 쳤다. 숲속에 풀어놓은 개들이 짐승의 발자국을 찾기 시작했다. 숲에서부터 늪이 많은 곳으로 향하는 내리막길이 있었다. 이곳에서 멧돼지는 갈대 사이에 누워 있다가 추격자들의 외침 소리를 듣고 그들을 향해 뛰어나왔다. 몇 마리의 개가 나뒹굴었다. 이아손은 아르테미스에게 성공을 빌면서 창을 던졌다. 그러나 아르테미스 여신은 멧돼지를 옹호하고 있었으므로 창이 날아가는 사이에 그 강철 끝을 제거해 버려 멧돼지를 맞혀도 상처를 내지는 못하였다. 네스토르는 멧돼지의 습격을 받자 나무 위로 올라가 몸을 피하였다. 텔라몬은 돌진하다가 땅 위로 불쑥 솟은 나무뿌리에 걸려 앞으로 고꾸라졌다.

결국 아탈란테가 쏜 화살이 처음으로 괴물을 맞혔다. 그러나 그것으로 죽을 괴물은 아니었다. 상처에서는 피가 흐르고 멜레아그로스는 환호성을 올렸다. 그 광경을 지켜보고 있던 앙카이오스는 여자가 칭찬받는 것이 못마땅하였다. 그는 자신의 용맹함을 입으로 떠들며 괴물을 보낸 여신에게 정면으로 도전하노라고 소리쳤다. 그러나 그가 달려들자 격분한 멧돼지는 그에게 치명적인 상처를 입히고 쓰러뜨렸다. 테세우스가 창을 던졌으나 나뭇가지에 걸려 옆으로 빗나갔다. 또 이아손이 던진 창은 목표물에 적중하지 않고 개를 한 마리 죽었을 뿐이었다. 그러나 멜레아그로스는 한 번 실패한 뒤에 그의 창을 괴물의 옆구리에 적중시켰다. 그런 후 돌진하여 두 눈을 멀게 하였다.

그러자 주위에서 환성이 터져 나왔다. 그들은 정복자인 멜레아그로스를 축하하고, 그의 손을 잡으려고 모여 들었다. 그는 죽은 멧돼지를 밟고 아탈란테를 돌아보며 그의 전리품인 멧돼지의 머리와 뻣뻣한 가죽을 그녀에게 선사하였다. 그러나 이것을 보고 다른 자들은 질투가 나서 시비를 걸었다. 그중에서도 멜레아그로스의 외숙인 플렉시포스와 톡세우스가 그 증여를 반대하였다. 두 사람은 아탈란테가 받은 전리품을 빼앗았다. 멜레아그로스는 자기에 대한 그들의 무례에도 격분하였지만 그가 사랑하는 아탈란테에 대한 모욕에 더욱 격분하여, 친족간의 예의도 잊고 칼을 빼어 무례한 자들의 심장을 무자비하게 찔렀다.

어머니 알타이아가 아들의 승리에 대한 감사의 선물을 여러 신전에 바치러 갔을 때 피살된 형제들의 시체가 눈에 띄었다. 알타이아는 비명을 지르고 가슴을 두드리며 화려한 옷을 애도의 복장으로 바꿔 입었다. 그러나 형제를 죽인 자가 자신의 아들임을 알게 되자 슬픔은 아들에 대한 단호한 복수심으로 바뀌었다. 알타이아는 자신이 전에 불을 끈 타다 남은 운명의 나뭇가지, 운명의 여신들이 멜레아그로스의 생명과 밀접한 관계를 맺어 준 한 나뭇가지를 가지고 와서 불을 준비하도록 명령하였다. 그리고 네 번이나 그 타다 남은 나뭇가지를 불타는 나무더미 위에 던지려 하였다. 그러나 아들을 잃게 될 것이라는 생각에 전율을 느끼며 그때마다 중지하였다. 모정이냐 형제간의 우애냐, 알타이아의 가슴은 동요의 물결로 일렁였다. 어떤 때는 자기가 하려는 짓을 생각하고 안색이 창백해지기도 하고, 어떤 때는 아들이 범한 짓을 생각하고 분노로 얼굴이 붉어지기도 하였다. 바람과 조수에 이리저리 흔들리는 배처럼 알타이아의 마음은 불안정하였다.

그러나 마침내 동기간의 정이 모정을 압도하여 운명의 나무를 손에 들고 말하기 시작하였다.

"복수의 여신들이여, 몸을 돌려 제가 바치러 온 희생물을 바라보십시오. 범죄는 범죄로써 보상되어야 합니다. 남편 오이네우스도 처가가 단절되는데, 아들의 승리를 기뻐하지는 않을 것이다. 그러나 아, 나는 무슨 짓을 하려고 하는가? 형제여, 어미된 마음의 약함을 용서하라! 손이 말을 듣지 않는구나. 멜레아그로스는 죽어 마땅하지만 그를 내 손으로 죽일 수는 없다. 그러나 그렇다고 너희들, 나의 형제는 원수를 갚지도 못하고 저승에서 헤매야 하는데 멜레아그로스는 살아서 칼리돈을 지배해야 옳단 말인가? 아니다, 너는 내 덕에 지금까지 살아 왔다. 이제는 너 자신이 저지른 죄로 인해 죽음을 맞게 될 것이다. 내가 두 번 너에게 준 생명, 처음에는 탄생할 때, 두 번째는 타다 남은 가지를 화염 속에서 끄집어냈을 때, 이제 그 생명을 반환해야 한다. 오, 차라리 그때 네가 죽었더라면! 아, 승리도 재난이다. 그러나 형제여, 그대들은 승리하였노라."

알타이아는 고개를 돌리고 운명의 나뭇가지를 불타는 나무더미 위에 던졌다. 나뭇가지는 단말마의 신음 소리를 내는 듯하였다. 그 장소에 있지도 않던 멜레아그로스는 무슨 까닭인지는 몰랐지만 갑자기 엄청난 고통을 느꼈다. 그는 불타기 시작하였다. 그는 용맹함과 자존심으로 자신을 파멸로 몰아가는 그 고통을 견뎌내었다. 피도 흘리지 않고 불명예스러운 죽음을 맞는다는 것을 한탄할 따름이었다. 그는 고통 속에서도 늙은 아버지와 형제와 다정한 자매와 사랑하는 아탈란테와 그의 운명의 숨은 원인인 어머니의 이름을 불렀다. 불꽃은 더해 가고, 그와 더불어 멜레아그로스의 고통도 더해만 갔다. 마침내 불꽃도 고통도 가라앉기 시작하였다. 다 타버린 가지는 재가 되고 멜레아그로스의 생명은 바람에 실려 날아갔다.

모든 일이 끝난 후 알타이아는 자살하였다. 멜레아그로스의 누이들은 오빠의 운명을 슬퍼하였다. 아르테미스는 자신의 오랜 분노가 야기시킨 한 집안의 슬픔을 불쌍히 여겨 그들을 새로 변하게 해 주었다.

아탈란테

이 같은 슬픔의 원인은 죄 없는 처녀 아탈란테였다. 그녀의 얼굴은 여자라고 하기에는 너무 남자처럼 생겼고, 남자라고 하기에는 너무 곱상하게 생겼다. 그녀는 운명의 예언을 받은 일이 있었는데, 그것은 '아탈란테여, 결혼하지 말라. 그대의 결혼은 멸망을 부르리라.' 라는 내용이었다. 이 신탁에 겁을 먹은 아탈란테는 의식적으로 남자와의 교제를 멀리하고 사냥에만 열중하였다. 그녀는 모든 구혼자에게 한 가지 조건을 제시했는데, 그것은 그들의 성가신 요구를 물리치는 데 효과가 있었다. 그것은 '나와 경주를 하여 나에게 이기는 사람에게 상으로 내 몸을 맡기리라. 그러나 지는 자는 그 벌로 죽음을 당하리라.' 는 것이었다.

이와 같이 어려운 조건임에도 불구하고 경주를 해 보려고 하는 자도 있었다. 히포메네스(멜라니온)가 경주의 심판자로 정해져 있었다.

"한 여자를 위하여 저러한 모험을 할 만큼 경솔한 자가 있을까?"

하고 히포메네스는 말하였다. 그러나 그녀가 경주하려고 겉옷을 벗는 것을 보고 그는 자기의 말을 번복하였다.

"용서하라, 젊은이들이여. 나는 그대들이 경쟁하고 있는 상품의 가치를 미처 알아보지 못했구나."

히포메네스는 젊은이들을 바라보며 모두가 패배하기를 원하였고, 혹시 승리할 가능성이 조금이라도 보이는 자에 대해서는 질투에 불타올랐다. 그가 이런 심정일 때 처녀가 질주하였다. 그녀가 달리는 모습은 일찍이 볼 수 없었던 아름다움이었다. 미풍은 그녀의 발에 날개를 달아 준 것같이 보였다. 머리카락은 어깨 위로 흐르고 옷의 화려한 술이 뒤로 나부꼈다. 그녀의 백옥 같은 피부에는 붉은 기운이 돌고, 그것은 마치 진홍색 커튼이 대리석 벽을 물들인 것과 같았다. 모든 경쟁자들은 아탈란테에게 패배하였고, 약속대로 무자비하게 처형을 당하였다.

히포메네스는 이 결과를 보고도 겁내지 않고 처녀를 응시하면서 말하였다.

"이런 느림보들을 이겼다고 해서 으쓱해 할 필요는 없소. 내가 한 번 겨루어 보리다."

아탈란테는 그를 측은하다는 듯이 바라보며 이 경기를 치러야 할지 어떨지를 잠시 망설였다.

"어떤 신이 이렇게 젊고 아름다운 청년을 유혹하여 그 목숨을 버리게 하는 걸까? 내가 그를 불쌍히 여기는 것은 그의 준수한 용모 때문이 아니다. 그가 경주할 생각을 버려 주었으면 좋겠다. 혹은 그의 머리가 이상해져서 그 생각을 버리지 않는다면, 차라리 나를 이겨 주었으면 좋겠다."

그녀가 이런 생각으로 주저하고 있을 때 구경꾼들은 경주가 시작되기를 고대하고 있었다. 그녀의 아버지 또한 경주를 재촉하였다. 그리고 히포메네스는 아프로디테에게 기도를 올렸다.

"아프로디테여, 도와주십시오. 나를 유도한 것은 당신입니다."

아프로디테 여신은 이 간청을 듣고 히포메네스를 도와주기로 마음먹었다.

아프로디테의 소유인 피크로스 섬의 신전의 정원에는 금빛 잎과 금빛 가지와 금빛 열매를 가진 나무가 한 그루 있었다. 아프로디테는 이 황금 사과나

■ 아탈란테와 히포메네스(구이도 레니)

무에서 금빛 사과를 세 개 따서 아무도 모르게 히포메네스에게 건네주었다. 그리고 그 사용 방법도 은밀히 일러 주었다.

신호가 울리자 두 사람은 출발하였다. 그들의 걸음은 얼마나 빠르고 가벼웠던지 물 위나 풀밭 위를 미끄러지듯이 달리는 듯했다.

관중들은 환호성을 올리며 히포메네스를 응원하였다.

"힘껏 달려라. 좀 더 빨리! 어서 따라 잡아라. 기운을 잃지 말고 조금만 더 힘을 내라, 힘을!"

이 같은 응원은 히포메네스나 그녀에게나 다 힘이 되는 것이었다. 그러나 히포메네스는 숨이 가빠 가슴은 터질 듯이 아파오고 목은 타는 듯한 갈증이 몰려왔다. 결승점은 아직도 아득했다. 그때 그는 황금 사과 한 개를 던졌다. 그것을 본 그녀는 깜짝 놀랐다. 사과를 주우려고 발을 멈춘 순간 히포메네스는 그녀를 앞질렀다. 관중들의 환성이 불붙듯이 일어났다. 아탈란테는 다시 힘을 내어 달리기 시작하였다. 히포메네스는 바짝 뒤따라온 그녀에게 두 번째의 사과를 떨어뜨렸다. 다시 그녀가 발을 멈추었다. 그러나 곧 히포메네스를 따라붙었다. 결승점이 눈에 보였다. 기회는 이제 한 번밖에 남아 있지 않았다.

"여신이시여! 부디 당신의 선물이 그 힘을 발휘하기를!"

히포메네스는 마지막 사과를 던졌다. 그녀는 잠시 그것을 보며 망설이는 듯했다. 그러자 여신 아프로디테는 그녀가 그것을 줍도록 마음을 움직여 주었다. 그녀는 사과를 줍는 바람에 경주에 지고 만 것이다. 히포메네스는 승리의 보상으로 그녀를 얻었다.

그러나 사랑하는 두 사람은 자신들의 행복에 취해 아프로디테에게 드려야 하는 감사를 잊었다. 그래서 여신은 그들의 배은망덕함에 노하여 그들이 레아(키벨레)를 노하게 할 일을 저지르게 하였다.

이 무서운 여신을 모욕하면 그 후환을 면할 수 없었다. 여신은 그들로부터 인간의 모습을 빼앗고, 그들의 성격과 흡사한 동물로 변하게 하였다. 사냥꾼인 여주인공은 사랑하는 자들의 피 속에서 승리를 얻었으므로 암사자로 변하게 하였고, 남편은 수사자로 변하게 하였다. 그리고 그들을 자신의 수레에 맸다.

그래서 지금도 조각이나 회화 등에 나타난 여신 레아의 상에는 두 마리의 사자가 여신을 지키고 있는 것을 볼 수 있다.

키벨레는 그리스인들에 의하여 레아 또는 옵스라고 불리는 여신의 라틴 이름이다. 그녀는 크로노스의 아내이며 제우스의 어머니이다. 예술작품에서의 키벨레는 부잣집 마나님처럼 위엄 있는 자태를 하고 있다. 헤라나 케레스와는 전혀 다른 모습이다. 때로는 면사포를 쓰고 곁에 두 마리의 사자를 대동하고 옥좌 위에 근엄한 표정으로 앉아 있을 때도 있다. 키벨레는 금관을 쓰고 있는데, 테두리가 탑과 벽 모양으로 조각되어 있다. 그녀에게 봉사하는 신관들은 코리반테스라고 불린다.

헤라클레스

헤라클레스(Heracles)는 제우스와 알크메네(Alcmene)의 아들이다. 질투심이 강한 여신 헤라는 남편 제우스와 인간 사이에서 태어난 자녀들에게 늘 적의를 품고 있었다. 헤라클레스에 대해서도 마찬가지였다. 그녀는 헤라클레스가 요람에 누워 있는 아기였을 때 그를 죽이려고 두 마리의 뱀을 보낸 적이 있었다. 그러나 남보다 힘이 세고 조숙했던 헤라클레스는 맨손으로 뱀을 죽였다.

성인이 된 헤라클레스는 헤라의 계략에 의해 에우리스테우스(Eurysteus)의 부하가 되어 그의 모든 명령을 따르게 되었다. 에우리스테우스는 달성할 가망성이 전혀 없는 무모한 모험을 그에게 지시하였는데 이 모험들은 '헤라클레스의 열두 가지의 노역' 이라고 불린다.

그 첫 번째 노역은 이른바 네메아 사자와의 싸움이었다. 네메아의 계곡에는 무서운 사자가 나타나 많은 피해를 입혔다. 에우리스테우스는 헤라클레스에게 이 사자의 가죽을 가져오라고 명령하였다. 그래서 헤라클레스는 곤봉과 화살을 가지고 사자를 죽이려고 하였으나 잘 되지 않아 손으로 때려잡았다. 그는 죽은 사자를 어깨에 메고 돌아왔다. 그러나 그 광경을 보고 헤라클레스의 굉장한 힘에 놀란 에우리스테우스는 공적을 보고할 때는 성문 밖에서 하

■ 헤라클레스와 은하수의 탄생(틴토레토)

라고 명하였다.

두 번째의 일은 물뱀인 히드라를 제거하는 것이었다. 이 괴물은 아미모네 우물 근처에 있는 늪 속에 살면서 아르고스 지방을 약탈하였다. 이 우물은 그 나라가 가뭄에 피해를 입고 있을 때 아미모네에 의하여 발견되었다. 그리고 전하는 바에 의하면 그녀를 사랑한 포세이돈이 그녀에게 그의 삼지창으로 바위를 찌르게 해 주었는데 거기에서 세 줄기의 우물이 솟아나왔다는 것이다. 히드라는 그 중 하나의 우물을 차지하고 있었는데 헤라클레스가 그것을 퇴치하기 위하여 파견되었다. 히드라는 아홉 개의 머리를 가지고 있는데 그 중 한가운데에 있는 머리는 불사의 운명을 가지고 있었다. 헤라클레스는 곤봉으로 쳐서 머리를 차례로 떨어뜨렸으나 머리 하나가 떨어지면 그 자리에 바로 두 개의 머리가 생겨나는 것이었다. 마침내 헤라클레스는 이올라오스(Iolaus)라는 그의 충복의 도움을 받아 히드라의 머리를 불태우고 죽지 않는 머리는 큰 바위 밑에 파묻었다.

세 번째의 일은 아우게이아스(Augeas)의 마구간들을 청소하는 것이었다. 아우게이아스는 엘리스의 왕이었는데 삼천여 마리 정도의 소를 소유하고 있었다. 그 마구간들은 30년 동안 청소를 하지 않아서 하루에 모두 청소를 한다는 것은 상상도 할 수 없는 일이었다. 그러나 헤라클레스는 머리를 짜내 알페이오스 강과 페네이오스 강물을 마구간으로 끌어들여 말끔하게 청소를 마쳤다.

다음 일은 좀 색다른 것이었다. 에우리스테우스의 딸 아드메테(Admete)는 사치가 심해 아마존의 여왕의 허리띠를 탐내었다. 에우리스테우스는 딸의 허영심을 만족시키기 위해 헤라클레스에게 그것을 가져오라고 명령하였다. 아마존은 여자들만 사는 나라였다. 그들은 매우 호탕하였고, 번창한 도시도 여러 개 가지고 있었다. 그들은 아이가 태어나면 여자아이만 기르고 남자아이는 인접국으로 보내거나 죽였다. 헤라클레스는 한 무리의 지원자들을 대동하고 온갖 어려움을 겪은 뒤에 마침내 아마존에 도착하였다. 여왕 히폴리테(Hippolyte)는 그를 친절히 영접하고 자신의 허리띠를 내주겠노라고 약속했다. 그러자 헤라는 아마존의 한 여인으로 변장하고 나타나 방문객들이 여왕을 납치하려고 한다는 소문을 퍼뜨렸다. 이 말을 믿고 아마존의 여인들은 무장을 하고 헤라클레스의 배가 있는 쪽으로 몰려왔다. 헤라클레스는 사태를 파악하고 히폴리테를 죽이고 허리띠를 가지고 돌아왔다.

헤라클레스의 모험 중 가장 유명한 이야기 중 하나는 에우리스테우스에게 게리오네스의 소를 전해 주는 것이다. 이 소는 세 개의 몸뚱이를 갖고 있는 괴물로서 에리테이아라는 섬에 살고 있었다. 이 소는 흔히 '붉은 괴물'이라고 불렸는데 그 이유는 서쪽에 위치한 그 섬이 지는 해의 광선으로 붉게 물들었기 때문이다. 아마 지금의 스페인을 가리키는 듯한데, 게리오네스는 그곳의 왕이었다. 여러 나라를 돌아 헤라클레스는 마침내 리비아(아프리그의 북부)와 에우로페(유럽)의 국경에 도착하였다. 그곳에서 그는 자신의 여행 기념비로 칼페와 아빌라라는 두 개의 산을 세웠다. 또 다른 설에 의하면 산 하나를 둘로 쪼개어 양편에 반씩 나누어 지브롤터의 해협을 이루게 하였는데, 그 두 산은 헤라클레스의 기둥이라고 불리게 되었다. 그런데 그 게리오네스의 소는 거인 에우리티온과 머리가 둘 달린 개가 지키고 있었는데, 헤라클레스는 거인과 그의 개를 죽이고 소를 무사히 에우리스테우스에게 가져왔다.

가장 어려운 일은 헤스페로스(금성)의 딸들이 가진 금사과를 가지고 오는 일이었다. 헤라클레스는 그것이 어디 있는지도 몰랐다. 그 사과는 헤라가 대지의 여신으로부터 결혼 기념으로 얻은 것으로 그녀는 헤스페로스의 딸들에게 그것을 보관하라고 부탁하였고 용 한 마리가 그들을 도와 사과를 지키고

■뱀을 눌러 죽이는 헤라클레스(폼페오 바토니)

■ 헤라클레스와 히드라

있었다. 온갖 모험을 겪은 뒤 헤라클레스는 아프리그의 아틀라스 산에 도착하였다. 아틀라스는 원래 티탄족의 한 사람이었다. 그는 신들에 반항하여 싸우다가 패배하여 양 어깨에 무거운 하늘을 짊어지는 벌을 받았다.

그는 헤스페로스 딸들의 삼촌이었다. 그래서 헤라클레스는 사과를 발견하여 자기에게 갖다 줄 자로는 그 이상 더 적격자가 없으리라고 생각하였다. 그러나 어떻게 하여 아틀라스로 하여금 그 장소를 떠나게 할 수 있을 것인가? 혹은 어떻게 하여 그가 없는 동안에 하늘을 떠받치고 있을 것인가? 헤라클레스는 자신이 그 짐을 대신 짊어지고 있을 테니 황금 사과를 따달라고 부탁하였다. 아틀라스는 우선 황금 사과나무를 지키고 있는 라돈이라는 용을 죽여달라고 말하였다. 헤라클레스는 활을 잘 겨냥해서 당겼다. 활은 라돈의 몸을 정확하게 꿰뚫었고, 라돈은 나무에서 미끄러져 죽었다. 헤라클레스는 하늘을 짊어지고 아틀라스는 황금 사과를 가지러 갔다. 헤라클레스는 밤새도록 하늘을 떠받치고 있느라 초죽음이 되었다. 아침 해가 떠오를 무렵에야 아틀라스가 황금 사과 세 개를 따 가지고 돌아왔다.

그러나 그는 하늘을 다시 짊어지려 하지 않았다.

"자, 부탁대로 이렇게 황금 사과를 따왔네만 이 사과는 내가 에우리스테우스 왕에게 가져가야겠네. 나도 이제 무거운 하늘을 남에게 맡기고 편해지고 싶군. 자유롭게 땅을 밟고 다닌다는 건 즐거운 일이야."

헤라클레스는 속으로 '아차' 했다. 그러나 곧 한 가지 묘안을 생각해내고 웃으며 말했다.

"쉬고 싶어하는 당신의 마음을 충분히 이해합니다. 정말이지 무거운 짐입니다. 그러나 한 가지 문제가 있어요. 그것은 다름이 아니라 잠시 동안만 짊어지고 있으면 될 줄 알고 하늘을 제대로 어깨에 올려놓지 않았더니 어깨가 빠개질 듯이 아프군요. 그러니 당신이 아프지 않게 올려놓을 수 있는 요령을

■ 헤라클레스와 히드라의 싸움(구스타브 모로)

가르쳐 준다면 당신이 돌아올 동안 내가 대신 하늘을 짊어지고 있지요.”

아틀라스는 황금 사과를 땅에 내려놓고 헤라클레스에게 하늘을 건네받으며 이렇게 말하였다.

“그야 어렵지 않지. 이렇게 어깨에 올려놓으면 아프지 않네.”

아틀라스의 말을 듣고 헤라클레스는 땅에서 슬그머니 사과를 집어들었다.

“그렇게 짊어지면 정말 아프지 않겠군요. 자, 그러니 능숙한 당신이 계속 하늘을 짊어지고 있는 것이 더 낫겠어요. 자, 그럼 안녕히……”

인사를 마친 헤라클레스는 무사히 사과를 에우리스테우스에게 넘겨주었다.

시인들은 서쪽 하늘의 아름다운 석양을 보고 서쪽을 광명과 영광의 땅이라고 생각하였다. 그래서 그들은 축복받은 사람들의 섬이라든가 게리오네스의 화려한 소가 사육되는 붉은 섬 에리테이아라든가 헤스페로스의 딸들이 사는 섬 등이 다 서쪽에 있다고 생각하였다. 또 헤스페로스 딸들의 사과는 그리스인들이 어렴풋이 들은 적이 있는 스페인의 오렌지라고 상상하기도 하였다.

또 다른 헤라클레스의 유명한 공적 중의 하나는 안타이오스(Antaios)에 대한 승리이다. 안타이오스는 대지의 여신 가이아의 아들로서 힘센 거인이며 씨름꾼이었다. 그의 힘은 그가 그의 어머니인 대지와 접촉하고 있는 한 아무도 꺾을 수 없었다. 그는 자기 나라에 오는 모든 여행자들을 협박하여 그와 씨름을 하게 하였고 씨름에 지는 사람은 목숨을 내놓아야 한다는 조건을 걸었다. 헤라클레스는 그에게 대항하였는데 그를 내던져도 소용없음을 알고는 ― 그는 넘어지면서 새로 힘을 얻어 다시 일어났으므로 ― 그를 번쩍 쳐들어서는 공중에서 죽여 버렸다.

카쿠스(Cacus) 역시 어마어마한 거인이었는데 아벤티누스 산의 동굴에 살고 있으면서 주위의 나라를 약탈하였다. 헤라클레스가 게리오네스(Geryon)의 소들을 몰고 귀국하는 길에 도중에 멈춰 잠을 자고 있을 때 카쿠스는 그

중 몇 마리의 소를 훔쳤다. 그는 소의 발자국으로 행방을 추적하지 못하도록 소의 꼬리를 잡고 뒤로 끌어서 동굴로 데리고 갔다. 헤라클레스는 이 술책에 속아 넘어갔다. 결국 소를 찾지 못하고 돌아오는 길에 다행히 남은 소를 몰고 도난당한 소가 숨겨져 있는 동굴 옆을 지날 때 그 안에 있던 소가 울기 시작하였으므로 이를 발견하였다.

우리가 말하려고 하는 마지막 공적은 케르베로스(Kerberos)[18]를 하계에서 끌고 오는 일이었다. 헤라클레스는 헤르메스와 아테나를 대동하고 하계로 내려갔다. 그는 완력을 사용하지 않고도 할 수 있다면 케르베로스를 지상으로 데리고 가도 좋다는 허가를 하계의 왕인 플루톤으로부터 받아내었다. 그래서 헤라클레스는 그 괴물이 몸부림치는 것을 꼭 붙잡아 에우리스테우스에게 갖다 주고, 후에 다시 또 하계로 데려다 주었다. 하계에 갔을 때 헤라클레스는 자신을 존경하는 마음에 흉내를 낸 테세우스를 자유의 몸이 되게 해 주었다. 테세우스는 페르세포네를 납치하려다가 실패하여 그곳에 죄수로 억류되어 있었다.

헤라클레스는 어느 날 정신이 이상해져 친구인 이피토스를 죽였다. 그래서 이 범행 때문에 3년 동안 여왕 옴팔레의 노예가 되라는 선고를 받았다. 그동안에 헤라클레스의 성격은 변한 듯하였다. 그는 여자와 같은 생활을 하며 때로는 여자들의 옷을 입기도 하였으며 옴팔레의 시녀들과 실을 잣기도 하였다. 그동안 여왕은 그의 사자 모피를 입고 있었다.

이 노역을 끝낸 후에 그는 데이아네이라(Deianeira)와 결혼하여 3년 동안 행복하게 살았다. 어느 날 아내와 함께 여행을 하던 중 어떤 강에 이르렀다. 그곳에서는 네소스라는 이름의 켄타우로스족이 일정한 삯을 받고서 길손을

---

18) 뱀의 꼬리와 세 개의 머리를 가진 하계를 지키는 개

■ 헤라클레스와 켄타우로스의 싸움

■ 장작더미 위에 누운 헤라클레스(루카 조르다노)

건네주고 있었다. 헤라클레스 자신은 걸어서 건넜지만 아내는 네소스에게 건네 달라고 부탁하였다. 그런데 네소스는 그녀를 데리고 달아나려고 하였다. 헤라클레스가 그녀의 비명을 듣고 네소스의 심장에 화살을 쏘았다. 네소스는 죽으면서 데이아네이라에게 남편의 사랑을 유지할 주문으로 쓸 수 있을 것이니 자신의 피를 간직해 두라고 일러 주었다.

데이아네이라는 그렇게 하였다. 그리고 얼마 가지 않아 그것을 사용할 때가 왔다고 생각하게 되었다. 헤라클레스는 모험을 펼치는 도중에 이올레라는 이름의 처녀를 포로로 붙잡았는데 데이아네이라가 보기에는 온당치 않을 정도로 헤라클레스가 그 처녀를 좋아하는 것 같았다. 헤라클레스는 자신의 승리에 대한 감사의 뜻으로 신들에게 희생물을 바치기 위해 그때 입을 흰 가운을 가지고 오도록 아내에게 사람을 보냈다. 데이아네이라는 사랑의 주문을 시험할 절호의 기회라고 생각하고 그 옷을 네소스의 피에 적셨다. 그녀는 물론 주의하여 그 피의 흔적을 남김없이 씻어 버렸지만 마력은 그대로 남아 있었다.

헤라클레스가 그 옷을 입고 몸이 따뜻해지자마자 독이 그의 전신에 퍼졌다. 참을 수 없는 통증이 그를 갈가리 찢는 듯하였다. 혼란스런 마음에 그는 운명의 가운을 갖고 온 리카스를 붙잡아서 바닷속으로 던져 버렸다. 그는 옷을 벗으려고 애를 썼지만 그럴수록 옷은 그의 몸을 점점 죄었다. 헤라클레스는 고통에 몸부림치며 광란하는 상태로 배에 태워져 집으로 돌려보내졌다. 데이아네이라는 뜻하지 않은 자신의 실수를 한탄하며 목을 매어 자살하였다.

헤라클레스는 죽음을 각오하고 오이테 산에 올라 화장할 나무더미를 쌓고 필록테테스에게 자기의 활과 화살을 주고, 머리에는 곤봉을 베고 사자의 모피를 몸 위에 펴고서 나무더미 위에 누웠다. 그는 엄숙한 표정으로 필록테테스에게 횃불로 불을 붙이라고 명령하였다. 불길은 눈 깜짝할 사이에 퍼져서 곧 나무더미를 뒤덮고 말았다.

신들은 지상의 전사가 이와 같은 최후를 맞는 것을 보고 애통해하였다. 그러나 제우스는 웃음을 띠고 신들에게 말하였다.

"제왕들, 나는 그대들의 염려를 감사하게 생각한다. 그리고 내가 그대들과 같은 충성스런 부하들의 지도자요, 나의 아들이 그대들의 사랑을 받고 있는 것을 매우 고맙게 여기고 있다. 비록 그대들의 헤라클레스에 대한 관심이 그동안 이룩한 그의 위업에 관계한 것일지라도 내가 기쁘게 생각하는 것은 다름이 없다. 그러나 너무 걱정하지 말라. 다른 모든 역경을 이겨낸 그가 이까짓 오이테 산에서 타오르는 불꽃을 이겨내지 못하겠는가. 사멸하는 것은 어머니에게서 받은 육신뿐이고, 아버지인 나에게서 받은 것은 불멸이다. 나는 지상의 생명을 잃은 그를 이곳으로 데려오려고 하니 그대들도 모두 그를 환영해 주었으면 한다. 비록 이러한 영광이 못마땅하게 여겨지는 자가 있더라도 그가 그만한 것을 받을 만한 공적이 있다는 것을 아무도 부인할 수는 없을 것이다."

신들은 제우스의 말을 듣고 동의하였다. 헤라는 마지막 말이 자기를 두고 한 말인 것처럼 느껴져 조금 불쾌하였지만 남편의 결정을 못마땅하게 생각할 정도는 아니었다. 불꽃이 헤라클레스가 어머니로부터 받은 것을 모두 태워 사라지게 했을 때, 헤라클레스는 도리어 신적인 부분은 손상받지 않고 새로운 힘을 얻어 더 고상한 풍채와 위엄 있는 모습을 갖추게 되었다. 제우스는 그를 구름으로 싸고 네 마리의 말이 끄는 이륜차에 태워 하늘에 오르게 하여 별들 사이에서 살게 해 주었다. 그가 하늘에 도착하였을 때 아틀라스는 짐이 더 무거워진 것 같았다.

헤라는 헤라클레스와 화해하고 딸 헤베를 그에게 시집보냈다.

■헤라클레스와 옴팔레(바르톨로마이우스 스프링게르)

RANGERS·ANT·FESIT·

■헤베(비제 르브룅)

헤베와 가니메데스

헤라의 딸이며 청춘의 여신인 헤베는 신들에게 술을 따라 주는 일을 하고 있었다. 보통 전설에 의하면 헤베는 헤라클레스의 아내가 된 후 그 일을 그만두었다고 한다. 그러나 또 다른 설에 의하면 어느 날 신들의 시중을 들고 있을 때 실수하여 면직되었다고 한다. 그 뒤를 이은 것은 트로이 태생의 소년 가니메데스(Ganymede)였다. 가니메데스가 이데 산에서 친구들과 놀고 있을 때 독수리로 변장한 제우스가 그를 하늘로 납치하여 헤베의 후임으로 임명하였다.

테세우스

테세우스는 아테나이의 왕 아이게우스와 트로이젠 왕의 딸 아이트라 (Aithra)의 아들이었다. 그는 트로이젠에서 양육되었고, 성년이 되면 아테나이로 가서 아버지와 만나기로 되어 있었다. 아이게우스는 아들이 태어나기 전에 아이트라와 작별하면서 자기의 칼과 구두를 큰 돌 밑에 놓고 그녀에게 이르기를, 아들이 장성하여 그 돌을 움직여서 그 밑에서 물건들을 꺼낼 정도가 되면 자기에게로 보내라고 말하였다. 드디어 테세우스가 성장하여 그때가 왔다고 생각되었을 때 어머니는 테세우스를 돌이 있는 곳으로 데리고 갔다. 그는 쉽게 돌을 움직여 칼과 구두를 꺼냈다.

육로에는 도둑들이 들끓었으므로 그의 조부는 그에게 좀 더 안전한 해로를 이용하라고 일렀다. 그러나 젊은 테세우스는 영웅심에 불타 그 당시 그리스에서 명성이 높았던 헤라클레스와 같이 그 나라를 괴롭히고 있는 악당과 괴물들을 퇴치하여 명성을 얻고 싶은 마음을 억제하지 못하고 더 위험하고 모험이 가득한 육로를 택하였다.

여행 첫날 테세우스는 에피다우로스에 도착하였는데 그곳에서는 헤파이스토스의 아들 페리페테스(Peripetes)가 살고 있었다. 이 잔악무도한 악당은 언제나 쇠망치를 가지고 다녔는데 여행자들은 그에게 폭행을 당할까봐 두려워하였다. 테세우스가 가까이 오는 것을 본 페리페테스는 늘 그랬듯이 쇠망치를 들고 돌격해 왔으나 곧 젊은 영웅의 일격을 받아 거꾸러졌다. 테세우스는 그의 쇠망치를 빼앗아 첫 승리의 기념으로 그 후 늘 가지고 다녔다.

테세우스는 그 후에도 그 나라의 폭군이나 약탈자들과 이와 비슷한 승부를 겨루어 모두 승리하였다. 그중 하나로 프로크루스테스라고 불리는 자가 있었는데 그것은 '잡아당겨 늘이는 자'라는 의미이다. 그는 쇠침대를 가지고 있었는데 그와 마주친 모든 여행자들을 그 침대 위에 눕히고 묶었다. 그러고는 그들의 키가 침대보다 짧을 때에는 몸을 억지로 늘여서 침대 길이와 맞추었으며, 반대로 키가 침대보다 길 경우에는 다리를 잘라 버렸다. 테세우스는 이 악당을 그동안 여행자들이 당한 것처럼 처치하였다.

도중의 모든 난관을 극복하고 테세우스는 마침내 아테나이에 도착하였는데, 그곳에는 새로운 위험이 그를 기다리고 있었다. 여자 마술사 메디아가 이아손과 이별한 뒤 코린토스에서 도망쳐 나와 테세우스의 아버지 아이게우스의 아내가 되어 있었던 것이다. 마술로 테세우스의 정체를 알아낸 메디아는 만약 그가 남편의 아들로 인정받으면, 남편에 대한 자신의 영향력이 줄어들 것을 염려하여 아이게우스의 마음속에 젊은 손님에 대한 의구심을 갖게 만들고 손님에게 독배를 권유하게 하였다. 테세우스가 그것을 받으려고 앞으로 나아갔을 때 그가 차고 있던 칼을 보고서 아이게우스는 자신의 아들임을 알아보고 독배를 치우라고 명령하였다. 메디아는 자신의 계략이 발각되자 그 벌을 모면하려고 또다시 아시아 지방으로 갔다. 이 지방은 후에 그녀의 이름을 따서 메디아라고 불렸다. 테세우스는 그의 부친에게 인정을 받아 왕의 후계자가 되었다.

그 당시 아테나이 사람들은 크레타의 왕 미노스에게 바쳐야 하는 조공 때문에 큰 고통을 받고 있었다. 그 조공이라는 것은 일곱 명의 소년과 소녀로서 이들은 해마다 소의 몸뚱이와 인간의 머리를 가진 미노타우로스 (Minotauros)라는 괴물의 밥이 되기 위해 바쳐지고 있었다. 미노타우로스는 매우 포악하고 사나운 짐승으로서 다이달로스(Daedalus)라는 사람이 만든 미궁 속에 갇혀 있었다. 미로의 그 구조는 매우 교묘하게 되어 있어 미노타우로스는 그 속을 돌아다니며 어린 희생물들을 잡아먹었다.

테세우스는 죽는 한이 있더라도 이 재난으로부터 백성들을 구하겠노라고 결심하였다. 마침 조공을 바칠 시기가 되어 파견될 소년과 소녀들이 관례에 따라 추첨으로 결정되었다. 테세우스는 부친의 만류에도 불구하고 자진하여 그 대열에 합류했다. 배는 전과 같이 검은 돛을 달고 떠났는데 테세우스는 그의 아버지에게 자기가 승리를 하고 돌아올 때에는 흰 돛을 달고 오겠노라고 약속하였다.

그들은 크레타에 도착하여 미노스 왕 앞으로 나아갔다. 그때 그 자리에는 미노스 왕의 딸 아리아드네(Ariadne)도 포함되어 있었는데 그녀는 그를 본 순간 사랑에 눈이 멀게 되었고, 테세우스 역시 첫눈에 사랑을 느끼게 되었다. 그녀는 그에게 괴물을 찌를 칼 한 자루와 실 한 타래를 주었는데 테세우스는 이 실 끝을 옷자락에 묶고 미궁으로 들어가 괴물을 무찌르고 실이 따라온 길을 더듬어 무사히 빠져나왔다. 그는 아리아드네와 괴물의 밥이 될 뻔했던 소년 소녀들과 함께 아테나이를 향해 출발하였다. 도중에 그들은 낙소스 섬에서 잠시 쉬기로 하였는데 테세우스는 잠든 아리아드네를 그곳에 버리고 왔다. 그가 은인에게 이 같은 배은망덕한 짓을 한 것은 꿈에 아테나가 나타나 그렇게 하라고 일렀기 때문이었다.

아티카 해안 가까이에 이르렀을 때 테세우스는 아버지와의 약속을 깜박 잊고 흰 돛을 달지 않았다. 그의 아버지는 배에 흰 돛이 없음을 알고

■아리아드네(워터하우스)

아들이 죽었다고 단정하여 자결을 하였다. 그래서 테세우스는 아테나이의 왕이 되었다.

테세우스의 모험담 중 가장 유명한 것은 아마존족의 원정이다. 그는 그들이 헤라클레스로부터 받은 타격에서 회복되기도 전에 공격하여 여왕 안티오페(Antiope)를 납치하였다. 아마존족들은 그 복수로 아테나이에 침입하여 그 도시까지 쳐들어 왔다. 테세우스가 그들을 물리친 최후의 전투도 다름 아닌 이 아테나이 시 한가운데서 벌어졌다. 이 전투는 고대의 조각가들에게 좋은 소재가 되어 오늘날에도 남아 있는 몇 가지 예술 작품 속에서 그 모습을 찾아볼 수 있다.

테세우스와 페리토스와의 우정은 무척이나 각별하였는데 그 일은 전쟁이 계기가 되었다. 페리토스는 마라톤 평야에 침입하여 아테나이 왕의 가축을 약탈하였다. 테세우스는 약탈자들을 격퇴하기 위해 진격하였다. 페리토스는 그를 본 순간 그에게 매료되었다. 그는 화해의 표시로써 손을 내밀고 외쳤다.

"처분대로 하시오. 무엇을 원하시오?"

"그대와의 우정을."

테세우스가 대답하였다. 그래서 그들은 변함없는 우정을 서약하였다. 그 후 그들은 이 서약에 충실하였고 친형제와 같은 우정을 유지하였다. 그들은 둘 다 제우스의 딸과 결혼하고 싶어했다. 테세우스는 그때는 아직 어리지만 후에 트로이 전쟁의 원인이 된 그 유명한 헬레네(Helene)를 선택하고, 페리토스의 원조를 받아 그녀를 납치하였다. 페리토스는 하계의 여왕을 원하였다. 테세우스는 위험한 일인 줄 알면서도 이 사랑의 모험가를 따라 하계로 내려갔다. 그러나 그들은 하계의 왕 하데스에게 잡혀 궁전의 문 옆에 있는 마력을 가진 바위 위에 방치되었다. 그들은 그곳에 유폐되어 있을 때 마침내 헤라클레스가 와서 테세우스를 자유의 몸이 되게 했지만 페리토스는 그대로 내버려 두었다.

　안티오페가 죽자 테세우스는 크레타의 왕인 미노스의 딸 파이드라 (Phaedra)와 결혼하였다. 테세우스에게는 히폴리토스(Hippolytos)라는 아들이 있었는데, 아버지를 닮아 미와 힘을 겸비하고, 또 나이도 파이드라와 비슷하였다. 그녀는 그를 사랑하게 되었는데 그가 그녀의 구애를 물리쳤으므로 그녀의 사랑은 증오로 변하였다. 그녀는 자기에게 마음을 빼앗긴 남편을 교사하여 아들을 질투하게 하였다. 테세우스는 포세이돈에게 아들에 대한 복수를 기원하였다. 어느 날 히폴리토스가 해안을 따라 이륜차를 달리고 있을 때, 바다의 괴물이 해상에 나타나 말을 놀라게 하였다. 놀란 말들은 달아나면서 이륜차를 산산이 부숴 버렸다. 히폴리토스는 죽었지만 아르테미스의 도움을 받아 의술의 신 아스클레피오스는 그의 생명을 회복시켰다. 아르테미스는 히폴리토스를 판단력을 잃은 아버지와 부정한 계모의 세력이 미치지 않는 이탈리아에 데려다 놓아 에게리아(Egeria)라는 요정의 보호를 받게 하였다.

　테세우스는 마침내 국민의 신망을 잃어 스키로스의 왕인 리코메데스 (Lycomedes)의 궁정으로 은퇴하였다. 리코메데스는 처음에는 그를 친절히 받아들였으나 뒤에 배반하여 그를 죽였다. 후년에 아테나이의 키몬 장군은 그의 유해가 안치되어 있는 곳을 발견하고 그것을 아테나이로 옮겼는데, 유해는 그를 기념하기 위하여 세운 테세이온이라고 불리는 신전에 안치되었다.

　테세우스는 반(半)역사적 인물이라 할 수 있다. 기록에 의하면 그가 그 당시 아티카 지방을 점유하고 있었던 여러 종족을 한 나라로 통합하였는데 그 수도가 아테나이였다고 한다. 이 중대한 업적을 기념하여 그는 아테나이의 수호신인 아테나를 위한 판아테나이라는 축전을 창시하였다. 이 축전은 그리스의 다른 축전과 두 가지 점에서 서로 다르다. 그것은 아테나이 사람들만의 축전으로서, 그 중요 행사는 엄숙한 행렬을 지어 페플론이라고 부르는 아테나의 성의(聖衣)를 파르테논에 가지고 가서 여신의 상 앞에 걸어 놓는 일이었다. 페플론에는 전면에 수를 놓았는데, 아테나이에서 가장 명문인 처녀를 선발하여 그들에게 페플론을 만들도록 하였다. 행렬에는 남녀노소를 가리지 않고 다 참가하였다. 노인들은 손에 올리브 나무의 가지를, 젊은 남자들은 무기를 들고 행진하였다. 젊은 여자들은 성기(聖器)와 과자와 기타 제물을 올리는 데 필요한 모든 물건이 든 바구니를 머리에 이었다. 그 행렬은 파르테논 신전의 외부를 장식한 부각(浮刻)의 제재가 되었다. 이 조각의 상당한 부분이 지금 영국 박물관에 보존되어 있는데, '행진 대리석'이라는 이름으로 알려진 조각 중의 일부가 되어 있다.

올림피아와 기타 경기

여기에서 그리스의 다른 유명한 국민 경기에 대해서 말해도 좋을 듯하다. 왜냐하면 그리스의 경기는 축전에 부속된 것이었으므로 앞장에서 말한 판아테나이아도 축전인 동시에 경기 이름이기도 하다.

그리스의 국민 경기 중 최초로 시작되었고 가장 유명한 것은 올림피아 경기로써 제우스 자신이 창시한 것으로 전해진다. 이 경기는 엘리스 지방에 있는 올림피아의 평원에서 행해졌다. 많은 관람객들이 그리스 전국, 아시아, 아프리그, 시칠리아로부터 모여들었다. 경기는 5년에 한 번씩 한여름에 열려 닷새 동안 계속되었다. 이 경기를 기준으로 하여 올림피아(Olympiad) 연도라는 연대 구분의 관습이 생겼다. 최초의 올림피아 연도는 기원전 776년에 해당하는 것으로 생각되고 있다. 피티아 경기는 델포이 부근에서 열렸고 이스트미아 경기는 코린토스 지협(地峽)에서, 네메아 경기는 아르고스 지방의 네메아에서 열렸다.

이 경기의 종목은 전부 다섯 가지였다. 경주, 도약, 씨름, 원반던지기, 창던지기 혹은 권투가 그것이었다. 육체의 힘과 민첩함을 겨루는 것 외에 음악과 시와 웅변대회도 있었다. 그래서 이러한 경기들은 음악가, 시인, 저작가들에게 그들의 작품을 대중에게 선보일 가장 좋은 기회를 제공하였고, 승리자들의 명성은 세상에 널리 알려졌다.

다이달로스와 이카로스

테세우스가 아리아드네의 실을 가지고 탈출한 미궁은 다이달로스라는 뛰어난 솜씨를 가진 공인이 만든 것이다. 꾸불꾸불한 복도와 골목들이 수없이 이어진 그 미궁은 서로 통하기도 하고 막히기도 하면서 시작도 끝도 없는 듯하다. 그것은 마치 마이안드로스 강이 바다로 향하다가 휘어져 때로는 앞으로 흐르다가 때로는 뒤로 역류하는 모양과 비슷하였다. 다이달로스는 미노스 왕을 위하여 이 미궁을 만들었는데, 후에 왕의 총애를 잃어 탑 속에 갇히게 되었다. 그는 감옥에서 도망칠 궁리를 했지만 바다에 둘러싸인 섬을 탈출할 수가 없었다. 왕은 모든 배를 엄중히 감시하여 검열을 받지 않고서는 단 한 척의 배도 출항하지 못하게 하였기 때문이다.

"미노스는 육지와 바다를 지배할 수 있지만 공중을 지배하지는 못할 것이다. 나는 이 길을 택해 보겠다."

다이달로스가 말했다.

그래서 그는 자신과 아들 이카로스(Icarus)를 위하여 날개를 만들기 시작하였다. 우선 조그만 깃털은 합치고, 점점 큰 것을 덧붙여 날개의 표면을 넓혀

나갔다. 큰 털은 실로 잡아매고 작은 털은 밀랍으로 붙였다. 그리고 전체가 새의 날개와 같은 완만한 만곡을 이루도록 하였다. 아들 이카로스는 곁에 서서 바라보면서, 때로는 바람에 날아가는 털을 주우려 쫓아다니기도 하고 때로는 밀랍을 손가락으로 만지면서 아버지의 작업을 지켜보았다.

마침내 작품이 완성되어 날개를 흔드니 몸이 공중에 떠오르고, 공기를 쳐서 균형을 잡으니 몸을 완전히 띄울 수 있었다. 그는 아들에게도 날개를 달아준 뒤 나는 방법까지 가르쳐 주었다. 그것은 마치 새가 그 어린 새끼들을 높은 보금자리에서 공중으로 유인하는 광경과 같았다. 준비가 다 되었을 때 그는 말하였다.

"이카로스야, 날 때는 반드시 적당한 높이를 유지해야 한단다. 너무 낮게 날면 바다의 습기가 날개를 무겁게 할 것이고, 너무 높이 날면 태양의 열에 날개가 부서질 테니까 말이다. 내 뒤만 따라 오너라. 그러면 안전할 것이다."

이렇게 말하며 아들의 어깨에 날개를 다는 동안 아버지의 얼굴은 눈물에 젖고 손은 떨렸다. 그는 이것이 마지막일지도 몰라 아들에게 키스하였다.

그는 홰를 치며 공중으로 떠올랐다. 그리고 아들에게 뒤를 따르라고 격려하고 뒤를 돌아보며 아들이 날개를 조종하는 모습을 살폈다. 농부들은 일을 멈추고 그들이 날아가는 모습을 바라보았고, 양치기는 지팡이에 몸을 기대고 바라보았다. 그들은 그 광경을 보고 놀라 이와 같이 공중을 날 수 있는 사람은 신임에 틀림없다고 생각하였다.

그들은 왼쪽으로는 사모스와 델로스의 섬을, 오른쪽으로는 레빈토스 섬을 통과하였다. 그때 소년은 하늘을 난다는 기쁨에 사로잡혀 아버지의 곁을 떠나서 하늘에 닿을 정도로 높이 올라가기 시작했다. 뜨거운 태양은 날개를 붙이고 있던 밀랍을 녹이기 시작했다. 붙여놓았던 날개는 산산이 흩어져 내렸다. 이카로스는 열심히 팔을 흔들었지만 공중에 몸을 뜨게 할 날개는 하나도

■ 다이달로스와 이카로스(프레더릭 레이턴)

■이카로스를 위한 탄식(허버트 제임스 드레이퍼)

남지 않았다. 아버지를 향하여 부르짖었으나 그의 몸은 바다의 검푸른 물결 속으로 떨어지고 말았다.

그 후 이 바다는 이카로스 해라고 불렸다.

"이카로스, 이카로스, 어디에 있느냐?"

아버지는 아들을 애타게 찾았다. 마침내 그는 날개가 물 위에 떠 있는 것을 보았다. 그리고 자신의 기술을 한탄하면서 아들의 시체를 거두었다. 그리고 아들을 기념하여 그 땅을 이카리아라고 불렀다. 다이달로스는 무사히 시칠리아에 도착하여 그곳에다 아폴론을 위한 신전을 건립하고, 그의 날개를 신에 대한 헌납물로 그곳에 걸어 놓았다.

다이달로스는 자기의 업적에 의기양양해져 이제는 더 이상 자기에게 대적할 자는 세상에 없을 것이라고 생각하였다. 그의 누이는 아들 페르딕스(Perdix)를 그에게 보내 기술을 배우게 하였다. 페르딕스는 재주 있는 사람으로서 놀랄 만한 재간을 보였다. 해안을 거닐면서 그는 물고기의 척추뼈를 모방하여 철편(鐵片)을 손에 잡고 가장자리에 금을 내어 톱을 발명하였다. 그는 또 두 개의 철편의 한 끝을 못으로 연결시키고, 다른 끝을 뾰족하게 하여 컴퍼스를 만들었다. 조카의 업적을 질투한 다이달로스는 어느 날 높은 탑 위에 단둘이 있을 때 기회를 보아 조카를 떠밀어 추락시켰다. 그러나 페르딕스의 재주를 사랑했던 아테나는 추락하는 페르딕스를 새로 변하게 하여 — 이 새는 그의 이름을 따서 '페르딕스'라 불렸다. — 죽음을 면하게 하였다. 이 새는 높이 날지 않고 보금자리도 나뭇가지에 치지 않고 울타리 속에다 지었는데, 그것은 또다시 추락할까 염려되어 높은 곳을 피했기 때문이라고 한다.

카스토르와 폴리데우케스

카스토르(Castor)와 폴리데우케스(Polydeuces)는 제우스의 화신인 백조와 레다 사이에서 태어난 아이들이었다. 레다는 알을 하나 낳았는데, 이 알에서 쌍둥이가 탄생하였다. 후에 트로이 전쟁의 원인이 되어 유명해진 헬레네는 그들의 누이였다.

테세우스와 그의 친구 페리토스가 헬레네를 스파르타에서 납치하였을 때 젊은 영웅 카스토르와 폴리데우케스는 부하들을 거느리고 누이를 구하기 위하여 아티카로 급히 달려갔다. 테세우스는 그때 마침 아티카에 있지 않았으므로 두 형제는 그들의 누이를 무사히 구출하는 데 성공하였다.

카스토르는 말을 길들이는 데 명수였고 폴리데우케스는 권투를 잘했다. 두 형제는 남달리 우애가 좋아서 무슨 일이든 반드시 함께 하였다. 그들은 아르고의 원정에도 참가하였다. 항해 중에 폭풍을 만났을 때 오르페우스는 사모트라키나의 신들에게 기도를 올리고 리라를 탔다. 그러자 폭풍우는 가라앉고 별들이 두 형제의 머리 위에서 빛을 발하였다. 이 일로 인해 카스토르와 폴리데우케스는 후에 항해자들의 보호신으로 추앙되었고, 예기치 못하는 대기의 변화에 있어서 돛과 돛대 주위에 번쩍이는 온화한 불꽃이 그들의 이름으로 불리어졌다.

아르고의 원정 후에 카스토르와 폴리데우케스는 이다스(Idas)와 린케우스(Lynceus)를 상대로 다투었고 카스토르는 피살되었다. 폴리데우케스는 이를 슬퍼한 나머지 제우스에게 카스토르 대신 죽게 해 달라고 탄원하였다. 제우스는 두 형제가 교대로 생을 누릴 수 있게 허용하여 하루는 지하에서 보내고 다음 날은 하늘의 초소에서 보내도록 하였다. 다른 설에 의하면 제우스는 두 형제의 우애에 감동하여 그들을 쌍둥이자리로 만들어 별 사이에 놓았다고 한다.

그들은 디오스쿠로이(Dioskuroi), 즉 제우스의 아들이란 이름으로 신으로서의 존경을 받았다. 그들은 후대에 때때로 격전지에 나타나 어느 편인가에 가담하였다고 전해지며, 그런 때에는 훌륭한 백마를 타고 있었다고 한다. 로마의 옛 역사에 의하면 그들은 레길루스 호의 전투에서 로마군을 도왔다고 한다. 그리고 전승 후에 그들이 나타난 곳에 그들을 기념하기 위하여 신전이 건립되었다.

디오니소스

디오니소스(바쿠스)는 제우스와 세멜레 사이에서 태어난 아들이다. 헤라는 세멜레에 대한 질투심으로 그녀를 죽일 음모를 꾸몄다. 헤라는 세멜레의 유모인 베로에(Beroe)로 변장하고 나타나 그녀의 애인이 진짜 제우스인지에 대해 의심하게 만들었다.

"나는 사실이 밝혀지길 바라요. 하지만 한편으로는 이 두려움을 어찌할 수가 없군요. 원래 사람이란 자신의 말과 같지 않는 경우가 많지요. 그가 제우스라면 그 증거를 보여 달라고 해 보세요. 하늘에서처럼 멋진 복장을 하고 오라고 해 보세요. 그러면 사실을 확인할 수 있을 거예요."

그 말을 듣고 세멜레는 그렇게 해야겠다고 마음먹었다.

그녀는 제우스에게 먼저 밝히지 않고 청이 하나 있는데 들어 달라고 말하였다. 제우스는 그것이 무엇인지도 모르고 선뜻 들어주겠다고 약속을 했다. 신들도 두려워하는 명부의 강인 스틱스 강을 증인으로 걸고서 세멜레는 자기의 청이 무엇인지 말하였다. 제우스는 그녀의 말을 막으려 하였지만 그럴 사이가 없었다. 이미 말은 모두 밖으로 나왔고, 그는 그의 약속도 그녀의 청도 취소할 수 없었다. 시름에 잠긴 채 그는 천상의 궁전으로 돌아왔다. 그곳에서 그는 휘황찬란한 옷차림을 하였다. 거인족을 멸망시킬 때와 같은 성장은 아니었으나 신들 사이에서 그의 가벼운 옷차림으로 알려져 있는 평상복을 입었다. 이렇게 차려 입은 제우스는 세멜레의 방으로 들어섰다. 세멜레의 인간으로서의 몸은 신의 광휘를 견딜 수 없었다. 그녀는 재가 되어 사그라지고 말았다.

제우스는 세멜레의 몸에서 아기 디오니소스를 꺼내어 자신의 허벅지에 넣어 10달 동안 키운 후 니사라고 불리는 요정들에게 맡겼다. 요정들은 이 아기를 소년이 될 때까지 길러준 보답으로 제우스에 의하여 히아데스 별무리가 되어 밤하늘에 놓이게 되었다. 디오니소스는 성장하여 포도 재배법과 즙을 짜내는 법을 발견하였다. 그러나 헤라는 그를 미치게 하여 추방하였으므로 디오니소스는 지상의 여러 나라를 돌아다니는 방랑객이 되었다.

프리기아에서 여신 레아가 디오니소스를 치료해 주고는 그에게 그녀의 종교상의 의식을 가르쳐 주었다. 디오니소스는 아시아 여행을 떠나 그 주민들에게 포도 재배법을 전수하였다. 디오니소스의 여행 중 가장 유명한 것은 인도 여행인데, 이 여행은 수년간 계속되었다고 한다. 기세 좋게 돌아온 디오니소스는 자기의 종교를 그리스에 전파하려고 하였으나 이에 반대하는 군주들에 의하여 저지되었다. 그들은 그 종교에 수반한 무질서와 광증 때문에 그 도입을 두려워하였다.

디오니소스가 고향인 테바이 시에 가까이 오자 새로운 종교를 인정하지 않는 국왕 펜테우스는 디오니소스 의식 거행을 금지하였다. 그러나 디오니소스가 온다는 것이 알려지자 남자도 여자도, 특히 여자들이 노소의 구별 없이 그의 개선 행렬에 동참하려고 구름과 같이 모여들었다.

펜테우스가 아무리 충고하고 명령하고 위협하여도 허사였다. 그는 자신의 시종들에게 말하였다.

"가서 저 부랑배들의 두목을 잡아 오너라. 그가 하늘의 피를 이어받았다지만

■디오니소스 축제(윌리엄 아돌프 부그로)

나는 그것이 거짓이라는 것을 자백케 하고 그의 가짜 종교를 몰아낼 것이다.”

그의 친구와 고문들이 신에게 대항해선 안 된다고 간언하고 탄원하였지만 그들의 간언은 왕의 고집을 더 완고하게 하였다.

왕이 디오니소스를 잡아오라고 파견한 부하들이 돌아왔다. 그들은 디오니

소스의 신자들에게 쫓겨 왔으나 그중 한 사람을 포로로 잡아 팔을 뒤로 결박
하여 왕 앞에 데리고 왔다. 분노에 이글거리는 펜테우스는 그를 바라보면서
말하였다.

"이놈! 너의 운명이 다른 이들에게 본보기가 되도록 너를 바로 사형에 처

할 것이다. 지체 없이 너를 처형하고 싶지만 그 전에 잠시 물어보고자 하니, 너는 누구며 너희들이 거행하는 새로운 의식이란 어떠한 것인지 말하라."

포로는 거침없이 대답하였다.

"저의 이름은 아코이테스(Acoetes)이고 고향은 마이오니아입니다. 저의 양친은 가난하여 유산이라고는 땅 한 뙈기, 양 한 마리 남기지 않았고, 남긴 것이라고는 낚싯대와 그물과 고기잡이 직업뿐이었습니다. 저는 이 직업에 수년 동안 종사하였습니다. 그러나 나중에는 한 장소에 머무는 것이 싫어 수로(水路) 안내인의 기술을 배워 별을 보고 항로를 안내할 수 있게 되었습니다. 델로스를 향하여 항해하던 중 디아 섬에 기항하게 되어 상륙하였습니다. 다음 날 아침 식수를 구하러 선원들을 보낸 후에 저는 바람의 방향을 관찰하려고 산으로 올랐습니다. 그때 선원들은 용모가 준수한 소년을 데리고 왔습니다. 그 소년은 잠을 자고 있었는데 그들은 이 소년을 마치 뜻하지 않은 경품처럼 생각하는 듯했습니다.

그들은 소년의 용모로 보아 고귀한 신분일지도 모르며 그래서 몸값을 후하게 받을 수 있으리라고 생각하는 듯했습니다. 저는 그의 옷차림과 걸음걸이와 얼굴을 살펴보았습니다. 그리고 인간 이상의 어떤 것을 느꼈습니다. 나는 선원들에게 말하였습니다. '어떤 신적인 요소가 이 소년 속에 들어 있는 것 같다. 확실치는 않지만 신이 숨어 있음은 의심할 여지가 없다. 관대하신 신이여! 저희들이 당신에게 가한 폭행을 용서하십시오. 그리고 저희가 하는 일이 성공하도록 하여 주십시오.' 돛대 오르기와 줄을 타고 내려오는 데 명수인 틱티스와 키잡이인 멜란토스, 선원들이 구호를 외칠 때 지휘를 하는 에포페우스 등은 이구동성으로 '제발 기도는 그만두시오' 하고 부르짖었습니다. 탐욕이 그들의 눈을 어둡게 한 것입니다. 그들이 소년을 배에 태우려고 할 때 저는 말렸습니다. '이 배를 이와 같은 불순한 마음으로 더럽혀서는 안

■바쿠스(디오니소스) (미켈란젤로 다 카라바조)

된다. 누구보다도 이 배에 대한 권리는 내게 있다'고 저는 말하였습니다. 그러나 난폭한 리카바스는 저의 목을 잡고 배 밖으로 내던지려고 하였습니다. 저는 줄에 매달려 겨우 목숨을 건졌습니다만 다른 자들은 좋아라고 박수를 쳤죠.

그러자 디오니소스 — 그 소년이 바로 디오니소스였습니다. — 는 잠에서 막 깨어났습니다. 그리고 이렇게 말하는 것이었습니다. '당신들은 나를 어떻게 하려는 거요? 무엇 때문에 싸우고 있는 거요? 누가 나를 이곳에 데리고 왔소? 당신들은 장차 나를 어디로 데려가려고 하는 거요?' 그들 중의 한 명이 대답하였습니다. '걱정할 것 없다. 네가 가고 싶은 곳을 말하라. 우리들이 너를 그곳으로 데려다 주마.' 디오니소스가 이렇게 말하였습니다. '우리집은 낙소스요, 그곳으로 데려다 주오. 후사할 테니.' 그들은 그렇게 해 주겠다고 약속했습니다. 낙소스는 오른편에 있었습니다. 저는 배가 그곳을 향하도록 돛을 조절하고 있었습니다. 그러자 어떤 자는 눈짓으로, 다른 자는 귓속말로, 저 애를 이집트로 데리고 가서 노예로 팔 작정이니 배를 반대 방향으로 돌리라고 하였습니다. 저는 당황하여 말하였습니다. '나는 항로를 안내하지 못하겠으니 다른 사람을 시키시오.' 그리고 그들의 엄청난 음모에 가담하지 않았습니다. 그들은 저에게 욕설을 퍼붓고 그 중 한 사람은 소리쳤습니다. '우리의 생명이 고작 너 따위에게 달려 있는 줄 아느냐? 어림없는 일이지.' 하고 저 대신 안내역을 맡아 배를 낙소스의 방향에서 돌렸습니다.

그때야 디오니소스는 그들의 배반을 알아차리고 바다를 바라보며 울먹였습니다. '여보시오, 이곳은 당신들이 나를 데려다 주겠다고 약속한 해안이 아니오. 저 섬은 우리집이 있는 곳이 아니라오. 내가 당신들에게 무슨 해를 끼쳤기에 이런 짓을 하는 거요? 가엾은 아이를 속여서 명예로울 것이 도대체 무엇이오?' 저는 이 말을 듣고 울었습니다. 그러나 선원들은 우리 둘을 비웃고 배의 속도를 올렸습니다. 그런데 갑자기 이상한 일이 생겼습니다. 믿지 않으시겠지만 배가 바다 한가운데서 좌초한 것처럼 움직이지 않는 것이었습니다. 놀란 선원들이 노를 잡아당기거나 돛을 더 펴기도 하여 배를 움직이려고 노력하였으나 허사였습니다. 무거운 열매가 열린 담쟁이덩굴이 노에 감기어 움직이지 못하게 하고 돛 위에 달라붙었습니다. 열매가 줄줄이 달린 포도 덩굴이 돛대 위에 뻗어 오르고 뱃전에 엉켰습니다. 피리 소리가 들리고 이윽고 향기로운 술 냄새가 사방에 번졌습니다. 디오니소스는 어느 새 포도 잎사귀로 된 관을 쓰고 손에는 담쟁이가 엉킨 창을 들고 있었습니다. 별들이 그의 발밑에 웅크리고 형형색색의 살쾡이와 얼룩무늬 표범이 그 주위에서 뛰놀고 있었습니다.

선원들은 공포에 사로잡히기도 하고 발작을 일으키기도 하였습니다. 어떤 이는 물속으로 뛰어들었지요. 그 뒤를 따르려던 자는 먼저 뛰어든 이의 몸이 납작하게 되고 발끝으로 구부러진 꼬리가 나는 것을 목격하였습니다. 한 사람이 부르짖었습니다. '오, 신이여! 도대체 이게 무슨 일입니까?' 그가 말하는 순간 그의 입과 콧구멍은 넓어지고 온몸이 비늘로 덮였습니다. 노를 저으려던 어떤 자는 손이 오그라들어 지느러미가 되었습니다. 또 다른 자는 팔을 들어 줄을 잡으려 하였지만 팔이 없어졌음을 발견하고 바로 바다로 뛰어들었습니다. 지금껏 그의 다리였던 것은 어느 새 초승달 모양의 꼬리가 되고 말았습니다. 모든 선원들은 돌고래가 되어 배의 주위를 헤엄쳐 다녔습니다. 수면에 뜨기도 하고 물 밑으로 가라앉기도 하고, 물살을 사방에 뿌리기도 하며 넓은 콧구멍으로 물을 뿜기도 하였습니다. 열두 명 중에서 저 혼자만이 남았습니다. 디오니소스는 공포에 떨고 있는 저를 위로하였습니다. '걱정 말고 어서 배를 낙소스로 돌리시오.' 저는 그의 말에 복종하였습니다. 그리고 그곳에 도착하였을 때 저는 제단에 불을 붙이고 디오니소스 제전을 거행하였습니다.

여기까지 얘기를 하자 펜테우스는 버럭 소리를 질렀다.

"어리석은 이야기를 듣느라고 시간만 낭비했다. 저놈을 데리고 가서 속히 처형하라."

아코이테스는 시종들에게 끌려가 감옥에 갇히고 말았다. 그러나 그들이 처형에 쓸 도구를 마련하는 동안 감옥 문이 저절로 열리고, 그의 몸을 결박하고 있던 쇠사슬이 풀렸다. 후에 사람들이 그를 찾아보았지만 그는 아무 곳에도 없었다.

펜테우스는 그래도 반성하는 빛이 없었고, 다른 사람을 보내지 않고 몸소 제전의 광경을 보러 가기로 하였다. 키타이론 산은 디오니소스의 신자들로 가득 넘쳤고 그들의 환호가 사방에 울려 퍼졌다. 그 소동은 펜테우스의 노기를 불러일으켰다. 그것은 마치 나팔 소리가 말들을 흥분시키는 것과도 같았다. 그는 숲속으로 들어가서 제전의 중심부가 있는 곳으로 뛰어들었다. 그러자 부인네들이 그를 보았다. 그 중 첫 번째 여인은 디오니소스에 의해 눈이 멀게 된 펜테우스의 어머니 아가베(Agave)였는데 그녀가 갑자기 외쳤다.

"저기 산돼지가 있소. 이 숲속을 배회하는 가장 굶주린 괴물이오! 여러분, 이리로 오십시오! 내가 제일 먼저 저 산돼지를 잡으렵니다."

군중은 그를 향하여 일제히 돌진하였다. 그는 거만한 태도를 버리고 겸손하게 굴며 변명하기도 하고, 그의 죄를 자백하기도 하며 용서를 빌었지만 정신이 나간 그의 어머니는 그를 붙잡아 사정없이 흔들었다. 그는 다른 부인들을 부르며 어머니의 손에서 구해 달라고 애원하였으나 소용이 없었다. 두 부인인 아우토노에(Autonoe)와 이노는 그의 양팔을 하나씩 잡았다. 이렇게 해서 그는 자기 어머니와 부인들에게 사지가 찢긴 채 죽음을 당하였다. 그의 어머니는 부르짖었다.

■ 숙취로 고생하는 바쿠스(미켈란젤로 다 카라바조)

■디오니소스와 아리아드네(앙투안 장 그로)

"승리다, 승리! 우리가 승리한 것이다. 그 영광은 우리의 것이다."
이리하여 디오니소스의 신앙이 그리스에 뿌리를 내렸다.

아리아드네

우리는 전에 테세우스의 이야기를 할 때 미노스 왕의 딸 아리아드네
가 테세우스를 도와 미궁에서 탈출하게 한 후, 테세우스와 같이 낙소스
섬에 왔었으나 배은망덕한 테세우스는 잠이 든 그녀를 그곳에 남겨 놓
고 혼자만 귀국의 길을 떠났다는 이야기를 하였다. 아리아드네는 잠에
서 깨어 버림받은 걸 깨닫고 슬픔에 잠겼다. 그녀를 불쌍히 여긴 아프로
디테는 그녀에게 상실한 인간애인 대신에 신을 애인으로 주겠다고 약속
하였다.

아리아드네가 버림받은 곳은 디오니소스가 좋아하는 섬으로서 티레
노스의 뱃사람들이 그를 포획하였을 때 데려다 달라고 애원한 것도 바
로 이 섬이었다. 아리아드네가 자신의 운명을 한탄하고 있을 때 디오니
소스는 그녀를 발견하고 위로하여 자기의 아내로 삼았다. 결혼 선물로
그는 그녀에게 보석이 박힌 금관을 주었다. 그리고 그녀가 죽었을 때 그
는 손을 높이 들어 금관을 공중으로 던졌다. 금관은 위로 올라가면서 더
욱 눈부신 빛을 뿌렸다. 그리하여 아리아드네의 금관은 무릎을 꿇은 헤
라클레스와 뱀을 쥐고 있는 부하 사이에서 그 모습을 그대로 간직한 채
별이 되어 하늘에 남게 되었다.

판

삼림과 들과 양 떼와 목동의 신 판은 동굴에서 살면서 산이나 계곡을 다니
며 사냥을 하거나 요정들에게 춤을 가르치는 것을 낙으로 삼고 있었다. 그는
음악을 좋아하고, 앞에서도 말한 것과 같이 시링크스라는 목동의 풀피리 발
명자이면서 자신도 멋지게 피리를 불었다. 어쩔 수 없이 밤의 숲을 통과해야
하는 사람들은 숲속에 사는 다른 신들을 두려워하였는데, 그중에서도 특히
판에 대한 두려움이 가장 강했다. 숲속의 어둠과 적막이 사람의 마음속에 미
신적인 공포를 느끼게 하기 때문이다. 여기에서부터 시작된 아무런 뚜렷한
원인 없는 갑작스런 공포는 판이 그 원인이라 생각되어 '판적 공포'라는 말
이 생겨난 것이다.

이 신의 이름인 판(Pan)은 '모든'이라는 뜻인데 판은 우주의 상징, 자연의
인격화로 생각되었다. 그리고 더 후세에 가서는 모든 신과 이교의 대표로 지
칭되었다. 실바누스(Silvanus)와 파우누스는 로마의 신이었는데 그들의 성격
은 판의 그것과 비슷하므로 우리는 그들을 동일신의 다른 이름으로 보아도
무관할 것이다.

춤을 출 때 판의 상대자는 숲의 요정 중의 하나였다. 그 밖에 시내와 샘을
지배하는 나이아스(Naiad)라는 요정들과 산과 동굴의 요정인 오레이아스

■ 사티로스와 요정(윌리엄 아돌프 부그로)

(Oreias), 바다의 요정인 네레이스(Nereis)가 있었다. 이들 세 종류의 요정은 불사(不死)한다고 생각되었지만 드리아스(Dryad) 혹은 하마드리아스(Hamadryas)라고 불리는 숲의 요정들은 그녀들의 집이 되고, 또 그녀들과 함께 태어난 나무가 죽으면 같이 죽는다고 믿어졌다. 따라서 나무를 함부로 베는 것은 불경한 행위였으며 최후의 경우에는 엄벌을 당하였다. 우리가 다음에 이야기하려고 하는 에리직톤(Erysichton)의 경우가 그 예이다. 모든 자연 현상을 신의 소치로 보는 것이 고대 이교의 재미있는 특징이었다. 그리스인의 상상력은 육지와 바다의 모든 지역에 신들을 거주케 하였으며, 오늘날의 과학이 자연 법칙의 작용이라고 생각하는 모든 현상을 신들의 작용이라고 생각하였다. 때로 시적 기분에 잠겨 있을 때, 우리는 이렇게 문명화한 것이 유감스럽게 느껴지며 이 변화에 의해 우리의 이성이 얻은 것만큼 감정을 잃어버린 것이 아닐까 하고 생각할 때가 있다.

에리직톤

에리직톤은 신들을 경멸하는 오만한 자였다. 어느 날 그는 만용을 부려 여신 데메테르에 봉헌된 숲을 도끼로 남벌하였다. 이 숲속에는 신성한 참나무가 한 그루 서 있었는데 어찌나 큰지 그 한 그루만으로도 숲처럼 우람하게 보였고, 높이 치솟은 그 줄기 위에는 봉헌된 꽃다발이 종종 걸려 있었으며, 또 그 나무의 요정에게 사의를 표하는 기원자들의 이름이 아로새겨져 있었다. 숲의 요정인 하마드리아스들은 손에 손을 잡고 그 주위에서 종종 춤을 추었다. 그 나무의 둘레는 15큐빗(cubit)[19]이나 되고 관목 위에 솟아 있는 다른 나무 위로 또 솟아 있었다. 그럼에도 불구하고 에리직톤은 그 나무만을 못 벨 이

유는 없다 하여 하인들에게 나무를 베도록 명령하였다. 그들이 주저하는 것을 보고 그는 그들 중 한 사람의 손에서 도끼를 빼앗으며 불경스럽게 외쳤다.

"여신이 총애하는 나무든 그렇지 않든 내게는 상관이 없다. 설령 여신 자신이라고 할지라도 나의 길을 막으려 한다면 주저하지 않고 베어 버리겠다."

이렇게 말하면서 그는 도끼를 들었다. 참나무는 몸을 떨며 신음 소리를 내는 것 같았다. 최초의 일격이 나무줄기에 떨어지자 상처에서 피가 흘러내렸다. 그것을 본 사람들은 공포에 떨었는데, 그중 한 사람은 용기를 내어 간언하고 위험한 도끼질을 막으려 하였다. 에리직톤은 그를 깔보며 말했다.

"네 신앙심의 대가를 받아라."

에리직톤은 나무를 찍으려던 도끼를 돌려 그를 찍어 그의 몸에 깊은 상처를 내고는 끝내 그의 머리를 베었다. 그러자 참나무 속에서 한 소리가 들려왔다.

"이 속에 살고 있는 나는 데메테르의 총애를 받고 있는 요정이다. 지금 네 손에 죽지만 반드시 복수할 테니 그리 알아라."

그래도 그는 도끼질을 멈추지 않았다. 여러 번 도끼로 찍힌 나무는 마침내 줄로 당겨져 요란한 소리를 내며 넘어졌는데 그때 숲의 대부분의 나무들이 같이 넘어졌다.

하마드리아스들은 친구를 하나 잃고 또 숲의 긍지인 거목이 쓰러진 것을 보고 놀라 다 같이 상복을 입고 데메테르에게 가서 에리직톤에게 벌을 내려 주십사고 간청하였다. 여신은 이를 승낙하였다. 그 표시로 머리를 끄덕거렸을 때 들판에 익은 곡식들도 머리를 숙였다. 여신은 에리직톤에게 그와 같은

---

19) 고대 이집트, 바빌로니아 등지에서 썼던 길이의 단위. 1큐빗은 팔꿈치에서 손끝까지의 길이로, 약 18인치, 곧 45.72cm에 해당한다. 현재의 야드, 피트의 바탕이 되었다.

죄인도 동정을 받을 수 있다면 보는 사람으로 하여금 동정심을 불러일으킬 만큼 무서운 형벌을 내리려고 계획하였다. 그 형벌이란 다름이 아니라 기아의 여신에게 그를 인도하는 것이었다. 데메테르 자신은 기아의 여신에게 접근할 수 없었으므로 — 왜냐하면 운명의 신이 그들의 접근을 금했다. — 산의 요정인 오레이아스를 불러 다음과 같이 말하였다.

"눈에 덮인 스키티아의 멀리 떨어진 지방에 외딴 곳이 있는데, 그곳은 나무도 없고 들판도 없는 적막한 불모의 땅이다. 그곳에는 '추위'와 '공포'와 '전율'과 '기아'가 살고 있다. 가서 '기아'에게 에리직톤의 창자를 점령하라고 일러라. 어떠한 유혹에도 넘어가지 말고 끝끝내 '기아'의 지조를 고수하라고 일러라. 멀다고 놀라지 말라('기아'는 데메테르와는 대단히 먼 거리에 있기 때문이다). 내 이륜차를 타고 가거라. 마차를 끄는 용들은 빠르고 고삐에도 잘 복종하므로 공중을 날아 곧 목적지에 도착할 수 있을 것이다."

이렇게 말한 뒤 데메테르는 고삐를 오레이아스에게 주었다.

오레이아스는 이륜차를 몰아 바로 스키티아에 도착하였다. 코카서스 산에 도착하자 용을 멈추었다. 그리고 '기아'가 이빨과 발톱으로 돌이 많은 들판에서 얼마 남지 않은 풀을 뜯고 있는 것을 발견하였다. 거친 머리카락에 움푹 꺼진 눈, 창백하고 메마른 입술에 턱은 먼지에 덮여 있었고 몸은 바싹 말라 피골이 상접해 있었다. 오레이아스는 감히 가까이 가지 못하고 멀리서 그녀를 바라보며 데메테르의 명령을 전했다. 아주 잠시 동안이었지만, 그리고 될 수 있는 대로 멀리 떨어져 있었지만 오레이아스는 배고픔을 느끼기 시작하였다. 그래서 용의 머리를 돌리고 테살리아로 돌아갔다.

'기아'의 여신은 데메테르의 명령에 따라 공중을 달려서 에리직톤의 집에 도착하였다. 여신이 이 죄인의 침실로 들어갔을 때 그는 잠을 자고 있었다. 여신은 그를 자기의 날개로 싸고, 자신을 그의 몸속에 불어 넣고 그의 혈관

속에 독을 주입하였다. 임무를 마친 후에 여신은 풍요의 나라를 떠나서 자기가 살던 곳으로 돌아갔다. 에리직톤은 여전히 잠을 자고 있었는데, 꿈속에서도 먹을 것을 찾아 무엇을 먹는 것처럼 턱을 움직이고 있었다. 잠을 깨니 견딜 수 없을 정도로 배가 고팠다. 뜻대로 할 수 있다면 당장에 땅에서 나는 것이든 바다에서 나는 것이든 하늘에서 나는 것이든 무엇이든지 먹을 것을 식탁에 갖다 놓았을 것이다.

그는 먹고 있으면서도 배고픔을 견디지 못해 신음을 토했다. 한 도시의 국민들이 먹어도 될 만한 음식을 순식간에 먹어 치웠다. 먹으면 먹을수록 더 먹고 싶었다. 그의 기아는 모든 냇물을 받아들이나 차지 않는 바다와 같았다. 혹은 앞에 쌓여 있는 모든 것들을 다 태워 버리고도 더 탐내는 불과도 같았다.

그의 많던 재산은 끊임없는 식욕 때문에 점점 줄어들었지만 그의 배고픔은 해소되지 않았다. 마침내 그의 재산은 모두 탕진되었고 그에게는 딸 하나밖에 남지 않게 되었다. 그녀는 그런 아비의 딸이라고는 생각되지 않을 만큼 훌륭하였다. 그러나 그는 그 딸마저 노예로 팔려고 하였다. 그러나 그녀는 자기의 운명에 순종하지 않고 해변에 서서 손을 치켜들고 포세이돈에게 기도를 올렸다. 포세이돈은 그녀의 기도를 들었다. 그녀의 새 주인은 그녀 가까이에서 방금까지도 그녀를 보고 있었는데 어느 순간 그녀의 모습을 볼 수 없게 되었다. 왜냐하면 포세이돈이 그녀를 열심히 일하는 어부의 모습으로 바꾸어 놓았기 때문이었다.

새 주인이 어부로 변한 그녀에게 다가와 물었다.

"여보시오, 방금까지 여기에 있던 그 처녀가 어디로 갔는지 아시오? 머리털은 헝클어지고 남루한 옷을 입고, 당신이 서 있는 이 근처에 서 있었는데? 제발 가르쳐 주시오. 그러면 운수가 좋아 고기도 잘 잡힐 것이오."

처녀는 자기의 기원이 이루어졌음을 알고는 속으로 기뻐하였다. 처녀는 대답하였다.

"미안합니다. 나는 일에 열중하고 있었기 때문에 아무것도 보지 못했습니다. 그러나 이곳에 나 외에는 남자든 여자든 그 누구 한 사람도 없음을 맹세합니다. 만약 내 말이 거짓이라면 고기 한 마리 잡히지 않아도 좋답니다."

새 주인은 이 말을 곧이듣고 그의 노예가 도망간 줄 알고 자리를 떠났다. 처녀는 곧 원래의 모습으로 되돌아갔다.

그녀의 아버지는 딸을 잃지 않고 돈을 얻은 것을 매우 기뻐하였다. 그래서 다시 딸을 노예로 팔았다. 그러나 그녀는 노예로 팔릴 때마다 포세이돈의 총애를 얻고 변장하여 위기를 모면할 수 있었다. 어떤 때는 말이 되기도 하고, 새가 되기도 하고, 소가 되기도 하고, 사슴이 되기도 하여 새 주인에게서 달아나 집으로 돌아왔다. 이 같은 비열한 방법으로 굶주린 아비는 먹을 것을 얻었다. 그러나 그래도 허기를 면할 수 없어 마침내는 자기의 사지를 먹지 않을 수 없게 되었으며, 자기의 몸을 먹음으로써 자기의 몸을 지탱하려고 하였다. 죽음이 데메테르의 복수로부터 그를 해방시킬 때까지.

로이코스

하마드리아스들은 자기들에게 해를 끼친 자를 벌하는 동시에 은혜에 보답할 줄도 알았다. 로이코스의 이야기는 이를 명백히 입증한다. 로이코스는 우연히 참나무가 넘어지려는 것을 보고 하인들을 시켜 버팀목을 대게 하였다. 나무가 넘어지면서 죽을 뻔했던 요정이 와서 목숨을 건져준 데 대하여 그에게 사의를 표하고 무엇이든 소원을 말하라고 하였다. 로이코스는 대담하게 사랑을 요구하였고 요정은 이를 쾌히 승낙하였다. 동시에 그녀는 그에게 변함없기를 부탁하고, 벌이 심부름꾼이 되어 약속 시간을 가르쳐 줄 것이라고 말하였다. 어느 날 로이코스가 장기를 두고 있을 때 벌이 찾아왔는데 그는 귀찮다는 듯이 벌을 쫓아 버렸다. 그러자 화가 난 요정은 로이코스의 시력을 빼앗아 버렸다.

물의 신들

거인족인 오케아노스와 테티스는 물을 지배하였다. 제우스와 그의 형제들이 거인족을 물리치고 그들의 권력을 빼앗았을 때 포세이돈과 암피트리테(Amphitrite)가 오케아노스와 테티스를 대신하여 물의 통치권을 인계받았다.

포세이돈

포세이돈은 물의 신들 중 우두머리였다. 그의 권력의 상징은 삼지창이었다. 포세이돈은 삼지창을 가지고 바위를 부수기도 하고, 폭풍우를 일으키거나 진압하기도 하며, 해안을 흔들어 파도를 부르기도 하였다. 포세이돈은 말을 창조하였고 경마의 후원자가 되었고, 자신의 말들은 놋쇠발굽과 금빛 갈기를 가지고 있었다. 말들은 바다 위에서 이륜차를 끌었는데, 그때의 바다는 포세이돈의 눈앞에서 평탄해지고, 바다의 괴물들은 그가 지나가는 주위를 날뛰며 놀았다.

■ 포세이돈 석상

암피트리테

암피트리테는 포세이돈의 아내로 그녀는 네레우스(Nereus)와 도리스(Doris)의 딸이었다. 포세이돈과 결혼 후 트리톤을 낳았다. 포세이돈은 암피트리테에게 구혼을 하기 위해 돌고래를 타고 갔는데 결혼 후 돌고래를 별자리에 놓아 그녀를 얻은 것에 대한 보답을 하였다.

네레우스와 도리스

네레우스와 도리스는 네레이스라고 부르는 바다 요정들의 부모였다. 네레이스 중에서도 포세이돈의 아내가 된 암피트리테, 아킬레우스의 어머니인 테티스, 폴리페모스(Polyphemos)라는 외눈박이 거인에게 사랑을 받았던 갈라테이아(Galatea)가 특히 유명하다. 네레우스는 진리와 정의의 애호자로 유명하였고 그가 장로라고 불리는 것도 그런 이유 때문이었다. 또 그는 예언의 힘도 지니고 있었다.

트리톤과 프로테우스

트리톤은 포세이돈과 암피트리테가 낳은 아들이었다. 시인들은 흔히 트리톤을 포세이돈의 나팔수로 표현하였다.

프로테우스도 포세이돈의 아들이었다. 그도 네레우스와 같이 지혜가 있고 앞으로의 일을 예측할 수 있었기에 바다의 장로라고 불렸다. 그의 특유한 능력은 자신의 모습을 마음대로 변모시킬 수 있는 것이었다.

테티스

테티스는 네레우스와 도리스의 딸이었는데 대단히 아름다워 제우스가 구혼했을 정도였다. 그러나 제우스는 거인족의 한 사람인 프로메테우스로부터 테티스가 아버지보다 더 위대한 아들을 낳으리라는 말을 듣고는 구혼을 포기하고 테티스를 인간의 아내가 되도록 하였다. 그래서 테살리아의 왕 펠레우스가 켄타우로스 케론의 도움을 얻어 테티스를 신부로 맞이하는 데 성공하였다. 그의 아들이 바로 유명한 아킬레우스였다.

뒷장에 가면 트로이 전쟁 이야기가 나오는데 거기에서 독자 여러분들은 테티스가 충실한 어머니로서 모든 역경을 이겨내며 아들을 위해 희생한 모습을 발견할 수 있을 것이다.

레우코테아와 팔라이몬

이노는 카드모스의 딸이고 아타마스의 아내였는데, 남편이 미치자 어린 아들 멜리케르테스를 팔에 안고 도망쳐 절벽에서 바다로 뛰어들었다. 신들은 그녀를 불쌍히 여겨 바다의 여신으로 만들어 레우코테아라는 이름을 주었고, 아들은 팔라이몬이라는 신이 되게 하였다. 두 사람 모두 난파선을 구하는 힘을 가졌다고 생각되어 선원들의 숭배를 받았다. 팔라이몬은 보통 돌고래를 타고 있는 모습으로 표현되었다. 그의 명예를 드높이기 위하여 이스트미아 경기가 거행되었다. 그는 로마인들에 의해 포르투누스라고 불렸고 항구와 해안을 지배한다고 생각되었다.

카메나이

로마인들은 무사이 여신들을 카메나이라고 불렀다. 그러나 그들은 이밖에 다른 신들, 주로 우물의 요정들을 카메나이에 포함시켰다. 에게리아는 그 요정들 중의 하나로서 그녀의 우물과 동굴은 아직도 남아 있다. 전하는 바에 의하면 로마의 두 번째 왕인 누마는 이 요정의 사랑을 받고 종종 밀회를 하였는데 그때 그녀는 그에게 지식과 법을 가르쳐 주었다. 그는 그러한 지식을 신흥 국가의 모든 제도에 적절히 이용했다고 한다. 누마가 죽은 후에 그 요정은 날로 야위어 급기야는 우물로 변해 버렸다.

바람의 신들

별로 대단한 작용을 하지 않는 것들도 이렇듯 많이 인격화되었으므로 바람도 그러하리라는 것을 쉽게 상상할 수 있을 것이다.

보레아스(Boreas) 혹은 아킬로스는 북풍이고, 제피로스(Zephyros) 혹은 파우보니우스는 서풍이다. 노토스(Notos) 혹은 아우스테르라고 하는 것은 남풍이며, 에우로스(Eurus)는 동풍이다.

시인들이 즐겨 노래한 것은 주로 앞의 둘인데 그중 보레아스는 난폭의 전형으로서, 제피로스는 온화의 전형으로 읊어졌다. 보레아스는 요정 오레이

■ 제피로스와 플로라(윌리엄 아돌프 부그로)

티아(Orithyia)를 사랑하여 애인이 되고자 하였으나 뜻을 이루지 못하였다. 조용히 숨을 쉰다는 것이 그에게는 곤란한 일이었고, 더구나 탄식하는 것은 더 불가능한 일이었다. 아무리 노력해도 성과가 없자 마침내 본성을 나타내 처녀를 강탈해 납치하고야 말았다. 그들 둘 사이에서 탄생한 아들이 날개 돋친 무사로 알려진 제테스(Zetes)와 칼라이스(Calais)였다. 이들은 아르고 원정에 참가하여 하르피아(Harpy)라고 불리는 새의 몸에 여자 얼굴을 한 괴상한 새들과 싸워 공을 세웠다.

제피로스는 꽃의 여신인 플로라의 연인이었다.

아켈로스와 헤라클레스

물의 신 아켈로스(Achelos)는 테세우스와 그의 친구들에게 에리직톤의 이야기를 들려주었다. 그들은 여행을 하던 중 물이 범람하여 지체하게 되는 바람에 그동안 아켈로스의 환대를 받게 되었던 것이다. 이야기가 끝나자 아켈로스는 다음과 같이 부언하였다.

"나 자신이 변신할 수 있는 힘을 가지고 있는데, 다른 사람이 변신한 이야기는 할 필요도 없었던 것 같군요. 나는 때로는 뱀이 되고, 때로는 머리에 뿔이 두 개 돋친 황소가 됩니다. 아니, 과거에 그랬었다고 하는 것이 옳겠지요. 지금은 뿔 하나를 잃고 하나만 가지고 있거든요."

이렇게 말한 뒤 그는 입을 다물었다.

테세우스는 궁금하여 견딜 수가 없었다. 그가 왜 그렇게 슬퍼하는지, 어떻게 해서 뿔 하나를 잃게 되었는지를 물었다. 그러자 물의 신은 이렇게 대답하였다.

"누가 자기의 패배를 말하고 싶겠습니까마는 나는 나의 패배를 주저하지 않고 말할 수 있습니다. 왜냐하면 상대편 승리자가 위대하기 때문이라고 생각하며 스스로의 패배를 달랬기 때문이지요. 그 상대자는 바로 헤라클레스였으니까요. 아마 당신도 미인으로 소문난 처녀 데이아네이라의 명성을 들었을 것입니다. 그녀에게 많은 구혼자들이 몰려들어 서로 경쟁을 했습니다. 헤라클레스와 나도 그 중에 끼어 있었지요. 다른 자들은 모두 우리 두 사람에게 패배하였습니다. 헤라클레스는 자기가 제우스의 아들이라는 점과 계모 헤라가 꾸민 어려운 일들을 완수하였음을 장점으로 내세워 역설했지요. 나는 이에 대하여 처녀의 아버지에게 다음과 같이 말하였습니다. '당신의 국토를 관류하고 있는 하천의 왕인 나를 보시오. 나는 이방인이 아니고 당신의 영토 안에 있는 사람이오. 헤라 여신이 나에게 적의를 품지 않고 어려운 일을 시켜 벌하지 않는다 하여, 그것이 내 단점이라고는 생각지 마시오. 이 사람은 자기가 제우스의 아들이라는 것을 뽐내지만 다 허언에 지나지 않든지, 그렇지 않고 진담이라면 도리어 그에게 불명예스러운 일일 것이오. 왜냐하면 그것은 자기 어머니의 행실이 좋지 않았다는 것을 폭로하는 것이니까.'

내가 이렇게 말하자 헤라클레스는 나를 노려보고 분노를 참느라 애쓰는 것 같았습니다. 그리고 말하였습니다. '내 손이 입술보다 더 훌륭하게 대답할 것이다. 말로 너한테 진다면 완력으로 결판을 내리자.' 이렇게 말하면서 그는 내게로 다가왔습니다. 그에게 욕설을 한 이상 순순히 항복하기도 부끄러웠습니다. 나는 녹색 옷을 벗고 싸울 채비를 차렸습니다. 그는 나를 내던지려고 하고 때로는 나의 머리에 공격을 가하고, 때로는 몸뚱이에다 손을 댔습니다. 그러나 나는 커다란 몸집 덕분에 그가 아무리 공격을 해도 소용이 없었습니다. 우리는 잠시 동안 쉬었다가는 다시 또 싸웠습니다. 우리는 서로 버티어 한 발자국도 물러서지 않으려고 하였습니다. 나는 그의 몸 위에 구부리고 그의 손을 꽉 잡고, 나의 이마로 그의 이마를 눌렀습니다. 세 번이나 헤라클레스는 나를 내던지려고 시도하더니 네 번째 가서야 나를 땅 위로 넘어뜨리고 내 등 위에 올라탔습니다. 마치 산이 날 덮친 것 같았습니다. 나는 헐떡거리고 땀을 흘리면서 팔을 빼내려고 애썼습니다. 그는 나에게 조금도 기회를 주지 않은 채 목을 잡았습니다. 내 무릎은 땅 위에 꺾어졌고 입은 먼지 속에 묻혔습니다.

나는 전술면에서 도저히 그의 적수가 되지 못함을 깨닫고, 재빨리 뱀으로 변신하여 그 아래에서 빠져 나왔습니다. 나는 몸을 둘둘 말고 갈라진 혀로 그를 향하여 슈웃 하고 소리를 냈습니다. 그는 이것을 보고 비웃으며 말하였습니다. '뱀을 잡는 것은 어릴 때 이미 해 본 일이다.' 이렇게 말하면서 그는 손으로 나의 목을 꼭 잡았습니다. 나는 거의 질식할 지경이어서 목을 그의 수중에서 빼내려고 몸부림쳤습니다. 뱀의 모습으로도 상대가 되지 못하였으므로 남아 있는 유일한 방책을 사용하여 황소로 변신하였습니다. 그는 나의 목을 팔로 잡고 머리를 땅바닥에 질질 끌다가 모래판 위로 내던졌습니다. 그러고도 이것으로 만족하지 않고 무자비한 손으로 나의 뿔을 하나 뽑았습니다.

요정 나이아스들은 그것을 신들에게 봉헌하고 그 속을 향기로운 꽃으로 채웠습니다. '풍요'의 여신이 나의 뿔을 받아 자기의 것으로 만들고 '코르누 코피아이', 즉 풍요의 뿔이라 불렀습니다.

옛날 사람들은 그들의 신화 속에 숨은 의미를 발견하기를 즐겼다. 그들은 아켈로스와 헤라클레스의 이 싸움에 대해 아켈로스가 우기(雨期)에 제방을 넘어 범람한 하천이라고 말함으로써 그 설명을 대신한다. 아켈로스가 테이아네이라를 사랑하고 구혼했다는 이야기는 그 하천이 테이아네이라의 왕국에 굴곡을 이루며 관류하였다는 것을 의미한다. 그것이 뱀의 형태가 된다는 것은 그 굴곡 때문이고, 황소의 형태가 된다는 것은 요란한 소리를 내면서 흐르기 때문이다. 하천이 범람하였을 때는 다른 수로를 만들었다. 머리에 뿔이 달렸다는 것은 이를 의미한다. 헤라클레스는 제방을 쌓고 운하를 파서 이 주기적인 범람을 막았다. 그가 물의 신을 정복하고 그의 뿔을 하나 뽑아 버렸다는 이야기는 이를 뜻한다. 끝으로 전에는 홍수에 휩쓸렸던 토지가 복구되면서 대단히 비옥해졌다. '풍요의 뿔'이란 이를 의미한다.

'코르누 코피아이'의 기원에 관해서는 또 다른 설명이 있다. 제우스가 탄생하자 그의 어머니 레아에 의하여 크레타의 왕 멜리세우스의 딸들에게 위탁되어 양육되었다. 그녀들은 어린 신을 염소 아말테이아의 젖을 먹여 길렀다. 제우스는 그 염소의 뿔을 하나 꺾어서 그의 양육자들에게 선물하였는데 그 뿔은 그것을 가진 사람이 소망하는 것을 모두 들어주는 신비한 힘이 있었다. 아말테이아라는 이름은 또한 몇몇 작가들에 의해 디오니소스의 어머니에게도 붙여지고 있음을 여기서 간단히 설명한다.

아드메토스와 알케스티스

아스클레피오스는 아폴론의 아들로서 죽은 사람을 살릴 수 있는 신묘한 의술을 부여받았다. 이를 보고 놀란 하계의 왕 하데스는 제우스가 아스클레피오스에게 번개를 내리도록 하였다. 아폴론은 아들의 파멸에 분격하여 번개를 만든 죄 없는 공인들에게 복수하였다. 이 공인들은 외눈박이 거인족인 키클롭스들로 에트나 산 밑에 있는 공장에서 일하고 있었다. 그 산에서는 끊임없이 용광로의 불꽃과 연기가 솟아올랐다. 화가 난 아폴론은 키클롭스들에게 화살을 쏘았다. 이 일을 알게 된 제우스는 대노하여 아폴론에게 벌로 일 년 동안 인간의 노예가 되라고 명하였다. 그래서 아폴론은 테살리아의 왕인 아드메토스(Admetos)의 노예가 되어 암프리소스 강의 초록 제방 위에서 그의 양 떼를 몰았다.

아드메토스는 펠리아스[20]의 딸 알케스티스(Alkestis)에 대한 여러 구혼자 중의 한 사람이었다. 펠리아스는 사자와 산돼지가 끄는 이륜차를 타고 딸을 데리러 오는 자에게 딸을 주겠다고 약속하였다. 이때 아드메토스는 자기의 목동 아폴론의 도움을 받아 목적을 달성하고, 알케스티스를 얻게 되어 행복하게 지냈다. 그러나 아드메토스가 병에 걸려 빈사 상태가 되자, 그는 아폴론을 통하여 운명의 신에게 다른 사람이 죽어도 된다면 그렇게 해도 괜찮으니 자신을 살려 달라고 간청하였다. 아드메토스는 죽음의 유예를 받아 기쁜 나머지 몸값을 치러야 한다는 사실은 깊이 생각지도 않았다. 아마 그에게 아첨하는 자들이나 신하들이 늘상 그를 위해서는 충성을 다하겠다고 한 말을 기억하고, 자기 대신 죽을 자를 구하기는 쉬울 거라고 생각하였을 것이다.

그러나 사실은 그렇지 않았다. 군주를 위해서는 자진하여 생명을 바칠 용의가 있었던 용감한 무사들도 병석에 누워 군주 대신 죽는 것은 싫었다. 어려서부터 아드메토스와 그 일가의 은혜를 받은 늙은 신하들도 얼마 남지 않은 여생을 내놓으려 하지 않았다. 사람들은 의아하게 생각하였다.

"왜 그의 양친 중 한 분이 대신 죽지 않을까? 그들은 수명이 얼마 남지 않았을 것이오. 또 그들이야말로 아들의 요절을 구제할 의무가 있지 않은가?"

그러나 양친도 아들을 잃는 것을 슬퍼하였으나 그 임무를 수행하기는 꺼렸다. 마침내 알케스티스가 고매한 희생정신으로 자기가 대신 죽겠다고 자청하였다. 아드메토스는 아무리 살고 싶다 하더라도 그와 같은 귀중한 대가를 지불하면서까지 자기의 생을 연장시키려고 하지는 않았을 것이다. 그러나 다른 방도가 없었다. 운명의 신이 내건 조건을 승낙하였고, 이렇게 하여 결정된 것은 취소할 수가 없었다. 알케스티스가 희생되기로 함에 따라 그녀는 병이 났고 급속도로 묘지를 향하여 내려갔다.

---

20) 이아손의 백부로 여자 마술사 메디아에게 피살된 사람.

이때 마침 헤라클레스는 아드메토스의 궁전에 도착하여, 모든 궁중 사람들이 그토록 헌신적이고도 아름다운 여왕을 잃게 된 슬픔에 잠겨 있음을 발견하였다. 어떠한 어려운 일이라도 모두 극복해낸 헤라클레스는 여왕을 구제해 보기로 결심하였다. 그는 죽어가는 여왕의 방문 앞에 가서 대기하고 있었다. 그리고 죽음의 신이 그의 희생물을 잡아가려고 왔을 때 헤라클레스는 그를 붙잡아 희생물을 단념하라고 강요하였다. 알케스티스는 회복되어 남편에게로 돌아갔다.

안티고네

그리스 전설에 등장하는 흥미 있는 인물이나 고결한 인격의 주인공은 거의 여성이었다. 알케스티스가 부부애의 전형인 것처럼 안티고네(Antigone)는 효성과 우애가 뛰어난 전형적 인물이었다. 그녀는 오이디푸스와 이오카스테의 딸이었는데, 이 일가는 가혹한 운명의 희생물이 되어 멸망하고 말았다. 오이디푸스는 미쳐서 스스로 자기의 눈을 뽑아낸 뒤 천벌을 받아 모든 사람들로부터 공포의 대상이 되고 그의 왕국이었던 테바이에서조차 추방되었다. 그의 딸 안티고네만이 그의 방랑의 수행자가 되어 그가 죽을 때까지 돌보다가 테바이로 돌아왔다.

안티고네의 오빠인 에테오클레스(Eteocles)와 폴리네이케스(Polyneices)는 공동으로 나라를 다스려 일 년씩 교대로 왕이 되기로 합의하였다. 첫해에 에테오클레스가 왕이 되었는데 그는 기한이 다 되자 아우에게 왕의 자리를 내주려고 하지 않았다. 폴리네이케스는 아르고스의 왕 아드라스토스(Adrastos)에게로 도망쳤는데 왕은 그를 자기의 딸과 결혼시킨 뒤 군대를 파견하여 형

■ 오이디푸스와 안티고네(안토니 브로도우스키)

의 왕위를 빼앗도록 하였다. 이것이 그리스의 서사시인과 비극시인에게 많은 소재를 제공한 이른바 '테바이 공략의 일곱 용사'의 유명한 원정의 도화선이 되었다.

아드라스토스와 형제간인 암피아라오스(Amphiaraus)는 이 계획에 반대하였다. 예언자인 그는 자신의 점술을 통해 이 전쟁에서 패할 것이며 아드라스토스 외에 다른 지휘자들은 단 한 명도 살아 돌아오지 못하리라는 것을 알게 되었기 때문이었다. 그런데 암피아라오스는 왕의 누이인 에리필레(Eriphyle)와 결혼할 때 두 사람의 의견이 서로 엇갈릴 경우 에리필레의 의견을 따르기로 약속한 일이 있었다. 폴리네이케스는 이 사실을 알고는 에리필레에게 '하르모니아의 목걸이'를 선사하여 그녀를 자기의 편으로 만들었다. 이 목걸이는 하르모니아가 카드모스와 결혼할 때 헤파이스토스가 선사한 것으로서, 폴리네이케스가 테바이에서 도망쳐 나올 때 가지고 온 것이었다. 에리필레는 아름다운 뇌물에 눈이 멀어 버렸다. 그래서 그녀의 결단에 따라 전쟁을 하기로 결정되었다. 암피아라오스는 피할 수 없는 운명으로 나아갔다. 그는 전투에 임해서 자기의 책무를 용감하게 완수하였으나 이미 예정되어 있는 자신의 운명을 피할 수는 없었다. 적에게 추격을 받고 냇가로 도망치고 있을 때 제우스가 던진 번개가 땅을 갈라놓아 그는 이륜차와 마부와 함께 땅속으로 떨어지고 말았다.

여기에서 그 전투의 모든 영웅적인 혹은 잔학한 행동을 일일이 서술함은 옳지 않을 것이다. 그러나 우리는 에리필레의 약한 성격에 대조되는 에우아드네의 정절을 빠뜨릴 수는 없을 것이다. 에우아드네의 남편인 카파네우스(Capaneus)는 전투에 열중한 나머지 테바이 시가 제우스의 도시임에도 불구하고 이를 무시한 채 공격하겠다고 큰소리쳤다. 그는 성벽에 사다리를 걸고 올라갔다. 그러나 그의 오만한 행동에 화가 난 제우스는 그에게 번개를 던졌다. 그의 장례가 거행될 때 에우아드네는 그의 화장용 장작더미 위에 몸을 던져 죽었다.

전쟁 초기에 에테오클레스는 예언자 테이레시아스(Teiresias)에게 결과가 어찌될 것인지 물어보았다. 테이레시아스는 젊었을 때 우연히 아테나가 목욕하는 장면을 보게 되는 바람에 불같이 노한 아테나에게 시력을 빼앗겨 버렸다. 그러나 얼마 지난 뒤 그를 가엾게 여겨 그에게 미래를 예측하는 능력을 주었던 것이다. 에테오클레스의 문의를 받은 테이레시아스는 만약 크레온의 아들 메노이케우스(Menoeceus)가 자진하여 희생물이 된다면 테바이가 승리할 것이라고 예언하였다. 그 얘기를 들은 용감한 청년은 최초의 회전에서 자신의 생명을 기꺼이 내던졌다.

포위전은 장기간 계속되었으나 승패가 결정 나지 않았다. 마침내 양군은 에테오클레스와 폴리네이케스의 기마전으로 승패를 결정하기로 합의하였다. 그들은 싸워서 둘 다 상대편의 손에 쓰러졌다. 군사들은 다시 전투를 시작했고, 마침내 침입자들이 패배하여 전사자들을 매장하지도 못한 채 도망치게 되었다. 전사한 에테오클레스와 폴리네이케스의 숙부인 크레온(Creon)이 왕이 되어 에테오클레스는 정중히 매장하게 하였으나 폴리네이케스의 시체는 그가 전사한 곳에 그대로 내버려 두게 하고 그 매장을 금하여 위반하는 자는 사형에 처할 것이라고 엄명을 내렸다.

폴리네이케스의 동생인 안티고네는 오빠의 시체를 개나 독수리의 밥이 되게 하고, 죽은 자의 안식에 필요한 장례도 거행하지 못하게 한 몰인정한 포고를 듣고 분개하였다. 애정은 깊으나 겁이 많은 그녀의 동생이 극구 말렸으나 이를 듣지 않고 시체를 매장하기로 결심하였다. 아무도 거들어 주는 사람이 없어 안티고네 혼자서 일을 시작했지만 얼마 가지 않아 현장에서 체포되고 말았다. 크레온은 국가의 엄숙한 포고를 고의로 위반하였다 하여 안티고네를 생매장하라는 명령을 내렸다. 그녀의 애인이자 크레온의 아들인 하이몬 (Haemon)은 그녀의 운명을 막을 방법도 없고 또 자기 혼자 살아남기도 원치 않아 그녀의 뒤를 따르기로 결심하고 자결하였다.

페넬로페

페넬로페도 외모의 아름다움보다도 성격과 행동이 돋보이는 전설상의 여주인공 중 하나이다. 그녀는 스파르타의 왕족인 이카리오스(Icarios)의 딸이었다. 이타케의 왕인 오디세우스는 그녀에게 구혼하여 모든 경쟁자를 물리치고 그녀를 얻었다. 신부가 친정을 떠날 때가 되었을 때 부친 이카리오스는 딸과의 이별을 감내하지 못하여 자기와 같이 머물고, 남편을 따라 이타케에 가지 말라고 설득하였다. 오디세우스는 친정에 있든지 자기와 같이 가든지 마음대로 하라고 페넬로페에게 전했다. 페넬로페는 아무런 대답도 하지 않고 베일로 얼굴을 가렸다. 더 이상 강요할 수 없었던 이카리오스는 그녀가 떠났을 때 그들이 이별한 지점에 '정절'의 여신상을 세웠다.

페넬로페가 결혼한 지 일 년 남짓 되었을 때 오디세우스는 트로이 전쟁에 참전하게 되었다. 그가 오랜 시간 동안 집을 비우고 돌아오지 않자 그가 죽었다고 단정한 많은 사람들이 찾아와 자기와 결혼해 달라고 요청하며 페넬로페를 성가시게 하였다. 구혼자들의 성가심에서 벗어나는 길은 그들 중 한 사람과 재혼하는 길밖에 없었다. 그러나 페넬로페는 오디세우스의 귀환을 기대하면서 온갖 수단을 이용해 재혼을 연기하였다. 그 수단 중의 하나는 시아버지인 라에르테스(Laertes)의 수의를 짜는 일이었다. 페넬로페는 이 수의 짜는 일이 끝나면 구혼자 중에서 누군가를 선택하겠다고 선언하였다. 페넬로페는

■ 오디세우스를 기다리는 페넬로페(루돌프 폰 도이치)

낮에는 수의를 짜고 밤이 되면 낮에 짠 것을 도로 풀어 버렸다. 이것이 그 유명한 '페넬로페의 직물'이라는 속담의 기원으로, 이 뜻은 영원히 끝마칠 수 없는 일을 의미한다. 페넬로페의 나머지 이야기는 남편 오디세우스의 모험담을 소개할 때 다시 서술하기로 한다.

오르페우스와 에우리디케

오르페우스는 아폴론과 무사이 여신인 칼리오페 사이에서 태어난 아들이었다. 그는 아버지에게서 리라를 선물받은 뒤 타는 법을 배웠는데, 어찌나 잘 탔던지 그의 음악에 매혹되지 않는 자가 없었다. 사람들뿐만 아니라 포악한 들짐승들도 그의 리라 소리를 듣고 온순해져서 사나운 성질을 버리고 그의 주위에 모여들어 아름다운 그의 음악을 들었다. 뿐만 아니라 나무나 바위까지도 그 노래에 감동하였다. 나무는 노래를 들으려고 가지를 드리우고 돌들은 그의 곡조로 한결 부드러워져 그 견고함을 약간이나마 부드럽게 할 수 있었다.

오르페우스와 에우리디케(Eurydice)의 결혼식 때 혼인의 신 히메나이오스 (hymenaios)가 초대받았다. 그런데 히메나이오스는 참석은 했지만 아무런 축하의 선물을 마련해 오지 않았다. 그의 횃불에서도 연기만 뿜어 나와 사람들의 눈에서 눈물이 나게 했다. 이와 같은 전조에 어긋나지 않으려는 것인지 에우리디케는 결혼 후 얼마 되지 않아 친구 요정들과 거닐다가 아리스타이오스 (Aristaeus)라는 목동의 눈에 띄었다. 아리스타이오스는 첫눈에 에우리디케의 아름다움에 반해 버렸고 그녀의 사랑을 얻으려 귀찮게 굴었다. 그녀는 그를 피해 숲으로 도망치던 중 풀 속에 있는 뱀을 밟는 바람에 발을 물려 목숨을 잃고 말았다. 오르페우스는 자신의 슬픔을 노래로 호소했다. 그것은 신과 인간을 막론하고 지상에서 호흡하는 모든 생물에게 호소하듯 애절한 곡조였다. 그러나 노래만으로는 아무 소용이 없음을 깨닫고 그는 하계로 내려가 아내를 찾기로 결심하였다. 그는 타이나론 섬의 측면에 있는 동굴을 거쳐 황천에 도착하였다. 그는 유령들의 무리를 통과하여 하데스와 페르세포네의 옥좌 앞으로 나아갔다. 그리고 아름다운 리라 연주에 맞추어 다음과 같은 노래를 불렀다.

"하계의 신들이시여! 우리들 생명 있는 자는 모두 당신들의 나라로 모이게 마련입니다. 나의 말을 들어주십시오. 이것은 진실입니다. 제가 이곳에 온 것은 하계의 비밀을 알아내려 온 것도 아니고, 뱀의 꼬리에 머리가 셋이나 달린 문지기 개와 힘을 겨루려고 온 것도 아닙니다. 저는 꽃다운 청춘에 독사에 물려 뜻하지 않게 죽음을 당한 제 아내를 찾으러 왔습니다. 사랑이 저를 이곳으로 이끌었습니다. 사랑은 지상에 거주하는 우리들을 지배하는 전능의 신일 뿐 아니라 옛말이 옳다면 이곳에서도 역시 같을 것입니다.

저는 지금 공포에 질려 침묵과 유령의 나라에 간청합니다. 에우리디케의 생명의 줄을 다시 이어 주십시오. 우리들은 모두 당신들의 나라로 모이게 될 것입니다. 조금 일찍 가고 늦게 가는 차이가 있을 따름입니다. 저의 아내도 수명을 다한 후에는 당연히 당신들의 품으로 들어올 것입니다. 그러나 그때까지는 그녀를 제발 저에게 돌려보내 주십시오. 만약 거절하신다면 저는 홀로 돌아갈 수는 없습니다. 저 역시 아내의 뒤를 따르는 수밖에요. 우리 두 사람의 죽음을 앞에 놓고 당신들은 승리의 노래를 부르게 될 것입니다."

그가 이런 애끓는 노래를 부르자 유령들까지도 눈물을 흘렸다. 탄탈로스 (Tantalos)[21]마저도 타는 듯한 목마름을 잠시 잊었을 정도였다. 익시온 (Ixion)[22]의 바퀴도 멈추었다. 독수리도 거인의 간을 쪼아대는 것을 잊었고,

다나오스(Danaos)의 딸들은 체로 물을 푸는 일을 중단하였다. 그리고 시시포스(Sisyphus)[23]도 바위 위에 앉아서 노래에 귀를 기울였다. 복수의 여신들의 양볼이 눈물에 젖은 것도 그때가 처음이라고 한다.

페르세포네도 그의 노래에 감동하였고 드디어 하데스도 양보하였다. 에우리디케의 이름이 불렸다. 그녀는 막 도착한 유령들 사이에서 뱀에 물려 아픈 발을 절뚝거리며 나타났다. 오르페우스는 그녀를 데리고 가도 좋다는 허락을 받았는데 단 한 가지 조건이 있었다. 그것은 지상에 도착할 때까지 그가 그녀를 돌아보아서는 안 된다는 것이었다. 이 조건을 지키기로 하고 오르페우스는 앞서고 에우리디케는 뒤따르면서 어둡고 험한 길을 말 한 마디 건네지 않고 걸어갔다.

마침내 지상으로 나가는 출구가 보였다. 오르페우스는 너무 기쁜 나머지 약속을 깜박 잊고 에우리디케가 아직도 따라오고 있는지 확인하려고 뒤를 돌아보았다. 그 순간 에우리디케는 하계의 유령들에게 다시 납치되고 말았다. 두 사람은 서로 포옹하려고 팔을 내밀었으나 허공을 잡았을 뿐이었다. 다시 죽음 속으로 빨려 들어가면서도 에우리디케는 남편을 원망하지 않았다. 자기가 보고 싶어서 저지른 일을 어찌 탓한단 말인가.

"이제 마지막 이별이에요. 부디 안녕히……"

그녀가 말하였다. 그러나 죽음 속으로 이끌려가면서 한 말이라 말소

21) 리디아의 왕으로 지옥의 못 속에서 지낸다. 목이 말라 아무리 물을 마시려고 해도 물이 달아나 영원히 갈증을 면치 못한다.
22) 테살리아의 왕으로 제우스가 하늘의 잔치에 참석시켰는데 헤라를 사랑하게 되었으므로 제우스가 지옥으로 떨어뜨려 영원히 정지하지 않는 바퀴에 묶어 놓았다.
23) 코린토스의 왕으로 지옥에 떨어져 바윗돌을 산 밑에서 위로 올리는 형벌을 되풀이한다.

■하계에서 에우리디케를 데려오는 오르페우스(장 바티스트 카미유 코로)

리가 잘 들리지 않았다.

오르페우스는 그녀의 뒤를 따르려고 하였다. 그리고 다시 하계로 돌아가서 다시 그녀를 풀어 달라고 탄원하려 하였다. 그러나 엄격한 뱃사공은 그를 떠밀고 강을 건네주지 않았다. 그는 일주일을 먹지도 않고 자지도 않으면서 스틱스 강가를 방황하였다. 그리고 하계의 신들의 냉정함을 통렬히 한탄하면서 바위와 산을 향하여 노래로 안타까운 자신의 심경을 이야기했다. 그 노래가 너무나도 슬퍼 맹수들의 마음을 녹이고 참나무를 감동시켜서 땅에서 움직이게 할 정도였다.

오르페우스는 그 후 여자들을 멀리하고 그의 불행한 추억 속으로 점점 빠져들었다. 트라키아의 처녀들은 그의 마음을 사로잡으려고 갖은 애를 썼지만 그는 구혼자들을 거들떠보지도 않았다. 처녀들은 그의 모욕을 참고 있었다. 그러던 어느 날 디오니소스 제전에 참가한 그가 흥분하여 정신을 잃은 것을 한 처녀가 발견하였다.

"여러분, 저기 우리를 모욕한 자가 있어요."

처녀가 소리치며 그를 향해 창을 던졌다. 창이 오르페우스의 리라 근처로 떨어졌으나 그에게는 아무런 상처도 입히지 않았다. 다른 처녀들이 던진 돌도 마찬가지로 그의 주위에 떨어졌다. 그러자 처녀들은 일제히 소리를 질러 리라 소리가 들리지 않게 한 다음 무기를 던졌다. 오르페우스의 리라 소리는 처녀들의 고함소리에 파묻혔고, 오르페우스의 몸은 그녀들이 던진 무기에 맞아 피로 물들었다.

피를 본 처녀들은 오르페우스의 사지를 찢고 그의 머리와 리라를 헤브로스 강에 던졌다. 이 머리와 리라가 슬픈 곡조를 흘리며 강물을 따라 떠내려갔다. 강변은 슬픈 곡조로 가득했다. 무사이의 여신들은 그의 흩어진 몸을 모아 레이베트라라는 곳에 묻었다. 이 레이베트라에서는 밤꾀꼬리가 그리스의 다

■오르페우스(구스타브 모로)

른 어느 지방에서보다도 그의 무덤 위에서 감미로운 소리로 노래를 불렀다고 전해진다. 그의 리라는 제우스에 의하여 별들 사이에 놓여졌다. 유령이 된 그는 하계로 가서 에우리디케를 만나 열렬히 포옹하였다. 그들은 손을 잡고 함께 들판을 거닐었다. 때로는 그가 앞서기도 하고, 또 때로는 그녀가 앞서기도 하면서. 오르페우스는 더 이상 그녀를 바라보았다고 하여 벌을 받을 염려도 없이 마음껏 그녀를 바라볼 수 있게 되었다.

꿀벌지기 아리스타이오스

인간들은 자신들의 이익을 위하여 종종 하등동물의 본능을 이용하기도 한다. 양봉술도 그 중의 하나이다. 처음에는 꿀이 야생의 산물로 알려졌을 것이며 벌은 속이 빈 나무나 바위틈 혹은 우연히 발견된 움푹 팬 곳에 집을 지었을 것이다. 그런 이치를 따지면 벌이 짐승의 썩은 고기에서 생겨났다는 미신도 있을 법한 일이다. 다음의 이야기도 이런 미신을 기초로 하였다.

제일 처음 양봉법을 가르친 아리스타이오스는 물의 요정 키레네의 아들이었다. 어느 날 그는 자기가 키우던 벌이 죽자 어머니에게 도움을 청하러 갔다. 그는 강가에 서서 다음과 같이 어머니에게 말하였다.

"오, 어머니, 제 생활의 자랑거리가 사라졌습니다. 저는 저의 귀중한 벌을 잃었습니다. 저의 주의와 기술도 소용이 없었으며, 어머니도 저의 불행을 막아 주시지 못하였습니다."

그의 어머니는 강 밑의 궁전에서 시종 요정들에게 둘러싸여 있다가 이 불평을 듣게 되었다. 요정들은 실을 잣거나 옷감을 짜는 등의 일을 하고 있었고 그중 한 요정이 다른 요정들을 즐겁게 해 줄 이야기를 하고 있었다. 아리스타이오스의 슬픈 목소리가 그들을 방해하였기 때문에 한 요정이 수면 위로 머리를 내밀어 그의 모습을 확인하였다. 그 요정은 물 밖의 사정을 어머니에게 알렸고 어머니는 그를 데려오라고 명령하였다.

강물은 이 명령을 받아 몸을 벌리고 그에게 길을 열어 주었는데 그때 강물은 양쪽 언덕에 산과 같이 몸을 웅크리고 있었다. 그는 큰 강물들의 원천이 있는 곳으로 내려갔다. 그는 거대한 저수지를 보았고, 땅 밑을 향해 여러 방향에서 쏜살같이 흐르는 물을 쳐다보았는데 그 요란한 물소리에 귀가 멀 지경이었다. 어머니가 거처하는 방에 도착하였을 때 어머니와 요정들은 산해진미의 성찬으로 그를 환대하였다. 그들은 우선 포세이돈에게 제주(祭酒)를 올린 후에 향연을 즐겼다. 그러고 나서 어머니는 아들에게 다음과 같이 말하였다.

"프로테우스라는 바닷속에 살고 있는 늙은 예언자가 있는데, 그는 포세이돈의 연애 고민거리를 들어주며 물개들을 기르고 있다. 우리 요정들은 그를 대단히 존경한단다. 왜냐하면 학자인 그는 과거나 현재, 미래를 알고 있기 때문이다. 그는 너에게 벌이 죽은 원인과 그 처방책을 가르쳐 줄 수 있을 것이다. 자진하여 가르쳐 주지는 않을 것이니 완력으로 강요해야 한다. 네가 그를 붙잡아 쇠사슬로 묶으면 그는 사슬에서 풀려나기 위하여 너의 질문에 대답을 할 것이다. 네가 쇠사슬을 꼭 쥐고 있으면 그는 아무리 재주를 부려도 벗어날 수 없단다.

그가 정오에 낮잠을 자러 동굴로 돌아올 때 너를 그곳에 데려다 주마. 그러면 쉽게 그를 붙잡을 수 있을 테니까. 그러나 자기가 체포된 것을 알면 그는 여러 모습으로 변신을 시도할 것이다. 그에겐 그런 힘이 있단다. 그는 산돼지가 되기도 할 것이고, 사나운 범도 될 것이며, 비늘로 몸이 덮인 용도 될 것이고, 누런 갈기를 지닌 사자도 될 것이다. 혹은 그는 불꽃이 튀는 소리나 계곡의 물이 떨어지는 것 같은 소리를 내서 네가 쇠사슬을 놓치게 만들어 그 사이에 도망칠 것이 분명하다. 그러니 그를 그저 꼭 잡고만 있어라. 모든 재주를 부려도 소용이 없음을 깨달으면 그는 본 모습으로 돌아가서 네 명령에 복종할 것이다."

말을 마친 키레네는 아들의 몸에 향기로운 신들의 술을 끼얹었다. 그러자 바로 비상한 힘이 그의 몸에서 솟아나고 용기가 심장에 가득 차오르며 그의 주위에 향기로운 향기가 풍겼다.

키레네는 아들을 예언자의 동굴로 데려가서 바위틈에 은신케 하고 자신도 구름 위로 몸을 숨겼다. 정오가 되어 가축들이 모두 눈부신 햇살을 피하여 조용한 오후를 즐길 시간이 되자 프로테우스는 그의 물개들과 함께 물속에서 나왔다. 물개들은 해안에 누웠다. 그는 바위에 앉아서 물개들을 센 다음 자신도 동굴 바닥에 누워 잠들었다. 그가 잠이 들자마자 아리스타이오스는 그의 몸을 꽁꽁 묶은 뒤 그의 이름을 큰소리로 외쳤다. 놀라서 잠이 깬 프로테우스는 자기가 사로잡힌 것을 알고는 재주를 부리기 시작하였다. 처음에는 불로 변하였다가 다음에는 물로, 그 다음에는 무서운 야수가 되는 등 쉴 새 없이 변신을 거듭하였다. 그러나 아무리 변신을 시도해도 소용이 없음을 알고는 마침내 자기의 본모습으로 돌아가서 성난 언성으로 아리스타이오스에게 물었다.

"나의 거처를 침입한 젊은이여! 그대의 이름은 무엇이며 도대체 나에게서 무엇을 원하는가?"

아리스타이오스는 곧 대답하였다.

"프로테우스여, 아무도 당신을 속일 수는 없으니 당신은 이미 알고 있을 것이오. 그러니 당신도 내 손에서 벗어나려는 노력을 버리시오. 나는 내 재난의 원인과 그 처방책을 들으려고 어떤 신의 도움으로 이곳까지 오게 되었소."

이 말을 듣자 예언자는 아리스타이오스를 잿빛 눈으로 뚫어지게 바라보면서 말하였다.

"그대는 에우리디케를 죽게 한 그대의 행동에 대한 당연한 벌을 받은 것이오. 왜냐하면 에우리디케는 그대에게서 도망치다가 뱀에 물려 죽은 거니까. 그녀의 원수를 갚기 위하여 그녀의 친구 요정들이 그대의 벌을 죽게 한 것이니 그대는 그들의 분노를 풀어 주어야 하오. 그러려면 이렇게 하시오. 아름답고 잘생긴 황소 네 마리와 암소 네 마리를 마련하고, 요정들을 위한 제단을 네 개 세워 먼저 마련한 소를 희생물로 올리고 소의 시체를 나뭇잎이 우거진 숲속에 내버려 두시오. 오르페우스와 에우리디케에 대해서는 그들이 원한을 풀 만큼 정중한 공양을 올리시오. 아흐레 뒤에 돌아가서 죽은 소의 몸을 살펴보면 무슨 일이 일어났는지 알게 될 것이오."

아리스타이오스는 충실히 지시대로 행동하였다. 소를 희생물로 올리고, 그 시체를 숲속에 버리고는 오르페우스와 에우리디케의 영혼을 위해 공양하였다. 그러고 나서 아흐레 지난 뒤에 돌아가서 소의 시체를 살펴보았다. 놀랍게도 벌 떼가 시체를 점령하고서 벌통 안에서와 똑같이 열심히 일하고 있었다.

다음에 이야기하려는 것은 신화 중에 나타난 시인과 음악가들인데, 그들 중에는 오르페우스 못지않게 뛰어난 자도 있었다.

암피온

암피온은 제우스와 테바이의 여왕 안티오페의 아들이었다. 그는 그의 쌍둥이 형제인 제토스(Zethus)와 같이 태어나 곧 키타이론 산에 버려졌는데 그곳에서 양친이 누구인지도 모르고 목동들 사이에서 성장하였다. 헤르메스는 암피온에게 리라를 주고 타는 법도 가르쳐 주었다. 제토스는 사냥을 하거나 양을 치는 일을 하였다. 그동안 그들의 어머니 안티오페는 테바이의 군주 리코스(Lycos)와 그의 아내인 디르케(Dirce)에게 심한 학대를 받았으므로 그 대책을 강구하여 아들들에게 그들의 권리를 알리고 돌아와 자기를 돕도록 하였다. 그들은 동료 목동들과 함께 리코스를 공격하여 살해하고, 디르케의 머리털을 황소에 잡아매어 그녀의 목숨이 끊어질 때까지 끌고 다니도록 하였다. 암피온은 테바이의 왕이 된 후 성을 쌓아 수비를 강화하였다. 그가 리라를 타면 돌들이 저절로 움직여 성벽을 쌓았다고 전해진다.

리노스

리노스(Linos)는 헤라클레스의 음악 선생님이었다. 어느 날 리노스가 제자를 심하게 야단치자 이에 반발한 헤라클레스가 리라로 리노스를 때려 죽였다.

타미리스

타미리스(Thamyris)는 옛날 트라키아의 음유시인이었다. 자신의 실력에 교만해진 타미리스는 무사이의 여신들에게 누가 더 잘하는지 경쟁해 보자며 도전하였다. 하지만 시합에서 패하여 시력을 박탈당했다.

밀턴은 《실락원》 제3권 제35행에서 자신의 눈먼 것에 대해서 노래하고 있는데, 이 타미리스와 그 외의 장님 음유시인에 대해서도 언급하고 있다.

마르시아스

여신 아테나는 피리를 발명하고 그것을 불어 하늘에 있는 모든 청중을 즐겁게 하였다. 그러나 장난꾸러기 큐피드는 피리를 부는 여신의 일그러진 얼굴을 보고는 무례하게도 웃음을 터뜨렸다. 아테나는 이에 노하여 피리를 내던졌다. 피리는 땅에 떨어져 마르시아스(Marsyas)에게 발견되었다. 그가 피리를 주워 들고 불었더니 아주 신비스런 음이 나오는 것이었다. 자만에 빠진 마르시아스는 아폴론에게 도전하여 능력을 겨루었다. 물론 아폴론이 승리하게 되었고 마르시아스는 아폴론에게 도전한 벌로 산 채로 껍질이 벗겨지는 형벌을 받았다.

멜람푸스

멜람푸스(Melampus)는 예언의 힘을 부여받은 최초의 인간이었다. 그의 집 앞에는 참나무가 한 그루 서 있었고 뱀은 그 속에 보금자리를 만들었다. 늙은 뱀들은 하인들이 죽였으나 새끼 뱀들은 멜람푸스가 정성을 다해 길렀다. 어느 날 그가 참나무 밑에서 낮잠을 자고 있는데 뱀들이 그의 귀를 혀로 핥았다. 잠에서 깬 멜람푸스는 새나 기어다니는 동물들의 말을 알아듣는 놀라운 능력을 갖게 되었다. 이 능력으로 멜람푸스는 미래를 예언하는 유능한 점쟁이가 되었다.

어느 날 멜람푸스의 적들이 그를 사로잡아 엄중히 감금하였다. 멜람푸스는 고요한 밤에 서까래 위에 있는 벌레들이 서로 이야기하는 것을 듣고, 건물의 재목이 거의 다 썩어 곧 내려앉으리라는 것을 알게 되었다. 멜람푸스는 적

■ 아폴론과 마르시아스(페르지노).

들에게 자초지정을 설명하고 석방해 줄 것을 요구했다. 그들도 그의 경고를 받아들여 죽음을 모면하게 되었고, 그에게 후사함과 동시에 그를 존경하게 되었다.

무사이오스

무사이오스(Musaeus)는 반 신화적인 인물로서, 어떤 전설에 의하면 오르페우스의 아들이라고도 한다. 또 신성한 시와 신탁을 썼다고도 전해진다.

이 장에서 이야기하려고 하는 시인들은 실재 인물들이며, 그들의 작품 중에는 현재까지 남아 있는 것도 있다. 그러나 현재까지 남아 있는 그들의 작품 자체보다도 후세의 시인들에게 미친 그들의 영향이 훨씬 더 중요하다.

이제부터 이야기하려는 것은 이러한 시인들에 대해 기록되어 있는 사건은 독자 여러분이 읽고 있는 이 책 속의 다른 이야기와 같은 전거에 의한 것, 즉 그 이야기를 구전한 시인들에 의한 것이다. 아리온(Arion)의 이야기는 슐레겔(Schlegel)의 작품에서, 그리고 이비코스(Ibykos)의 이야기는 실러(Schiller)의 작품에서 가져온 것임을 미리 밝혀둔다.

아리온

아리온은 유명한 음악가로서 그를 무척 총애하는 코린토스의 왕 페리안드로스의 궁정에서 살고 있었다. 시칠리아에서 음악 경연이 거행된다는 소식을 들은 아리온은 상금을 얻으려는 욕심에 경연에 참가하려 하였다. 그러나 아리온이 자신의 희망을 페리안드로스에게 말하자 왕은 형제와 같은 우정으로 그런 생각을 포기하라고 간청하며 다음과 같이 말하였다.

"제발 나와 같이 있는 것에 만족하고 다른 생각은 마십시오. 얻으려는 자는 잃는 법이니까요."

그러자 아리온이 대답하였다.

"유랑 생활은 시인의 자유로운 정신에 가장 걸맞은 것입니다. 신이 나에게 부여한 재능이 타인에게 즐거움을 가져다준다면 좋은 일이 아닙니까? 그리고 만약 상금을 얻게 된다면 내 명성이 높아지는 것만큼 기쁜 일이 아니겠습니까?"

경연에 참가한 아리온은 원하던 대로 많은 상금을 탔다. 그리고 그 상금을 가지고 코린토스인의 배를 타고 귀향길에 올랐다. 출범한 다음 날 아침에는 바람이 잔잔하게 불었다. 그는 큰 소리로 외쳤다.

"페리안드로스여, 이제 걱정하지 마십시오. 얼마 안 가서 나의 포옹과 함께 모든 걱정을 잊게 될 것입니다. 우리는 신들에게 사의를 표하기 위하여 아낌없이 제물을 올리겠지요. 축연의 식탁은 얼마나 즐거울까요?"

바람과 바다는 평온하기 그지없고 하늘은 구름 한 점 없이 맑았다. 아리온은 바다는 과신하지 않았지만 인간을 과신하였다. 그는 뱃사람들이 무엇인가 서로 수군거리는 것을 엿들었고 그것이 자기의 재물을 약탈하려는 음모라는 걸 알게 되었다. 그들은 소리를 지르며 불손한 태도로 아리온을 둘러싸더니 이렇게 말하였다.

"아리온, 너는 지금 이곳에서 죽어야 한다. 해안가의 묘에 묻히고 싶으면 온순하게 이곳에서 죽고, 그렇지 않다면 바다에 투신하라."

"꼭 나의 생명을 빼앗아야겠는가?"

아리온이 말하였다.

"내 재물이 탐난다면 모두 가져도 좋소. 나는 그것으로 내 생명을 사겠소."

"안 된다. 너는 이곳에서 살아 돌아갈 수 없다. 너의 생명은 우리에게 너무도 위험스럽다. 만약 네가 우리에게 약탈당하였다는 사실을 페리안드로스가 안다면 우리가 그를 피하여 어디로 도망갈 수 있겠는가? 집에 돌아가서도 언제나 두려움에 떨게 된다면 너의 재물도 우리에겐 아무 소용이 없을 것이다."

그는 말하였다.

"생명을 구할 수 없다면 음유시인답게 죽도록 — 그렇게 살았으니까 — 마지막 소원을 하나 들어주시오. 다름 아니라 나의 장송곡을 부르고 싶소. 그것을 다 부르고 나의 리라 줄이 진동을 멈출 때 나는 이 세상을 이별하려고 하오. 그리고 불평 없이 나의 운명에 순종하겠소."

약탈자들은 오로지 자신들의 노획물만을 생각하고 있었기 때문에 어쩌면 이 소원도 다른 소원과 마찬가지로 묵살되었을지도 모른다. 그러나 이와 같이 유명한 음악가의 음악을 듣는다는 기대가 그들의 거친 마음을 움직였다.

"옷차림을 가다듬도록 허락해 주시오. 음유시인의 옷을 입지 않고서는 아폴론의 총애를 바랄 수 없으니까요."

하고 그는 덧붙여 말했다.

아리온은 균형이 잘 잡힌 몸에 아름다운 금빛과 자줏빛의 옷을 차려입었다. 그의 섬세하게 주름이 잡힌 웃옷은 그의 몸을 감싸고 보석은 그의 팔을 장식하고 이마에는 금빛 화관을 쓰고 향기로운 머리털이 목과 어깨를 덮었다. 아리온은 왼손에 리라를 잡고, 오른손에는 리라의 줄을 치는 상아 막대기를 들었다. 영감을 받은 사람처럼 아침 공기를 들이마시는 그는 아침 햇살을 받아 눈이 부실 정도였다. 뱃사람들은 감탄하며 응시하였다. 그는 뱃전으로 걸어나가 깊고 푸른 바다를 내려다보고는 리라를 들고 노래를 부르기 시작하였다.

"나의 목소리 나의 친구여, 나와 함께 황천으로 오라. 케르베로스가 으르렁거린다 하더라도, 노래의 힘은 능히 그의 노기를 가라앉히리라. 어두컴컴한 강을 건너온 극락의 영웅들이여, 행복한 영혼들이여, 얼마 가지 않아 나는 그대들의 대열에 참가하리라. 그러나 그대들은 나의 슬픔을 가라앉힐 수 있겠는가? 아, 나의 친구를 뒤에 남겨 놓고 간단 말인가? 오르페우스의 영혼이여, 그대는 에우리디케를 다시 얻었으나 얻자마자 다시 또 잃지 않았던가. 그녀가 꿈과 같이 사라졌을 때 즐거운 햇빛도 그대에게는 얼마나 얄미운 것이었던가. 나는 가지 않으면 안 된다. 그러나 두려워하지 않으리라. 신들이 우리를 내려다보고 있다. 죄도 없는 나를 죽이는 자들이여, 내가 죽고 없을 때 그대들이 몸을 떨 때가 올 것이다. 바다의 여신, 네레이스들이여, 그대들의 손님을 받아들이라. 나는 그대들의 처분에 몸을 던져 맡기노니……"

이렇게 노래 부른 후 그는 깊은 바닷속으로 뛰어들었다. 물결은 그를 덮고 뱃사람들은 항해를 계속하면서 이제 자기들의 범행이 발각될 우려가 없다고 마음을 놓았다.

그러나 아리온의 노래는 그 바다에서 사는 짐승들을 끌어 모아 경청케 하였고, 돌고래들은 마술에 걸린 것처럼 배를 뒤따랐다. 아리온이 파도에 휩쓸려 몸부림치고 있을 때 돌고래 한 마리가 그에게 등을 내밀어 그를 등에 태운 뒤 무사히 해안으로 데려다 주었다. 후에 놋쇠 기념비가 이 사건을 기념하기 위하여 바위가 많은 해안, 그가 상륙한 지점에 건립되었다.

아리온과 돌고래가 이별하고 각기 자기의 거처로 향할 때 아리온은 돌고래에게 다음과 같이 사의를 표하였다.

"자, 그러면 충성스럽고 친절한 물고기여, 잘 가시오. 그대에게 은혜를 갚고 싶지만 그대는 나와 같이 갈 수 없고, 나는 그대와 같이 갈 수 없으니…… 우리는 친구가 될 수는 없지만 바다의 여왕 갈라테이아가 그대를 총애하기를! 그리고 그대는 여왕이 탄 이륜차를 의기양양하게 끌며 거울같이 판판한 바다 위를 달리기를!"

걸음을 재촉하여 해안을 벗어난 아리온은 얼마 안 되어 눈앞에 코린토스

■아리온(구스타브 모로)

의 여러 탑을 볼 수 있었다. 그는 계속 걸어갔다. 손에는 리라를 들고 쉼없이 노래를 부르며 행복에 가득 차 재물을 잃은 것도 잊고 오로지 자신에게 남아 있는 친구와 리라를 생각하였다. 그가 후대를 받던 저택으로 들어가자 페리안드로스는 바로 그를 포옹하였다. 아리온은 말하였다.

"친구여, 나는 그대에게로 다시 돌아왔소. 신이 나에게 부여한 재능은 많은 사람에게 기쁨을 주었소. 그러나 악한들이 내가 얻은 재물을 약탈하였소. 어쨌든 널리 명성을 얻었으니 그것으로 자위하고 있소."

그는 페리안드로스에게 자기가 당한 위험한 사건을 다 이야기하였다. 페리안드로스는 이를 듣고 놀라 말하였다.

"이와 같은 불법 행위를 그대로 놓아둔다는 게 될 일입니까? 내게 권력이 있는 한 그런 불법을 그대로 묵과할 수는 없소. 범인을 알아내야겠으니 그대는 이곳에 숨어 있으시오. 그러면 그들은 아무 의구심 없이 접근할 것이오."

배가 항구에 도착하자 그는 뱃사람들을 그의 앞으로 불러 모았다.

"너희들은 아리온의 소식을 들은 일이 있나냐? 나는 그의 귀환을 걱정하며 기다리고 있다."

이렇게 그가 묻자 뱃사람들이 대답하였다.

"저희들은 타라스에서 그와 작별하였는데 잘 있습니다."

그들이 이 말을 마치자, 아리온이 그들의 면전에 나타났다. 그의 균형 잡힌 신체는 보기에도 눈부실 정도로 화려하고 아름다웠다. 금빛과 자줏빛이 조화를 이룬 옷차림이었다. 섬세하게 주름이 잡힌 웃옷은 몸을 감싸고 팔에는 보석이 장식되어 있었으며, 이마에는 금빛 화관을 쓰고, 향기로운 머리털이 목과 어깨를 덮고 있었다. 왼손에는 리라를, 오른손에는 리라 줄을 타는 상아 막대기를 들고 있었다. 그들은 마치 번개를 맞은 것처럼 그의 발밑에 공손히 엎드렸다.

"오, 대지여, 몸을 열어 우리를 받아 주시오."

페리안드로스는 말하였다.

"노래의 대가인 그는 살아 있다. 친절한 하늘이 시인의 생명을 보호하였다. 나는 복수의 신을 부르지는 않을 것이다. 아리온은 너희들의 피를 원하지 않는다. 탐욕의 노예들아, 모두 이곳에서 사라져 오랑캐의 나라로 가거라. 그리고 아름다운 어떤 것도 너희들의 정신을 즐겁게 하지 않기를!"

이비코스

이비코스의 이야기를 완전히 이해하기 위해서는 다음 몇 가지를 기억해야 한다. 첫째, 고대의 극장은 일천 명에서 삼천 명 정도의 관객을 수용할 수 있는 큰 건물이었다는 것, 그리고 제전 때에만 문을 여는 극장은 누구나 무료로 입장했기 때문에 대개 만원이라는 것, 그리고 지붕이 없는 노천극장으로서 주간에 흥행되었다는 것, 다음 무서운 복수의 여신들 이야기가 과장되어 상연되지는 않았다는 점이다. 비극시인 아이스킬로스가 어느 때 오십 명의 연출자로 구성된 합창단으로 복수의 여신 역할을 연출한 적이 있었는데 관객들의 공포가 대단하여 기절하고 발작을 일으킨 사람이 많아 당국에서도 이후 같은 상연을 금지하였다는 기록이 남아 있다.

경건한 시인 이비코스는 그리스인들 사이에서 가장 인기 있는 사람이었다. 어느 날 그는 코린토스의 이스트모스에서 거행된 이륜차 경주와 음악제전에 출전하려 길을 가고 있었다. 아폴론은 그에게 노래의 재능과 시인의 꿀과 같은 입술을 주었다. 그는 가벼운 걸음으로 아폴론을 생각하면서 걸었다. 어느새 하늘 높이 솟은 코린토스의 탑들이 눈앞에 펼쳐졌다. 그는 두근거리는 경건한 마음으로 포세이돈 신의 성스러운 숲속으로 들어갔다. 사람은 하나도 눈에 띄지 않고, 한 떼의 두루미가 남쪽으로 이주하기 위하여 그가 가는 방향과 같은 방향으로 머리 위를 날고 있었다. 그는 소리쳐 외쳤다.

"바다를 건널 때부터 나의 길동무였던 정다운 무리들아, 너희들에게 행운이 있기를! 너희들과 같이 가게 된 것이 나에게는 길조처럼 느껴지는구나. 우리는 다 같이 멀리서 환대를 기대하고 왔다. 너희들이나 나나 외지에서 온 객을 보호해 주는 환대를 받게 되었으면!"

그가 가벼운 발걸음으로 숲 한가운데를 지날 때쯤이었다. 돌연 좁은 길에서 두 명의 도둑이 나타나 그의 앞을 막았다. 항복하든지 싸우든지 결정을 해야만 했다. 리라에는 익숙했지만 무기를 가지고 싸우는 데는 익숙하지 않은 그의 손은 힘없이 오그라들었다. 그는 인간과 신들에게 구원을 요청하였다. 그러나 그의 부르짖음을 듣고 도우러 오는 자는 아무도 없었다. 그는 탄식하였다.

"나는 이곳에서 죽고야 마는구나! 이역에서 악한의 손에 의하여 죽는구나. 나를 불쌍히 여기는 사람도, 원수를 갚아 줄 사람도 없이!"

심각한 부상을 입고 그가 땅 위에 쓰러지자 공중에서는 두루미들이 목쉰 소리로 부르짖고 있었다.

"두루미들아, 나의 원수를 갚아다오. 너희들 외에는 나의 부르짖음에 답하는 소리가 없구나."

그는 이렇게 말하면서 눈을 감고 죽었다.

그의 시체는 차마 눈뜨고 볼 수 없을 정도로 처참한 모습으로 발견되었다. 그러나 그를 기다리고 있던 코린토스의 친구는 그 시신이 이비코스임을 금방 알아보고는 탄식하였다.

"이런 모습으로 너를 만나게 될 줄이야…… 나는 네가 노래 경기에서 승리의 화관을 받아 네 나라의 여러 신전을 장식하기를 바랐었는데!"

제전에 모여든 사람들은 이 소식을 듣고 놀랐다. 온 그리스가 큰 별을 잃은 것이라고 말하였다. 그들은 관청으로 몰려가 살인자를 찾아 그들의 피로 복수해 달라고 요구하였다.

그러나 성대한 제전을 보러 모여든 많은 군중 속에서 어떻게 범인을 색출해낼 수 있을 것인가? 그는 도둑의 손에 걸려 죽은 것이 아닐까? 그것은 지상을 내려다본 태양만이 아는 일일 것이다. 왜냐하면 그 밖의 다른 누구도 보지 못하였으니까. 그러나 헛되이 죄의 응징을 바라는 이 순간에도 살인자는 군중 사이에서 활보하고 있을 것이며 자기 범죄의 성과를 즐기고 있을 것이다. 그는 아마 신전의 경내에서 극장에 들어오는 군중 사이에 자유로이 섞여 신들을 멸시하고 있을지도 모른다.

순식간에 열을 지어 몰려든 군중들이 좌석을 메워 극장은 터질 듯했다. 원형으로 된 층층대의 좌석은 하늘에 닿을 것같이 위로 치솟아 올라가고, 위로 올라갈수록 원은 넓어지고, 관객들의 떠드는 소리는 바다의 포효와도 같았다.

많은 관중들은 복수의 여신들로 분장한 합창단의 장엄한 태도에 보조를 맞추며 들어와서는 극장의 둘레를 열을 지어 돌았다. 그 무서운 일단을 구성하고 있는 것이 과연 인간의 부녀자들인가? 그리고 군중은 살아있는 인간들인가?

합창단원들은 검은 옷을 입고, 야윈 손에는 지옥의 불꽃처럼 타오르는 횃불을 들고 있었다. 뱀들이 그녀들의 몸을 휘감고 있었다. 그들은 이런 끔찍한 모습으로 원을 이루고 찬가를 부르고 있었다.

그 노래는 죄지은 자들의 심장을 찢고 그들을 마비시켰다. 노래 소리는 위로 올라가 퍼져 악기 소리를 압도하고, 듣는 이의 판단력을 흔들어 놓은 다음 심장을 얼어붙게 하였다.

"마음이 정결하고 죄 없는 자는 행복할지어다! 우리들 복수자는 그들에게는 손을 대지 않으려니. 그러나 은밀하게 살인을 저지른 자는 불행할지어다. 우리들 '밤'의 무서운 가족들은 그의 몸을 노리고 있다. 그런 자가 날아서 우리를 피하려고 하는가? 우리는 그를 추격하여 더 빨리 날리라. 우리의 뱀들은 그의 발을 감을 수 있다. 그리고 땅 위에 넘어뜨리리라. 끈기 있게 우리는 추격하리라. 그 어떤 동정심도 우리의 진로를 막지 못하리라. 죽을 때까지 추격 또 추격하여 그에게 안정도 휴식도 주지 않으리라."

복수의 신들은 이와 같이 노래 불렀다. 그리고 장엄한 운율에 맞추어 몸을 움직였다. 인간 이상의 것을 대하고 있는 것처럼 죽음과 같은 장엄한 태도로 극장을 한 바퀴 돌고서 극장 무대의 뒤쪽으로 사라졌다.

모든 심장은 환상과 현실 사이에서 고동쳤고 모든 가슴은 형언할 수 없는 공포에 두근거리며 비밀의 범죄를 감시하고 운명의 실타래를 보이지 않게 감고 있는 무서운 힘 앞에서 떨었다. 그 순간에 제일 위에 있는 의자에서 부르짖는 소리가 들렸다.

"보라! 보라! 친구여! 저기 이비코스의 두루미들이 있다."

그러자 돌연 극장의 바로 위를 가로지르는 검은 물체가 보였는데, 그것은 언뜻 보아도 두루미 떼임이 분명하였다.

"뭐라고? 이비코스라고?"

이 슬픈 이름은 모든 이의 가슴 속에 분노를 자아냈다. 바다 위에서 파도가 연이어 일어나듯이 입에서 입으로 파문처럼 번졌다.

"아, 이비코스! 우리가 모두 비통해하는 그 사람, 어떤 살인자의 손에 목숨을 잃은 그 사람! 그런데 두루미와 그 불쌍한 사람과는 도대체 무슨 관계가 있는 것일까?"

이 같은 수군거림이 물결처럼 번져가자 사람들의 마음에는 한 가지 생각이 전광처럼 스쳐갔다.

"복수의 신의 힘을 보라! 경건한 시인의 원수를 갚아야 한다! 살인자는 자신을 고발하였다. 처음에 부르짖은 자와 그 자가 말을 건 상대자를 잡으라."

죄인은 될 수만 있으면 자기의 말을 취소하고 싶었을 것이다. 그러나 때는 이미 늦었다. 살인자들의 얼굴은 공포로 창백해져서 그들의 죄를 고백할 수밖에 없었다. 사람들은 그들을 법관 앞으로 끌고 갔다. 그들은 범죄를 자백하고 마땅히 받아야 할 형벌을 받았다.

시모니데스

시모니데스(Simonides)는 그리스의 고대 시인들 중에서 가장 일을 많이 한 사람이었지만 지금까지 전해지는 것은 몇 가지 단편에 불과하다. 그는 찬가, 송가, 비가를 썼는데 그 중에서 특히 비가가 우수하였다. 그는 감동적인 시작(詩作)에 능하였고, 인간의 심금을 울리는 데 그보다 더 진실한 효과를 거둔 사람은 없었다. 〈다나에의 비탄〉은 그의 남아 있는 단편 중에서 가장 중요한 작품이다. 그 작품은 다나에와 그의 아기가 부친 아크리시오스의 명령으로 상자 속에 갇혀 바다에 띄워졌다는 전설에서 소재를 얻었다. 상자는 세리포스 섬에 표류하다가 그곳에서 어부 딕티스의 도움으로 생명을 구하였다. 딕티스는 그 나라의 왕 폴리데크테스에게 그들을 데리고 갔고, 왕은 그들을 받아들여 보호하였다. 아들 페르세우스는 성장하여 유명한 영웅이 되었는데, 그의 모험담은 제15장에 기록된 바와 같다.

시모니데스는 생애의 대부분을 왕족들의 궁정에서 보냈다. 종종 송가와 축제의 노래를 의뢰받았는데 그들의 공적을 시로 읊어 왕족들의 후사를 받았

■ 사포

다. 이와 같이 부탁을 받아 시를 짓고 그 보수를 받는다는 것은 불명예스러운 일은 아니었다. 옛날 시인들, 예를 들면 호메로스(Homeros)가 기록하고 있는 데모도코스(Demodocos)라든지, 또 전설에 의하면 호메로스도 이와 비슷한 일을 하였다고 한다.

어느 날 시모니데스가 테살리아의 왕 스코파스의 궁정에 머물고 있을 때, 왕은 주연 좌석에서의 낭독을 위해 자기의 공적을 찬미한 시를 지어 달라고 부탁하였다. 경건하기로 유명한 시모니데스는 시의 제재를 다채롭게 하기 위하여 그의 시에 카스토르와 폴리데우케스의 공훈을 인용하였다. 이와 같이 본 주제에서 벗어난 객담을 하는 것은 시인들이 자주 사용하는 방법으로, 보통 사람이라면 레다의 아들과 함께 받는 찬사에 매우 만족했을 것이다.

그러나 허영심은 한이 없는 것, 스코파스는 신하들과 아부하는 자들과 함께 주연을 베풀고 있을 때 자기 자신을 직접 찬미하지 않은 시는 모두 불만스러워했다. 시모니데스가 약속한 보수를 받으려고 앞으로 나왔을 때 스코파스는 다음과 같이 말하면서 약속된 금액의 반밖에 주지 않았다.

"너의 노래에 대한 대가로 나는 내 몫만 지불하겠다. 나머지는 카스토르와 폴리데우케스가 지불할 것이다."

왕의 조롱과 비웃음을 들으며 당황한 시인은 자기 자리로 돌아왔다.

잠시 후에 그는 말을 탄 두 청년이 밖에서 그를 만나려고 기다리고 있다는 전언을 받았다. 시모니데스는 문 밖으로 나가 보았으나 아무도 발견하지 못하였다. 한편 그가 연회장을 나오자마자 지붕이 큰 소리를 내며 무너져 내려 스코파스와 그의 초대를 받은 많은 손님들이 매몰되는 참사를 당하였다. 그를 불렀다는 두 청년들의 모습을 추적해 본 결과, 다름 아닌 카스토르와 폴리데우케스임을 알고 시모니데스는 매우 기뻐하였다.

■사포(구스타브 모로)

사포

사포(Sappho)는 그리스 문학의 초창기에 활약하였던 여류 시인이었다. 사포의 작품 중에서 남아 있는 것은 몇 안 되는 단편뿐이지만 그것만으로도 우리는 사포가 시의 천재라는 것을 충분히 알 수 있다. 사포라고 하면 보통 생각나는 이야기는 다음과 같다.

그녀는 파온(Phaon)이라는 아름다운 청년을 열렬히 사랑하였다. 그러나 그의 사랑을 받지 못하였으므로 레우카스의 바위 위에서 바닷속으로 투신하였는데, 그것은 '사랑의 투신'을 하는 자는 죽지만 않으면 그 사랑이 치유된다는 미신을 따른 것이다.

엔디미온

엔디미온(Endymion)은 라트모스 산 위에서 양 떼를 기르던 청년이었다. 어느 조용하고 청명한 밤에 달의 여신 아르테미스가 지상을 내려다보다 잠자는 그를 발견하였다. 처녀신의 냉랭한 심장은 너무나 아름다운 그의 모습에 따뜻해졌다. 그래서 여신은 그에게로 내려와 잠자고 있는 그에게 키스하고 물끄러미 바라보았다.

또 다른 이야기에 의하면 제우스가 그에게 영원한 청춘과 영원한 잠을 주었다는 것이다. 그러나 이에 대한 이야기는 극히 적다.

아르테미스는 그가 잠자는 동안에 그의 재산이 손상되지 않도록 돌보아주었다고 한다. 즉 그의 양 떼가 번식하게 하고, 맹수들로부터 지켜 주었다는 것이다.

엔디미온의 이야기는 그 속에 내재된 인간적인 의미 때문에 독특한 매력이 있다. 엔디미온에게서 우리는 젊은 시인을 본다. 그의 환상과 심장은 만족을 추구하나 그것을 얻지 못한다. 그래서 조용한 달빛을 홀로 즐기며, 그 밑에서 자신을 소모시키는 우울과 연정을 달래고 있다. 이 이야기는 동경에 찬 시적인 사랑, 현실 속에서보다 꿈속에서 보낸 생애, 그리고 일찍 찾아드는 ─ 그러나 시인은 이를 환영한다. ─ 죽음을 암시한다.

■ 디아나와 엔디미온(자크 레벤후크)

오리온

오리온(Orion)은 포세이돈의 아들이었다. 이 아름다운 거인은 힘센 사냥꾼이기도 했다. 그의 아버지는 그에게 바다 위를 걸어다닐 수 있는 힘을 부여하였다. 혹은 다른 설에 의하면 바닷속을 걸어다닐 수 있었다고 한다.

오리온은 키오스 섬의 왕 오이노피온(Oenopion)의 딸 메로페(Merope)에게 반해 그녀에게 결혼 신청을 하였다. 오리온은 섬에 있는 맹수를 사냥하여 사랑하는 사람에게 바칠 선물로 가져오곤 하였다. 그러나 오이노피온이 언제나 대답을 미루었으므로 오리온은 완력을 써서 처녀를 자기 것으로 만들려고 하였다. 그녀의 아버지는 이 행위에 분격하여 오리온을 술에 취하게 한 후에 시력을 빼앗아 해변에 버렸다. 장님이 된 오리온은 태양신 헬리오스를 찾아가 애원하면 다시 시력을 되찾을 수 있으리라는 신탁을 들었다. 그는 헤파이스토스 신의 대장간에서 울리는 망치 소리에 의지하여 길을 떠났다. 마침내 렘노스 섬에 도착하여 헤파이스토스의 대장간에 다다랐다. 헤파이스토스는 그를 불쌍히 여겨 케달리온(Cedalion)이라는 부하를 시켜 그를 태양신의 거처로 안내하였다. 케달리온을 어깨 위에 메고 오리온은 동쪽으로 걸어갔다. 그리고 그곳에서 태양신을 만나 그의 광선으로 시력을 회복하였다.

그 후 오리온은 사냥꾼으로서 그를 사랑하는 아르테미스와 같이 살았는데, 아르테미스는 얼마 후 오리온과 결혼할 거라는 소문이 퍼졌다. 여신의 오빠인 아폴론은 이를 못마땅하게 여겨 여동생을 꾸짖고 타일러보았으나 아무 효과도 없었다. 어느 날 아폴론은 오리온이 수면 위에 머리만 겨우 내놓고 바다를 건너는 것을 보고, 동생에게 그것을 가리키며

'네 솜씨가 아무리 훌륭해도 저 바다 위의 검은 점을 맞힐 수 없을 것'이라며 동생의 자존심을 상하게 하였다. 명사수인 여신은 운명의 표적을 겨누어 화살을 쏘았다. 오리온의 시체는 물결에 휩쓸려 육지로 떠밀려 왔다. 아르테미스는 돌이킬 수 없는 자신의 과오를 눈물을 흘리며 통곡하고, 오리온을 별 가운데에 놓았다. 그래서 그는 그곳에서 허리띠를 두르고 칼을 차고 사자의 모피를 몸에 두르고 곤봉을 손에 쥔 거인의 모습으로 나타나고 있다. 세리오스[天狼星]라는 개가 그의 뒤를 따르고, 플레이아데스[七曜星]는 그의 앞에서 날고 있다.

플레이아데스(Pleiades)는 아틀라스의 딸들이요, 아르테미스의 시중을 드는 요정들이었다. 어느 날 오리온은 그들을 보고 매혹되어 뒤따라갔다. 그녀들은 어찌할 줄 몰라 자신들을 변신시켜 달라고 신에게 기도하였다. 그래서 제우스는 그녀들을 불쌍히 여겨 비둘기로 변하게 하여, 하늘의 별자리가 되게 하였다. 그녀들의 수는 일곱이었으나 별로 보이는 것은 여섯 개뿐이다. 그것은 그들 중의 하나인 엘렉트라가 폐허가 된 트로이를 보지 않으려고 자리를 떠났기 때문이라고 전해진다. 그녀의 자매들도 그 폐허의 광경을 보고 상심한 나머지 그 후로는 안색이 창백해졌다고 한다.

에오스와 티토노스

새벽의 여신 에오스(아우로라)는 언니인 달의 여신(아르테미스)과 같이 인간에 대한 연정에 사로잡힐 때가 종종 있었다. 그녀가 가장 열렬히 사랑한 것은 트로이의 왕 라오메돈(Laomedon)의 아들 티토노스(Tithonos)였다. 그녀는 그를 납치하기에 이르렀다. 그리고 제우스에게 간청하여 불사의 능력을 그에게 주도록 하였다. 그러나 불사와 더불어 영원한 젊음을 청하는 것을 깜박 잊었기 때문에 그가 그 이후로 점점 늙어 가는 것을 보고 그녀는 대단히 마음 아파하였다. 그가 백발이 되었을 때 에오스는 그와의 교제를 끊었다. 그러나 그는 계속하여 그녀의 궁전 일부를 소유하였고 신의 음식을 먹으며 하늘의 옷을 입었다. 마침내 그가 수족을 움직일 수 없게 되자 그녀는 그를 방안에 유폐하였는데, 그의 신음 소리가 종종 밖으로 새어나오는 것에 짜증이 나 그를 메뚜기로 만들고 말았다.

멤논(Memnon)은 에오스와 티토노스의 아들이었다. 멤논은 에티오피아 사람들의 왕으로서 극동 오케아노스 해안에 살고 있었는데, 트로이 전쟁 때는 그의 아버지의 친족을 도우려고 무사들과 같이 왔었다. 트로이 왕 프리아모스(Priamos)는 그를 환대하였다. 멤논이 들려주는 오케아노스 해안의 경이로운 일들을 프리아모스는 감탄하면서 경청하였다.

도착한 바로 다음 날 무료함을 풀려고 멤논은 군대를 이끌고 싸움터로 나갔다. 네스토르의 용감한 아들인 안틸로코스(Antilochus)는 그의 손에 피살되고 그리스인들은 패주하였으나 아킬레우스가 나타나 전세를 만회하였다. 장시간의 일진일퇴 전투가 아킬레우스와 에오스의 아들 사이에서 계속되었다. 마침내 승리는 아킬레우스에게로 돌아가 멤논은 전사하고 트로이 사람들은 패주하였다.

공중의 거처에서 걱정스런 마음으로 아들을 바라보고 있던 에오스는 그가 쓰러지는 것을 보자 그의 형제인 바람의 신들에게 명하여 그의 시체를 파플라고니아의 아이세포스 강가로 운반하도록 하였다. 저녁때 에오스는 '때'의 신들과 플레이아데스들을 동반하고 와서 죽은 아들을 보고 통곡하였다. '밤'은 그녀의 슬픔을 동정하여 구름으로 하늘을 덮었다. 천지만물 모두가 새벽의 여신의 아들을 애도하였다. 에티오피아 사람들은 그의 분묘를 아이세포스 강가에 있는 요정들의 숲속에 건립하였다. 제우스는 그의 시체를 태우는 나무더미의 불똥과 재물을 새로 변하게 하였는데, 새들은 양쪽으로 갈라져 화장의 나무더미 위에서 불꽃 속으로 떨어졌다. 매년 그가 죽은 날이 오면 새들은 다시 돌아와 처음과 같은 방법으로 그의 장례를 거행한다. 한편 에오스는 잃어버린 아들에 대한 슬픔을 잊지 못하고 지금도 눈물을 흘리고 있는데, 우리는 매일 아침 풀 위에 내린 이슬의 형태로 그녀의 눈물을 볼 수 있다.

아키스와 갈라테이아

스킬라는 바다의 요정들이 사랑하는 시칠리아의 아름다운 처녀였다. 스킬라에게는 구혼자가 매우 많았지만 그들을 다 물리치고 바다의 여신 갈라테이아의 바위 동굴로 가서 그들 때문에 몹시 귀찮다는 이야기를 하였다. 어느 날 여신은 스킬라가 자기의 머리를 빗겨 주고 있을 때 그녀의 이야기를 듣고 대답하였다.

"그러나 너를 성가시게 구는 자는 인간이니까 대단치 않아. 싫으면 물리칠 수도 있으니까. 나는 네레우스의 딸이며 여러 자매들의 수호를 받고 있지만 바닷속 깊이 들어가지 않는 이상 키클롭스(외눈박이 거인)의 연모를 피할 수 없단다."

여신은 눈물이 흘러내려 말을 더 이상 계속할 수 없었다. 그래서 동정심이 많은 스킬라는 섬세한 손가락으로 눈물을 씻어 주며 여신을 위로하고, 이렇게 말하였다.

"원컨대 당신의 슬픔의 원인을 제게 알려 주십시오."

■아폴론과 오로라(게라르트 데 라이레세)

■ 아키스와 갈라테이아(니콜라 푸생)

그러자 갈라테이아는 다음과 같이 말하였다.

"아키스(Acis)는 파우누스와 요정 나이아스의 아들이었다. 그의 아버지와 어머니는 그를 몹시 사랑하였으나 그들의 사랑도 나의 사랑에 필적할 수는 없었다. 그때 그의 나이는 열여섯 살로 양볼에 수염이 거뭇거뭇 나기 시작했었지. 내가 그와의 교제를 원하는 것과 똑같은 정도로 키클롭스도 나와의 교제를 원하였다. 아키스를 사랑하는 마음과 키클롭스를 싫어하는 마음 중 어느 편이 더 강하였느냐고 묻는다면 차마 말하기 힘들 정도다. 우린 똑같았으니까. 오, 아프로디테여, 당신의 위대함이여! 이 무서운 거인, 숲의 공포, 어떠한 길손도 그를 한 번 만나기만 하면 화를 당하지 않은 사람이 없었던 자, 제우스까지도 얕보던 자, 그런 자가 사랑이 무엇인지를 알게 되었단다. 그리고 나에 대한 연정에 사로잡히자 그는 그의 양 떼도 곡식이 가득 찬 동굴도 잊었어. 그리고 처음으로 외모에 신경을 쓰기 시작하고 남의 마음에 들려고 노력하게 되었단다. 그는 헝클어진 머리털을 빗으로 빗었고 얼굴을 가다듬었다. 살육을 좋아하는 사나운 성질도 피를 갈망하는 성질도 가라앉히고 그의 섬에 들르는 선박도 무사히 통과시켰다. 그는 큰 발자국을 남기며 해안을 이리저리 걸어 다녔고, 피곤하면 동굴 속에서 조용히 낮잠을 즐겼지.

그곳에는 바다 쪽으로 돌출한 절벽이 있었는데, 그 양안에서 물결이 출렁였다. 어느 날 거인은 그곳에 올라앉아 있었고, 그의 양 떼는 주위에서 놀고 있었지. 배의 돛대로도 쓸 수 있을 만큼 큰 지팡이를 옆에 놓고 많은 피리로 만든 악기를 손에 들고서 그의 노래 소리를 산과 바다로 흘려보냈다.

나는 그때 사랑하는 아키스와 바위 밑에 숨어서 멀리서 들려오는 거인의 노래 소리에 귀를 기울이고 있었지. 그 노래는 나의 아름다움을 한없이 찬미하는 동시에 나의 무정함과 잔인함을 맹렬히 비난하는 것이었다.

노래를 끝내자 그는 일어섰단다. 그리고 가만히 서 있을 수 없는 성난 황소처럼 숲속으로 걸어갔다. 아키스와 나는 그를 까맣게 잊고 있었는데 돌연 그는 우리가 앉아 있는 것을 발견한 거야. 그가 부르짖더군.

'나는 너희들을 보았다. 이것이 너희 밀회의 최후가 되도록 하겠다.' 그의 목소리는 성난 키클롭스만이 발할 수 있는 포효였다. 에트나 산은 그 소리에 떨고 나는 공포에 질려 바닷속으로 들어갔단다. 아키스는 '날 살려요, 갈라테이아, 날 살려줘요. 오, 아버지 어머니!' 하고 부르짖으며 몸을 돌려 도망쳤어.

그를 추격하던 키클롭스는 산 옆에서 바위를 떼어 그를 향해 던졌단다. 아키스는 바위의 한 모퉁이에 맞았을 뿐이지만 그것은 그의 생명을 앗아가기에 충분한 것이었지.

나는 힘이 닿는 데까지 그를 구하려고 했어. 나는 물의 신인 그의 할아버지의 온갖 영예를 그에게도 부여하였다. 자줏빛 피가 바위 밑으로부터 흘러나왔는데 점점 창백해지고, 비에 흐린 시냇물같이 보이다가 나중에는 맑아졌어. 바위가 갈라져 열리더니 그 틈에서 물이 솟아 나오면서 즐겁게 속삭였지."

이와 같이 아키스는 시내로 변하였고 그 시내는 아키스라는 이름으로 불리고 있다.

트로이 전쟁

아테나는 지혜의 여신이지만 이해가 안 될 정도로 어리석은 일을 저지른 일이 있었다. 그것은 아름다움을 얻고자 헤라와 아프로디테와 경쟁한 일이 있었다. 그 일은 사소한 계기에서 시작되었다.

펠레우스와 테티스의 결혼식 때 불화의 여신 에리스를 제외한 모든 신들이 초대를 받았다. 자기만 제외된 데 분격하여 에리스는 하객들이 모여 있는 곳에 황금 사과를 하나 던졌다. 사과에는 '가장 아름다운 신에게'라는 글이 새겨져 있었다. 헤라와 아프로디테 모두 그 사과가 자신을 위한 것이라고 주장하였다. 제우스는 이런 난처한 문제에 대한 판결을 내리려 하지 않았다. 그래서 대신 여신들을 이다 산의 파리스에게로 보냈다. 그곳에는 아름다운 목양자 파리스가 제우스의 양 떼를 먹이고 있었는데 그에게 그 사과의 주인을 결정하는 판결이 맡겨졌다. 파리스에게로 간 여신들은 각기 자기에게 유리한 판결이 나도록 하기 위해 자신이 줄 수 있는 최고의 선물을 약속했다. 헤라는 파리스에게 권력과 부를, 아테나는 전쟁에서의 영광과 광명을, 아프로디테는 가장 아름다운 여성을 아내로 맞이하게 해 주겠다고 약속하였다. 파리스는 아프로디테의 선물을 택해 그녀에게 황금 사과를 넘겨주었다. 그래서 다른 두 여신은 그의 적이 되고 말았다.

파리스는 아프로디테의 보호를 받으며 그리스로 떠나 스파르타의 왕 메넬라오스(Menelaos)의 환대를 받았다. 그런데 메넬라오스의 아내 헬레네야말로 가장 아름다운 여성으로서 아프로디테가 파리스의 아내로 점찍은 사람이었다. 처녀 시절 헬레네에게는 많은 구혼자가 있었는데 헬레네는 그 중에서 메넬라오스를 선택하였다. 그것은 오디세우스가 그들의 결혼 생활을 축복하고 지켜 주겠노라고 약속했기 때문이었다. 헬레네가 메넬라오스와 행복하게 지내고 있는데 마침 파리스가 손님으로 찾아왔다. 파리스는 아프로디테의 도움을 받아 그녀를 설득하여 함께 트로이로 도망을 쳤다. 여기에서 유명한 트로이 전쟁 — 고대의 가장 위대한 시, 즉 호메로스나 베르길리우스(Vergilius)의 시의 소재가 된 유명한 전쟁이 일어나게 된 것이다.

메넬라오스는 그리스의 족장들에게 공약을 이행하여 자기의 아내를 지키는 데 협력해 달라고 부탁했다. 그들은 쾌히 이를 승낙하였다. 하지만 오디세우스는 페넬로페(Penelope)와 결혼하여 행복한 생활을 하고 있었으므로 옛 약속은 까맣게 잊은 채 이처럼 성가신 일에 끼고 싶어 하지 않았다. 주저하는 그를 설득하기 위해 팔라메데스(Palamedes)가 선발되었다.

팔라메데스가 이타케에 도착하자 오디세우스는 미친 사람 행세를 하고 있었다. 그는 나귀와 황소를 같이 쟁기에다 매고 씨앗 대신 소금을 뿌렸다. 이 같은 오디세우스를 보고 팔라메데스는 그를 시험하기 위하여 그의 어린 아들 텔레마코스(Telemachus)를 쟁기 앞에다 세워 놓았더니 그는 아들을 비켜서 쟁기를 옆으로 끄는 것이었다. 이로써 그의 거짓말은 탄로가 나 버렸고, 그는 할 수 없이 옛 약속을 지킬 수밖에 없게 되었다. 이제는 자기 자신이 그 일에 참가하게 되었으므로 다른 냉담한 족

■ 파리스의 심판(페테르 루벤스)

■ 헬레네와 파리스(자크 다비드)

장들, 특히 아킬레우스를 참가시키려고 노력하였다.

아킬레우스는 다름 아니라 에리스의 사과가 여신들 가운데에 던져졌던 결혼식의 주인공 펠레우스와 테티스의 아들이었다. 바다의 여신 테티스는 자기 아들이 원정에 참가하면 죽을 운명이라는 것을 알고 아들의 참전을 막으려고 노력하였다. 테티스는 아킬레우스를 리코메데스 왕의 궁정으로 보내 왕의 딸들 사이에서 여장을 하고 몸을 숨기도록 하였다. 오디세우스는 아킬레우스가 그곳에 있다는 말을 듣고 상인으로 변장하여 궁전으로 갔다. 그리고 여자들의 장식품을 팔러 온 것처럼 꾸몄는데 물건들 속에는 무기도 섞여 있었다. 왕의 딸들은 장식품에 열중하였지만 아킬레우스는 그 속에 섞여 있던 무기를 만졌다. 결국 날카로운 오디세우스에게 정체가 발각되고 말았다. 오디세우스는 그를 설득하여 그의 어머니의 간곡한 권고를 무시하고 다른 동료와 같이 전쟁에 참가하게 하였다.

프리아모스는 트로이의 왕이면서 양치기였다. 헬레네를 유혹한 파리스는 그의 아들이었다. 파리스는 세상에 알려지지 않고 양육되었다. 왜냐하면 그가 어렸을 때부터 국가에 화를 미칠 불길한 징조가 그에게서 나타났기 때문이다. 마침내 그리스군이 최고의 군비를 갖추었고 불길한 징조가 폭발할 것 같은 기운이 느껴졌다. 미케나이의 왕이요 피해를 입은 메넬라오스의 형인 아가멤논(Agamemnon)이 총지휘자로 선출되었다. 아킬레우스는 그들 중에서 가장 유명한 무사였다. 그다음은 아이아스(Aeas)였는데, 그는 몸집이 크고 대단히 용감하였으나 총명하진 못했다. 디오메네스(Diomedes)는 영웅다운 여러 자질에 있어서 아킬레우스 다음 가는 무사였다. 오디세우스는 박학하기로 유명하였고, 네스토르는 그리스군의 지휘자 중에서 가장 연장자로서 고문 역할을 맡았다.

그러나 트로이군도 약한 적은 아니었다. 국왕 프리아모스는 비록 늙긴 했지만 젊었을 때는 현명한 군주로서 나라 안에서는 선정을 베풀었고, 대외적으로는 인접국과 여러 동맹을 체결하여 국력을 확장하였다. 그러나 그의 왕위의 가장 중요한 지주는 그의 아들 헥토르였는데, 헥토르는 고대 이교도 중에서 가장 고귀한 인물 중의 하나였다. 그는 처음부터 조국의 멸망을 예감하고 있었지만 영웅적인 저항을 멈추지 않았다. 그러나 조국의 운명을 이처럼 위태롭게 한 부정행위를 정당시하지는 않았다. 그는 안드로마케와 결혼하였다. 그리고 남편으로서, 어버이로서의 그의 성격은 무사로서의 성격에 못지않을 만큼 훌륭하였다. 헥토르(Hektor) 이외의 트로이군의 중요 지휘자는 아이네이아스(Aeneas)와 데이포보스(Deiphobos), 글라우코스(Glaucos)와 사르페돈(Sarpedon) 등이었다.

2년 동안 준비를 한 후 그리스의 함대와 군대는 보이오티아의 아울리스 항에 집결하였다. 이곳에서 아가멤논은 사냥을 하다가 실수하여 아르테미스에게 봉헌된 수사슴을 죽였다. 그래서 여신은 그 복수로 군대에 전염병을 돌게 하고 배가 항구를 떠나지 못하게 바람을 재웠다. 이때 점쟁이 칼카스(Kalchas)는 처녀신의 노여움을 가라앉히기 위해서는 처녀를 제물로 바쳐야만 하는데 희생물이 될 처녀는 반드시 범죄자의 딸이어야 한다고 못을 박았다. 아가멤논은 아무리 괴로워도 승낙지 않을 수 없었다. 그래서 딸 이피게네이아(Iphigeneia)를 아킬레우스와 결혼시킨다는 구실로 불러왔다. 그녀가 희생될 바로 그 순간에 여신은 노여움을 풀고 그녀가 있던 자리에 암사슴을 한 마리 남겨 놓고 그녀를 납치하여 구름으로 몸을 가리고 타우리스로 데리고 와서 자기 신전의 사제가 되게 하였다.

■아킬레우스(쿠아펠)

드디어 순풍과 함께 출범한 함대는 얼마 후 트로이의 해안에 닿았다. 트로이군은 그리스군의 상륙을 제지하려고 진격하였다. 최초의 공격에서 프로테실라오스(Protesilaus)는 헥토르의 손에 걸려 전사하였다. 프로테실라오스는 그를 가장 사랑하는 아내 라오다메이아(Laodameia)를 집에 남겨 놓았다. 남편의 전사 소식을 듣고 그녀는 단 세 시간 동안만 남편과 이야기를 나누게 해달라고 신들에게 호소하였다. 신들은 그녀의 탄원을 승낙하였다. 헤르메스는 프로테실라오스를 이승으로 다시 데리고 왔다.

그가 두 번째로 죽을 때 라오다메이아도 그와 함께 죽었다. 전설에 의하면 요정들이 그의 묘지 주위에 느릅나무를 몇 그루 심었다. 이 나무들은 트로이를 내려다볼 수 있을 정도로 높이 자란 후에 말라 죽었는데 뿌리에서 새싹이 다시 돋아났다고 한다.

일리아드

전쟁은 밀고 밀리는 공방전으로 9년 동안이나 계속되었다. 그러던 중에 그리스군의 운명에 큰 영향을 미칠 수 있는 한 사건이 일어났다. 그것은 아킬레우스와 아가멤논 사이의 불화였다. 호메로스의 위대한 시 《일리아드》의 발단이 바로 이곳이다. 그리스군은 트로이와의 전쟁에서는 별 승리를 거두지 못하였으나 그 이웃 동맹국들을 공략하였다. 그리고 전리품을 나눌 때 아폴론의 사제 크리세이스(Chryseis)의 딸이 있었다. 그래서 크리세이스는 사제의 표지를 몸에 지니고 와서 딸을 방면해 달라고 간청하였으나 아가멤논은 이를 거절하였다. 그래서 크리세이스는 자기의 딸을 내놓을 때까지 그리스군을 괴롭혀 달라고 아폴론에게 탄원하였다. 아폴론은 그의 청을 들어주어 그리스군

진영에 전염병을 퍼뜨렸다.

　그렇게 되자 그리스군 진영에서는 신들의 분노를 가라앉히고 전염병을 막을 방책을 강구하기 위하여 회의가 소집되었다. 아킬레우스는 대담하게 그들의 재난이 크리세이스의 딸을 억류한 데에서 온 것이라 하여 그 책임을 아가멤논에게 떠넘겼다. 이를 듣고 화가 난 아가멤논은 자기의 포로를 석방하는 데 동의하였으나 그 대신 전리품을 나눌 때 아킬레우스의 차지가 된 브리세이스(Briseis)를 자기에게 양도하라고 아킬레우스에게 요구하였다. 아킬레우스는 이에 응하겠지만 자기는 이후 전쟁에서 손을 뗄 것이라고 선언하였다. 그는 자신의 군 병력을 총 진영에서 퇴각시키고 그리스로 돌아간다고 공표하였다.

　많은 신들이 이 유명한 전쟁에 당사자들과 마찬가지로 관심을 가지고 있었다. 신들은 그리스군이 지구전을 하고 자진하여 전쟁을 포기하지 않는 한 결국에는 트로이가 패배할 운명이라는 것을 잘 알고 있었다. 그러나 양쪽 군대를 편들고 있는 신들의 희망과 근심을 자극할 우연의 여지는 아직 남아 있었다. 파리스에게 자신들의 미를 무시당한 헤라와 아테나는 트로이군에게 적의를 품고 있었다. 아프로디테는 그와 상반된 이유로 트로이 편에 가담하였으나 포세이돈은 그리스 편을 들었다. 아폴론은 중립을 지키면서 때로는 이쪽을, 또 때로는 저쪽 편을 들었다. 제우스는 프리아모스를 사랑하였으나 비교적 공평한 태도를 잃지 않았다. 그러나 물론 형평성을 잃을 때도 있었다.

　아킬레우스의 어머니 테티스는 자기의 아들에게 가해진 부정에 대하여 대단히 분개하였다. 그래서 바로 제우스의 궁전으로 가서 트로이군에게 승리를 안겨 줌으로써 그리스군이 아킬레우스에게 가한 부정을 후회하도록 해 달라고 탄원하였다. 제우스는 이를 승낙하였다. 그래서 그 다음 행하여진 전투에서는 트로이군이 대승을 거두었다. 그리스군은 전장에서 후퇴하여 배로 퇴각

■ 일리아드의 한 장면

하였다.

이렇게 되자 아가멤논은 가장 현명하고 용감한 지휘자들을 소집하여 회의를 열었다. 네스토르는 아킬레우스에게 사절을 파견하여 전장으로 돌아오도록 설득할 것과 아가멤논은 분쟁의 원인인 여인에게 자기의 비행을 보상하는 뜻으로 많은 선물을 보내 아킬레우스에게 돌려보내라고 충고하였다. 아가멤논은 이를 승낙하고 오디세우스와 아이아스와 포이닉스가 아킬레우스에게 사죄사로 파견되었다. 그러나 아킬레우스는 그들의 간청을 듣지 않았다. 그는 전장으로 돌아올 것을 단호히 거절했을 뿐만 아니라 주저 없이 그리스로 배를 돌릴 결심을 견지하였다.

그리스군은 함선 주위에 보루를 구축하였다. 그래서 그들은 이제는 트로이를 포위하는 대신에 보루 안에서 자기들 자신을 호위하는 형세가 되었다. 아킬레우스에게 사절단을 파견하였으나 성공하지 못한 그 다음 날 새로운 전투가 벌어졌다. 트로이군은 제우스의 후원으로 유리한 전세 속에서 그리스군의 보루를 뚫고 함선에 불을 지르려고 하였다. 포세이돈은 그리스군이 곤경에 빠진 것을 보고서 구조하러 나섰다. 그는 예언자 칼카스의 모습으로 나타나 크게 외치면서 병사들을 격려하고, 한 사람 한 사람에게 호소하여 그들의 사기를 드높였기 때문에 트로이군은 마침내 퇴각하지 않을 수 없었다. 이미 용맹을 떨친 아이아스는 헥토르와 대결하게 되었다. 아이아스가 소리를 내지르며 도전하자, 헥토르는 이에 응답하고 거대한 무사인 아이아스에게 창을 던졌다. 잘 겨냥된 창은 아이아스의 가슴 부분의 칼을 맨 띠와 방패를 맨 띠가 십자형으로 교차한 곳으로 날아갔다. 그러나 칼과 방패가 창이 관통하지 못하게 막았기 때문에 창은 아무 부상도 입히지 못하고 땅에 떨어졌다. 다음 아이아스는 큰 돌 — 이 돌은 바로 함선의 버팀돌이었다. — 을 집어 헥토르를 향하여 던졌다. 돌은 헥토르의 목을 강타하여 그를 땅에 쓰러뜨렸다. 그의 부하들은 곧 부상당한 그를 안고서 물러갔다.

이와 같이 포세이돈이 그리스군을 원조하여 트로이군을 물리치고 있을 동안에 제우스는 어떤 일이 일어나고 있는지 전혀 모르고 있었다. 왜냐하면 헤라의 간계로 전세에 주의를 기울이지 못했기 때문이었다. 헤라는 갖은 수단을 이용해 매력적으로 몸을 치장했다. 특히 '케스토스' 라는 허리띠를 아프로디테에게서 빌렸다는 것은 흥미 있는 이야기이다. 왜냐하면 이 허리띠는 그것을 띠고 있는 자의 매력을 그에 저항할 수 없을 정도로 높이는 힘을 가지고 있었기 때문이다. 이렇게 몸을 단장한 헤라는 올림포스 산 위에 앉아서 전투를 내려다보고 있는 남편 곁으로 갔다. 제우스에게 다가간 헤라는 대단한 매력을 지니고 있어 제우스는 지난날의 불타는 사랑이 다시 되살아나 전쟁과 그 밖의 다른 공무도 잊어버리고 한동안 헤라에게 몰두하였다.

그러나 이러한 심취는 오래 계속되지 않았다. 눈을 밑으로 돌려 헥토르가 부상을 입어 고통을 당하고 거의 생명이 끊어질 지경에 이른 것을 본 제우스는 크게 노하여 헤라를 물러가게 하고 무지개의 여신인 이리스와 아폴론을 대령시키라고 명령하였다. 또 아폴론은 헥토르의 부상을 치료하고 원기를 북돋우기 위하여 파견되었다. 이런 명령들은 대단히 빨리 이행되어 전투가 한참 벌어지는 동안에 헥토르는 전장으로 돌아갔고, 포세이돈은 자기의 영지로 돌아갔다.

파리스가 쏜 화살이 아스클레피오스의 아들 마카온(Machaon)에게 부상을 입혔다. 그는 아버지의 의술을 계승하였으므로 용감한 무사로서뿐 아니라 군의로서 그리스군에게 없어서는 안 될 사람이었다. 네스토르는 마카온을 자기의 이륜차에 태우고서 전장으로부터 이송하였다. 그들이 아킬레우스의 함선을 통과할 때 아킬레우스는 늙은 네스토르를 알아보았지만 부상한 장군이 누구인가는 알지 못하였다. 그래서 그는 자기의 막료이자 가장 친애하는 친구인 파트로클로스(Patroklos)를 불러 네스토르의 진영으로 파견하였다.

파트로클로스는 네스토르의 진영에 도착하여 부상당한 마카온을 보았다. 그래서 자기의 용건만을 말하고 바로 돌아가려고 하였는데, 네스토르가 만류하며 그리스군의 재난을 모두 이야기하였다. 네스토르의 이야기를 듣고 파트로클로스는 아킬레우스와 자기가 트로이를 향하여 출발할 당시 각각 부친으로부터 들은 서로의 충고, 즉 아킬레우스는 최대의 공명을 올리고, 파트로클로스는 연장자로서 그의 친구를 감독하여 그의 부족한 점을 보완해 주도록 하라는 것이 문득 떠올랐다. 네스토르가 말을 계속했다.

"지금이야말로 그대들의 부친의 충고를 이행할 시기요. 만약 신들이 이를 허용한다면 그대는 아킬레우스를 다시 전장에 나오도록 할 수 있을 것이오. 그렇지 못하다면 적어도 그의 병정만이라도 전장에 나오게 해 주시오. 그리고 그대 파트로클로스는 아킬레우스의 갑옷을 입고 오시오. 그러면 그 광경만 보아도 트로이군은 멀리 달아날 것이오."

파트로클로스는 이 말을 듣고 매우 감동하였다. 그리고 그가 보고 들은 것을 반복해 생각하면서 아킬레우스가 있는 곳으로 급히 돌아갔다. 그는 얼마 전까지 자기들의 막료였던 사람들 진영의 난처한 상황을 아킬레우스에게 말하였다. 즉 데오메데스, 오디세우스, 아가멤논, 마카온 같은 장군들이 모두 부상을 입었으며 보루는 파괴되고 적들은 함선을 불살라서 그리스군이 고국으로 돌아갈 모든 수단을 박탈하려 하고 있다는 이야기를 전했다. 그들이 이와 같은 이야기를 나누고 있을 때 한 함선에서 불꽃이 일었다. 아킬레우스는 이 광경을 보고 마음이 풀려서 파트로클로스에게 그의 소원대로 미르미도네스를 전장에 인솔하고 갈 것을 허용하고 갑옷도 빌려 주었다. 그것은 파트로클로스가 이 갑옷을 입음으로써 트로이군에 심리적으로 더 많은 공포감을 주기 위해서였다. 곧 병정들이 정렬되고, 파트로클로스는 찬란한 갑옷을 입고 아킬레우스의 이륜차에 올라 전투하고 싶어서 못 견디던 병사들을 인솔하였다. 그가 떠나기 전에 아킬레우스는 적을 방어하는 정도에서 그치라고 엄격히 당부하였다.

"내가 빠지고 그대 홀로 그 이상 트로이군을 추격하지는 말라. 내가 받은 모욕을 생각하여서라도."

아킬레우스는 이렇게 간곡히 당부하며 최선을 다하라고 병사들에게 훈시하고, 의기충천한 그들을 싸움터로 내보냈다.

파트로클로스와 그의 군대는 곧 격렬한 격전이 벌어지는 곳으로 뛰어 들었다. 이 광경을 보고 기쁨에 넘친 그리스군은 소리를 지르고, 함선은 이 환호성을 반향하였다. 트로이군은 유명한 아킬레우스의 갑옷을 보자 지레 공포에 떨며 달아날 곳을 찾기에 분주하였다. 배로 뛰어올라 불을 지른 자들이 제일 먼저 달아났으므로 그리스군은 배를 탈환하여 불을 껐다. 그러자 다른 자들도 당황하여 도주하였다. 아이아스와 메넬라오스, 그리고 네스토르의 두 아들이 가장 용감하게 싸웠다. 헥토르는 전세가 불리해지자 말머리를 돌려 포위망에서 벗어나고 그의 부하들은 도망치느라 정신이 없었다. 파트로클로스는 눈앞의 적병을 쫓고 많은 자를 무찔렀으나 그 누구도 그에게 감히 저항하지 못했다.

마침내 제우스의 아들인 사르페돈이 파트로클로스와 대결하게 되었다. 이 때 제우스는 자기의 아들을 내려다보았다. 그리고 그를 기다리고 있는 운명으로부터 구제하려고 하였다. 그러나 헤라는 만약 제우스가 그런 짓을 하면, 천상의 다른 신들도 그의 선례에 따라 자기들의 자손이 위태로워지면 간섭하게 될 것이라고 충고하였다. 당연한 말이므로 제우스는 그 말을 따를 수밖에 없었다. 사르페돈은 창을 던졌으나 파트로클로스를 맞히지는 못하였다. 그러나 파트로클로스가 던진 창은 사르페돈의 가슴을 꿰뚫어 사르페돈은 쓰러졌다. 그리고 자기의 시체를 절대로 적의 손에 넘기지 말라고 부탁하면서 숨을 거두었다. 그의 시체를 탈취하기 위해 격렬한 싸움이 벌어졌다. 결국 그리스군이 승리하여 그의 갑옷이 벗겨졌다. 그러나 제우스는 아들의 시체가 수모를 당하는 것만은 더 이상 참을 수가 없었다. 그의 명령으로 아폴론은 전사들 속에서 사르페돈의 시체를 탈취하여 쌍둥이 형제인 '죽음'과 '잠'에게 보살피도록 부탁하였다. 그들에 의하여 사르페돈의 시신은 그의 고향인 리키아로 이송되어 정중한 장례식이 거행되었다.

여기까지는 파트로클로스의 생각대로 성공을 거두고 트로이군을 물리치거나 자기편의 사기를 어느 정도 회복시켰다. 그러나 운명은 더 이상 그의 편이 아니었다. 헥토르가 이륜차를 타고 그에게 대항하였다. 파트로클로스는 헥토르를 향하여 바위를 던졌으나 그는 맞지 않고, 마부인 케브리오네스(Cebriones)가 맞아 수레 밖으로 떨어졌다. 헥토르는 마부를 구하려고 수레에서 뛰어내렸고 파트로클로스도 완전한 승리를 위하여 수레에서 내렸다. 이와 같이 두 영웅은 일대 일로 대결하게 되었다. 이 결정적 순간에 시인 호메로스는 헥토르에게 공을 넘겨주기가 싫었던지 아폴론이 그의 편을 들어 파트로클로스에게 대항했다고 기록하고 있다. 아폴론이 파트로클로스를 쳐서 머리에서 철모를 벗기고 손에서 창을 떨어뜨리게 한 것이다. 동시에 무명의 한 트로이 병사가 그의 등에 상처를 입히자 헥토르가 돌진하여 창으로 찔렀다. 파트로클로스는 치명상을 입고 쓰러졌다.

그러자 파트로클로스의 시체를 탈취하기 위해 다시 치열한 싸움이 일어났다. 그의 갑옷은 바로 헥토르에 의하여 점유되었다. 헥토르는 조금 물러서서 자기의 갑옷을 벗고 아킬레우스의 갑옷을 입고서 전투를 다시 시작하였다. 아이아스와 메넬라오스는 파트로클로스의 시체를 수호하였고, 헥토르와 그의 가장 용감한 병사들은 그것을 쟁취하려고 하였다. 격렬한 전투가 벌어졌으나 승부가 나지 않자 제우스는 하늘을 검은 구름으로 가렸다. 번갯불이 번쩍이고 천둥이 요란하게 내리쳤다. 아이아스는 주위를 돌아보고 아킬레우스에게 그의 친구의 죽음과 그 유해가 적의 수중에 들어갈 위험에 처했음을 알릴 적당한 사자를 찾았으나 찾을 수가 없었다. 그래서 아이아스는 날이 밝기를 기원하였다. 제우스는 이 기원을 받아들여 구름을 거두어들였다. 그제야 아이아스는 안틸로코스를 아킬레우스에게 파견하고, 파트로클로스의 죽음과 그의 유해를 둘러싸고 격렬한 싸움이 벌어지고 있다는 사실을 보고하였다. 마침내 그리스군은 유해를 배 있는 곳으로 운반하였는데 뒤에서는 헥토르와 아이네이아스와 다른 트로이군이 추격해왔다.

아킬레우스는 친구의 전사 소식을 듣고 얼마나 슬퍼했는지 안틸로코스는 그가 자살하지나 않을까 하고 잠시 동안 걱정할 정도였다. 그의 비탄하는 신음 소리는 바닷속 깊은 곳에 살고 있는 그의 모친 테티스의 귀에까지 들려 왔으므로, 테티스는 그 원인을 묻고자 그에게로 달려갔다. 아들은 자기가 원한을 품었기 때문에 친구를 죽게 하였다는 자책감에 안절부절못하고 있었다. 그를 위로하는 유일한 길은 복수였다. 헥토르를 찾기 위해서는 날아서라도 가고 싶었다. 그러나 그의 모친은 그에게 지금은 갑옷을 입고 있지 않다는 것을 상기시키고, 내일 아침까지만 기다린다면 지난 것보다 훨씬 더 나은 갑옷을 헤파이스토스로부터 얻어다 주겠다고 약속하였다.

그가 승낙하자 테티스는 바로 헤파이스토스의 궁전으로 향했다. 그때 헤파이스토스는 자신의 대장간에서 자신이 사용할 삼각대를 만드느라 정신이 없었다. 그 삼각대는 매우 정교하게 만들어져서 필요할 때는 자동으로 나오고, 불필요할 때에는 자동으로 들어가는 것이었다. 테티스의 청을 듣자 헤파이스토스는 바로 하던 일을 중단하고 그녀의 소망에 따라 아킬레우스를 위한 훌륭한 갑옷을 한 벌 만들었다. 우선 장식이 달린 방패를 만들고 다음에는 꼭

■아킬레우스와 파트로클로스

대기에 금을 단 철모를, 또 그 다음에는 칼이나 창이 들어가지 않는 갑옷의 가슴받이와 정강이받이를 만들었는데, 그것은 모두 아킬레우스의 몸에 꼭 맞았고 정교하게 만들어졌다. 저녁이 되자 모든 것이 완성되었다. 테티스는 그것을 받아 지상으로 내려갔다. 새벽녘에는 아킬레우스의 발밑에 갑옷이 놓여졌다.

파트로클로스가 죽은 후로 아킬레우스가 느낀 최초의 기쁨은 바로 이 훌륭한 갑옷을 처음 본 순간이었다. 드디어 그는 그 갑옷을 입고 진영으로 나아가 대장들을 소집하였다. 사람들이 다 모였을 때 아킬레우스는 그들에게 말하였다. 그는 아가멤논에 대한 감정을 버리고 그로부터 연유한 여러 불행한 일을 통탄하면서 그들에게 속히 전장으로 나아갈 것을 요구하였다. 아가멤논은 모든 불화의 책임을 여신 아테나에게 돌리며 적당한 대답을 하였으므로 두 영웅 사이에 완전한 화해가 성립되었다.

분노와 복수심에 불타 출전한 아킬레우스에게 감히 대적할 자가 없었다. 용감하다고 자처하는 무사들도 그 앞에서는 도망치거나 그의 창을 맞아 쓰러졌다. 헥토르는 아폴론의 경고를 받아 접근을 피하였다. 아폴론은 프리아모스의 아들 중의 하나인 리카온(Lykaon)으로 분장하고 아이네이아스를 격려하여 아킬레우스에 대항하게 하였다. 아이네이아스는 자기가 아킬레우스만 못하다는 것을 알고 있었으나 전투를 거부하지는 않았다. 그는 헤파이스토스가 만든 방패를 향해 온 힘을 다하여 창을 던졌다. 그 방패는 다섯 개의 금속판으로 되어 있었다. 두 개는 놋쇠로, 다른 두 개는 주석으로, 한 개는 금으로 되어 있었다. 창은 두 개의 판은 관통하였지만 세 번째 판은 뚫지 못하였다. 반면 아킬레우스가 던진 창은 아이네이아스의 방패를 완전히 관통하였으나 그의 어깨 부근에서 빗나가 상처를 내지는 못하였다. 그러자 아이네이아스는 현대인 같으면 두 사람의 힘으로도 들 수 있을까 말까 한 바위를 던지려 하였고, 아킬레우스는 칼을 빼들고 아이네이아스에게 돌진하려고 하였다.

　포세이돈은 이 같은 전투 상황을 보고 그 순간에 빨리 구하지 않으면 필시 아이네이아스가 피살되리라고 생각하고, 그를 불쌍히 여겨 두 투사 사이에 구름을 내렸다. 그리고 아이네이아스를 무사들과 군마의 머리 위를 넘어 전선의 후방으로 운반하였다. 아킬레우스는 구름이 걷힌 뒤에 그의 적수를 찾아보았으나 보이지 않자 괴상한 일이라 생각하고 다른 적에게 무기를 돌렸다. 그러나 아무도 그에게 대항하는 자는 없었다. 이때 프리아모스가 성벽 위에서 내려다보니 트로이의 전 군대는 성 안을 향하여 전력을 다해 도망가고 있었다. 그는 문을 활짝 열어 도망병을 받아들이게 하고, 트로이군이 들어온 뒤에 적이 들어오지 못하게 하기 위해 문을 즉시 닫도록 하였다. 그러나 아킬레우스가 맹렬하게 추격해 왔으므로 성문을 닫을 겨를도 없을 정도였다. 그래서 아폴론은 프리아모스의 아들인 아게노르로 분장하고 잠시 동안 아킬레우스에게 대항한 뒤 재빨리 날아 그곳에서 탈출하였다. 아킬레우스가 적을 추격하여 성벽에서 멀리 떨어진 곳에 이르렀을 때 아폴론이 정체를 드러냈다. 아킬레우스는 뒤늦게 속은 것을 깨닫고 추격을 중지하였다.

　다른 자들은 다 성 안으로 도피하였는데 헥토르는 일전을 할 각오로 성 밖에서 기다리고 있었다. 그의 늙은 아버지는 성벽에서 그를 부르며 성 안으로 들어와 적과의 충돌을 피하라고 애원하였고, 어머니 헤카베도 똑같이 간청하였으나 효과가 없었다. 헥토르는 다음과 같이 중얼거렸다.

　"내 자신의 명령에 따라 오늘의 회전을 하게 된 것이고, 수많은 부하들이 전사하였는데 내 어찌 한 사람의 적을 두려워하여 도피한단 말인가? 그러나 내가 그에게 헬레네와 그녀의 모든 재보와 그 위에 우리들 자신의 풍부한 재보까지도 모두 양도한다고 제의하면 어떻게 될까? 그래서는 안 되지! 너무 늦다. 그는 내 말을 다 듣지도 않고 말이 끝나기도 전에 나를 죽일 것이다."

그가 이렇게 생각하며 중얼거리고 있는 동안에 아킬레우스는 군신 아레스 같은 무서운 형상으로 접근하여 왔다. 그의 갑옷은 그가 움직일 때 번갯불처럼 번쩍거렸다. 이 광경을 본 헥토르는 용기를 잃고 도망쳤다. 아킬레우스는 재빨리 추격하였다. 그들은 성벽 부근을 서로 쫓고 쫓기며 세 바퀴나 돌았다. 헥토르가 성에 접근하자, 아킬레우스는 그를 가로막아 더 넓은 곳으로 나아가게 하였다. 그러나 아폴론이 헥토르에게 힘을 불어넣어 피로로 쓰러지지 않게 하였다. 그러자 여신 아테나는 헥토르의 가장 용감한 친척인 데이포보스로 분장하여 돌연 헥토르의 곁에 나타났다. 헥토르는 그를 보자 몹시 기뻐했고 용기를 얻어 달아나려던 마음을 바로잡았다. 그는 아킬레우스에게 대항하고자 몸을 돌렸다. 그리고 자신의 창을 던졌다. 창은 아킬레우스의 방패에 맞아 뒤로 튀었다. 헥토르는 데이포보스로부터 다시 던질 창을 받으려고 뒤를 돌아보았으나 데이포보스는 이미 사라진 뒤였다.

헥토르는 자신의 운명을 깨닫고 절규했다.

"오! 이제야말로 죽을 때가 왔구나! 나는 어리석게도 데이포보스가 곁에 있는 줄만 알았다. 그러나 그것은 아테나의 속임수였다. 데이포보스는 지금 트로이의 성 안에 있다. 그러나 나는 결코 부끄러운 죽음은 맞이하지 않을 것이다."

이렇게 말하면서 그는 허리에서 칼을 빼어들고 곧 돌진하였다. 아킬레우스는 방패로 몸을 방어하면서 헥토르가 가까이 다가오기를 기다리고 있었다. 헥토르가 창의 사정거리 안에 들어오자 아킬레우스는 갑옷으로 가려져 있지 않은 목을 겨냥하여 창을 던졌다. 헥토르는 치명상을 입고 그 자리에 고꾸라지며 힘없는 소리로 말하였다.

"나의 시체만은 보내 주시오. 대신 나의 양친에게 내 몸값을 받으면 되지 않겠소. 그리고 트로이의 아들딸들이 내 장례를 치르게 해 주시오. 부탁이오."

아킬레우스는 대답하였다.

"미친놈! 몸값이니 동정이니 하는 따위의 말은 듣기도 싫다. 네가 나에게 얼마나 많은 괴로움을 주었는지 생각해 보라. 절대로 네 부탁은 들어줄 수 없다. 누구도 너의 시체가 짐승의 먹이가 되는 것을 막지 못할 것이다. 아무리 몸값을 많이 가져오고, 너의 몸무게와 맞먹는 금을 가져온다 해도 나는 단호히 거절할 것이다."

이렇게 말한 뒤 아킬레우스는 시체에서 갑옷을 벗기고 노끈으로 발을 묶어 이륜차 뒤에 매달았다. 그런 뒤에 그는 이륜차에 올라타 말을 채찍질하여 트로이 성 앞에서 시체를 이리저리 끌고 다녔다.

이 광경을 본 프리아모스 왕과 왕후 헤카베의 비통한 심정을 어찌 다 형용할 수 있을까! 신하들은 성 밖으로 뛰쳐나가려는 왕을 겨우 말렸다. 왕은 땅바닥을 뒹굴며 신하들에게 놓아 달라고 애원하였다. 왕후 헤카베의 슬픔도 왕보다 더하면 더했지 덜하지는 않았다. 시민들은 울면서 그들의 주위에 서 있을 뿐이었다. 달리 방법이 없었던 것이다. 사람들의 울부짖는 소리가 일을 하고 있는 시녀들 사이에 앉아 있던 헥토르의 아내 안드로마케(Andromache)의 귀에 들려 왔다. 그녀는 불길함을 어렴풋이 예감하면서 성루 쪽으로 나아갔다. 그곳에서 이러한 광경을 보았을 때, 그녀는 기절하여 하마터면 성 위에서 떨어질 뻔하였으나 시녀들이 그녀를 붙잡았다. 정신이 들자 그녀는 조국이 멸망하고, 자신은 적들의 포로가 되고 아들은 이방인들의 동정을 구걸하게 될 광경을 상상하며 통곡하였다.

아킬레우스와 그리스군이 파트로클로스를 죽인 자에 대해 원수를 갚은 후 그들은 파트로클로스의 장례식을 준비하는 데 분주하였다. 나무더미가 쌓이고 시체는 엄숙히 화장되었다. 그런 다음 역기와 기술을 겨루는 경기가 거행되었다. 이륜차 경주, 씨름, 권투, 활쏘기 등이었다. 대장들은 장례의 향연에 참석한 후 물러가서 쉬었다. 그러나 아킬레우스는 향연에도 참석하지 않고 잠도 자지 않았다. 죽은 친구 생각에 잠을 이룰 수가 없었다. 전투와 위험한 대해에서, 그리고 그 외에도 얼마나 많은 시련과 위험한 경지에서 고생하였던가! 날이 새기도 전에 그는 막사를 나와 이륜차에 준마를 매고 헥토르의 시체를 뒤에 매달았다. 시체를 매달고 파트로클로스의 분묘 주위를 두 바퀴 돈 뒤에 시체를 땅에 그대로 방치하였다. 그러나 아폴론은 이러한 학대를 받으면서도 시체가 찢기거나 손상되지 않게 하였고, 모든 더럽힘과 모독으로부터 방어하였다.

아킬레우스가 이와 같이 용감한 헥토르를 모독하며 쌓인 분노를 풀고 있는 동안 제우스는 헥토르를 불쌍히 여겨 테티스를 불렀다. 그는 그녀에게 아들 아킬레우스에게 가서 헥토르의 시체를 트로이군에게 반환하도록 설득하라고 분부하였다. 그런 다음 제우스는 무지개의 여신을 프리아모스 왕에게 파견하여, 용기를 내어 아킬레우스한테 가서 아들의 시체를 반환해달라고 청하라고 일렀다. 무지개의 여신이 전언을 하자 프리아모스는 이에 복종할 준비를 하였다. 그는 보물 창고에서 값비싼 의복과 직물들, 10탈란톤 (talanton)[24]의 금과 두 개의 훌륭한 삼각대, 정교하게 만든 황금 술잔을 꺼냈다. 그런 다음 아들들을 불러 자신의 가마를 꺼내 그 속에 아킬레우스에게 몸값으로 지불할 예정인 여러 물건들을 싣게 하였다. 준비가 다 되자 늙은 왕은 자기와 같은 연배인 전령관 이다이오스 한 사람만을 데리고 성에서 나와 왕후 헤카베와 친지들과 작별하였다. 그들은 왕이 죽으러 가는 거나 다름없다며 매우 슬퍼하였다.

그러나 제우스는 존경할 만한 왕을 불쌍히 여겨 헤르메스를 그의 안내자

---

24) 고대 그리스의 중량 단위

■아킬레우스를 찾아온 테티스(조반니 바티스타 티에폴로)

겸 보호자로 파견하였다. 헤르메스는 젊은 무사로 분장하고 두 노인 앞에 나타났다. 그를 보자 그들은 도망을 할까 항복을 할까 망설이고 있는데 그가 접근하여 프리아모스의 손을 잡고 아킬레우스에게 그들을 안내해 주겠다고 제의하였다. 프리아모스가 기꺼이 이 제의를 받아들이자 헤르메스는 마차에 올라 고삐를 잡고 얼마 안 가서 그들을 아킬레우스의 막사로 데려다 주었다. 헤르메스는 그의 지팡이의 마력으로 모든 수비병들을 잠들게 하여 아무런 제재도 받지 않고, 두 사람을 대동하고 막사에 앉아 있던 아킬레우스에게 프리아모스를 안내하였다.

늙은 왕은 아킬레우스의 발밑에 엎드려 자신의 아들들을 죽인 원수의 손에 입을 맞추었다. 그리고 애원하였다.

"오, 아킬레우스! 당신의 부친이 나와 같이 늙어 인생의 황혼기에 있다고 생각하여 보십시오. 그런데 이웃 나라의 힘센 장사가 아버지를 감금하고 있는데 곁에는 아버지를 구할 사람이 아무도 없다고 상상해 보시오. 그렇지만 아버지는 아들 아킬레우스가 살아 있다는 것을 알고 있으므로 언젠가는 아들과 만나게 될 것이라는 희망으로 기뻐할 것입니다. 그러나 나는 최근까지 트로이의 꽃이었던 아들들을 다 잃었기 때문에 아무 위안이 없습니다. 그러나 어떤 아들보다도 노년의 위안이었던 마지막으로 남은 아들마저도 나라를 위하여 싸우다가 당신의 손에 죽었습니다. 아들의 몸값으로 많은 보물을 가지고 왔습니다. 아킬레우스여, 신들을 두려워하십시오. 당신의 아버지를 생각해서라도 부디 나를 불쌍히 여기십시오."

이 같은 말은 아킬레우스를 감동시키고도 남았다. 그는 멀리 떨어져 있는 부친과 죽은 친구들을 번갈아 생각하면서 울었다. 프리아모스의 백발을 보고 아킬레우스는 연민의 정을 금할 수 없어 그를 일으키면서 말했다.

"프리아모스여, 나는 당신이 신들의 도움으로 이곳에 왔다는 걸 알고 있답

■ 일리아드의 한 장면

니다. 왜냐하면 신의 원조 없이는 아무리 혈기왕성한 청년일지라도 감히 이 곳에 오려는 엄두를 내지 못할 테니까요. 나는 당신의 애기에 감동했습니다. 당신의 청을 들어 드리지요. 그것이 제우스의 뜻에 순종하는 것에 틀림없을 겁니다."

이렇게 말한 뒤 그는 일어서서 프리아모스와 함께 밖으로 나가 들것에서 다른 짐은 다 내려놓고 시체를 덮을 두 벌의 외투와 한 벌의 겉옷만을 남겨 놓았다. 그리고 시체를 들것 위에 놓고 외투와 겉옷을 그 위에 폈다. 그것은 시체가 노출된 채로 트로이에 운반되지 않게 하기 위해서였다. 그 다음 아킬레우스는 장례를 위하여 열이틀 동안의 휴전을 약속한 후 늙은 왕과 그의 시종들을 떠나보냈다.

들것이 성 가까이 오자 성 위에서 이를 바라보고 있던 군중들은 그들의 영웅의 얼굴을 다시 한 번 보기 위하여 몰려나왔다. 헥토르의 어머니와 아내가 제일 먼저 나와서 시체를 보고는 비탄의 눈물을 흘렸다. 군중들도 그들과 같이 울었고 해가 질 때까지 울음소리가 끊이지 않았다.

다음 날부터 장례 준비가 진행되었다. 아흐레 동안 백성들은 나무를 가지고 와서 더미를 쌓았다. 열흘째 되는 날 그 위에 시체를 놓고 불을 당겼다. 트로이의 군중들은 몰려 나와 화장하는 나무더미 주위를 에워쌌다. 불이 다 타자 그들은 남은 불덩이에 술을 부어 끄고 유골을 모아 금으로 된 항아리에 담은 후 땅속에 묻고 그 위에 돌더미를 쌓았다.

트로이의 함락

《일리아드》는 헥토르의 죽음으로 끝났으므로 다른 영웅들의 운명을 알아보려면 《오디세이아》를 비롯하여 그 이후의 다른 시를 살펴보아야 한다. 헥토르가 죽은 뒤에도 트로이는 바로 함락되지는 않았고 새로운 동맹자의 원조를 받아 저항을 계속하였다. 이들 동맹자 중의 한 사람은 에티오피아의 왕 멤논이었는데 그의 이야기는 이미 앞에서 언급하였다. 또 한 사람은 아마존의 여왕 펜테실레이아(Penthesileia)였는데 그녀는 여무사들을 대동하고 왔다. 이 여무사들의 용맹함과 전투가 벌어질 때의 무서운 함성의 효과에 관해서는 여러 문헌들이 똑같이 증명하고 있다. 펜테실레이아는 용감한 무사들을 많이 무찔렀으나 자신도 결국 아킬레우스에 의하여 피살되었다. 그러나 아킬레우스는 쓰러진 적의 아름다움과 젊음과 용기를 생각하며 자기의 승리를 뼈저리게 후회하였다. 테르시테스(Thersites)라는 싸움 잘하고 군중을 선동하는 무례한 자가 이를 조소하자 아킬레우스는 그를 살해하였다.

아킬레우스는 프리아모스 왕의 딸 폴릭세네(Polyxene)를 본 일이 있었다. 아주 우연한 기회에 아마 트로이군에게 헥토르의 매장을 위하여 특별히 허용한 휴전 때였을 것이다. 그녀의 매력에 반한 아킬레우스는 폴릭세네와 결혼하기를 원하였다. 그래서 그리스군을 설복하여 트로이군과의 전쟁을 종식시키기 위해 최선을 다하겠고 약속하였다. 그가 아폴론의 신전에서 결혼 협정을 하고 있을 때 파리스가 그를 향하여 독약을 바른 화살을 쏘았다. 화살은 아폴론의 인도를 받아 아킬레우스의 몸에서 상처를 낼 수 있는 유일한 곳인 발뒤꿈치를 맞혔다. 그의 모친 테티스는 그가 갓난아이였을 때 그를 황천에 있는 스틱스 강의 물에 담가 그녀가 잡고 있던 뒤꿈치를 제외한 그의 신체의 모든 부분을 상하게 할 수 없게 하였었다.

이런 잔혹한 배반으로 피살된 아킬레우스의 시체는 아이아스와 오디세우스에 의해 구출되었다. 테티스는 그 아들의 갑옷을 생존자 중에서 가장 그것을 받을 만한 가치가 있다고 인정된 영웅에게 주라고 그리스군에게 지령을 내렸다. 아이아스와 오디세우스 두 사람만이 후보자로 나섰다. 대장들 중에서 심사 위원이 선정되었다. 심사 결과 갑옷은 오디세우스에게 수여되었는데, 그것은 용기보다 지혜를 더 높이 평가하였기 때문이었다. 선택을 받지 못한 아이아스는 스스로 목숨을 끊었고, 그의 피가 땅속으로 스며들어간 곳에 히아킨토스 꽃 한 송이가 피어났다. 그 잎에는 아이아스(Aias)의 이름의 처음 두 글자 '아이(Ai)'가 새겨져 있었다. 이 '아이'라는 말은 '비애'를 뜻하는 그리스어이다. 일설에는 히아킨토스라는 이름을 가진 소년이 죽어서 그 꽃이 되었다고도 전한다.

헤라클레스가 가진 화살의 도움 없이는 트로이를 함락시킬 수 없다는 사실이 알려졌다. 그 화살은 헤라클레스의 친구로서 최후까지 그와 같이 있었고, 그의 시체를 화장할 때 불을 붙인 필록테테스(Philoctetes)의 수중에 있었다. 필록테테스는 그리스군에 참가하였었는데, 우연히 독을 바른 화살에 발을 다쳤다. 그 상처에서 지독한 악취가 났으므로 그의 동료들은 그를 렘노스 섬에 데려다 놓았다. 그에게 다시 군대에 참가하도록 권유하기 위하여 디오메데스가 파견되어 그의 동의를 얻었다. 마카온이 필록테테스의 상처를 치료하였다. 그 후 그 운명적인 화살의 최초의 희생자가 된 것은 바로 파리스였다. 파리스는 고통 속에서도 자기가 영화를 누리던 동안 잊고 있었던 한 사람을 기억해 냈다. 그것은 그가 젊었을 때 결혼하였으나 문제의 미인 헬레네 때문에 버린 오이노네(Oenone)라는 요정이었다. 오이노네는 곧 약을 가지고 급히 파리스의 뒤를 따라 갔으나 때는 이미 늦었다. 그녀는 슬픔을 이기지 못해 목을 매어 죽었다.

트로이에는 팔라디온이라는 아테나의 유명한 조각상이 있었다. 이 조각상은 하늘에서 떨어졌다고 전해지며, 이 조상이 트로이 성 안에 있는 한 트로이는 함락되지 않는다는 신앙이 유포되었었다. 오디세우스와 디오메데스가 변장을 하고서 성 안으로 들어가 팔라디온을 탈취하여 그리스군의 진영으로 가지고 왔다.

그래도 트로이는 함락되지 않았다. 그래서 그리스군은 무력으로 트로이를 정복할 수 없음을 깨닫고 오디세우스의 충고대로 책략을 쓰기로 하였다. 그들은 성 공격을 포기하는 준비를 하는 것처럼 꾸미고 함선의 일부는 퇴각하여 인접한 섬 뒤에 숨었다. 그런 다음 그리스군은 거대한 목마를 제작하였다. 그들은 목마를 아테나에게 바치기 위한 선물이라고 선전하였으나, 사실 그 안에는 무장한 군대가 매복하고 있었다. 나머지 그리스군들은 함선으로 돌아가 마치 철수하는 것처럼 바삐 움직였다. 트로이군은 그리스군이 철수하고, 함대가 떠나는 것을 보고서 적이 공격을 포기한 것으로 여겼다. 굳게 닫혔던 성문들이 모두 열리고, 성 안의 주민들은 얼마 전까지만 해도 그리스군이 진을 치고 있던 곳을 자유롭게 다닐 수 있게 된 것을 기뻐하며 몰려 나왔다. 거대한 목마가 호기심의 대상이 되었다. 무엇에 쓰는 것일까 하고 사람들은 매우 궁금하게 여겼다. 어떤 사람들은 그것을 전리품으로 성 안으로 옮기는 것이 좋겠다고 하였고, 어떤 사람들은 분명 무슨 음모가 있을 거라고 하며 두려

■ 트로이의 목마(앙리 모트)

움에 떨었다.

그들이 이렇듯 주저하고 있을 때 포세이돈의 사제인 라오콘(Laokoon)이 외쳤다.

"여러분, 이게 도대체 무슨 미친 짓입니까? 그리스군은 간계에 능하므로 늘 경계해야 함을 여러분도 잘 알고 있지 않습니까? 나라면 절대 그들이 어떤 선물을 바친다 해도 경계를 풀지 않을 겁니다."

이렇게 말하면서 그는 거대한 목마의 옆구리에 창을 던졌다. 속이 빈 것 같은 울림이 신음 소리와 섞여서 들려 왔다. 그러자 트로이군들은 이 충고를 받아들여 목마와 그 속에 들어 있는 것을 모두 파괴하려고 하였다.

그러나 바로 그 순간에 한 무리의 사람들이 그리스인으로 보이는 한 죄수를 끌고 나타났다. 그는 두려움에 정신을 잃어 허둥대며 대장들 앞으로 끌려 왔다. 대장들은 묻는 말에 대답만 하면 목숨은 살려 주겠노라고 약속하면서 그를 진정시켰다. 그는 대답하기를, 자기는 시논(Sinon)이라는 이름의 그리스인인데, 오디세우스가 자기를 맘에 들어 하지 않았기 때문에 그리스군들이 퇴각할 때 자기만 남겨졌다고 하였다. 목마에 관한 물음에는 그것은 아테나의 비위를 맞추기 위한 헌납품일 뿐이며, 그렇게 크게 만든 이유는 성 안으로 운반하지 못하게 하기 위해서라고 대답했다. 왜냐하면 목마가 트로이군 수중에 들어가게 되면 트로이군이 틀림없이 승리한다고 예언자 칼카스가 말했기 때문이라고 덧붙였다.

이 말을 들은 트로이군은 심경의 변화를 일으켜 거대한 목마와 그에 결부된 길조를 확보할 방책을 강구하기 시작하였다. 그때 갑자기 괴이한 일이 일어나 점점 더 의심할 여지가 없게 되었다. 두 마리의 큰 뱀이 바다로 떠올라 육지를 향해 다가왔기 때문에 군중들은 사방으로 도망쳤다. 뱀은 라오콘이 두 아이들을 데리고 서 있는 곳으로 왔다. 뱀은 먼저 아이들을 공격하여 그 몸을 친친 감고 얼굴에 독기를 내뿜었다. 라오콘은 아이들을 구출하려고 하였으나 뱀이 그의 몸을 감고 말았다. 그는 뱀을 뿌리치려고 온 힘을 다하였으나 뱀은 그와 그의 아이들의 목을 졸랐다.

사람들에게 이 사건은 라오콘이 목마에 대하여 무례한 말을 하였기 때문에 신들이 노한 징조라고 생각되었다. 그래서 그들은 더 이상 주저하지 않고 목마를 성스러운 물건으로 여기고 적당한 의식을 갖추어 성 안으로 끌고 갈 준비를 하였다. 의식은 노래와 승리의 환호 속에서 치러졌고 온종일 잔치가 계속되었다. 밤이 되자 목마의 뱃속에 들어 있던 무사들이 간첩 시논의 도움으로 목마에서 빠져 나와 어둠을 타고 귀환한 우군에게 성문을 열어 주었다. 성은 불타고 잔치로 인한 피곤함에 지쳐 잠이 든 백성들은 참살되었다. 마침내 트로이는 완전히 정복되었다.

라오콘과 그의 아들이 뱀에 휘감겨 있는 조각상은 현존해 있는 조상 중에서 가장 유명한 작품 중 하나이다. 원작은 로마의 바티칸 궁전에 있다.

프리아모스 왕은 성이 그리스군에게 점령당하던 날 밤에 피살되었다. 피살되기 전에 그는 무장을 하고 무사들과 같이 싸우려고 하였으나 늙은 왕후 헤카베에게 설복당하여 딸들과 함께 제우스의 제단으로 가서 탄원하였다. 그동안에 그의 막내아들인 폴리테스(Polites)가 아킬레우스의 아들인 피로스(Pyrrhos)에게 부상을 입고 그곳으로 쫓겨 아버지의 발밑에서 절명하였다. 격분한 프리아모스는 피로스를 향해 힘없는 손으로 창을 던졌지만 곧바로 피살되었다.

헤카베(Hekabe)와 딸 카산드라(Cassandra)는 포로가 되어 그리스로 연행되었다. 카산드라는 아폴론의 사랑을 받아 아폴론으로부터 예언의 능력을 부여받은 여인이었다. 그러나 후에 아폴론은 그녀에 대하여 기분을 상한 일이 있어 그녀의 예언이 적중하지 않게 만들었다. 또 아킬레우스가 생전에 사랑

■ 라오콘 조각상

한 딸 폴릭세네는 아킬레우스의 사후 그의 유령의 요구에 따라 그리스인에 의하여 그의 묘 앞에 희생물로 제공되었다.

메넬라오스와 헬레네

독자 여러분들은 이처럼 많은 살육의 원인이 된 아름답지만 죄 많은 헬레네의 운명을 알고 싶어 할 것이다. 트로이가 함락되자 메넬라오스는 그의 아내를 다시 소유하게 되었다. 헬레네는 아프로디테의 농간으로 남편을 버리고 다른 남자에게 가긴 했지만 여전히 자신의 남편을 사랑하였다. 파리스가 죽은 뒤 그녀는 은밀히 그리스군을 도왔는데 특히 오디세우스와 디오메데스가 팔라디온을 탈취하기 위하여 변장을 하고 성내에 들어왔을 때 많은 도움을 주었다. 그녀는 오디세우스를 보고 바로 그 정체를 눈치챘으나 비밀을 지켰을 뿐만 아니라 팔라디온을 찾는 데 협력하였다. 그래서 그녀와 남편과의 화해는 성립되고 두 사람은 선발대에 끼어 트로이의 해안을 떠나 고국으로 향하였다. 그러나 그들은 신들의 뜻을 거슬린 일이 있어 폭풍우를 만나 지중해의 해안을 이리저리 표류하며 키프로스, 페니키아, 이집트에 들렀다. 이집트에서는 환대를 받고 또 많은 선물을 받았는데, 그 중 헬레네에 대한 선물은 금으로 만든 방추와 바퀴가 달린 바구니였다. 그 바구니는 양털과 실감개를 넣기 위한 것이었다.

메넬라오스와 헬레네는 마침내 무사히 스파르타에 도착하여 다시 왕위에 오르고 영화를 누렸다. 오디세우스의 아들 텔레마코스가 그의 아버지를 찾으러 스파르타에 왔을 때, 메넬라오스와 헬레네는 딸 헤르미오네(Hermione)와 아킬레우스의 아들 네오프톨레모스(Neoptolemos)와의 결혼식을 거행하고 있었다.

아가멤논, 오레스테스, 엘렉트라

그리스군의 총지휘자이며 메넬라오스와 형제간인 아가멤논은 동생을 위하여 복수전에 참가하였으나 결과는 만족할 만큼 좋지가 않았다. 그가 없는 동안 아내 클리타임네스트라(Klytaimnestra)는 정부와 불륜을 저질렀다. 클리타임네스트라는 남편의 귀환이 가까워 오자 정부 아이기스토스(Aegisthus)와 공모하여 음모를 꾸미고 남편의 귀환을 축하하는 연회석상에서 남편을 죽였다.

공모자들은 아들 오레스테스(Orestes)도 죽일 셈이었다. 왜냐하면 아직은 어려서 별 걱정이 없었으나 성장 후의 후환이 두려웠기 때문이었다. 오레스테스의 누이인 엘렉트라는 비밀리에 포키스 왕인 백부 스트로피오스에게 동생을 도피시켜 그의 생명을 구하였다. 오레스테스는 스트로피오스 궁전에서 왕자 필라데스(Pylades)와 같이 성장하였는데 그들의 돈독한 우정은 속담으로 전해질 정도였다. 엘렉트라는 종종 시종을 보내어 동생에게 아버지의 원수를 갚아야 할 의무를 상기시켰다. 오레스테스는 성장하여 델포이의 신탁에 문의한 후 더욱 복수의 결심을 단단히 하였다. 그래서 그는 완전하게 변장한 뒤 아르고스에 가서 스트로피오스의 사자라 사칭하고, 오레스테스의 사망을 알리러 왔으며 고인의 유골을 항아리에 넣어 가지고 왔다고 말하였다. 그는 아버지의 묘에 성묘하고 고대인의 예식에 따라 제물을 올린 뒤에 누이 엘렉트라에게 자기의 정체를 밝혔다. 그리고 그 후 바로 아이기스토스와 클리타임네스트라를 참살하였다.

자식이 어머니를 죽였다는 이 패륜적 행위는 비록 그것이 피살된 자의 죄악과 신들의 명령에 연유한 것이므로 전혀 이해가 안 되는 것은 아니지만, 역시 오늘날의 우리가 느끼는 감정과 마찬가지로 고대인의 마음속에도 혐오감

■ 아가멤논의 무덤 앞에 있는 엘렉트라 (프레데릭 레이튼)

을 일으켰다. 복수의 신인 에우메니스는 오레스테스를 미치게 하여 각처를 유랑하게 하였다. 필라데스는 그의 유랑에 동반하며 뒤를 돌보아 주었다. 마침내 다시 신탁에 문의하자 스키티아의 타우리스에 가서 하늘에서 떨어졌다고 전해지는 아르테미스의 조각상을 가지고 오라는 이야기를 들었다. 신탁에 응하여 오레스테스와 필라데스는 타우리스로 갔는데, 그곳에서는 야만스런 주민들이 그들의 영역에 들어온 모든 이방인을 아르테미스에게 희생물로 바치는 관습이 있었다. 두 친구는 붙잡혀 결박당한 채 희생물로써 신전으로 운반되었다. 그런데 이 신전의 사제는 다름 아닌 이피게네이아였다. 이피게네이아는 오레스테스의 누이로서 앞에서 이야기된 대로 제물로 희생되려는 순간에 아르테미스에 의하여 납치되었던 여인이다. 제물로 끌려온 사람들을 알아보고 이피게네이아도 자기의 신분을 그들에게 밝혔다. 세 사람은 여신상을 가지고 미케나이로 도망쳤다.

그러나 오레스테스는 아직도 복수의 신들 수중에서 석방되지 못했다. 마침내 그는 아테나이에 있는 아테나에게 구원을 청하였다. 아테나는 그를 보호해 주었고, 아레오파고스의 법정에서 그의 운명을 재판하게 하였다. 복수의 신들은 그를 고소하였고, 오레스테스는 델포이 신탁의 명령에 의한 것이라고 변명하였다. 재결을 하자 찬성과 반대의 수가 같았으므로 오레스테스는 아테나의 명령으로 석방되었다.

트로이 시의 위치

트로이 시와 그 영웅들에 관하여 이렇게 많은 이야기를 서술했지만 독자 여러분들은 이야기 속 유명한 도시들의 정확한 위치가 현재까지도 밝혀지지

■ 아가멤논 마스크

■ 트로이의 유적지

않고 있다면 아마 깜짝 놀랄 것이다. 호메로스와 고대의 지리학자들이 지적한 곳과 가장 유사한 평원에는 분묘의 흔적은 더러 있으나 큰 도시가 있었던 것 같은 흔적은 보이지 않는다.

현재는 트로이 시의 위치를 대체로 소 아시아의 스칸만데르 강과 시모이스 강의 중간, 즉 터키 서북부의 해안 지방쯤으로 추정하고 있다.

오디세우스의 모험

호메로스의 대 서사시 《오디세이아》로 관심을 돌려 보기로 하자. 그것은 오디세우스가 트로이로부터 본국 이타케로 귀환하는 도중의 일들을 적은 것이다.

배는 트로이를 출발하여 키콘 족이 살고 있는 이스마로스 시에 처음 상륙하였다. 그곳에서 주민들과 충돌이 일어나 오디세우스는 한 배에서 여섯 명의 부하를 잃었다. 다시 그곳을 출범한 후 그들은 폭풍우를 만나 9일 동안 해상을 표류한 끝에 로토파고스의 나라에 도착하였다. 이곳에서 식수를 보충한 후에 오디세우스는 부하 세 명을 파견하여 이곳에 어떤 인종이 살고 있는가를 탐지하도록 하였다. 세 사람이 로토파고스에 도착하자 그곳 사람들은 친절하게 맞은 후 자기네들의 주식인 연(蓮)으로 만든 음식을 대접했다. 이 음식을 먹은 세 사람은 이상하게도 자신들의 고향과 가족들을 까맣게 잊어버리고 그 나라에 머물려고 하였다. 그래서 오디세우스는 그 세 사람을 끌고 오느라 몹시 힘겨웠으며 최후에는 배의 의자에 붙잡아 매지 않으면 안 될 상황이었다.

두 번째로 도착한 나라는 키클롭스의 나라였다. 키클롭스는 거인족으로서 이 종족은 섬 하나에 모여 살고 있었는데, 키클롭스란 '둥근 눈'이라는 뜻이다. 이 거인들이 그렇게 불린 까닭은 그들에게는 눈이 하나밖에 없었고, 그것도 이마 중앙에 자리잡고 있었기 때문이었다. 그들은 동굴 속에서 살면서 섬에서 자라는 야생식물과 양의 젖을 먹으며 살아갔다.

오디세우스는 함선의 주력 부대를 정박시켜 놓고, 선물로 술 한 병을 가지고 한 척의 배를 타고서 식량을 구하러 부하들을 거느리고 키클롭스 섬으로 갔다. 큰 동굴이 있는 곳에 이르러 그 속으로 들어갔지만 아무도 만나지 못한 오디세우스는 무엇이 들어 있나 궁금해져 동굴 안을 살펴보았다.

동굴 속에는 포동포동하게 살이 찐 양 떼와 치즈와 우유를 담은 통과 주발, 우리 속의 새끼 양들이 가득 들어 있었다. 얼마 안 있어 동굴의 주인 폴리페모스가 큰 나뭇짐을 지고 돌아와 그것을 동굴 입구에 내려놓았다. 그는 젖을 짜기 위해서 양과 염소를 동굴 안으로 몰아넣고, 안으로 들어와서는 스무 마리 황소의 힘으로도 끌 수 없는 큰 바위를 동굴 입구에 끌어다 놓고는 앉아서 양젖을 짰다. 그리고 젖의 일부분은 치즈로 만들기 위하여 저장하고 나머지는 식사 때 먹기 위해 그대로 두었다. 그런 후에 둥근 눈으로 사방을 둘러보았다. 침입자들이 눈에 띄자 큰 소리로 누구며 어디서 왔느냐고 호통을 쳤다. 오디세우스는 매우 공손한 태도로 자기들은 그리스인인데, 최근 트로이를 정복하여 빛나는 공을 세우고 대원정에서 귀국하는 길이라고 말한 뒤 도와달라고 간청했다. 폴리페모스는 아무 대답도 하지 않고 한쪽 손을 내밀어 오디세우스의 부하 두 사람을 붙잡았다. 그런 다음 동굴의 벽을 향하여 두 사람을 내던져 머리를 박살나게 하였다. 그리고는 그들을 맛나게 먹어 치운 뒤 동굴 바닥에 누워 잠이 들었다.

오디세우스는 그가 잠든 사이 그를 칼로 찔러 죽일까도 생각해 보았지만 그렇게 되면 도리어 그들 전부의 멸망을 가져올 거라고 확신하였다. 왜냐하면 거인이 동굴 입구에 갖다 놓은 바위는 그들의 힘으로는 도저히 움직일 수 없고, 따라서 그들은 영원히 동굴 속에 갇히게 될 것이기 때문이었다. 다음 날 아침에도 거인은 두 명의 그리스인을 또 붙잡아 전날과 마찬가지로 살 점 하나 남기지 않고 먹어 치웠다. 그러고 나서 입구에 있는 바위를 열고서 전과 같이 양 떼를 몰아내고 자기도 나간 뒤에 바위로 다시 입구를 막았다. 그가 나가자 오디세우스는 피살된 부하들의 원수를 갚고, 남은 부하들과 도망갈 방도를 강구하였다.

그는 부하들로 하여금 큰 나무 막대기를 준비하게 하였다. 그들은 키클롭스가 지팡이를 만들기 위하여 베어 온 나무를 찾아내었다. 그들은 막대기의 끝을 뾰족하게 하여 불에 잘 말려 동굴 바닥에 있는 짚 밑에다 감추었다. 다음에는 가장 용감한 사람들로 네 명을 뽑았고, 오디세우스까지 합세하여 다섯 명이 거사를 감행하기로 하였다. 저녁때가 되자 키클롭스가 돌아와서 전과 같이 바위를 굴려 입구를 열고 양 떼를 안으로 몰아넣었다. 그리고 어제와 같이 젖을 짜고 모든 준비를 한 후에 다시 또 오디세우스의 부하 중 두 사람을 잡아 저녁 식사로 먹어 치웠다.

그가 식사를 끝내자 오디세우스는 그에게 접근하여 술을 한 잔 따라 주면서 말했다.

"키클롭스여, 이것은 술입니다. 인육을 먹은 뒤에 마시면 좋습니다."

거인은 술을 받아 마셨다. 그리고 아주 맛있다며 더 달라고 요구하였다. 오디세우스가 더 따라 주었더니 거인은 매우 기뻐하며 은혜를 베풀어 오디세우스는 맨 나중에 잡아먹겠다고 약속하였다. 거인이 오디세우스에게 이름을 물었다.

"나의 이름은 우티스[25]라고 합니다."

---

25) '아무도 아니다' 라는 뜻의 그리스어

오디세우스가 대답하였다. 저녁 식사가 끝나자 거인은 자리에 누워 바로 잠이 들었다. 그러자 오디세우스는 앞서 선발한 네 명의 부하들과 더불어 막대기 끝을 불 속에 넣어 숯불과 같이 벌겋게 달군 다음 거인의 애꾸눈을 향해 찔렀다. 나무가 눈에 깊이 박히자 목수가 나사를 돌리듯이 빙빙 돌렸다. 거인의 고함소리에 동굴이 떠나갈 듯하였다.

오디세우스는 그의 부하들과 함께 재빨리 몸을 피하여 동굴의 한쪽 구석에 숨었다. 거인은 비명을 지르며 근처 다른 동굴에 살고 있는 키클롭스들에게 구원을 요청하였다. 그들은 그의 울부짖음을 듣고 그의 동굴 주위에 모여 왜 이렇게 소리쳐 잠도 못 자게 하느냐고 물었다. 그는 대답하였다.

"오, 친구들이여! 나는 죽네. 우티스가 나를 찔렀다네."

그들은 이렇게 대답하였다.

"아무도 너를 찌르지 않았다면 제우스가 고통을 내린 것이니 그것을 받아들이는 수밖에⋯⋯."

그들은 신음하는 동료를 남겨 놓고 돌아가 버렸다.

다음 날 아침 키클롭스는 양 떼를 목장으로 내보내기 위하여 바위를 옆으로 치운 뒤 양의 몸을 만져 보기 위하여 동굴의 입구에 서 있었다. 그것은 오디세우스와 그의 부하들이 양 떼에 섞여 도망하는 것을 막기 위해서였다. 그러나 오디세우스는 부하들로 하여금 동굴 바닥에 흩어져 있던 버들가지로 마구를 만들게 하여 세 마리의 양을 한 조로 하여 그 마구를 채워 나란히 걸어가게 하였다. 세 마리 중 중간 것에 부하들이 한 사람씩 매달리고, 양편에 있는 양들이 이를 보호하였다. 양이 지나갈 때마다 거인은 등과 옆구리를 만져 보았으나, 배는 만져 보지 않았다.

이렇게 부하들이 모두 무사히 통과하고 나서 오디세우스가 마지막으로 통과하였다. 동굴에서 몇 발자국 떨어진 거리에 왔을 때, 오디세우스와 그의 부하들은 양 무리들 속에서 빠져 나와서 양 떼를 함대가 있는 쪽으로 몰았다. 그리고 서둘러서 양 떼를 배에다 실은 뒤 해안에서 떠났다. 안전한 거리에 왔을 때 오디세우스는 외쳤다.

"키클롭스여, 너의 극악한 행위에 대해 신들이 벌을 내린 것이라고 생각해라. 그리고 네가 수치스럽게도 눈을 잃은 것은 오디세우스가 너를 벌한 것이다."

이 말을 듣자 키클롭스는 산등성이에 돌출한 바위를 뽑아 온 힘을 다하여 소리 나는 곳을 향하여 던졌다. 이 거대한 바위는 아슬아슬하게 오디세우스의 함대를 비껴서 떨어졌다. 거대한 바위가 바다로 떨어지는 바람에 배가 육지로 밀려 하마터면 침몰할 뻔하였다. 그들이 배를 가까스로 해안에서 끌어내 출범하자 오디세우스는 또다시 거인을 부르려고 하였으나 부하들이 만류하였다. 그러나 그는 거인에게 그가 던진 바위를 그들이 무사히 피하였다는 사실을 알리고 싶어 안달이었다. 그래서 전보다 더 안전한 거리에 도달하였을 때 소리쳐 거인에게 이 사실을 알렸다. 거인은 저주의 말을 퍼부으며 이에 대답하였다. 오디세우스와 그의 부하들은 힘껏 노를 저어 자기편의 함대에 합류하였다.

오디세우스는 다음에는 아이올로스 섬에 도착하였다. 제우스는 이 섬의 왕 아이올로스에게 바람의 지배권을 위탁하여 마음대로 바람을 풀거나 거두어들일 수 있게 하였다. 그는 오디세우스를 친절히 접대하였고, 떠날 때는 해롭고 위험한 가죽 자루에 바람을 넣어 은사슬로 묶어 그에게 건네주고 순풍에 명령하여 배를 그들의 고국으로 인도하도록 하였다. 9일 동안 그들은 순풍에 돛을 달고 질주하였다. 그리고 그동안 자지 않고 키 옆에 서 있던 오디세우스는 피곤을 이기지 못하고 잠들었다. 그가 자고 있는 동안에 선원들은 그 신비스런 자루에 관하여 토론을 벌인

■ 오디세우스와 키클롭스(자콥 요르단스)

결과, 그 속에는 친절한 아이올로스 왕이 자기들의 대장에게 선사한 보물이 들어 있을 것이라는 결론을 내렸다. 자기들도 조금씩 나누어 가져야겠다는 생각에 끈을 풀자 바람이 몰려나왔다. 배는 진로에서 벗어나 그들이 출발했던 섬으로 되돌아오고 말았다. 그들의 어리석은 짓에 노한 아이올로스가 더 이상은 도와주지 않겠노라고 선언하는 바람에 이후 그들은 노를 저어 힘겹게 항해해야만 했다.

라이스트리곤인

그들의 다음 모험은 라이스트리곤(Laistrygon)이라는 야만족을 상대로 한 것이었다. 배는 모두 야만족의 항구로 들어갔다. 완전히 육지로 둘러싸인 만의 광경에 유혹되었기 때문이었다. 오직 오디세우스만은 자신의 배를 항구 밖에 정박시켰다. 라이스트리곤인들은 그 선박들이 완전히 자기들 수중에 있음을 알게 되자, 공격을 개시하여 바위를 던져 배를 부수고 전복시켜 물속에서 버둥거리는 선원들을 창으로 찔러 죽였다. 항구 밖에 남아 있던 오디세우스의 배를 제외한 모든 배들이 선원들과 함께 사라져 버렸다. 오디세우스는 도망치는 것 외에 별 도리가 없다고 생각하여 부하들을 독려하여 힘껏 노를 저어 도망쳤다.

죽은 동료들에 대한 슬픔과 자신들이 무사히 도망친 데 대한 기쁨이 뒤섞인 마음으로 그들은 항해를 계속하여 마침내 태양의 딸 키르케가 살고 있는 아이아이에라는 섬에 도착하였다. 이곳에 상륙한 오디세우스는 한 작은 산에 올라가 주위를 둘러보았다. 어디에서도 사람이 살고 있는 자취를 발견할 수 없었는데 섬 중심부의 한 곳에 수목으로 둘러싸인 궁전이 보였다. 그래서 그는 에우릴로코스의 인솔 아래 선원의 절반을 파견하여, 어떠한 접대를 받을 수 있는가를 탐사하게 하였다. 궁전에 접근하였을 때 그들은 사자, 범, 늑대들에게 둘러싸이고 말았다. 이 짐승들은 키르케의 마술로 순하게 길들어 있었다.

키르케는 유명한 마술쟁이였다. 이 동물들은 모두 전에는 인간이었으나 키르케의 마술에 걸려 짐승으로 변한 것이었다. 부드러운 음악 소리와 여자의 아름다운 노래 소리가 안에서 들려 왔다. 에우릴로코스는 혹시 위험하지 않을까 하는 마음에 안으로 들어가지 않았지만 그 외의 사람들은 노랫소리에 끌려 모두 안으로 들어갔다. 키르케는 손님들을 별실로 안내하여 술과 여러 가지 음식을 대접하였다. 그들이 실컷 먹고 마시고 하였을 때 키르케는 마법의 지팡이를 그들의 몸에 대었다. 그러자 그들은 바로 돼지로 변하고 말았다. 머리, 몸뚱이, 목소리와 털은 완벽하게 돼지로 바뀌었지만 유일하게 정신만은 변하지 않았다. 키르케는 그들을 돼지우리 속에 가두고 도토리 등 돼지가 즐기는 여러 가지 다른 먹이를 주었다.

에우릴로코스는 급히 배가 있는 곳으로 돌아가서 자기가 본 것들을 이야기하였다. 오디세우스는 어떠한 방법으로든지 자신이 동료들을 구출하기로 결심하였다. 그가 혼자서 걸어가고 있을 때 한 청년을 만나게 되었다. 그 청년은 그가 겪은 모험들을 알고 있는 듯 친절하게 말을 걸어왔다. 청년은 자신의 이름은 헤르메스라고 밝히고 오디세우스에게 키르케의 요술에 관하여 알리며 그녀에게 접근하면 위험하다고 말하였다. 그러나 오디세우스를 단념시킬 수는 없었으므로 헤르메스는 마술에 대항할 수 있는 강력한 힘을 가지고 있는 몰리(Moly)라는 식물의 가지 하나를 그에게 주고, 그 사용법을 가르쳐 주었다.

오디세우스가 궁전에 도착하자 키르케는 그를 친절히 맞아들이고, 전에 그의 동료들에게 한 것과 같이 후대하였다. 그가 식사를 끝내자 그녀는 지팡이를 그의 몸에 대면서 말하였다.

"자, 어서 우리로 가서 네 친구들과 뒹굴며 놀아라, 꿀꿀아!"

그러나 오디세우스는 그 말을 따르지 않고 칼을 빼들고 얼굴에 노기를 가득 띤 채 그녀에게 달려들었다. 그녀는 무릎을 꿇고 용서를 빌었다. 그는 그녀에게 자기의 동료들을 풀어 주고 다시는 남에게 해를 끼치지 않겠다는 맹세를 하라고 명령하였다. 그녀는 맹세를 되풀이하고 그들을 친절히 대접한 후에 무사히 방면하겠다고 약속하였다. 키르케는 약속을 지켰고 돼지로 변했던 사람들은 다시 제 모습으로 돌아왔다. 배에 있던 다른 선원들도 모두 이곳으로 와서 환대를 받았다. 오디세우스는 고국도 잊고, 안일한 생활에 젖어 부끄러운 줄도 모르고 그 생활에 만족하는 것처럼 보였다.

결국 기다리다 못한 그의 동료들이 그에게 충고를 했고 오디세우스는 그들의 충고를 감사히 받아들였다. 키르케는 그들의 출발을 돕고 세이렌들이 있는 해변을 무사히 통과하는 방법을 가르쳐 주었다. 세이렌들은 바다의 요정으로 세이렌의 노래를 듣게 되면 누구나 그 노래에 매혹되었다. 그 노래 소리를 들은 선원들은 자신도 모르게 바닷속으로 뛰어들고 싶은 충동을 느껴 자신을 망치고 마는 것이었다. 키르케는 오디세우스에게 선원들의 귀를 밀랍으로 막아 노래 소리를 듣지 못하게 하라고 일렀다. 그리고 오디세우스 자신은 선원들을 시켜 몸을 돛대에 결박하게 한 후, 세이렌 섬을 통과하기까지는 그가 무슨 소리를 하거나 무슨 짓을 해도 그의 몸을 절대로 풀어 주어서는 안 된다고 단단히 일렀다.

오디세우스는 키르케의 말에 복종하였다. 그는 부하들의 귀를 밀초로 막고, 그들로 하여금 자신을 줄로 단단히 돛대에 붙잡아 매도록 하였다. 그들이 세이렌 섬에 접근하자 바다는 평온하고 그 위로 매우 고혹적이고 매력적인

■키르케(워터하우스)

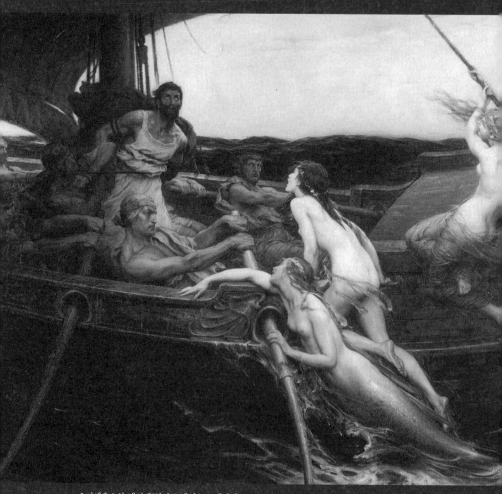

■ 오디세우스와 세이렌(허버트 제임스 드레이퍼)

노랫소리가 들려 왔다. 노래를 듣고 참을 수 없어진 오디세우스는 결박을 풀려고 격하게 몸부림쳤고 부하들에게 몸짓과 눈짓으로 어서 자신을 풀어 달라고 애원하였다. 그러나 그들은 그의 처음 명령을 잊지 않고 달려와서 결박을 더욱 단단하게 죄었다. 그들은 항해를 계속하였다. 노래 소리는 점점 약해져서 마침내는 들리지 않게 되었다. 그때에야 오디세우스는 안심하며 선원들에게 귀에서 밀랍을 빼라고 신호를 하였고, 선원들도 오디세우스의 결박을 풀어 주었다.

스킬라와 카립디스

오디세우스는 키르케에게 들은 스킬라와 카립디스라는 두 괴물을 주의하라는 경계를 잊지 않고 있었다. 앞에서 이미 글라우코스 이야기를 할 때 스킬라에 관해서도 간략하게 언급했듯이 스킬라는 원래 아름다운 처녀였는데 키르케에 의해 뱀으로 변하게 되었다.

스킬라는 높은 절벽 위에 있는 동굴에서 살면서 그곳에서 여섯 개나 되는 긴 머리를 내밀어 머리가 닿는 거리를 지나는 배가 있으면, 그 배의 선원들을 한 사람씩 입으로 잡아먹었다.

또 하나 무서운 것은 해변 가까이에 살고 있는 카립디스라는 소용돌이였는데 매일 세 번씩 물이 바위틈으로 빨려 들어가고 또 세 번씩 역류하는 것이었다. 이 소용돌이에 빠지면 배는 물과 함께 빨려 들어가고, 바다의 신 포세이돈일지라도 그것만은 구출할 수가 없었다.

이렇듯 무서운 괴물이 지키고 있는 길목에 이르자 오디세우스는 엄중한 감시를 하였다. 카립디스로 물이 빨려 들어가는 곳은 소용돌이치는 물소리가 요란하므로 쉽게 경계할 수 있으나 스킬라는 어디에서 그 긴 머리를 내밀지 알 수가 없었다. 오디세우스와 그의 부하들이 불안한 눈빛으로 소용돌이를 살피느라 정신없는 틈을 타 스킬라는 머리를 내밀고 순식간에 여섯 명의 선원을 납치해 갔다. 선원들의 울부짖는 소리가 대기를 찢어놓는 듯했다. 그것은 오디세우스가 지금까지 보아온 것 중에서도 가장 비참한 광경이었다. 동료들이 이렇게 단말마의 비명을 지르며 희생되는 것을 보면서도, 그들은 그저 속수무책일 뿐이었다.

오디세우스에게 키르케는 또 다른 위험을 경계하라고 일러 주었다. 그것은 스킬라와 카립디스를 통과한 다음에 상륙할 곳은 트리나키아라는 섬인데 그곳에는 태양신 히페리온의 가축을 그의 두 딸 람페티아와 파에투사가 기르고 있었다. 아무리 항해자들에게 필요한 것일지라도 이 가축 떼를 건드려서는 안 된다는 것이었다. 이 금령을 위반하는 자는 반드시 그 죗값을 치러야만 했다.

오디세우스는 이 태양신의 섬에 들르지 않고 통과하려고 하였으나 배를 정박시키고 해안에서 하룻밤만 자면 그동안 쌓인 피로가 풀릴 것 같다고 선원들이 애원하는 바람에 하는 수 없이 양보하였다. 그러나 그는 그들에게 키르케가 배에 실어 준 식량에 만족해야 하며 신성한 양이나 다른 가축에게는 절대로 손을 대서는 안 된다고 신신당부한 뒤 배를 상륙시켰다.

식량이 남아 있는 동안에는 부하들도 약속을 지켰으나 역풍으로 인해 한 달 동안 섬에 체류하게 되자 식량은 바닥이 났고, 새나 물고기를 잡아먹어야만 했다. 굶주림에 지친 부하들은 더 이상 참지 못하고 오디세우스가 잠시 자리를 비운 틈을 타 가축을 몇 마리 잡아먹고, 일부분은 신들에게 바치고 자신들의 죄를 사하여 달라고 빌었다. 그러나 그것은 소용없는 일이었다. 다시 돌아온 오디세우스는 그들이 저지른 일을 알고 공포에 떨었다. 뒤이어 일어난 불길한 징조 때문에 공포는 배로 늘어났다. 짐승의 껍질들이 땅 위를 스멀스멀 기어 다니고, 불에 구워진 살점에서 울음소리가 났던 것이다.

순풍이 다시 불자 그들은 섬에서 떠났다. 얼마 가지 않아 갑자기 기후가 변하고 폭풍우가 일며 번갯불이 번쩍거렸다. 벼락이 돛대에 떨어져 돛대가 넘어지면서 키잡이가 깔려 죽었다. 마침내 배까지 부서져 버렸다. 나란히 떠내려가는 용골과 돛대로 오디세우스는 뗏목을 만들어 몸을 실었다. 바람이 잠잠해지고 파도는 그를 칼립소의 섬으로 옮겨놓았다. 다른 선원들이 모두 사망한 것은 물론이다.

칼립소

칼립소(Calypso)는 바다의 요정 중의 한 사람인데, 요정이란 신분이 낮기는 하지만 신의 속성을 지니고 있는 여성 신을 가리킨 말이다.

칼립소는 오디세우스를 친절히 맞이하고 융숭히 대접하였다. 또한 그를 사랑하게 되어 그에게 영생 불사를 주어 영원히 그를 자기 옆에 있게 하려고 하였다. 그러나 그는 고국과 가족들에게로 돌아가려는 마음을 버리지 않았다. 칼립소는 제우스로부터 그를 보내 주라는 명령을 받았다. 헤르메스가 이 명령을 전하였는데 그때 칼립소는 동굴 속에 있었다. 이 동굴의 광경을 호메로스는 다음과 같이 노래하고 있다.

정원 가득 뻗친
포도덩굴에는 포도송이가 주렁주렁 열려 넓은 동굴을 가렸네.
네 개의 샘에선 맑은 물이 솟아

■ 오디세우스와 칼립소(제라르 드 래레스)

구불구불 온 대자를 적시네.
부드러운 초록색 목장은 끝이 보이지 않고,
오랑캐꽃은 자줏빛으로 목장을 수놓았네.
그 광경은 하늘의 헤르메스도 놀라고 기뻐할 광경이라네.

칼립소는 마음이 내키지 않았지만 제우스의 명령을 따를 수밖에 없었다. 그녀는 오디세우스에게 뗏목을 만들 재료와 충분한 식량과 순풍을 내주었다. 오디세우스는 여러 날 순조로운 항해를 계속했으나 육지가 보이는 곳에 이르자 갑자기 폭풍우가 일어 위기에 빠졌다. 그의 이런 상황을 바다의 요정 중 동정심이 많은 요정이 보게 되었다. 그녀는 가마우지의 모습으로 변장한 뒤 그의 뗏목 위로 날아가 그에게 띠를 하나 주고 그것을 가슴 밑에 매라고 일러주었다. 뗏목이 망가지게 되면 그 띠가 그의 몸을 떠오르게 해 헤엄쳐 육지에 도달할 수 있게 도와준 것이다.

파이아케스인

오디세우스는 뗏목에 조금이라도 몸을 지탱할 수 있을 때까지 달라붙었다. 그러나 그것마저 허용되지 않게 되자 띠를 몸에 두르고 헤엄쳤다. 아테나는 그를 괴롭히는 파도를 가라앉히고 바람을 일으켜 물결이 해안으로 흘러들게 하였다. 밀려오는 파도는 바위에 높이 부딪쳐서 그는 물에 닿을 수가 없었다. 그러나 마침내 물결이 잔잔해지고, 그는 겨우 육지로 올라올 수가 있었다. 너무 지쳐 숨도 못 쉬고, 말도 못하는 빈사 상태였다. 얼마 후 정신을 차려 기력을 회복한 뒤 기쁜 마음으로 흙에 키스하였으나, 장차 어떻게 하면 좋을지 암담하였다. 조금 떨어진 곳에 숲을 발견하고 그리로 발을 옮겼다. 그곳에서 그는 나뭇가지가 우거져 햇빛과 비를 피할 수 있는 은신처를 발견하고, 나뭇잎을 모아 자리를 만들어 그 위에 몸을 누이고 몸 위에도 나뭇잎을 덮은 후 잠이 들었다.

그가 도착한 곳은 파이아케스인의 나라인 스케리아였다. 이 파이아케스인들은 원래 키클롭스족이 살고 있는 근처에 살았으나 이 야만족들에게 쫓겨 나우시토오스(Nausithoos)라는 왕의 지휘 아래 스케리아 섬으로 이주하였다. 호메로스의 말을 인용하면, 그들은 신들과 혈연관계가 있는 종족으로서 신들은 그들이 제물을 헌납하면 그들 앞에 나타나서 같이 향연을 즐겼다고 하며 외로운 나그네를 만나도 몸을 감추지 않는다는 것이다. 그들은 무척 부유하여 전쟁과 같은 비상시에도 교란됨이 없이 그 부를 지키며 살았다. 왜냐하면 그들은 이득을 추구하는 사람들과 멀리 떨어져 살고 있었기 때문에 어떤 적도 그들의 해안에 가까이 오는 일이 없었고, 따라서 그들은 활과 전통을 사용할 필요도 없었다. 그들의 주된 일은 항해였다. 그들의 배는 새와 같이 빨리 질주하고 멀리까지 비상했다. 배 스스로가 모든 항구를 알고 있어 안내자가 필요치 않았다. 당시의 왕은 나우시토오스의 아들 알키노스였는데 그는 현명하고 공정한 군주로서 백성들의 존경을 받고 있었다.

오디세우스가 파이아케스인의 섬에 표착하여 나뭇잎 침대에서 자고 있던 밤에 왕의 딸 나우시카는 아테나 여신이 보낸 꿈을 꾸었다. 꿈은 다름이 아니라 곧 결혼하게 될 것이니 그 준비로 가족들의 옷을 모두 세탁해 두라는 것이었다. 이것은 사소한 일이 아니었다. 왜냐하면 물이 있는 곳은 상당히 멀리 떨어져 있어서 세탁할 옷을 그곳으로 가져가야만 했기 때문이었다. 잠을 깬 공주는 꿈에서 들은 말을 전하러 부모에게로 갔다. 자신의 결혼에 대해서는 말하지 않고 그럴 듯한 이유를 대고 말하였다. 부왕은 승낙하고 하인들로 하여금 마차를 준비하게 하였다.

세탁할 옷들이 마차에 실리고, 왕후는 넉넉한 식량과 맛있는 술을 마차에 실었다. 공주는 마차에 앉아 채찍질을 하고 시녀들은 걸어서 마차 뒤를 따라갔다. 시냇가에 도착하여 노새들은 풀을 뜯게 하고, 시녀들은 마차에서 짐을 내려 물가로 운반하였다. 모두들 즐겁게 일을 하여 곧 수월하게 일을 끝낼 수 있었다. 그런 다음 세탁한 옷을 말리기 위해 냇가에 펴서 널고 시녀들과 함께 목욕을 한 후에 식사를 하였다. 식사 후 시녀들은 공을 던지며 놀고 공주는 노래를 불렀다. 마침내 말린 옷을 거두고 집으로 돌아갈 채비를 하고 있을 때, 아테나 여신은 공주가 던진 공이 물속에 떨어지게 하였다. 그 바람에 그들이 소리를 치자 오디세우스는 잠에서 깨었다.

이 상황에서의 오디세우스의 처지를 독자 여러분도 상상해 보라. 그는 파선한 선원으로서 바로 몇 시간 전에 바다로부터 도피하여 완전히 벌거숭이가 되어 있었다. 자다가 깨어 보니 수풀 사이로 젊은 처녀들이, 그것도 미천한 농가의 딸들이 아닌 잘 차려입은 고귀한 집안의 딸처럼 보이는 처녀들의 모습이 눈에 들어온 것이다. 구원을 청할 마음은 간절하였으나 감히 벌거숭이인 몸으로 어떻게 그들 앞으로 나설 수 있겠는가? 이때야말로 그의 수호신인 아테나가 나설 기회였다. 아테나는 지금껏 그가 위기에 처했을 때 그를 버린 일이 없었다.

오디세우스는 잎이 많이 달린 나뭇가지를 꺾어 몸을 가린 후 숲에서 걸어 나왔다. 처녀들은 그를 보자 기겁을 하며 숨었는데, 나우시카만은 예외였다. 왜냐하면 아테나 여신이 그녀에게 용기와 분별력을 불어 넣었기 때문이었다. 오디세우스는 공손한 태도로 멀리 서서 자기의 비참한 처지를 말했다.

"여왕인지 여신인지 모르겠습니다만, 제게 먹을 것과 입을 옷을 좀 주실 수 있으신지요?"

공주는 곧 도와 드리겠다고 말하고 아버지에게 이 사실을 말씀드리면 분명히 환대할 것이라고 친절히 대답하였다.

그녀는 도망친 시녀들을 불러 경박한 행동을 꾸짖은 뒤 파이아케스인은 두려워한 적이 없다는 사실을 상기시켰다. 그녀는 하녀들에게 말하기를, 이분은 제우스의 나라로부터 온 불행한 나그네이니 정중히 대접해야 한다고 하였다. 그녀는 하녀들에게 먹을 것과 옷을 가지고 오라고 분부하였다. 마차 속에는 남자 형제들의 옷이 몇 벌 있었던 것이다. 그 뒤 오디세우스는 외떨어진 곳으로 가서 몸을 씻고 옷을 입었다. 식사를 마치자 원기를 회복하였고, 아테나 여신은 그의 몸을 살찌게 하고 넓은 가슴과 남성적인 이마 위로 우아한 미를 불어넣어 주었다.

공주는 그를 보고 감탄하여 시녀들에게 자기는 신에게 이와 같은 남편을 보내달라고 기도하였노라고 말하였다. 그녀는 오디세우스에게 시내로 돌아가자고 말하며 들길을 가는 동안만 자기들 일행을 따라오고, 시내로 접어들면 자기들과 떨어져 와 달라고 부탁하였다. 그 까닭은 무지한 백성들이 그를 보고 이러쿵저러쿵 입방아를 찧게 되는 것이 두려웠기 때문이었다. 그런 일이 없도록 시내에 인접한 숲 가까이에서 발을 멈추라고 일렀다. 그곳에는 왕의 농장과 정원이 있었다. 그곳에서 기다리고 있다가 일행들이 시내로 들어가면 뒤에 눈치껏 따라오라고 하였다. 그리고 누구든지 만나는 사람에게 부탁하면 왕궁까지 안내하여 줄 것이라고 하였다.

오디세우스는 이 말을 따랐다. 그리고 잠시 기다린 뒤에 시내로 들어가 궁전 가까이 이르렀을 때 물주전자를 들고 물을 푸러 오는 처녀를 만났다. 바로 변장한 아테나 여신이었다. 오디세우스는 그녀에게 인사를 하고, 알키노스 왕의 궁전으로 안내해 주기를 청하였다. 처녀는 그러겠노라고 공손히 대답하였다. 궁전은 그녀의 부친의 집 근처에 있다는 것이다. 여신의 안내를 받으면서, 그리고 아테네의 힘으로 구름으로 몸을 가려 사람의 눈에 띄지 않은 채 오디세우스는 분주한 군중 사이를 걸어갔다. 그리고 그들의 배와 항구, 영웅들의 집회장인 공회당, 성벽 등을 보고 감탄하였다. 마침내 궁전에 이르렀을 때 여신은 그에게 그 나라와 장차 만날 왕과 백성들에 관한 예비지식을 주고 이별하였다.

오디세우스는 궁전 뜰 안으로 들어가기 전에 서서 주위를 살펴보았다. 그 화려함이 그를 놀라게 하였다. 쇠로 된 벽이 입구로부터 집안까지 이어져 있었고, 집의 문은 금으로 되어 있었다. 문기둥은 은으로 되어 있었는데 군데군데 금장식이 박혀 있었다. 문의 양편에는 여러 마리의 맹견이 금과 은으로 조각되어 있었고, 마치 입구를 지키는 것같이 늘어서 있었다. 벽을 따라 죽 의자가 놓여 있었는데, 그 위에는 파이아케스 처녀들이 손으로 짠 훌륭한 직물이 덮여 있었다. 왕자들이 이 의자에 앉아 향연을 즐겼고, 금으로 만든 우아한 청년상들은 손에 횃불을 들고 장내를 밝히고 있었다. 50명이나 되는 하녀들이 가사에 골몰하고 있었는데, 곡식을 빻는 사람도 있었고 자줏빛 양털을 풀고 있는 사람도 있었고 베틀로 직물을 짜고 있는 사람도 있었다. 파이아케스의 여자들은, 그 나라의 남자들이 배를 다루는 데 있어서 다른 나라 남자들보다 뛰어난 것처럼 가사 일에서는 다른 어느 나라 여자들보다도 뛰어났다.

궁정 밖에는 4에이커나 되는 넓은 정원이 있었는데 석류, 배, 사과, 무화과, 올리브 나무 등 많은 나무들이 무성하게 자라 있었다. 겨울의 추위에도 여름의 폭염에도 나무는 계속 성장하였다. 한 나무가 열매를 맺으면 다른 나무는 싹이 터 계속하여 번갈아 앞을 다투듯 자라났다. 포도원도 풍작이었다. 한편에는 꽃이 피었거나 익은 포도송이가 달린 포도나무가 있는가 하면, 다른 곳에서는 포도 수확자가 발로 포도즙 짜는 기구를 틀고 있었다. 정원의 가장자리에는 잘 가꾸어진 각종 빛깔의 꽃들이 일 년 내내 피어 있었다. 정원 한가운데에 있는 두 개의 샘에서 물이 솟아오르고 그 중 한 샘의 물은 궁전의 안마당으로 흘러들어 시민들은 그곳으로부터 필요한 물을 얻을 수 있었다.

오디세우스는 감탄하면서 이 광경을 바라보고 있었으나 자신은 그들의 눈에 띄지 않았다. 그것은 아테나가 그의 주위에 뿌린 구름이 아직 가시지 않았기 때문이었다. 한참 구경을 한 뒤에 그는 빠른 걸음걸이로 홀로 들어갔다. 홀에서는 대신과 원로들이 모여서 헤르메스에게 제주를 따르고 있었다. 헤르메스에 대한 예배가 만찬 후에 행해지고 있었던 것이다. 바로 그때 아테나는 구름을 벗겨 오디세우스의 자태가 장로들 눈앞에 나타나게 하였다. 그는 왕후가 앉아 있는 곳으로 나아가 그녀의 발밑에 무릎을 꿇고 고국에 돌아갈 수

■파이아케스 처녀에게 옷을 얻는 오디세우스(살바토르 로사)

있도록 은총과 원조를 간청하였다. 그러고 나서 물러서서 탄원자의 예절에
따라 난롯가에 가서 앉았다.

잠시 동안 침묵이 흘렀다. 마침내 노대신이 왕을 향하여 입을 열었다.

"환대를 바라는 손님을 아무도 환영하지 않고 탄원자의 자세로 기다리게
하는 것은 예의가 아닙니다. 그를 우리들 가까이 앉게 하고 식사와 술을 대접
하도록 하십시오."

이 말을 듣자 왕이 일어서서 오디세우스에게 악수를 청하고 그를 인도하
여 아들을 옆 자리로 옮기도록 한 뒤 그 자리에 앉게 하였다. 식사와 술상이
나오자 오디세우스는 그것을 맛있게 먹고 원기를 회복하였다.

왕은 내일 오디세우스의 신병 문제 처리를 위해 회의를 소집하겠노라고
말하고 모두 물러가게 하였다. 오디세우스와 왕과 왕후만이 남자 왕후는 그
에게 그가 누구며 어디서 왔는가를 물었다. 그리고 그가 입고 있는 옷이 자기
의 시녀들과 자신이 만든 것임을 알아채고 그 옷을 누구에게서 얻었느냐고
물었다. 그는 자기는 칼립소 섬에 살고 있었으며 그곳으로부터 떠나왔다는
것, 도중에서 뗏목이 난파하여 헤엄쳐서 도망하였다는 것, 그리고 공주의 도
움을 받았다는 사실 등을 이야기하였다. 왕과 왕후는 고개를 끄덕이며 듣고
있었다. 왕은 그가 귀국할 배를 준비하여 주겠다고 약속하였다.

다음 날 장로들은 회의를 열고 왕의 약속을 확인하였다. 배가 준비되고 노
를 저을 건장한 선원들이 선발되어 궁전으로 갔는데 그곳에서는 성대한 잔치
가 열렸다. 잔치가 끝난 뒤에 왕의 제의로 젊은 사람들이 손님을 위해 그들의
운동 경기 솜씨를 보여 주게 되었다. 그래서 많은 사람들이 경주와 씨름 및
각종 경기에 참가하기 위해 투기장으로 나갔다. 모두 최선을 다해 경기에 임
했다. 사람들은 자신들의 솜씨를 보여 준 뒤 오디세우스에게 무엇이든 할 수
있는 것이 있으면 보여 달라고 청했다. 그는 처음 몇 번은 거절을 하였으나

한 젊은이에게 조롱을 받게 되자 파이아케스인 누구도 던질 수 없는 쇠고리를 들어 멀리 던졌다. 모두들 너무 놀라 자신들의 손님을 경외의 눈빛으로 바라보게 되었다.

모든 경기가 끝난 뒤에 그들은 홀로 들어갔다. 그때 전령관이 데모도코스라는 맹인 음유시인을 데리고 들어왔다. 호메로스는 그 음유시인을 다음과 같이 표현하고 있다.

> 그는 무사이의 사랑을 받았지만
> 그들은 그에게 좋은 것과 나쁜 것을 나란히 주었다네.
> 그의 시력을 빼앗은 대신
> 천상의 노래를 선물했다네.

그는 노래 제목으로 그리스군이 트로이의 성 안으로 들어갈 때 수단으로 사용한 목마를 선택했다. 아폴론이 그에게 영감을 주어 그는 그 중대한 시기의 여러 두려운 일과 공적을 감동적으로 노래 불렀다. 듣는 이들은 모두 즐거워하였지만 오직 한 사람 오디세우스만이 노래를 듣고 눈물을 흘렸다. 그것을 본 알키노스 왕은 노래가 끝난 후 왜 트로이에 관한 말을 듣고 슬퍼하느냐고 물었다. 그곳에서 부친을 잃었는지, 형제를 잃었는지 혹은 친우를 잃었는지 물었다.

오디세우스는 자기의 본명을 말하고 대답하였다. 그리고 그들이 요구한 대로 트로이를 출발한 이래 겪은 여러 가지 모험을 이야기하였다. 이 이야기를 듣고 손님에 대한 그들의 동정과 감탄은 최고조에 달하였다. 왕은 모든 장로가 손님에게 선물을 줄 것을 제안하고 자기가 먼저 모범을 보였다. 장로들은 이 제안에 응하여 이 유명한 손님에게 앞다투어 값진 선물을 선사하였다.

다음 날 오디세우스는 파이아케스의 배를 타고 출범하여 잠시 후에 자기의 고국인 이타케 섬에 무사히 도착하였다. 배가 해변에 닿았을 때 그는 잠들어 있었다. 선원들은 그를 깨우지 않고 선물이 든 상자와 함께 오디세우스를 해변에 옮겨 놓고 그곳을 떠났다.

포세이돈은 파이아케스인이 자기의 손 안에서 이와 같이 오디세우스를 구출한 일에 대하여 매우 진노하였다. 그래서 배가 항구에 닿자마자 배를 바위로 변하게 하였다.

구혼자들의 최후

오디세우스는 20년간이나 이타케를 떠나 있었으므로 잠이 깨었을 때 자기의 고국을 알아보지 못하였다. 아테나 여신이 양치기 소년으로 변장하고 나타나 이곳이 어디며, 그가 없는 동안 그의 궁전에서 일어난 일들을 알려 주었다. 이타케와 근처 여러 섬의 백여 명이나 되는 귀족들은 오디세우스가 죽은 줄 알고 그의 아내인 페넬로페에게 끈질기게 구혼하고, 그의 궁전과 국민에 대하여 마치 자기들이 그 소유자나 되는 것처럼 위세를 부리고 있었다. 그들에게 복수하기 위해 오디세우스는 정체를 숨겨야만 했다. 그래서 아테나는 그를 추한 거지의 모습으로 변장시켰다. 그는 거지로서 그 집의 충복이요, 돼지를 기르는 에우마이오스(Eumaeos)에게 친절한 접대를 받았다.

그의 아들 텔레마코스는 아버지를 찾으러 나가 집에 없었다. 그는 트로이의 원정에서 귀환한 여러 왕들의 궁전을 순방하다가 아테나 여신으로부터 돌아오라는 권고를 받았다. 귀가하여 구혼자들 사이에 나타나기 전에 에우마이오스를 찾아갔다. 그는 거지 차림의 낯선 사람이 있는 것을 보고서 비록 거지

이긴 하지만 친절하게 말을 걸고 도와주겠노라는 약속을 했다. 에우마이오스는 페넬로페에게로 가 아들의 귀환을 은밀히 보고하였다. 텔레마코스는 구혼자들을 조심해야만 하였다. 왜냐하면 텔레마코스도 알고 있는 일이었지만 그들은 텔레마코스를 없애 버릴 음모를 꾸미고 있었기 때문이다.

에우마이오스가 떠나자 아테나 여신은 오디세우스에게 나타나 아들에게 정체를 알리라고 지시하였다. 동시에 그의 몸에 손을 대 거지로 변장한 겉모습을 벗겨 내고 본래의 건장한 모습으로 되돌려 놓았다. 텔레마코스는 그를 보고 깜짝 놀라 처음에는 그가 인간 이상의 존재라고 생각하였으나 오디세우스가 내가 너의 아버지이며 아테나가 나의 모습을 바꾸었다고 설명하였다. 호메로스는 이러한 광경을 다음과 같이 노래하고 있다.

그러자 텔레마코스는 두 팔로
아버지의 목을 끌어안고 흐느꼈다.
두 사람은 애상에 잠기었다.
소곤소곤 이야기를 주고받으며
두 사람 모두 슬픔에 빠졌다.

아버지와 아들은 구혼자들을 물리치고 그들의 폭행에 복수할 방법을 의논하였다. 그 결과 텔레마코스는 궁전으로 가서 전과 같이 구혼자들 사이에 섞여 있고 오디세우스는 거지의 모습으로 변장하고 가기로 했다.

그 옛날에는 거지라는 신분이 지금의 생각과는 좀 다른 면이 있었다. 즉 거지는 길손으로서 그리고 재미있는 이야기를 하는 사람으로서 고관들이 있는 홀에 들어가는 것도 쉽게 허용이 되어 대접을 받는 일이 종종 있었다. 그러나 물론 때로는 모욕을 당하는 일도 있었다.

오디세우스는 아들에게 당부하기를, 자기에게 지나친 관심을 표시하여 남들에게 그 정체를 알고 있는 듯한 인상을 주지 말고 자기가 모욕을 당하거나 얻어맞는 일이 있을지라도 지나치게 간섭해서는 안 된다고 일렀다. 궁전에 들어가 보니 전과 다름없는 먹고 마시는 광경이 벌어져 있었다. 구혼자들은 비록 내심으로는 텔레마코스를 없애 버리려는 그들의 음모가 실패한 것을 원통하게 생각하였으나, 겉으로는 그가 돌아온 것을 반기는 척하였다. 늙은 거지도 참석이 허용되어 음식이 제공되었다.

오디세우스가 궁전의 안뜰로 들어섰을 때 깜짝 놀랄 만한 사건이 일어났다. 늙어서 거의 빈사 상태로 누워 있던 개가 낯모르는 사람이 들어오는 것을 보고서 귀를 세우며 머리를 들었다. 그것은 전에 오디세우스가 사냥할 때 늘 데리고 다녔던 아르고스라는 이름의 개였다. 호메로스는 이 광경을 다음처럼 노래하였다.

> 오랫동안 보지 못하던 오디세우스가 나타나자
> 늘어뜨렸던 귀를 세우고
> 기쁜 듯 꼬리는 흔들었으나
> 일어서서 전처럼 주인에게 접근할 기력은 없었다.
> 오디세우스는 그것을 보고 남 모르게 흐르는 눈물을 닦았다.
> 20년 만에 주인과 만나자마자
> 늙은 아르고스는 저 세상으로 떠났다.

오디세우스는 홀에 자리를 잡고 앉아 음식을 먹고 있을 때 구혼자들은 그에 대하여 오만한 행동을 하기 시작하였다. 그가 조용히 항의하자, 그들 중 한 사람이 의자를 들어 그를 내리쳤다. 텔레마코스는 자기의 아

■ 오디세우스를 알아본 텔레마쿠스(장 자크 라그레니)

버지가 자신의 홀에서 그런 모욕을 당하는 것을 보고 분노를 금할 수 없었으나 아버지의 주의를 생각하고, 비록 젊으나 집 주인이요 빈객들의 보호자로서 예의에 어긋나는 말을 하지 않았다.

페넬로페는 구혼자 중에서 한 사람을 선택하는 일을 오랜 시간동안 계속 연기하고 있었으므로 더 이상 연기할 구실이 없었다. 이제까지 남편이 돌아오지 않는 것을 보면 더 이상 희망이 없는 것 같았다. 그동안 아들이 자라서 사리 구별을 명확히 할 수 있는 이성을 지니게 되었다. 그래서 그녀는 아들의 의견을 받아들여 구혼자들의 재능을 시험해 보고는 그 중에서 선택하기로 결정하였다. 시험은 활쏘기였다. 열두 개의 고리가 일렬로 배열되고, 이 열두 개 전부를 화살로 관통시킨 사람이 왕비를 얻기로 결정되었다. 오디세우스는 전에 한 친구로부터 받은 활을 무기고에서 꺼내어 화살이 가득 찬 화살통과 같이 홀 안에 놓았다. 텔레마코스는 경기에 열중한 나머지 순간적으로 자신도 모르게 다른 무기에 손을 댈 위험이 있을지도 모른다는 구실로 무기를 놓고 모두 다른 곳으로 자리를 옮기도록 하였다.

시합 준비가 끝났다. 먼저 해야 할 일은 시위를 메기 위하여 활을 구부리는 일이었다. 텔레마코스가 시도해 보았으나 허사였다. 그래서 그는 자기로서는 과도한 일을 시도하였다고 겸손히 고백하면서 활을 다른 사람에게 넘겼다. 이 사람 저 사람, 많은 사람이 도전해 보았으나 성공하지 못하였다. 그래서 동료들의 웃음과 조롱을 받으며 손을 떼었다. 다른 사람들도 해 보았다. 그들은 활에 기름도 발라 보았으나 아무런 효과가 없었다. 활은 좀처럼 구부러지려고 하지 않았다. 마침내 오디세우스가 자기에게도 한 번 시켜달라고 겸손하게 말하였다.

"저는 지금은 빈객에 불과하지만 전에는 무사였습니다. 저의 사지에는 아직도 힘이 약간은 남아 있습니다."

구혼자들은 조소하고 소리치며 그런 오만무례한 자를 내쫓으라고 명령하였다. 그러나 텔레마코스는 큰소리로 그를 변호하고, 늙은이의 마음을 흡족하게 하기 위하여 시도라도 한 번 해 보라고 명령하였다. 오디세우스는 활을 손에 잡고, 능숙한 솜씨로 다루었다. 그는 손쉽게 줄을 오늬에다 맞춘 다음 화살을 활시위에 메고 줄을 당겨 화살을 어김없이 고리 속으로 관통시켰다.

그러고나서 그들에게 경탄의 소리를 낼 여유도 주지 않았다.

"이제 또 다른 표적을 맞힐 차례이다."

오디세우스는 구혼자 중에서 가장 오만무례한 자를 향하여 정면에서 활을 겨누었다. 순식간에 화살이 그의 목구멍을 관통하여 그는 쓰러져서 죽었다. 텔레마코스와 에우마이오스와 기타의 충복들이 단단히 무장을 하고서 오디세우스의 곁으로 뛰어왔다. 구혼자들은 놀라 주위를 돌아보고 무기를 찾았으나 무기는 찾을 수가 없었고 에우마이오스가 문을 지키고 있었기 때문에 도망칠 방법도 없었다.

오디세우스는 드디어 자신의 정체를 밝혔다. 그는 자기가 오랫동안 집을 비웠던 주인이고 그들이 이제까지 침범한 것은 자기의 집이고, 그들이 탕진한 재산은 자기의 재산이며, 10년 동안 그들이 괴롭힌 사람들은 자기의 아내와 아들이라는 것을 밝히고, 이에 대한 철저한 복수를 수행하리라고 선포하였다. 오디세우스는 그 안에 모여 있던 구혼자들을 모두 참살하고 다시 궁전의 주인이 되어 그의 왕국과 아내를 되찾게 되었다.

31

아이네이아스의 모험

지금까지 우리는 그리스의 영웅 중에서 오디세우스가 트로이에서 고향으로 귀향하기까지의 방랑 생활을 샅샅이 추적해 왔다. 이제는 정복된 트로이의 생존자들, 즉 아이네이아스의 부하들이 고국의 멸망 후 신천지를 찾아 방황했던 일들을 추적해 보고자 한다. 목마가 그 뱃속에 있던 무사들을 토하여 트로이 시가 점령되고 불바다가 되었던 그날 밤에 아이네이아스는 그의 아버지와 아내와 젊은 아들을 데리고 멸망의 도시를 탈출하였다. 그의 아버지 앙키세스는 늙어서 빨리 걸을 수 없었기 때문에 아이네이아스는 그를 어깨에 떠메고 갔다. 이같이 무거운 짐을 지고 아들과 아내를 대동하고 그는 불타는 도시를 벗어나지만 그의 아내는 도중 혼란에 휩쓸려 일행과 떨어졌다.

약속된 장소에 모여 있던 많은 피난민들은 아이네이아스의 지시에 따랐다. 수개월 동안 준비를 끝낸 후에 마침내 출범하였다. 그들이 맨 처음 도착한 곳은 인접한 트라키아의 해안이었다. 그곳에서 도시를 건설할 준비를 하고 있었는데 아이네이아스의 신상에 이상한 일이 일어났다. 아이네이아스는 제물을 올리려고 숲의 나뭇가지를 꺾었다. 그런데 놀랍게도 나뭇가지가 꺾인 부분에서 피가 흐르는 것이었다. 계속 가지를 잘라 땅에 가까운 곳으로 이르자 땅 속에서 속삭이는 듯한 소리가 들려 왔다.

"살려 주시오. 아이네이아스! 나는 당신의 친척인 폴리도로스요. 내가 이곳에서 피살될 때 내가 가지고 있던 많은 화살이 나의 피를 먹고 싹을 틔워 이렇게 숲이 된 것이라오."

이 말을 듣고 아이네이아스는 트로이의 젊은 왕자였던 폴리도로스를 상기하였다. 트로이 왕은 그의 아들을 전쟁의 위험으로부터 멀리 떨어진 곳에서 자라게 하기 위하여 이웃 나라 트라키아에 많은 재물과 함께 보냈었는데, 트라키아 왕은 그를 죽이고 그의 재물을 빼앗았던 것이다. 아이네이아스와 그의 동료들은 그곳이 그러한 범죄로 저주받은 땅임을 알고는 급히 떠났다.

다음에 그들은 델로스 섬에 상륙하였다. 이 섬은 원래 떠다니는 섬이었는데 제우스가 이를 견고한 쇠사슬로 해저에 묶어 놓았다. 아폴론과 아르테미스가 이곳에서 탄생하였고 섬은 아폴론에게 봉헌되었다. 이곳에서 아이네이아스는 아폴론의 신탁에 문의하였는데 언제나 그렇듯이 신탁은 애매한 답변을 주었을 뿐이었다.

"너희들의 옛날 모친을 찾으라. 그곳에서 아이네이아스의 종족은 살 수 있고, 다른 모든 국민은 너희들의 지배 아래 놓일 것이다."

트로이인들은 이를 듣고 기뻐하였다. 그리고 바로 서로를 바라보며 물었다.

"신탁이 뜻하는 곳은 도대체 어디일까?"

앙키세스는 자기들의 조상이 크레타로부터 왔다는 전설이 있음을 상기하였다. 그래서 그들은 배를 그곳으로 돌렸다. 그들은 크레타에 도착하여 도시를 건설하기 시작하였다. 그러나 그들 사이에 병이 나돌기 시작하고 땀 흘려 농사지은 들에서는 한 알의 곡식도 나지 않았다. 이러한 비참한 상황에 처해 있을 때 아이네이아스는 꿈을 꾸었는데, 그곳을 떠나서 헤스페리아라는 서쪽 나라를 찾아가라는 것이었다. 트로이 민족의 진정한 조상인 다르다노스(Dardanos)는 원래 그곳에서 이주한 것이었다. 그래서 그들은 지금의 이탈리아인 헤스페리아를 목적지로 정하였다. 그곳에 도달하기까지 많은 모험을 겪고, 오늘날 같으면 세계를 여러 번 돌 정도의 긴 시간이 걸려야 했다.

첫 상륙지는 하르피이아(Harpy)들이 사는 섬이었다. 하르피이아란 처녀들의 머리 같은 긴 머리와 긴 발톱을 가지고 있으며 굶주림으로 창백한 몰골을 하고 있는 새였다. 이 새들은 제우스가 그 포악한 행동에 대한 벌로써 시력을 박탈한 피네우스[26]를 벌하기 위하여 신들이 보낸 새들이다. 피네우스 앞에 먹을 것이 놓이면 언제나 공중에서 하르피이아들이 몰려들어 먹을 것을 가로채 갔다. 그런데 그들은 아르고호 원정대의 영웅들에 의하여 피네우스의 곁에서 추방되어 지금 아이네이아스가 상륙한 섬으로 도피한 것이었다.

항구에 닿자 트로이인들은 가축 떼들이 들판을 무리지어 다니는 것을 보았다. 그들은 필요한 만큼의 가축을 잡아 잔치 준비를 하였다. 그러나 그들이 식탁 의자에 앉자마자 무섭고도 요란한 소리가 공중에서 들리더니 그 추악한 하르피이아 떼가 그들에게로 돌진하여 몰려와 발톱으로 접시에 담겨 있는 고기를 채갔다. 아이네이아스와 그의 동료들은 칼을 빼들고 휘둘렀으나 아무 소용이 없었다. 왜냐하면 그 새들은 너무 민첩하여 맞힐 수가 없었고, 날개는 칼로는 도저히 자를 수 없을 정도로 딱딱했기 때문이다.

그들 중 한 마리가 가까운 곳에 있는 절벽 위에 앉아 부르짖었다.

"이 트로이 놈들아, 죄 없는 우리에게 도대체 이게 무슨 짓이냐? 우리들의 가축까지 죽이고, 그것도 모자라서 우리들에게 무기를 휘두르느냐?"

그 새는 장차 그들에게 무서운 재난이 닥칠 것이라고 예고한 뒤 날아갔다. 트로이인들은 급히 그곳을 떠나 다음에는 에페이로스 해안을 따라 항해하였다. 이곳에 상륙한 트로이인들은 전에 포로로서 그곳으로 끌려온 트로이의

---

26) 트라키아 왕. 후처가 전처 소생의 두 아들의 눈을 못 보게 만들었으므로 그도 같은 벌을 받았다.

유랑민들이 그 지방의 지배자가 되어 있다는 놀라운 사실을 알게 되었다. 헥토르의 미망인 안드로마케는 그리스군의 어떤 대장의 아내가 되어 아들을 하나 낳은 뒤였다. 그 대장이 죽자 그녀는 아들의 후견인으로서 그 나라를 섭정하고 있었는데 후에 같은 포로인 트로이의 왕족 헬레노스(Helenus)와 결혼하였다. 헬레노스와 안드로마케는 아이네이아스 일행을 환대하고, 많은 선물을 준 뒤 떠나게 하였다.

이곳으로부터 아이네이아스 일행은 시칠리아 해안을 항해하여 키클롭스의 나라를 통과하였다. 그때 그들을 부르는 자가 있었다. 그 모습은 초라하고 옷은 남루하였으나 그리스인임은 분명하였다. 그는 오디세우스의 일행이었는데 오디세우스가 자기도 모르는 사이에 떠났기 때문에 홀로 남게 되었다고 말하였다. 그는 오디세우스가 폴리페모스를 상대로 싸운 모험을 이야기하고, 이곳에서는 산딸기나 나무뿌리밖에는 먹을 것이 없고, 항상 키클롭스들의 위협을 받고 있으니 같이 데리고 가 달라고 간청하였다.

그가 말하는 동안에 폴리페모스가 나타났다. 그는 보기 흉하고 몸집이 큰 무서운 괴물로서 하나밖에 없던 눈마저 빠져 버렸다. 그는 바닷물에 눈구멍을 씻으려고 지팡이로 길을 더듬으며 조심스런 걸음걸이로 바닷가에 내려왔다. 그리고 그들을 향하여 물속을 걸어왔다. 그는 키가 대단히 컸기 때문에 깊은 바다까지 들어갈 수 있었다. 그래서 트로이인들은 무서워서 그를 피하려고 노를 잡았다. 노 젓는 소리를 듣고 폴리페모스는 그들을 향하여 부르짖었다. 그 부르짖음에 해안이 울리고, 그 소리를 듣고 다른 폴리페모스들이 그들의 동굴과 숲속으로부터 뛰어나와 해안에 일렬로 섰는데, 마치 낙락장송이 늘어선 것과도 같았다. 트로이인들은 열심히 노를 저어 그들의 손에서 벗어났다.

아이네이아스는 일찍이 헬레노스로부터 괴물 스킬라와 칼립디스가 지키고 있는 해협을 피하라는 주의를 받았다. 독자 여러분도 기억하겠지만 그곳에서 오디세우스는, 선원들이 칼립디스를 피하기에 여념이 없을 동안에 스킬라에게 붙잡혀 여섯 명의 부하를 잃었다. 아이네이아스는 헬레노스의 충고에 따라 이 위험한 곳을 피하고 시칠리아 섬의 해안을 항해하였다.

헤라는 트로이인들이 목적지를 향하여 무사히 항해하는 것을 보자 그들에 대한 과거의 원한이 다시 되살아났다. 왜냐하면 그녀는 파리스가 아름다움의 사과를 다른 사람에게 줌으로써 자기에게 가한 멸시를 잊을 수 없었기 때문이다.(신들의 마음속에도 이와 같은 원한이 있다.) 그래서 그녀는 바람의 지배자인 아이올로스에게로 달려갔다. 이 아이올로스는 전에 오디세우스에게 순풍을 주고, 역풍은 묶어서 자루 속에 넣어 준 신이다. 아이올로스는 여신의 명령에 복종하여 자기의 아들인 북풍 보레아스와 태풍 티폰과 기타의 바람들을 파견하여 풍랑을 일으키게 하였다. 무서운 폭풍우가 일어나고 트로이 배들은 그들의 진로에서 벗어나 아프리그의 해안으로 밀려 나갔다. 배들은 난파하기 직전이었고 서로 분산되어 아이네이아스는 자기 배 외의 다른 배들은 다 없어진 줄 알았다.

이때 포세이돈은 폭풍우가 노호하는 소리를 듣고 자기가 그런 명령을 내린 일이 없다고 생각하며 머리를 물결 위로 내밀고 보니 아이네이아스의 함대가 강풍을 만나 질주하고 있었다. 그는 헤라가 트로이인에 대하여 적의를 품고 있는 것을 알고 있으므로 이해가 갔다. 그러나 자기의 영역을 침범한 데 대한 노여움은 간과할 수 없었다. 그는 바람들을 불러 엄격히 꾸짖어 물러가게 하였다. 그런 다음 물결을 가라앉히고, 태양을 가리고 있는 구름을 걷었다. 그리고 암초에 걸려 움직이지 않게 된 배들 중 어떤 것은 포세이돈 자신이 그의 삼지창으로 비틀어서 끌어내리고, 어떤 것은 트리톤과 바다의 요정이 어깨로 메어 물 위에 다시 뜨게 하였다. 트로이인들은 바다가 평온해지자 제일 가까운 해안을 찾아갔는데, 그것은 카르타고의 해안이었다. 배는 심하

■아이네이아스(샤를 나투아르)

■ 경주의 승자에게 상을 내리는 아이네이아스(페르디난트 볼)

게 파손되었으나 모두 다 무사히 그곳에 도착하였으므로 아이네이아스는 매우 기뻐하였다.

디도

트로이의 유랑민들이 상륙한 카르타고는 시실리아의 반대편인 아프리그 해안의 한 지점이었다. 그곳에서는 당시 티로스의 이민자들이 여왕 디도(Dido)의 지휘 아래 후에 로마의 경쟁자가 될 나라를 건설하고 있었다. 디도는 티로스의 왕 벨루스의 딸이요, 부왕의 왕위를 계승한 피그말리온의 누이였다. 시카이오스는 디도의 남편으로 큰 부호였는데, 자신의 재물을 가지고 티로스에서 도망치는 데 성공하였다.

자기들의 미래의 보금자리로 예정된 곳에 이르자, 그들은 원주민들에게 한 마리의 황소 가죽으로 둘러쌀 수 있을 정도의 작은 토지를 허락해 달라고 요구하였다. 승낙을 받은 디도는 가죽을 잘라 여러 조각을 내어 그것을 군데군데 놓아 경계를 표시하고 그 경계 안에 성채를 쌓은 후 비르사[27]라고 불렀다. 이 성채의 주위에 카르타고 시가 일어나고, 얼마 가지 않아 세력이 강대해지고 번영하게 되었다. 이러한 상황에 놓여 있을 때 마침 아이네이아스가 트로이인을 데리고 카르타고에 도착하였다. 디도는 이 유명한 유랑민들을 친절히 받아들였다. 그녀는 말하였다.

"나 자신도 많은 고생을 겪은 사람이라 불행한 사람들을 도울 줄 알게 되었습니다."

---

27) 짐승 가죽이라는 뜻

여왕은 그들을 환대하기 위하여 축제를 열고 힘과 기능의 경기를 개최하였다. 일행은 여왕의 부하들과 같은 조건에서 승리를 다투었다.

"승리자가 트로이인이든 티로스인이든 아무 상관없다."

하고 여왕은 선언하였다.

경기가 끝난 후 잔치가 벌어지고 그 좌석에서 아이네이아스는 여왕의 요구에 응하여 트로이의 종말에 얽힌 여러 사건과 트로이를 떠나온 후의 자기의 모험담을 이야기하였다. 디도는 그의 이야기에 매혹되고 그의 공적에 감탄하였다. 그녀는 그를 사랑하게 되었고, 그도 이제 유랑 생활을 끝내고 가정과 왕국과 아내를 맞이하게 될 운명에 만족하는 것 같았다.

서로 사랑을 즐기는 동안에 열 달이라는 시간이 흘러갔다. 이탈리아와 그 해안에 건설할 예정인 왕국도 잊혀진 듯했다. 그것을 본 제우스는 헤르메스를 아이네이아스에게 파견하여 그의 숭고한 사명감을 환기시키고 항해를 계속하라고 명령하였다.

아이네이아스는 디도가 온갖 유혹으로 설득하고 만류하는 것을 뿌리치고 그녀와 이별하였다. 디도가 받은 애정과 자존심에 대한 타격은 너무도 커서 그가 떠난 것을 알게 된 그녀는 화장할 나뭇더미를 쌓게 하고 그 위에 올라 스스로 몸을 찌르고 나뭇더미와 같이 불타 버렸다. 도시의 상공으로 타오르는 화염이 떠나는 트로이인들의 눈에 띄었다. 아이네이아스는 치솟는 화염을 보고 그 원인을 알지는 못했으나 이 운명적인 사건에 대한 막연한 암시를 느꼈다.

팔리누루스

아이네이아스 일행은 시실리아 섬에 기항하였다. 그곳에서는 트로이의 왕족인 아케스테스(Acestes)가 지배자로서 그들을 환대하였다. 이곳에서 그들은 다시 배를 타고 이탈리아를 향하여 항해를 계속하였다. 아프로디테는 포세이돈에게 자기의 아들 아이네이아스가 의도하는 목적지에 도달하게 하고, 바다의 위험을 극복하게 해달라고 청원하였다. 포세이돈은 이를 승낙하였으나, 단지 그것은 한 생명을 희생물로 제공하면 다른 생명을 살려 주겠다는 조건이었다. 희생자는 키잡이인 팔리누루스였다. 그가 키를 잡고 별을 바라보면서 앉아 있을 때 포세이돈의 명령을 받은 잠의 신 히프노스가 라피네스의 아들 포르바스의 모습으로 변장하여 가까이 오면서 말하였다.

"팔리누루스, 바람은 잔잔하고 바다는 평온하며 배는 순조롭게 항해하고 있다. 피곤할 테니 잠깐 누워서 쉬는 것이 좋지 않겠는가? 내가 자네 대신 키를 잡고 서 있을 테니."

팔리누루스는 이렇게 대답하였다.

"바다가 평온하다느니 순풍이니 하는 말을 입 밖으로 내지 마시오. 나는 그들의 배반을 너무도 많이 보아 왔소. 아이네이아스를 변덕스러운 일기나 바람에 맡겨도 좋단 말이오?"

팔리누루스는 계속하여 키를 잡고 별을 응시하였다. 그러나 히프노스는 '망각의 강' 인 레테의 물에 적신 나뭇가지를 그의 머리 위에서 흔들었다. 그러자 그의 눈은 밀려오는 잠을 참지 못하고 자꾸 감겼다. 히프노스는 그를 배 밖으로 떠밀었고 팔리누루스는 물속으로 빠졌다. 그러나 키를 잡은 채로 떨어졌으므로 키도 그와 같이 물속으로 떨어지고 말았다. 포세이돈은 그의 약속을 잊지 않고 키도 키잡이도 없는 배를 순항하게 하였다. 아이네이아스는 얼마 후에야 팔리누루스가 없어진 것을 알고 이 충실한 키잡이의 죽음을 몹시 슬퍼하며 자신이 직접 키를 잡았다.

배는 그런대로 잘 움직여 마침내 이탈리아 해안에 도착하였다. 선원들은 환성을 지르며 육지로 뛰어 올라갔다. 부하들이 야영 준비를 하고 있는 동안에 아이네이아스는 시빌레[28]의 집을 찾아갔다. 그곳은 아폴론과 아르테미스에게 봉헌된 신전과 숲으로 이어진 동굴이었다. 아이네이아스가 주위를 둘러보고 있을 때 시빌레가 다가와서 말을 걸었다. 그녀는 그가 찾아온 이유를 속속들이 알고 있는 것 같았다. 그리고 신의 영감을 받은 예언자적 어조로 그가 최후의 성공을 거두기까지 겪어야 할 많은 어려움과 위험을 암시하였다.

"재난에 머리를 숙이지 마라. 그럴수록 더욱 꿋꿋하게 전진하라."

시빌레의 격려는 후세에까지 조언으로 전해졌다.

아이네이아스는 어떠한 재난이 닥칠지라도 이겨낼 각오가 되어 있노라고 대답하였다. 그에게는 유일한 소원이 있었다. 꿈에서 사자(死者)가 있는 곳을 찾아 그의 부친 앙키세스와 협의하여, 그로부터 자신과 동족의 장래 운명에 대한 계시를 받으라는 지시를 받았는데 그는 이 임무를 완수하는 데 필요한 원조를 시빌레에게 청했다.

시빌레는 대답하였다.

"아베루누스까지 내려가는 것은 쉬운 일이다. 플루톤의 문은 언제나 열려 있으니. 그러나 다시 천상계로 돌아오는 일은 힘들고 어려울 것이다."

그녀는 그에게 숲속에 가서 황금 가지가 하나 달려 있는 나무를 찾아 그 가지를 꺾어 페르세포네에게 선물로 갖다 주라고 가르쳐 주었다. 만약 운이 따르면 그 가지를 꺾을 수 있지만 그렇지 않으면 대신 새 가지가 난다고 하였다.

아이네이아스는 시빌레의 지시대로 따랐다. 그의 어머니 아프로디테는 비둘기 두 마리를 보내 그에게 길을 가르쳐 주었다. 이 비둘기의 도움으로 그는 나무를 발견하고 가지를 꺾어 시빌레가 있는 곳으로 급히 돌아왔다.

---

28) 아폴론, 또는 그 외의 신들의 신탁을 알려 주는 무녀

■ 갑옷을 선물하는 아프로디테(페르디난트 볼)

하계

　이 책의 서두에서 세계 창조에 관한 고대인들의 견해를 조금 설명하였다. 이 이야기도 결말에 가까워 왔으므로 이제 죽은 자들의 세계에 대해 서술하려 한다. 그것은 고대의 가장 훌륭한 시인 중 하나인 베르길리우스가 서술한 것이다.

　베르길리우스가 죽은 자들이 거주하는 곳의 입구라고 생각하는 곳은 지상에 있는 우리 인간들에게는 무섭고 초자연적인 것에 대한 관념을 환기시키기에 가장 적당한 곳일 것이다. 그것은 베수비오 산 부근의 화산지대로써 그곳에서는 모든 지역이 갈라져 터진 틈에서 유황 불꽃이 솟아오르고, 지면은 음산한 증기 때문에 동요되고, 신비한 음성이 땅 밑으로부터 들려온다. 아베르누스 호는 휴화산의 분화구에 물이 찬 것으로 그려져 있다.

　둥그런 모양의 분화구는 폭이 거의 1킬로미터나 되며 그 깊이는 너무 깊어 가늠할 수 없고 높은 둑에 의해 둘러싸여 있었는데, 이 둑은 베르길리우스의 시대에는 음울한 숲에 덮여 있었다. 유독한 증기가 수면에서부터 올라와 둑 위에는 풀 한 포기 발견할 수 없었고 새 한 마리 날지 않았다. 베르길리우스에 의하면 이곳에 지옥으로 통하는 동굴이 있었고, 이곳에서 아이네이아스는 페르세포네, 헤카테, 푸리아이 등 지옥의 여신들에게 제물을 바쳤다. 그러자 포효 소리가 땅속에서 들려오고, 언덕 위의 나무는 흔들리고, 개 짖는 소리가 여신들의 접근을 알렸다.

"자, 용기를 내세요. 이제부터는 정말로 용기가 필요합니다."

시빌레가 용기를 북돋아주었다.

그녀가 먼저 동굴 속으로 내려간 뒤 아이네이아스는 그 뒤를 따랐다. 지옥의 문에 들어가기 전에 그들은 한 무리의 군상들 사이를 통과하였는데, 그들은 '비탄, 근심, 병, 노년, 공포, 기아, 노역, 빈궁, 죽음' 등으로 무서운 형상을 하고 있었다. 푸리아이와 '불화'의 여신들이 그곳에 침상을 펴고 있었는데, 불화의 여신의 머리카락은 피 묻은 노끈으로 결박된 여러 마리의 독사로 되어 있었다. 그뿐 아니라 그곳에는 또 일백여 개의 팔을 가진 브리아레오스, 슈웃 하는 소리를 내는 히드라, 불을 토하는 키마이라와 같은 괴물들이 있었다. 이 광경을 보고 아이네이아스는 벌벌 떨며 칼을 빼내 휘두르려고 하였으나 시빌레가 황급히 이를 말렸다.

다음에 그들은 코키토스라는 흑하에 닿았는데, 그곳에는 늙고 볼품없어 보이긴 했지만 굳세고 힘이 센 뱃사공 카론이 여러 승객을 배에 태우고 있었다. 그 중에는 고매한 영웅과 소년 소녀들도 함께 있었는데 그 수는 가을바람에 떨어져 쌓이는 낙엽이나 하늘을 무리지어 나는 새 떼와도 같았다. 그들은 앞을 다투어 배에 올라 대안(對岸)으로 건너가려고 아우성이었다. 그러나 엄격한 뱃사공은 자기가 선택한 사람들만을 태우고 나머지는 쫓아 보내는 것이었다.

아이네이아스는 이 광경을 보고 괴이하게 여겨 시빌레에게 물었다.

"왜 이런 차별을 하는 거죠?"

그녀는 이렇게 대답하였다.

"배를 탈 수 있는 것은 적당한 장례를 받은 자의 영혼이고, 그렇지 못한 자

■ 스틱스 강을 건너는 카론(알렉산더 드미트리예비치 리토비첸코)

는 이 강을 건널 수 없습니다. 그들은 백 년 동안 강가에서 왔다갔다하며 방황하지 않으면 안 된답니다. 그 기간이 지나야만 그들도 이 강을 건너갈 수가 있답니다."

아이네이아스는 폭풍우를 만나 죽은 자기 동료들을 생각하고 슬퍼하였다. 그 순간 그는 배 밖으로 떨어져 물에 빠져 죽었던 키잡이 팔리누루스를 보았다. 그는 그에게 왜 그런 재난을 당하였느냐고 물었다. 팔리누루스는 키가 떠내려가 그것을 붙잡으려다 같이 물결에 휩쓸렸다고 대답하였다. 그는 자기를 대안으로 데려가 달라고 아이네이아스에게 간청하였다. 그러나 시빌레는 그것은 플루톤의 법에 위반되는 일이라고 그를 꾸짖었다. 또한 그녀는 그의 시체가 떠밀려온 해안의 사람들은 어떤 신비한 일이 일어나 그의 시체를 정중히 매장하게 되며 그 곳[岬]은 팔리누루스 곶이라고 불리게 되리라는 것을 그에게 알려 주며 위로하였다.

이렇게 팔리누루스를 위로한 후에 그들은 그와 작별하고 배에 접근하였다. 카론은 자기에게로 다가오는 무사를 무서운 눈초리로 응시하면서 무슨 권리로 살아 무장한 몸으로 이 강가에 접근하느냐고 물었다. 이에 대하여 시빌레는 자기들은 무슨 폭행을 하려는 것이 아니고, 아이네이아스의 유일한 목적은 그의 부친을 만나 보는 것이라고 답변하고는 황금 가지를 내보였다. 이를 보자 카론은 분노를 풀고, 서둘러 배를 강가로 돌려 그들을 태웠다. 그 배는 몸이 없는 가벼운 유령들만을 태우는 배였으므로 두 사람이 타자 무거워서 신음 소리를 냈다. 그들은 곧 맞은 편으로 건너갔다. 그곳에서 그들은 머리가 세 개이고 목에는 성난 뱀이 여러 마리 엉켜 있는 케르베로스라는 개를 만났다. 개는 세 개의 목구멍을 모두 열고 짖어댔는데 시빌레가 약이 섞인 과자를 던져 주자 그것을 맛있게 받아먹고는 굴속에서 몸을 펴고 잠이 들었다.

아이네이아스와 시빌레는 육지로 뛰어올랐다. 최초로 그들의 귀에 들려온 소리는 태어나자마자 죽은 갓난아이들의 울음소리였고, 또 그들 옆에는 무고하게 죽은 사람들이 있었다. 미노스가 재판관으로서 그들을 지배하고, 각자의 행적을 조사하고 있었다. 다음 부류는 생명을 증오하여 죽음 속에 피난처를 구해 자살한 사람들이었다. 오, 다시 살아날 수만 있다면 그들은 이제 가난과 어려움, 그 밖의 어떠한 고생도 달게 받을 수 있을 텐데!

그 다음에는 비애의 들이 있었는데, 그것은 도금양(挑金孃)의 숲속으로 통하는 여러 갈래의 호젓한 길로 나누어져 있었다. 이 길에는 짝사랑의 희생양이 되어 죽어서도 고통을 면치 못하는 사람들이 배회하고 있었다. 이들 사이에서 아이네이아스는 아직도 상처가 새로운 디도의 모습을 보는 것같이 생각되었다. 어둠침침하였기 때문에 처음에는 확실하지 않았으나, 좀 더 가까이 가서 보니 틀림없는 디도였다. 그의 눈에서 하염없이 눈물이 흘렀다. 그는 그녀에게 애정이 넘치는 어조로 말을 걸었다.

"불행한 디도여! 그럼 그대가 죽었다는 소문이 사실이었단 말인가? 그리고 아, 내가 바로 그 원인이란 말인가? 신들을 증인으로 내세울 수 있는 일이지만 내가 자진하여 떠난 것이 아니고 제우스의 명령에 복종한 것이오. 또 나의 출발이 당신에게 그와 같이 엄청난 희생을 치르게 할 거라고는 생각지 못하였소. 원컨대 발걸음을 멈추시오. 그리고 나의 마지막 작별의 말을 거부하지 마시오."

디도는 얼굴을 돌린 채 눈을 아래로 떨어뜨리고 목석처럼 잠시 서 있다가 그의 변명이 들리지 않는 듯 말없이 걸어갔다. 아이네이아스는 얼마 동안 그녀의 뒤를 따르다가 무거운 기분으로 시빌레와 같이 계속 길을 갔다.

다음으로 그들은 전사한 영웅들이 배회하는 들판으로 들어갔다. 이곳에서 그들은 그리스와 트로이의 수많은 무사 유령을 보았다. 트로이의 유령들은 그들의 주위에 모여들어 그들을 보고 이상하게 생각하였다. 유령들은 아이네이아스가 이곳에 온 이유를 물었고 그 밖에도 많은 질문을 퍼부었다. 그러나 그리스인 유령들은 침침한 분위기 속에서 번쩍이는 그의 갑옷을 보고 아이네이아스임을 알아보고 공포에 떨며 트로이의 싸움터에서처럼 슬그머니 뒤로 돌아 잽싸게 도망쳐 버렸다.

아이네이아스는 트로이의 친구들과 좀 더 시간을 가지고 싶었지만 시빌레가 길을 재촉하였다. 얼마 후 그들은 길이 두 갈래로 나누어진 곳까지 다다르게 되었는데 하나는 엘리시온(극락)으로 통하고, 다른 하나는 지옥으로 통하는 길이었다.

아이네이아스는 길 한쪽 옆으로 거대한 도시의 성곽이 있는 것을 발견하였다. 그 주위에는 플레게톤 강이 화염의 물길을 흘려보내고 있었다. 앞에는 신도 인간도 열 수 없는 금강석 문이 있었다. 문 옆에는 쇠탑이 서 있었고, 그 위에서는 복수의 여신 티시포네가 망을 보고 있었다. 성 안에서는 신음 소리와 채찍 소리, 쇠가 삐걱거리는 소리, 쇠사슬이 절꺽절꺽 울리는 소리가 들려왔다.

아이네이아스는 공포에 떨며 지금 들리는 소리는 어떤 죄를 벌하는 형벌이냐고 그의 안내자에게 물었다. 시빌레는 다음과 같이 대답하였다.

"이곳은 라다만티스(Rhadamanthys, 제우스와 에우로페의 아들)의 법정으로 생전에 범한 죄를 낱낱이 밝히는 곳이죠. 범죄자는 그것을 아무도 모르게 감추었다고 생각하나 그것은 매우 어리석은 생각이지요. 티시포네는 쇠사슬 채찍으로 죄인을 때린 후 그를 다른 복수의 여신에게로 인도하지요."

시빌레의 말이 끝나자마자 가슴에 서늘한 소리가 들리며 놋쇠문이 열렸다. 문 안에서는 50여 개나 되는 머리를 가진 히드라가 눈에 띄었다. 시빌레는 아이네이아스에게 우리 머리 위에 있는 하늘이 무한히 높듯 지옥의 심연 또한 무한히 깊다고 말하였다.

그 심연에는 신들에게 반항하여 싸운 거인족인 티탄족이 숨어 있었다. 살모네우스도 그곳에 있었다. 그는 오만하게도 제우스와 우열을 다투고자 놋쇠로 된 다리를 만들어 그 위로 이륜차를 달리게 하여 그 소리가 우레 소리와 비슷하게 만든 다음, 번갯불을 흉내 내어 불타는 나뭇가지를 백성들에게 던졌다.

제우스를 모독하는 이런 짓을 한 벌로 제우스는 진짜 번개를 그에게 내려 인간의 무기와 신들의 무기의 차이를 가르쳐 주었다. 거인 티티오스도 그곳에 있었다. 티티오스의 신체는 드러누우면 거의 4헥타르의 면적을 차지할 만큼 거대했다. 독수리가 티티오스의 간장을 파먹으면 그 즉시 새로운 간장이 자라났으므로 그의 형벌은 그칠 날이 없었다.

아이네이아스는 한 떼의 사람들이 맛있는 음식이 차려진 식탁 앞에 앉아 있는 것을 보았다. 곁에는 복수의 여신이 서서 그들이 음식물을 맛보려고 하면 그들의 입에서 그것을 빼앗아 가는 것이었다. 또 어떤 자들의 머리 위에는 곧 떨어질 것 같은 큰 바윗돌이 걸려 있어 그들은 항상 공포에 질려 있어야 했다. 이들은 생전에 형제를 미워한 자, 불효를 저지른 자, 또는 우정을 배반한 자, 또는 부자가 된 뒤 가난한 사람들을 돌아보지 않은 자 등이었는데 맨 마지막 부류에 속하는 이들이 제일 많았다.

또 이곳에는 결혼의 약속을 배반한 자와 자신의 이익을 위하여 무고한 전쟁을 일으킨 자, 주인에게 불충실한 자도 있었으며, 돈 때문에 조국을 판 자, 법률을 왜곡하여 자신에게 이익을 탐한 자들도 있었다.

익시온도 그곳에 있었는데 그는 쉼 없이 돌아가는 수레바퀴에 매달려 있었다. 또 시시포스도 그곳에 있었는데, 그는 큰 바윗돌을 산꼭대기까지 굴려 올리는 일을 되풀이하고 있었다. 죽을힘을 다해 산등성이를 거의 다 올라갔

■ 티티오스(베첼리오 티치아노)

나 싶으면 바위는 순식간에 들판을 향해 굴러 떨어지는 것이었다. 그는 다시 땀을 비오듯 쏟으면서 바위 올리기를 되풀이했다.

탄탈로스는 물속에 서 있었다. 그의 턱은 수면과 같은 높이에 있었지만 그래도 그는 타는 듯한 목마름을 해결할 수 없었다. 왜냐하면 그가 물을 마시기 위해 백발의 머리를 숙이면 물은 고개가 닿을 수 없을 정도의 깊이로 줄어들어 버렸기 때문이었다. 그뿐만 아니라 잘 익은 배와 석류, 사과, 향기가 진한 무화과 등 과실이 주렁주렁 달린 수목이 그의 머리 위로 늘어져 있었지만 그가 손을 내밀어 잡으려고 하면 어디선가 갑자기 바람이 불어와 나뭇가지를 손이 닿지 않는 곳으로 높이 올려 버렸다.

시빌레는 아이네이아스에게 이제는 이 음울한 곳에서 벗어나 행복한 사람들이 살고 있는 나라를 찾아갈 때라고 알려 주었다. 그들은 암흑의 중간 지대를 통과하여, 엘리시온의 들, 즉 행복한 사람들이 사는 곳으로 갔다. 그들은 안도의 숨을 쉬며 모든 것이 자줏빛 광선에 싸여 있는 것을 보았다. 그 지역은 고유의 태양과 별들을 가지고 있었다. 주민들은 갖가지 방법으로 이러한 행복을 즐기고 있었는데, 그중에는 춤을 추거나 노래를 부르는 사람도 있었다. 오르페우스는 그들 가운데에서 리라를 타고 있었는데 매혹적인 음률이 흘러넘쳤다.

이곳에서 아이네이아스는 행복한 시절에 행복했던 트로이를 건설한 고결한 영웅들을 보았다. 또한 그는 지금은 사용되지 않고 그곳에 조용히 안치되어 있는 그 당시의 이륜전차나 번쩍이는 무기들을 경탄의 눈빛으로 바라보았다. 창은 땅에 꽂혀 있었고 말들은 마구를 벗고서 들판을 배회하고 있었다. 과거의 영웅들이 생전에 자기들의 훌륭한 갑옷과 군마에 대하여 지닌 자부심은 이곳에서도 변함이 없었다.

그는 또 한 무리의 사람들이 연회를 열고 음악에 귀를 기울이고 있는 것을 보았다. 그들은 월계수 나무 숲속에 있었다. 거대한 포 강은 그 숲에서부터 태어나 도시로 흘러나온다. 이 숲속에 조국을 위하여 싸우다가 부상을 당하고 쓰러진 자, 성스러운 종교인, 아폴론과 맞먹는 예언을 노래한 시인, 기타 유용한 기술을 발견하여 생활에 도움을 주고 인류에게 봉사함으로써 존경받을 만한 사람들이 살고 있었다. 그들은 눈처럼 흰 끈을 이마에 두르고 있었다.

시빌레는 이들에게 앙키세스는 어디에 있느냐고 물었다. 그들에게서 어디로 가면 그를 찾을 수 있다는 지시를 받은 두 사람은 초록색의 골짜기에 이르러 곧 그를 발견할 수 있었다. 앙키세스는 그곳에서 대대로 그의 자손과 그들의 운명, 장래에 달성될 가치 있는 행위에 관하여 숙고하고 있었다. 아이네이아스가 가까이 오는 것을 본 그는 두 손을 내밀고 하염없이 눈물을 흘렸다. 그리고 말하였다.

"마침내 왔구나! 오랫동안 네가 오기를 기다렸다. 수많은 위험을 무릅쓰고 나를 보러 왔구나! 오, 나의 아들아, 너의 생애를 바라보면서 너를 위하여 얼마나 걱정하였던가!"

이에 대해 아이네이아스는 대답하였다.

"오, 아버지! 아버지의 영상은 언제나 저의 눈앞에서 저를 지도하고 수호하여 주셨습니다."

그는 그의 부친을 포옹하려고 노력하였다. 그러나 그의 팔은 그림자를 포옹하는 게 전부였다.

아이네이아스 앞에는 넓은 골짜기가 펼쳐져 있었는데 그것은 나무가 조용히 바람에 나부끼고, 그 사이를 레테 강이 흐르는 풍경이었다. 강 주변에는 여름날 공중에서 볼 수 있는 날벌레와 같이 많은 사람들이 방황하고 있었다. 아이네이아스는 놀라서 그들이 누구냐고 물었다. 앙키세스는 다음과 같이 대답하였다.

"저들은 때가 되면 신체가 부여될 영혼들이다. 그동안 저들은 레테 강에 머물면서 강물을 마시며 전생에 대한 기억을 없애는 거란다."

아이네이아스는 탄식하듯 말하였다.

"하지만 아버지! 누가 이런 행복한 곳을 떠나서 지상으로 가고 싶어 할 만큼 육체적 생명을 사랑한단 말입니까?"

앙키세스는 천지창조의 과정을 자세히 설명함으로써 대답을 대신하였다. 그의 설명은 대강 이러했다.

조물주는 영혼을 구성하는 재료를 불, 공기, 흙, 물의 4원소로부터 만들었는데 이 4가지 원소가 결합될 때는 가장 우월한 요소인 불의 형태를 취하여 화염이 된다. 이것이 씨앗처럼 태양, 달, 별 등 천체 사이에 흩뿌려진다. 이 종자로부터 하위의 신들은 인간과 다른 모든 동물을 창조하였는데, 그때 여러 가지 비례로 흙의 요소가 구성물 속에 많으면 많을수록 그 구성된 개체는 순수성이 적다. 그리고 또 신체가 성장한 남녀는 유년의 순수성을 가지고 있지 않다.

따라서 신체와 영혼이 결합하고 있는 시간이 오래 경과함에 따라 정신적인 부분이 불순해짐을 알 수 있다. 이 불순을 사후에 불식해야 한다. 그것은 영혼에 바람을 쏘이든가 물속에 담그든가 그것도 아니면 불로 그 여러 가지 불순물을 태워 버려야 한다. 극소수의 사람들 — 앙키세스는 자신도 그들 중의 한 사람임을 암시하였다. — 은 한 번에 엘리시온에 들어가서 그곳에 머물 수 있게 된다. 그러나 그렇지 않은 사람들은 흙의 요소에서 유래하는 여러 가지 불순한 점이 불식되고 레테 강의 물로 전생의 기억이 완전히 세척된 후에 새로운 신체가 부여되어 이 세상에 다시 보내지는 것이다.

그러나 가끔은 완전히 부패하여 인간의 신체를 받기에 적당치 않은 자가 있다. 이런 자는 사자, 범, 고양이, 개, 원숭이 등과 같은 짐승으로 만들어진

■ 앙키세스를 옮기는 아이네이아스(카를 반 루)

다. 고대인들은 이것을 영혼의 전생(轉生)이라고 불렀다. 이것은 아직도 인도 사람들에 의하여 신봉되는 교설이다. 그들은 아주 미미한 동물의 생명일지라도 그것이 자기들의 친척의 모태일지도 모른다는 의식을 가지고 있어 죽이기를 꺼렸다.

앙키세스는 이렇게 설명한 후에 더 나아가서 아이네이아스에게 장래 탄생될 그의 민족의 인물들과 그들이 세계에서 이룩할 공적에 관하여 이야기하였다. 그 후 그는 화제를 현재로 다시 돌려 아들에게 그들 일행이 이탈리아에 완전히 정착할 때까지 그가 해야 할 일들을 말해 주었다. 크고 작은 전쟁이 일어날 것이고 아내를 얻게 되고, 마침내 트로이인의 나라가 건설되고, 그로부터 장차 세계의 지배자가 될 로마국이 일어날 것이라고 이야기하였다.

아이네이아스와 시빌레는 앙키세스와 작별하고, 시인이 상세히 설명하지 않은 어떤 지름길을 통하여 마침내 지상으로 돌아오게 되었다.

엘리시온

지금까지 독자 여러분이 보아 온 바와 같이 베르길리우스는 엘리시온(극락)을 지하에 위치한, 축복된 사람들의 정신이 거주하는 곳으로 묘사하고 있다. 그러나 호메로스는 엘리시온을 죽은 자들의 나라의 일부분으로 설명하진 않는다. 그는 그것을 오케아노스 근방, 지구 서쪽에 위치한 눈도 추위도 비도 없이 항상 제피로스(서풍)의 미풍이 산들거리는 행복의 나라로 서술하고 있다. 복을 받은 영웅들은 죽지 않고 이곳으로 와서 라다만티스의 지배 아래 행복하게 산다.

헤시오도스와 핀다로스의 엘리시온은 서쪽 오케아노스 가운데에 있는 '축복된 사람들의 섬' 혹은 '행운의 섬' 속에 위치하고 있다.

아틀란티스라는 바다 밑으로 가라앉아 버린 섬의 전설은 여기에서 유래한 것이다. 이 축복받은 지역은 만들어진 이야기이긴 하지만 그런 전설이 생겨난 것은 아마 폭풍우를 만나 조난당한 뱃사람들이 표류 끝에 아메리카의 해안을 보고 다소 과장되게 이야기한 것에서 시작된 것으로 생각된다.

시빌레

아이네이아스와 시빌레가 지상으로 돌아오던 중 그는 그녀에게 말하였다.

"당신이 여신이든 혹은 신들의 사랑을 받는 인간이든 나는 변함없이 당신을 존경하겠습니다. 지상으로 돌아가면 나는 당신을 위하여 신전을 세우고 그 신전에 제물을 바칠 것입니다."

이 이야기를 듣고 시빌레는 대답하였다.

"나는 여신이 아닙니다. 그러니 내게 제물을 바칠 필요는 없습니다. 나는 언젠가는 죽어야 할 인간이랍니다. 그러나 나도 아폴론의 사랑을 받아들일 수 있었다면 불사의 신이 되었겠지요. 그는 내가 자기의 것이 되기를 승낙하기만 하면 나의 소원을 들어주겠노라고 약속했지요. 나는 한 줌의 모래를 그에게 내보이며 이렇게 말했답니다.

'저의 손에 있는 모래알의 수만큼 많은 탄생일을 맞이하게 해 주십시오.'

나는 불행하게도 영원한 청춘을 꿈꾸었던 거지요. 그러나 이러한 내 꿈도 내가 그의 사랑을 받아들였을 때만 허용되는 것이었답니다. 나의 거절에 마음이 상한 아폴론은 나를 그냥 늙게 내버려 두었습니다. 나의 청춘과 힘은 사라진 지 이미 오래랍니다. 나는 지금까지 700년을 살아왔고, 그때 내 손아귀에 있었던 모래알과 수가 같아지려면 아직도 300번이 넘는 봄과 가을을 더 맞이해야 합니다. 나의 몸은 해마다 쇠약해지고 있습니다. 나중에는 나의 목소리만 남을 것입니다. 그리고 후세인들은 분명히 나의 말을 존경할 것입니다."

시빌레의 이 나중 말은 그녀의 예언력을 암시한 것이다. 동굴 속에서 그녀는 모아 온 나뭇잎 위에 한 사람 한 사람씩 그 이름과 운명을 적는 습관이 있었다. 이와 같이 글씨를 쓴 나뭇잎은 동굴 안에 질서 있게 배열되어 신자의 항의에 응하였다. 그러나 만약 문을 열 때 바람이 들어와서 나뭇잎이 흩어지면 시빌레는 다시 그것을 원상태로 되돌려 놓으려고 노력하지 않으므로 신탁은 영원히 사라졌다.

시빌레에 관한 다음 전설은 후대에 형성된 것이다. 고대 로마의 왕정시대에 왕 앞에 한 여인이 나타나 아홉 권의 책을 내놓고 사라고 권하였다. 왕이 사지 않겠다고 하자 부인은 물러가서 세 권은 태워 버리고, 다시 돌아와서 나머지 책을 내놓고 아홉 권의 가격과 같은 가격으로 사라고 하였다. 왕은 또다시 거절하였다. 그러자 그 부인은 또다시 세 권의 책을 불사른 후에 돌아와서 나머지 세 권을 내놓고 아홉 권의 가격과 동일한 가격으로 사라고 권하였다. 왕은 호기심이 일어 책을 사게 되었다. 책에는 로마제국의 운명이 적혀 있었다. 그 후 이 책은 돌궤에 넣어져 유피테르(제우스) 신전에 보관되고, 특정 관리인에게만 열람이 허용되었다. 그들은 중대사가 일어났을 경우에 그 책을 보고 그 속에 적혀 있는 신탁을 해석하여 국민에게 전하였다.

시빌레를 묘사한 글에도 여러 가지가 있으나 그중 오비디우스와 베르길리우스가 쓴 쿠마이의 시빌레가 가장 유명하다. 오비디우스에 의하면 시빌레의 생명은 일천 년 동안이나 계속되었다고 전해지는데, 이것은 아마도 여러 명의 시빌레가 동일인으로 반복해서 나타났던 것으로 여겨진다.

■시빌레(도메니키노)

이탈리아에서의 아이네이아스

아이네이아스는 시빌레와 작별하고 자신의 함대로 돌아가 이탈리아의 해안을 항해하여 티베리스 강의 하구에 정박하였다. 시인 베르길리우스는 아이네이아스를 그의 유랑의 목적지인 이곳에 도착하게 한 후에 시의 신인 무사이를 불러 그 중대한 때의 상황을 자기에게 말해 달라고 하였다. 당시 그 나라를 통치하고 있던 자는 사투르누스로부터 3대째인 라티누스였다. 왕은 이미 늙었고 대를 이을 아들도 없었지만 라비니아(Lavinia)라는 아름다운 딸이 하나 있었다.

그녀는 주변에 살고 있는 많은 왕들로부터 구혼을 받았는데 그 중 루툴리인의 왕 투르누스가 그녀 부모의 마음에 들었다. 그러나 라티누스는 꿈속에서 그의 부친 파우누스로부터 라비니아의 남편이 될 사람은 먼 곳에서 올 것이니 단념하라는 경고를 받았다. 그리고 두 사람의 결합으로 세계를 정복할 운명을 가진 민족이 나오리라는 것이었다. 트로이인이 하르피이아 떼와 싸움을 할 때 이 반인반조의 괴물 중 하나가 트로이인들에게 '엄청난 재난을 당하리라'고 예언한 사실을 독자 여러분은 기억할 것이다. 특히 그 괴물은 유랑 생활이 끝나기 전에 그들은 식탁까지도 먹어 치울 정도로 굶주림의 고통을 받으리라고 예언하였었다. 이 예언이 지금에서야 실현된 것이다.

왜냐하면 풀밭에서 약간의 음식을 차려 놓고 식사를 할 때, 그들은 딱딱한 빵을 무릎 위에 놓고 그 위에 숲에서 주워 온 열매 등을 얹어 놓았다. 그들은 열매를 먹은 뒤 빵조각을 먹고 식사를 마쳤다. 그것을 본 아이네이아스의 아들 율루스가 농담을 하였다.

"오오, 우리는 마침내 식탁까지 먹었습니다."

아이네이아스는 이 말을 듣자 그제서야 하르피이아가 한 말을 이해하게 되었다. 그는 부르짖었다.

"만세, 만세! 약속의 땅이여! 이곳이 우리 고향, 우리나라다."

그런 다음 그는 그곳의 원주민이 누구이며 지배자가 누구인가를 알아야겠다고 마음먹었다. 그는 부하들 중 일백여 명을 선발하여 선물을 가지고 라티누스의 마을로 파견하여 우의와 협력을 정중히 청하였다. 그들 일행은 융숭한 대접을 받았다. 라티누스는 트로이의 영웅 아이네이아스가 다름 아닌 신탁에 의해 자신의 사위로 결정된 사람이라는 결론을 내렸다. 그는 쾌히 협력할 것을 약속하고, 사자들을 자신의 마구간에 있는 말에 태워 선물과 호의에 넘치는 말을 전하라고 돌려보냈다.

헤라 여신은 트로이인의 일이 이렇게 잘되는 것을 보자 옛날의 원한이 되살아나 참을 수가 없게 되었다. 그녀는 현세와 지옥 사이인 에레보스에 살고 있는 복수의 여신 알렉토를 불러냈다. 알렉토는 헤라 여신의 명을 따르기 위해 우선 왕후 아마타를 꾀어 갖은 방법으로 트로이인과의 동맹을 반대하게 하였다. 그런 다음 알렉토는 투르누스의 나라로 급행하여, 늙은 여승으로 분장한 뒤 그에게 외래인들의 도착을 알리고 그들의 왕이 그의 신부를 빼앗으려고 한다는 소식을 귀띔해 주었다. 다음에 그녀는 트로이군의 진영으로 달려갔다. 그곳에서 그는 소년 율루스와 그의 친구들이 사냥을 하며 놀고 있는 것을 발견하였다. 알렉토는 개들의 후각을 예리하게 하여 왕의 목동인 티레우스의 딸 실비아가 총애하는 수사슴을 숲속에서 몰아내게 하였다. 결국 율루스가 던진 창이 그 사슴을 맞혀 사슴은 큰 상처를 입게 되었다. 사슴은 겨우 집으로 돌아가 여주인의 발 아래에서 숨을 거두었다. 그녀의 슬픔과 눈물은 그녀의 형제들과 목동들을 분노하게 하는 데 충분했다. 그들은 손에 닿치는 대로 무기를 잡고서 사냥하던 일행들을 무차별 공격하였다. 그러나 친구들이 그들을 막아 주었다. 목동들은 두 사람을 잃고 쫓겨 돌아갔다.

이 같은 일들은 전쟁의 폭풍우를 예고하는 듯했다. 왕후와 투르누스와 그의 농민들은 늙은 왕에게 이방인들을 국외로 추방해야 한다고 탄원하였다. 왕은 강력히 반대하였지만 자신의 반대가 무력함을 깨닫고 할 수 없이 이를 허락할 수밖에 없었다.

야누스의 문

이 나라의 관습은 전쟁을 시작할 때 왕이 예복을 입고 엄숙한 의식을 치른 뒤 평화가 지속될 때는 굳게 닫혀 있던 야누스 신전의 문을 여는 것이었다. 국민들은 강력히 늙은 왕이 이 엄숙한 일을 수행해 주기를 원하였지만 왕은 이를 거절하였다. 그들이 이 문제를 놓고 의논하고 있을 때 헤라는 하늘에서 내려와 저항할 수 없는 힘으로 문을 부수어 열어 놓았다. 문이 열리자 국민들은 환호성을 울리며 열광하였다.

"전쟁이다. 드디어 전쟁이야!"

사방에서 무장한 국민들이 모여 들었다.

투르누스(Turnus)가 이들의 지휘자로 추대되었다. 동맹자로 참가한 자들도 있었는데 그들의 우두머리는 메젠티우스(Mezentius)였다. 그는 용감하고 유능한 무사였으나 증오할 만한 잔인성의 소유자였다. 인접한 한 도시의 지배자였지만 결국 국민들에 의해 추방되었다. 그와 더불어 그의 아들인 라우수스도 참가하였는데 그는 아버지를 닮지 않은 온후한 청년이었다.

카밀라

아르테미스의 총애를 받던 여자 사냥꾼으로서, 무사인 카밀라는 아마존 사람들의 관례에 따라 기마대를 대동하고 와서 투르누스 편에 가담하였다. 그 기마대 중에는 여자들도 포함되어 있었다. 카밀라는 물레나 베틀에 단 한 번도 손을 대본 적이 없었고, 오직 사냥과 전투 연습에 몰두하여 바람보다도 빨리 달리는 듯한 속력을 낼 수 있었다. 그녀가 달리면 들판에 서 있는 곡식도 밟히지 않을 정도로 보였으며, 물 위를 달리면 발이 물속으로 빠지지 않을 정도로 빨랐다.

그러나 카밀라의 운명은 처음부터 순탄하지 못했다. 그녀의 부친 메타보스는 내란으로 인해 그의 도시에서 추방되었는데, 그때 어린 딸을 데리고 도망쳤다. 그는 적의 맹렬한 추격을 받아 숲속으로 도망치다가 아마세누스 강가에 도착하였는데 홍수로 인해 물이 불어 도저히 건널 수 없어 보였다. 그는 잠시 발을 멈추고 방도를 강구하였다. 그는 어린 딸을 나무껍질로 만든 싸개로 창에 붙잡아 매고 창을 높이 들어 올리며 다음과 같이 외쳤다.

"오, 숲의 여신 아르테미스여! 제 어린 딸을 당신에게 바칩니다."

이렇게 말한 뒤 그는 딸을 맨 창을 건너편 강가로 힘껏 던졌다. 창은 범람하는 강물 위를 날아 건너편 강가에 무사히 닿았다. 그러나 추격자들은 이미 그의 뒤를 바짝 따라왔다. 그는 물속으로 뛰어 들었다. 그는 죽을힘을 다해 건너편 강가까지 헤엄쳐 온 뒤 창에 매단 딸이 무사히 건너 왔음을 발견하고 안도의 숨을 내쉬었다.

그 후 그는 양치기들 사이에서 목숨을 연명하며 딸에게 산림지대에서 사는 데 필요한 모든 기술을 가르쳤다. 어렸을 때부터 활쏘기와 창던지기를 배운 카밀라는 자란 후에는 투석기(投石器)를 가지고 두루미나 야생의 백조를 정확히 맞춰 떨어뜨릴 수 있었다. 그녀의 옷은 호랑이 가죽이었다. 아들을 가진 많은 어머니들이 그녀를 며느리로 삼고 싶어 했지만 그녀는 계속 아르테미스에게 충실하였고, 결혼은 관심 밖의 일이었다.

에반드로스

이미 앞에서 서술한 바와 같이 무서운 힘을 가진 동맹자들이 아이네이아스의 적이 된 것이다. 때는 으슥한 밤이었다. 아이네이아스는 노천의 강둑에서 자고 있었다. 그때 물의 신 티베리누스가 버드나무 위로 손을 올리고 다음과 같이 말하였다.

"여신의 아들이여, 라틴의 지배자가 될 운명을 가진 귀한 이여! 이곳이 약속의 땅, 그대의 고향이 될 곳이다. 그대가 이 고난을 꿋꿋하게 견디어낸다면 이곳에 대한 신들의 적의도 사라질 것이다. 이곳에서 그리 멀지 않은 곳에 그대의 편이 될 사람들이 있다. 배를 준비하여 어서 이 강을 건너가라. 그러면 아르카디아의 왕 에반드로스(Evandros)가 있는 곳에 도달할 것이다. 그는 오랜 시간 동안 투르누스나 루툴리인들과 사이가 좋지 않았으니 기꺼이 너의 동맹자가 되어 줄 것이다. 자, 어서 일어나서 헤라에게 서약을 하고 여신의 분노를 잠재우라. 그리고 승리가 그대의 것이 되면 나를 기억해 다오."

아이네이아스는 잠이 깨어 이 친절한 꿈의 지시를 그대로 따랐다. 그는 우선 헤라에게 제물을 바치고, 물의 신과 우물의 신들에게 정중히 도움을 청했다. 처음으로 무장한 무사들을 가득 실은 배가 티베르 강 위에 떴다. 물의 신은 물결을 잠자게 하고 조용히 흐르도록 명령하였다. 노 젓는 사람들이 힘차게 노를 저었으므로 배는 순식간에 강을 거슬러 올라갔다.

정오가 되자 그들은 세운 지 얼마 안 되어 보이는 건물들이 여기저기 서 있는 곳에 도달하였다. 이 도시는 후에 그 영광이 하늘을 찌를 듯한 명성을 가진 대 로마시가 싹튼 곳이다. 노왕 에반드로스는 그날 해마다 헤라클레스와 모든 신들에게 올리는 제전을 거행하고 있었고, 아들 팔라스와 소국가의 왕들이 곁에 서 있었다. 그들은 큰 배가 숲 근처로 접근하는 것을 보고 놀라 식탁에서 일어섰다. 그러나 팔라스는 제전을 계속하도록 명령하고 무기를 들고 강가로 걸어 나갔다. 그는 소리 높여 너희들은 누구며, 무엇 때문에 왔느냐고 물었다. 아이네이아스는 올리브나무 가지를 내밀며 대답하였다.

"우리는 트로이인으로서 당신들에게는 호의를, 루툴리인에 대해서는 적의를 가지고 있는 사람들입니다. 우리는 에반드로스 왕을 만나러 왔으며, 우리의 병력과 당신들의 병력이 협력하기를 간절히 원하는 바입니다."

팔라스는 트로이인이라는 위대한 이름을 듣고 놀라서 그들의 상륙을 허락하였다. 그리고 아이네이아스가 강가에 이르자 그의 손을 잡고 오랫동안 우정의 악수를 나누었다. 숲을 지나 왕과 충신들이 모인 곳에 이른 사람들은 극진한 환대를 받았다. 그들을 위하여 좌석이 마련되고 맛있는 음식을 대접받았다.

초창기의 로마

제전 의식이 끝나자 모두 자신의 집으로 돌아갔다. 나이가 들어 허리가 꼬부라진 왕은 아들과 아이네이아스 사이에서 두 사람의 팔을 번갈아 잡으면서 걸어가고 있었다. 그리고 여러 가지 재미있는 이야기로 가는 길을 지루하지 않게 하였다. 아이네이아스는 즐거운 기분으로 걷고 있었다. 주위의 아름다운 경치를 보며, 고대의 유명한 여러 영웅들의 이야기를 많이 듣게 되었다. 에반드로스는 말하였다.

"이 넓은 숲에는 전에 파우누스[29]와 요정들과 교양 없는 야만인이 살고 있었다오. 그들은 가축에게 멍에를 씌울 줄도 몰랐고, 농사를 지을 줄도 몰랐지요. 그뿐만 아니라 미래를 위하여 현재의 풍족한 물품을 저장할 줄도 몰랐다오. 오직 나뭇가지에서 새싹을 뜯어먹거나 사냥의 노획물을 탐식하는 게 고작이었지요. 그들이 이런 생활을 하고 있을 때 올림포스로부터 그의 아들들에 의해 추방된 사투르누스가 그들이 있는 곳으로 왔지요. 그는 이 사납고 무식한 야만인들을 한데 모아 사회를 형성케 하고, 법률을 만들어 주었다오.

그 후 화평하고 풍족한 시대가 지속되었으므로 후대 사람들은 그의 치세를 황금시대라고 부르게 된 거라오. 그러나 점점 그때와는 다른 시대가 계속되고, 욕심과 피에 대한 갈망이 자라나게 되었지요. 계속해서 폭군들이 지배를 하게 되었는데, 마침내 내가 고국 아르카디아로부터 추방되어 저항할 수 없는 운명의 힘으로 이곳에 오게 되었답니다."

이렇게 말한 후, 그는 타르페이아의 바위[30]와 그 당시는 덤불이 우거진 황무지였으나 후에 카피톨리움[31]이 장엄한 모습으로 우뚝 선 곳을 보여 주었

---

29) 목동들과 농부들이 숭배한 산림과 들의 신. 그리스의 판에 해당한다.
30) 카피톨리움 언덕의 일부분으로서 후에 국사범을 이곳으로부터 추락시켜 죽인 곳으로 유명하다.

다. 다음 그는 방비를 철거한 성벽을 가리키며 말하였다.

"이곳이 야누스가 건립한 야니쿨룸[32]이고, 저곳이 사투르누스의 마을인 사투르니아랍니다."

이러한 말을 하는 도중 그들은 가난한 에반드로스의 집에 이르렀는데, 그곳에선 우는 짐승 떼가 들판[33]을 배회하고 있었다. 그들은 집 안으로 들어갔다. 아이네이아스를 위해 긴 의자가 놓였다. 속은 마른 나뭇잎을 넣었고, 밖은 리비아의 곰 가죽으로 싼 의자였다.

다음 날 아침, 늙은 에반드로스는 새벽 햇살과 그의 낮은 저택 처마 밑에서 지저귀는 새 소리에 잠이 깨었다. 그는 무릎까지 내려오는 속옷을 입고, 어깨에는 호랑이 가죽을 걸치고 가죽신을 신은 채 훌륭한 칼을 옆구리에 차고서 그의 손님을 만나러 나섰다. 두 마리의 맹견이 그의 뒤를 따랐다. 이 개는 그의 유일한 시종이며 호위병이었다. 아이네이아스는 그의 충실한 아카테스와 함께 있었다. 얼마 안 가서 팔라스도 왔다. 노왕은 다음과 같이 말하였다.

"훌륭한 트로이인이여, 이와 같은 위업에 우리가 협조할 수 있는 것이 너무 적군요. 우리의 국가는 한편은 내가 막고, 다른 편은 루툴리인이 막고 있는 힘없는 나라라오. 나는 당신을 인구가 많고 부유한 나라와 동맹시키고자 하오. 운명이 당신을 적당한 시기에 그들에게로 인도할 것이오. 강 건너편은 에트루리아인의 나라라오. 그들의 왕 메젠티우스는 자기의 복수심을 만족시키기 위하여 전대미문의 형벌을 만들어낸 잔인무도한 자요. 그는 죽은 사람

---

31) 유피테르 신전을 가리킴
32) 로마의 유명한 일곱 개의 언덕 중 하나
33) 이 들판은 현재 라마의 거대한 공화당이 서 있다.

■ 로마의 모자이크

과 산 사람의 손과 얼굴을 한데 묶어 불행한 희생자가 무서운 포옹 속에서 죽게 한답니다.

참다못한 국민들은 그와 그의 친척을 추방하였다오. 그들은 궁전을 불사르고 그의 악당들을 참살하였지요. 그는 도망하여 투르누스라는 곳으로 피난하였는데, 투르누스가 그를 보호하고 있지요. 에트루리아인들은 그를 그의 죄에 상응한 형벌에 처하기 위하여 내놓으라고 요구하였다오. 그리고 최근까지도 그들의 요구를 관철시키려 하고 있지요. 그러나 사제들이 그들을 보호했습니다. 사제의 말에 의하면, 자기들을 지휘하여 승리를 거두게 할 만한 인재가 없고, 그들의 지휘자로 예정된 사람이 해외에서 올 것이며 그것은 바로 하늘의 뜻이라는 것이었지요.

그들은 나에게 왕관을 바치더군요. 그러나 내 아들은 본국 태생이었으므로 자격이 없었지요. 당신은 태생으로 보나 연배로 보나 혁혁한 무공으로 보나 신들에 의하여 예정된 인물이니 그들 앞에 나타나기만 하면 바로 지휘자로 추대를 받게 될 것이오. 나는 나의 유일한 희망이며 위안인 아들 팔라스를 당신 편에 가담시키겠소. 당신 밑에서 전술도 배우게 하고, 당신의 혁혁한 무공을 배우게 할 작정이라오."

왕은 트로이의 지휘자들을 위하여 말을 준비하라고 명령하였다. 아이네이아스는 선발된 몇몇 부하들과 팔라스를 동반하고 에트루리아인의 도시를 향해 말을 타고 출발하였다. 나머지 부하들은 배가 있는 곳으로 돌아가라고 명령한 뒤였다. 아이네이아스와 그의 일행들은 에트루리아인의 진영에 무사히 도착하여 타르콘과 그 국민들로부터 뜻밖의 환영을 받았다.

니소스와 에우리알로스

그동안 투르누스는 군대를 소집하고 전쟁에 필요한 모든 준비를 완벽하게 갖추었다. 헤라는 무지개의 여신 이리스를 그에게 파견하여 아이네이아스가 진영에 없는 지금 트로이인들을 기습하라고 지시하였다. 그에 따라 기습이 감행되었으나 트로이인들은 적의 내습을 경계하고 있었고, 또 아이네이아스로부터 자기의 부재중에는 어떠한 전쟁도 하지 말라는 엄명을 받은 뒤라 보루 속에 잠복한 채 루툴리인의 유인 작전에 동요하지 않고 있었다. 밤이 되자 투르누스의 군대는 자기네가 적들보다 훨씬 우세하다고 자만한 나머지 술과 음식으로 한바탕 잔치를 치른 뒤 들판에 누워 깊은 잠에 빠져 있었다.

한편 트로이인의 진영에서는 이와는 사정이 달랐다. 그들은 불안과 초조에 떨며 아이네이아스의 귀환을 기다리고 있었다. 니소스(Nisus)가 진영 입구에서 망을 보고 있었고, 그의 곁에는 침착하고 온화한 인품과 뛰어난 계략을 세울 줄 아는 총명한 청년 에우리알로스(Euryalos)가 서 있었다. 그들은 절친한 친구 사이였다. 니소스가 에우리알로스에게 말하였다.

"에우리알로스, 적의 오만무례한 저 태도를 보게나. 불빛도 작고 희미하군. 아마 모두 술에 곯아떨어진 모양이네. 자네도 알겠지만 우리의 지휘관들은 아이네이아스에게 전령을 보내 그의 지시를 받기를 원하고 있네. 그래서 말인데, 내가 적진을 빠져나가 아이네이아스를 찾아갈까 하네. 내가 성공하면 그 명예가 나에게 충분한 보답이 될 것이며, 그 이상의 보답을 받을 가치가 있다고 인정되면 그것은 자네 몫으로 돌리겠네. 자네 생각은 어떤가?"

에우리알로스는 모험심에 불타 대답하였다.

"그렇다면 니소스, 자네는 나와 함께 그 일을 하기를 꺼린단 말인가? 자네를 그와 같은 적지에 홀로 보내란 말인가? 용감한 나의 아버지가 나를 그렇게 키우지는 않았다네. 나도 아이네이아스의 기지에 참가할 생각은 없었네. 그때 벌써 명예를 위해 생명을 희생할 각오를 하였다네."

"친구여, 나도 자네의 심정은 충분히 이해하네. 그러나 자네도 알다시피 이 일은 그 결과가 어찌될지 확실치 않은 일이며, 어찌됐든 나는 나보다 자네가 안전하기를 진심으로 바라네. 자네는 나보다 나이도 젊고 장래가 밝은 사람일세. 또 나는 만일의 경우 어머니가 슬퍼하시는 원인도 될 수가 없다네. 어머니는 다른 어머니들처럼 내가 아케스테스 시에서 평온하게 지내는 것보다 이 싸움터에서 자네와 함께 있기를 바라지 않으셨던가."

에우리알로스는 이 이야기를 듣고 다시 단호하게 말하였다.

"우리끼리 더 이상 아웅다웅하지 말기로 하지. 자네가 아무리 나를 단념시키려 해도 허사니까. 나는 자네와 함께 하기로 이미 굳게 결심했다네. 더 이상 시간을 낭비하지 말지."

그들은 손을 맞잡고 수비병을 불러 임무를 맡긴 뒤 지휘관들에게로 나아갔다.

그때 마침 지휘관들은 그들이 처한 이 상황을 아이네이아스에게 알릴 방법을 놓고 협의하고 있는 중이었다. 두 친구들의 제안은 기꺼이 수락되었고 두 사람은 격려를 받으며 성공할 경우 큰 상을 내리겠다는 약속까지 받았다. 특히 율루스(아스카니우스, Ascanius)는 에우리알로스에게 인사를 한 뒤 변함없는 우정을 다짐하였다.

"딱 한 가지 부탁이 있는데 꼭 들어주길 바라네. 나의 노모가 이 진영에 계신다네. 나 때문에 어머니는 트로이 땅을 떠나 다른 부인들처럼 아케스테스 시에 남으려고 하시질 않았네. 나는 어머니에게 작별인사도 못 드리고 떠나네. 어머니의 눈물을 보면 내 가슴은 찢어질 듯 아플 것이고, 만약 만류하시면 어머니의 손길을 뿌리칠 자신이 없어서이네. 나대신 내 어머니를 잘 돌봐

주겠다고 나에게 약속해 주게. 그러면 나는 용기백배하여 어떤 불길 속이라도 용감하게 뛰어들겠네."

율루스와 다른 지휘관들은 감동하여 눈물을 흘리며, 그의 부탁을 들어주겠노라고 약속하였다. 율루스가 말했다.

"자네의 어머니가 곧 나의 어머니일세. 그리고 내가 자네에게 약속한 모든 것은, 만약에 자네가 그것을 받지 못하게 될 경우에는 자네의 어머니에게 이행하겠네. 약속하네."

두 친구는 이별의 아픔을 끝내고 곧 적의 한가운데로 잠입하였다. 감시자나 보초도 없었으며, 병정들은 풀 위나 마차 사이에 흩어져 잠자고 있었다. 그 당시 전쟁의 법규는 잠자는 적을 죽이는 것이 금지되어 있지 않았다. 그래서 두 트로이인은 적진을 통과하면서 많은 적을 아무 어려움 없이 참살하였다. 에우리알로스는 한 진영에서 금과 깃털로 반짝이는 투구를 노획하기도 했다. 그들은 적 한가운데는 무사히 통과하였으나 마침 적들의 대장인 볼스켄스의 인솔 아래 진영으로 돌아오는 적들과 마주치게 되었다. 에우리알로스가 노획한 투구가 그들의 주의를 끌었던 것이다. 볼스켄스는 큰소리로 어디서 온 누구냐고 물었다. 그들은 대답하지 않고 숲속으로 뛰어 들어갔다. 기병들이 그들의 도주를 막기 위하여 그들을 에워쌌다. 니소스는 추격을 피하여 위험을 벗어났으나 에우리알로스가 보이지 않자 그를 찾아갔다. 나무 사이로 적들이 에우리알로스를 에워싸고 갖가지 질문을 퍼붓는 것이 보였다.

이 일을 어떻게 하면 좋을 것인가? 어떻게 하면 적들 손에서 무사히 에우리알로스를 구해낼 수 있을 것인가? 혹은 같이 죽는 것이 최선의 방법인가? 그는 달을 바라보며 애원하였다.

"여신이시여! 저에게 은총을 베푸소서!"

■니소스와 에우리알로스

그리고 적의 지휘관을 향해 창을 던져 그의 등을 맞혀 쓰러뜨렸다. 적들이 놀라 허둥거리고 있는 사이에 또 하나의 창이 날아와 누군가 넘어졌다. 볼스켄스는 어디에서 창이 날아오는지 몰라 칼을 손에 들고 에우리알로스에게로 돌진하며 두 부하의 원수를 갚겠노라고 소리쳤다. 그리고 칼로 에우리알로스의 가슴을 찌르려고 하는 순간에 숨어서 친구의 위험을 보고 있던 니소스가 뛰어나와 외쳤다.

"창을 던진 사람은 여기에 있다. 루툴리인이여, 너의 칼을 나에게로 돌려라. 내가 창을 던졌다. 그 사람은 내 친구로서 나를 따라왔을 뿐이다."

니소스의 말이 끝나기도 전에 칼은 에우리알로스의 가슴을 깊숙이 찔렀다. 그의 머리는 쟁기에 꺾인 꽃처럼 어깨 위에 떨어졌다. 니소스는 볼스켄스에게로 돌진하여 칼로 그의 목을 찔렀다. 그리고 자신도 무수한 칼을 맞고 참살되었다.

메젠티우스

아이네이아스는 에트루리아 동맹군을 데리고 진영으로 돌아와 적에게 포위된 아군을 구하게 되었다. 이제 양군은 세력이 백중하여 진짜 전투가 시작되었다. 더 이상 자세한 서술을 할 겨를이 없으므로, 독자 여러분에게 이미 소개한 바 있는 주요 인물들의 운명을 간단히 서술하려고 한다.

폭군 메젠티우스는 상대가 자기에게 반역한 백성임을 알고는 야수와 같이 격분하였다. 자기에게 저항하는 자는 모조리 참살하였고, 그가 나타나는 곳에서는 어디서나 군중을 패주시켰다. 마침내 그는 아이네이아스와 마주치게 되었고 양군은 숨을 죽인 채 두 사람의 승부를 지켜보게 되었다.

메젠티우스가 던진 창은 아이네이아스의 방패를 치고 빗나가서 안토르를 맞혔다. 그는 그리스 태생으로 고향인 아르고스를 떠나 에반드로스를 따라 이탈리아로 왔다. 시인 베르길리우스는 단순하나 애조를 띤 문체로 그에 대해 노래하고 있는데, 이 유명한 구절은 후세에 하나의 속담이 되었다. '그는 다른 사람을 겨눈 창에 맞아 부상을 입고 불행히도 쓰러졌다. 하늘을 우러러보고 죽어 가면서 고향을 생각하였다.'

이번에는 아이네이아스가 창을 던졌다. 그 창은 메젠티우스의 방패를 뚫고 그의 넓적다리에 꽂혔다.

그의 아들 라우수스는 더 이상 이 광경을 보고 있을 수 없어 두 사람 사이로 뛰어들었다. 그동안 부하들은 메젠티우스의 주위에 모여 들어 그를 떠메고 갔다. 아이네이아스는 라우수스의 머리 위로 칼을 쳐들고 내리칠까 말까 갈등하고 있었다. 그러나 라우수스가 맹렬히 공격해 왔으므로 아이네이아스는 할 수 없이 운명의 일격을 가했다. 라우수스는 쓰러졌다. 아이네이아스는 그의 용기를 가상하게 여겨 몸을 구부리고 말하였다.

"불운한 젊은이여, 적일지언정 그대의 용기는 칭찬할 만하다. 그대에게 무엇을 해 줄까? 나는 그대가 자랑으로 삼을 갑옷을 그대로 둘 것이다. 그리고 그대의 시체는 친구들에게 돌려줘 합당한 장례를 치르도록 해 주리라."

이렇게 말하면서 그는 라우수스의 겁 많은 부하들을 불러 시체를 가져가라고 일렀다.

그동안 메젠티우스는 냇가로 운반되어 상처를 씻고 치료를 하였다. 얼마 후에 라우수스의 전사 소식을 듣고 그는 엄청난 분노와 절망에 빠졌다. 그는 말을 타고 전투장인 숲속으로 돌진하여 아이네이아스를 찾았다. 메젠티우스는 말을 타고 그의 주위를 돌며 창을 던졌다. 아이네이아스는 방패를 자유자재로 돌려 창을 막으면서 서 있었다. 마침내 메젠티우스가 세 번 돈 후에 아이네이아스는 자신의 창을 곧장 말의 머리를 향해 던졌다. 창이 말의 관자놀이를 뚫어 말이 쓰러지자 양군은 하늘을 찌를 듯한 환성을 울렸다.

메젠티우스는 살려 달라고 하지 않고, 오직 자신의 시체가 배반한 부하들에 의해 모욕을 당하지 않도록 해 달라는 것과 아들과 한 무덤에 묻어 달라는 것만을 부탁했다. 각오를 한 그는 최후의 일격을 받고 피를 흘리며 죽어갔다.

팔라스, 카밀라, 투르누스

한쪽 전장에서 이러한 일이 벌어지는 동안 다른 전장에서는 투르누스가 젊은 팔라스(Pallas)와 대치하고 있었다. 팔라스는 용감히 싸웠으나 투르누스의 창에 쓰러졌다. 이처럼 실력 차이가 나는 전사들의 승부란 뻔한 것이었다. 투르누스는 용감한 젊은이가 자기의 발밑에서 죽어 넘어지는 것이 가엾게 생각될 정도였다. 그래서 적의 갑옷을 빼앗는 승리자의 권리를 포기하고 단지 금못과 금조각으로 장식된 띠만을 빼앗아 자기 몸에 둘렀다. 나머지 물건은 죽은 자의 친구들에게 돌려주었다.

그 전투가 있은 후, 양군 모두 전사자를 매장하기 위하여 며칠간의 휴전이 선포되었다. 그동안에 아이네이아스는 투르누스에게 일대 일로 승부를 정하자고 제안하였으나 투르누스는 이에 응하지 않았다.

다른 전투에서는 처녀 무사인 카밀라(Camilla)의 활약이 눈에 띄었다. 그녀의 용맹성은 가장 용감하다고 자부하던 남자 무사들을 능가하였고, 많은 트로이인과 에트루리아인이 그녀의 창이나 도끼에 맞아 쓰러졌다. 아룬스(Arruns)라고 하는 에트루리아인이 그녀를 오랫동안 지켜보면서 기회를 노리던 중 그녀가 도망치는 적병 — 그의 훌륭한 갑옷은 누구나 전리품으로 탐낼 만하였다. — 을 추격하는 것을 보았다. 카밀라는 추격에 열중한 나머지 자신의 위험을 깨닫지 못하였다. 아룬스가 던진 창은 그녀에게 치명상을 입혔다. 쓰러진 그녀는 곁에 있던 처녀들의 팔에 안겨 최후의 숨을 거두고 말았다. 그러나 카밀라의 운명을 본 아르테미스는 그녀를 죽인 자를 용서할 수 없었다. 아룬스는 한편으로는 기쁘면서도 한편으로는 두려운 생각이 들어 슬그머니 도망치려 하였지만 그때 아르테미스가 보낸 요정이 숨어서 쏜 화살을 맞고 외로운 죽음을 맞이하였다.

마침내 아이네이아스와 투르누스 사이에 운명의 전투가 벌어졌다. 투르누스는 될 수 있는 한 전투를 회피하였으나 마침내 불리한 전세와 부하들의 불평에 자극되어 더 이상 물러설 수만은 없게 되었다. 전투의 결과는 불을 보듯 뻔했다. 아이네이아스는 승리할 운명이었고 위험한 일이 일어날 때는 언제나 그의 여신이 도와주었으며, 또 그에게는 그의 어머니의 청으로 불카누스가 만들어 준, 누구도 뚫을 수 없는 강철 같은 갑옷이 있었다. 이와 반대로 투르누스는 그의 편을 들어주던 신의 가호도 더 이상 기대할 수 없게 되었다. 왜냐하면 헤라는 이제 그를 도와주어서는 안 된다는 제우스의 엄명을 거역할 수 없었기 때문이었다. 투르누스는 창을 던졌으나 창은 아이네이아스의 방패에 맞아 아무런 상처도 입히지 못하고 튀어나갔다. 아이네이아스가 던진 창이 투르누스의 방패를 뚫고 그의 넓적다리를 찔렀다. 투르누스의 불굴의 기상도 사라진 지 이미 오래였고, 관대한 처분을 구걸하게 되었다. 아이네이아스는 그를 측은하게 여겨 살려 주려고 마음먹었다. 그러나 그 순간 투르누스가 피살된 팔라스에게서 뺏은 띠를 두른 것이 눈에 띄었다. 아이네이아스의 눈에서 불꽃이 튀었다.

"팔라스가 이 칼로 너를 죽이노라."

■ 로물루스와 레무스(코르토나)

그는 부르짖으며 투르누스를 칼로 찔렀다.

여기서 시인 베르길리우스가 서술한 아이네이아스의 이야기는 끝난다. 독자 여러분은 아이네이아스가 적을 물리친 뒤 라비니아(Lavinia)를 신부로 맞았다는 상상을 할 수 있을 것이다. 전설에 의하면 도시를 건설한 아이네이아스는 라비니아의 이름을 따서 라비니움이라고 불렀다고 한다. 그리고 그의 아들 율루스는 알바롱가 시를 건설하였는데 이곳은 로물루스(Romulus)와 레무스(Remus)[34]의 탄생지이며, 로마의 요람이 되었다.

---

34) 마르스 신과 레아 사이에 탄생한 쌍둥이. 로마의 시조로 전해진다.

피타고라스

인간의 영혼과 성격에 관하여 앙키세스가 아이네이아스에게 가르쳐 준 교설은 피타고라스 학파의 학설과 일치하였다. 피타고라스 (Pythagoras)는 원래 사모스 섬에서 태어났으나 그의 생애 대부분은 이탈리아 크로톤에서 보냈다. 그러므로 그는 '사모스인' 이라고 불리기도 하고, 때로는 '크로톤의 철학자' 라고 일컬어지기도 한다. 젊은 시절 피타고라스는 여행을 좋아하여 이집트에서 승려들의 가르침을 받기도 했고, 동방에서 페르시아와 칼데아의 마기족[35]과 인도의 바라문[36]을 방문하기도 했다.

그가 마지막으로 정착한 크로톤에서는 그의 특이한 성격이 많은 제자들을 끌어 들이기도 했다. 그곳 주민들은 사치와 방종으로 악명이 높았는데 그의 감화력은 그들을 충분히 바로 잡고도 남았다. 절제와 극기의 바람이 일기 시작했고, 6백여 명의 주민들이 자청하여 그의 제자가 되고 공동으로 지혜를 모으기 위한 단체를 조직하여 그 회원이 되었으며,

---

35) 고대 페르시아의 승려 계급
36) 인도의 승려 계급

■ 채식주의를 옹호하는 피타고라스(루벤스)

전체의 이익을 위하여 각자의 재산을 모아 공유 재산을 만들었다. 그들은 가장 순결하고 검소한 생활 태도를 익혀 나가야 했다. 그들이 배운 최초의 교훈은 침묵이었다. 일정한 기간 동안 그들은 묵묵히 듣기만 하였다. 사람들은 '피타고라스가 그렇게 말하였다(Ipse dixit)'라고만 하면 무엇이든 그렇다고 믿게 되었으며, 더 이상의 증거를 요구하지도 않았다. 질문을 하고 반대 의견을 제시할 수 있는 사람들은 오랜 기간을 복종해 온 상급 제자들뿐이었다.

피타고라스는 수(數)를 만물의 본질이자 원리로 생각하였고 수에 실재적이고 독립적인 존재를 부여하였다. 그의 이론에서 수는 우주만물의 구성요소이다. 그가 어떤 과정을 거쳐 이렇게 생각하였는지에 대해서는 충분한 설명을 찾아볼 수가 없다.

그는 세계의 모든 만물의 존재들과 현상은 그 기초, 본질로서의 수에서 기초한다고 보았다. 그는 '1'을 모든 수의 근원으로 생각하였다. '2'는 불완전하지만 증가와 분할의 원인이 된다. '3'은 시초와 중간과 종말을 포함하므로 전체의 수라고 하였다. 정방형을 표시하는 '4'는 가장 완전한 수이다. '10'은 이 네 가지 수의 합(1+2+3+4=10)을 포함하므로 모든 음악적 · 산술적 비율을 포함하여 세계의 체계를 표시한다.

수가 '1'로부터 시작하는 바와 같이 그는 신의 순수하고 단순한 본질을 자연의 모든 형상의 근원으로 생각하였다. 신들과 다이몬(daimon)[37]과 영웅은 지고자(至高者)의 발출물이요, 제4의 발출물이 인간의 영혼이다. 인간의 영혼은 불멸이며, 육체의 속박을 벗어나면 죽은 자들의 거처로 나아가 또다시 인간이나 동물의 몸으로 돌아오기까지 그곳에 머문다. 그리고 완전하게 정화된 후 결국 처음에 출발한 근원으로 귀환한다.

---

37) 신과 인간 사이에 위치하는 신령

영혼의 전생(轉生)에 관한 이 교설은 처음 이집트에서 시작되었으며, 인간 행위의 보상과 형벌에 관한 교설과 긴밀한 관계를 맺고 있다. 피타고라스학파의 사람들이 동물을 죽이지 않는 주요 원인도 그 교설에 근거하고 있다.

오비디우스(Ovidius)는 피타고라스가 제자들에게 다음과 같이 말하였다고 전하고 있다.

"영혼은 죽지 않는다. 다만 한 거처를 떠나면 다른 거처로 옮겨 간다. 나도 트로이 전쟁 때 판토스란 사람의 아들인 에우포르보스였는데 메넬라오스의 창에 맞아 쓰러진 것을 생생히 기억한다.

얼마 전 아르고스 시에 있는 헤라 신전을 다녀왔는데, 그곳에서 나는 그 당시 나의 소유였던 방패가 전리품 중의 하나로 걸려 있는 것을 보았다. 모든 것은 변화를 거듭할 뿐 결코 사멸하지는 않는다. 영혼은 이곳저곳을 옮겨 다녀 어떤 때는 이 사람의 육체, 어떤 때는 다른 사람의 육체에 머무르고, 짐승의 몸에서 인간의 몸으로 옮길 때도 있고, 거꾸로 인간의 몸에서 짐승의 몸으로 옮길 때도 있다. 밀랍이 어떤 모양의 각인에 찍혔다가 녹기도 하고 다시 새로운 각인에 찍히는 일도 있으나 항상 같은 밀랍인 것과 같이 항상 동일한 영혼이 그때의 상황에 따라 다른 형태를 취하는 것이다.

그러므로 너희들의 가슴에 친척에 대한 사랑의 불꽃이 꺼지지 않았다면, 원컨대 너희들의 친척일지도 모를 다른 자들의 생명을 상하게 해서는 안 되는 것임을 명심하라."

음계와 음표와 수와의 관계 — 즉, 이 관계에 의하여 조화음은 같은 배수의 진동으로부터 생기고 부조화음은 그 반대로부터 생긴다. — 는 피타고라스로 하여금 '조화'라는 말을 눈에 보이는 창조물에도 적용하게 하였는데 그것은 각 부분들이 서로 적응함을 의미한다.

그의 교설에 의하면 우주의 중심에 생명의 원리인 중심의 불이 있다. 이 중

■아테네학당의 모습(라파엘로)

심의 불은 지구, 달, 태양, 다섯 개의 유성으로 둘러싸여 있다. 천체 사이의 거리는 음계의 비례에 대응한다고 생각되었다. 모든 천체는 그 속에 거주하는 신들과 함께 이 불 주위를 원무를 추듯이 도는데, 이때 '노랫소리도 없지는 않으리라.'고 생각되었다.

수정이나 유리로 된 천체는 한 벌의 주발을 엎어 놓은 것처럼 상하로 배열되어 있다고 생각하였다. 각 천체의 내부에는 하나 혹은 두서너 개의 천체가 붙어 있어 같이 운동을 한다. 각 천체는 투명하므로 우리는 그것을 통하여 그것이 포함하고 있고 같이 데리고 다니는 천체를 볼 수 있다. 각 천체가 서로 움직일 때는 마찰이 없을 수 없으므로 절묘한 조음이 발생하는데, 그것은 보잘것없는 인간이 듣기에는 너무도 오묘한 것이다.

피타고라스는 리라를 발명했다고도 전해진다.

시바리스와 크로톤

크로톤(Croton)의 이웃 도시인 시바리스(Sybaris)는 크로톤과 반대로 사치와 나약으로 이름난 도시였다. 그래서 시바리스라는 이름 자체가 사치와 나약의 대명사로 입에 오르내릴 정도였다.

이 두 도시 사이에 전쟁이 일어나 시바리스는 정복당하고 멸망되었다. 유명한 장사인 밀론은 크로톤의 군대를 지휘하였다. 밀론의 엄청난 힘에 대해서는 많은 이야기들이 전해진다. 일례로 그는 4살짜리 암소를 어깨에 메고 다니면서 하루 만에 먹어 치웠다는 일화도 전한다. 그는 죽음도 기묘했다. 그가 숲속을 지나가는데 나무꾼이 쪼개놓은 나무줄기가

눈에 띄었다. 그는 무심코 그것을 주워 들고 더 잘게 쪼개려고 하다가 손이
갈라진 나무 사이에 꽉 끼여 빠지지 않았다. 결국 밀론은 손을 빼내려고 애쓰
다가 늑대의 습격을 받아 잡아 먹혔다는 것이다.

이집트의 신들

암몬(Amon)은 이집트인들이 최고로 숭배하는 신이었다. 이 신은 후에 제우
스 또는 유피테르 암몬이라고 불리었다. 암몬은 말이나 의지로 자신을 표명
하였는데, 그의 의지는 크네프와 아토르라는 남녀 두 신을 창조하였다. 이 두
신으로부터 오시리스와 이시스가 탄생하였다. 오시리스는 온기와 생명과 풍
요의 원천인 태양신뿐만 아니라 나일 강의 신으로도 숭배되었는데 매년 홍수
를 일으켜 그의 처 이시스(지구)를 만나러 내려왔다고 한다. 세라피스(Serapis,
또는 헤르메스)는 때로는 오시리스와 동일시되고, 때로는 별개의 신으로서 명
부(冥府)의 지배자이며 의술의 신으로 인정되었다. 아비누스는 수호신으로서
그의 성격인 충실과 경계심을 상징하기 위하여 개의 머리를 가진 모습으로
표현된다. 호루스(또는 하르포크라스)는 오시리스의 아들로 침묵의 신이었다.
손가락을 입술에 댄 채 연꽃 위에 앉아 있는 모습으로 표현된다.

오시리스와 이시스

오시리스(Osiris)와 이시스(Isis)는 어느 날 지상으로 내려가서 그 주민들에
게 선물과 축복을 나누어 주어야겠다고 마음먹었다. 이시스는 그들에게 최

■암몬 라의 성

■이집트의 신. 오시리스, 이시스, 호루스

초로 밀과 보리의 사용법을 가르쳐 주고, 오시리스는 농기구를 만들어 쟁기를 소에 매는 법과 사용법을 가르쳐 주었다. 그는 또 인간에게 법률과 결혼 제도 및 시민 조직을 부여하였고 신들을 숭배하는 법을 가르쳐 주었다. 그는 이처럼 나일 강의 골짜기를 행복이 넘치는 나라로 만든 후에 그 혜택을 다른 곳에도 나누어 주기 위하여 많은 사람들을 모아 떠났다. 그는 곳곳에서 주민들을 정복하였다. 그러나 무기로 정복한 것이 아니라 음악과 웅변으로 정복하였다.

그와 친척이 되는 티폰은 그의 이러한 행동에 질투심과 악의가 끓어올라 참을 수가 없게 되었다. 드디어 티폰은 왕위를 빼앗아야겠다고 마음먹었다. 그러나 이시스가 정권을 잡고 있어 그의 계획은 허사로 돌아갔다. 그래서 더욱 격분한 티폰은 이번에는 오시리스를 죽이려고 결심하였다. 그것은 다음과 같은 방법으로 계획되었다. 그는 우선 72명으로 구성된 음모단을 조직하여 그들과 함께 왕과 귀족들이 참석하는 축하연에 참석하였다. 그는 큰 상자를 가져오도록 하였다. 그것은 오시리스의 몸 크기에 꼭 맞게 만든 것이었다. 그는 귀한 재목으로 만든 그 궤를 누구나 그 속에 들어갈 수 있는 사람에게 선물하겠노라고 말했다. 많은 사람들이 그 궤를 탐내 들어가려고 시도했지만 모두 실패하였다. 드디어 오시리스 차례가 되었다. 그가 궤 속으로 들어가자 그의 일당들은 궤의 뚜껑을 닫고 나일 강에 던져 버렸다.

이시스는 잔인무도한 이 살인 소식을 듣고 통곡하였다. 그녀는 머리카락을 자르고 상복을 입은 뒤 가슴을 치며 남편의 시체를 찾아 나섰다. 이 수색 작업에서 제일 열심히 일한 사람은 오시리스와 넵티스 사이에서 태어난 아들 아누비스였다. 그러나 그런 노력도 허사였다. 왜냐하면 표류하던 궤가 비블로스라는 곳에 떠내려 와 물가에 자라 있던 갈대 사이에 머물렀기 때문이었다. 오시리스의 몸속에 있던 신력(神力)이 갈대에 전해져 갈대는 거목으로 자

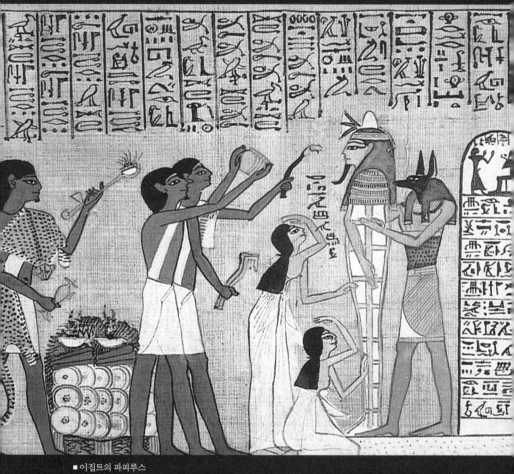

■이집트의 파피루스

랐고, 그 거목의 줄기 속에 궤는 영원히 갇혀 버렸다. 그 후 얼마 지나서 그 나무는 신성한 물건을 줄기 속에 간직한 채 벌채되어 페니키아 왕의 궁전에 원주로 세워졌다. 그러나 아누비스와 신성한 새들의 도움으로 이시스는 이 비밀을 알게 되었다. 이시스는 궁전으로 달려갔다. 그곳에서 그녀는 궁전의 하녀가 되겠노라고 자청했다. 그녀의 청이 받아들여지자 그녀는 변장한 모습을 벗었다. 우레 소리와 번갯불에 둘러싸이면서 여신의 자태가 드러났다. 그리고 들고 있던 지팡이로 원주를 두드리자 원주가 갈라지고 신성한 궤가 나왔다.

그녀는 궤를 가지고 돌아와서 숲속 깨끗한 곳에 감추어 두었다. 그러나 티폰이 이 사실을 알아내고 시체를 열네 토막으로 잘라서 숲 여기저기에 던졌다. 이시스는 남편의 시체를 찾아 숲을 헤매고 다녔다. 열세 토막은 찾았으나 한 토막을 찾을 수가 없었다. 나머지 한 토막은 나일 강의 물고기가 먹었던 것이다. 물고기가 먹은 한 토막은 무화과나무로 조각을 만들어 대신한 뒤 필라이란 곳에 시체를 매장하였다.

이곳은 그 후부터 유명한 성지가 되어 순례자들이 곳곳에서 모여 들어 참배하였다. 이곳에 오시리스를 위한 신전이 세워지고 그의 시체 토막이 발견된 곳에는 작은 신전과 분묘가 세워졌다. 오시리스는 그 후 이집트인의 수호신으로 추대되었다. 그의 영혼은 항상 신우(神牛) 아피스(Apis)의 몸에 거주하였고, 그 소가 죽으면 영혼이 다른 소에게로 옮겨 간다고 생각되었다.

멤피스의 황소인 아피스는 이집트인이 최대의 경의로 숭배한 동물이다. 아피스로 인정되는 소는 몇 가지의 표식으로 쉽게 알아볼 수 있었다. 우선 머리부터 발끝까지 검고, 이마에는 방형의 마크가 있으며, 등에는 수리 모양의 또 다른 마크가 있고, 혀 밑에는 갑충(甲蟲) 모양의 혹이 있어야 한다. 황소를 찾으러 파견된 사람들이 이와 같은 표식을 가진 황소를 발견하면 그 소는 곧 동쪽을 향한 건물 안으로 옮겨져 4개월 동안 우유로 기른다. 4개월의 기간이 지나고 초승달이 뜰 때 승려들은 성장을 하고서 소가 있는 곳으로 가서 그를 아피스라 부르고 정중히 인사한다. 그 후 화려하게 장식한 배에 이 아피스를 태워 나일 강을 따라 멤피스로 운반한다.

그곳에는 두 채의 예배당과 커다란 운동장이 딸린 신전이 있는데 그것이 아피스에게 하사된다. 갖가지 희생물들이 아피스에게 봉헌되고 매년 한 번씩 나일 강이 범람할 때가 되면 황금 술잔이 강물에 던져지고 아피스의 탄생일을 축하하는 성대한 제전이 거행된다. 민중의 신앙에 의하면 이 제전 기간에는 악어들도 그 사나움을 버리고 동물을 상하게 하는 일을 삼갔다고 한다.

그러나 아피스의 행운에도 한계가 있었다. 아피스는 일정한 기간 이상 생존이 허용되지 않았다. 24년을 살면 승려들은 아피스를 신성한 저수지에 빠뜨려 죽이고 세라피스의 신전에 매장하였다. 이 소가 죽으면 그것이 자연사이든 비명횡사이든 간에 그 원인을 따지지 않고 민중들은 슬픔에 잠기고 다음 아피스가 발견될 때까지 이 슬픔은 지속되었다.

오라클

신에게 미래의 일을 문의한 사람들에게 주어진다는 장소, 즉 신탁소나 주어진 답변, 바로 신탁을 의미하는 것이 오라클이다.

가장 오래된 그리스의 신탁소는 도도나에 있는 유피테르의 신탁소였다. 기록에 의하면 그것은 다음과 같은 방식으로 세워졌다고 한다.

두 마리의 검은 비둘기가 이집트의 테바이에서 날아왔다. 한 마리는 에페

■ 델포이의 아폴론 신탁소 유적

이로스의 도도나로 날아가서 참나무 숲에 앉아 그곳 주민에게 인간의 언어로 그곳에 유피테르의 신탁소를 건립해야 한다고 선언하였다. 다른 비둘기는 리비아의 오아시스에 있는 유피테르 암몬의 신전으로 날아가 똑같은 말을 전하였다. 다른 기록에 의하면 비둘기가 아니라 이집트의 테바이에서 페니키아인들에게 납치된 여승들이 오아시스나 도도나에 신탁소를 세웠다고도 전해진다. 신탁은 나뭇가지가 바람에 하늘거리는 소리처럼 나오는데 이 소리를 승려들이 해석한다.

하지만 그리스의 가장 유명한 신탁소는 델포이에 있는 아폴론의 신탁소였다. 델포이는 포키스란 곳에 있는 파르나소스 산의 비탈에 건설된 도시였다.

옛날, 파르나소스 산에서 풀을 뜯어먹던 염소 떼가 산허리에 길고 깊숙하게 틈이 난 곳에 다가가자 갑자기 경련을 일으켰다. 이것은 지하의 동굴에서 발산되는 특수한 증기 때문인데 한 목동이 호기심에 그 증기를 들이마셨다가 똑같이 정신을 잃고 염소들처럼 경련을 일으켰다. 이웃 나라의 주민들은 그 이유를 알 수 없었으므로 목동이 증기에 취하여 경련을 일으키고 발광한 것을 신적인 영감 때문이라고 믿게 되었다. 이 소문이 급속도로 퍼져 그곳에 신전이 세워졌다.

예언력을 가진 신으로는 처음에는 대지의 신, 바다의 신, 테미스와 그 외의 몇몇 신들이 꼽혔으나 마침내 아폴론만이 예언력을 가진 것으로 생각되었다. 그리고 그곳에 한 여승이 임명되었다. 그 여승의 임무는 영기(靈氣)를 빨아들이는 것이었는데, 그녀의 이름은 피티아(Pythia)였다. 이 임무를 수행할 때는 카스탈리아의 우물에서 깨끗이 목욕을 한 뒤 월계관을 쓰고 영기가 나오는 틈 위에 놓인 월계수로 장식된 삼각대 위에 앉는다. 이렇게 앉아 있는 동안에 영감을 얻어 그녀가 하는 말이 승려들에 의해 해석된다.

트로포니오스의 신탁소

도도나와 델포이의 유피테르와 아폴론의 신탁소 외에 보이오티아에 있는 트로포니오스 신탁소도 유명한 곳이다.

트로포니오스(Trophonios)와 아가메데스(Agamedes)는 형제였다. 그들은 이름난 건축가로서 델포이의 아폴론 신전과 히리에우스(Hyrieus) 왕의 보물 창고를 건축하였다. 그들은 그 창고의 벽에 들어낼 수 있는 한 개의 돌을 놓고, 때때로 이 돌을 들어내어 보물을 훔쳐갔다. 자물쇠나 봉납에 아무 이상이 없는데도 보물이 자꾸 줄어들었으므로 왕은 의아하게 생각하였다. 왕은 도둑을 잡기 위하여 함정을 만들게 했고, 아가메데스가 이 함정에 걸렸다. 트로포니오스는 그를 구해낼 수도 없고 또 발각되면 고문을 받아 자신의 공범 사실도 드러날 것이 뻔했으므로 할 수 없이 아가메데스의 목을 잘랐다. 그 벌로 그도 얼마 지나지 않아 땅속으로 눈 녹듯이 스며들었다고 전해진다.

트로포니오스의 신탁소는 보이오티아의 레바데이아에 있었다. 전설에 의하면 큰 가뭄이 계속되자 보이오티아인들은 델포이의 아폴론으로부터 레바데이아의 트로포니오스의 도움을 받으라는 지시를 받았다. 그들은 그곳으로 황급히 달려갔으나 신탁소를 찾을 수가 없었다. 그러던 중 일행 한 사람이 우연히 벌 떼를 보고 그 뒤를 따라가 땅에 틈이 나 있는 곳을 발견하게 되었다. 이곳이 바로 그들이 찾던 신탁소였던 것이다.

신탁을 받으러 온 사람은 특별한 의식을 치러야 했다. 의식이 끝나면 좁은 길을 지나 동굴 속으로 내려간다. 이곳은 밤중에만 들어갈 수 있었다. 그리고 동굴로부터 돌아올 때는 들어올 때와 같은 길을 뒷걸음질하여 나왔다. 그때의 모습은 우울하고 낙심한 것같이 보였다. 이로부터 의기소침하고 우울해 있는 사람을 가리켜 '트로포니오스의 신탁을 문의하고 있다'고 하는 놀리는 말이 생겨났다.

아스클레피오스의 신탁소

아스클레피오스의 신탁소는 여러 곳에 있었는데 가장 이름난 곳은 에피다우로스에 있는 것이었다. 이곳에서 병자들은 신탁을 구하고, 신전에서 잠을 잠으로써 건강을 회복하였다. 전해지는 기록에 의하면 병자의 치료법은 오늘날의 최면술과 비슷한 것으로 추측된다.

뱀이 아스클레피오스의 동물로서 신성시되었는데 그것은 뱀이 허물을 벗음으로써 그 청춘을 갱신하는 힘을 가지고 있다는 미신에 기인한 것이었다. 아스클레피오스 숭배가 로마에 전파된 것은 대역병(大疫病)이 유행할 즈음이었다. 그때 신의 원조를 청하기 위하여 에피다우로스의 신전에 사절단이 파견되었다. 아스클레피오스는 청을 들어주고, 배가 귀환할 때는 뱀의 형태로 동반하였다. 티베리스 강에 도착하자 뱀은 배에서 빠져 나와 강 가운데에 있는 한 섬을 점령하였다. 그의 명예를 위하여 그곳에 신전이 건립된 것이다.

아피스의 신탁소

멤피스에서는 아피스가 자신에게 바쳐진 제물을 취하느냐 거부하느냐로 아피스에게 문의한 사람들의 답변을 대신하였다. 만약 그 소가 문의자가 주는 식물을 받아들이지 않는다면 이것은 불길한 징조이고, 받아들이면 길한 징조로 여겼다.

■ 아클레피오스 신탁소 유적

신탁의 답변이 인간이 꾸며낸 것인지, 혹은 악령의 작용인지는 알 수 없지만 과거에는 후자 쪽으로 보는 의견이 우세하였다. 최면술이 주목되기 시작한 뒤로는 또 다른 이론이 나오게 되었다. 그에 의하면 무당은 최면술의 혼수 상태와 비슷한 상태에 빠져 천리안의 능력을 가지게 된다는 것이다.

  또 다른 문제는 고대인들의 신탁이 사라지게 된 시기에 관한 문제이다. 기독교 신자인 고대의 저술가들은 신탁이 사라지게 된 것은 예수의 탄생 때문이며, 그 이후는 신탁을 들을 수 없게 되었다고 주장한다.

신화의 기원

지금까지 고대인들의 신화 이야기인 그리스 로마 신화를 끝마침에 있어서 독자 여러분들은 당연히 '도대체 이러한 이야기들은 어디에서 유래한 것인 가? 그것은 사실에 근거한 것인가 아니면 단순히 상상력에 불과한 것인가?' 라는 의문이 생길 것이다. 철학자들은 이 문제에 관해 몇 가지 학설을 내놓 았다.

그 첫 번째 학설은 성서설(聖書說)이다. 이 설에 의하면 모든 신화적 전설은 사실이 위장되고 조금 변형되기는 하였으나 모두 성서 이야기에서 유래한다는 것이다. 예컨대 데우칼리온은 노아, 헤라클레스는 삼손, 아리온은 요나의 별칭에 해당한다는 것이다. 월터 랠리 경은 그의 저서 《세계사》에서 이렇게 설명하였다. '유발, 투발, 투발 카인은 각각 목축의 발명자인 머큐리(헤르메스), 대장장이일의 발명자 불카누스(헤파이스토스), 음악의 발명자인 아폴론이 었다. 황금 사과를 지키던 용은 이브를 속인 뱀이었으며, 님로드의 탑은 하늘에 반항한 거인들이 쌓은 것이다.' 이처럼 이상하게도 성서와 일치하는 곳이 많은 것은 부정할 수 없는 사실이다. 그러나 이런 식으로 성서와 비교해서 신화의 각 내용을 해석하려는 데는 분명 무리가 따른다.

두 번째로 들 수 있는 학설은 역사설인데, 이 설에 의하면 신화에 등장하는 모든 인물은 모두 실재 인물이고 그들에 관한 전설이 후대에서 조금 과장스럽게 포장되었다는 것이다. 예컨대 바람의 신인 아이올로스의 이야기는 다음 사실에서 유래한 것이라 할 수 있다. 아이올로스는 티르세니아 해의 어떤 섬의 지배자였다. 그곳에서 그는 공정하고 경건한 정치를 펼쳐 원주민들의 추대를 받고 있었다. 그는 원주민들에게 배에 돛을 다는 방법이나 대기의 징조로부터 천기와 바람의 변화를 예측하는 방법을 가르쳐 주었다. 또 용의 이빨을 땅에 뿌려 무장한 무사들을 수확하였다는 카드모스는 사실 페니키아에서 온 이주민으로서 그리스에 알파벳 문자의 지식을 설파하여 원주민들에게 가르쳤다. 이러한 기초적인 지식에서 문명이 발생하였는데, 시인들은 항상 이 문명을 인류의 최초 상태인 순박한 황금시대를 악화시킨 것으로 노래하는 경향이 짙다.

세 번째는 우화설인데, 이 설에 의하면 모든 신화는 우화적이고 상징적이며, 우화의 형식 속에 도덕적·종교적·철학적 사실을 포함하고 있었는데, 세월이 흐름에 따라 문자 그대로 이해하게 되었다는 것이다. 예컨대 자기의 아들들을 잡아먹는 사투르누스는 그리스인들이 크로노스(시간)라고 부른 것과 같은 신이므로, 이것은 자기가 가져온 것을 모두 파괴하는 것이라고 말할 수 있다. 또 이오에 관한 이야기도 같은 방법으로 해석할 수 있다. 이오는 달이고 아르고스는 별이 있는 천공(天空), 즉 자지 않고 달을 지킨다. 이오의 끊임없는 방랑 생활은 달의 회전을 표현한 것이다.

네 번째로 물리설을 들 수 있다. 이 학설에 의하면 공기, 불, 물과 같은 원소는 원래 종교적 숭배의 대상이었고, 주요한 신들은 모두 이러한 자연의 힘을 의인화하였다. 여러 원소의 의인화에서 여러 자연물을 지배하는 초자연적 존재자를 관념으로 만드는 것은 비교적 쉬운 일이었다. 그리스인들의 풍부한 상상력은 모든 자연물에 눈에 보이지 않는 존재자를 거주시켰고, 태양과 바다에서 미세한 사물과 냇물에 이르는 모든 대상들이 어떤 특별한 신의 지배 아래에 있다고 상상한 것이다.

이와 같이 예를 들어 설명한 학설들은 어느 정도 진실성을 내포하고 있다. 따라서 어느 한 민족의 신화는 이 중 어떤 하나의 원천에서 발생하였다고 단정짓기보다는 이 네 가지가 모두 조금씩 결합하여 생겨난 것이라고 믿는 것이 더 옳을 것이다. 또 이해할 수 없는 자연 현상을 설명하려는 인간들의 욕망에서 기인한 신화도 많다는 것을 염두에 두는 것이 좋다. 또 지명이나 인명의 유래를 굳이 설명하려는 욕망에서 생겨난 신화도 많을 거라는 생각도 함께.

신들의 상(像)

시인들에게 가장 난제였던 것은, 신들의 여러 이름을 빌어서 독자들의 마음에 전해질 여러 관념을 적절하게 시각적으로 표현하는 천재성과 뛰어난 문체가 부족하다는 것이었다. 이러한 난제를 안고 많은 시도를 한 것들 중 다음 네 가지 신들의 상이 유명하다. 처음 두 가지는 고대인의 기록으로만 우리에게 전해질 뿐이지만 다른 두 가지는 아직도 현존하고 있어서 누구에게나 최고의 걸작으로 인정받고 있다.

올림포스의 제우스 상

페이디아스가 만든 올림포스의 제우스(유피테르) 상은 그리스 예술의 조각

■ 펠로폰네소스의 제우스 신전

부문에서 최고의 작품으로 평가되었다. 상아와 금으로 만들어진 이 거
대한 작품을 고대인들은 '크리셀레판티노스'라고 불렀다. 살을 표현한
부분은 목재나 돌로 만든 다음 그 위에 상아를 입혔으며, 의복이나 다른
장식물들은 금으로 만들었다. 그 조상의 높이는 무려 12미터나 되었고,
3.6미터 높이의 받침대 위에 서 있었다. 이 상은 제우스가 그의 옥좌 위
에 앉아 있는 모습이었다. 이마에는 올리브나무의 화관을 썼고, 오른손
에는 홀(笏)을, 왼손에는 '승리의 여신' 상을 들고 있었다. 옥좌는 삼목
으로 만들어졌고 금과 보석으로 화려하게 장식되었다.

이 상을 제작한 예술가는 그리스 민족의 최고신을 표현하려고 했다.
그는 완전무결한 존엄과 평안 속에서 정복자로서 왕위에 올라 고개를
한 번 끄덕이는 것만으로 발 아래의 세계를 지배하는 신이었다. 페이디
아스는 호메로스가 그의 작품 《일리아드》 제1권에서 표현한 내용을 보
고 제우스 상의 구상을 얻었노라고 술회했다. 《일리아드》의 해당 부분
의 내용은 다음과 같다.

　　제우스가 검은 눈썹에 승낙의 표시로 머리를 끄덕이니 향기로운
　　머리카락은 불사의 신의 머리로부터 나부끼었고, 그 여세는 올림포
　　스의 거봉을 진동시켰다.

메디치 가의 아프로디테 상

메디치 가의 아프로디테 상이란 말은 지금으로부터 약 200년 전 그
상이 처음 주목을 받았을 때 로마의 메디치 가문이 소유하고 있었으므

■ 밀로의 비너스

로 그렇게 불린 것이다. 그 받침대의 명각에는 기원전 2세기에 아테나이의 조각가 클레오메네스의 작품으로 기록되어 있으나 사실인지 아닌지는 의문이 남는다. 전설에 의하면 그는 정부로부터 완전한 여성미를 구현한 상의 제작을 위임받았고, 그의 일을 도와주기 위하여 정부는 아름다운 여자들을 모델로 보내기도 했다고 한다.

파르페논의 아테나 상

이 작품 역시 페이디아스의 작품으로 이것은 아테나에 있는 파르테논, 즉 아테나 신전에 서 있었다. 이 작품은 아테나의 입상으로 한 손에는 창을 들고, 다른 한 손에는 '승리의 여신' 상을 들고 있었다. 아테나의 투구는 화려하게 장식되어 있었고, 투구 위에는 스핑크스가 놓여 있었다. 그 입상의 높이는 12미터였으며, 제우스 상과 같이 상아와 금으로 만들어졌다. 눈은 대리석으로 되어 있으며, 홍채와 동공을 표현하기 위해서 채색되었을 것이다. 이 상이 서 있었던 파르테논도 페이디아스의 지령과 감독 아래 건립되었다. 그 외부는 여러 조각품으로 장식되었는데 그것도 대부분 페이디아스의 손으로 만들어진 것이었다. 현재 영국 박물관에 소장되어 있는 엘진 대리석[38]은 그 조각의 일부분이다.

페이디아스가 제작한 제우스 상이나 아테나 상은 모두 상실되었으나, 우리는 현존하는 여러 개의 전신상과 반신상으로부터 그가 두 신의 용모를 어떻게 표현하였는지를 충분히 짐작할 수 있다. 그 상들은 엄숙하고 고귀한 미

---

38) 1811년 경, 엘진 경이 파르테논에서 수집했으므로 그렇게 명명되었다.

와 예술 용어로 '침착'이라고 부르는 일시적인 표정으로부터의 초탈을 특징으로 하고 있는 것이 공통점이다.

라 비사의 아르테미스 상

루브르 궁전에 있는 '암사슴의 디아나'는 벨베데레의 아폴론 상에 필적하는 것이라고 할 수 있다. 그 자세도 아폴론의 그것과 비슷하고 상의 크기나 기법도 거의 흡사하다. 아폴론 상과 같은 위엄을 지니지는 않았지만 최고의 작품 중 하나임은 틀림없다. 그 재빠른 움직임을 나타낸 동작과 표정은 추격에 흥분된 여자 사냥꾼의 얼굴이다. 왼손은 옆에서 달리는 암사슴의 이마 위를 향해 뻗치고 오른손은 전동에서 화살을 꺼내기 위하여 어깨 위로 내밀고 있다.

벨베데레의 아폴론 상

아폴론 상은 현존하는 고대 조각품 중 가장 높이 평가되는 작품이다. 벨베데레란 그 조각이 놓여 있는 로마 법왕 궁전의 방 이름이었다. 제작자가 누구인지는 불명이고, 오직 기원전 1세기경의 로마 작품으로 추측될 뿐이다. 2미터가 넘는 대리석 입상으로, 목 주위에 동여맨 겉옷이 뻗친 왼팔까지 내려와 걸쳐 있는 부분을 제외하고는 나체상이다.

그것은 아폴론이 괴물 피톤을 화살로 쏘는 바로 그 순간을 표현한 것으로 추측된다. 승리를 한 아폴론은 발을 앞으로 내디디고 있다. 활을 가지고 있었

■ 벨베데레의 아폴론 상

던 것같이 보이는 왼팔을 앞으로 뻗치고, 머리도 같은 방향으로 향하고 있다. 그러한 자세와 균형에 있어서 이 상의 우아한 위엄을 능가하는 작품은 없다. 그것은 얼굴 모양으로 인해 더욱 완전한 효과를 거두고 있다. 얼굴에는 젊은 신적인 미가 완전하게 나타나면서도 승리에 넘치는 힘에 대한 의식이 깃들어 있다.

호메로스

이 책은 호메로스의 작품 《일리아드》와 《오디세이아》에서 이제까지 보아온 트로이 전쟁과 그리스군의 귀환에 관한 이야기의 대부분을 인용하였다. 호메로스는 그가 칭송한 영웅들과 맞먹을 정도로 신화적인 인물이다. 전설에 의하면 그는 늙은 맹인 음유시인으로서 이곳저곳을 방랑하면서 때로는 궁중에서 때로는 미천한 농가에서 리라 소리에 맞춰 그 자신의 시를 읊으며 청중의 희사에 의지해 생활했다고 한다. 바이런은 그를 '암석이 많은 키오스 섬의 눈먼 노인'이라고 부르고 한 유명한 풍자시 속에서 그의 탄생지가 확실하지 않음을 시사하면서 다음처럼 노래한 바 있다.

호메로스가 빵을 구걸하며 돌아다닌 도시들,
그 부유한 일곱 개의 도시가
저마다 죽은 호메로스를 제 것이라 다투네.

이 일곱 개의 도시는 스미르나, 키오스, 로도스, 콜로폰, 살라미스, 아르고스, 아테나이 등이었다.

■ 호메로스 두상

■ 호메로스 숭배(앵그르)

현대 학자들은 호메로스의 시라고 전해져 오는 것이 과연 호메로스 한 사람의 작품인지에 의문을 가졌다. 이러한 의문은 이와 같은 장편 서사시가, 보통 그 저작 연대로 간주되던 고대 — 현존하는 비명이나 화폐가 제작된 연대보다도 훨씬 더 오래된 고대 — 에, 그리고 이와 같이 긴 작품을 적어 둘 재료가 풍족하지 않았을 때에 씌어졌다고 믿기 어렵다는 데 기인한다. 한편 이와 같은 장시가 어떻게 해서 구전으로나마 역사 속을 흘러 내려올 수 있었는지도 의문시된다. 이 의문에 대해서는 음유시인이라는 직업을 가진 사람들이 있어 보수를 받으며 타인의 시를 낭송하고 국민적이고 애국적인 전설을 기억하고 암송하는 것이 그들의 임무였다는 사실로 대변할 수 있다.

오늘날 학자들의 유력한 의견에 의하면 그 시의 골격과 대부분의 구성은 호메로스에 기원하고 있지만 다른 사람들의 가필과 삽입도 많이 들어 있는 것으로 보고 있다.

헤로도토스에 의하면 호메로스의 연대는 기원전 850년경이다.

베르길리우스

베르길리우스 — 그의 시 《아이네이스》에서 아이네이아스의 이야기를 인용하였다. — 는 마로라는 성만으로도 불리는데, 그는 로마 황제 아우구스투스의 치세를 더욱 유명하게 하여 후세 사람들이 아우구스투스 시대라는 이름으로 부르게 한 위대한 시인 중의 한 사람으로, 기원전 70년에 만투아에서 태어났다. 그의 위대한 시 중에서도 최고의 수준에 있는 이 서사시는 호메로스 다음으로 손꼽힌다. 베르길리우스는 독창성은 호메로스를 능가하지 못했지만 표현이 정확하고 우아한 점은 호메로스보다 뛰어나다고 할 수 있다.

오비디우스

오비디우스는 시에서 가끔 '나소' 라는 별명으로 불리기도 한다. 오비디우스는 기원전 43년에 태어났으며 국가 관리가 될 교육을 받고 상당한 지위까지 올라갔으나, 시가 그의 기쁨이 되면서 일찍부터 시에 전념할 생각을 하였다. 그래서 그는 동시대의 시인들과 교제를 하였고, 호라티우스와 친하였으며, 베르길리우스도 만난 일이 있으나 절친한 관계는 아니었다. 왜냐하면 그는 어렸고, 그가 유명해지기 전에 베르길리우스가 죽었기 때문이었다. 오비디우스는 충분한 수입이 있어 로마에서 안락한 생활을 하였다.

그러나 일생이 평탄하지만은 않았다. 만년에는 역경에 빠져 불행했다. 그 원인은 대강 이러했다. 처음에 그는 아우구스투스 황제의 가족과 친하게 지냈으나 후에 그 중 한 사람에게 무언가 대단히 무례한 짓을 한 것으로 추측된다. 그는 50세 때 로마에서 추방되어 흑해 연안의 토미스라는 곳으로 쫓겨났다. 호화스런 도시의 모든 쾌락과 가장 유명한 동시대인들과의 교제를 즐기던 시인은 토미스의 무지한 원주민들과 혹독한 기후 속에서 생애의 마지막 10년을 슬픔과 근심 속에서 보내야만 했다.

귀양살이에서 그의 유일한 위안은 아내와 친구에게 편지를 쓰는 일이었다. 그의 편지는 모두 시로 이루어져 있었다. 이런 시들은 그의 슬픔에 관한 것이었지만 정묘한 취미와 효과적인 창안으로 말미암아 지루하지 않고 독자를 즐겁게 하며 동정심까지 불러일으켰다.

오비디우스의 유명한 저작은 《메타모르포세스》와 《파스티》이다. 그것은 둘 다 신화적인 시로써 전자로부터 우리는 우리의 그리스 로마 신화의 대부분을 취하였다. 후대의 한 저작가는 이 시들의 특징을 다음과 같이 말하고 있다.

'그리스의 풍부한 신화들은 지금도 시인, 화가, 조각가에게 어떤 소재를 제공하는 바와 같이 오비디우스에게도 그의 예술에 대한 소재를 제공하였다. 그는 정묘한 취미와 단순성과 정열로써 고대의 전설을 서술하였고, 그 전설에 거장의 손만이 능히 할 수 있는 실재성의 외관을 부여하였다. 그의 자연 묘사는 뚜렷하고 사실적이다. 그는 세심하게 적절한 것을 선택하고 불필요한 것은 적절히 피할 줄 안다. 그가 작품을 완성하였을 때 그의 작품에는 거추장스런 것이 하나도 없었다. 《메타모르포세스》는 젊었을 때 읽어도 흥미롭고, 더 나이가 들어서 다시 읽으면 더욱 재미있다. 이 시인은 자신의 시가 사후에도 길이 남으리라는 것, 로마의 이름이 알려진 곳에서는 어디서나 읽혀질 거라고 자신만만하게 예언하였다.'

이 예언은 《메타모르포세스》의 끝 부분에 있는 내용이다. 번역하면 다음과 같다.

여기서 나는 나의 작품을 마치려 한다. 유피테르의 분노도, 시간의 이빨이나 칼도, 또 불도 그것을 멸망시키지는 못할 것이다. 영혼을 죽이지는 못하나 육체를 죽이는 날이 올 테면 오라. 그리고 나의 여생을 빼앗으려면 빼앗아 가라. 나의 지혜는 별 위로 높이 떠오르고, 나의 명예는 영원히 지속될 것이다. 로마의 무기와 예술이 퍼지는 곳에서는 어디서나 나의 시가 읽힐 것이다. 그리고 시인의 시상에 무엇인가 진실한 것이 있다면 나의 명예는 영원할 것이다.

36

후대의 괴물들

고대 신화 속에 등장하는 무서운 괴물들인 고르곤, 히드라, 키마이라의 후계자로 볼 수 있는 한 무리의 가공적 존재들이 있다. 그것은 이교의 신들과는 아무 관련이 없기 때문에 이교가 기독교에 의하여 대치된 후에도 민중의 신앙 속에 계속해서 존재한 것 같다. 고전 작가들도 그들에 대해 조금은 서술한 듯하나 널리 알려지고 유포된 것은 그보다 후대의 일인 것 같다. 우리는 고대의 시보다는 고대의 박물지나 여행가의 서술에서 그들에 관한 기록을 더 많이 찾을 수 있다. 다음 서술은 주로 백과사전에서 발췌한 것임을 참고해 주기 바란다.

포이닉스

오비디우스는 포이닉스에 관하여 다음과 같은 이야기를 하고 있다. '거의 모든 생물은 다른 개체에서 발생한다. 그러나 자체 생식을 하는 생물이 하나 있다. 그것은 아시리아인이 포이닉스라고 부르는 새이다. 그 새는 과실이나 꽃을 먹지 않고 유향이나 다른 향기로운 나무껍질의 분비물을 먹고 산다.

500년을 산 후에 참나무 가지 속이나 종려나무의 꼭대기에 보금자리를 만든다. 그 속에다 계피, 감송(甘松), 몰약 등을 물어다 쌓고서 그 위에 앉아 갖가지 향기 속에서 최후의 숨을 쉰다. 죽은 모체로부터 젊은 포이닉스가 나와 어미새와 마찬가지로 오랜 생을 영위한다. 이 새끼새는 독립적인 생활을 할 수 있을 정도로 자라면 자기의 보금자리이며 요람이고 어미의 무덤인 나무에서 그 보금자리를 뜯어내 이집트의 헬리오폴리스 시의 태양신의 신전에 갖다 놓는다.'

이것은 시인의 보고이다. 다음은 철학적 역사가의 설명을 들어 보기로 하자. 타키투스는 다음과 같이 설명하였다.

'파울루스 파비우스의 집정 때(34년), 포이닉스라는 이름으로 세상에 알려진 기묘한 새가 오랫동안 보이지 않다가 이집트에 다시 나타나기 시작했다. 그 새가 날아올 때 수많은 새들이 무리를 지어 따라왔는데 모두 그 신기함에 시선이 이끌렸고, 그 아름다운 광경을 경탄하며 바라보았다.'

그 새에 관하여 그는 또 자세한 설명을 덧붙였는데, 오비디우스의 설명과는 별 차이가 없으나 좀 더 상세하다.

'깃털이 나오고 날 수 있게 되면, 성장한 새의 최초의 관심사는 어미새의 장례를 거행하는 일이다. 그러나 이 장례를 경솔하게 처리하지는 않았다. 새는 많은 양의 몰약을 수집하고 자기의 힘을 시험하기 위하여 등에 짐을 지고서 자주 원거리 비행을 한다. 자신감이 충분히 생기면 어미새의 시체를 짊어지고 태양신의 제단으로 날아가서 시체를 그곳에 내려놓고 향기가 나는 화염 속에 태운다.'

또 다른 저술가들은 약간 다른 견해를 보이기도 했다.

'몰약을 타원형으로 뭉친 다음 그 속에 죽은 어미새의 시체를 넣는다. 죽은 새의 썩은 시체에서 한 마리의 벌레가 생기는데, 이 벌레가 자라면 새로

변한다.'

헤로도토스는 또 다음과 같이 서술하였다.

'내가 직접 그것을 본 일은 없고, 오직 그림에서 보았을 뿐이다. 깃털의 일부분은 금빛이고, 일부분은 진홍빛이었다. 그리고 그 모양과 크기는 수리와 흡사했다.'

포이닉스의 존재를 부인한 최초의 저술가는 토머스 브라운 경으로 1646년에 출판된 《미신론》이란 저서에서 이에 대해 언급하고 있다. 이 책의 내용에 대해 수년 후 알렉산드로스가 다음과 같은 자신의 입장을 밝힌 바 있다.

'포이닉스는 본능적으로 창조의 폭군인 인간을 피한다. 왜냐하면 이 세상에 다시 또 없는 물건이라 할지라도 잡히기만 한다면 미식가들은 그것을 잡아먹을 것이기 때문이다.'

코커트리스(바실리스쿠스)

코커트리스라는 동물은 뱀의 왕이라고 불렀다. 그 이유는 머리에 닭처럼 볏이 돋아 있었는데 그 모양이 마치 왕관과도 같았기 때문이다. 그것은 수탉의 알이 두꺼비나 뱀에 의해 부화되어 태어난 것이라고 한다. 이 동물은 여러 종류였다. 어떤 것은 가까이 있는 것은 모조리 불태워 버리는 습성을 가지고 있었고, 또 어떤 것은 돌아다니는 메두사의 머리로써 그들을 본 자는 공포에 질려 곧바로 죽어 버리는 무서운 힘을 지니고 있었다.

코커트리스 또는 바실리스쿠스라고 불리는 이 뱀 앞에서는 다른 뱀들이 선량한 시민들과 같은 태도를 취하고, 몸을 태우거나 치명적인 타격을 받지 않으려고 그들의 '슈웃' 하는 소리를 멀리서 듣기만 하면 맛있는 먹이를 탐식하다가도 그것을 그에게 양보하고 달아났기 때문에 뱀의 왕이라는 호칭을 듣게 된 것이다.

로마의 자연학자 플리니우스는 바실리스쿠스에 관하여 다음과 같이 서술하고 있다.

'그것은 다른 뱀들처럼 몸을 자유자재로 움직이며 기어가지 않고, 똑바로 서서 다닌다. 그것이 스치고 지나간 관목들은 모두 죽어 버리며, 그뿐만이 아니라 입김만 스쳐도 죽었다. 그리고 그것은 바위도 쪼갤 만한 가공할 힘을 지녔다.'

고대인들은 만약 그것이 말을 탄 사람의 창에 맞으면 그 독기가 무기에 퍼져 말을 탄 사람은 물론 말까지도 죽인다고 믿었다.

이와 같은 가공할 괴물이 성자들의 전설 속에 등장하지 않을 리 없으니 다음과 같은 기록이 그것을 입증한다.

한 성자가 사막에서 우물을 찾아 가던 중 바실리스쿠스를 발견하였다. 그는 그 자리에서 신에게 경건한 마음으로 호소하여 그 괴물이 자신의 말 밑에서 죽게 하였다.

바실리스쿠스가 이렇듯 가공할 힘을 가지고 있다는 사실은 갈레노스, 아비켄나, 스칼리제르 등의 학자들에 의해 입증되고 있다. 때로는 이 괴물에 대한 이야기의 일부는 인정하나 일부는 믿지 않으려는 사람도 있다. 박학하기로 소문난 의사 존스턴은 그의 명예에 걸맞은 현명한 말을 하였다.

'나는 바실리스쿠스를 바라보기만 해도 죽는다는 거짓말을 믿지 않는다. 왜냐하면, 그렇다면 누가 그것을 보고도 죽지 않고 살아서 후세에 그 이야기를 전했단 말인가?'

그러나 이 박학한 의사는 바실리스쿠스를 잡으러 가는 사람들이 거울을 휴대하여, 그것으로 그 치명적인 눈빛을 반사시켜 일종의 인과응보로 뱀이 자신이 가진 무기로 죽었다는 사실을 미처 깨닫지 못한 것이다.

그러나 '모든 것에게는 대적할 수 없는 적이 있다'는 옛말처럼 이 괴물에게도 천적이 있었다. 그 천적이란 다름 아닌 족제비였다. 이 괴물이 아무리 가공할 힘을 지녔다 해도 족제비와 마주치면 겁을 내며 떨었다. 그 이유는 바실리스쿠스가 노려보아도 족제비는 개의치 않고 대담하게 달려들었기 때문이다. 만약 물리면 족제비는 잠깐 동안 싸움을 멈춘다. 그것은 바실리스쿠스의 입김에도 말라 죽지 않는 유일한 약초인 운향을 먹기 위해서이다. 운향을 먹고 원기를 회복한 족제비는 다시 공격을 가한다. 마침내 바실리스쿠스가 지쳐 들판에 넘어질 때까지 족제비는 공격을 반복한다. 또 이 괴물은 자기가 비정상적인 방법으로 태어난 것을 알고 수탉에 대하여 대단한 반감을 가지고 있었다고 한다. 아마 그것은 신빙성 있는 이야기일 것이다. 왜냐하면 그 괴물은 수탉의 울음소리를 들으면 곧 죽기 때문이다.

바실리스쿠스의 시체는 유용하게 쓰였다. 예를 들어 그 괴물의 시체는 아폴론의 신전이나 여염집에 걸어 두면 거미가 생기지 않았다고 전해지며, 아르테미스의 신전에도 걸려 있어서 제비조차도 이 신전에는 얼씬거리지 않았다고 한다.

유니콘

로마의 자연학자인 플리니우스의 유니콘에 대한 설명은 현대의 유니콘에 관한 서술의 기초가 되었다. 그의 기록에 의하면 다음과 같다.

'유니콘은 매우 사나운 짐승으로 몸뚱이는 말과 흡사하나 사슴의 머리와 코끼리의 발과 돼지의 꼬리, 황소의 울음소리, 한 개의 검은 뿔을 지니고 있

다. 이마의 중간에 돌출되어 있는 이 뿔은 그 길이가 두 자나 되고 또 손으로 사로잡을 수 없다.'

살아 있는 유니콘을 투기장에 등장시키지 못한 이유로 그 당시에는 이와 같은 변명을 필요로 했을 것이다.

어떻게 하면 유니콘을 사로잡을 수 있을지 그 방법을 찾는 것이 수렵가들에게는 커다란 고민거리였을 것이다. 어떤 사람의 기록을 보면 유니콘은 뿔을 자유자재로 움직였다고 한다. 다시 말하면 단도를 잘 사용하는 능숙한 수렵가가 아니면 유니콘을 잡을 방법이 없다는 것이다. 또 다른 사람의 기록에 의하면 유니콘의 모든 힘은 그 뿔 속에서 나오는데 추격을 당하여 낭떠러지까지 쫓기게 되면 뿔을 밑으로 향한 채 거꾸로 떨어져도 아무런 상처를 입지 않고 태연하게 달아난다는 것이다.

그러나 마침내 수렵가들도 지혜를 모아 유니콘을 사로잡는 방법을 찾게 되었다. 수렵가들은 유니콘이 순결한 것을 사랑한다는 것을 알게 되었고, 젊은 처녀를 들로 데리고 가서 순결의 탐미자인 유니콘이 지나가는 길목에 앉혔다. 유니콘은 그녀를 발견하자 경애의 마음으로 접근하여 그녀 옆에 몸을 굽히고 앉아 그녀의 무릎에 자신의 머리를 눕히고 잠이 들었다. 그러면 처녀는 신호를 보내고, 수렵가들은 달려와서 이 어리석은 괴물을 사로잡았다.

현대의 동물학자들은 이와 같은 황당무계한 전설에 싫증이 났는지 대다수가 유니콘의 존재를 부인하였다. 이 같은 이야기는 머리에 약간의 뿔을 가진 동물들이 있어 생겨난 이야기일 것이다. 물소의 뿔 같은 것은 비록 길이가 몇십 센티미터에 불과하고 유니콘의 뿔에 관한 기술과는 거리가 멀지만 바로 그와 같은 융기인 것이다. 이마의 한가운데에 있는 뿔에 가장 가까운 것은 기린의 이마에 있는 골질의 융기이지만 이것 역시 길이가 턱없이 짧고 끝이 무딜 뿐만 아니라 기린의 유일한 뿔이 아니고, 다른 두 개의 뿔 앞에 서 있는 세 개째의 뿔이다. 요컨대 물소 이외의 뿔이 하나인 다른 동물의 존재를 부정하는 것은 지나친 일일지라도 말이나 사슴과 같은 동물의 이마에 길고 견고한 뿔을 심어 놓은 것은 거의 불가능한 일이라고 할 수 있을 것이다.

살라만드라

이 이야기는 16세기 이탈리아의 미술가 벤베누토 첼리니(Benvenuto Cellini)의 《벤베누토 첼리니의 생애》라는 자서전에서 인용한 것이다.

'내가 다섯 살 때의 일이다. 사람들이 세탁을 하고 있던 조그만 방으로 아버지가 우연히 들르셨다. 그 방에는 참나무 장작불이 활활 타고 있었는데 그 불길을 물끄러미 보고 계시던 아버지가 도마뱀과 비슷한 조그만 동물을 발견하셨다. 이 동물은 뜨거운 불 속에서도 멀쩡하게 살아 있었다. 아버지는 그것이 무엇인지 알아보시고 누이와 나를 불렀다. 그리고 우리에게 그것을 보인 다음 나의 따귀를 한 대 치셨다. 나는 울음을 터뜨리고야 말았다. 아버지는 나를 껴안고 달래면서, 내가 너를 때린 것은 네가 잘못한 일이 있어서가 아니라 저 불 속에 있는 조그만 동물이 살라만드라라는 것을 가르쳐 주기 위해서라고 말씀하셨다. 덧붙여서 아버지는 이 동물은 내가 아는 한 아직 누군가의 눈에도 띈 일이 없었다고 말씀하시면서 나를 포옹하고 약간의 돈을 주셨다.'

이 이야기는 첼리니 경이 직접 경험한 일이므로 의심할 필요가 없는 일일 것이다. 그 외에도 많은 현명한 철학자들, 예컨대 아리스토텔레스나 플리니우스 등도 이 살라만드라의 위력을 긍정하고 있다. 그 철학자들에 따르면 이 동물은 불에 저항할 뿐만 아니라 불을 끄기도 한다. 불꽃을 보면 마치 그것을 해치울 방법을 잘 알고 있다는 듯이 공격을 한다.

불의 작용에 저항할 수 있는 동물의 가죽이 방화용으로 사용될 수 있다고 생각된 것은 당연한 일이다. 따라서 살라만드라의 가죽으로 만든 직물은 불에 타지 않으며, 다른 싸개로는 안심할 수 없는 귀중한 물건을 싸는 데 아주 적합하다. 이 동물은 실재 존재하며, 참고로 도마뱀의 일종인 것을 알아두기 바란다. 이러한 방화용 직물은 실제로 생산되었고 살라만드라의 가죽으로 짠다는 말이 전해졌으나 전문가들은 그 재료가 석면임을 간파하였다. 석면은 고운 실 모양으로 이루어져 있어 부드러운 직물의 재료가 될 수 있는 광물이다.

이상의 이야기는 살라만드라가 몸속의 모공에서 우유 같은 액을 분비한다는 데에서 유래한 것으로 생각된다. 이 액은 살라만드라가 화를 내면 많은 양이 분비되어 불로부터 신체를 방어하는 작용을 하는 게 틀림없다. 살라만드라는 동면도 하는데 동절기에는 속이 빈 나무나 우묵하게 파인 곳에서 몸을 돌돌 말고 봄이 되어 다시 잠이 깰 때까지 동면한다. 따라서 간혹 장작과 함께 운반되어 불 속으로 들어가기도 하는데 잠을 깨기까지 그 찐득찐득한 액이 방어 능력을 발휘한다고 한다. 그 덕분에 살라만드라를 보았다는 사람들의 말에 의하면 살라만드라는 날쌔게 불 속에서 빠져나와 발이나 신체의 어느 한 부분이 큰 화상을 입었을 경우 외에는 붙잡을 수 없을 정도로 빨리 달아난다고 한다.

조로아스터

　고대 페르시아인의 종교에 관한 우리들의 지식은 주로 그 민족의 성전인 《젠다베스타》에 의거한다. 조로아스터는 종교의 창시자였다. 아니 그 전에 있던 종교의 개혁자라고 하는 편이 더 적합할 것이다. 그의 생존 시기는 불확실하나 그의 교설이 키로스 왕 시대(기원전550년)로부터 알렉산드로스 대왕에 의한 페르시아 정복에 이르기까지의 기간 동안에 서부 아시아의 지배적인 종교가 되었음은 의심할 여지가 없다. 마케도니아의 왕정 아래에서는 조로아스터의 교설은 외국의 여러 신앙이 도입되었기 때문에 상당히 변질된 것 같으나 후에는 세력을 회복하였다.

　조로아스터의 가르침에 의하면 우주에는 유일한 최고의 존재자가 있으며 이 존재자가 다른 유력한 두 존재를 창조하여 그들에게 자기 본성을 적당히 나누어 주었다는 것이다. 이 둘 중 오르무즈드, 즉 그리스인들 사이에서 오르마스데라고 불리는 자는 그의 창조자에 충실하여 모든 선의 원천으로 간주되었으나 아아리만(아리마네스)은 반역하여 지상의 모든 악의 원인이 되었다. 오르무즈드는 인간을 창조하고 그에게 행복의 모든 자료를 제공하였다. 그러나 아아리만은 세계에 악을 도입하고 사나운 짐승과 유독한 파충류와 식물을 창조함으로써 이 행복을 깨뜨렸다. 그 결과 지금은 선과 악이 세계 곳곳에 섞여 있고, 선을 추구하는 자와 악을 따르는 자 — 오르무즈드의 무리와 아아리만의 무리 — 가 끊임없는 전쟁을 하고 있다. 장차 오르무즈드의 무리가 도처에서 승리를 거두고, 아아리만과 그의 무리는 영구히 암흑에 인도될 때가 도래할 것이다.

고대 페르시아인의 종교적 의식은 매우 단순한 것이었다. 그들은 신전도 제단도 상(像)도 사용하지 않고 산꼭대기에서 제물을 바쳤다. 그들은 불과 빛과 태양을 모든 빛과 순결의 근원으로서의 오르무즈드의 상징으로 숭배하였다. 그러나 그것들을 독립한 신으로 생각하지는 않았다. 종교적 의식은 '마기(Magi)'라고 불리는 승려들에 의하여 관리되었다. 마기의 학문은 점성술과 마술에 관련된 것이었다. 그들은 이런 술법에 능한 사람으로 유명했기 때문에 그들을 지탱하는 마기라는 이름은 모든 종류의 마술사(Magicians)와 요술사에게 적용되었다.

조로아스터의 종교는 기독교가 도입된 후에도 번창하여 3세기에 이르러서는 동방의 지배적 종교가 되었다. 마호메트의 세력이 대두하고 7세기에 아라비아인이 페르시아를 정복하자 그들은 대부분의 페르시아인에게 그들의 오랜 신앙을 버리도록 강요하였다. 조상의 종교를 포기하지 않겠다고 거부한 사람들은 케르만 사막과 인도로 도망쳤는데, 아직도 그들은 파르시교도라고 불리며 그곳에 살고 있다. 이 파르시(Parsee)라는 명칭은 페르시아의 옛 이름인 파르스(Pars)에서 유래한 것이다. 아라비아인은 그들을 귀이버(Gueber)라고 부르는데, 그것은 아라비아어로 무신앙자라는 의미이다.

현재 봄베이에서는 파르시교도들이 활동적이고 총명하고 부유한 계급으로서 그들은 순결한 생활과 정직함, 그리고 온순한 태도 때문에 주변에서 호평을 받고 있다. 그리고 그들은 신의 상징으로 숭배하는 불을 받들기 위하여 많은 신전을 세웠다.

인도 신화

인도의 종교가 《베다》를 기초로 하고 있다는 것은 너무나 잘 알려진 사실이다. 그들은 최대의 존엄성을 이 성전에 부여하고 브라흐마 자신이 만물을 창조할 때 이 성전을 편찬하였다고 말한다. 그러나 그것이 지금의 모습으로 편찬된 것은 약 5천 년 전 성자 바사(Bhā sa)에 의해서이다.

《베다》는 유일신에 대한 신앙을 가르치고 있다. 이 신의 이름은 브라흐마로, 그의 속성은 '창조, 보존, 파괴'의 세 가지 의인화된 힘으로 표현된다. 이세 힘은 각각 '브라흐마, 비슈누, 시바'라는 명칭으로 인도인의 세 주신(主神)을 형성한다. 바로 하늘·우레·번개·폭풍·비의 신 인드라, 둘째로 불의신 아그니, 셋째로 지옥의 신 야마, 넷째로 태양의 신 수라 등이다.

브라흐마는 우주의 창조자이며 그로부터 모든 개별적인 신이 발생하고 또 모든 것이 궁극적으로 그 속으로 흡수되는 원천이다.

'우유가 응고되고 물이 얼음으로 변하는 것과 같이 브라흐마는 어떤 외부 수단의 도움도 받지 않고 다양하게 변화한다.'

《베다》에 의하면 인간의 영혼은 불꽃이 불의 일부인 것과 같이 최고 지배자의 일부분인 것이다.

비슈누

비슈누는 인도인의 세 주신 중에서 두 번째로 중요한 위치를 차지하는 보존 원리의 인격화이다. 여러 위험으로부터 세계를 방어하기 위해 비슈누는 여러 형태로 변신하여 지상으로 강림하였는데, 이 강림을 '아바타르'라고 한

■인도의 신, 브라흐마

다. 그 횟수는 대단히 많으나 그 중 가장 특색 있는 열 가지의 강림이 있다. 그 첫 번째 아바타르는 물고기의 형태였는데 비슈누는 이 모습으로 이 세계를 휩쓴 대홍수기에 인류에 조상인 마누를 보호하였다. 두 번째 아바타르는 거북의 형태였는데 비슈누가 이 모습을 취한 것은 암리타라는 불사의 음료를 만들기 위해 신들이 바다를 휘젓고 있을 때 지구를 떠받치기 위해서였다.

그 외의 다른 아바타르는 생략하려고 한다. 왜냐하면 나머지는 모두 다 정의를 수호하거나 범죄자를 벌하기 위한 간섭이라는 동일한 특징을 가지기 때문이다. 그래서 나머지는 생략하고, 비슈누의 아바타르 중에서도 가장 유명한 아홉 번째의 아바타르에 대해 이야기하려 한다. 이 아바타르는 무적의 무사 크리슈나의 형태로 나타나 지구를 그 압제자인 폭군들의 수중에서 구출하였다. 불타는 바라문 교도들에 의하면 비슈누의 화신이지만 특이한 성격을 가진 것으로서 제신의 반대자인 아수라들을 유인하여 《베다(Veda)》의 성교(聖敎)를 버리게 하고, 그 결과 그들의 힘과 패권을 상실하게 한 기만적인 의도를 가진 것이라 한다.

열 번째 아바타르는 칼키라고 불리는데 이 아바타르에서 비슈누는 현세대의 모든 악행과 불의를 멸망시키고 인류를 덕과 순결로 회복시키기 위하여 나타난다고 한다.

시바

시바는 인도의 세 주신 중 마지막에 자리하는 파괴 원리의 인격화이다. 비록 그 지위가 제일 아래이긴 하나 그 신앙자의 수와 그 신앙이 널리 보급된 점에 있어서는 앞의 두 주신보다 우월하다. 현대 인도의 종교 성서인 《푸라

■인도의 신, 시바

나(Purana)》에는 파괴자로서 이 신의 본래의 힘에 관한 기록은 없다. 이 힘은 천이백 만 년 후에 우주의 종말이 올 때까지는 나타나지 않기 때문이다. 그리고 마하데바(시바의 별명)는 파괴보다 오히려 재생의 대표자이다.

비슈누의 신자와 시바의 신자는 두 파를 형성하여 각 파는 자기들이 받드는 신의 우월성을 강조하고, 다른 파의 신의 권위를 부정한다. 창조주인 브라흐마는 자신의 임무를 마쳤으므로 더 이상 활동하지 않는 것으로 생각된 듯하다. 그래서 현재 인도에서는 마하데바와 비슈누의 신전이 많은 반면 브라흐마의 신전은 단 하나밖에 없다. 비슈누의 신자들은 일반적으로 시바의 신자들에 비해 생물에 대한 애정이 더 깊다. 따라서 육식을 금하고 잔인성이 덜한 신앙을 가진 점이 그 특징이라 할 수 있다.

자가나트

자가나트[39]의 신자를 비슈누의 신자와 같은 부류에 넣어야 할지 혹은 시바의 신자와 같은 부류에 포함시켜야 할지는 학자에 따라 그 견해가 다르다. 자가나트 신상이 안치되어 있는 신전은 캘커타 서남쪽 약 500킬로미터 떨어진 해안에 있다. 나무로 만든 상으로 검은 칠을 한 무서운 얼굴과 피처럼 붉은 커다란 입을 가지고 있다. 제전 때에는 그 신상의 옥좌는 18미터 높이의 탑 위에 안치되었다. 이 탑은 바퀴로 움직이게 되어 있다. 여섯 개의 긴 줄이 탑에 연결되어 민중은 이 줄로 탑을 끈다. 승려나 그 시종들은 탑 위의 옥좌 주위에 서서 노래를 부르거나 몸짓을 하면서 때때로 신자들을 돌아본다. 탑이

---

39) 비슈누의 아홉 번째 신인 크리슈나의 상

움직일 때 열렬한 신자들은 바퀴에 깔려 몸을 부수기 위하여 땅에 몸을 던진다. 군중들은 이 행위를 신상에 대한 훌륭한 희생으로서 찬양하고 환성을 올린다. 매년 특히 3월과 7월의 제전 때에는 순례자들이 떼를 지어 자가나트의 신전으로 모여든다. 이때는 적어도 7만 내지 8만의 군중이 이곳에 모여 들어 모든 계급의 사람들이 한데 어울려 식사를 같이 한다고 한다.

계급제

인도인은 예부터 고정된 직업을 가진 여러 계급으로 구분되어 있었다. 일설에 의하면 이 계급제는 정복과 관계가 있다고 한다. 상위의 세 계급은 외래 종족으로서, 그들은 원주민을 정복하여 제일 하위의 계급으로 만들었다. 다른 설에 의하면 이 계급제는 일정한 관직이나 직업을 세습화하려는 욕구에서 유래한 것이라고 한다.

인도의 전설에 의하면 계급제의 기원은 다음과 같다. 창조시에 브라흐마는 자기 몸에서 직접 나온 자를 지구의 주민으로 삼기로 결심하였다. 따라서 그의 입에서 장자 브라만(Brahman, 승려)이 나왔고 그는 그에게 네 권의 《베다》를 맡겼다. 그의 오른팔에서는 크샤트리아(Kshatriya, 무사)가 나오고, 왼팔에서는 그 무사의 아내가 나왔다. 그의 넓적다리에서는 남녀 바이샤(vaisya, 농부와 상인)가 나오고 마지막으로 그의 발에서는 수드라(Sudra, 직공과 노동자)가 나왔다고 한다.

이처럼 중대한 의의를 가지고 세상에 나온 브라만의 네 아들들은 인류의 조상이 되고, 각 계급의 장이 되었다. 그들은 네 권의 《베다》가 그들의 신앙의 모든 규율과 종교적 의식의 모든 법칙을 포함한 것으로 생각하도록 명령을 받았는데, 브라만의 머리에서 나온 브라만 계급들이 최고의 지위를 점유하였다. 위의 세 계급과 수드라 사이에는 엄격한 경계선이 그어졌다. 전자인 세 계급에게는 《베다》의 교육이 허용되었으나 수드라에게는 어림없는 일이었다. 브라만 계급은 《베다》를 가르칠 특권이 주어졌고 모든 지식을 독점할 수 있었다. 국왕은 크샤트리아 계급에서 선출되었으나 실권은 역시 브라만 계급이 장악하고 있었다. 그들은 왕의 고문이요 법관이며, 아울러 장관이었다. 그들의 인격과 재산은 불가침의 신성한 것이었다. 그리고 그들은 중대한 범죄를 범하였다 하더라도 국외로 추방될 뿐 더 이상의 벌을 받지 않았다. 그들은 왕으로부터 존경과 혜택을 받았다. 왜냐하면 브라만 계급은 학식의 깊이에 상관없이 유력한 신으로 존재했기 때문이다.

브라만 계급은 성년이 되면 결혼할 의무가 있었다. 그들은 일하지 않고도 편안히 먹고 지낼 수 있었으며, 노동이나 기타 생업에 종사할 의무가 없었다. 그러나 모든 브라만 계급이 노동 계급의 부양을 받을 수는 없었으므로 그들도 생업에 종사하는 것을 허용할 필요가 있었다.

중간의 두 계급에 대해서는 그들의 직업으로부터 그들의 지위와 특권을 쉽게 추측할 수 있으므로 더 이상 길게 설명할 필요는 없다. 수드라나 제4계급은 그들보다 상위계급, 특히 브라만 계급에게 노예처럼 취급되었다. 그러나 그들은 직공이 될 수도 있었고, 또는 그것이 싫으면 상인이나 농부가 될 수도 있었다. 따라서 그들은 때로는 부를 축적할 수도 있었고 브라만 계급에 속한 자가 가난하게 생활할 때도 있었을 것이다. 그렇게 되면 자연히 부유한 수드라가 가난한 브라만 계급을 하인으로 고용하는 일도 있었다.

수드라보다 더 낮은 계급도 있었다. 그것은 원래부터 순수한 한 부류의 계급이 아니었고, 비슷한 계급에 속하는 자들의 야합으로 형성된 것이었다. 그들은 파라이야르족으로서 가장 비천한 일에 종사하고 가장 혹독한 대우를 받았다. 그들은 남들이 불결하다고 여겨 꺼리는 일들을 하도록 강요받았다. 뿐만 아니라 그들이나 그들이 손을 댄 모든 일은 불결하다고 여겼다. 그들은 모든 공민권을 박탈당하였을 뿐 아니라 그들의 생활양식, 가옥, 가구 등을 단속하는 특별법으로 불명예의 낙인이 찍혔다.

그들은 다른 계급의 탑이나 신전에 참배하지 못하였으며, 자신들의 탑과 종교적 행사를 따로 치렀다. 그들은 또 다른 계급의 집에 출입할 수 없었다. 만약 부주의나 어쩔 수 없는 상황으로 그러한 일이 일어났을 때는 그 장소는 종교적 의식을 통해 정화되어야만 했다.

그들은 공설시장에 발을 들여놓아서는 안 되며, 우물도 특별한 우물만을 사용해야 했다. 그들은 이 우물을 다른 사람들이 사용하는 것을 막기 위하여 동물의 뼈로 우물을 둘러쌓았다. 그들은 도시와 마을로부터 멀리 떨어져 있는 초라한 오두막집에 거주하지만 먹는 것에 관해서는 아무런 제한을 받지 않았다. 이것은 특권이 아니라 불명예의 표시였다. 즉 그들은 타락할 대로 타락했으므로 무엇을 먹더라도 더 이상 그들을 부정하게 만들지는 못할 거라고 생각했기 때문이다. 상위의 세 계급은 육식을 완전히 금지당했고 네 번째 계급은 쇠고기 이외의 모든 육식이 허용되었으며, 최하위 계급은 아무 제한을 받지 않고 무엇을 먹든지 개의치 않았다.

붓다(佛陀)

붓다는 《베다》에 의하면 비슈누의 기만적 화신이라고 하나 그의 신자들에 의하면 한 인간이요, 성인이라고 한다. 그의 본명은 고타마(Gautama)였으나 석가, 사자, 붓다, 성인 등으로 불리기도 한다.

■일본 꼬덕사의 불상

그의 탄생 연대에 관해서는 여러 설이 있으나 이를 비교 검토하면 대략 기원전 천 년 경에 생존한 것으로 추측된다.

그는 왕자였다. 탄생한 지 수일 후에 그 나라의 관습에 따라 갓난아이를 신의 제단 앞에 데려다 놓았더니 신상(神像)은 그가 장래에 위대한 인물이 될 것을 예언하듯 고개를 숙였다고 한다. 아이는 곧바로 신통한 능력을 여기저기에서 발휘하였고, 인격적으로도 빼어났다. 성년이 되자 그는 인류의 타락과 비참함에 관하여 깊이 반성하기 시작하였고, 복잡한 세상에서 떨어져 명상에 전념하고자 했다. 그의 부친은 아들의 이러한 계획에 강하게 반대했지만 소용이 없었다. 붓다는 궁궐에서 빠져나와 조용한 은신처에서 6년 동안 명상에 전념하였다. 명상을 끝마친 후에 붓다는 한 사람의 전도사로서 베나리스에 나타났다. 처음 그의 설교를 들은 사람들은 그를 정신 나간 사람이라고 생각했다. 그러나 그의 교설은 얼마 가지 않아 신망을 얻고 급속도로 유포되어 그가 살아있는 동안에 전 인도로 퍼졌다. 붓다는 80세에 생을 마감했다.

불교신도들은 《베다》의 권위나 힌두교들이 준수하는 그 속에 규정되어 있는 종교적 계율을 전적으로 무시한다. 그들은 또 계급의 차별을 인정치 않으며 모든 살생을 금하고 육식을 허용하지 않는다. 그들의 승려는 모든 계급에서 선출된다. 승려들은 각처를 돌아다니며 걸식 생활을 하며, 특히 다른 사람들이 버린 폐물을 이용하려 노력하였고 식물의 약효를 발견하는 데 힘썼다. 그러나 실론에서는 승려의 세 등급이 인정되었다. 최상급의 승려는 보통 귀족이고 학문을 익힐 수 있었으며 주요 사원에서 생활하였다. 이런 사원의 대부분은 군주들로부터 많은 기부를 받았다.

붓다가 출현한 후 수세기 동안 그 종파는 브라만의 너그러운 취급으로 인도 전 영역에 퍼져 실론과 동부 지방에도 전파된 것 같다. 그러나 후에는 인도에서 오랫동안 박해를 받았다. 그 결과 불교는 그 발생지에서는 자취를 감추고 인접한 여러 나라에 널리 전파되었다. 65년경에 중국에, 그 후 중국에서 한국, 일본 등지로 전파되었다.

달라이 라마(Dalai Lama)

신령의 발출물인 인간의 영혼이 신체 속에 유폐되어 있는 것은 비참한 상태이며, 전생에 범한 과실과 죄악의 결과라는 교의는 브라만교와 불교의 공통된 교의이다. 그러나 불교신도들은 때로는 소수의 인간이 지상의 생존의 필연성에 의해서가 아니라 인류의 복리를 증진시키기 위해 자진해서 지상에 나타나기도 한다고 주장한다. 이러한 사람들은 점점 붓다 자신의 재림이라는 성격을 띠게 되고, 그런 교리의 계통은 티베트, 중국, 기타 불교가 성행하고 있는 나라의 여러 라마 속에서 현재까지 계속되고 있다. 칭기즈 칸과 그 후계자들의 승리로 인해 티베트에 거주하는 라마가 그 종파의 교왕에 오르게 되었다. 그는 자신의 소령(所領)으로서 특정한 지역을 할당받았고, 정신적인 면의 권위만이 아니라 제한된 범위 안에서 일시적인 군주가 되었다. 그는 달라이 라마라는 칭호를 받는다.

맨 처음 티베트에 도래한 기독교 선교사들은 아시아의 중심부에 로마 가톨릭 교회와 유사한 주교 건물과 기타의 교회 기관을 발견하고서 놀라움을 금치 못했다. 그곳에는 남승과 여승의 수도원이 있었고, 화려한 종교적 행렬과 의식이 있었다. 그래서 여러 선교사들은 이런 유사점 때문에 라마교를 타락된 기독교의 일종으로 간주하고 싶은 유혹을 느꼈을 것이다. 라마승들이 이러한 몇 가지 행사를 티베트에 불교가 수입되었을 때 타르타리에 정주하였던 네스토리우스파의 기독교도들에게서 배웠을 거라는 가정은 충분히 가능성이 있는 일이다.

프레스터 존

아마도 대상(隊商)에 의하여 전달된 라마, 즉 타르타리족 사이의 정신적인 지주에 관한 옛 보고가 중부 아시아에 거주하는 기독교의 교왕 — 이를 프레스터 존(Prester John)이라고 한다. — 에 관한 소문을 유럽에 유포시켰을 것이다. 로마 법왕은 그를 찾기 위하여 사절단을 파견하였고, 수년 후에 프랑스의 루이 9세도 역시 사절단을 파견하였으나 성공하지 못하였다. 프란체스코회 수사 카르피니는 그는 곧 인도의 왕이라 하였고, 프란체스코회 선교사 로이즈브루크는 나이만부(部)의 족장(族長) 쿠칠루크[屈出律], 그리고 폴로는 케레이트부의 족장 온한(溫汗)이라고 말하였으며, 또 이 전설의 왕은 칭기즈 칸이라는 설도 나왔다.

15세기에 이르러서는 포르투갈의 여행자가 홍해에서 멀지 않은 아비시니아(Abyssinia, 에티오피아의 옛 이름)라는 나라에 기독교를 믿는 왕이 있다는 말을 듣고 이것이야말로 진정한 프레스터 존임에 틀림없다고 단정하였다. 그는 그곳으로 가서 네구스라고 불리는 왕의 궁전을 방문하였다.

북유럽 신화

지금까지의 서술은 남부 지방의 신화에 관한 것이었다. 그러나 이와는 다른 계통의 무시할 수 없는 고대 신화가 있다. 그것은 스칸디나비아인이라고 불리는 북방 민족 — 현재의 스웨덴, 덴마크, 노르웨이, 아이슬란드 제국에 거주하였다. — 의 신화이다. 이 신화에 관한 기록은 《에다(Edda)》라고 하는 두 권의 책에 수록되어 있는데, 이 두 권 중 오래된 것은 시로 이루어져 있으며 저작연대는 1056년까지 소급된다. 그보다 근대의 산문으로 된 《에다》는 1640년에 씌었다.

《에다》에 의하면 최초에는 하늘도 없었고 땅도 없었다. 그저 바닥도 없는 깊이와 안개의 세계가 있을 따름이었다. 이 안개의 세계에는 샘이 하나 흐르고 있었다. 열두 개의 내가 이 샘에서 흘러나왔는데 수원으로부터 멀리 흘러가면 얼어서 얼음이 되고 여러 층이 겹쳐 그 큰 깊이를 메웠다.

안개의 세계 남쪽에는 빛의 세계가 있었다. 이 세계에서 온풍이 불어와 얼음을 녹였다. 공중에 수증기가 발산하여 구름을 이루고, 이로부터 이미르라는 서리 거인과 그 자손 및 아우둠블라(Audhumla)라는 암소가 나왔다. 거인은 이 암소의 젖을 먹고 자랐다. 암소는 흰 서리와 얼음에서 나오는 소금을 핥아먹었다. 어느 날 암소가 소금 덩어리를 핥자 처음에는 사람의 머리털이

■ 에다

나타나고, 다음 날에는 얼굴이 나타나고 사흘째에는 아름답고 민첩하고 힘이 넘치는 인간과 같은 신체가 나타났다. 이렇게 태어난 신과 거인족의 딸인 그의 아내로부터 오딘(Odin), 빌리(Vili)와 베(Ve) 삼형제가 태어났다. 그들은 힘을 합쳐 거인 이미르(Ymir)를 죽이고 그의 몸으로는 육지를, 혈액으로는 바다, 뼈로는 산, 머리카락으로는 나무, 두개골로는 하늘, 뇌수로는 우박과 눈이 충만한 구름을 만들었다. 이미르의 눈썹으로는 미드가르드(Midgard, 중간 세계)를 만들어 장차 인류의 거주지가 되게 하였다.

오딘은 하늘에 태양과 달을 설치하고, 각각 그 진로를 지정하여 밤낮과 계절의 주기를 규정하였다. 태양이 그 광선을 지상에 발사하여 식물들을 싹트게 하였다. 세계를 창조한 직후에 신들은 그들의 새로운 업적을 기뻐하면서 해변을 거닐었다. 그러나 아직 그들의 업적이 불완전함을 발견하였다. 그것은 인간이 없었기 때문이었다. 그래서 신들은 물푸레나무를 가지고 한 남자를 만들고, 오리나무를 가지고 한 여자를 만들어 남자를 아스크(Ask), 여자를 엠블라(Embla)라고 불렀다. 그런 후 오딘은 그들에게 생명과 영혼을 불어넣고 빌리는 이성과 운동을, 베는 감각과 표정이 풍부한 외모와 언어를 불어넣어 주었다. 그들의 거주지로써 미드가르드가 제공되었고 그들은 인류의 선조가 되었다.

이미르의 신체에서 나온 위그드라실(Yggdrasil)이라는 거대한 물푸레나무가 전 우주를 떠받들고 있다고 생각되었다. 그 나무는 세 개의 거대한 뿌리를 가지고 있었다. 그 중 첫 번째 뿌리는 신들의 거주지인 아스가르드(Asgard)이며 두 번째 뿌리는 거인들의 거주지인 요툰하임(Jotunnheim)이고 세 번째 뿌리는 암흑과 추위의 영역인 니플헤임(Niflheim)으로 뻗어 있었다. 각 뿌리의 곁에는 샘이 있어 뿌리를 적시고 있었다. 아스가르드로 뻗은 뿌리는 운명의 세 여신들이 보호하고 있었다. 그들은 우르드(Urdr, 과거)와 베르단디

(Verdandi, 현재)와 스쿨드(Skuld, 미래)였다. 요툰하임 곁에 있는 샘은 이미르의 우물로써 그 속에는 지혜가 숨어 있다. 그러나 니플헤임의 샘은 니드호그(암흑)라는 독사를 기르고 있는데, 이 독사는 계속해서 뿌리를 파먹고 있다. 네 마리의 수사슴이 물푸레나무의 가지 사이를 건너다니면서 싹을 물어뜯고 있다. 그것은 동서남북의 바람을 상징한 것이다. 그 나무들 아래에는 이미르가 누워 있는데 그가 자기 몸을 내리누르고 있는 나무를 흔들면 지진이 일어난다.

아스가르드는 신들이 사는 거주지이다. 그곳으로 가기 위해서는 비프레스트(무지개)라는 다리를 건너야만 한다. 아스가르드에는 금과 은으로 만든 여러 개의 궁전이 있어서 신들은 그 안에 살고 있다. 그 중에서도 가장 아름다운 궁전은 오딘이 거주하는 발할라 궁전이다. 오딘은 옥좌에 앉아서 하늘과 땅을 한눈에 내려다본다. 그의 어깨 위에는 휴긴과 무닌이라는 두 마리의 갈가마귀가 앉아 있는데 두 마리의 까마귀들은 매일 전 세계를 날면서 보고 들은 것들을 남김없이 오딘에게 보고한다.

오딘의 발밑에는 게리와 프레키라는 두 마리의 늑대가 누워 있는데, 오딘은 자기 앞에 차려 놓은 고기를 모두 그 늑대들에게 던져 준다. 왜냐하면 오딘은 음식물을 먹지 않기 때문이다. 그의 유일한 음식물은 벌꿀술이다.

오딘은 또 룬문자(고대 북유럽 문자)를 만들었는데, 이 문자로 금속의 방패 위에 운명의 신비를 새기는 것이 운명의 여신들의 임무였다. 오딘(Odin)의 이름 — 종종 Woden이라고 쓰이기도 한다. — 으로부터 일주일의 넷째 날인 Wednesday(Woden의 날이라는 뜻으로서 수요일을 말함)란 말이 유래되었다.

오딘은 종종 Alfadur(All-father)라고 불리는 때도 있으나 이 이름은 스칸디나비아인들에 의하여 오딘보다 상위에 위치하고, 창조되지 않은 영원한 신을 의미하는 것으로 사용될 때도 있다.

발할라 궁정의 환락

발할라(Valhalla)는 오딘의 큰 전당인데 그곳에서 그는 선발된 영웅들과 잔치를 연다. 그들은 다 전쟁에서 용감히 죽은 사람들로서 편하게 누운 채로 죽음을 맞은 사람은 제외된다. 세프림니르라는 수퇘지 고기가 그들의 식탁에 가득 오른다. 이 수퇘지는 매일 아침 요리상에 오르나 밤이 되면 다시 원래의 몸으로 돌아온다. 음료로는 하이드룬이라는 암염소가 갖다 주는 벌꿀 술을 풍부히 공급받는다. 영웅들은 잔치를 하지 않을 때는 전투를 즐긴다. 그들은 매일 뜰이나 들로 말을 타고 나가 서로 상대편을 칼로 베어 토막이 날 때까지 싸운다. 이것이 그들의 오락이다. 그러나 식사 시간이 되면 상처가 치유되어 그들은 발할라의 잔치로 돌아간다.

발키리

발키리(Valkyrie)는 말을 타고 투구를 쓰고 창을 가지고 다니는 호전적인 처녀들이다. 오딘은 거인족과의 최후의 결전의 날을 대비해 많은 위대한 영웅들을 발할라로 불러 모은다. 그래서 전사자 중에서 무사를 뽑기 위하여 모든 싸움터로 사자(使者)를 보냈다. 발키리는 오딘이 보내는 사자들을 일컫는 것으로 이 말은 '전사자의 선택자'를 의미한다. 발키리가 말을 타고 심부름을 갈 때 그들의 갑옷은 신비로운 광채로 북쪽 하늘을 비춘다. 사람들은 이것을 북극광(오로라)이라고 부른다.

토르와 다른 신들

우레의 신 토르(Thor)는 오딘의 큰아들로서 신과 인간들 중에서 가장 힘이 세며 대단히 귀중한 세 개의 보물을 가지고 있다.

첫 번째는 묠니르라는 망치로 '서리'와 '산'의 두 거인은 묠니르가 공중에서 그들을 향해 날아오는 것을 보면 대단히 겁을 냈다. 왜냐하면 묠니르는 예전부터 그들의 조상과 많은 동족들의 머리를 부수어 버렸기 때문이다. 묠니르는 절대로 목표를 놓치지 않았고 던진 후에는 저절로 토르의 수중으로 되돌아왔다.

그가 가지고 있는 두 번째 보물은 힘의 띠였다. 그가 이 띠를 허리에 두르면 그의 힘은 배가 된다.

세 번째의 보물도 굉장히 귀중한 것이었다. 그것은 쇠장갑으로서 토르가 망치 묠니르를 효과적으로 사용하기 위해 끼는 것이다. Thursday(목요일)라는 말은 토르(Thor)의 이름에서 유래되었다.

프레이르(Freyr)는 신들 중에서 가장 유명한 신으로서 비와 빛과 지상의 모든 산물을 지배, 관리한다. 그의 누이동생 프레이야(Freyja)는 여신들 중에서도 가장 자애심이 많았는데 음악과 봄과 꽃을 사랑하고, 특히 요정들을 사랑한다. 이 여신은 사랑의 노래를 매우 좋아하므로 모든 연인들은 그녀에게 기원하는 것이 좋을 것이다.

브라기(Bragi)는 시의 신으로서 그의 노래는 무사들의 공훈을 기록한다. 그의 아내 이둔은 안에 사과를 넣은 상자를 가지고 있는데 신들은 자신이 늙어간다고 느끼면 이 사과를 먹고 다시 젊어진다.

헤임달은 신들의 수위로서 하늘의 경계에서 거인들이 비프레스트(무지개) 다리를 건너 침입하는 것을 막는다. 그는 새보다도 잠을 적게 자며 낮뿐만 아

니라 밤에도 주위 몇백 킬로미터를 볼 수 있다. 그의 청각은 들의 풀과 양의
털이 자라는 소리도 들을 수 있을 만큼 예민하다.

로키와 그의 자손

신들의 비방자요 모든 사기와 재난을 연구해 내는 또 하나의 신이 있다. 바로 로키(Loki)이다. 로키는 미남이고 건장한 체구를 가지고 있으나 몹시 변덕스럽고 성질이 매우 사납다. 그는 거인족이지만 억지로 신들과 교제하여 간계와 술책으로 그들을 곤경에 빠뜨리기도 하고, 위험에서 탈출시키기도 한다. 그것이 그의 즐거움이다.

로키에게는 세 자녀가 있었는데 첫째 아들은 펜니르라는 늑대이고, 둘째는 요르문간드라는 뱀이고, 셋째는 헬(죽음)이라는 딸이었다. 신들은 이 괴물들이 언젠가는 신과 인간에게 큰 해독을 끼치리라는 것을 알고 있었다. 그래서 오딘은 그들을 자기에게 데려오는 것이 상책이라고 생각하였다. 그들이 왔을 때 그는 지구를 둘러싸고 있는 깊은 바닷속에 뱀을 던졌다. 그러나 뱀은 어마어마하게 자라서 꼬리를 입에 물고 몸을 둥그렇게 휘면 그 둘레가 지구를 감고도 남을 정도가 되었다. 오딘은 헬을 니플헤임 속에 던지고 아홉 개의 세계 혹은 영역을 지배할 권력을 부여하였다. 헬은 자기에게 송환된 자들, 즉 병이나 나이가 들어 죽은 자들을 이곳에 배당한다. '기아'가 그녀의 식탁이고, '아사'가 식탁용 칼, '지체'가 하인, '지둔(遲鈍)'이 하녀, '절벽'이 문지방이고 '근심'이 침대, '격심한 고민'이 방의 장막이다. 헬은 쉽게 알아볼 수 있다. 헬의 유기체는 반은 살색이고, 반은 푸른색인데다 외모가 무섭고 차가웠기 때문이다.

■ 로키

LOKIS GEZÜCHT

■ 로키의 자식들(에밀 도에플러)

늑대 펜니르는 신들이 그를 쇠사슬에 묶는 데 성공하기까지 끊임없이 사람들을 괴롭혔다. 펜니르는 신들이 만든 가장 튼튼한 족쇄도 마치 그 것이 거미줄이라도 되는 것 마냥 쉽게 파괴해 버렸다. 마침내 신들이 산 신령에게 사자를 보냈더니 산신령은 글레이프니르라는 쇠사슬을 만들 어 주었다. 그것은 여섯 개의 물건으로 만든 것이었는데 바로 고양이의 발자국 소리와 부인들의 턱수염과 돌의 뿌리와 물고기의 숨과 곰의 신 경(감수성)과 새의 타액이었다. 완성된 글레이프니르는 명주실같이 매끄 럽고 부드러웠다.

신들이 늑대 펜니르에게 언뜻 별 것 아닌 듯이 보이는 이 리본을 매라 고 권유하자 펜니르는 그것이 마술로 만들어진 것은 아닌지 의심하며 그들의 의도대로 하려고 하지 않았다. 신들의 계속되는 도발에 의해 결 국 펜니르는 리본을 다시 풀어 준다는 약속으로 신 중의 한 명이 자기 입 속에 손을 넣고 있을 수 있다면 리본을 매도 좋다고 승낙하였다.

신들은 아무도 손을 넣으려고 하지 않았고 약속의 신 토르(사법신)가 대표로 손을 집어넣게 되었다. 그러나 늑대는 족쇄를 끊을 수 없었고, 신들이 그를 놓아 주지 않으리라는 것을 깨달은 순간 토르의 손을 물어 뜯었다. 그 후 토르는 왼손 한손잡이가 된 것이다.

신들의 궁전

신들은 자신들이 거주할 곳을 만들고 있었다. 미드가르드와 발할라 궁이 완성되어 갈 즈음 한 공인(工人)이 와서 서리 거인들이나 산의 거인 들의 습격을 완벽하게 막아낼 수 있는 튼튼한 궁을 만들어 주겠다고 자청하였다. 대신 그 보수로 여신 프레이야와 태양과 달을 요구하였다. 머리를 맞대고 의논한 신들은 누구의 도움도 받지 않고 이번 겨울이 끝나기 전에 모든 공사를 끝낸다면 그렇게 하겠다고 약속했다. 단 만약 여름이 시작되는 첫날까지 끝내지 못한 일이 한 가지라도 있으면 약속한 보수를 주지 않겠다는 조건이었다. 이런 조건을 제시받자 공인은 스파딜파리라는 자신의 말을 쓸 수 있게 해 달라고 했다. 신들은 로키의 충고를 받아들여 말의 사용을 허락하기로 하였다.

공인은 겨울이 시작되는 첫날부터 공사를 착수하였다. 밤새도록 스파딜파리에게 건축용 석재를 운반하게 하는 등 일은 엄청나게 빠른 속도로 진행되었다. 신들은 성을 쌓는 데 사용된 엄청나게 큰 돌을 보고 놀랐다. 하지만 이렇게 튼튼하게 방어한다면 신들의 안전은 확실히 보장될 것이 분명했다. 그리고 신들은 힘든 일의 절반은 그의 말 스파딜파리가 한 일이라는 것을 알아냈다. 그러나 이미 계약이 끝난 뒤였고 엄숙한 선서까지 한 후라 후회해도 어쩔 수 없었다. 특히 지금 악마를 물리치기 위해 원정에 나가 있는 토르가 귀환하지 못한다면 신들의 안전은 더욱 위태로워질 게 뻔했다.

겨울이 끝나갈 무렵 건축 공사는 놀랄 정도로 진척되어 있었다. 하늘 높이 쌓아올린 성채는 신들이 난공불락의 거처로 삼기에 충분했다. 마침내 여름이 시작되기까지 사흘밖에 남지 않았다. 완성되지 않은 곳은 출입문뿐이었다. 그때 신들은 모여서 회의를 열고 공인에게 프레이야와 태양과 달을 줘 버리면 하늘에는 암흑만이 남을 것이라고 서로 걱정하였다. 그 결과 모든 것은 이제까지도 많은 악행을 범한 일이 있는 로키의 잘못임이 틀림없으며, 만약 그가 공인에게 약속된 보수를 주지 않을 방법을 찾아내지 못하면 로키에게 혹독한 벌을 내리고 사형에 처해야 한다고 의견을 모았다. 신들은 로키를 체포하려고 하였다. 놀란 로키는 어떤 일이 있더라도 공인이 보수를 받지 못하게 하겠다고 약속하였다.

그날 밤에 공인이 스파딜파리와 함께 돌을 쌓으러 나갔을 때 갑자기 숲속에서 암말이 한 마리 뛰어나왔다. 암말의 미모에 반한 스파딜파리는 고삐를 벗어나 암말의 뒤를 쫓아 숲속으로 달아났다. 당황한 공인은 말을 뒤쫓아 다니는 바람에 새벽까지 아무 일도 할 수가 없게 되었다.

공인은 정해진 시간까지 신들과의 약속을 지킬 수 없음을 깨닫자 감춰두었던 자신의 정체를 드러냈다. 그때서야 신들은 그가 산의 거인임을 알게 되었다. 신들은 더 이상 서약을 지킬 필요를 느끼지 않았고, 곧바로 토르에게 도움을 청하였다. 토르는 눈 깜짝할 사이에 달려와 그의 망치를 높이 들어 공인에게 품삯을 지불하였다. 그것은 약속된 태양이나 달도 아니었고 그를 거인들의 거주지인 요툰하임으로 보낸 것도 아니었다. 토르의 망치 묠니르는 한 방으로 거인의 머리를 부수고 그를 거꾸로 니플헤임으로 내던져 버렸다.

다시 찾은 묠니르

어느 날 토르의 그 유명한 망치 묠니르가 거인 트림의 손 안에 들어갔다. 트림은 묠니르를 요툰하임의 바위 밑 여덟 길이나 되는 깊은 곳에 숨겼다. 토르는 로키를 보내 트림과 협상케 하였다. 그러나 로키는 프레이야가 자기의 아내가 되어 주면 망치를 돌려주겠노라는 트림의 제안을 받았을 뿐이었다. 로키는 돌아와서 결과를 보고하였다. 그러자 사랑의 여신 프레이야는 '서리'의 거인들의 왕에게 자기의 모습을 보이는 것만으로도 소름이 끼친다고 이를 단호히 거절하였다. 사태가 급박하므로 로키는 토르를 설복하여 프레이야의 옷을 입고 자기와 함께 요툰하임으로 가자고 제의하였다.

트림은 베일을 쓴 토르를 정중히 맞아들였다. 그러나 베일을 쓴 신부
가 여덟 마리의 연어와 황소 한 마리와 다른 음식들을 맛있게 먹은 뒤
마지막으로 벌꿀술을 세 통이나 마시는 것을 보고 깜짝 놀랐다. 로키는
그녀가 요툰하임의 유명한 지배자를 만난다는 기쁨에 8일 동안 아무것
도 먹지 않았다고 변명하였다. 트림은 마침내 호기심을 못 이겨 그의 신
부의 베일 밑을 살짝 엿보고 놀라 뒤로 물러서며, 왜 프레이야의 눈동자
가 불과 같이 빛나느냐고 물었다. 로키는 같은 변명을 반복하였고 트림
은 이를 믿고 만족해하였다. 로키는 어서 망치를 가져와 프레이야의 무
릎 위에 놓으라고 말했다.

트림이 망치를 가져와 프레이야의 무릎 위에 놓자 프레이야로 변장한
토르는 베일을 벗고 자신의 가공할 무기로 트림과 그의 부하들을 모두
죽였다.

프레이르에게도 토르와 같이 이상한 무기가 있었다. 그것은 칼이었는
데 주인이 원하기만 하면 저절로 움직여 상대의 목숨을 빼앗았다. 프레
이르도 어느 날 우연히 그 칼을 잃었는데 토르에 비해 운이 없었던지 다
시 그것을 손에 넣을 수 없었다. 그 이야기는 대강 이러하다.

어느 날 프레이르는 오딘의 옥좌에 올라간 일이 있었다. 그곳에서는
온 우주가 훤히 다 보였다. 프레이르는 우주를 둘러보다 거인의 왕국의
한 아름다운 처녀를 발견하였다. 그녀를 본 순간부터 프레이르는 사랑
에 빠져 잠도 자지 못하고 음식도 먹을 수 없게 되었으며, 말까지 잃어
버리게 되었다. 마침내 그의 하인 중 스키르닐이라는 사람이 이를 눈치
채고 그의 칼을 대가로 준다면 그 처녀를 아내로 맞이할 수 있게 해 주
겠노라고 제의했다. 프레이르는 흔쾌히 승낙하고 하인에게 선뜻 칼을
내주었다.

■ 서리의 거인(존 바우어)

스키르닐은 길을 떠나 처녀를 만났다. 그리고 그녀로부터 9일 안으로 정해진 장소에 와서 프레이르와 결혼하겠다는 언약을 받았다. 스키르닐이 돌아와서 일이 잘 성사되었음을 말하자 프레이르는 다음과 같이 외쳤다.

하룻밤은 길고
이틀 밤은 더욱 길다.
내 어찌 사흘 밤을 기다리리.
보통 때의 한 달이
이 애타는 시간의 반보다 짧으리.

이렇게 하여 프레이르는 자신의 칼을 영원히 잃어버린 대가로 가장 아름다운 여인 게르드를 아내로 얻었다.

토르의 거인국 요툰하임 방문

토르는 어느 날 부하 티알피를 데리고 로키와 함께 거인국으로 길을 떠났다. 티알피는 어느 누구보다도 빠르게 걷는 사람이었다. 그는 식량이 든 바랑을 짊어지고 여행을 다녔다. 밤이 되어 광대한 숲의 한가운데 머물게 된 그들은 하룻밤 잠을 잘 곳을 찾느라 사방을 두리번거렸다. 그러던 중 어마어마한 저택을 발견하게 되었다. 그 저택의 입구는 건물의 한 편을 다 차지할 정도였다. 이곳에서 그들은 몸을 누이고 잠을 잤으나 한밤중에 지진이 일어나 건물 전체가 흔들리는 바람에 잠에서 깨어났다. 자리에서 일어난 토르는 그의 동행들에게 함께 안전한 장소를 찾자고 제의하였다. 그들은 오른편에 인접한 방을 발견하고 그 안으로 들어갔으나 토르는 만일의 사태에 대비해 자신의 망치를 손에 들고 문 입구에 서 있었다.

밤새도록 소름끼치는 신음 소리가 들려 왔다. 날이 밝아 토르가 밖으로 나가 보니 근처에서 굉장히 큰 거인이 드러누워 굉장한 소리로 코를 골고 있었다. 밤중에 그들을 놀라게 한 것도 이 코 고는 소리였다. 그때만은 토르도 자신의 망치 사용을 두려워했다고 한다. 그래서 거인이 바로 잠을 깨었을 때 그의 이름만 간신히 물었다.

"나의 이름은 스크리미르(Skrymir)요. 그러나 나는 당신의 이름을 묻지 않

■토르(마르텐 E. 윈지)

겠소. 왜냐하면 나는 당신이 토르 신이라는 것을 알고 있기 때문이오. 그나저나 내 장갑이 어디 있지?"

그제야 토르는 지난밤에 저택이라고 생각했던 것이 그의 장갑이고, 그의 일행이 잤던 곳이 장갑의 엄지손가락이었다는 것을 깨달았다. 스크리미르는 토르에게 자신과 동행하자고 제의하였다. 토르는 이를 승낙하고 그들은 함께 식사를 하였다. 식사가 끝나자 스크리미르는 모든 식량을 바랑에 넣은 후 자신의 어깨에 메고 앞장서서 걷기 시작했다. 거인의 발걸음이 어찌나 넓은지 그들은 그를 따라가기가 힘들 정도였다. 그들은 하루 종일 걸었다. 해질 무렵에 참나무 밑에 노숙할 곳을 정한 스크리미르는 그들에게 자기는 잠시 잠을 자겠노라고 말했다.

"당신들은 바랑을 열고 저녁 준비나 하시오."

스크리미르가 누우면서 덧붙인 말이었다.

스크리미르는 바로 잠이 들고 코를 크게 골기 시작하였다. 그러나 토르가 바랑을 열려고 하였으나, 거인이 너무 꼭 묶어 놓았기 때문에 도저히 매듭을 풀 수가 없었다. 마침내 불같이 화가 난 토르는 두 손으로 망치를 쥐고 거인의 머리를 여러 차례 두들겼다. 스크리미르는 잠에서 깨어 나뭇잎이 자기 머리 위에 떨어졌는지, 그리고 그들이 저녁을 먹고 자려는 중인지 물었을 뿐이었다. 토르는 자기들도 자려는 중이라고 대답하고 다른 나무 밑으로 가서 드러누웠다. 그러나 토르는 잠이 오지 않았다. 그리고 스크리미르가 다시 숲이 울릴 정도로 코를 골자 살며시 일어나서 자신의 망치를 쥐고 거인의 머리가 움푹 들어갈 정도로 힘껏 내리쳤다. 스크리미르는 잠에서 깨어 외쳤다.

"무슨 일이지? 이 나무 위에 새가 앉아 있었나? 내 머리 위에 나뭇가지의 이끼가 떨어진 것 같은데, 토르, 당신은 괜찮소?"

그러나 토르는 자기는 방금 잠에서 깨었고, 아직 한밤중이므로 한숨 더 잘 시간이 있다고 말하면서 저쪽으로 급히 자리를 피해 버렸다. 그러나 그는 만약 세 번째 타격을 가할 기회만 있다면, 그때에는 결판을 내리라 생각하였다. 날이 샐 무렵 토르는 스크리미르가 다시 깊은 잠에 빠졌음을 확인하고, 다시 망치를 쥐고 자기가 가지고 있는 온 힘을 다하여 내리쳤다. 얼마나 세게 내리쳤는지 손잡이 외의 모든 머리 부분이 거인의 머릿속으로 들어갈 정도였다. 그러나 스크리미르는 일어나 앉아 볼을 쓰다듬으면서 말하였다.

"도토리가 하나 머리에 떨어진 게로군. 여어, 토르, 일어났소? 일어나서 옷을 입을 시간이 된 것 같소. 하지만 우트가르드까지는 이제 얼마 남지 않았다오. 나는 당신들이 내가 매우 거대하다고 속삭이는 것을 들었소. 그러나 우트가르드에 가면 나보다 큰 사람을 많이 보게 될 것이오. 내가 당신들에게 충고를 하나 하지요. 그곳에 가거든 너무 잘난 척 뽐내지 마시오. 우트가르드 사람들은 당신들 같은 소인들이 뽐내는 것을 몹시 싫어하니까. 당신들은 동쪽으로 난 길을 가시오. 나는 북쪽으로 난 길을 택하겠소. 자, 그러면 이곳에서 이별합시다."

거인은 어깨에다 바랑을 메고 그들과 헤어져 숲속으로 들어갔다. 토르는 그를 다시 부르고 싶지도 않았고, 더 이상 동행하자고 할 마음도 나지 않았다.

마침내 토르와 그의 일행들은 정오쯤에 이르러 평원의 한가운데에 서 있는 도시를 발견하였다. 엄청나게 높이 솟은 도시는 꼭대기를 쳐다보기 위해서 목을 뒤로 완전히 젖혀야만 할 정도였다.

그들은 시내로 들어가 궁전 문이 활짝 열려 있는 것을 보고 안으로 들어갔다. 홀 안에는 거인들이 의자에 앉아 있었다. 안으로 들어간 토르 일행은 그들의 왕 우트가르드 로키의 앞으로 나아가 최대의 경의를 표하면서 인사를 하였다. 왕은 깔보는 듯한 미소를 지으면서 그들을 바라보았다.

"저기 있는 저 젊은이는 아마 토르 신인 것 같은데……"

그런 후 토르를 향하여 다음과 같이 말하였다.

"아마 그대는 보기보다는 뛰어난 재능을 가지고 있을 것 같소. 그대와 그대의 부하들이 잘하는 것이 무엇이오? 무엇이든 간에 다른 사람보다 뛰어난 재주가 한 가지라도 없다면 이곳에 머무를 수 없소."

"내게 한 가지 재주가 있소."

로키가 나서서 말하였다.

"나는 누구보다도 음식을 빨리 먹을 수 있소. 누구든 원하는 자가 이곳에 있다면 대적해 봅시다."

"그것이 사실이라면 그것도 한 가지 재주임에 틀림없소. 그렇다면 바로 겨루어 봅시다."

거인의 왕 우트가르드 로키는 걸상 저쪽 끝에 앉아 있는 그의 부하 중 한 사람 로기를 지적하고 그와 겨루어 보라고 명령하였다. 고기가 가득 놓인 상이 홀의 마루판 위에 놓였다. 로키는 상의 한 끝에 자리잡고, 로기는 다른 끝에 자리잡았다. 두 사람은 최대한 빨리 먹기 시작하여 마침내 두 사람은 상의 중간에서 마주쳤다. 그러나 로키는 고기 살만을 먹었고, 로기는 살과 뼈는 물론 그릇까지도 먹어 치웠으므로 로키의 패배라는 심판이 내려졌다.

다음 우트가르드 로키는 토르와 동행한 젊은이는 무슨 재주가 있느냐고 물었다. 티알피는 어떤 자든 자기와 경쟁할 수 있는 자와 경주하기를 원한다고 대답하였다. 왕은 달리기를 잘한다는 것은 자랑할 만한 일이나 경주에서 이기려면 대단한 민첩성을 발휘해야 할 것이라고 말했다. 왕은 일어서서 어전에 있던 사람들을 다 데리고 경주하기 좋은 들판으로 나갔다. 그리고 후기라는 젊은이를 불러 티알피와 겨루어 보라고 명령하였다. 첫 번째 코스에서 후기는 티알피보다 한 바퀴를 앞섰으며, 두 번째 코스와 세 번째 코스 역시 티알피를 앞질렀다.

우트가르드 로키는 회심의 미소를 지으며 토르에게 천하에 용맹하기로 이름이 난 증거를 무엇으로 보여 주겠냐고 물었다. 토르는 물 마시기 경쟁이 좋겠다고 말했다. 우트가르드 로키는 물 따르는 자에게 각이 진 커다란 잔을 가지고 오게 하였는데, 그것은 그의 부하들이 향연의 법규를 조금이라도 위반하였을 때 마시지 않으면 안 되는 잔이었다. 물 따르는 자가 그것을 토르에게 내미니 우트가르드 로키는 말하였다.

"잘 마시는 사람은 단숨에 잔을 비우고, 보통 사람은 두 번에, 아주 보잘것없는 자도 세 번에는 이 잔을 비우오."

토르는 잔을 보았다. 잔은 약간 길기는 하였지만 그다지 크지는 않았다. 게다가 토르는 대단히 목이 말랐기 때문에 잔을 입에 대고 숨도 쉬지 않고 두 번에 마실 필요도 없을 정도로 쭈욱 들이켰다. 그러나 잔을 놓고 안을 들여다보니 물은 전혀 줄어든 것 같지가 않았다.

크게 심호흡을 한 뒤 토르는 전력을 다하여 다시 물을 들이켜기 시작하였다. 그러나 잔을 입에서 떼어 보니 이제 겨우 잔을 운반하는데 물이 넘쳐흐르지 않을 정도밖에 줄지 않았다. 오히려 전보다도 조금 마신 것 같았다.

"토르, 어떻소?"

우트가르드 로키는 말하였다.

"수고를 아껴서는 안 되는 일이오. 세 번째에 다 마셔 버리려면 깊이 들이마셔야만 하오. 미리 말해두지만 이보다 더 훌륭한 재주를 보이지 않는 이상 당신은 이곳에서 당신 나라에서처럼 위인의 명성을 듣지 못할 것이오."

잔뜩 화가 난 토르는 다시 잔을 입술에 대고서 전력을 다하여 들이마셨다. 그러나 안을 들여다보니 물 깊이가 전보다 조금 얕아졌을 뿐이었다. 그래서 그는 마시기를 중단하고 잔을 다른 자에게 넘겨주었다.

"당신은 생각한 것보다 대단치 않구려, 토르. 그러나 원한다면 다른 능력을 발휘하여 보시오. 그것도 대단할 것 같지는 않지만."

"무엇을 해 보라는 거요?"

"시시한 놀이가 있는데……"

우트가르드 로키가 대답하였다.

"그것은 이곳에서는 아이들밖에는 하지 않는 놀이오. 다름이 아니라 내 고양이를 지면에서 들어올리는 일이오. 나는 당신이 내가 생각하던 대로의 인물이 아니라는 것을 눈으로 보지 않았더라면 이와 같은 하찮은 놀이를 위대한 토르에게 해 보라고 권하지는 않았을 것이오."

그가 말을 마치자마자 커다란 회색 고양이 한 마리가 홀의 마루판 위로 뛰어나왔다. 토르는 고양이의 배 밑에 손을 넣고 마루 위에서 들어올리려고 전력을 다하였다. 그러나 고양이는 토르가 무진 애를 썼는데도 등을 구부리고 한쪽 다리를 들어올리는 게 고작이었다. 결국 토르는 포기할 수밖에 없었다.

"역시 내가 생각한 대로군."

우트가르드 로키는 말하였다.

"고양이는 크고 토르는 우리 국민에 비하면 작단 말이야."

"작다고 비웃지 마시오. 나도 이젠 화가 났소. 자신 있는 자는 나와서 나하고 씨름을 하라고 하시오."

"이곳에는 아마 당신과 씨름하기를 수치스럽게 여기지 않는 사람은 아무도 없을 것이오. 하지만 정 씨름을 하겠다면, 좋소. 나의 유모인 엘리 할멈을 이리로 불러 오너라. 그리고 토르가 원한다면 그녀와 씨름을 시켜라. 엘리 할멈은 토르 못지않은 여러 남자를 거꾸러뜨린 일이 있지."

이가 빠진 노파가 홀 안으로 들어왔다. 우트가르드 로키는 엘리 할멈에게 토르의 몸을 잡으라고 명령하였다. 토르는 엘리 할멈을 거세게 붙잡았다. 그러나 토르가 그녀를 세게 붙잡을수록 그녀는 더욱 완강하게 버티는 것이었다.

마침내 팽팽한 겨루기 끝에 토르는 발을 헛디뎌 한쪽 무릎을 꿇고 패배하였다. 우트가르드 로키는 그들에게 이제 그만두라고 명령하였다. 토르는 이제 더 이상 씨름을 할 필요도 없고, 날도 저물었다고 덧붙여 말하였다. 왕은 토르와 그의 동무들을 좌석에 안내하였고, 그들은 그곳에서 편안한 밤을 보냈다.

다음 날 새벽에 토르와 그의 일행들은 옷을 입고 출발 준비를 하였다. 우트가르드 로키는 그들을 위하여 식탁을 준비케 하였는데 없는 음식이 없을 정도의 만찬이었다. 식사가 끝난 뒤에 우트가르드 로키는 그들을 성문까지 배웅하고, 이별할 때 토르에게 이번 여행의 감상은 어떠하며 그대보다 더 힘센 사람을 만났느냐고 물었다. 토르는 큰 수치를 당한 것을 부인할 수 없다고 대답하였다.

"그리고 나를 괴롭게 하는 것은 당신이 나를 변변치 않은 자라고 생각할 것이라는 점이오."

"아니오. 절대 그렇지 않소이다. 이제 시내에서 나왔으니 내가 살아서 지배하고 있는 한 그대가 다시 그곳에 들어가는 일이 없을 테니 그대에게 진실을 알려 주도록 하겠소. 맹세코 말하지만, 그대가 그와 같이 강한 힘을 가져서 자칫하면 나를 큰 재난에 빠뜨리게 할 수도 있으리라는 것을 미리 알았더라면 나는 이번에 그대가 이곳에 들어오는 것을 허용하지 않았을 것이오.

지금까지 나는 그대를 속인 거라오. 맨 처음에는 숲속에서였는데 그때 나는 바랑을 강철로 묶어서 그대가 풀 수 없게 하였소. 그 다음 그대는 나를 망치로 세 번 때렸소. 제일 약한 첫 번째 타격은 사실 그것이 나에게 떨어졌더라면 나는 숨을 거두었을 것이오. 그러나 나는 옆으로 몸을 피해 그대의 망치는 산 위에 떨어졌소. 이 산에는 세 개의 계곡이 생겼는데 그 중 가장 깊은 하나의 계곡은 그대의 망치를 맞아 생긴 것이오.

나는 그대들이 나의 부하들과 겨룬 경쟁에서도 그대들을 속인 거라오. 로기는 기아의 화신처럼 그의 앞에 있는 것을 다 먹어 치웠소. 그런데 사실은 로기는 '불' 이었소. 그래서 고기뿐만 아니라 뼈와 그릇까지 삼킬 수 있었던 것이오. 티알피와 경주를 한 후기도 사실은 '생각' 이었소. 따라서 티알피의 재능이 아무리 뛰어났다 해도 생각을 따라잡을 수는 없었을 것이오. 그대의 차례가 되자 그대는 그 잔을 비우려고 노력을 했지만, 내가 지금 맹세코 솔직히 말하는 거지만, 그대가 하도 경탄할 만한 일을 많이 하였기에 나 자신도 그것을 목격하지 않았더라면 믿지 않을 것이오. 그대는 알아차리지 못했지만 그 잔의 한 끝은 바다와 연결되어 있었다오. 해안에 가 보면 그대가 들이마셔서 바닷물이 줄어든 것을 알 수 있을 것이오.

또 그대가 고양이를 들어올린 것도 경탄할 만한 일이었소. 사실 그 고양이의 한쪽 발이 마루에서 떨어지는 것을 보고 우리는 모두 공포에 떨었소. 왜냐하면 그 고양이는 지구를 둘러싸고 있는 미드가르드의 뱀이었기 때문이오. 뱀은 지구를 둘러싸기에는 그 길이가 모자랐을 정도였소. 엘리와의 씨름도 또한 놀랄 만한 것이었소. 왜냐하면 엘리는 다름 아닌 '세월' 이었기 때문이오. 세월에 의하여 정복되지 않는 자는 과거에도 없었고, 또 미래에도 없을 것이오.

하지만 이제 우리가 이별을 앞에 두었으니 나는 다시 그대가 내 곁으로 오지 않는 것이 우리 두 사람 모두를 위해 좋겠다고 말해 주겠소. 만일 그대가 다시 이곳으로 온다면 나는 또 그대를 속여 방어할 것이며, 그렇게 되면 그대는 헛수고만 하고 나와의 경쟁에서 아무런 명성도 얻지 못할 것이기 때문이오."

이 말을 들은 토르는 불같이 화가 나 자신의 망치를 우트가르드 로키에게 던지려고 하였다. 그러나 그는 이미 사라지고 없었다. 화가 난 토르가 그 도시를 파괴하기 위하여 다시 그곳으로 돌아갔지만 푸른 들판 외에는 아무것도 발견하지 못하였다.

40

발드르의 죽음

선(善)의 신 발드르(Baldr)는 꿈에서 자신의 목숨이 위기에 처했다는 암시의 받았다. 발드르는 곧 한자리에 모인 신들에게 자신의 꿈 이야기를 하게 되었다. 신들은 그의 절박한 위험을 면하게 해 달라고 세상에 있는 모든 것들에게 간청하기로 뜻을 모았다. 그래서 오딘의 처 프리그(Frigg)는 불과 물, 그리고 쇠와 그 밖의 모든 금속, 돌, 나무, 갖가지 질병, 짐승, 새, 독(毒), 파충류들에게 말하여 발드르에게 아무런 해를 입히지 않겠다는 서약을 받았다. 이것만으로는 안심이 되지 않았던 오딘은 아들의 운명을 염려하여 예언자 앙게르보다에게 상의하기로 하였다. 여자 거인인 앙게르보다는 늑대 펜리르와 헬과 뱀 요르문간드의 어머니로 이미 죽어서 지옥에서 지내고 있었기 때문에 오딘은 앙게르보다를 찾기 위해 헬의 영토인 지옥까지 찾아가야 했다.

그러나 다른 신들은 프리그가 한 일만으로도 충분하다고 믿고, 발드르를 표적으로 하여 어떤 신은 창을 던지기도 하고, 어떤 신은 돌을 던지기도 하고, 어떤 자는 칼이나 큰 도끼로 발드르를 공격하기도 하며 즐겁게 놀았다. 왜냐하면 그들이 무슨 짓을 하더라도 발드르는 해를 입지 않았기 때문이었다. 이것은 그들이 즐기는 오락이 되었고 발드르에 대한 경의의 표시로 생각되었다.

그러나 이 광경을 본 로키는 발드르가 어떤 것에도 상처를 입지 않은 것이 몹시 언짢았다. 그래서 그는 여장을 하고 펜프리그의 저택 펜살리르로 갔다. 프리그는 이 여인에게 밖에서 신들이 모여 무슨 일을 하느냐고 물었다. 그녀는 그들이 발드르를 향하여 창이나 칼을 던지지만 아무런 해도 입지 않는다고 대답하였다.

　"그럴 것이다. 세상의 모든 것들로부터 단단히 서약을 받아 두었으므로 돌과 창, 그 밖의 어떠한 것도 발드르를 해치지 못한다."

　프리그는 감탄하면서 말하였다.

　"모든 만물이 맹세를 했습니까?"

　변장한 로키가 눈을 반짝이며 물었다.

　"물론이지. 딱 하나 발할라의 동쪽에서 자라고 있는 한 작은 관목만은 서약을 하지 않았지만, 그것은 너무 작고 약한 겨우살이 나무라서 서약을 받을 필요도 없다고 생각했기 때문이야."

　로키는 이 말을 듣고 물러갔다. 그리고 본래의 모습으로 돌아와 '겨우살이 나무'를 꺾어 신들이 모여 있는 곳으로 갔다. 그는 발드르의 형제인 호드르(Hodr)를 발견하였다. 앞을 보지 못하는 호드르는 신들과 함께 놀이를 하지 않고 조금 떨어진 곳에 혼자 서 있었다. 로키는 그에게로 다가가 다정하게 말을 걸었다.

　"왜 당신은 발드르에게 아무것도 던지지 않죠?"

　"나는 앞이 보이지 않기 때문에 발드르가 어디에 있는지 알 수도 없고, 또 던질 만한 물건을 아무것도 가지고 있지 않습니다."

　호드르는 대답하였다.

　"그렇다면 이리로 와서 다른 사람들과 같이 놀이를 즐기세요. 이 나뭇가지를 발드르에게 던져서 그에게 경의를 표하십시오. 내가 당신의 팔을 그가 서 있는 장소로 향하게 해 드리겠습니다."

놀이에 참여하고 싶던 호드르는 로키에게 속아 겨우살이를 쥐고 로키가 시키는 대로 발드르를 겨우살이를 향하여 던졌다. 발드르는 형제가 던진 나뭇가지에 관통상을 입고서 그 자리에 쓰러져 죽었다. 이처럼 잔인한 일은 일찍이 신들 사이에서도 인간 사이에서도 없었던 일이었다. 발드르가 쓰러지자 신들은 공포에 떨며 말없이 서 있었다. 신들은 서로를 바라보며 이런 짓을 한 자를 잡아야 한다고 마음먹었으나 그들이 지금 모여 있는 성지에 대한 경외심 때문에 범인을 잡는 일을 연기할 수밖에 없었다. 그들은 땅을 치며 대성통곡하였다. 그들이 어느 정도 이성을 찾았을 때 프리그는 신들에게 누구든 자기의 사랑과 호의를 얻기를 원하는 자가 없느냐고 물었다. 그리고 이어서 말하였다.

"누구든 저승에 가서 헬에게 몸값을 치르고, 발드르를 아스가르드로 돌아오게 하는 자는 나의 사랑과 특별한 호의를 얻게 될 것이다."

이 말을 듣고 오딘의 아들이며 민첩한 자라는 별명을 가진 헤르모드(Hermod)가 자기가 가겠노라고 나섰다. 오딘의 말 슬레이프니르가 그에게 주어졌다. 그 말은 보통 말과 달리 다리가 여덟 개이고 바람보다도 빨리 달리는 준마로, 헤르모드는 이 말을 타고 그의 사명을 달성하기 위해 달려갔다.

아흐레 밤낮을 그는 아무것도 분별할 수 없는 어둡고 습진 깊은 계곡을 달려 마침내 목적지인 명부의 강에 이르렀다. 강 위에 떠 있는 금빛 찬란한 다리를 건너자 다리를 지키고 있던 처녀가 그의 이름과 가문을 묻고 전날 다섯 명의 사자(死者)가 건널 때보다 그 혼자 건너는 지금 강물이 더 요동치고 있다고 말하였다.

"그러나 당신은 죽은 자의 얼굴이 아닌데 무슨 연유로 저승길을 달리고 있나요?"

그녀가 조심스레 물었다.

"나는 발드르를 찾으러 저승으로 가는 길이라오. 혹 당신은 그가 이곳을 지나는 것을 보았습니까?"

헤르모드가 정중히 묻자 그녀가 대답하였다.

"발드르는 명부의 강의 다리를 이미 건넜어요. 그가 사자의 거처로 간 길이 저기랍니다."

헤르모드는 길을 재촉하여 마침내 빗장을 지른 저승의 문이 있는 곳까지 왔다. 이곳에서 그는 말에서 내려 안장을 더욱 단단히 죄어 맸다. 그리고 다시 말 위에 올라 양발로 박차를 가하였다. 말은 단번에 문을 뛰어 넘었다. 헤르모드는 계속 말을 달려 궁전에 이르러 그의 형 발드르가 홀 안의 가장 상석에 앉아 있음을 발견하고, 그와 함께 밤을 지새웠다. 다음 날 아침 헤르모드는 헬에게 발드르를 자기와 함께 돌아가게 해 달라고 간청한 뒤 지금 신들 사이에는 비탄의 소리밖에 들리지 않는다고 말하였다. 헬은 발드르가 그의 말처럼 모든 신들에게서 사랑을 받고 있는지 조사해 보아야 한다고 대답하였다.

"만약 세상만물이 생물이든 무생물이든 간에 그를 위하여 눈물을 흘린다면 발드르를 돌아가게 해 주겠소. 그러나 만약 단 한 가지라도 그를 위해 눈물을 흘리지 않는다면 그는 절대 돌아갈 수 없을 것이오."

헤르모드는 아스가르드로 돌아가서 그가 듣고 보고 온 모든 것을 보고하였다.

이 말을 들은 신들은 각기 사자를 파견하여 세상의 모든 만물에게 발드르를 저승에서 불러오기 위해 눈물을 흘려달라고 간청하였다. 발드르를 사랑하는 만물은 쾌히 이에 응해 주었다. 인간과 그 밖의 다른 생물과 무생물들, 즉흙, 돌, 나무, 금속 등도 모두 이에 응했다. 그것은 모든 물건이 찬 곳에 있다가 갑자기 더운 곳으로 옮겨 놓으면 눈물을 흘리는 듯한 모습을 볼 수 있는데 바로 그런 경우였다. 사자들은 돌아오는 도중에 타크트라는 이름의 한 노파가 동굴 속에 앉아 있는 것을 발견하고, 그녀에게도 발드르를 위해 눈물을 흘려달라고 간청하였다. 그러자 그녀는 대답하였다.

> 타크트는 마른 눈물로
> 통곡할 것이오.
> 발드르를 화장하는 불을,
> 원컨대 헬은 자신의 소유물을
> 놓치지 않기를.

이 노파는 항상 신들과 인간 사이에 불협화음을 만드는 로키였으리라고 추측된다. 이렇게 하여 발드르는 세상 모든 것의 슬픔 속에서도 아스가르드로 돌아오지 못하게 되었다.

발드르의 장례

신들은 발드르의 시체를 해안으로 운반하였다. 그곳에는 세계에서 가장 큰 배로 알려진 발드르의 배 '흐링호르니'가 정박해 있었다. 배 안으로 옮겨진 발드르의 시체가 화장용 나무더미 위로 옮겨지자 그의 아내 난나는 이 광경을 보고 슬픔을 이기지 못하여 심장이 터져 죽고 말았다. 그래서 그녀의 시체도 같은 나무더미 위에서 남편의 시체와 함께 불태워졌다.

발드르의 장례에는 거의 모든 신들이 참가하였다. 프리그와 발키리오르를 동반한 오딘은 자신의 갈가마귀와 함께 제일 먼저 도착했고, 그 다음에는 굴

■로키와 시긴(마르텐 E. 윈지)

린부르스티라고 하는 수퇘지가 이끄는 수레를 타고 프레이가 도착했다. 하임 달은 굴토프라는 그의 말을 타고 왔고, 프레이야는 고양이가 이끄는 이륜차를 타고 왔다. 그 밖에 한 무리의 서리 거인들과 산의 거인들이 참석하였다. 발드르의 말은 성장을 하고 화장용 나무더미가 있는 곳으로 이끌려 와서 자신의 주인과 함께 불태워졌다.

로키는 그가 당연히 받아야 할 벌을 피하지 못하였다. 신들의 분노를 눈치 챈 로키는 재빨리 산으로 도망쳤다. 그리고 오막살이집을 한 채 지어 사방으로 네 개의 문을 만들어 두고 어느 곳이든 위험한 것이 접근하는 것을 살펴볼 수 있게 하였다. 그는 물고기를 잡는 그물을 발명하였는데, 그 이후 어부들이 그 그물을 유용하게 사용하게 되었다. 그러나 오딘은 세상 모든 것을 볼 수 있는 의자에 앉아 그의 은신처를 찾아냈고, 신들은 그를 잡기 위하여 자청하여 모여 들었다. 그는 이것을 보고 연어로 둔갑하여 깊은 강물의 돌 사이에 숨었다. 그러나 신들은 그가 만들어 본 그물에서 힌트를 얻어 물고기를 잡을 수 있는 그물을 끌고 시내로 나가 시냇물을 훑었다. 로키는 그물에 잡히지 않기 위해 그물을 뛰어 넘으려고 하였지만 토르가 그의 꼬리를 꽉 움켜잡았다. 그 이후로 연어는 꼬리가 짧아졌다고 한다.

신들은 로키를 절대로 풀 수 없는 쇠사슬에 묶고 그의 머리 위에 뱀을 매달았다. 뱀의 독액이 한 방울 한 방울 그의 얼굴 위에 떨어졌다. 그의 아내 시긴은 그의 곁에 쪼그리고 앉아서 그 독액이 남편의 얼굴에 떨어지기 전에 그것을 컵에 받았다. 그러나 시긴이 가득 찬 컵을 비우러 밖으로 들고 나갈 때는 독액이 로키의 얼굴 위에 떨어져 그는 고통과 공포로 비명을 지르고, 지구가 흔들릴 정도로 몸을 비틀었다. 이것을 인간들은 지진이라고 부른다.

요정

《에다》 중에는 신들에게 비할 수는 없지만 큰 힘을 가지고 있는 존재의 이야기가 서술되어 있다. 이들은 사람들에게 요정이라고 불린다. 백색의 요정, 즉 빛의 요정은 특히 아름답고 태양보다도 더 눈부시고 찬란하며 섬세하고 투명한 천으로 만든 옷을 입고 있다. 그들은 빛을 사랑하고 인간에게 친절하며 대부분 아름답고 사랑스런 아이들의 모습으로 출현한다. 그들의 나라는 알프하임이라 불리는 태양신 프레이르의 영토인데 그들은 항상 이 태양신의 빛 속에서 지낸다.

그리고 흑색 요정, 즉 밤의 요정이라고 불리는 부류가 있다. 그들은 흉측하고 긴 코를 가진 난쟁이들로, 더러운 갈색 빛깔을 띠며 언제나 밤에만 나타난다. 왜냐하면 태양 광선을 쐬면 그들은 곧바로 딱딱한 돌이 되어 버리기 때문이다. 그래서 흑색 요정들은 태양을 가장 무서운 적으로 여겼다. 그들의 언어는 한적한 곳의 산울림이고, 그들의 거처는 지하의 동굴이나 습한 바위틈이었다. 그들은 부패한 이미르의 몸에서 나온 구더기에서 생겨났다고 추측되며, 후에 신들에 의하여 인간의 모습과 뛰어난 지적 능력이 부여된 것이었다. 그들은 특히 자연의 신비스러운 힘에 대한 지식의 소유자로서, 또 룬문자를 새기고 설명한 자로서 유명하다.

그들은 모든 피조물 중에서 가장 솜씨 좋은 공인(工人)이었고, 금속이나 목재로 도구를 만들 줄 알았다. 그들의 제작물 중에서 가장 유명한 것은 토르의 망치와 프레이르에게 준 스키드블라드니르라는 배였다. 이 배는 모든 신들과 그들의 전쟁 용구 및 가구를 실을 수 있을 만큼 큰 배이면서 접으면 호주머니 속에 들어갈 정도로 작아지는 신비한 배이다.

신들의 멸망

북방 민족들은 언젠가는 만들어진 모든 피조물, 발할라와 니플헤임 신들의 요툰하임, 소인족 알프하임, 인간이 사는 미드가르드의 주민들이 그들의 거처와 함께 모조리 파멸할 때가 온다는 신앙을 가지고 있다. 이러한 무서운 파멸을 예고하는 여러 가지 전조가 있다. 우선 한 번의 여름도 시작되지 않고 혹독한 추위가 계속되는 겨울이 세 번이나 반복된다. 그동안 한쪽에서는 끊임없이 눈이 내리고 매서운 서리가 내린다. 바람은 칼끝처럼 날카롭고, 폭풍우가 계속되어 태양의 존재를 의심케 할 정도이다.

또 이와 비슷한 겨울이 세 번 더 계속되어 전쟁과 굶주림이 온 우주에 퍼질 것이며, 지구조차도 놀라서 몸을 떨고 바다는 범람하고 하늘은 갈라질 것이다. 많은 사람들이 죽어가고, 공중의 수리 떼들은 아직 숨을 할딱이는 시체를 뜯어먹을 것이다. 늑대 펜리르는 자기의 쇠사슬을 끊고 뛰어 나올 것이며, 미드가르드의 뱀은 바다속 침상에서 거대한 몸을 일으킬 것이다. 로키는 끔찍한 속박에서 해방되어 적의 편에 과감히 가담할 것이다. 이 전면적인 황폐 속에서 무스펠헤임의 아들들은 수르트를 앞세워 뛰어나올 것이며, 그때 신들의 다리 비프로스트는 말발굽 아래에서 파괴될 것이다. 그러나 그들은 다리가 붕괴되어도 비그리드라는 싸움터로 나아갈 것이다. 늑대 펜리르와 요르문간드 뱀과 헬의 모든 부하들을 거느린 로키와 서리 거인들도 그곳으로 갈 것이다.

헤임달(Heimdall)은 일어서서 신들과 영웅들을 전쟁에 소집하기 위하여 그 잘라르호른이라는 뿔피리를 불 것이다. 오딘의 인도로 신들이 전진하고 오딘은 늑대 펜리르와 대적하나 결국에는 늑대의 희생물이 된다. 늑대는 또 오딘의 아들인 바자르에 의하여 참살된다. 토르는 요르문간드 뱀을 죽여 큰 명성

■ 토르의 전투(헨리 퓨슬리)

■아스가르드(피터 니콜라이 아르보)

을 얻지만 이 괴물이 죽으면서 내뿜은 독에 질식되어 토르 역시 끝내 뒤로 물러서 비틀거리며 죽는다. 로키와 헤임달도 참살된다. 신들과 그의 적이 모두 전사한 후에는 프레이르를 죽인 수르트가 세상에 불과 불꽃을 던져 전 우주는 불바다가 된다. 태양은 그 화려한 빛을 잃고 지구는 바닷속으로 가라앉으며, 별들은 하늘에서 떨어져 빛을 잃고 시간마저 사라진다.

이후에 전능자 알파두르는 바닷속에서 새로운 하늘과 새로운 지구를 나타나게 할 것이다. 새로운 지구에는 갖가지 자원들이 넘쳐나 힘써 일하고 가꾸지 않아도 저절로 추수의 기쁨을 누릴 것이다. 사악과 불행은 자취도 없이 모습을 감추고, 신과 인간은 더불어 행복한 삶을 영원히 영위할 것이다.

룬문자

덴마크나 노르웨이, 스웨덴 등지를 여행하다보면 언뜻 보기에도 우리가 사용하는 몇 가지 문자와는 현저히 다른 룬문자라고 불리는 문자가 새겨진 돌이나 나무를 보게 된다. 이 이상한 문자는 거의 직선으로 이루어져 있고, 작은 막대기가 하나 혹은 여러 개 겹쳐 있는 모양을 하고 있다. 이와 같은 막대기는 고대의 북방 민족이 미래를 점치기 위해 사용한 것으로 여러 막대기를 뒤흔들어 섞는 것으로 하늘의 뜻을 물었다.

룬문자에는 여러 가지 종류가 있는데 대체로 마술에 관련된 목적으로 사용되었다. 유해한 혹은 그들이 말하는 '쓴' 문자는 그들의 적에게 여러 가지 재난을 가하기 위하여 사용되었고, 유리한 문자는 재난을 막기 위해 사용되었다. 어떤 문자는 치료에 사용되었고, 어떤 문자는 사랑을 얻기 위하여 사용되었다. 후대에는 묘비명에 사용되는 일이 많았는데, 현재 발견된 묘비명만도 일천여 개가 넘는다. 그 언어는 노르웨이어라고 불리는 고트어의 한 방언으로서 현재도 아이슬란드에서 사용되고 있다. 그래서 묘비명은 정확히 해독이 되지만 역사를 추측할 수 있는 것은 거의 발견되지 않고 있다. 지금까지 발견된 것이 대부분 비문뿐이었기 때문이다.

음유시인

음유시인들은 어느 사회에서나 문명의 초기 단계에 대단히 중요한 역할을 해 왔다. 그들은 역사의 전승자이며, 고금의 영웅들의 공적을 시와 음악으로 능숙하게 음송함으로써 무사들의 살풍경한 향연에 청중을 만족시키는 지적 기쁨을 가미하였다. 이 시인들의 작품은 《사가(saga)》라고 불렸으며, 대부분은 오늘날도 전해지고 있다. 역사의 귀중한 자료와 그 작품이 제작된 당시의 사회상이 자세히 묘사되어 있다.

아이슬란드

《에다》와 《사가》는 아이슬란드로부터 우리에게 전해졌다. 칼라일의 《영웅과 영웅 숭배》라는 저서에서의 다음 발췌문은 우리가 이제까지 읽어 온 여러 기이한 이야기가 탄생한 지방들을 생생하게 묘사하고 있다. 독자 여러분은 잠시 그 지방을 고전적 신화의 발생지인 그리스와 비교해 보기 바란다.

'저 기이한 섬, 아이슬란드 — 지리학자들의 말에 의하면 불의 작용으로 해저에서 폭발하여 솟아올랐다는 섬, 불모지와 용암으로 뒤덮인 황량한 땅, 일 년 중 대부분은 폭풍우에 잠겨 있으나 여름에는 야성적인 미가 넘치는 나라, 눈 덮인 산, 고함치며 끓어오르는 샘, 유황의 못, '서리'와 '불'의 황량하고 혼돈한 싸움터와 같은 화산의 균열이 존재하는 북해에 준엄하게 우뚝 솟아 떠 있는 섬.

모든 지역 중에서 문학이나 문서상의 기록을 발견할 가능성이 가장 희박한 섬에서 이와 같은 사건의 기록이 작성되었다. 이 황량한 나라의 해변에 풀이 무성하게 우거진 곳이 있어 그곳에서 가축이 자라고, 인간들은 그 가축과 해산물에 의존하여 살아간다. 그리고 이들은 시적 정서가 풍부하고 사랑이 많은 인간으로서 그들의 사상을 음악적으로 표현하였다. 만약 아이슬란드가 바닷속에서 폭발하여 나오지 않았더라면, 그리고 북방 민족들에 의하여 발견되지 않았더라면 이 세상은 많은 것을 상실하였을 것이다.'

드루이드

드루이드(Druides)란 갈리아, 브리타니아, 게르마니아 지방에 거주하던 고대 켈트민족 사이에서 받들어진 종교인 드루이드교의 사제였다. 그들에 관해서 우리가 알고 있는 것은 그리스와 로마 작가들의 기록과 웨일즈와 스코틀랜드의 고지 또는 아일랜드의 켈트인인 게일의 현존하는 언어로 된 시를 비교하여 얻은 것들이다.

드루이드는 승려, 행정관, 학자, 의사의 직무를 겸하였다. 켈트민족에게 그들의 지위는 인도의 브라만 계급, 페르시아의 마기, 이집트의 승려의 지위와 비슷하였다. 그들은 모두 자신의 민족으로부터 존경을 받았다.

드루이드들은 유일신의 존재를 가르치고 그것을 '베알'이라 불렀다. 켈트족 고고학자들의 설에 의하면 그것은 '만물의 생명' 내지 '만물의 원천'이라는 의미로써 페니키아의 '바알'과 유사하다. 이 유사성을 더욱 현저하게 하는 것은 드루이드나 페니키아인 모두 그들의 최고신을 태양과 동일시하였다는 사실이다. 불이 신의 상징으로 간주되었다.

로마의 작가들은 드루이드가 무수한 하급신들도 숭배하였다고 주장하고 있다.

드루이드들은 그들의 숭배 대상을 표현하기 위하여 우상을 만들지도

■ 스톤핸지

않았고, 종교상의 의식을 거행하기 위하여 신전이나 기타의 건축물에서 집회를 열지도 않았다. 커다란 돌을 원형으로 세운 것이 그들의 성역이었는데 그 돌의 직경은 약 6미터이고 원의 넓이는 30미터 정도였다. 지금까지 남아 있는 돌 중에서 가장 유명한 것은 영국의 솔즈베리 평원에 있는 스톤헨지이다.

이들 신성한 돌 성지는 보통 냇가 부근이거나 혹은 작은 숲, 가지를 넓게 퍼뜨린 참나무 그늘 밑에 자리잡았다. 성지의 중심에는 크롬레크라고 하는 제단이 있었다. 그것은 여러 개의 돌기둥 위에 한 장의 크고 편편한 돌을 올려놓은 테이블 같은 모양의 제단이다. 드루이드들은 그들의 예배소를 가지고 있었는데, 그것은 태양을 상징하는 신을 예배할 때에 사용되었다.

드루이드가 그들의 신에게 희생물을 바쳤으리라는 것은 의심할 여지가 없다. 그러나 그들이 무엇을 제공하였는지는 불확실하며 그들의 종교적 의식에 관해서도 우리는 거의 아는 바가 없다. 로마 작가들의 주장에 의하면 그들은 중대사가 있을 경우, 예를 들어 전쟁에서 승리하거나 전염병에서 구제되기를 기원할 경우에는 사람을 제물로 올렸다고 한다. 카이사르가 이 의식의 과정을 자세히 보고하고 있다.

'그들은 우상을 가지고 있는데, 그 수족은 나뭇가지를 꼬아 만들고 그 안에 산 사람들이 가득 차 있다. 이것에 불을 지르면 그 속에 있는 사람들은 화염에 휩싸인다.'

켈트족 작가들은 매년 2회의 제전을 거행하였다. 첫 번째 제전은 5월 초에 열렸고 벨테인, 즉 신화(神火)라고 불렸다. 이 제전이 열릴 때에는 태양의 영예를 위하여 큰 불이 높은 곳에 점화되었는데, 이것은 겨울의 침울과 황폐 후에 태양의 혜택이 다시 돌아온 것을 환영하는 의미가 있다고 한다. 이러한 풍습의 자취가 지금까지 스코틀랜드의 여러 지방에 남아 있다. 성령 강림제를 '흰 태양의 날'이라고 부르는 사실로도 그것을 확인할 수 있다.

다른 또 하나의 드루이드의 큰 제전은 '삼인', 즉 평화의 불이라고 부르며 만성절의 전야인 10월 31일에 거행되었는데, 스코틀랜드의 북부 고지대에서는 아직도 이 이름이 남아 있다. 이때에 드루이드들은 그 지방의 가장 중심이 되는 곳에 집합하여 비밀회의를 개최하고 사법 직무를 수행한다. 공사(公私)의 모든 문제, 인격과 재산을 침해한 모든 범죄는 그들 앞에 제소되고 재판을 받아야만 했다. 이러한 사법 행위에는 어떤 미신적인 관습이 결부되어 있었는데, 특히 이 성화의 점화를 꼽을 수 있다. 그 지방에 있는 모든 불을 완전히 다 끈 후에 이 성화로 다시 점화하였다. 만성절 전야에 점화하는 관습은 영국의 여러 섬에 기독교가 확립된 후에도 오랫동안 계속되었다.

이 두 가지의 큰 연례 제전 외에 드루이드들은 보름달, 특히 초승달이 뜨기 시작한 후에 여섯 번째 되는 날을 축하하는 관습이 있었다. 그들은 이날에는 그들이 애호하는 참나무 위에 기생한 겨우살이를 찾아다녔다. 그들은 이 겨우살이와 참나무에 특별한 덕과 신성이 깃들어 있다고 생각하였다. 그것을 발견하면 모두 기뻐하며 엄숙한 예배를 준비한다. 로마의 유명한 박물학자 플리니우스는 다음과 같이 서술한 바 있다.

'그들은 그것을 만병통치를 의미하는 그들의 말로 부르고 있다. 그리고 그 나무 밑에서 엄숙하게 잔치와 제물을 준비한 후에 우유처럼 흰 황소 두 마리를 그곳으로 끌고 나온다. 그리고 뿔은 결박한다. 다음 흰 예복을 입은 승려가 그 나무 위에 올라가 겨우살이를 황금 낫으로 벤다. 그들은 그것을 흰 보자기에 싼 다음 신이 선물을 내린 자들에게 그것이 효능이 있게 해 달라고 기원하면서 황소를 바치러 간다.'

그들은 겨우살이를 넣고 달인 물을 만병통치약이라고 생각한다. 겨우살이는 기생식물로 참나무 위에서 자주 발견되는 것이 아니므로 발견될 때에는 더욱 소중한 것이 된다.

드루이드들은 도덕과 종교의 교사였다. 그들의 도덕적 교훈의 귀중한 표본이 웨일즈 음유시인들의 삼제가(三題歌), 즉 세 개의 제재를 가진 시형 속에 남아 있다. 그것을 보면 우리는 그들의 도덕관이 그 당시 사회에서 정당한 것으로 받아들여졌으며 몸소 모범을 보임으로써 도덕의 기본 원리를 가르쳤음을 알 수 있다. 그들은 또 그들의 시대와 민중 사이에서 학자 역할을 하였다. 그들이 문자를 알고 있었는지의 여부는 논의의 여지가 있지만 어느 정도 알고 있었을 개연성이 짙다. 그러나 그들이 그들의 교설이나 역사나 시를 문자로 기록하지 않았다는 것만은 확실하다. 그들은 구두로 가르쳤으며 그들의 문학은 오직 전승에 의하여 보존되었다. 그러나 로마의 작가들은 이렇게 주장하고 있다.

'그들은 자연의 질서와 법칙에 대하여 많은 관심을 기울였으며 천체와 그 운동, 세계와 여러 국토의 크기, 불멸의 신들의 위력에 관하여 많은 것을 연구하고 그 내용을 자신들이 가르치는 청년들에게 전달했다.'

그들의 역사는 조상의 영웅적 업적을 칭송한 전설로 되어 있었다. 그것은 운문의 형식을 띠고 있었기 때문에 드루이드들의 역사인 동시에 시였다. 고대 켈트의 전설적인 영웅시인 오시안의 시는 드루이드 시대의 작품은 아닐지라도 당시 시인들의 시를 충실히 재현하고 있다고 볼 수 있다.

음유시인들은 드루이드 교권 제도의 본질적 부분이었다. 18세기 웨일즈의 박물학자 페넌트는 다음과 같이 서술하고 있다.

'시인들은 신의 영감에서 유사한 힘이 부여된 것으로 생각되었다. 그들은 모든 과거의 공적·사적 사건을 구두로 전하는 역사가였다. 그들은 또 능란한 계도학자(系圖學者)들이었다.'

페넌트는 드루이드의 직무가 다른 부문에서는 소멸된 후에도 수세기 동안 웨일즈 지방에서 행하여진 음유시인과 악인(樂人)들의 대회인 아이스테드포드에 관하여 상세한 설명을 하고 있다. 이 대회에서는 이름을 떨치고 있는 유명한 음유시인만이 자신의 작품을 음송할 수 있었고, 기교가 뛰어난 능란한 악사들만이 연주할 수 있었다. 그들의 능력을 판정할 심판관이 임명되고, 적당한 등급이 매겨졌다. 초기 심판관들은 웨일즈의 왕이 임명하였고, 웨일즈가 정복된 후에는 잉글랜드 왕의 위촉을 받은 위원회가 임명하였다. 그러나 에드워드 1세는 웨일즈의 민중들이 음유시인들에게 감화, 고무되어 그의 지배에 반항하게 되었다 하여 그에 대한 복수로써 그들을 잔인하게 박해했다고 전해진다.

드루이드의 제도는 카이사르의 지휘 아래 로마군이 침입하였을 때 가장 전성기를 맞이했다. 이들의 세계를 정복한 정복자들은 드루이드를 그들의 주요한 적으로 보고 그들을 맹렬하게 박해하였다. 본토 도처에서 박해를 받은 드루이드들은 아이오너 섬으로 도망쳤다. 이곳에서 잠시 피난 생활을 하면서 박해를 받아온 그들의 의식을 계속 이어갔다. 드루이드들은 아이오너와 그 인근 섬 및 본토에서 세력을 유지하고 있었으나 마침내 아일랜드의 선교사인 성 콜룸바가 나타나면서 그들의 지위는 바뀌고 그들의 미신은 전복되었다. 그 지방의 주민들은 콜룸바에 의해 처음으로 기독교 신앙으로 인도되었다.

아이오너

아이오너는 영국의 여러 섬 중에서도 가장 작은 섬의 하나로써 울퉁불퉁한 불모의 해안 부근에 자리잡고 있다. 이 섬은 위험한 바다에 둘러싸여 있고 내부에 아무런 자원도 없다. 그러나 이교의 먹구름이 북유럽 전체를 뒤덮고 있을 때 문명과 종교의 온상으로서 역사상 불멸의 지위를 획득하였다. 아이오너 또는 이콜므킬은 '멀'이라는 섬에서 약 1킬로미터 정도 떨어진 지점에 있으며, 스코틀랜드 본토와의 거리는 약 58킬로미터 떨어진 곳이다.

아일랜드 태생인 콜룸바는 왕족이었다. 아일랜드는 스코틀랜드의 서부와 북부가 이교의 암흑 속에 잠겨 있을 때 이미 복음의 빛이 비친 나라였다. 콜룸바는 12명의 친구들과 함께 기원 563년에 버들가지와 짐승의 가죽으로 만든 배를 타고 아이오너 섬에 상륙하였다. 그 섬을 점령하고 있었던 드루이드들은 콜룸바가 그곳에 정주하지 못하게 하려고 했다. 인근 해안의 야만족들은 그를 괴롭혔으며, 때로는 그의 목숨을 위협하기도 하였다. 그러나 그는 인내심과 열성을 가지고 모든 반대를 극복하고 왕으로부터 그 섬을 기증받아 그곳에 수도원을 건립하고 원장이 되었다. 그는 불굴의 노력으로 성서의 지식을 아일랜드와 스코틀랜드의 여러 섬에 전파하였다. 일개 목사이며 수도승에 불과한 그에 대한 사람들의 존경심은 모든 교구의 주교들과 사람들을 그와 그의 제자들에게 복종하게 만들었다. 스코틀랜드 동부 지방에 3세기 말에서 9세기 중엽까지 거주하였던 민족, 픽트족의 군주는 그의 지식과 인품에 감동한 나머지 그에게 최대의 경의를 표하였고, 인근 족장과 왕들은 논쟁이 있을 때 그의 의견을 구하고 그의 판단에 따랐다.

콜룸바는 아이오너에 상륙하였을 당시 12명의 사도를 대동했다. 그리고 이들을 주축으로 한 종교 단체를 조직하고 자기는 그 단체의 우두머리가 되었다. 결원이 있을 때마다 다른 사람들이 이 단체에 가입하는 방식으로 언제나 최초의 인원수를 유지시켰다. 그들의 단체는 수도원이라 일컬어졌고, 그 우두머리는 원장이라고 불렸다.

그러나 이 단체는 후세의 수도원 제도와는 별 공통점이 없다. 그 교칙에 복종하는 사람들은 '쿨디'라는 이름으로 불렸는데, 그것은 아마 라틴어 Cultores Dei(신을 숭배하는 사람들)에서 유래한 것으로 보인다. 그것은 복음의 설교, 청년들의 교육, 공동 예배에 의한 열렬한 신앙심의 유지 같은 공통적인 일에 있어서 상호 부조를 목적으로 조직된 종교 단체였다.

이 단체에 입단하려면 일종의 서약을 해야만 하는데, 그것은 수도원에서 하는 보통의 서약과는 달랐다. 왜냐하면 쿨디는 제3의 것만을 이행하면 되었기 때문이었다. 그들은 빈곤에 구속되지 않고 그들 자신과 그들에게 의존하는 사람들에게 안락한 생활을 보장하기 위하여 부지런히 일한 듯하다.

결혼도 허용이 되었는데 사실 그 사람들은 대부분 결혼을 한 것으로 보인다. 그러나 아내와 함께 수도원에서 거주하는 것은 허용되지 않았다. 대신 근처 지정된 곳에서 살 수는 있었다. 아이오너 부근에 아직 'Elien nam ban(여인들의 섬)'이라고 불리는 섬이 있는데, 그들의 남편은 의무상 학교나 성당에 출석해야 할 때를 제외하고는 이곳에서 함께 생활한 듯하다.

그 외의 점에 있어서는 쿨디는 로마 교회의 기성 교칙에서 이탈하였으며 그 결과 이단시되었다. 그래서 로마 교회의 세력이 증가함에 따라 쿨디의 세력은 약화되었음이 틀림없다. 그러나 정식으로 쿨디의 단체가 탄압을 받고 그 단원이 해산된 것은 13세기에 이르러서였다. 그들은 개인 자격으로 계속 일을 하였으며, 종교 개혁의 여명이 세계에 동트기까지 최선을 다하여 로마 교회의 침범에 끝까지 대항하였다.

아이오너는 위치적으로 바다를 횡행했던 노르웨이와 덴마크의 해적에게 침범당하기 일쑤였고, 반복된 여러 번의 약탈로 가옥은 소실되고 평화를 누리던 주민들은 그들의 칼에 피를 뿌려야 했다. 이렇듯 불리한 여건 때문에 아이오너는 점점 나약해지고 스코틀랜드 전역에서 쿨디들이 멸망한 후에는 소멸이 가속화되었다.

로마 가톨릭의 세력 아래에서 아이오너는 수녀원으로 변했으며 그 흔적은 지금도 찾아볼 수 있다. 종교 개혁 시대에 이르러 수도원은 철거되었으나 수녀들은 남아서 단체 생활이 허용되었다.

여행자들이 지금도 아이오너를 방문하는 것은 주로 그곳에서 발견되는 교회와 묘소의 유적을 답사하기 위해서이다. 이들 중 중요한 것은 대사원과 수녀원의 예배당이다. 이들 고대 교회의 유적 외에 다른 유적이 있어 아이오너에 기독교와 다른 형태의 신앙이 있었음을 증명하고 있다. 각 지방에서 발견되는 원형의 석총(石塚)은 드루이드에서 기원한 것인 듯하다.

베어울프

베어울프(Beowulf, 게르만 민족의 영웅서사시 중에서 완전히 보존되고 있는 것으로는 가장 오래 된 작품)의 서사시 사본이 쓰인 연대는 기원후 천 년경이다. 그 서사시는 수세기 전부터 음유시인들에게 읊어지고 퇴고되었다. 그들은 엔크테오의 아들이요, 지트국(현재 남부 스웨덴)의 왕 하이잰라크의 조카인 이 베어울프의 영웅적 공훈을 노래하였다.

베어울프는 어렸을 때부터 그의 힘과 용맹을 증명하는 큰 공적을 세웠고, 장성한 뒤에는 덴마크의 왕인 흐로트가르를 그렌델이라는 괴물로부터 구제하고 그 후 자신의 왕국에서는 그에게 치명적 타격을 가한 불을 뿜는 용을 퇴치하였다.

베어울프가 처음 명성을 얻게 된 것은 그가 핀란드에 도착하기 위해 이레 밤낮을 헤엄치는 동안 많은 바다의 괴물들을 물리쳤기 때문이었다. 그는 헤트웨어국을 방어하는 데 협력하여 많은 적을 죽이고 자기가 죽인 30명의 추격자의 갑옷을 자신의 배로 운반하여 수영에서도 능숙한 솜씨를 보여 준 것이다. 성년이 되자 베어울프는 그 나라의 왕위에 오르도록 권고를 받았으나 왕후의 어린 아들인 히어드레드를 위하여 그 권고를 뿌리쳤다. 그 대신 그는 왕이 성장하여 나라를 다스릴 때까지 보필의 임무를 맡았다.

12년 동안 흐로트가르 왕이 다스리는 덴마크는 그렌델이라고 하는 게걸스러운 괴물 용 때문에 황폐화되고 있었다. 그렌델은 인간이 만든 어떠한 무기로도 죽일 수 없었다. 용은 황무지에서 살고 밤이 되면 나와 배회하며 흐로트가르의 전당에 나타나 많은 사람들을 납치, 살육하였다. 베어울프는 선원들로부터 그렌델이 엄습하여 살인을 한다는 소문을 듣고 그의 위대한 힘으로 흐로트가르를 돕기 위하여 열네 명의 건장한 부하들을 이끌고 배를 타고 지트국을 떠났다.

덴마크의 해안에 상륙한 베어울프는 간첩으로 몰리게 되었다. 그는 해안 경비자들에게 자기가 찾아온 목적을 설명하고 통과시켜달라고 설득한 후 흐로트가르 왕의 극진한 대접을 받았다. 밤이 되어 왕과 신하들은 물러가고 베어울프와 그의 부하만이 남게 되었다.

베어울프를 제외하고는 모두 단잠에 곯아떨어졌다. 그때를 틈타 그렌델이 다가와 잠자는 베어울프의 부하 한 명을 순식간에 죽여 버렸다. 그러나 베어울프는 무기도 없이 그 괴물과 격투하여 그 무시무시한 힘으로 그렌델의 팔 하나를 어깨에서 잡아떼었다. 그렌델은 치명상을 입고 홀에서 자기의 굴까지 핏방울을 흘리며 도망갔다.

그렌델이 다시 공격하지는 않을까 하는 두려움이 조금 가라앉은 뒤에 덴마크인들은 홀로 돌아오고, 베어울프와 그의 부하들은 다른 곳에 숙소를 정하였다. 그런데 그렌델의 어미가 새끼가 받은 치명상에 대한 복수를 하러 와서 덴마크의 한 귀족을 납치하고 새끼 그렌델의 떨어진 팔을 가지고 갔다. 베어울프는 어미 그렌델을 죽이려고 핏자국을 따라갔다. 베어울프는 그의 칼 흐란팅을 들고 바닷가로 가서 물속으로 뛰어들어 바다 밑에 있는 괴물의 거처로 헤엄쳐 갔다. 그곳에서 그는 어미 그렌델과 싸워 바다의 동굴 속에서 발견한 오래된 칼로 그렌델을 죽였다. 베어울프는 어미의 목을 베어 전리품으로 흐로트가르 왕에게 바쳤다. 홀에 모인 사람들은 기쁨의 환성을 울렸다. 베어울프가 지트국으로 돌아갔을 때의 환영은 더욱 성대하였다. 그곳에서 그는 넓은 영지와 높은 영예를 받았다.

그 후 얼마 지나지 않아 지트국의 소년 왕 히어드레드가 스웨덴과의 전쟁에서 전사하자 베어울프가 그의 뒤를 이어 왕위에 올랐다.

15년 동안 베어울프는 평온하게 나라와 민중들을 다스렸다. 그러던 어느 날, 용 한 마리가 자기의 굴 안에 감추어 두었던 보물을 약탈당했다는 사실을 알고 격분하여 베어울프의 왕국을 공격하기 시작하였다. 그렌델과 같이 이 괴물도 밤이 되면 굴을 빠져 나와 살육과 약탈을 일삼았다.

연로한 군주인 베어울프는 용과 싸우기로 결심하였다. 그가 굴의 입구에 접근하니 안에서 수증기가 흘러 나왔다. 베어울프는 겁내지 않고 소리를 지르며 앞으로 나아갔다. 용은 입에서 불을 내뿜으면서 밖으로 나왔다. 잔뜩 화가 난 용은 베어울프를 향하여 돌진하며 단숨에 그를 쓰러뜨릴 듯이 덤벼들었다. 무서운 격투가 벌어졌기 때문에 베어울프의 부하들은 위글라프 한 사람을 제외하고는 모두 도망쳤다. 용은 다시 돌진하여 베어울프의 칼을 조각조각 부수었고, 송곳니를 베어울프의 목에 박아 넣었다. 위글라프는 이 격투에 몸을 던져 죽음 앞에 놓인 베어울프를 돕고 용을 죽였다.

죽기 전에 베어울프는 위글라프를 지트국의 다음 왕위 계승자로 임명하고 그 용의 유골은 바다가 내려다보이는 높은 절벽 꼭대기에 있는 기념 사당 안에 안치하라고 명령하였다. 베어울프의 시체가 거대한 나무더미 위에서 불타는 동안 열두 명의 지트인들은 이 선량하고 위대한 인물에 대한 슬픔과 업적을 노래 부르며 말을 타고 불타는 나무더미를 빙빙 맴돌았다.

작품 해설

신화의 세계와 그 의미

신화는 어느 한 사람이 만들어낸 이야기가 아니다. 또 신화는 어느 한 시기에 완성된 것도 아니다. 신화는 어떤 민족의 것이든 모두 다 오랜 세월을 두고 입에서 입으로 전해지며 수많은 각색과 덧붙임이 이뤄진 이야기이다. 신화의 맨 처음 줄거리가 어떤 사람들을 통해 어떤 과정으로 만들어졌는지 세세히 유추하기는 어렵다. 참새 시리즈 따위의 수수께끼 문답을 예로 들더라도 그 생성 과정의 배경을 이해하기 위해서는 만만치 않은 사회심리학적 고찰이 있어야 할 터인데, 하물며 장구한 세월 저 편의 신화에 있어서야.

신화의 발생과 체계에 대해서는 여러 가지 정의가 있다.

인간이 자연계의 현상에 대하여 의문과 경외심을 품고 어떤 초자연적, 초인간적 존재를 가상하여 여러 불가사의한 현상을 설명하고자 했던 원초적인 서툰 노력이라고 보기도 하고, 선사시대부터 내려온 시적 환상의 산물이라거나 혹은 개인을 집단에 귀속시키기 위한 비유적인 가르침의 보고(寶庫)라고도 말한다. 또한 비현실적 이미지에 특히 유념하고 있는 근대의 정신분석학적 입장에서 보면 신화란 인간의 심성 깊은 곳에 내재한 원형적 충동의 징후인 집단의 꿈이라고도 해석된다.

조금씩 다르게 표현되고 있는 위의 해석들은 그러나 결국은 한두 가지의 공통된 시각을 담고 있다. 신화의 발생에는 의식적이든 무의식적이든 우리들 인간의 삶의 자세와 의지, 소망과 동경, 운명에 대한 두려움과 호기심 등 인간과 세계에 대한 일정한 가치 판단이 내재하고 있다는 점이다. 결국 신화란 인류의 삶의 행로와 양식(樣式)을 기초로 탄생되는 것이다. 그렇게 보면 중요한 것은 신화가 무엇이냐는 관점이 아니라 신화가 어떻게 기능하고 어떻게 인간에 봉사해 왔으며, 오늘날에는 어떤 의미를 갖느냐는 관점이 될 것이다.

모든 민족은 발전하면서 어느 시기에 여러 형태의 전설이나 설화를 갖게 되고, 한동안은 적어도 어느 정도 그것들을 사실로 믿었다. 대개의 경우, 전설에는 초자연적인 힘 또는 초자연적인 존재가 포함되어 있기 때문에 그것은 이미 종교의 영역에 속한다. 이런 경우 다소를 막론하고 세계를 해석하는 일관된 체계가 있고, 거기에 나오는 주인공의 형태 하나하나는 창조적인 의미를 가지게 된다.

결국 신화란 하나의 거대한 상징이다. 물론 그 상징은 높이 떠 있는 별개의 상징이 아니라 인간의 내면, 인간의 역사와 긴밀히 관련되는 상징이다. 신화는 어떤 제도와 관습의 기원, 우연적 사건의 논리, 만남의 유기적 관계들을 설명해 준다. 괴테의 말처럼 우리 삶의 끊임없는 인과관계인 것이다.

신화들이 나타내는 경향은 마치 반복적으로 어떤 의식을 치르면서도 잊어버리고 있는 조상 전래의 기억처럼 모든 연극의 무대 뒤쪽에 존재하고 있는 일련의 전형들이다. 필요에 따르는 모든 기본적 인간의 활동은 이같이 주제적이며 반복적이 되는 것이다. 신화는 행위의, 정열의, 또는 정신성의 논리적 표본이며, 추구하는 목표는 행위, 사랑 그리고 지식이라는 형이상적 세 과정을 분별하도록 해 주는 것으로 나타난다. 이 방법들은 역사적 견지에서는 부와 명예 또는 성스러움을 찾아나선 영웅의 모습으로 나타날 수도 있다. 배우가 바뀌어도 그 역할이 그대로 남아 있는 것은 우리가 인생을 살아가면서 마주치는 상황들이 실상은 매우 적은 수의 주제를 벗어나지는 않는 까닭이다.

신화의 논리를 지배하는 것은 그가 아틀라스라 불리든 헤라클레스라 불리든 또는 프로메테우스로 불리든 간에 어떤 한 영웅의 인물 속에 자신들의 희망과 두려움과 열정을 투시하는 데서 만족감을 얻는 '문명인들'의 의식 속에 존재해 온 고대인들의 심성인 것이다. 모든 제식의 주인공들은 서로 뒤바뀌어도 좋지만, 신화는 흔히 그 소설적 공상의 이면에 일련의 모범성 혹은 전형성을 담아내고 있다.

신화 중에서도 특히 듣는 이의 가슴을 다종다양한 파장으로 흔들며 다가오는 것은 영웅들의 파란만장한 행적이다. 확실히 우리가 만나는 '신화적 여행'의 첫 단계는 '모험에의 소명'으로 가득하다.

운명이 영웅을 불렀고, 영웅의 영적 중심이 그가 속한 사회에서 미지의 영역으로 옮겨 간다. 낙원일 수도 있고 위험의 소굴일 수도 있는 이 운명적인 영역은 여러 가지 형태로 다양하게 표상된다. 가령 오지, 숲, 지하 왕국, 해저, 천상, 비밀의 섬, 험한 산꼭대기 혹은 꿈꾸는 상태로 표상되는 것이다. 그러나 이곳에는 항상 자유롭게 변화하는 존재, 다양한 형태를 가진 존재, 뜻밖의 고통, 초자연적인 행위, 그리고 초자연적인 환희가 있다. 영웅은 자신의 의지력으로 모험을 완성하는데, 테세우스가 아버지의 도시 아테나이에 도착해 미노타우루스의 놀라운 역사를 듣게 되는 상황이 이에 해당한다. 또한 영웅은 분노한 해신 포세이돈이 보낸 바람으로 인해 지중해로 밀려 나간 오디세우스의 경우처럼 호의적이거나 악의적인 어떤 세력에 의해 방랑을 하기도 한다. 모험은 우연한 실수로 시작될 수도 있고, 어느 날 잔기침을 해대며 대문 앞을 지나가는 초라한 노파의 암시적인 말 한 마디로 시작되기도 한다.

이 모든 모험이 보여 주고 있는 것은 불가사의한 세계에 대해 고대인들이 던진 의문 부호와 그 해석이다. 때론 순응하기도 하고 때론 거역하기도 하면서 운명의 바람을 거슬러 나아가는, 그러면서 스스로의 존재 이유를 어떤 우주적 필연의 과정으로 꿰어 맞추던 고대인들의 의식 체계, 그것은 일정한 세계관의 발현이라기보다는 오히려 지극히 수동적인 반응을 기반으로 하는 것이면서 동시에 가장 원초적인 고대인들의 본능이며 예지였다.

그러나 이미 말했듯이 이러한 신화들 속에서 현대의 낯선 고대적 감성과 비유를 벗기고 나면 그 모든 것은 결국 지금까지 이어지고 반복되는 우리 인간의 통과의례적 도전과 과제인 것이다.

신화는 변화무쌍한 것처럼 보이지만 실은 우리가 일상적으로 만나는 이야기의 일정한 형식을 따르고 있다. 아울러 어떤 이야기들은 아무리 읽고 들어도 여전히 체험해야 할 이야기가 얼마든지 남아 있다는, 도전적일만큼 끈질긴 암시를 던진다.

어느 시대 어떤 상황을 막론하고 사람이 사는 곳이면 어디에서든 인간의 신화에는 끊임없이 살이 붙어 왔고, 이러한 신화는 인간의 육체와 정신의 활동에서 나타날 수 있는 모든 것에 대해 살아 있는 영감을 불어넣었다. 신화는 다함없는 인류의 에너지가 인류의 문화로 나타나는 은밀한 통로라고 말해도 지나친 말은 아닐 것이다. 종교, 철학, 예술, 선사 인류 및 유사 인류의 사회적 양식, 과학과 기술의 으뜸가는 발견, 바닥째 흔들어 수면을 엎어 버리는 꿈, 신화의 불가사의한 고리…… 모두가 이 은밀한 통로를 지나 인류의 문화로 나타난 것들이다.

그리스 로마 신화의 이해

그리스 신화란 기원전 8~9세기, 즉 호메로스의 시편까지 거슬러 올라가 이교세계의 종말인 그리스도 탄생 후, 즉 서기 3~4세기에 걸쳐서 그리스어를 사용하는 여러 지방에 널리 퍼져 있던 갖가지 불가사의한 설화와 전설을 총괄하여 붙이는 명칭이다.

그리스 로마 신화는 굉장히 풍부한 내용을 담고 있어서 명확하게 규명하기는 어렵지만, 복잡한 기원과 성격을 가지고 있으며 세계의 정신사상 중요한 역할을 해 왔고 지금도 매우 중요한 역할을 하고 있다.

그리스도가 탄생하기 백오십 년 전 로마는 그리스를 정복했지만, 로마인들은 그리스의 시를 숭상했기 때문에 기독교인이 된 후에도 그들의 시를 계속 읽었다. 로마의 교육은 온 유럽에 전파되었고, 후에 고스란히 영국으로부터 미국으로 전해졌다. 지금까지도 천문학자들이 사용하는 그리스인의 밤하늘 지도가 실은 그리스 신화 그림책이라는 이유만으로도 교양인들에게 있어서 그리스 신화에 대한 지식은 성서에 대한 지식만큼이나 필수적이다.

그리스 로마 신화는 수많은 시인, 작가 그리고 인문학자들의 저서에 인용되고 해석되어 왔다. 때문에 따로 그리스 신화만을 다룬 책을 읽어본 적이 없는 사람들도 그리스 신화의 상당히 많은 부분을 알고 있다.

인간에게 불을 가져다주고 문명과 기술을 가르친 대가로 제우스의 노여움을 사게 되어 코카서스 산상의 바위에 묶인 채 독수리로부터 간을 파먹히는 프로메테우스의 숭고한 비극, 죽은 연인을 찾기 위해 위험을 뚫고 지하 세계까지 갔지만 마지막 순간 돌아보지 말라는 다짐을 어겨 다시금 연인을 잃고만 오르페우스의 슬픈 사랑, 헤라 여신의 미움을 받아 열두 가지의 험난한 노역을 치르는 헤라클레스의 모험 등은 이미 모든 독자들에게 친숙한 내용일 것이다.

그리스 신화는 올림포스 산꼭대기에 있는 12명의 신이 중심이다. 물론 이들이 모든 이야기를 만들어 내는 것은 아니다. 지상과 지하와 바닥에는 또 다른 많은 신과 요정들이 있고, 신과 인간 사이에서 태어난 영웅들이 있으며 당연히 그 모든 이야기의 바탕에는 보통의 인간들이 존재한다.

올림포스의 열두 신 중의 우두머리는 제우스이다. 그는 강인하고 용감하나 때론 어리석고 심술궂기도 하다. 제우스는 늘 그의 가족이 그를 제거하려 들까봐 경계를 하였다. 이는 그 자신도 티탄 신족의 왕이었던 그의 아버지 크로노스를 제거하여 신들의 왕으로 군림한 까닭이다. 올림포스의 신은 죽지 않기 때문에 제우스는 그의 두 형인 하데스와 포세이돈의 도움을 받아 크로노스를 대서양의 외딴섬으로 추방해 버렸다. 제우스의 상징은 독수리이며 이 새는 제우스의 무기인 번개를 지니고 있다.

헤라는 제우스의 아내로서 신들의 여왕이었다. 여왕 헤라는 세 개의 수정 계단으로 받쳐진 상아 옥좌를 가지고 있었다. 옥좌의 등받이는 황금 올빼미와 버들잎으로 장식되고 그 위엔 보름달이 걸려 있었다. 옥좌의 바닥에는 새하얀 암소 가죽이 깔려 있었는데, 제우스가 비를 내리는 것을 잊어서 가뭄이 너무 오래 계속될 때면 헤라는 이것으로 마술을 부려 비를 내려 주곤 했다.

처음 제우스가 헤라에게 결혼하자고 했을 때 헤라는 청혼을 거절했다. 청혼과 거절이 매년 반복되며 삼백 년이나 흘렀는데, 어느 날 올빼미로 변장한 제우스에게 속아 '가엾은 새여, 난 너를 사랑한다.' 라고 말한 것이 빌미가 되어 결혼하게 되었다고 한다.

그리스 신화의 신들은 종교에서 보이는 신처럼 신비하고 전지전능하지는 않다. 물론 그들은 인간이 흉내조차 낼 수 없는 갖가지 뛰어난 능력을 가지고 있으며 죽지도 않지만 그 성격과 살아가는 방식은 인간과 하등 다르지 않다. 인간처럼 먹고 마시며 싸움도 하고 사랑도 한다. 사랑을 받아 주지 않는 연인 때문에 근심하며 애교를 부리고, 질투심에 불타 잔인한 복수극을 연출하기도 하는 것이다. 인간이란 그들에게는 하찮은 존재이기는 하지만 동시에 인간들의 행위를 통해 울고 웃기도 한다. 즉 신들의 희로애락은 인간 세상과 굳게 연결되어 있다. 올림포스 신들은 발효된 벌꿀로 만들어진 넥타르를 마시고, 영생을 누릴 수 있는 음식인 암브로시아를 먹는다. 향연이 벌어지면 리라의 음률과 뮤즈 여신들의 노래를 듣고 즐겼다. 그리고 해가 지면 각자의 처소로 돌아가 잠을 잔다.

이처럼 인간과 별반 다르지 않아 보이는 여러 신들이 인간 세상의 온갖 사건에 참여하고 간섭하는 가운데 벌어지는 각종 기담, 모험담, 연애담 등이 그리스 신화의 줄거리를 이루고 있다.

그리스 로마 신화를 오늘날 우리가 인류의 공동재산으로 받을 수 있게 된 첫째의 공로는 호메로스의 서사시에 부여할 수 있을 것이다. 호메로스의 서사시는 그리스 신화를 체계적으로 서술한 것은 아니지만 다른 무엇보다 그리스의 신과 영웅들을 생생하게 묘사함으로써 신화에 활력과 생명력을 주었다.

형태면에서 가장 뛰어난 것이라면 세 명의 비극시인 아이스킬로스, 소포클레스, 에우리피데스 등의 작품을 들 수 있다. 이들 비극은 신화 전설을 그대로 전해줄 뿐 아니라, 충분한 이성적 고찰에 의하여 심화됨으로써 후세에 커다란 영향력을 주었다. 그러나 오늘날 그리스 신화에 대한 대개의 지식은 보다 후세에 체계화된 작품에서 얻은 바가 큰데, 특히 로마의 시인인 오비디우스의 변신설화가 유명하다.

모든 신화는 인간이 만들어낸 가공의 이야기이지만 신화에 대한 설명으로는 그것을 만들었다기보다는 생겨났다고 하는 편이 더 어울릴 것이다. 신화는 자연과 운명이라고 하는 외부적 현실과 인간의 내면적 정신의 만남을 통해 탄생하였고, 그렇게 생성된 신화는 이번에는 다시 인간의 정신세계를 이끌고 지배하는 역할을 맡기도 한다. 결국 신화란 그 창조적 작용을 기준으로 살펴보면 예술에 가깝다고 하겠다. 아마도 이 점에서 그리스 신화의 특징은 가장 두드러진다.

그리스 신화는 그리스 문명을 바탕으로 하는 서양 문명의 모든 정신 분야에 끼어들어 있다. 조형 미술이건 문학이건 그리스 문명의 모든 영역에 영향을 미치고 있다.

그리스어로 된 가장 오래된 서사시는 《일리아드》와 《오디세이아》이다. 이 두 작품은 넓은 의미에서의 신화로 인간적인 것과 초인적인 것이 언제나 섞여 있는 것이 특징이다. 《일리아드》의 영웅들의 조상, 때로는 그 양친에게도 한 명 내지 여러 명의 신이 있다. 아킬레우스는 여신 테티스의 아들이며, 또한 그의 운명은 영원히 변하지 않는 신탁에 의해서 결정되어 있다. 트로이 전쟁의 원인이 되었던 헬레네는 제우스의 딸이며, 트로이의 왕자 파리스가 그녀를 찾아 스파르타에 왔을 때 헬레네가 남편과 딸을 버리게 만든 것은 사랑의 여신인 아프로디테이다.

이처럼 신들은 두 개의 진영으로 나누어져 전투의 한쪽 진영에 질병을 발생케 하거나 특정한 인간에게 힘을 증강시켜 주기도 하면서 인간의 전쟁에 개입한다. 아킬레우스의 공적은 영웅 자신의 힘을 나타내는 것이기는 하지만 또한 끊임없이 그를 도와주는 신의 가호를 나타내는 것이기도 하다.

《오디세이아》의 경우도 마찬가지이다. 오디세우스가 신들의 자손이라고 하는 것은 아킬레우스의 경우처럼 명확하지는 않다. 헤르메스의 아들 아우톨리코스의 서자라는 설도 있으나 다른 이설도 있다. 그러나 여신 아테나는 오디세우스의 수호신이 되어 나중에 오디세우스가 바다의 신인 포세이돈의 노여움을 사 곤경에 처하게 될 때 그를 구해 준다. 이처럼 그리스 서사시의 본질은 인간의 투쟁을 웅대하게 그려내고 신화를 통해 그것을 우주적인 규모로 확대하는 데에 있다.

마찬가지로 신들을 위해서 세워진 신전 전면에는 그곳에 모신 신에 관한 전설 중의 특징적인 삽화가 표현되어 있다. 파르테논 신전 동쪽에는 아테나 탄생의 기적이 그려져 있다. 서쪽에는 아티카의 영유를 두고 싸우는 포세이돈과 아테나의 모습이 보인다. 이것들은 아테네 사람들이 그 도시와 그들 자신에 대해서 품고 있던 감정을 전체적으로 구상화하고 있는 것이어서 말에 대한 어떠한 분석보다도 그것을 명확하게 나타낸다.

아테나는 어머니가 없이 전능한 아버지 제우스의 머리를 뚫고 태어난다. 그것은 아티카 국민이 대지에서 태어난 것과 같은 의미이다. 그러나 아테나는 제우스와 정을 통한 '지혜'의 여신 메티스의 자식이다. 데메테르와 처녀(페르세포네), 즉 대지와 번식의 여신은 조용히 기적 같은 탄생을 기다리고 있다. 어느덧 해조에 씻기고 포세이돈이 날라다 준 소금과 해풍이 스며든 대지 위에 아테나는 수목 중에서도 성장은 느리지만 결실이 풍요한 훌륭한 올리브 나무가 자라게 한다. 이처럼 아테나의 신화는 이미 사람들이 그것을 믿지 않게 되어 버린 시대에도, 그리고 몇 세기가 지난 지금도 아직 소멸되지 않는 하나의 영감으로서 깊은 반성을 불러일으킨다.

사상의 보고(寶庫)인 신화는 곧 이성과 신앙의 중간에서 고유의 생명력을 가지고 살아가는 존재가 된다. 그리스인의 모든 고찰은, 그리고 또한 그들의 먼 후계자들의 일체의 고찰은 신화에서 시작되고 있다. 비극시인은 소재를, 서정시인은 이미지를 신화에서 구하고 있는 것이다. 아킬레우스나 오디세우스, 광란의 아이아스의 모습은 옹기나 단지, 술잔 같은 갖가지 기물 위에 무한히 그려져 신화를 일상생활 속에 도입하고 누구에게나 친근한 것으로 만들었다. 집에 있거나 극장에 가거나 어디에서나 신화 속의 인물이 보이고, 그것이 사람들의 뇌리에 새겨져 상상을 자극하고 도덕적인 관념을 지배한다. 게다가 철학자도 추론이 그 한계에 부딪쳤을 때 불가피한 것을 풀어내는 방법으로 신화의 도움을 받기도 한다. 이러한 신화의 일반화, 그 힘의 해방이야말로 그리스 문화가 인간사에 가져다준 기본적인 기여의 하나였다고 할 수 있을 것이다. 그리스 신화 덕분에 '신성불가침'에 대한 공포는 없어지고 정신의 모든 영역에 걸친 고찰의 길이 열리고, 시는 예지가 되었던 것이다.

토머스 불핀치와 《전설의 시대》

이 책은 토머스 불핀치의 《전설의 시대—신과 영웅들의 이야기(*The Age of Fable, or Stories of Gods and Heroes*)》를 번역한 것이다. 이 작품은 1855년 보스턴에서 출판되어 당시 같은 해에 출판된 휘트먼의 《풀잎》과 함께 베스트셀러를 기록했다. 그리스 로마 신화를 중심으로 쉽고 재미있게 그리고 있는 이 책은 미국의 일반 독자들의 교양을 높이고 영국의 고전에 친숙하게 하려는 의도로 쓰인 작품이다.

불핀치는 이 책에서 그리스 로마 신화만 다룬 것이 아니라 스칸디나비아와 동양의 전설까지 다룸으로써, 이미 물질문명에 오염되기 시작한 19세기 세계인들에게 정신문화의 중요성과 그 위기를 일깨우려 하였다.

이 책이 출판될 무렵의 미국은 산업혁명의 완성기에 이르러 각종 새로운 기계문명이 왕성한 발달을 보이던 시기였다. 이미 증기선, 증기기관차 등이 발명되었고 전신기, 윤전인쇄기 등이 실용화되었으며 1854년은 시카고와 동부 해안간에 철도가 부설되기도 했다. 세상은 '기술의 시대', '과학의 시대'였다.

이 시대를 불핀치는 '실리적인 시대'라고 불렀다. 분명 과학문명의 이기들은 인간의 생활을 향상시키는 듯이 보이고 있었지만, 불핀치는 한편 고갈되고 소멸되는 정신세계를 안타까워했다. 이런 시대야말로 높은 정신성과 풍부한 인간성을 고대 신화 속에서 찾아야 할 때라고 호소하였던 것이다. 이러한 불핀치의 심정은 그 자신이 이 책의 머리말에서 인용하고 있는 다음과 같은 시구를 보면 충분히 짐작된다.

> 대지의 틈새, 그리고 깊은 바닷속에도 존재하던
> 신들은 모두 사라졌다.

그들은 이성적인 신앙 속에서는 살지 않는다.

그러나 역시 사람의 마음은 말을 필요로 하나니, 지금도 역시

그 옛날의 심정으로 옛날을 찾아낸다.

인간과 친구되어 이 대지에 더불어 살고 있는 요정과 신들을……

토머스 불핀치의 생애

토머스 불핀치는 1796년 7월 15일 미국 매사추세츠 주의 보스턴 근교인 뉴튼에서 태어났다. 그의 부친은 이름 있는 건축가로 알려져 있으며, 어머니인 하나아프소프는 불핀치를 포함한 11명의 자식을 낳았다.

불핀치는 라틴학교, 필리프스 엑세타 아카데미 등의 명문교를 거쳐 하버드대학에 입학하였고 1814년 졸업한다. 졸업하던 해에 모교인 라틴학교에서 교편을 잡게 되며, 이듬해부터는 형의 사업을 돕기도 하였다.

1818년 건축가인 아버지가 국회의사당의 설계를 맡게 되자 아버지를 따라 워싱턴으로 이주하였으나 7년 후인 1825년에는 다시 보스턴으로 귀향하고, 귀향 후에는 여러 가지 사업을 시도하지만 모두 실패로 끝나 버린다.

1837년 불핀치는 보스턴 머천트 은행의 행원이 되어 이후 평생을 이곳에서 근무하였다. 그동안 보스턴 박물관협회의 일을 6년간 맡기도 했으며, 청소년들에게 깊은 관심을 가지고 가난한 아이들의 보호자가 되기도 했다. 논쟁을 싫어하는 온유한 성격으로 특별히 정치적이지는 않았으나 노예제도 폐지 운동은 적극 지지한 것으로 알려져 있다.

불핀치는 평생을 독신으로 지내다가 1867년 71세로 생을 마쳤다. 죽기 전까지 《그리스 로마의 영웅과 현자》를 집필 중이었다고 한다.

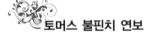
토머스 불핀치 연보

1796년   7월 15일 미국 매사추세츠 주 보스턴 근교 뉴욕에서 태어남.

1814년 18세   하버드대학을 졸업, 모교인 라틴학교에서 교편을 잡음.

1818년 22세   아버지와 함께 워싱턴으로 이주함.

1825년 29세   워싱턴에서 다시 보스턴으로 귀향. 여러 사업의 시도와 실패.

1837년 41세   보스턴 머천트 은행에 은행원으로 취직. 《Hebrew Iyrical History》 발표. 구약성서의 시편을 연구, 해석한 작품.

1855년 59세   《The Age of Fable》, 《The Beauties of Mythology》 발표. 이 책의 원작인 《전설의 시대》

1858년 62세   《The Age of Chivalry》 또는 《Legends of the king Arthur and the knights of the Round》 발표. 근대 유럽 제국의 여명기를 다룬 작품으로 영국의 전설을 미국시민의 의식 속에 새기려 했던 작품.

1860년 64세   《The Boy Inventor》 또는 《Memoir of Mattew Edwards》 발표. 불핀치의 보호 아래에 경위의(經緯儀)의 완성에 뛰어난 발명의 재간을 보인 메튜 에드워드의 갑작스런 죽음을 애도

하여 쓴 작품.

1862년 66세 《Legends of Charlemagne》 또는 《Romance of the Middle Ages》 발표. 《샤를마뉴 대제의 전설》 또는 《중세의 로망스》.

1863년 67세 《Poetry of the Age of Fable》 발표. 《신화의 시대》에 인용 된 시들을 발췌, 증보하여 한 권의 책으로 엮은 작품.

1866년 70세 컬럼비아 강, 아마존 강을 탐험한 탐험대의 기록을 토대로 하여 이야기 식으로 서술한 작품 《Oregon and Eldorado》 또는 《Romance of the Rivers》 발표.

1867년 71세 5월 27일 보스턴에서 71세로 사망.

그리스 로마 신화 찾아보기

그리스 로마 신화 Myths of Greece and Rome

지은이 | 토머스 불핀치
옮긴이 | 박경미
펴낸이 | 전용훈
펴낸곳 | 혜원출판사
등록번호 | 제406-2012-000276호(Since 1977)

편집 | 장옥희, 석기은, 전혜원
디자인 | 홍보라
출력 | 한결그래픽스
인쇄 | 백산인쇄
제본 | 신안제책

주소 | 서울시 마포구 동교로 194 혜원빌딩 1층
전화 · 팩스 | 02)325-1984 0303)3445-1984(FAX)

ISBN | 978-89-344-1069-0 03840